FANTASY

Buch

Der gefährliche Magier-Orden der Schwarzen Roben bringt das Reich in Gefahr, doch Lady Mara ist keine hilflose Frau. Auf der Suche nach Verbündeten gewinnt sie die nichtmenschlichen Cho-ja, die ihr auf einer Reise in ferne Regionen außerhalb der Zivilisation begegnen. Der Tag der alles entscheidenden Schlacht rückt näher. Mara kämpft um ihr Leben, ihre Heimat und um das Schicksal des gesamten Reiches ...

Raymond Feist ist auf die ferne Welt Kelewan zurückgekehrt. Mit Janny Wurts erzählt er die dramatische Geschichte des Hauses Acoma von der anderen Seite des Spalts – und setzt damit das Meisterwerk der Midkemia-Saga und der Schlangenkrieg-Saga fort.

Autoren

Raymond Feist, geboren 1945 in Los Angeles, studierte an der Universität in San Diego und war Fotograf und Spieleerfinder, ehe er mit dem Schreiben begann. Alle seine Romane gelangten auf die amerikanische Bestsellerliste. Das *Dragon Magazine* schrieb über ihn: »Wenn es einen Autor gibt, der im Fantasy-Himmel zur Rechten von J. R. R. Tolkien sitzen wird, dann ist es Raymond Feist.« Janny Wurts lebt in Florida. Sie hat sich mit einer Reihe von Fantasy-Romanen und als Illustratorin einen Namen gemacht.

Die Kelewan-Saga im Goldmann Verlag

DIE KELEWAN-SAGA: 1. **Die Auserwählte** (24748) • 2. **Die Stunde der Wahrheit** (24749) • 3. **Der Sklave von Midkemia** (24750) • 4. **Zeit des Aufbruchs** (24751) • 5. **Die Schwarzen Roben** (24752) • 6. **Der Tag der Entscheidung** (24753)

Von Raymond Feist sind bei Goldmann außerdem erschienen

DIE MIDKEMIA-SAGA: 1. **Der Lehrling des Magiers** (24616) • 2. **Der verwaiste Thron** (24617) • 3. **Die Gilde des Todes** (24618) • 4. **Dunkel über Sethanon** (24611) • 5. **Gefährten des Blutes** (24650) • 6. **Des Königs Freibeuter** (24651)

DIE SCHLANGENKRIEG-SAGA: 1. **Die Blutroten Adler** (24666) • 2. **Die Smaragdkönigin** (24667) • 3. **Die Händler von Krondor** (24668) • 4. **Die Fehde von Krondor** (24784) • 5. **Die Rückkehr des Schwarzen Zauberers** (24785) • 6. **Der Zorn des Dämonen** (24786)

Weitere Bände sind in Vorbereitung.

KELEWAN-SAGA

**RAYMOND FEIST &
JANNY WURTS**

TAG DER ENTSCHEIDUNG

Ein Roman von der
anderen Seite des Spalts

Aus dem Amerikanischen
von Susanne Gerold

GOLDMANN

Die amerikanische Originalausgabe erschien 1992
unter dem Titel »Mistress of the Empire« (Chapters 18–33)
bei Doubleday, New York

Umwelthinweis:
Alle bedruckten Materialien dieses Taschenbuches
sind chlorfrei und umweltschonend.
Das Papier enthält Recycling-Anteile.

Deutsche Erstveröffentlichung 11/98
Copyright © der Originalausgabe 1992 by Raymond E. Feist und Janny Wurts
Copyright © der deutschsprachigen Ausgabe 1998
by Wilhelm Goldmann Verlag
in der Verlagsgruppe Bertelsmann GmbH, München
Umschlaggestaltung: Design Team München
Umschlagillustration: Agt. Schlück/Don Maitz
Satz: deutsch-türkischer fotosatz, Berlin
Druck: Elsnerdruck, Berlin
Verlagsnummer: 24753
Redaktion: Alexander Groß
V. B. · Herstellung: Peter Papenbrok
Printed in Germany
ISBN 3-442-24753-5

1 3 5 7 9 10 8 6 4 2

*In Erinnerung an Ron Faust,
der immer ein Freund war.*

Eins

Ausflucht

Die Türklappe bewegte sich.

Jamel, der geringere Magier, zuckte bei dem Geräusch zusammen. Seine schwitzende Hand drückte das Messer dicht an die Brust. Er wußte, daß ihm nur wenige Sekunden blieben. Sein Körper würde eine Weile brauchen, um das Leben aufzugeben, nachdem er sich in die Klinge gestürzt hatte. Angst vor der Qual, die er erleiden würde, ließ den kleinen Mann zögern. Er bewegte die feuchten Finger, biß sich auf die Unterlippe. Er mußte seinen ganzen Mut zusammennehmen! Die schwarzen Roben besaßen Zaubersprüche, mit denen sie dem Wallum befehlen konnten, körperlich zu bleiben. Wenn er nicht bei der Ankunft der Magier vor dem göttlichen Gericht des Roten Gottes sitzen würde, würden seine Qualen durch ihre Hände noch viel schlimmer sein als ein schmerzhafter Tod.

Denn er hatte sich ihnen widersetzt, und zwar offen, indem er mit der Lady der Acoma gesprochen hatte. Die Magier hatten sich klar ausgedrückt, was die Gute Dienerin betraf. Sie sollte nichts über Magie erfahren, selbst wenn sie mit Bestechungsgeldern in der Hand danach fragen würde.

Jamel spürte das Säckchen mit Metallcentis an seiner Haut, und er unterdrückte ein bitteres Lachen. Er würde niemals die Gelegenheit haben, sie auszugeben. Und wenn er sich auch etwas Zeit wünschte, um sie dem Straßenmädchen zu geben, das weiter unten am Weg wohnte und eine Freundin von ihm war, so gestattete ihm das Schicksal doch nicht einmal die Gnade dieser Großzügigkeit. Er hatte seinen Weg gewählt. Zu spät war jetzt jeder Wunsch, Worte nicht gesagt und Entscheidungen nicht gefällt zu haben.

Ein letztes Mal schweifte Jamels Blick durch die armselige, unordentliche Hütte, die sein Heim gewesen war. Hier hatte er viele Wunder zustande gebracht, um die Kinder der Reichen zu erheitern; doch wie anders wäre sein Leben gewesen, wäre seine Macht nicht auf die Herstellung von Spielzeug beschränkt worden! Hungrig nach dem Wissen, das ihm verwehrt worden war, dürstend nach den Grenzen, die er niemals hatte überschreiten dürfen, seufzte Jamel bitter auf.

»Die Götter seien mit Euch, Gute Dienerin«, sagte er bang. »Und möge der Fluch Zurgaulis, des Gottes des Unglücks, unaufhörlich die Versammlung heimsuchen.« Mit diesen Worten warf er sich auf den Boden, genau vor dem Kissen, auf dem Lady Maras Offizier gesessen hatte.

Das Messer drang tief in sein Herz ein, und seine Qual war nur von kurzer Dauer.

Blut sickerte in den trockenen Boden; die zerfetzten Kanten der mitgenommenen Kissen zeigten schwungvolle Halbmonde in Scharlachrot, wo die warme Flüssigkeit sich erst gesammelt hatte und dann vom Stoff aufgesogen worden war. Jamels zitternde, zusammengepreßte Finger wurden schlaff, und seine geöffneten Augen schimmerten reglos im Schein der glühenden Kohlen. Im nächsten Augenblick zog ein Luftwirbel durch die Kammer, verteilte die zusammengerollte Asche des Pergaments, auf dem Notizen für Mara gestanden hatten, bevor es verbrannt worden war. Die Vogelfedern in der Urne bei der Kleiderkiste wehten leicht, und die Glöckchen eines unverkauften Kinderspielzeugs entließen ihren unschätzbaren Gesang in die Stille. Draußen, im Dunkel der Nacht, heulte noch immer der Mischlingshund.

Dann erscholl über dem Geräusch der Luftbewegung ein schwaches Summen, und die Hütte war auf einmal nicht mehr leer. Neben dem reglosen Körper Jamels erschienen zwei schwarzgekleidete Gestalten, beide extrem dünn, der eine alt, der andere jung.

Shimone schob seine Kapuze zurück, und die ausgehende Kohle auf der Kohlenpfanne zeichnete die Linien seiner Nase rot nach. Er blickte sich in der Behausung um, nahm rasch jede Einzelheit in dem Durcheinander auf; dann hielt er inne und schnüffelte gedankenvoll. Seine Sandalen waren feucht, und die Pfütze, in der er stand, war noch warm. Den Reaktionen nach hätte der Körper genausogut ein weiteres Stück Nippes sein können. Seine tiefen Augen blitzten, als er seinen Kameraden anblickte. »Zu spät«, sagte er.

Tapek stieß Jamels Körper mit dem Fuß an, und seine dünnen Lippen verzogen sich verächtlich. »Nur um wenige Sekunden.« Er spuckte die Worte wie einen Fluch aus. »Wenn der arme Wicht nur eine Minute länger gezögert hätte ...«

Shimone zuckte mit den Achseln. In seinen dünner werdenden Silberhaaren fing sich das Licht wie in einem Hahnenkamm, als er die Seiten der Hütte abschritt, feuchten Fußspuren folgte und die Regale untersuchte, mit besonderer Sorgfalt die Behälter verblaßter Pergamentrollen und die abgegriffenen Kisten. »Sie war hier. Das genügt.« Er streckte einen Finger aus und brachte die Puppe mit dem kostbaren Kopfschmuck aus Metallglöckchen zum Klimpern. »Und wenn schon, der Narr ist tot. Im Grunde ersparte er uns die Mühe.«

Tapeks schwere, zimtfarbene Brauen zogen sich runzelnd zusammen. »Das genügt?« Er trat über den unglückseligen Jamel und stellte sich dem unruhig auf und ab gehenden Kameraden in den Weg. »Was hat der tote Mann ihr erzählt? Darum geht es! Wir wissen, daß Jamel seinen Gehorsam gebrochen hat. Er hätte alles sagen können, bevor er sich das Messer ins Herz trieb!«

Das leichte Zischen der Kohle war jetzt das einzige Geräusch in der Nacht. Der Hund hatte aufgehört zu bellen. Selbst das weitenfernte Rumpeln von den Docks versiegte. Die alltäglichen Geräusche von Sulan-Qu verstummten für einen Augenblick, als hielte die Stadt den Atem an.

Shimone streckte einen Finger aus und richtete ihn wie einen Zweig auf Tapeks Brust. Er bewegte seine Hand. Es geschah nichts, und doch sprang der jüngere Magier zur Seite. Als Shimone an ihm vorbeischritt, um mit der Untersuchung von Jamels Besitz fortzufahren, sagte er: »Es interessiert dich, was sie wissen wollte? Also gut, sieh her. Doch ich denke, wir verschwenden unsere Zeit. Sie weiß jetzt, was sie weiß. Daran können wir nichts ändern, sondern nur entsprechend handeln.«

Tapek rollte mit den Schultern und schob die Ärmel zurück. Seine Augen glühten heiß wie die eines Fanatikers. »Allerdings werden wir handeln. Doch es ist der Beweis von Maras Widerstand gegen unser Edikt, das Hochopepa und seinesgleichen dazu bringen wird, ihren Arsch zu bewegen. Wir brauchen Übereinstimmung in der Versammlung, und er und seine Fraktion arbeiten daran, es zu verhindern.«

»Hocho ist kein Zauderer«, verteidigte Shimone. Seine Stimme klang schwächer, als er sich hinabbeugte, um die staubige Lücke unter einem Regal zu erforschen.

»Also gut«, sagte Tapek hastig, denn er war nicht taub für unterschwelligen Tadel, »welcher geringere Magier würde *nicht* mit Mara sprechen? Sie wird vom gewöhnlichen Volk verehrt. Diese Leute würden ihr alles geben, wonach sie verlangt, nur um in den Augen der Götter Gnade zu gewinnen. Wenn sie Jamel bestochen hat, welche Beweise braucht ihr dann noch, um sie zum Tode zu verurteilen?«

Shimone richtete sich auf; geistesabwesend wischte er sich Staub und Blut von den Manschetten. »Jamel war sicherlich kein Narr. Du wirst sehen.«

»Ich werde sehen!« Tapek hob nachdrücklich die Hände. Er warf einen letzten Blick auf seinen Kollegen, dessen Verhalten schwierig, wenn nicht gar hinderlich gewesen war. Wenn er auch ein langjähriger Freund von Hochopepa war, hatte er sich sonst immer vernünftig gegeben. »*Du* wirst sehen«, fügte Tapek hinzu. Dann stimmte er den Gesang an, um die Handlungen der kurz zurückliegenden Vergangenheit in Gestalt von Geistern zurückzurufen.

Kälte schien die enge Atmosphäre der armseligen Hütte zu durchströmen, auch wenn die Luft selbst reglos war. Shimone gab es auf, in den Sachen auf den Regalen herumzustochern. Er beugte sich nachdenklich hinab und schloß die Augen des Toten. Dann schritt er mit einer Bewegung, die so strahlend war wie die eines Vogels, zur Mauer, wo er mit gekreuzten Armen auf die Ergebnisse von Tapeks Beschwörung wartete.

Der Gesang des jüngeren Magiers näherte sich jetzt einem Zischen. Seine erhobenen Hände waren reglos, als würden sie seinen Willen und seine Kraft erzwingen. Hinter der Kohlenpfanne glühte ein Licht auf, das nicht vom Feuer oder von der Kohle stammte. Es strahlte in eisigem Silberblau, dann verteilte es sich in dunstige Lichtdurchlässigkeit, aus der sich langsam die Konturen einer Gestalt bildeten; es war Jamel, der mit erwartungsvoll Richtung Tür gerichtetem Gesicht dasaß. Wenige Augenblicke später traten die Besucher ein: Mara und zwei ihrer Offiziere. Eine Unterhaltung begann zwischen ihnen, unheimlich in ihrer Geräuschlosigkeit. Shimone schien ebenso aufmerksam den Geräuschen draußen im Armenviertel zu lauschen wie der Entfaltung von Tapeks Zauberbann.

Durch Lippenlesen erkannten sie, daß die Inhalte der Diskussion nur dürftig waren. Maras Sorge galt der Entfremdung von ihrem Ehemann, die Monate zuvor bei der Geburt ihrer Tochter begonnen hatte. Die Szene war unschuldig genug; nur daß Jamel zur Verblüffung und Gereiztheit der Magier anfing, mit einem langen Stück Seide herumzufuchteln. Allzu häufig, so schien es, verhinderte der Stoff den Blick auf seinen Mund. Ein leichtes

Wehen der Seide durch seinen Atem verriet, daß er seine Worte verbarg. Doch keine Beschwörung der Vergangenheit konnte den Ton seiner Worte zurückholen. Den Aufprall von Licht auf Gegenstände oder Wesen konnte man in die ursprüngliche Form zurückholen und auch noch Tage später erkennen, doch der Klang war etwas zu Zerbrechliches, als daß er mehr als wenige Sekunden angehalten hätte.

Tapek fluchte. Angespannt wie eine Relli sah er zu, wie Jamel sich erhob und Mara zur Wand geleitete. Dort wandten sie dem Raum ihren Rücken zu, und allem Anschein nach fuhr der geringere Magier allen Ernstes fort, die Lady genau in diese Art von Betrug einzuweisen – wie man mit den Händen durch die Luft fuhr, Bewegungen vollführte, die nichts weiter bedeuteten, als das ignorante Volk zu beeindrucken, das vorbeikam, um diese oder jene Veränderung ihres Lebens zu erkaufen – dies erniedrigte den Ruf der Magier als Gesamtheit, und das erzürnte Tapek. Seine Hände zitterten vor Wut, als er die Kräfte beibehielt, die diese Beschwörung verursachten. Eisig meinte er: »Die Lady scheint plötzlich bemerkenswert dumm zu sein. Ist das die vierte oder fünfte Wiederholung von diesem Mist?«

Zu seinem Ärger schien Shimone auch noch zu lachen – nicht geradeheraus, das war niemals seine Art, doch in seinen tiefen Augen tanzte ein Licht. »Ich habe dich gewarnt, Tapek. Jamel war kein Idiot. Und nein, die Lady ist sicherlich nicht dumm.«

Die verschleierte Belehrung im Ton seines Kollegen erneuerte Tapeks Wut. Doch aus Entschlossenheit und Groll erduldete er die Scharade, bis Jamel endlich aufhörte, bedeutungslose Symbole nachzuahmen, und sich daranmachte, vornübergebeugt etwas auf ein Pergament zu kritzeln. Da die Beschwörung die Abdrücke vergangener Ereignisse nur so wieder herbeirufen konnte, als würde der Beobachter im Raum stehen, konnte Tapek nichts von dem Geschriebenen lesen, egal, wohin er sich auch stellte. Tapek starrte auf die Kohlenpfanne, nur um zu erkennen, daß Shimone die Asche des verbrannten Pergaments bereits untersucht hatte, wahrscheinlich gleich nach ihrem Eintritt in Jamels Behausung.

»In der Tat«, bemerkte der ältere Magier als Antwort auf Tapeks Gedanken. »Die Worte waren bereits verloren, bevor wir hier eintrafen.«

Tapek beendete die Beschwörung in dem Augenblick, da Mara das sorgfältig gefaltete Pergament erhielt und ging. Ungeachtet der blutbefleckten Erde oder der verschmutzten Kissen stampfte Tapek in mühsam unterdrückter Wut um die Kohlenpfanne herum, von den Zehen bis in die Haarspitzen angespannt. »Götter, könnte ich nur da stehen, wo diese Wand ist, und meine Beschwörung erneuern, dann würde ich viel erfahren, denn man konnte an ihrer Haltung sehen, daß die Lady und unser toter Mann offen miteinander sprachen, als sie die Regale anblickten!«

Shimone, immer realistisch, zuckte mit den Schultern. »Wir verschwenden Zeit.«

Tapek umrundete seinen Kollegen, der jetzt wie ein älterer Lord ungeduldig dastand und unter dem langsamen Verhalten eines unfähigen Dieners litt. »Mara!« rief Tapek. »Wir werden sie fragen!«

Als wäre er von seinen Gedanken befreit und könnte jetzt handeln, stapfte Shimone zur Tür. Er schob die Fellklappe zur Seite und trat hinaus in den kaum weniger süßlichen Gestank des Weges. »Ich habe mich schon gefragt, wann du endlich darauf kommen würdest.«

Tapek ließ Jamel da liegen, wo er war, und stürzte seinem Kameraden hinterher, die roten Brauen stürmisch emporgezogen. Wenn er es gewagt hätte, frei darüber zu sprechen, hätte er Shimone beschuldigt, ihn behindert zu haben. Der alte Magier war ein Freund von Hochopepa, und die beiden setzten sich manchmal für recht seltsame Dinge ein. Hatten sie nicht nach dem katastrophalen Zwischenfall bei den Kaiserlichen Spielen zusammen Milamber verteidigt? Es spielte für Tapek kaum eine Rolle, daß Milamber später seinen Wert für das Kaiserreich bewiesen hatte, indem er den Kaiser und die Versammlung vor der Gefahr des Alten Feindes warnte. Seine Gefühle gegenüber Elgohar, dem Magier, der Hochopepa eingesperrt und Milamber gefoltert hatte, waren gemischter Natur; Elgohar war sicherlich verrückt gewesen, doch er hatte getan, was ihm für das Kaiserreich am besten erschien. Milamber hatte ihn jedoch vernichtet, und zusammen mit seinen anderen Schandtaten hatte er die Gefahren aufgezeigt, die durch radikale Abkehr von den Traditionen bestanden. Tapek war überzeugt, daß Maras kürzliche Handlungen wenn nicht der Beweis, dann sicherlich ein starkes Indiz dafür waren, daß sie daran arbeitete, die Versammlung zu vernichten. Und das war ein Affront gegen die Tradition, der den blassen Magier vor Zorn erzittern ließ.

Tief in greuliche Spekulationen versunken, rannte Tapek beinahe gegen Shimone, der auf der Straße stehengeblieben war und allem Anschein nach auf den Wind lauschte.

»In welcher Richtung willst du suchen?« fragte Shimone.

Tapeks Zorn vertiefte sich. Es erniedrigte ihn, wie ein Untergebener zu handeln, doch wenn er nicht durch eine weitere Beschwörung die Vergangenheit herbeirief und es Shimone überließ, würde der alte Knabe sicherlich die halbe Nacht damit verbringen, sich gedanklich durch diesen Prozeß zu schlängeln!

Es folgten einige nervenaufreibende Stunden, während Tapek, ermüdet von den Anstrengungen, den Bann aufrechtzuerhalten, das Phantombild von Mara und ihren zwei Offizieren beschwor. Diese beiden, der Erste Berater und ein anderer mit dem Federbusch des Kommandeurs, begleiteten ihre Lady auf einem sich schlängelnden Weg zurück durch die Straßen des Armenviertels. Sie liefen im Kreis, manchmal gar zweimal auf dem gleichen Weg! Tapek kochte vor Wut. Beharrlich wie ein Besessener folgte er. Und er mußte warten, während die Lady einen Geschäftsbesuch bei einem Kleiderhändler vornahm. Geld wechselte die Hände. Ein Päckchen, eingepackt und versiegelt, wurde ihrem Berater übergeben. Dann begann die Parade von neuem. Schließlich kehrte die Lady zu der Ecke zurück, wo ihre Eskorte und Träger warteten. Sie bestieg die Sänfte. Zu seinem Verdruß begriff Tapek, daß die Stadtuhr bereits drei Uhr verkündete! Selbst der fette alte Hochopepa, entschied er, hätte weniger Zeit verschwendet als diese verfluchte Gute Dienerin des Kaiserreiches.

Das geisterhafte Abbild von Lujan bestand immer noch, und er rückte seinen Helm zurecht. Der Sitz der Federn schien ihm nicht zu gefallen, und er rückte sie mal in die eine Richtung, mal in die andere; sein Handgelenk überschattete dabei sein Gesicht, während er ausführliche Anweisungen an den Truppenführer der Ehrengarde seiner Herrin gab. Dann endlich erhob sich die eisblasse Nachahmung der Sänfte in dem Griff der Träger. Das Gefolge schwebte weiter über die dunkler werdenden Straßen von Sulan-Qu, während Lujan und der Erste Berater das eingewickelte Päckchen für eine unbestimmte Aufgabe an sich nahmen; ihre Lippen bewegten sich in einem raschen Austausch von Versen mit obszönen Inhalten.

In seiner verrückten, begriffsstutzigen Weise kicherte Shimone über ihren Humor, der direkt aus der Gosse kam. Er schien bereits zu zögern, Maras Sänfte weiterzuverfolgen, was, wie Tapek kochend dachte, genau das war, weshalb sie hierhergesandt worden waren!

Mehrere Male mußte Tapek seine Aufmerksamkeit neu bemühen, während er das Phantombild verfolgte. Die breiten Boulevards mit den sie umgebenden Gebäuden und den geschäftigen Straßen lieferten wirre Bilder, die von Hunderten anderer überlagert wurden. Es erforderte viel Energie, die ausgewählte Gruppe weiterzuverfolgen. Nur weil die wenigen Leute, die in den frühen Stunden vor Sonnenuntergang noch draußen waren, den Schwarzen Roben sofort Platz machten, konnte Tapek die

Illusion von Maras Sänfte aufrechterhalten. Tapek war beinahe erschöpft, als die Beschwörung sie schließlich zu den Stufen des Tempels von Turakamu führte. Dort vermischten sich die Konturen der Gestalten und der Sänfte, als die Vergangenheit sich mit der Gegenwart vereinigte und Maras Sklaven ihre Bürde zu Boden ließen. Tapek verscheuchte die Beschwörung mit einer Handbewegung. Das blaue Glühen verschwand und enthüllte Maras Sänfte auf dem Gehweg – leer. Er blinzelte, um die Müdigkeit zu verjagen, die die Anpassung der Augen an die Realität verlangsamte.

Maras Wachen und Diener waren fort, wahrscheinlich, um es sich in einem Wirtshaus bequem zu machen, während ihre Herrin im Tempel ihren Geschäften nachging. Die Sterne über ihnen hatten begonnen, in einer falschen Morgendämmerung zu verblassen, und Tapek war in schlechter Stimmung, weil er sich die Füße auf dem Kopfsteinpflaster wund gelaufen hatte. Er versetzte einen Sklaven in Angst und Schrecken, der die Stufen zum Tempel des Roten Gottes wischte, und schickte den Armen nach dem Hohen Priester. Ein Erhabener durfte gehen, wohin er wollte, doch selbst die Magier beachteten die Tradition. Und nach der Tradition betraten Magier einen Tempel niemals ohne Erlaubnis.

Shimone verhielt sich die ganze Zeit ruhig.

Glücklicherweise mußten sie nur kurz warten. Der Hohe Priester des Todesgottes hatte noch von dem Besuch mit Mara seine Robe an. »Womit kann ich Euch dienen, Erhabene?« Seine Verbeugung war formell und exakt in dem Grad der Ehrerbietung für einen seines erhabenen Ranges.

Tapek hielt seine Verärgerung zurück. »Wir suchen die Lady Mara, um ihr einige Fragen zu stellen.«

Der Priester richtete sich mit betroffenem Blick auf. »Das ist bedauerlich, Erhabener. Die Lady traf vor nicht langer Zeit hier ein, etwas verwirrt wegen persönlicher Probleme. Ich habe ihr meinen Rat angeboten, konnte sie jedoch nicht trösten. Auf ihren Wunsch zog sie sich ins innere Heiligtum des Tempels von Turakamu zurück. Sie hat die Abgeschiedenheit gewählt, Erhabener, zur Meditation und um Frieden zu finden. Wir können nur hoffen, daß mein Gott ihr die Kraft geben wird, ihre Schwierigkeiten zu überwinden.«

Tapek fühlte sich gereizt genug, um sich die Haare zu raufen, doch er beließ es dabei, die Kapuze zurückzuschieben. »Wie lange wird sie dort sein? Wir werden warten.«

Der Priester zitterte, möglicherweise vor Besorgnis, obwohl seine Augen erstaunlich ruhig wirkten, als er antwortete. »Es tut mir leid. Ich bezweifle, daß Lady Mara heute nacht herauskommen wird – und auch nicht in einer Nacht in nächster Zukunft. Sie hinterließ die Anweisung bei ihren Trägern, daß sie ihre Sänfte am Morgen auf ihre Güter bei Sulan-Qu zurückbringen sollen, denn sie würde einige Zeit hier in der Abgeschiedenheit weilen. Wochen zumindest, vielleicht sogar Monate.«

»Monate!« Tapek rutschte unruhig von einem Fuß auf den anderen, dann warf er dem Priester einen Blick zu. »Monate!« rief er erneut aus. Seine Stimme hallte über den leeren Platz. Der Erhabene fuhr gehässig mit seiner Tirade fort: »Ich kann kaum glauben, daß eine so ungewöhnliche Frau wie Lady Mara sich zu dieser vorgerückten Stunde Sorgen um ihren geistigen Zustand macht.«

Der Priester zupfte an seiner Robe, als suchte er seine von den Göttern übermittelte Würde. »Erhabener, eine Sterbliche mag zu jeder Zeit um den Zustand ihrer Seele beunruhigt sein«, berichtigte er sanft; dann faltete er in glückseliger Haltung die Hände.

Tapek drängte vor, als würde er die Treppe emporstürmen und den Frieden des Tempelvorplatzes mit Gewalt verletzen wollen. Doch Shimones Hand schoß vor und hielt ihn zurück.

»Denk nach«, sagte der ältere Magier mit scharfer Stimme.

»Die Heiligkeit der Tempel reicht Tausende von Jahren zurück. Warum sollten wir eine so althergebrachte Tradition wie ein Heiligtum brechen, Tapek? Mara muß einmal herauskommen. Und wenn sie es nicht tut, haben wir auch, was wir wollen, oder nicht?«

Der rothaarige Magier sah aus, als hätte er in eine saure Frucht gebissen. »Du und Hochopepa und Fumita – ihr seid Narren, wenn ihr sie zu schützen versucht!« sagte er in einem stürmischen Flüsterton, den nur sein Kollege hören konnte. »Sie ist gefährlich!«

»So gefährlich wie eine öffentliche Auseinandersetzung zwischen der Versammlung und den Tempeln?« fragte Shimone mit drohender Stimme.

Tapeks Wut schien sich etwas abzukühlen. »Du hast recht. Sie ist es nicht wert, daraus eine öffentliche Angelegenheit zu machen.«

Shimone nickte, still, doch zufrieden. Ein schwaches Summen erklang in der Luft, und als der Priester endlich bemerkte, daß die Auseinandersetzung vorüber war, waren die beiden Erhabenen in einer Brise und dem Echo von Tapeks Wut verschwunden.

Das Klacken der Spills auf den Decks des Handelsschiffes *Coalteca* wurde langsamer und hörte mit einem letzten dumpfen Schlag gegen die Ankerwinde ganz auf, als der schwere, lederumwickelte Steinanker eingeholt wurde. Der Kapitän bellte den Matrosen Befehle in die Takelung hinauf, damit sie die Geitaue lösten. Begleitet vom Quietschen der Falleinen stiegen die Rahnocken auf, und die mit leuchtenden Farben bemalten Segel blähten sich im Seewind. Mara hatte sich unter Deck zurückgezogen und ging in der winzigen Heckkabine auf und ab. Wie sehr sie sich auch danach sehnte, das Segelsetzen des Schiffes im Freien mitzuerleben – es war notwendig, daß sie sich versteckt hielt. Noch immer ärgerte Mara sich über den wochenlangen

Verzicht auf frische Luft und Sonnenlicht. Sie sah ihren Kommandeur an; auch sein normalerweise vom Wetter gezeichnetes Gesicht war blaß geworden während der Reise, die sie durch die Cho-ja-Tunnel von Sulan-Qu zum weit entfernten, auf einer Halbinsel gelegenen Hafen Kolth geführt hatte.

Mara hatte die südlichsten Ausläufer der Provinz Hokani nie zuvor bereist. Aber sie hatte von Jican Beschreibungen gehört, und eine ungestillte Neugier nagte an ihr. Nur zu gern hätte sie sich an Deck gestohlen, sogar noch in der finstersten Nacht, nur um die Stadt der Ebene zu sehen! Hier war der große Spalt, von dem Kevin in seine Heimatwelt Midkemia zurückgeschickt worden war, hier waren auch die herrschaftlichen Gildehäuser, der Mittelpunkt des kaiserlichen Handels im Süden.

Aber sie durfte sich nicht wegen irgendwelcher extravaganter Launen den Unmut der Versammlung zuziehen. Etwas Glück und Lujans Einfallsreichtum hatten eine falsche Fährte gelegt, die in Sulan-Qu endete, wo die Lady der Acoma sich offensichtlich in der Abgeschiedenheit des Tempels Turakamus befand. Wenn die Schwarzgewandeten nur im geringsten ahnten, daß sie getäuscht worden waren, wenn auch nur ein einziger armseliger Bettler sie auf der Straße zufällig als Gute Dienerin des Kaiserreiches erkannte, würden sie und ihre Familie sich sofort in Lebensgefahr befinden. Und so hatte Mara getan, was nach den Sitten der tsuranischen Aristokratie undenkbar war: Sie hatte die Kleider einer Sklavin angelegt und Sulan-Qu in Begleitung von Lujan und Saric verlassen, die beide die Rüstung von Söldnern trugen. Die Bauern und Händler, die noch vor Sonnenaufgang unterwegs waren, hatten sie für eine Kriegstrophäe gehalten. Nicht im geringsten hatten sie daran gedacht, ihr Sklavengrau in Frage zu stellen, sondern statt dessen offen auf ihre schlanke Figur und ihr glänzendes Haar gestarrt. Ein paar hatten schmutzige Bemerkungen gemacht, die Lujan entsprechend phantasievoll beantwortet hatte. Seine schockierende Roheit hatte die Tatsache überspielt, daß Saric, dem es zunächst nicht leichtfiel, die Tradition für ein Schauspiel abzuschütteln, bei den Beleidigungen, die Mara galten, erstarrte.

Die Botschaft eines Agenten von Arakasi hatte zu raschem Handeln gezwungen. Als Mara und ihre beiden Offiziere den Cho-ja-Stock auf ihren Gütern erreicht hatten, schlossen sich ihnen zehn handverlesene Krieger in wappenlosen Rüstungen an und noch ein Hafenarbeiter, den sie nie zuvor gesehen hatte, der jedoch Thuril als Muttersprache gelernt hatte. Kamlio begleitete sie, wieder in die gleichen Lumpen gekleidet, in denen Arakasi sie mitgebracht hatte, und ziemlich mißmutig angesichts der Aussicht, unterhalb der Erde mit diesen angsteinflößenden insektenähnlichen Wesen reisen zu müssen.

Erschöpft von der Anspannung, dem Eingesperrtsein und der ungewohnten Erfahrung, wie eine Ware angestarrt zu werden, warf sich Mara in die Kissen des Alkovens, den sie einst mit Kevin auf einer längst vergangenen Reise nach Tsubar geteilt hatte. In dieser vertrauten Umgebung schmerzte sein Verlust besonders stark, als hätten sie sich erst gestern getrennt. Fast bedauerte sie, die *Coalteca* gekauft zu haben; warum war sie nicht klug genug gewesen, auf Sentimentalitäten zu verzichten und irgendein anderes für die hohe See geeignetes Handelsschiff zu kaufen?

Doch die *Coalteca* war verfügbar gewesen, und sie hatte einfach gehandelt, ohne sich mit Jican zu beraten. Das Schiff brachte Glück, das spürte sie; ihr Triumph mit dem Lord der Xacatecas in Dustari brachte ihr noch immer die Bewunderung der Menschen im Kaiserreich ein, und gerade jetzt, wo so furchtbare Kräfte wie Jiro und die Versammlung gegen sie Aufstellung bezogen, brauchte sie jeden Rückhalt, um ihren Mut zu stärken – selbst einen, der im Aberglauben wurzelte.

Vielleicht hätte Kevin über ihre irrationale Haltung gelacht. Mara war selbst unzufrieden mit sich, weil sie in der Vergangenheit steckenblieb, während die Zukunft in Gefahr war, doch wenn sie sich von ihren Erinnerungen an ihren fremdländischen Liebhaber abwandte, dann nur, um sich wegen Hokanu Sorgen zu machen.

Ihr Ehemann wußte nicht, wo sie war, und er durfte um der Götter willen auch kein Sterbenswörtchen erfahren, ehe sie sich nicht tief im Gebiet der Thuril befand. Mara bedauerte sehr, daß sie seit ihrem unglücklichen Treffen nach Kasumas Geburt nur wenig Gelegenheit gehabt hatte, mit ihm zu sprechen. Jetzt wünschte sie sich mehr als alles andere, sich ihm anvertrauen zu können, sehnte sie sich nach seinem unerschütterlichen Verständnis und seinen scharfsinnigen Erkenntnissen. Sie machte sich Sorgen seinetwegen, weil er gegen Verwandte kämpfen mußte, die versuchten, in der Familienhierarchie aufzusteigen. Nach dem Tod eines starken Herrschers waren Auseinandersetzungen unvermeidlich, wenn andere sich als Rivalen des Erben verstanden und ihre Ziele befriedigen wollten. Mara seufzte. Sie hoffte, daß Hokanu, wenn er das von Ichindar angebotene Amt annahm, ihre Kinder am Kaiserhof besuchen würde. Kasuma sollte nicht ohne die Liebe eines Vaters aufwachsen, und Justin war ganz sicher viel zu unbändig für die kaiserlichen Bediensteten, die allesamt nicht genügend Rückgrat besaßen, ihn in die Schranken zu verweisen. Mara seufzte erneut und fragte sich, ob sie vielleicht nur deshalb aus Thuril zurückkehren würde, zusammen mit einer Unterstützung gegen die furchtbare Macht der Magie, um von zwei kleinen, zu Flegeln entarteten Kindern geplagt zu werden.

»Ihr fragt Euch, ob diese Reise nicht ein Irrtum war?« bemerkte eine ruhige Stimme vom Niedergang her.

Mara sah auf, überrascht, Saric in der Tür zu ihrer Kabine zu sehen. Das Knarren des fahrenden Schiffes hatte das Herannahen des Beraters übertönt, und die einfache Robe, die er trug, verschmolz mit seinem Schatten.

Mara lächelte matt. »Ich denke, es wäre auch ohne Kamlios

Mißmut gegangen«, sagte sie und wollte ihre wirklichen Gedanken nicht preisgeben.

Saric antwortete mit einem lebhaften Grinsen, das er immer dann aufsetzte, wenn er zum Scherzen aufgelegt war. »Sicher, ihren Klagen über die Schlafgelegenheiten hätte man entnehmen können, sie wäre die Herrin und Ihr die unterdrückte Dienerin.«

Mara lachte. »War ich so mürrisch?«

Ihr Berater ließ sich anmutig auf einer Seekiste nieder. »Habt Ihr Euch so mürrisch gefühlt?« fragte er.

»Ja.« Plötzlich spürte Mara, wie sich ihre Stimmung mit der Bewegung des segelnden Schiffes hob, und sie zog die Nadeln aus ihrem Haar und ließ es über ihren Rücken herabfallen. Sie deutete im düsteren Licht der Kabine auf die prächtig gewebten Kissen und perlenbestickten Vorhänge, die sie bei einem Wüstenhändler erstanden hatte und die bei jeder Krängung des Schiffes klapperten und raschelten. »Ich bin die engen Wände und die Heimlichtuerei leid.« Daß sie nervös war, sagte sie nicht. Sie ging ohne die Insignien ihres Ranges in ein fremdes Land, begleitet nur von zehn Soldaten und einem Führer, der von Hirten aufgezogen worden war! Das war ganz und gar nicht mit ihrer letzten Reise nach Dustari zu vergleichen, wo sie von ihrer eigenen treuen Armee begleitet worden war und ihr Kommandozelt und all ihre gewohnten Annehmlichkeiten zur Hand gehabt hatte.

Saric sah sie ironisch an. »Ihr wünscht, Ihr hättet dem Risiko nachgegeben und in Kolth noch eine Sänfte gekauft.« Das Glitzern in seinen Augen deutete an, daß er noch mehr zu sagen hatte. Mara enthielt sich eines Kommentars, bis sich ihr Erster Berater die geradegeschnittenen Locken aus dem Gesicht strich und fortfuhr: »Lujan hat sich auf den Märkten umgetan, müßt Ihr wissen. Er hat eine gebrauchte Sänfte gefunden, ein riesiges schwarzlackiertes Ding mit Flußsteinen und Fransen.«

Er machte eine kunstvolle Pause.

»Erzählt weiter«, forderte sie ihn auf, geschickt abgelenkt von ihrer schlechten Laune. »Warum hat unser tapferer Kommandeur dieses Monstrum nicht gekauft?«

Saric lächelte noch breiter und teuflischer. »Es fand sich kein Träger auf dem Sklavenmarkt, der genug Fleisch auf den Rippen gehabt hätte, dieses verdammte Ding hochzuheben, und es wären nicht genügend Hände zur Verteidigung übriggeblieben, wenn Eure Leibwache die Last hätte tragen müssen. Übrigens meinte Lujan, wenn Ihr zusammen mit Arakasis Kurtisane länger als eine Stunde darin eingesperrt wärt, würde es nur damit enden, daß Ihr Euch wie Tseeshas bekämpft.«

Mara fiel die Kinnlade herunter bei dem Vergleich mit den katzenartigen Tieren, die für ihre Kampfeslust bekannt waren. »Das hat Lujan gesagt?«

Saric sagte nichts, und das erklärte alles. »Lujan hat nichts dergleichen gesagt!« warf sie ihm entrüstet entgegen. »Was für einen Unfug heckt Ihr jetzt wieder aus, auf Kosten Eures Cousins?«

Saric war ehrlich genug, verlegen dreinzuschauen.

»Raus!« schrie seine Herrin. »Laßt mich allein und schickt Kamlio zu mir. Wenn sie schon kein Bad nehmen will, ich brauche ganz sicher eines, bevor wir so weit von der Küste entfernt sind, daß die See zu rauh dafür ist.«

»Wie meine Herrin befiehlt«, sagte Saric und erhob sich geschmeidig, um sich zu verbeugen.

Als er hinausging, ganz und gar ohne Anzeichen von Scham, begriff seine Herrin, daß er sein Ziel erreicht hatte; ihre niedergeschlagene Stimmung war verflogen. Zwar hatte sie die Stadt der Ebene verpaßt und das Einschiffen in Kolth; aber sie befand sich auf dem Weg in ein Gebiet, das ihres Wissens noch kein Tsurani betreten hatte.

Sämtliche Berge von Thuril lagen vor ihr, und ihr Herz hüpfte vor Erwartung auf unbekannte Abenteuer.

Später stand Mara gebadet und in Düfte gehüllt, wenn auch einfach gekleidet, am Bug der *Coalteca* und blickte auf das Wasser, sah, wie die Gischt aufspritzte und in sich zusammenstürzte und die schillernden Jalor-Fische durch das Naß hüpften. Sie lachte vor Vergnügen, als ihre Schuppen im Sonnenuntergang aufblitzten, etwas, das Kamlios scharfem Blick entging.

»Was seht Ihr bloß in dieser trostlosen See, das Euch so amüsiert?« fragte die ehemalige Kurtisane säuerlich. Es hatte den Anschein, als ließe sie die ehrerbietige Anrede »Herrin« absichtlich weg, um Mara herauszufordern.

»Ich sehe Schönheit«, antwortete Mara und tat so, als hätte sie die Verbitterung hinter der Frage nicht bemerkt. »Ich sehe Leben. Wir müssen die Augenblicke des Friedens zwischen den Kämpfen wertschätzen. Das habe ich gelernt, seit ich Herrscherin wurde.«

Lujan näherte sich von mittschiffs. Sein federbuschloser Helm schimmerte kobaltblau vom Widerschein des dunkler werdenden Himmels. Er verbeugte sich vor Mara. »Wir machen gute Fahrt, Mistress.«

Mara zog ihre Augenbrauen hoch. »Seid Ihr unter die Seefahrer gegangen, Kommandeur?«

Lujan lächelte, sein Ausdruck war weniger unterwürfig als der von Saric, hatte immer etwas Keckes. Wieder hatte Mara den Eindruck, als müßte sie diesen Augenblick würdigen.

»Nein«, räumte er ein, »aber der Kapitän sagte es mir.« Er verzog das Gesicht, als er den Helm abnahm; er saß längst nicht so gut wie der ausgefeiltere, den er in Sulan-Qu zurückgelassen hatte. Er fuhr sich mit den Fingern durch das feuchte Haar und atmete die Seeluft tief ein.

Mara ignorierte Kamlios Gleichgültigkeit. »Diese Reise bringt Erinnerungen zurück.«

Lujans Blick wanderte den Fockmast empor zu den prallen Segeln, die das letzte goldene Sonnenlicht einfingen. »Ich vermisse den Barbaren auch, Herrin. Obwohl er bei der letzten Fahrt die Hälfte der Zeit mit dem Gesicht über einem Eimer zubrachte.«

Mara mußte lachen. »Hartherziger Soldat«, meinte sie anklagend. »Eines Tages wird auch Euer Magen das Opfer eines Sturms werden, und dann denkt Ihr nicht mehr, daß die Seekrankheit ein Spaß ist.«

»Götter im Himmel«, sagte Lujan mit beißender Schärfe, »wünscht mir kein solches Schicksal an den Hals, wenn mein Cousin an Bord ist. Er würde mir als Medizin eine Suppe mit Fischschuppen kochen und dann allen meinen Lieblingsmädchen erzählen, wie ich mit grünem Gesicht aussah.« Als Kamlio sich in stummer Feindseligkeit immer mehr versteifte, lächelte Lujan sie mit jenem charmanten Grinsen an, das die Hälfte der Prostituierten in der Provinz dazu brachte, sich gefährlich weit über die Brüstungen zu lehnen, um ihn anzusprechen. »Ich wollte Euch nicht kränken, schöne Blume, aber alle meine Mädchen lieben ihren Beruf. Sie mißgönnen nicht, was sie mir gewähren, und ich behandle sie nicht wie mein Eigentum. Ich bin weder der Händler, der Euch kaufte und als Bettgespielin ausbildete, noch einer der Herren, die Euch benutzten. Nehmt Euch diese Weisheit zu Herzen, und hört auf, in den Gesichtern eines jeden Mannes, dem ihr zufällig begegnet, jene anderen zu suchen.«

Kamlio sah aus, als wolle sie Gift spucken. Dann warf sie ihre honiggoldenen Haare zurück, raffte die billige Flickenrobe zusammen und stapfte in steifer Haltung ohne ein weiteres Wort davon. Sie bewegte ihren Kopf keinen Millimeter, als sie die Matrosen flüstern hörte und die bewundernden Blicke der Seemänner spürte, sondern hastete den Niedergang hinunter in die Kabine, die ihr zugewiesen worden war.

»Sagt es nicht«, murmelte Mara leise, als sie das Schimpfwort ahnte, das ihr Kommandeur gerade aussprechen wollte. »Ihr würdet sie bestimmt weniger feindselig stimmen, wenn Ihr aufhören würdet, sie ›schöne Blume‹ zu nennen.«

Lujan zeigte einen gequälten Gesichtsausdruck. »Aber das ist sie. Und wenn sie sich die Haut zerkratzen würde und voller Narben wäre, würde ihr Körper dennoch einen Mann reizen und zum Schwitzen bringen.« Dann errötete er wegen der freizügigen Worte, als ob er sich erst jetzt erinnerte, daß die Person, mit der er sprach, weiblich war und noch dazu seine Herrin.

Mara berührte seinen Arm, um ihn zu beruhigen. »Ich fühle mich durch Euren persönlichen Ton nicht angegriffen, Lujan. Ihr seid für mich der Bruder, den ich verloren habe, von der Stunde an, seit Ihr damals in jenem Tal in meinen Dienst tratet.«

Lujan stülpte den Helm wieder über die wirren Haare. »Lady, ich kenne Euch wie mein eigenes Herz. Aber diese Kamlio verwirrt mich. Ich weiß nicht, was Arakasi in ihr sieht.«

»Er sieht sich selbst«, antwortete die Lady. »Er sieht Dinge aus seiner Erinnerung und möchte ihr die Schmerzen ersparen, die er selbst einmal erlitten hat. Darin liegt eine große Anziehungskraft.« Sie starrte hinaus in die Dunkelheit und fragte sich, ob das auch der Grund war, warum sie so sehr unter der angespannten Beziehung zu Hokanu litt. Schweigend dachte sie darüber nach, ob Lujan, als Mann, vielleicht die kalte Reaktion ihres Gatten auf die Geburt seiner Tochter verstehen konnte. Wenn Lujan ihr Bruder wäre und nicht ihr Kommandeur, hätte sie ihn vielleicht gefragt. Aber hier, in aller Öffentlichkeit auf dem Deck eines Schiffes, hielten Tradition und äußere Umstände sie davon ab.

Die hereinbrechende Dunkelheit hüllte sie wie ein Vorhang ein und vermittelte das Gefühl von Privatheit. Mara studierte das Gesicht des Kommandeurs im Zwielicht. Neue Linien hatten sich in sein Gesicht eingegraben, und die Schläfen waren grauer als damals, als sie ihn aus seinem Leben als Grauer Krieger befreit hatte. Erst jetzt bemerkte sie, daß die vielen Stunden, die er bei Wind und Wetter damit verbrachte, Truppen zu drillen, Spuren in seinem Gesicht hinterlassen hatten. Sein Teint wurde genauso ledern wie der von Keyoke. *Wir werden älter*, dachte Mara traurig. *Und was bleibt von unserem Leben und unseren Mühen?* Ihre eigenen Kinder waren vor ihren Feinden ebensowenig sicher wie sie selbst; und wenn Hokanu im Herrschen und Befehlen nicht so geübt gewesen wäre, hätte er vielleicht längst das Blut seiner eigenen Familie vergießen müssen, um seine Cousins in Schach zu halten.

Mara seufzte. Sie wußte, wenn ihr Bruder an ihrer Stelle überlebt und das Erbe angetreten hätte, hätten die Minwanabi mit großer Wahrscheinlichkeit die Nachfolge als Kriegsherr angetreten, und die unsicheren und gefährlichen Veränderungen durch die Verlagerung der Macht auf den Kaiser wären niemals möglich gewesen. Manchmal rief Lujans neckender Humor Lanokotas Bild in ihr hervor. Aber ihr Bruder war kaum im Mannesalter gewesen, hatte sich gerade erst an den Herausforderungen des Lebens gemessen, als sie ihn verlor. Der Mann neben ihr verfügte jedoch über die ganze Kraft und Reife eines Kriegers. Die Härte, die sich während seiner Jahre als Geächteter in ihn hineingefressen hatte, war nie ganz gewichen, trotz seiner inbrünstigen Loyalität und der Zuneigung, die sein Vorgänger Keyoke ihm entgegenbrachte. Von der plötzlichen Einsicht getroffen, daß ein solch braver Mann Söhne haben sollte, platzte Mara spontan heraus: »Ihr solltet heiraten, denke ich.«

Lujan lehnte mit dem Rücken an der Reling und grinste. »Ich habe erst kürzlich gedacht, daß vielleicht die Zeit für einen Sohn oder eine Tochter gekommen ist.«

Das Geschehen zwischen Arakasi und Kamlio hatte Maras Wahrnehmung erhöht, und sie fragte sich plötzlich, ob er möglicherweise eine Frau liebte, die er nicht um eine Heirat bitten konnte. »Habt Ihr jemanden im Auge?«

Lachend sagte er mit einem zärtlichen Blick: »Wir sind immerhin schon bei weniger als einem Dutzend.«

Mara wußte, daß sie das Opfer eines kleinen Spaßes geworden war. »Ihr seid und bleibt ein Gauner! Sucht eine verständnisvolle Frau, die Euch Euer freches Wesen nicht übelnimmt, Lujan.«

»Sie würde mich auf jeden Fall schelten«, entgegnete der Kommandeur. »Wißt Ihr, ich habe diese schreckliche Angewohnheit, meine Waffen auch im Bett zu tragen.«

Das war nur halb im Scherz gesagt; die Ereignisse der vergangenen Jahre, seit sie als Herrscherin an die Macht gekommen war, veranlaßten alle ihre Krieger, ständig kampfbereit zu sein. Es hatte einfach zu viele Angriffe aus zu vielen unbekannten Richtungen gegeben. Schlimmer noch, kein Schwert konnte sie jetzt mehr schützen. Mara verlor ihre Lust am humorvollen Geplänkel. Sie starrte hinaus auf den Horizont und fragte sich, ob sie an diesen fernen, unbekannten Ufern finden würde, was sie so dringend brauchte, um das Überleben der Acoma zu gewährleisten.

»Land in Sicht!« rief der Wachposten vom Ausguck herunter.

Mara eilte zur Reling; die morgendliche Brise ließ ihre Wangen erröten. Sogar Kamlio, die nirgendwohin mit Begeisterung ging, folgte. Östlich der *Coalteca* zeigte sich eine äußerst feine indigoblaue Erhebung – für alle an Bord seit Tagen das erste Mal, daß sie während der flotten, aber ereignislosen Überfahrt ein Ufer entdeckten.

»Honshoni«, sagte Lujan. »Es heißt, der Honig der Rotbienen aus diesen Bergen wäre süßer als irgendwo sonst im Kaiserreich.«

Lepala war auch berühmt für seine Seide und seine exotischen Farbstoffe – und die wunderschön gemusterten Stoffe, zu denen jener Reichtum ermutigte. Mara seufzte, sie wollte anhalten und die Märkte auf den Kais im Süden erforschen. Über Xula, Lepala und Rujije gab es bezaubernde Geschichten von Gebäuden mit Türmchen und Galerien mit scharlachroten Brüstungen. Von den Lords von Lepala sagte man, daß sie seltene Fische in Becken hielten und die Zahl ihrer Harems in die Hunderte ging. Die Wohnhäuser hatten durchbrochene Läden, die vor der Sonne schützten und die kräftige Meeresbrise durchließen; ebenso Gärten mit riesigen, an das heiße Klima gewöhnten Blumen, die nur bei Einbruch der Dunkelheit ihre Blüten öffneten, um die Abendluft so lange mit exotischen Düften zu erfüllen, bis die nächtliche Kälte sie veranlaßte, sich wieder zu schließen. Die Straßen waren mit einem Stein gepflastert, der golden schimmerte, wenn er feucht war, und dem Klatsch und Tratsch der Seemänner nach hatten die Verkaufsstände und Bordelle etwas Exotisches. Ihre Geschichten kündeten von erstaunlich berauschenden Getränken, von Gasthöfen voller farbenfroher, in Käfigen eingesperrter Vögel und Speiselokalen, in denen hübsche Mädchen und Knaben den Gästen mit riesigen Federfächern kühle Luft zufächerten. Aber die *Coalteca* würde in keiner dieser geschäftigen Handelsstädte vor Anker gehen, ehe nicht Mara und die anderen gefahrlos an einer verschwiegenen, unbewohnten Stelle weit hinten in der Bucht zwischen Honshoni und Sweto abgesetzt worden waren. Nur ein paar wenige Fischerdörfer lagen verstreut entlang den Küsten im Norden und Süden.

Auf einen Teil des Küstenstreifens im Osten erhob die Konföderation von Thuril Anspruch; es war ihre einzige Verbindung zur See. Da die Magier der Versammlung innerhalb der Grenzen des Kaiserreiches überall nach Lust und Laune auftauchen konnten, war Mara mit ihren Beratern übereingekommen, keine unnötige Landung zu riskieren. Die reguläre Fracht der *Coalteca* sollte auf ihrem Rückweg nach Norden gelöscht werden, und wenn den Schwarzgewandeten oder irgendeinem heimlichen Spion der Anasati die Abweichung von ihrem normalen Segelkurs verdächtig vorkommen sollte, würde die Lady schon weit fort sein, tief im fremden Land und, wenn die Götter gnädig waren, außerhalb ihrer Reichweite.

Sie landeten einige Tage später an einem Ort, der so trostlos war, wie Mara es sich nur in einem Alptraum hätte vorstellen können. Der Brückenkopf, an dem die Barkasse sie absetzte, war verlassen, ein graublauer Halbmond aus feuersteinartigem, von der See ausgewaschenem Schiefer, um den sich Vögel mit sichelförmigen Schwingen scharten. Während Lujan sie über die Ruderbank hob und ans Ufer trug, kreisten über ihnen weiße und indigofarbene Küstenvögel, deren Schreie über dem Geräusch des Windes und dem Rauschen der Brecher klagend widerhallten. Staub wehte über die rauhen, nur spärlich mit Sträuchern bewachsenen Hügel im Landesinnern. Hinter ihnen erhoben sich die Plateaus des Hochlands, die in der Entfernung graublau schimmerten und am Horizont von Bergen abgelöst wurden, deren Gipfel hoch in den Himmel ragten und sich in leicht dahintreibenden Wolkenmassen verloren. Der Grat der Bergkette bestand aus Schiefer und hatte sich für die Tsurani als uneinnehmbar erwiesen, als sie versucht hatten, Krieg gegen die Thuril zu führen. Immer wieder waren die Kaiserlichen Streitkräfte in dieses unwirtliche Land eingefallen, nur um sich jedes Mal aufs neue von den wilden, nackten Schwertkämpfern mit der bemalten Haut und dem barbarischen Kriegsgeschrei durch die Gebirgsausläufer hindurch zurückdrängen zu lassen.

Der Führer, ein kleiner Mann mit einer sanften Stimme und einer Haut, die so faltig war wie die Schale einer getrockneten Frucht, hielt vor ihr an. »Mylady, es wäre gut, wenn Ihr Euren Leuten befehlen würdet, sich nicht blicken zu lassen«, sagte er in seinem gestelzten Akzent.

»Ich werde ihnen einen Grund nennen müssen«, antwortete Mara. »Sie sind ehrenvolle Krieger, und es würde ihnen wenig gefallen, wenn sie wie Diebe umherschleichen müßten, insbesondere, wo es hier kaum Häuser gibt, nicht einmal eine Fischerhütte.«

Der Führer spielte mit der Zunge in der Lücke, die durch zwei fehlende Vorderzähne entstanden war. Er trat von einem Fuß auf den anderen und fühlte sich offensichtlich unbehaglich, dann verbeugte er sich rasch. »Mylady, der Frieden zwischen dem Kaiserreich und Thuril ist nicht sehr stabil. Nur offizielle Gesandte und Händler mit einer entsprechenden Erlaubnis überqueren die Grenze, und das auch nur an bestimmten Übergängen. Sollten Eure Leute weniger als zwei Fußmärsche entfernt von diesem Küstenstreifen oder in der Nähe der Grenzen des Kaiserreiches gesehen werden, würde man Euch für Spione halten.« Wie immer die Thuril mit Spionen umgehen mochten, die Anspannung in seinem Gesicht verhieß nichts Gutes.

Mara wußte, daß ihre eigenen Leute festgenommene Thuril für die Spiele in der Kaiserlichen Arena verwendeten, und so bestritt sie die Notwendigkeit, sich zu verbergen, nicht länger. Sie winkte Lujan zu sich. »Kommandeur«, flüsterte sie leise in sein Ohr, »wir sind jetzt sehr auf Eure Erfahrungen als Grauer Krieger angewiesen, denn wir müssen unsere Anwesenheit hier so lange verbergen, bis wir weit im Landesinneren sind.«

Lujan lächelte stürmisch; einige Haarsträhnen quollen unordentlich unter seinem Helm hervor. »Ach, Mylady, dann kennt Ihr auch den letzten meiner Schliche! Wenn Ihr erst wißt, wie gut sich ehrenvolle Krieger zum Herumschleichen eignen, könnt Ihr ihnen dann noch die Bewachung Eurer Kostbarkeiten anvertrauen?«

»Sie können meine Kostbarkeiten haben, zusammen mit meinem Segen, wenn wir das Ziel unserer Reise erreicht haben«, erwiderte Mara. Ihr stand in diesem Augenblick nicht der Sinn nach Humor, als sie den ersten Vorgeschmack auf die Entbehrungen spürte, denen sie an diesen fremden Ufern begegnen würden.

Die nächsten Tage erinnerten Mara an die Reise, die sie kurz vor ihrer ersten Eheschließung zur Königin der Cho-ja geführt hatte. Wie damals schlief sie auch jetzt nur geringfügig geschützt auf hartem Boden inmitten einer kleinen Gefolgschaft von Kriegern. Teilweise war sie zu Fuß gegangen, weil der Pfad zu holprig und steil gewesen war, als daß sie in der Sänfte hätte bleiben können. Auch damals war äußerste Eile geboten gewesen, als ihr Trupp in tiefer Nacht die Anwesen feindlicher Lords durchquert hatte.

Aber in Kelewan war dichter Wald, fast ein Dschungel, in dem sie sich hatten verstecken können. Lang anhaltender Nebel hielt ihren Trupp im Morgengrauen und in der Abenddämmerung verborgen, und Träger schleppten Vorräte.

Die spärlichen Büsche und das Gras auf dem steinigen Boden in Thuril boten ihnen jedoch nur wenig Schutz. Manchmal mußte sie in Rinnen marschieren, und der Wind in diesen Höhen brachte sie zum Frösteln. Ihre dünnen Sandalen hatten sich vom Stehen auf kleinen Moosflächen mit Wasser vollgesogen. Die scharfen Stengel des Ried-Grases zerkratzten ihre Knöchel, und ihre Hände waren ganz gefühllos von dem Gehstock, den sie benötigte, um das Gleichgewicht zu halten. Einmal streiften sie ein Dorf, robbten im Mondlicht bäuchlings durch das Gras. Hunde bellten ihnen hinterher, doch die schlafenden Hirten wachten nicht auf.

Mara gewöhnte sich an den Geschmack von zähem Wild, das die Krieger mit ihren Bögen erlegten. Sie hatte von den langen Fußmärschen Schmerzen an Stellen, von denen sie nicht gewußt hatte, daß sie dort überhaupt Muskeln hatte. Auf eine erstaunliche Weise genoß sie die Freiheit und das Leben unter dem hohen Himmelsgewölbe voller treibender Wolken. Aber ihre größte Freude bestand darin, Kamlio zu beobachten.

Zum ersten Mal in ihrem Leben ohne Zofen, die sich um sie kümmerten, ließ sie ihre langen Haare einfach hängen, zerzaust und durcheinander. Sie kniff die Lippen nicht mehr zusammen oder wurde blaß, wenn die Krieger mit ihr sprachen; die paar, die sich ihr genähert hatten, waren schroff zurückgewiesen worden, und anders als die anderen Männer, die sie vor Arakasi gekannt hatte, ließen sie sie auch in Ruhe, wenn sie darum bat. Sie wusch sich allein in eisigen Bächen und Strömen und bot scheu ihre Hilfe an der Feuerstelle an, wo schnell offensichtlich wurde, daß sie gerne kochte. Sie bat Lujan, ihr beizubringen, wie sie sich mit einem Messer selbst verteidigen konnte. Diese Übungen begannen jede Nacht im Halbdunkel, und Kamlios liebliche Stimme verwandelte sich dann in die scharfen Flüche einer Fischersfrau, wenn sie nicht richtig getroffen hatte und es von neuem versuchte.

Lujan nahm ihre giftige Laune mit Gelassenheit. »Wirklich«, sagte er eines Abends, als es ihr besonders schlecht zu gehen schien, »Ihr solltet Arakasi bitten, Euch den Umgang mit dem Messer zu zeigen. Er ist ein Meister in dieser Kunst und weiß am besten, wie man das Handgelenk einsetzen muß.«

Kamlio wirbelte rasend vor Wut herum, und der Kommandeur bekam ihre Hand direkt hinter der blanken Klinge ihrer Waffe zu fassen. Er war sich nicht ganz sicher, ob sie nicht zustoßen würde.

»Bei den Göttern!« schrie Kamlio tief beleidigt. »Genau er ist es, vor dem ich mich schützen wollte!«

Sie riß sich los und stolzierte in die Dunkelheit davon. Lujan sah ihr nach; er schnalzte mißbilligend mit der Zunge. »Frau, niemand besiegt unseren Supai mit einem Messer.« Als sie verschwand, fügte er leise hinzu: »Ihr braucht nichts zur Verteidigung. Ich glaube, wenn Ihr Arakasis Herz herausschneiden wolltet, würde er ruhig stehenbleiben und es zulassen.«

Viel später in dieser mondlosen Nacht wachte Mara auf und hörte das Mädchen schluchzen. »Du mußt Arakasi nicht wiedersehen, Kamlio«, sagte sie sanft. »Das ist doch das Problem, nicht wahr?«

Die ehemalige Kurtisane antwortete nicht, aber ihr Schluchzen versiegte schließlich, und sie schlief ein.

Am nächsten Morgen war es bewölkt und kühl. Kamlio kehrte mit geröteten Wangen und Augen vom Holzsammeln zurück. »Er hat meine Schwester umgebracht!« fauchte sie die Lady der Acoma an, als wollte sie den nächtlichen Wortwechsel fortsetzen.

»Er hat den Obajan der Hamoi Tong auf meinen Befehl hin getötet«, verbesserte Mara. »Deine Schwester starb durch die Pfeile der Tong.«

Kamlio warf das Holz auf Lujans glimmendes Feuer, und eine Wolke aus Funken und Rauch stieg empor.

Der Hirte fluchte in seiner Heimatsprache. »Dummes Weib, Eure Laune könnte uns alle das Leben kosten!«

Lujan reagierte zuerst. Er riß den Umhang von seiner Rüstung, warf ihn ausgebreitet über das winzige Feuer, sprang dann zum danebenstehenden Wassereimer und begoß das Kleidungsstück, noch bevor es auflodern konnte. Schwache Dampfwölkchen entstiegen den Falten, und der Gestank verbrannter Querdidrawolle verbreitete sich. »Sofort das Lager abbrechen«, zischte er seinem Unteroffizier zu. »Wir marschieren ohne Frühstück los. Der Rauch wurde möglicherweise gesehen, und wir dürfen die Sicherheit unserer Herrin nicht aufs Spiel setzen.«

Der kleine Hirte warf dem Kommandeur der Acoma einen dankbaren Blick zu, daß er soviel gesunden Menschenverstand besaß, und innerhalb weniger Minuten war Maras Gruppe wieder unterwegs, hielt sich an Gräben und was die Natur in diesem öden Gelände sonst noch an Schutz hergab.

Vier Tage später hielt der Führer es für sicher genug, auch in etwas offenerem und schutzloserem Gelände zu gehen. Er ließ sich von Mara Münzen geben und wagte den Abstieg in ein schmales, raucherfülltes Tal, um auf einem Dorfmarkt Vorräte zu kaufen. Die kaiserlichen Centis waren verdächtig, aber sie besaßen einen Wert, und die Landbevölkerung mit ihren einfachen Bedürfnissen fragte nicht nach der Herkunft der Währung oder nach denen, die sie ausgaben. Mara vermutete, daß sie nicht die erste Person aus Tsuranuanni war, die der Führer hier entlangführte. Das Schmuggeln zwischen dem Kaiserreich und Thuril war riskant, versprach aber hohe Gewinne – eine verständliche Berufung für einen Mann gemischter Herkunft, der die Grenzen beider Kulturen überschreiten konnte.

Der Hirte kam mit zwei Felltaschen voller Proviant zurück und brachte außerdem für Lujan als Ersatz für den Umhang, der bei dem Feuer vernichtet worden war, einen neuen aus dem Stoff mit, den die Bergleute herstellten. Er transportierte die Lasten auf dem Rücken eines kleinen grauen Tieres, das wie ein Pferd aussah, aber lange Ohren und einen Schwanz wie ein Pinsel hatte.

»Ein Esel«, erwiderte der Hirte als Antwort auf Maras neugierige Frage. Sein rauher Akzent erschwerte es, das Wort zu verstehen, doch Mara erkannte die midkemische Herkunft. Daß es hier ein Tier gab, das von der anderen Seite des Spalts stammte und durch das Kaiserreich hergekommen sein mußte, machte deutlich, daß der Schmuggel einen großen Teil am Handel dieser Region ausmachte. »Er ist weniger störrisch als eine Querdidra, Mylady, und stark genug, um darauf zu reiten.«

Bei diesen Worten wölbte Mara die Brauen. »Ich soll darauf reiten? Aber es ist kaum so groß wie ein neugeborenes Needra-Kalb!«

»Dann müßt Ihr eben laufen«, entgegnete der Hirte beinahe respektlos. »Aber Ihr könnt Euch in den schieferbedeckten Höhen die Knöchel verstauchen, und Eure Krieger ermüden sicher schnell, wenn sie Euch tragen müssen.« Für Kamlio hatte er Stiefel mit festen Sohlen gekauft, die vorne geschnürt wurden und oben mit Pelz verziert waren. Mara beäugte das häßliche Schuhwerk mißmutig und betrachtete den Esel beklommen. Dann ergab sie sich mit einem Seufzer in ihr Schicksal. »Ich werde reiten«, sagte sie. »Zeigt Lujan, wie er mir beim Aufsteigen behilflich sein kann.«

Der Hirte führte wieder eine seiner schnellen Verbeugungen aus; Mara war überzeugt, daß es seine Art war, seine Erheiterung zu verbergen.

»Fürchtet Euch nicht«, neckte Lujan, als er neben sie trat. »Denkt daran, wie ich mich an jenem Tag in der Wüste fühlte, als ich auf einen Cho-ja steigen mußte. Sie waren nicht nur viel glitschiger, ich fürchtete auch noch, hinunterzurutschen und dabei auf mein eigenes Schwert zu fallen.«

»Das war Kevins Idee, nicht meine«, sagte Mara zu ihrer Verteidigung und nahm dann allen Mut zusammen, als der Kommandeur sie hochhob und wie eine Feder auf den gefärbten Ledersattel setzte, der für den Ritt in die Berge auf dem Rücken des Tieres festgezurrt war.

Das Tier war klein, versuchte Mara sich zu beruhigen, und der Boden war weniger als eine Tuchelle entfernt. Bei einem Sturz würde sie sich höchstens ein paar blaue Flecken holen, ein geringer Preis, wenn sie dafür in diesen fremden, öden Bergen den Schutz vor den Erhabenen finden konnte. Und in der Tat spürte sie den Gang des Esels kaum, der mit kurzen Schritten und Hufen, die wunderbar sicher ihren Tritt fanden, den Pfad entlangtrottete.

Mara fand ihren Platz auf dem Rücken des Tiers nicht besonders bequem, aber sie verbarg ihre Qualen hinter der den Tsuranis eigenen Haltung, sich in das Unabänderliche zu fügen, während die Gruppe sich immer höher in die verbotenen Berge hinaufwand. Am Nachmittag, als sie abstieg und das Tier zum Tränken geführt wurde, gestand sie Lujan, daß sie die Einfuhr von Eseln verhindert hätte, wenn sie gewußt hätte, was für Geschöpfe es waren. »Tatsächlich ein kleines Pferd«, hatte sie geschnaubt und sich steif auf die Erde gesetzt, um mit den anderen eine Mahlzeit aus hartem Brot und saurem Käse zu sich zu nehmen.

Lujan grinste nur. »Sie sind äußerst zuverlässig, hörte ich. Der

Mann, der sie über die Grenze bei Honshoni verkauft, sucht schon eine andere Herde, weil sie die Querdidra als Lastentiere bei weitem übertreffen.«

Mara konnte nicht umhin, ihm zuzustimmen, trotz ihres schmerzenden Hinterteils. Sie hatte die Gesellschaft der übelriechenden, bösartigen Querdidra ausgehalten, als sie im Kampf gegen die Wüstenräuber die Berge Tsubars überquert hatten. Aber als der Esel seinen faserigen Schweif hob, um seinen Dung abzulassen, behielt sie ihre Meinung für sich. Selbst wenn er dem launenhaften, sechsfüßigen einheimischen Lastentier überlegen war, seine Gewohnheiten waren genauso unsauber.

Plötzlich wirbelte der Hirte herum, das Stück Brot in seiner Hand war völlig vergessen. Er hielt das Gesicht in den Wind, kniff die Augen zu schmalen Schlitzen zusammen und ließ den Blick über die öden, von Sträuchern bedeckten Hügel schweifen, ganz als könnte er in den Felsen und der Pflanzenwelt wie in einer Buchrolle lesen. »Wir werden beobachtet«, sagte er leise zu Lujan. »Den Verdacht habe ich, seit wir das Dorf verlassen haben.«

Der Kommandeur aß weiter, als wäre nichts geschehen, als wären sie nicht unmittelbar bedroht. »Sollen wir uns bewaffnen?« wollte er wissen.

Der Hirte drehte sich um und sah ihn entsetzt an. »Nicht, wenn Euch Euer Leben lieb ist. Nein. Macht weiter. Tut so, als sei alles in Ordnung. Und wenn sich jemand nähert, vermeidet jede bedrohliche Bewegung, ganz egal, was auch gesprochen oder getan wird, um Euch zu provozieren. Stellt sicher, daß kein Hitzkopf unter Euren Männern ist, der spricht oder sein Schwert zieht.«

Lujan antwortete mit einem gleichmütigen Lächeln, das nur Mara als vorgespielten Humor erkannte. »Nehmt ein bißchen Käse«, lud er den Hirten ein.

Aber allen war der Appetit vergangen, und nach kurzer Zeit

machte sich die Gruppe wieder auf den Weg. Sie waren jedoch kaum ein Dutzend Schritte gegangen, als ein Schrei die Luft zerriß. Ein Mann mit schwarzen Zöpfen und einem großen, aufgeblähten Umhang im gleichen dumpfen Graugrün wie die Erde sprang direkt über den ersten Krieger hinweg auf einen großen Felsen, der über dem schmalen Pfad thronte.

Lujan hob die Hand, als Maras Wachen sich anspannten. Aber keiner seiner Krieger vergaß den Befehl, keine Waffe zu ziehen, trotz ihrer Überraschung. Der thurilische Hochländer war wie aus dem Nichts aufgetaucht. Er trug einheimische Kleidung, einen Kilt und zwei sich kreuzende Gürtel, die mit zwei Schwertern und mehreren Messern behangen waren. »Warum fallt Ihr in das Land der Thuril ein, Tsuranis?« rief er. Sein starker Akzent machte die Frage nahezu unverständlich, doch sein Ton war eindeutig kampflustig.

Mara versetzte dem Esel einen Tritt, damit er endlich weiterging. Bevor er ausschreiten konnte, griff der kleine Hirte nach dem Zaumzeug, um ihn zurückzuhalten. Er antwortete auf die Herausforderung nach der landesüblichen Sitte. »Ich bin Iayapa, Krieger«, sagte er in thurilischer Sprache. »Ich spreche für die Lady der Acoma, die in friedlicher Mission kommt.«

Der Mann sprang vom Felsen herunter; der Umhang blähte sich dabei auf, der Kilt flog hoch und entblößte einen gewaltigen, muskulösen Oberschenkel. Die Sandalen waren bis unterhalb des Knies geschnürt und dort mit Troddeln geschmückt, und die Waffengurte strotzten nur so vor Talismanfiguren aus Stein. Der Kopf war geschoren, bis auf eine runde Stelle am Scheitel, wo die Zöpfe seit der Kindheit wuchsen. Als er auf dem Boden aufkam, reichten sie bis zur Taille. An ihren Enden waren ebenfalls kleine Talismanfiguren befestigt.

»Er trägt keinerlei Kriegsbemalung, Mylady«, flüsterte Lujan seiner Herrin leise zu.

Mara nickte. Sie hatte gelesen, daß die Thuril ihre Kleidung ablegten, wenn sie kämpften, nackt bis auf die Kampfausrüstung, die aus dem gefiederten Helm, Schilden und Waffen bestand. Sie bezogen Stolz daraus, daß ihre Männlichkeit nicht aus Furcht schrumpfte, und sie legten Wert darauf, es ihre Feinde wissen zu lassen.

Der Mann stolzierte prahlerisch auf Mara zu, die den anderen leicht voraus war, weil der Esel nervös ausschritt. Mara zerrte an den Zügeln, während sie sich verzweifelt ermahnte, so zu tun, als wäre alles in Ordnung.

Der Hochländer sagte etwas in seinem rauhen Dialekt und griff nach dem Zaumzeug des Esels. Er blies dem Tier seinen Atem in die Nüstern, und aus irgendeinem unerklärlichen Grund beruhigte es sich. Dann ließ der Mann seine Fingerknöchel klappernd über die Talismanfiguren gleiten und ging um den Kopf des Esels herum. Als er direkt vor Mara stand, beugte er sich so weit nach vorn, bis seine Nase nur um Haaresbreite von ihrer entfernt war.

»Gute Dienerin, rührt Euch nicht. Er testet Euren Mut«, rief Iayapa.

Mara hielt den Atem an und zwang sich, die Augen nicht zu schließen. Aus den Augenwinkeln sah sie ihre besorgten Krieger, deren Finger danach verlangten, die Waffen zu ziehen; und sie sah Kamlio, die ganz vergessen hatte, daß sie Männer nicht mochte und sich jetzt furchtsam an den nächsten Krieger drängte. Aber die Disziplin der Acoma blieb erhalten. Ihre Krieger standen still, und als Mara ihren Blick immer noch nicht senkte oder abwandte, stieß der Hochländer einen tiefen, nach Knoblauch riechenden Atemzug aus und zog sich zurück. Er grunzte als Zeichen, daß er ihren Mut anerkannte. »Wer spricht für dich, Weib?«

Bevor Iayapa sie daran hindern konnte, antwortete Mara: »Ich führe diese Gruppe an.«

Der Mann entblößte weiße, gleichmäßige Zähne in einem Ausdruck, der alles andere als ein Lächeln war. Sein Gesicht, tief gebräunt von einer kräftigen Sonne, legte sich vor Verachtung in Falten. »Du hast Schneid, Weib! Das gestehe ich Dir gerne zu, aber diese Männer anführen? Du bist eine Frau.« Er richtete die Frage jetzt noch einmal an Lujan, der am nächsten stand. »Du da! Ich antworte nicht auf das Gerede einer Frau, und ich möchte wissen: Was veranlaßt euch, mit Kriegern in unser Land zu kommen? Wollt ihr Krieg?« Das letzte sollte offenbar ein Scherz sein, denn er brach in wildes Gelächter aus.

Mara bedeutete Lujan zu schweigen und wandte sich an ihren Führer, als würde der muskulöse Mann nicht neben ihrem Esel stehen. »Dieser Hochländer scheint sich zu amüsieren. Hält er unsere Anwesenheit für witzig, oder will er unsere Ehre beleidigen?«

Ob er es nun einfach für sich behielt oder eingeschüchtert war – Iayapa sagte nichts.

Mara zog die Stirn in Falten und mußte sich auf ihre eigene Urteilskraft verlassen. Für die Tsuranis galten die Thuril als blutrünstige Krieger, die schnell zum Angriff bereit waren und grausam kämpften. Aber Mara spürte, daß die Ansichten einer einfallenden Armee mit Vorsicht zu betrachten waren. Die einzigen anderen Thuril, die sie hatte beobachten können, waren Gefangene in einer Arena gewesen. Die Männer hatten sich als stolz, unabhängig und mutig erwiesen und sich lieber von tsuranischen Aufsehern schlagen lassen, als in einem Spektakel zum Vergnügen ihrer Eroberer zu kämpfen.

Mara wandte sich noch einmal an den Mann. »Ich suche Euer Stammesoberhaupt.«

Der Hochländer schaute überrascht drein, als hätte ein Insekt laut gesprochen. »Du suchst unser Stammesoberhaupt?« Er strich sich über das Kinn, als müßte er nachdenken. »Warum wollt ihr ihn stören? Er hat schon eine Frau, die sein Lager wärmt!«

Mara mußte an sich halten, brachte ihren Zorn aber noch

rechtzeitig unter Kontrolle. Sie gab Lujan ein Zeichen; er war auf dem Sprung, die Beleidigung zu beantworten, blieb dann aber stehen. Mara zwang sich, diesen dreisten Hochländer ruhig und möglichst gelassen zu studieren. Tatsächlich wirkte er noch jung, kaum fünfundzwanzig Jahre alt. Nach tsuranischer Sitte war er gerade alt genug, um ein Erbe anzutreten. Wie bei einem solchen Jungen, dem zum ersten Mal Verantwortung übertragen worden war, hatte sein Verhalten etwas Großspuriges, als versuchte er damit, in der größeren Welt mehr Wichtigkeit zu erhalten. »Ich rede nicht mit Jungen. Bringt mich jetzt zu Eurem Stammesoberhaupt, oder ich sorge dafür, daß Ihr wegen Eurer Grobheit bestraft werdet, wenn ich ihn selbst suchen muß.«

Der Mann trat mit gespielter Betroffenheit zur Seite. »Aber natürlich, Mylady!«

Er wirbelte auf den Fersen herum, daß der Umhang und der Kilt aufflogen, und legte zwei Finger an die Lippen. Ein Pfiff zerriß die Luft und ließ Maras Krieger zusammenfahren.

»Die Männer dürfen auf keinen Fall die Schwerter ziehen«, ermahnte sie Lujan leise.

Der Kommandeur zwang seine Männer mit einem strengen Blick, sich still zu verhalten, sogar dann noch, als mehr als zwanzig Männer mit knirschenden Schritten über Felsen und Schotter traten und sichtbar wurden. Alle waren schwer bewaffnet, mit Bögen, Speeren, Schwertern bis hin zu ganzen Reihen von Wurfmessern; nicht wenige der furchterregendsten unter ihnen trugen doppelköpfige Äxte. Maras kleine Truppe war zahlenmäßig drei zu eins unterlegen, und wenn es zum Kampf käme, würde der Pfad, auf dem sie standen, zum Schauplatz eines Gemetzels werden.

Bereit, bis zum Tod zu kämpfen, wandte sich Lujan flüsternd an Mara. »Sie haben vielleicht keinen Ärger gesucht, aber sie sind bestens darauf vorbereitet, sollte er sich ihnen aufdrängen.«

Der Hochländer auf dem Pfad ließ seinen Blick über seine Gefährten wandern. Er grinste unverschämt. »Ihr habt das Weib gehört! Sie glaubt, sie könnte dem Stammesoberhaupt befehlen, mich wegen Grobheit zu bestrafen!« Derbes Gelächter folgte der Bemerkung, untermalt von dem Geräusch, mit dem Schwerter aus den Scheiden glitten.

Mara schluckte schwer. In dem Wissen, daß sie entweder kämpfen oder nachgeben mußte, bevor ihre Männer kurzerhand getötet und sie selbst und Kamlio mitgenommen werden würden – nur die Götter mochten wissen, welches Schicksal ihnen dann bevorstand –, brachte sie mühsam die Worte hervor: »Ich habe erklärt, daß wir in friedlicher Absicht gekommen sind! Als Beweis werden meine Männer jetzt ihre Waffen niederlegen.«

Auf Lujans ungläubigen Blick fügte sie hinzu: »Tut es!«

Bis auf den letzten Mann lösten die tsuranischen Krieger gehorsam ihre Schwertgürtel. Das Klappern, mit dem die Schwertscheiden zu Boden fielen, schien von dem weiten Himmel verschluckt zu werden.

Das Grinsen des jungen Kriegers bekam etwas Räuberisches. Mit einem Ruck riß er das Lederband ab, das seine Zöpfe festhielt, und spannte es straff zwischen seinen Händen. »Fesselt sie«, schrie er. Er schaute Lujan an. »Ihr seid Tsuranis! Feinde meines Volkes. Wir werden ja sehen, wen mein Stammesoberhaupt bestraft!«

Mara schloß die Augen, als sich der Ring der Thuril um ihre wehrlose Gruppe schloß, aber sie reagierte nicht schnell genug, um die lüsternen Blicke nicht zu bemerken, die die näher stehenden Männer auf Kamlio warfen. Und sie hörte noch die Bemerkungen, die zwar in einer fremden Sprache waren, aber in deutlich spöttischem Ton. Mögen die Götter uns beschützen, dachte sie. Was für einem Schicksal habe ich meine Leute ausgeliefert? Denn nach allen Regeln der Ehre und den Überzeugungen ihrer Religion hätte sie eher zulassen müssen, daß ihre Krieger und auch sie getötet wurden, statt sich zu ergeben.

»Ihr habt richtig gehandelt, Herrin«, sagte Iayapa eindringlich. Aber als sie von groben Händen von ihrem Esel gezerrt wurde und speckige Lederriemen sich in ihre Handgelenke gruben, war sie sich dessen nicht so sicher. Hier ging es um mehr als die Ehre der Acoma, machte sie sich klar, als ihre Krieger es geschehen ließen, daß auch sie an Händen und Füßen gefesselt wurden. Ehre, Stolz und selbst der Frieden würden keinerlei Bedeutung haben, wenn sie nicht in der Lage waren, die Allmacht der Versammlung herauszufordern.

Und doch: Als sie und die anderen wie Sklaven vorwärts gestoßen und verhöhnt wurden, wußte sie nicht genau, ob sie nicht lieber tot wäre.

Zwei

Gefangene

Mara stürzte.

Der Hochländer, der sie in die Reihe der Marschierenden zurückgestoßen hatte, lachte, als sie mit den Knien auf rauhen Steinen landete. Mit einem festen Griff an ihrem Arm zerrte er sie schmerzhaft auf die Füße und gab ihr einen Stoß nach vorn. Mara stolperte gegen Saric, der sich bereit machte, sie aufzufangen. Er war kaum in der Lage, seine fürchterliche Empörung unter Kontrolle zu halten.

»Meine Mistress sollte wenigstens die Erlaubnis erhalten, auf dem Esel reiten zu dürfen«, protestierte er und erkannte am grimmigen Gesichtsausdruck seiner Lady, daß sie aus Stolz nichts sagen würde. Er zischte jedes Wort, als wäre es ein Fluch.

»Schweig, tsuranischer Hund! Das Tier werden wir sinnvoller einsetzen!« Der Hochländer, der das Kommando über die Gruppe zu haben schien, winkte einen Untergebenen zu sich und gab ihm Anweisungen.

Mara hielt ihr Haupt hoch erhoben und versuchte, nicht in Lujans blutiges Gesicht zu blicken. Er hatte sich geweigert, die Arme vorzustrecken und sich fesseln zu lassen, und obwohl er nicht gekämpft hatte, waren grobe Handgriffe nötig gewesen, um die Hände auf dem Rücken zusammenzubinden. Dunkle Wut lag in seinen Augen, als er sah, was sie darunter verstanden, ihr kleines Lasttier »sinnvoller« einzusetzen: Die barbarischen Thuril hatten Gefallen an Kamlio gefunden. Ihre Schönheit war eine Art Trophäe, und so sollte sie reiten, nicht Mara.

Als Saric noch einmal zu protestieren wagte, erhielt er Schläge mitten ins Gesicht. »Die dunkelhaarige Frau nähert sich bereits dem Ende ihrer fruchtbaren Jahre. Sie hat nur wenig Wert«, schrie der Hochländer in gebrochenem Tsuranisch.

Mara ertrug die zusätzliche Beschämung mit brennenden Wangen. Aber als die Thuril die Gruppe auf den Marsch vorbereiteten, quälte sie die Ungewißheit. Sie hatte keine Ahnung, was diese Thuril mit ihr und ihren Männern vorhatten, aber nach allem, was sie darüber wußte, wie die Tsurani mit Gefangenen aus den Bergen umgingen, glaubte sie nicht gerade an ein angenehmes Schicksal.

Die Thuril trieben die Gefangenen in das Hochland hinauf. Mara rutschte auf dem glitschigen Schiefer aus und stolperte, sie watete durch knietiefe Wildbäche, die in den Gipfeln entsprangen. Die nassen Schnürbänder der Sandalen gaben nach, und an den Fußsohlen bildeten sich Blasen. Mit zusammengebissenen Zähnen ertrug sie die Beschwerden und unterdrückte die Tränen. Sobald sie langsamer wurde, gab einer der Hochländer ihr mit dem Ellbogen, der flachen Seite seines Schwerts oder seiner Axt einen Klaps. Ihr Rücken war voller blauer Flecken. War es dieses Elend, das Kevin und seine Landsleute durchlitten hatten, als sie aneinandergekettet zum tsuranischen Sklavenmarkt geführt worden waren? Mara hatte geglaubt zu begreifen, als sie für sich beschlossen hatte, daß Sklaverei ein Verbrechen gegen die Menschlichkeit war. Jetzt erhielt sie aus erster Hand Einblick in das Leid und die Furcht der unglücklichen Leute, die der Willkür anderer ausgesetzt waren. Und so gefährlich ihre Lage auch war, sie war grundsätzlich eine freie Frau und würde es auch wieder sein, wenn sie überlebte. Wie aber mußte man sich fühlen, wenn man wußte, daß es keine Hoffnung auf ein Entrinnen gab? Kevins große Wut und Betroffenheit, wenn sie über dieses Thema gesprochen hatten, war ihr nicht länger ein Rätsel.

Kamlio saß auf dem Esel. Das Gesicht der ehemaligen Kurtisane war blaß, aber sie blickte so teilnahmslos drein, wie es sich für eine Tsurani gehörte. Doch als sie einige Male in Maras Richtung blickte, erkannte diese Furcht und Besorgnis hinter der Maske. Wenn sie Mitleid für ihre Herrin empfand, die zu Fuß hinter dem Esel herstolperte, mußte in ihr etwas erwacht sein.

Je weiter sich der Tag hinzog, desto schroffer wurden die Hügel im Tiefland, und die Thuril drängten die Gefangenen immer höher hinauf zur Hochebene. Erschöpft und verschwitzt rief Mara sich den höheren Zweck in Erinnerung, für den sie sich bedingungslos ergeben hatten. Aber moralische Überlegungen schienen an Bedeutung zu verlieren, als ihre Kehle vom Durst austrocknete und ihre Beine von dem anstrengenden Marsch zu zittern begannen. Wieder mußte sie gegen ihre erlahmende Entschlossenheit ankämpfen: Sie mußte das Geheimnis hinter dem finden, was die Cho-ja und die niederen Magier »Das Verbotene« nannten. Sie hatte in diesem feindseligen Land ein Rätsel zu lösen, das noch unerträglicher dadurch wurde, daß die Lösung außerhalb tsuranischer Erfahrung lag. Mara hatte keinerlei Hinweis darauf, ob und wann sie sich bei einer Person von höherem Rang Gehör verschaffen würde. Sie sprach nicht einmal Thurilisch, und noch weniger wußte sie, welche Fragen sie stellen mußte. Wie arrogant war sie gewesen, als sie in dem Glauben an Bord der *Coalteca* gegangen war, sie könnte zu diesen fremden Ufern reisen und allein durch ihre Überzeugung und Persönlichkeit genügend Eindruck schinden, um freundlicherweise von den Feinden ihres Volkes angehört zu werden! Mara, die in ein mächtiges Haus hineingeboren und niemals der Privilegien ihres Ranges beraubt worden war, begriff jetzt, wie dumm ihre Annahme gewesen war. Als Gute Dienerin des Kaiserreiches, die vom Volk verehrt wurde, hatte sie eine besondere Position inne; niemals war ihr der Gedanke gekommen, daß Fremde anders handeln könnten. Die Lektionen, die sie von Kevin gelernt hatte, hätten sie eigentlich auf die Unterschiede der Völker aufmerksam machen sollen. Würden die Götter ihr jemals ihre Dummheit vergeben?

Die Angst setzte ihr immer mehr zu, als die Thuril sie ohne Pausen über einen hohen Paß durch die Berge drängten. Der Esel trottete voraus – befreit von den Sorgen der Menschen und zufrieden damit, das zu sein, wozu die Götter ihn geschaffen hatten: ein Lasttier. Meine Last ist nicht leichter, dachte Mara, stolperte wieder und spürte den Ruck an ihren zusammengebundenen Handgelenken, als sie versuchte, das Gleichgewicht zu halten. In ihre unglücklichen Gedanken versunken, bemerkte sie Sarics und Lujans gequälte, sorgenvolle Blicke nicht.

Auf ihren Schultern ruhte nicht nur das Schicksal ihrer Familie. Die Gefangenschaft erteilte ihr eine schmerzhafte Lehre: Kein Mann, keine Frau sollte abhängig von der Willkür einer anderen Person leben. Aber nur so konnte man das unglückliche Leben des gemeinen Volkes von Tsuranuanni beschreiben. Dessen Schicksal und das der niedrigsten Sklaven hing ebensosehr von ihr ab wie das der Adligen. Aber mit einer Reform konnte in Tsuranuanni erst begonnen werden, wenn die Allmacht der Versammlung gebrochen war.

Bittere Möglichkeiten kamen Mara in den Sinn, zerrten an ihrer mutigen Entschlossenheit: Vielleicht war Kasuma ihr letztes Kind, vielleicht dauerte die Trennung von Hokanu bis an ihr Lebensende, vielleicht mußte sie mit seinem Widerwillen gegen eine Tochter als Erbin leben. Kevin mit seinem so andersartigen Wesen hatte sie nur zu gut gelehrt, daß die Liebe zu einem Mann noch lange keine Garantie für einen Frieden mit ihm war; kein Augenblick in ihrem Leben war trauriger gewesen, und nur wenige bedauerte sie sosehr wie diesen, als sie durch das kaiserliche Dekret gezwungen worden war, den Barbaren wegzuschicken. Sie fürchtete, daß Hokanu sie ebenso abrupt verlieren könnte und alles ungesagt bliebe, was ihnen am meisten bedeutete. Mara schluckte schwer und kämpfte gegen die Verzweiflung an. Wenn es ihr nicht gelang, mit diesen Thuril vernünftig zu reden, und sie in die Sklaverei verkauft werden würde, gab es nur eine Möglichkeit, wie Hokanu einen Sohn bekommen konnte: Seine andere Frau würde ihm das Kind gebären müssen. Dieser Gedanke verursachte ihr schlimmere Schmerzen als jede körperliche Unannehmlichkeit.

Mara bemerkte erst spät, daß das Marschtempo langsamer geworden war. Die Hochländer machten in einem Tal zwischen Hügeln halt, die vom Licht des späten Nachmittags rot gefärbt waren. Einige jüngere thurilische Krieger rannten die Abhänge hinunter; Umhänge flatterten auf, Waffen wurden geschwungen, und ausgelassenes Gelächter erscholl. Eine jubelnde Begrüßung erfaßte die Gruppe mit den zahlenmäßig unterlegenen Gefangenen. Die Neuankömmlinge betrachteten Kamlio mit hochgezogenen Augenbrauen und machten bewundernde Bemerkungen. Sie fingerten an Maras einfacher Robe herum und redeten laut, bis die Lady es leid war, so angestarrt zu werden.

»Was sagen sie?« verlangte sie in scharfem Ton von Iayapa zu wissen, der mit gesenktem Kopf dastand. Er sackte sogar noch weiter zusammen, als Mara ihn so herrisch ansprach.

»Mylady«, räumte der Hirte ein, »es sind sehr rauhe Männer.« Spöttische Rufe ertönten bei seinem ehrerbietigen Verhalten, und jemand meinte in barschem, gebrochenem Tsuranisch: »Wir sollten ihn Der-Mit-Den-Frauen-Spricht nennen.«

Das daraufhin einsetzende Gejohle und Geschrei erstickte beinahe Maras wütende Nachfragen und Iayapas verzweifelte Bitte. »Mistress, bittet mich nicht, das zu übersetzen.« Hinter ihr griff sich einer der jungen Männer zwischen die Beine und rollte mit den Augen, als wäre er in höchster Erregung. Seine Kameraden lachten glucksend über seine Bemerkung und klopften sich gegenseitig auf die Schulter. »Es würde Euch kränken, Herrin«, sagte Iayapa über den Lärm hinweg.

»Sagt es mir!« forderte Mara ihn auf, als Saric und Lujan heranschlurften und die gewohnten Positionen neben ihr einnahmen, um sie vor den spöttischen Bemerkungen zu schützen.

»Mylady, ich möchte nicht respektlos sein.« Wenn Iayapa nicht gefesselt gewesen wäre, hätte er sich auf den Boden geworfen. So aber konnte er nur bedrückt dreinschauen. »Ihr habt es mir befohlen. Der erste da, der Kerl mit dem grünen Umhang, hat den Anführer gefragt, ob er Euch schon genommen hat.«

Mara sagte nichts, nickte aber.

Iayapa schwitzte trotz der kühlen Bergluft. »Der Anführer hat geantwortet, daß er nur darauf wartet, daß wir das Dorf erreichen, weil Ihr spindeldürr wärt und er viele Kissen und Felle brauchen wird.« Er wurde fast rot, als er den Rest hervorstieß. »Der dritte, der sich zwischen die Beine gegriffen hat, erklärte, daß Euch ein Mann geantwortet hat. Das würde möglicherweise bedeuten, daß Ihr eine Hexe seid. Und er meinte, ob der Anführer nicht ein großes Risiko eingeht, sollte er versuchen Euch anzufassen, weil Ihr ihm vielleicht seine ... Männlichkeit abreißt und ihm in den Mund stopft. Die anderen halten dies in der Tat für sehr lustig.«

Mara zerrte vor Ärger an den Lederriemen, die ihre Handgelenke fesselten. Wie konnte sie auf solche Unanständigkeiten nur mit Würde antworten, festgebunden wie ein Stück Vieh? Sie grübelte einen Augenblick darüber nach, während sie auf Lujan und Saric starrte. Beide sahen aus, als wären sie bereit, für sie zu töten, aber sie waren ebenso hilflos wie sie. Doch nichts auf der Welt würde sie dazu bringen, solche Beschimpfungen von Fremden zu ertragen, ohne irgendeine Art von Widerstand zu leisten! Da ihr nur die Sprache blieb, brachte Mara den schärfsten Schrei hervor, den sie erzeugen konnte. Diese derben Barbaren verstanden vielleicht kein Tsuranisch, aber bei Turakamu, sie konnten ihre Absicht an ihrem Ton erkennen.

»Du da!« zischte sie, während sie ihren Kopf in die Richtung des Anführers riß. »Wie heißt du!«

Der Mann mit der spitzen Nase, der die Truppe anführte, nahm Haltung an und drehte sich zu ihr um, noch bevor er nachdenken konnte. Der jüngere Mann neben ihm nahm die Hände von seinen Geschlechtsteilen und starrte den älteren erstaunt an. Er sagte etwas, das der Anführer mit einer Geste beantwortete, als wäre es ihm unverständlich. Statt dessen richtete er sich an Iayapa, in dessen eigener Sprache, und die anderen lachten.

Mara wartete nicht auf die Übersetzung. »Dieser großspurige Narr, der weniger Hirn im Kopf hat als das Vieh, auf dem mein Dienstmädchen sitzt, behauptet jetzt, er würde mich nicht verstehen können.« Sie sprach die Konsonanten vor Groll schärfer aus. »Obwohl er während des Weges hierher durchaus in der Lage war, sich auf Tsuranisch zu unterhalten!«

Einige der Hochländer drehten sich daraufhin um, einige zeigten sich überrascht. Aha! dachte Mara. Es gibt noch andere, die unsere Sprache sprechen können, wenn auch schlecht. Sie mußte das Beste daraus machen.

Mara spielte mit den verlegenen Hochländern weiter Scharade und wandte sich ausschließlich an Iayapa. »Berichtet diesem Possenreißer, der seine Worte ebenso vergißt wie seine Mutter den Namen seines Vaters, genau, was ich sage.« Mara hielt inne, dann sprach sie in die entsetzte Stille hinein: »Sagt ihm, daß er ein ungezogener kleiner Junge ist. Wenn wir sein Dorf erreichen, werde ich sein Stammesoberhaupt ersuchen, ihn für ein nicht zu entschuldigendes schlechtes Verhalten gegenüber Gästen zu schlagen. Teilt ihm weiterhin mit, daß, sollte ich in meinem Bett Gesellschaft benötigen, ich mir einen Mann suchen werde, kein Kind, das noch immer nach der schrumpeligen Brust seiner Mutter verlangt. Und falls er mich anfassen sollte, werde ich ihn auslachen, wenn seine Männlichkeit versagt. Er ist so ungehobelt wie ein Needra und riecht noch schlechter. Er ist häßlicher als mein übelster Hund und weniger wert – denn mein Hund kann jagen und hat nicht soviel Ungeziefer. Sag ihm, allein seine Existenz bringt Schande über seine schon jetzt unehrenhaften Ahnen.«

Plötzlich war Iayapi unerwartet vergnügt, als er übersetzte. Bevor er den ersten Satz beendet hatte, richteten sich die Augen aller thurilischen Krieger auf die Lady der Acoma. Als die Übersetzung ihrer Tirade beendet war, war sie erschrocken über das eisige Schweigen. Ihr Herz pochte laut in ihrer Brust. Es war gut möglich, daß sie sie töteten. Jeder tsuranische Lord, der so von einer Gefangenen angesprochen wurde, hätte sie hängen lassen. Aber das Schicksal konnte kaum Schlimmeres für sie bereithalten als die Sklaverei, spürte Mara. Und ob diese Männer sie nun völlig ehrlos aufhängten oder nicht, sie zeigte ihnen nur hochmütige Verachtung.

Dann entlud sich die Spannung. Alle bis auf den, der die Zielscheibe von Maras Beschimpfungen gewesen war, verfielen in einen schenkelklopfenden Heiterkeitsausbruch. »Die Xanthippe ist schlagfertig, hast du das gemerkt?« rief jemand dem verspotteten Mann mit Akzent in Tsuranisch zu. Das bestätigte, daß er die Sprache gut genug sprach, um zu begreifen, was vor Iayapas Übersetzung über ihn gesagt worden war. Einige seiner Begleiter lachten so sehr, daß sie sich setzen mußten, damit ihre Knie nicht nachgaben. Der von Mara gescholtene Krieger beäugte sie, dann, als ihm die Röte in die Wangen stieg, nickte er kurz.

Lujan drängte sich näher an Maras Seite, als ein anderer thurilischer Krieger Mara etwas zuschrie und mit dem Bogen wedelte. Das Grinsen des Mannes machte ihr langsam klar, daß man sie nicht hinrichten würde. »Was hat er gesagt?«

Iayapa zuckte zusammen. »Daß Ihr wie ein Mann fluchen könnt. Das ist eine Art Kunst bei den Thuril, Herrin. Wie ich sehr gründlich auf dem Schoß meiner Mutter lernte, können sie äußerst reizbar sein.«

Nach einiger Zeit legte sich der Tumult. Der Trupp der jüngeren Krieger versammelte und verabschiedete sich, um wieder seiner Pflicht nachzugehen, und einige lachten noch immer glucksend, als sie einen aus dem Tal herausführenden Pfad entlangschritten. Die anderen, darunter der rotgesichtige Führer, drängten ihre tsuranischen Gefangenen um die nächste Biegung nach Hause. Das Sonnenlicht des späten Tages fiel auf eine Wiese. Jenseits der freien Fläche waren hinter einem Palisadenzaun die steilen Dächer eines Dorfes zu sehen. Aus Steinkaminen stiegen Rauchwolken empor, und auf den Wachgängen konnte man die Speere von Wächtern sehen. Die Lage der Stadt ermöglichte auch die Beobachtung eines weiteren Pfades, der sich in die Berge hinaufwand.

Die Krieger beschleunigten ihren Schritt, um ihre Trophäen eilig heimzubringen.

»Seltsam«, murmelte Saric, dessen unermüdliche Neugier noch immer offensichtlich war, trotz der Anstrengung des Marsches und des unsicheren Schicksals, das ihn erwartete. Anders als die Tsuranis schienen die Thuril gleichgültig gegenüber Gesprächen zwischen den Gefangenen. »Obwohl dieses Gras eine gute Weidefläche für Vieh wäre, ist es nicht abgefressen, sondern nur von den Pfaden der Hirten und der Herden durchschnitten.«

Bei dieser Bemerkung blickte der Anführer mit vor Verachtung halb gekräuselten Lippen über seine Schulter zurück. In offensichtlichem Widerspruch zu seiner früheren Behauptung, ganz und gar kein Tsurani zu sprechen, sagte er mit gebrochenem Akzent: »Du solltest froh sein, daß du nicht allein durch diese Wiese mußt, tsuranischer Hund. Ohne unsere Hilfe, welchen Pfad ihr betreten könnt, wärt ihr verloren. Auf diesem Boden sind noch immer Fallen vom letzten Mal, als deine Leute unseren Bergen einen Besuch abgestattet haben!«

Lujan antwortete nachdenklich. »Bedeutet dies, daß Euer Volk noch immer die Befestigungen vom letzten Krieg aufrechterhält?«

»Aber die Kämpfe endeten vor mehr als zehn Jahren«, warf Saric ein.

Lujan wandte sich vertraulich an seinen Cousin. »Alte Erinnerungen.« Hinter seinen unbekümmerten Worten lauerte eine Vorahnung. Daß die Thuril ihr Dorf nach so langer Zeit noch mit tödlichen Fallen sicherten, enthüllte einen Groll, der alle Verhandlungsangebote erschweren würde; als Soldat kannte Lujan die Geschichten der Veteranen über die schlechtgeplante Invasion in das Land der Thuril. Für einen Mann war es besser, tot zu sein, als lebendig den rachsüchtigen Frauen der Hochländer überlassen zu werden.

Er verheimlichte seine Befürchtungen jedoch vor Mara, als sie über die todbringende Wiese getrieben wurden, weiter über eine hölzerne Brücke über einen Wassergraben, der von einem wilden Fluß gespeist wurde. Das Wasser raste über Felszacken und wirbelte in schwarzen Strudeln auf, bildete kleine Teiche, deren Strömung jedoch so stark war, daß niemand sie durchqueren konnte. Als Lujan den Strom nach einer Fluchtmöglichkeit begutachtete, bemerkte das der Anführer der Hochländer.

Er deutete mit einem Arm, der in einem Handschuh steckte, auf die Felsenbecken. »Viele Tsurani-Krieger sind dort ertrunken! Und noch mehr haben sich das Genick bei dem vergeblichen Versuch gebrochen, eine Hängebrücke zu bauen.« Er zuckte mit den Achseln und grinste wieder. »Eure Kommandeure sind keine dummen Leute, nur starrköpfig. Nach einiger Zeit haben sie Befestigungen angebracht, da« – die Fransen seines Umhangs wippten, als er auf einen Vorsprung bei der heruntergelassenen Brücke deutete – »und da.« Er zeigte auf einen anderen Brocken weiter unten. Dann schaute er zu dem Palisadenzaun empor, als würden noch immer Krieger aus der Vergangenheit ihre Kriegsschreie in die vom Staub graue Luft hinausstoßen. »Es war knapp.«

Mara hatte ihre Müdigkeit überwunden und folgte der Unterhaltung. »Damals müßt Ihr noch ein ganz kleiner Junge gewesen sein. Wie ist es möglich, daß Ihr Euch daran erinnert?«

Die lebhafte Erinnerung ließ den Anführer der Hochländer vergessen, daß er einer Frau antwortete. »Ich war auf den Zinnen, um meinen Vater und seine Brüder mit Wasser zu versorgen. Ich half, die Toten und Verwundeten wegzutragen.« Lang genährte Bitterkeit verzog sein Gesicht. »Ich erinnere mich.«

Er schubste Lujan mit einem kräftigen Stoß vorwärts und führte sie über die Brücke. Das gewaltige Tor nahm ihnen jede Sicht auf den Himmel und die Befestigungen. Der Anführer antwortete einer unsichtbaren Wache und drängte die gefangenen Tsuranis hindurch. Lujan betrachtete die aus Baumstämmen bestehenden Zinnen, die außen bereits geglättet, auf der Innenseite aber noch unbearbeitet waren; Borken und Stummel von Ästen hingen noch an den Stämmen, als ob die Verteidigungsanlagen in großer Eile errichtet worden wären. »Es muß eine heftige Schlacht gewesen sein.«

Der Anführer lachte. »So heftig auch wieder nicht, Tsurani. Als der dritte Angriff kam, waren wir oben in den Bergen, und eure Soldaten nahmen nur die Palisaden ein. Unsere Anführer sind auch nicht dumm. Wenn eure Leute unbedingt das Dorf wollten, sollten sie es haben. Einen Ort einzunehmen bedeutet nichts; ihn zu halten ist etwas ganz anderes.« Er lächelte verächtlich. »Die Berge hätten wir euch nicht überlassen, Tsurani.« Er wies in einer weit umfassenden Handbewegung auf die Berggipfel, die über dem Palisadenzaun in den Himmel ragten. »Dort ist unsere wahre Heimat. In diesen Tälern bauen wir zwar Häuser und Gebäude, um uns zu versammeln, Handel zu treiben und zu feiern, aber unsere Familien sind in den Bergen groß geworden. Dort sind eure Soldaten gestorben, Tsurani, als wir sie auf Streifzügen und Patrouillengängen angriffen. Hunderte kamen bei unseren Überfällen um, bis eure Leute von den Bergen genug hatten und nach Hause gingen.«

Zu diesem Zeitpunkt hatten sie die Befestigungen hinter sich gelassen und waren auf der Handelsstraße angekommen, wo die Gefangenen Aufmerksamkeit erregten. Frauen, die in einem breiten öffentlichen Becken Wäsche auf Steinen sauberklopften, hielten in ihrer Arbeit inne, um mit den Fingern auf sie zu deuten und sie anzustarren. Kleine Kinder in bunten Umhängen schrien und rannten hin, um sie sich anzuschauen, oder sie lugten mit weitgeöffneten Augen hinter ihren Müttern hervor, die in Tücher eingewickelte Brotlaibe vom Bäcker in den Händen trugen. Einige der schmutzigeren und wilderen Kinder tollten um die gefesselten Fremden herum und schrien; aus Angst, einige könnten mit Steinen werfen, gab Lujan seinen Kriegern mit einem Kopfnicken zu verstehen, sie sollten sich eng um ihre Herrin scharen, um ihr jeden nur erdenklichen Schutz zu bieten.

Aber es gab keine Feindseligkeiten, abgesehen von ein paar Frauen mittleren Alters, die im Krieg vielleicht Söhne oder Ehemänner verloren hatten. Der Esel, der Kamlio trug, verursachte am meisten Wirbel, denn die Kinder stürzten aufgeregt schnatternd dicht zu ihm. Die Hochländer wehrten sie mit spöttischer Schroffheit ab. Und noch immer riefen die Kleinen: »Es hat nur vier Beine!«

»Warum fällt es nicht um?« schrie ein anderer, etwa im gleichen Alter, in dem Ayaki gewesen war, als er starb.

Der Soldat, der das Tier führte, nahm den Lärm gelassen hin und gab ihnen freche Antworten, daß sie vor Lachen quietschten und schrien.

Mara betrachtete eine Zeitlang schweigend das Geschehen um sich herum. »Wenn diese lärmenden Barbaren die Absicht hätten, uns umzubringen, würden die Mütter ihre Kleinen nicht an uns heranlassen, sondern sie schnell nach Hause treiben«, meinte sie dann.

Lujan drängte sich näher an seine Herrin. »Mögen die Götter geben, daß Ihr recht habt, Mylady.« Insgeheim sorgte er sich weiter. Er sah, daß Kamlio begehrliche Blicke der Männer auf sich zog, die an ihnen vorbeigingen. Die Frauen, die ihre Wäsche bündelten, blickten streng und unfreundlich drein, und ein Stallknecht, der einen Wasserbecher in der Hand hatte, spuckte verächtlich in ihre Richtung. Die Thuril waren eine hitzige Rasse, das hatten die Veteranen stets behauptet, die den Kampf in diesen Bergen überlebt hatten und zurückgekommen waren. Von Beginn an wurden die Kinder von Müttern abgehärtet, die einst als Belohnung einem Krieger zugesprochen oder bei Überfällen geraubt worden waren.

Als die Hochländer ihre Gefangenen auf einem Marktplatz anhalten ließen, konnte man sehen, daß das gesamte Dorf aus einem Ring von Gebäuden bestand, die an den Palisadenzaun gebaut waren und in der Mitte eine Fläche frei ließen, auf der mit Planen bedeckte Stände für die Händler und Gatter aus dornenbesetzten Pfählen für das Vieh standen. Maras Gruppe wurde unter Gelächter und Spottrufen von Schaulustigen in den größten dieser Pferche getrieben. Iayapa lehnte Sarics Bitte um eine Übersetzung ab, und Mara war zu erschöpft, um sich etwas daraus zu machen. Sie wünschte sich nur einen kleinen sauberen Flecken, um sich hinzusetzen; der Boden, auf den sie trat, war voller Schmutz und Dreck der dort zuvor eingesperrten Tiere. Sie wollte schon Kamlio um ihren Platz auf dem Esel beneiden, doch dann erkannte sie bei dem Blick auf die jüngere Frau an ihrer angespannten Blässe, daß das lange Sitzen im Sattel möglicherweise Schmerzen verursachte. Die Männer gestatteten ihr nicht abzusitzen, sondern banden ihr Reittier an einem Pfahl fest, lehnten sich dann mit verschränkten Armen an die Pfosten und murmelten anerkennende Worte über ihre frei herabhängenden goldenen Haare und ihre Schönheit.

Wütend, daß man sich nicht einmal um ihre niedersten Bedürfnisse kümmerte, bahnte sich Mara einen Weg zwischen ihren Offizieren hindurch. Am Tor angekommen, wo die Hochländer zusammenstanden, fragte sie laut: »Was werdet ihr mit meinen Leuten machen?« Sie zitterte vor Wut und Furcht und warf den Kopf zurück, um herabhängende Haarsträhnen aus den Augen zu schütteln. »Meine Krieger brauchen Essen und Wasser und einen ordentlichen Platz, um sich auszuruhen! Ist das die Gastfreundlichkeit, die ihr Fremden entgegenbringt, die in friedlicher Mission kommen? Die Fesseln von Sklaven und ein Pferch für Vieh? Schande auf euer Haupt, ihr Mistkerle voller Ungeziefer, die ihr im Dreck gezeugt wurdet wie Schweine!« An dieser Stelle borgte sie sich aus der Sprache Midkemias den Ausdruck für ein Tier, dessen Gewohnheiten als tadelnswert betrachtet wurden.

Das fremde Wort schien die Thuril in Aufregung zu versetzen, denn sie schauten mißmutig drein, als ihr Anführer vortrat. Rot vor Wut oder Verlegenheit rief er Lujan zu: »Bring das Weib zum Schweigen, wenn du willst, daß sie am Leben bleibt.«

Der Kommandeur der Acoma schaute finster zurück. Mit einer Stimme, die man eher auf einem Schlachtfeld vermutet hätte, sagte er: »Sie ist meine Herrin. Ich bekomme meine Befehle von ihr. Wenn du genug Verstand hättest, um dein Bettzeug nachts nicht zu durchnässen, würdest du genauso handeln.«

Der Anführer der Hochländer brüllte vor Wut wegen dieser Beleidigung. Möglicherweise hätte er sein Schwert gezogen und wäre vorgeprescht, aber einer seiner Begleiter hielt ihn zurück. Ein Wortwechsel auf Thurilisch folgte. Lujan konnte nur in stummer, aber stolzer Verständnislosigkeit stehenbleiben, während der erboste Anführer sich beschwichtigen ließ. Der Hochländer murmelte etwas Knappes und Kehliges zu demjenigen, der ihn zurückgehalten hatte. Dann ließ er brüllendes Gelächter erschallen, das urplötzlich verstummte. Die Männer um ihn herum nahmen Haltung an.

»Das muß ihr Stammesoberhaupt sein«, murmelte Saric. Er war zu Mara getreten, unbemerkt, bis er gesprochen hatte. Mara sah, daß ihre gesamte Eskorte auf einen Mann schaute, der auf der hölzernen Treppe des beeindruckendsten Gebäudes am Rande des Platzes aufgetaucht war und herunterschritt. Straßenkinder stoben flitzend vor ihm davon, als er die freie Fläche überquerte, und die Frauen, die ihre dampfenden Wäschebündel nach Hause trugen, erwiesen ihm ihre Ehrerbietung. Der Ankömmling war alt und bucklig, aber er bewegte sich mit einer Sicherheit, die ihn auch den rauhesten Pfad noch überwinden ließ. Mara schätzte sein Alter auf etwa sechzig Jahre. Kleine Stücke aus Corcara, geschnitzt von Tsuranis, waren in seinen Zopf geflochten; er trug sie zweifellos als Trophäen des Kampfes. Mara unterdrückte einen Schauder, als der Alte sich näherte und sie erkennen konnte, daß die Knöpfe seines Umhangs aus polierten Knochenstücken bestanden. Die Geschichten waren also wahr, und die Thuril glaubten wirklich, daß ihnen ein Stück von einem toten Feind Stärke im Leben verleihen würde. Ihre eigenen Fingerknöchel konnten also genauso rasch als Schmuck an der Kleidung eines Kriegers enden.

Das Oberhaupt der Hochländer blieb stehen, um mit dem Hauptmann des Trupps zu sprechen, der die Verantwortung für die Gefangenen trug. Er deutete auf die Kurtisane mit den goldenen Haaren und den Esel, fügte noch etwas hinzu und lächelte. Der Hauptmann salutierte, offensichtlich von seiner Aufgabe befreit. Seinem selbstzufriedenen Blick nach würde er bald zu seiner Frau nach Hause gehen.

Mara schien erschöpft und entmutigt, und Saric bekam Mitleid mit ihr. »Wollt ihr uns nicht vorstellen?« schrie er.

Der Offizier der Hochländer erstarrte mitten im Schritt. Seine Männer und der Stammeshäuptling beobachteten mit großem Interesse, wie der Mann darüber nachdachte, ob er auf den Zuruf eines Gefangenen antworten sollte. Dann brüllte er in rauhem Akzent zurück. »Stellt euch doch selbst vor, Tsurani! Das Mundwerk deiner Frau scheint groß genug zu sein!«

Ein anderer Hochländer schaltete sich mit boshaftem Vergnügen ein. »Unser Hauptmann ist Antaha, Führer der Loso. Ich sage euch seinen Namen, damit ihr unserem Häuptling sagen könnt, wen er schlagen lassen soll.«

Dieser Einwurf wurde mit überwältigendem Gelächter kommentiert, an dem sich auch der alte Häuptling beteiligte, ja sogar die Kinder auf der Straße und die Frauen am Waschtrog. Über alle Maßen verärgert über diese fremden Leute, drängte sich Mara wieder nach vorn.

Sie wandte sich an den Häuptling, der sich laut glucksend auf die Oberschenkel klopfte. »Ich bin Mara, Herrscherin der Acoma!« schrie sie. »Ich habe die Reise zur Konföderation von Thuril unternommen, um Frieden zu stiften.«

Der Häuptling wurde schlagartig nüchtern und sammelte sich in stummer Wut. »Eine Frau, die mitten im Querdidra-Mist steht, beansprucht, von hohem Rang und Botschafterin des Friedens zu sein?«

Mara glühte vor Zorn. Lujan sah, daß sie nervlich völlig am Ende war und fest mit einer Vergeltungsmaßnahme rechnen mußte, wenn sie den Häuptling öffentlich beschuldigte. Verzweifelt wandte er sich an Saric. »Wir müssen handeln, und wenn wir nur versuchen, sie abzulenken.«

Doch als hätte der Erste Berater ihn nicht gehört, trat er vor. Genau in dem Augenblick, da Mara ihren Mund öffnete und zum Sprechen ansetzte, brach Saric das Protokoll und übertönte ihre Stimme mit seinem eigenen Gebrüll. »Häuptling der Thuril«, schrie er, »Ihr müßt verrückt sein, daß ihr der Lady der Acoma keine bessere Gastfreundschaft zuteil werden laßt, als sie in einen Pferch für Tiere zu stecken! Ihr sprecht immerhin mit Mara, der Guten Dienerin des Kaiserreiches und Mitglied der kaiserlichen Familie unseres Lichts des Himmels, Ichindar!«

Dem Häuptling fiel die Kinnlade herunter. »Sie?« Selbst wenn Verachtung in dem Wort steckte, blieb Sarics Äußerung nicht ohne Wirkung. Der ältere Mann enthielt sich einer abschätzigen Bemerkung und winkte mit einer knappen Geste seinen Hauptmann Antaha zurück. Diesmal hatten die Worte des Häuptlings etwas Kurzangebundenes und Herrisches, und auf Drängen Sarics übersetzte Iayapa.

»Er machte Antaha darauf aufmerksam, daß es seine Aufgabe ist, sich um die Tiere zu kümmern, die er ins Lager bringt: Er soll sie füttern, ihnen Wasser geben und einen Platz zum Schlafen. Aber nicht zuviel, denn Stroh ist rar, und die Götter mögen keine Verschwendung. Das Mädchen auf dem Esel soll in einer Hütte untergebracht werden. Ihre außerordentliche Schönheit soll für denjenigen aufbewahrt werden, der sich das Recht erwirbt, sie zur Frau zu nehmen.« Iayapa blickte besorgt drein, denn bei diesen Worten schien Maras Blick ihn mit der Härte eines Feuersteins zu durchbohren.

Aber es war kein Groll in ihrer Stimme, als sie ihn aufforderte fortzufahren.

Iayapa nickte düster und leckte sich über die Lippen. »Der Häuptling dieses Dorfes sagte weiter, daß er von der Dienerin des Kaiserreiches gehört habe, auch, daß sie zur Familie des Kaisers der Tsuranis zählt. Er fügte hinzu, daß Ichindar von Frauen regiert wird und daß er als geborener Hochländer sich niemals dazu herablassen werde, auf der Straße mit einer Frau zu sprechen, ob sie nun die Zugehörigkeit zum kaiserlichen Geschlecht für sich beansprucht oder nicht. Der bestehende Vertrag zwischen Tsuranuanni und der Konföderation macht es ihm aber auch unmöglich, den Männern seines Dorfes Mara als Beute zu überlassen.«

Enttäuschte Rufe gingen durch die Truppe der Hochländer, die die Lady und ihre Begleiter hergebracht hatten. Zwei besonders Unverschämte machten obszöne Gesten.

Dann drehte sich der Häuptling zu den Gefangenen um und wandte sich an Maras Kommandeur – in akzentfreiem Tsurani, das er während früherer Kriege gelernt hatte. »Wenn eure Bedürfnisse nicht erfüllt werden, wendet euch an Antaha, er hat die Verantwortung für euch übernommen. Morgen wird er eine Eskorte von zwanzig Kriegern zusammenstellen und euch zum Oberhäuptling nach Darabaldi bringen. Dort wird das Gericht entscheiden, wenn ein Urteil gefordert wird.«

Saric blickte grimmig drein, als würde er jeden Augenblick explodieren, aber er achtete auf Iayapas Worte, als der ihn flehentlich am Arm berührte. »Erster Ratgeber, provoziert diese Männer oder ihren Häuptling nicht länger. Sie sind kein Volk, das sich gerne über Fragen der Etikette streitet. Sie neigen dazu, einen schnell zum Tode zu befördern, ohne jedes Bedauern. Morgen früh könnten wir alle mit durchtrennter Kehle gefunden werden. Es ist tatsächlich ein großes Zugeständnis, wenn der Häuptling uns nach Darabaldi schickt, anstatt uns unter denen zu verteilen, die uns gefangen haben.«

Saric betrachtete seine vom Mist verkrusteten Sandalen und tauschte einen angewiderten Blick mit Lujan aus, dessen Finger verloren wirkten, da kein Schwert in der Scheide steckte, das er hätte umklammern können. »Cousin«, meinte der Berater ernst, »wenn das schon ein großes Zugeständnis ist, wie hätte dann bloß ein kleines ausgesehen?«

Die angespannte Haltung des Kommandeurs schien die Frage zu beantworten, doch er ließ sich seinen Humor nicht ganz nehmen. Er durchbrach die tsuranische Fassade der Gleichgültigkeit und kicherte. »Götter, Mann, ich bin sicher, du wirst selbst dann noch über philosophische Themen grübeln, wenn du als Rauch deinem eigenen Scheiterhaufen entsteigst.« Dann drehte er sich gemeinsam mit dem Ersten Berater um, und die beiden schritten auf ihre Herrin zu. Ihren erfahrenen Blicken entging nicht, wie klein, entmutigt und einsam sie aussah, auch wenn sie ihren Rücken aufrecht hielt und ihr Gesicht so gebieterisch war wie immer.

Sie sah zu, wie sich einige Hochländer um Kamlio und den Esel kümmerten. »Glaubt Ihr, daß sie ihr etwas antun werden?« wollte sie von Iayapa wissen, und jene, die ihr am nächsten standen, erkannten die Besorgnis in ihrer Stimme.

Der einstige Hirte schüttelte den Kopf. »In diesem rauhen Land gibt es immer zuwenig Frauen im gebärfähigen Alter, und Kamlio ist sehr schön, das macht sie doppelt wertvoll. Aber das Oberhaupt dieses Stammes muß seine Zustimmung geben, bevor irgendein Mann um sie feilschen kann. Solange sein Einverständnis fehlt, wird sie zwar bewundert, aber nicht auf ein Lager gezerrt werden. Jeder unverheiratete Krieger weiß, daß er sich der Möglichkeit auf eine Heirat ein für allemal berauben würde, wenn er sie jetzt belästigt. Da viele unverheiratete Hochländer sterben müssen, ohne jemals ein Frau zu haben, werden sie auch eine noch so kleine Chance niemals gefährden.«

Mara schluckte. »Gibt es denn in diesem Land keine Kurtisanen?«

Iayapa schaute gekränkt. »Nur wenige in Darabaldi. Nicht viele Frauen wählen ein solches Leben, das dem Stamm keinerlei Ehre einbringt. Die jungen Männer gehen ein- oder zweimal im Jahr zu ihnen, aber das schenkt ihnen keinen Trost in den langen Winternächten.«

Über den Kopf des kleinen Hirten hinweg wechselten Lujan und Saric Blicke. »Scheint mir ein netter Ort zu sein«, murmelte Saric und schaute wieder angesäuert auf den von Mist bedeckten Boden, auf dem sie, wie es schien, alle zusammen die Nacht würden verbringen müssen. Diese Thuril fanden es normal, ein Mädchen oder eine Frau in einem blutigen Überfall aus ihrem Haus zu rauben. Selbst die unterdrückteste tsuranische Ehefrau hatte dagegen das Recht, öffentlich von ihrem Lord angehört zu werden. »Wirklich barbarisch!« murmelte Saric. Dann schauderte er, als ein kalter Wind von den Höhen herunterblies. Er blickte seine kleine Lady an und bewunderte ihre Courage, selbst jetzt noch ihre Würde zu bewahren. Die Vorstellung, daß völlig Fremde sie fesseln und nicht besser als eine Sklavin behandeln könnten, brachte ihn so sehr in Rage, daß er zu töten bereit gewesen wäre.

Als hätte sie seine Gedanken lesen können, lächelte sie ihn an, mit jenem Charme, der bei ihren Männern immer Loyalität und Stolz erzeugte. »Ich komme zurecht, Saric. Paßt Ihr nur auf Euren Cousin auf, damit nicht sein Temperament mit ihm wegen etwas durchgeht, das nicht wichtig genug ist. Weil dies« – sie hob die Hände, die noch immer mit rauhen Lederriemen zusammengebunden waren – »und dies« – dabei scharrte sie mit dem Fuß über den schmutzigen Boden – »keine Bedeutung hat. Die Versammlung der Magier würde noch Schlimmeres anrichten. Wenn ich die Gelegenheit haben werde, mit dem Stammesoberhaupt der Thuril in Darabaldi sprechen zu können, sollten wir nur darauf unsere Aufmerksamkeit konzentrieren.«

Die Dunkelheit nahm zu, und orangefarbene Schimmer erschienen hinter den aus geölten Häuten hergestellten Fenstern am Marktplatz, als Talgkerzen angezündet wurden. Mara neigte den Kopf und schien sich in die Meditationen zu vertiefen, die sie während ihrer jetzt so weit zurückliegenden Mädchenzeit bei den Priesterinnen im Tempel Lashimas gelernt hatte.

Eine Berührung an der Schulter weckte Mara. Sie lag auf dem Umhang ihres Kommandeurs, den dieser ihr als Schutz vor dem kalten und schmutzigen Boden aufgedrängt hatte. Lujan und Saric hatten sich eng an sie geschmiegt und wärmten sie mit ihren Körpern. Nur langsam erwachte Mara aus einem tiefen Schlaf völliger Erschöpfung. Sie blinzelte, rührte sich und öffnete die Augen. Es war dunkel, bis auf den schwachen Schein einiger noch immer erleuchteter Fenster auf der gegenüberliegenden Seite des Marktplatzes.

»Was ist los?« Ihr Körper war steif und schmerzte; sie spürte jeden einzelnen blauen Fleck und jede Schürfwunde von dem langen Marsch. »Es kommt jemand«, flüsterte Saric, und dann sah auch sie den Schimmer einer Laterne näher kommen.

Die Person in dem Umhang, die die Lampe trug, war eine Frau. Sie nickte der Wache kurz zu, sprach aber nicht mit ihr. Etwas wanderte von einer Hand in die andere, und ein geschnitzter Gegenstand blitzte im Schein der Flamme auf.

Der Wächter lachte daraufhin und gewährte ihr Zugang. Sie trat in den Pferch, die Laterne hoch über den mit einer Kapuze bedeckten Kopf erhoben. Ihr Blick schweifte über Maras Krieger, die aus dem Schlaf geschreckt waren und sich jetzt argwöhnisch zur Verteidigung bereit hielten.

»Lady der Acoma?« Die Stimme der Frau klang rauh und voll, nicht wie die einer jungen Frau, sondern einer, die bereits viel Leid und Freud gesehen hat. »Mein Herr hat sich erweichen lassen und läßt Euch sagen, daß Ihr in der Hütte der unverheirateten Frauen übernachten dürft, wo sich auch Euer Dienstmädchen befindet.«

»Traut Ihr der Frau?« flüsterte Saric in das Ohr seiner Herrin. »Das könnte ein Trick sein, um Euch von uns zu trennen.«

»Ja, ich weiß«, flüsterte Mara zurück. Dann sagte sie so laut, daß sie gehört wurde: »Wenn Eure Absichten ehrlich sind, zertrennt meine Fesseln.«

Die thurilische Frau trat näher, schuf sich mit dem Licht ihrer Laterne einen Weg zwischen Maras Kriegern hindurch. »Aber natürlich, Lady Mara.« Mit ihrer freien Hand griff sie in ihren Umhang und brachte einen Dolch zum Vorschein.

Mara spürte, wie Lujan beim Anblick der blanken Klinge zusammenzuckte, doch mit verbundenen Händen konnte er nur wenig zu ihrer Verteidigung tun.

Krank vor Sorge sah er zu, wie die Hochländerin mit einem Ruck die Lederriemen durchschnitt, die die Hände der Lady fesselten.

Mara rieb sich die Handgelenke und bemühte sich, ihr Unbehagen zu verbergen, als das Blut wieder durch ihre verkrampften Finger floß. »Befreit auch meine Krieger«, forderte sie gebieterisch. Die Frau trat einen Schritt zurück und steckte den Dolch in die Scheide zurück. »Dazu habe ich keine Erlaubnis, Lady Mara.«

»Dann werde ich nicht mitkommen«, gab die Lady der Acoma eisig zurück.

Die Frau im Umhang zuckte gleichmütig mit den Schultern. »Dann eben nicht. Aber Eure Dienerin braucht Euch. Sie zittert unaufhörlich.«

Mara packte die Wut. »Hat man Kamlio etwas angetan?«

Es war Stolz, weshalb die Hochländerin schwieg. Aus dem Dunkel jenseits des Laternenscheins meldete sich Iayapa. »Gute Dienerin, Ihr beleidigt sie. Vor Euch steht die Frau des Häuptlings, die gekommen ist, um Eure Lage zu verbessern. Wenn Ihr unterstellt, daß man Eurem Dienstmädchen etwas angetan hat, beschimpft ihr den ganzen Stamm. Ihre freundliche Geste ist ehrlich, und ich rate Euch, das Angebot anzunehmen.«

Mara holte tief Luft. Es war ja in Ordnung, diesen Barbaren ihre Ehre zu lassen – aber was war mit ihrer eigenen? Es beschämte sie, daß sie ihre Krieger in diesem Misthaufen zurücklassen mußte.

Saric spürte die Anspannung ihres Körpers und ihre Unsicherheit. »Mylady«, sagte er mit leiser Stimme, »ich denke, Ihr müßt ihr vertrauen. Wir haben uns bereits zuvor gegen einen Kampf entschieden. Jetzt, wo wir gefangen sind, müssen wir die Folgen unserer früheren Entscheidung tragen und können nur versuchen, das Beste daraus zu machen.«

Tief in ihrem Innern wußte Mara, daß ihr Berater recht hatte. Aber der Teil in ihr, der als Tsurani geboren und erzogen worden war, wollte sich nicht so rasch in eine ehrlose Lösung fügen.

Lujan stieß ihr sanft den Ellbogen in die Rippen. »Mylady,

sorgt Euch nicht um Eure Krieger! Sie werden in diesem Querdidra-Pferch schlafen, als wäre es ihnen eine Ehre, und wenn sich einer darüber beklagt, werde ich ihn auspeitschen lassen, da ihm anscheinend noch die richtige Abhärtung fehlt! Ich habe zu Eurem Schutz meine besten Krieger in dieses Land gebracht. Alle, die hier sind, haben ihre Fähigkeiten unter Beweis gestellt, und ich gehe davon aus, daß jeder bereit ist, auf meinen Befehl hin zu sterben, wenn es sein muß.« Er hielt inne und fügte leicht ironisch hinzu: »Es ist wesentlich weniger schmerzhaft, in etwas Dung zu schlafen, als die Reise zu Turakamus Hallen auf der Schwertspitze anzutreten.«

»Das ist wahr«, räumte Mara ein, zu empfindlich und traurig, als daß sie über seinen Versuch zu scherzen hätte lachen können. Sie wandte sich an die Frau mit der Laterne. »Ich komme mit.« Mit steifen Gliedern versuchte sie aufzustehen. Die Blasen unter ihren Füßen brannten, als sie vortrat, und mit einem mitfühlenden Ausruf streckte die Frau des Häuptlings die Arme aus und stützte sie. Mara humpelte langsam quer über den Pferch zum Gatter, das die Wächter für sie geöffnet hielten.

Einer von ihnen sagte etwas auf Thurilisch, als sie und die Häuptlingsfrau vorbeigingen. Die Hochländerin drehte sich nicht um, sondern warf ihm eine verächtliche Bemerkung zu. »Männer!« vertraute sie Mara in fließendem Tsurani an. »Bedauerlich nur, daß ihr Hirn nicht so schnell reagiert wie ihre Männlichkeit, wenn eine Situation mal etwas Schlauheit von ihnen verlangt.«

Immerhin so überrascht, daß sie beinahe gelächelt hätte, wenn ihr nicht so elend zumute gewesen wäre, gab Mara ihrer Neugier nach. »Stimmt es, daß Eure Frauen bei Überfällen auf ihre Familien gestohlen werden?«

Die Frau im Umhang wandte Mara den Kopf zu, und sie sah ein Gesicht, das von Entbehrungen und Heiterkeit gezeichnet war. »Ja, sicher«, erwiderte die Häuptlingsfrau, halb lachend und halb verächtlich. »Würdet *Ihr* Euch zu einem Mann legen, der sich nicht als fähiger Krieger erwiesen hat? Der seinen Feinden keine Angst einjagt und kein geschickter Ernährer ist?«

Mara zog unwillkürlich ihre Augenbrauen hoch. Es waren die gleichen Eigenschaften, die tsuranische Mädchen in einem Ehemann suchten, wenn sie auch andere Werbungsriten pflegten. Die Herrin der Acoma hatte nie daran gedacht, eine Sitte, die sie für barbarisch hielt, in diesem Licht zu betrachten. Aber auf sonderbare Weise ergaben die Worte dieser Frau einen Sinn.

»Nennt mich Ukata«, sagte die Frau des Häuptlings warmherzig. »Und wenn mir etwas leid tut, dann, daß ich so lange gebraucht habe, etwas Verstand in meinen dummen Mann zu prügeln und ihn dazu zu bringen, Euch vor der Kälte zu verschonen!«

»Ich muß noch viel über die Thuril lernen«, gab Mara zu. »Dem Gerede Eurer Männer nach hätte ich gedacht, daß Frauen in diesem Land nur wenig Einfluß besitzen.«

Ukata grunzte, als sie Mara half, die niedrige Holztreppe zu dem Haus emporzusteigen, das in der Mitte des Platzes stand – eine lange Halle aus Balken mit einem strohgedeckten Dach. Der Rauch aus dem Kamin roch nach aromatischer Rinde, und in die Türpfosten waren seltsame Fruchtbarkeitssymbole geritzt. »Es sind zwei Paar Stiefel, was Männer von sich behaupten und was sie tatsächlich sind. Das müßtet Ihr in Eurem Alter doch wohl wissen!«

Mara schwieg. Sie hatte das Glück, mit einem Mann verheiratet zu sein, der sie als ebenbürtig ansah, und sie hatte einen Liebhaber aus einem fremden Land gehabt, der sie die wahre Bedeutung des Frauseins gelehrt hatte. Doch sie wußte von dem Schicksal der vielen anderen, die unter der Herrschaft ihrer Männer standen. Den Unglücklichsten von ihnen erging es wie Kamlio: Sie waren nicht in der Lage, Einfluß auf die sie betreffenden Entscheidungen zu nehmen. Die Besten waren vorzüglich im

Manipulieren, so wie Isashani von den Xacatecas. Den Männern galt sie als das vorbildliche Beispiel einer tsuranischen Frau, und sie hatte sich bisher weder durch einen Lord, Verbündeten oder Feind unterkriegen lassen. Ukata schob den hölzernen Riegel zurück und stieß die Tür auf; die Angeln quietschten. Goldenes Licht ergoß sich in die Nacht, und die Luft roch nach dem süßen Rauch der Rinde, die in der steinernen Feuerstelle brannte. Mara folgte der Frau des Häuptlings ins Innere.

»Hier«, sagte eine Frau mit freundlicher Stimme, »zieht die schmutzigen Sandalen aus.«

Maras Glieder waren vollkommen steif, und sie konnte sich nur langsam bücken, als sie von mehreren Händen auf einen Holzstuhl gedrückt wurde. Gewöhnt an Kissen, ließ sie sich unbeholfen darauf nieder, während ihr ein Mädchen mit rotbraunen Zöpfen die Schuhe auszog. Der weiche Webteppich auf dem Fußboden war ein Segen für ihre kalten Füße. Mara war so erschöpft, daß sie fast da eingeschlafen wäre, wo sie saß. Nur mit Mühe hielt sie sich wach. Möglicherweise würde sie eine Menge von den Leuten in Thuril lernen, wenn diese Frauen Interesse daran hatten, sich zu unterhalten. Aber als sie den rauhen Akzent hörte und das schüchterne Lächeln der unverheirateten Mädchen sah, deren Heim sie teilte, begriff Mara, daß ihr für Gespräche zwischen Frauen die Gewandtheit Isashanis fehlte. Sie war vertrauter mit der Politik bei Clanversammlungen und mit den Problemen der Herrschaft, und so rieb sich die Lady der Acoma einen ihrer geschundenen Knöchel und wartete auf die rettende Inspiration.

Sie brauchte eine Übersetzerin. Die unverheirateten Mädchen schienen alle unter sechzehn zu sein, zu jung, um zur Zeit des letzten Krieges gelebt und Tsurani gelernt zu haben. Mara studierte die vom Licht beschienenen Gesichter, bis sie Ukatas grauhaarigen Kopf ausmachen konnte; wie sie vermutet hatte, wollte die Frau des Häuptlings sich gerade zurückziehen.

»Wartet, Lady Ukata«, rief Mara und benutzte eine Anrede, mit der ihre eigenen Leute eine Frau von ähnlichem Rang ehrten. »Ich habe mich noch nicht bei Euch dafür bedankt, daß Ihr mich aus dem Pferch befreit habt, und ich hatte auch noch keine Gelegenheit, Euren Leuten zu erklären, weshalb ich hier bin.«

»Es ist kein Dank nötig, Lady Mara«, antwortete Ukata und drehte sich zu ihr um. Die jüngeren Mädchen traten zur Seite und machten der Älteren den Weg frei. »Unsere Leute sind nicht das barbarische Volk, für das Ihr Tsuranis uns haltet. Als Frau, die Kinder zur Welt gebracht und sie in einer Schlacht hat sterben sehen, verstehe ich, warum unsere Männer euch noch immer hassen. Was den Grund angeht, warum Ihr hier seid, könnt Ihr das unserem Oberhaupt in Darabaldi sagen.«

»*Wenn* ich wirklich angehört werde«, sagte Mara mit einiger Schärfe in der Stimme. »Wie Ihr zugeben müßt, ist die Aufmerksamkeit Eurer Männer begrenzt.«

Ukata lachte. »Ihr werdet angehört werden.« Sie tätschelte die Hand der tsuranischen Lady; ihre eigene Hand war zwar voller Schwielen, aber die Berührung war sanft. »Ich kenne die Frau unseres Oberhauptes. Mirana und ich sind im gleichen Dorf aufgewachsen, bevor sie geraubt und zur Frau genommen wurde. Sie ist hartnäckig wie ein alter Felsen und wortreich genug, um den Willen eines jeden Mannes zu brechen, sogar dieses Schwachhirns von Ehemann. Sie wird dafür sorgen, daß Ihr angehört werdet, und wenn sie sich so lange über seine Männlichkeit belustigt, bis seine Geschlechtsteile vor Scham schrumpfen.«

Mara war plötzlich überrascht. »Ihr wirkt sehr ruhig, wenn Ihr von den Raubzügen sprecht, die Eure Frauen aus ihren Heimen und Familien reißen«, bemerkte sie. »Und ist es nicht so, daß Eure Männer Euch schlagen, wenn ihr wenig Schmeichelhaftes über sie sagt?«

Die Mädchen entließen eine Flut aufgeregter Fragen auf Maras Bemerkung, und viele schrien: »Da? Da?« Ukata gab nach und übersetzte für sie. Jetzt folgte lautes Kichern, das sich erst beruhigte, als die Frau des Häuptlings weitersprach. »Die Raubzüge, um Frauen zu gewinnen, sind ... etwas Offizielles ... ein alter Brauch in unserem Land, Lady Mara. Er stammt aus einer Zeit, in der Frauen noch seltener waren als heute und ein Mann erst dann als Mann galt, wenn er erfolgreich eine Frau geraubt hatte. Heutzutage werden die Frauen ohne Blutvergießen mitgenommen. Es gibt viel Geschrei und eine Verfolgungsjagd mit schrecklichen Vergeltungsdrohungen, aber das ist alles nur gespielt. Es gab eine Zeit, da war es nicht so – die Raubzüge in der Vergangenheit waren blutig, und Menschen starben dabei. Heute mißt sich der Verdienst eines Mannes daran, wie weit das Dorf entfernt ist, aus dem er eine Braut nach Hause bringt, und mit welcher Vehemenz sie von ihrer Familie und den Dorfbewohnern verteidigt wurde. Dieses Haus für unverheiratete Mädchen befindet sich sehr weit innerhalb unserer Verteidigungsanlagen. Ihr werdet aber auch bemerken, daß hier nur Mädchen leben, die alt genug sind und gerne einen Partner haben möchten.«

Mara schaute in die jungen Gesichter, die noch weich und nicht vom Leben gezeichnet waren. »Heißt das, Ihr *wollt* alle von Fremden mitgenommen werden?«

Ukata antwortete an ihrer Stelle auf Maras verständnislosen Blick. »Die Mädchen beobachten die jungen Kerle, die das Dorf besuchen, und die wiederum beäugen die Mädchen.« Sie lächelte. »Wenn sie den Eindruck haben, einem jungen Mann fehle es an Anmut, schreit das Mädchen überzeugend und stößt nicht nur die gespielten verächtlichen Furchtschreie aus; in einem solchen Fall wird der abgelehnte Bewerber von den Vätern des Dorfes weggejagt. Doch nur wenige Mädchen wollen links liegengelassen werden, wenn die nackten Krieger auf ihrem Raubzug sind. Übersehen zu werden bedeutet nämlich soviel wie häßlich zu sein oder einen Makel zu haben. Wenn ein Mädchen von einem Räuber nicht gestohlen wird, bleibt ihr nur noch eine Möglichkeit, einen Ehemann zu bekommen: Sie muß warten, bis zwei Bewerber es auf ein und dasselbe Mädchen abgesehen haben, dann auf den Rücken des Verlierers springen und so bis nach Hause reiten, ohne abgeworfen zu werden!«

Mara schüttelte den Kopf, verwirrt über einen so befremdlichen Brauch. Sie mußte noch sehr viel lernen, um genug zu verstehen, wenn sie mit diesen Fremden verhandeln wollte.

Ukata meldete sich erneut zu Wort. »Es ist spät, und Ihr werdet früh am Morgen aufbrechen. Ich schlage vor, daß Ihr Euch von den Mädchen eine Schlafmatte zeigen laßt und noch etwas schlaft.«

»Ich danke Euch, Lady Ukata.« Mara beugte achtungsvoll den Kopf und ließ sich in einen kleinen Alkoven führen, der den thurilischen Mädchen als Schlafgemach diente. Der Fußboden war mit Fellen ausgelegt, und die noch brennende kleine Öllampe ließ eine Welle aus hellen Haaren erkennen, die sich über das Bett ergossen. Kamlio lag dort bereits reglos zusammengerollt auf der Seite. Ihre schöne Haut war ohne blaue Flecken. Erleichtert, daß Arakasis schöne Kurtisane unbehelligt geblieben war, gab Mara dem wartenden thurilischen Mädchen ein Zeichen, daß alles in Ordnung war. Dann zog sie dankbar ihr schmutziges Kleid aus. In ihrem dünnen Unterkleid schlüpfte sie unter die Felle und streckte die Hand aus, um die Lampe zu löschen.

»Mylady?« Kamlio hatte die Augen geöffnet und beobachtete Mara. Sie hatte nicht wirklich geschlafen, sondern nur so getan. »Lady Mara, was wird mit uns geschehen?«

Mara ließ die Lampe an, zog die Felle dicht an sich heran und studierte das Mädchen, dessen Augen wie Juwelen funkelten. Kein Wunder, daß Arakasi vor Verlangen nach ihr überwältigt war! Kamlio konnte mit ihrem zarten, cremefarbenen Teint jeden Mann verzaubern. So gerne die Lady der Acoma sie auch beruhigt hätte, sie wußte, es war besser, ihr nichts vorzumachen. Wenn sogar ihr Supai durch den Reiz der Kurtisane seine Gefühle entdeckt hatte, was mochten erst die Thuril alles tun, um sie zu behalten – sie, deren Tradition es war, Frauen zu rauben? »Ich weiß es nicht, Kamlio.« Mara gab sich müde, konnte ihre Zweifel aber nicht verbergen.

Die zarten Finger der ehemaligen Kurtisane krallten sich in das Fell. »Ich will nicht bei diesen Leuten bleiben.« Es war das erste Mal, daß es um ihre persönlichen Wünsche ging und sie den Blick nicht schüchtern abwandte, als sie sprach.

»Was willst du statt dessen tun?« Mara rieb sich die von den Fesseln verletzten Stellen. »Du bist zu intelligent, um als Zofe bei mir zu bleiben, Kamlio, und zu wenig gebildet, um eine Stelle mit mehr Verantwortung zu übernehmen. Was würdest du gerne tun?«

Kamlios grüne Augen blitzten. »Ich kann lernen. Auch andere Leute in Eurem Dienst bekleiden Ränge, in die sie nicht hineingeboren wurden.« Sie biß sich auf die vollen Lippen, und nach kurzer Zeit schien die Anspannung von ihr zu weichen, so als ließe sie eine innere Mauer fallen, als sie von ihrem Ehrgeiz sprach. »Arakasi«, begann sie unsicher. »Warum hat er Euch so gebeten, mich freizukaufen? Und warum habt Ihr seiner Bitte entsprochen, wenn nicht deshalb, um mich ihm zu überlassen?«

Mara schloß kurz die Augen. Sie war zu müde für ein solches Gespräch! Ein einziges falsches Wort, eine einzige ungenügende Antwort, und sie setzte alles aufs Spiel, was sich ihr Supai an Glück erhofft hatte. Ehrlichkeit war der beste Weg, aber wie sollte sie die richtigen Worte finden? Kopfschmerzen plagten sie, und jeder Muskel in den steifen Gliedern schmerzte. Die Lady der Acoma erkannte, daß Isashanis Taktgefühl tatsächlich jenseits ihrer Fähigkeiten lag. Es mußte also die unverblümte Art genügen, die sie von Kevin von Zün gelernt hatte. »Ihr erinnert ihn an seine Familie, an seine Mutter und Schwester, die ebenfalls in ein Leben hineingeboren wurden, das nicht zu ihnen paßte, und die auch nie zu lieben gelernt haben.«

Kamlios Blick weitete sich. »Welche Familie? Er hat mir erzählt, daß Ihr seine Familie und all seine Ehre seid.«

Mara nahm die Last, die mit dieser Äußerung verbunden war, auf sich. »Das bin ich möglicherweise geworden. Aber Arakasi wurde von einer Frau aus der Ried-Welt geboren. Er hat niemals erfahren, wer sein Vater war, und er mußte zusehen, wie seine einzige Schwester von einem lüsternen Mann getötet wurde.«

Die Kurtisane nahm diese Nachricht schweigend auf. Mara beobachtete sie, fürchtete bereits, zuviel gesagt zu haben, ohne jedoch aufhören zu können. »Er möchte, daß du dich von deiner Vergangenheit trennen kannst, Kamlio. Ich kenne ihn gut genug, um dir eines zu geloben: Er wird dich um nichts anderes bitten als das, was du ihm aus freien Stücken zu geben bereit bist.«

»Das ist die Art, wie Ihr Euren Ehemann liebt«, sagte Kamlio, und in ihren Worten lag die schneidende Schärfe eines Vorwurfs, so als ob sie der Existenz solcher Beziehungen zwischen Mann und Frau nicht trauen würde.

»Ja.« Mara wartete und wünschte, sie könnte die Augen schließen, um dieses Problem und alle anderen in tiefem Schlaf zu vergessen.

Aber Kamlios Bedürfnisse verhinderten dies. Sie zupfte nervös an den Fellen und wechselte abrupt das Thema. »Mylady, laßt mich nicht bei diesen Thuril zurück, ich bitte Euch. Wenn man mich zwingt, die Frau eines dieser Fremden zu werden, werde ich nie herausfinden, wer ich wirklich bin und welches Leben mich glücklich machen würde. Ich würde niemals die Bedeutung der Freiheit, die Ihr mir gegeben habt, verstehen können.«

»Hab keine Angst, Kamlio«, sagte Mara und verlor schließlich den Kampf gegen die überwältigende Erschöpfung. »Wenn ich dieses Land überhaupt wieder verlasse, nehme ich auch all diejenigen wieder mit, die mich begleitet haben.«

Als könne sie dieser Zusicherung getrost ihr Leben anvertrauen, griff Kamlio nach der Lampe und löschte das Licht. Daß das Mädchen danach keine vertraulichen Dinge mehr aussprach, konnte Mara nur vermuten, denn sie schlief bereits tief und traumlos in dem engen, nach Kräutern duftenden Alkoven.

Am nächsten Morgen wurden Lady Mara und ihre Dienerin freundlicher behandelt. Sie konnten in den Quartieren der Frauen ein Bad nehmen und bekamen danach ein Frühstück mit frischem Brot und Querdidrakäse. Kamlio wirkte blaß, aber gefaßt. Doch bemerkte Mara eine Zerbrechlichkeit an ihr, die, wie sie glaubte, eher von Besorgnis herrührte als von Bitterkeit. Rufe und Gelächter drangen vom Marktplatz herein, aber Mara konnte durch die verschmierten, lichtdurchlässigen Fenster aus eingefetteten Tierhäuten nicht erkennen, warum. Als sie die jungen Frauen fragte, starrten diese nur verständnislos. Ohne Ukata als Übersetzerin blieb ihnen nichts anderes übrig, als die einfache Mahlzeit höflich über sich ergehen zu lassen, bis eine Eskorte aus Hochländern zur Tür kam und die zwei tsuranischen Frauen aufforderte herauszukommen.

Kamlio wurde bleich. Mara tätschelte beruhigend ihre Hand, reckte das Kinn empor und ging hinaus.

Vor der Treppe wartete ein Wagen. Er hatte hohe, aus Weide geflochtene Seitenteile und wurde von zwei Querdidras und dem aufsässigen Esel gezogen. Sein graues Fell war vom Speichel der sechsbeinigen Tiere verdreckt, und er zerrte vergeblich an den Zuggurten, um sich zu rächen. Die Querdidras blinzelten mit ihren lächerlich langen Wimpern und verzogen die Lippen, als würden sie lachen.

Maras Krieger waren am Wagen festgebunden. Sie stanken nicht nach dem Mist, auf dem sie in der vergangenen Nacht geschlafen hatten, sondern waren sauber, wenn auch durchnäßt. Als Lujan seine Lady die Treppe herunterkommen sah, errötete er aus irgendeiner inneren Befriedigung, und Saric unterdrückte ein Lächeln. Das saubere Aussehen ihrer Krieger überraschte

Mara, und als sie sich weiter umblickte, bemerkte sie, daß die Hochländer den Gefangenen eine gewisse Achtung entgegenbrachten.

Obwohl sie den Verdacht hatte, daß der Tumult, den sie im Haus gehört hatte, damit in Zusammenhang stehen könnte, blieb ihr keine Gelegenheit, sich danach zu erkundigen. Die thurilischen Krieger umringten sie und hievten Kamlio und sie über den hinteren Teil des einfachen Wagens in ein strohgedecktes Bett. Die Seitenteile waren zu engmaschig geflochten und reichten zu hoch, als daß Mara hätte hinausschauen können. Die Krieger befestigten die Klappe. Sie waren noch immer Gefangene und spürten den Ruck, als der Fuhrmann aufsprang und die Zügel nahm. Dann hörten sie die Räder quietschen, als er die Tiere mit dem Stachelstock vorwärts trieb.

Der Esel und die Querdidras waren ein schlechtes Gespann. Der Wagen schwankte und holperte über Rillen auf dem Boden, und das Stroh, das direkt aus dem Kuhstall eines gutwilligen Menschen geholt worden war, roch nach Vieh. Kamlio sah vor Angst ganz krank aus, und Mara befahl ihr, sich hinzulegen. Sie bot der jungen Frau ihre Überrobe an, denn der Wind trieb in kühlen Böen von den Höhen herunter. »Ich lasse dich hier nicht allein zurück, Kamlio«, versicherte sie. »Du bist nicht hierhergekommen, um die Frau eines groben Thuril zu werden.«

Zu unruhig, um stillzusitzen, lehnte sie sich gegen die Seite, neben der Lujan ging und fragte ihn, wieso die Krieger so naß waren.

Wie schon zuvor kümmerte es die thurilischen Wächter nicht, ob ihre Gefangenen miteinander sprachen. Lujan durfte sich den bemalten Rädern nähern und seiner Herrin nach Belieben antworten.

»Wir beklagten uns, daß wir nicht nach Mist stinkend in ihre Hauptstadt einmarschieren wollten«, erklärte der Kommandeur der Acoma, und zurückgehaltene Heiterkeit schwang in seiner

Stimme mit. »Also erlaubten sie uns, unter Bewachung im Fluß zu baden.« Jetzt konnte er ein Glucksen nicht zurückhalten. »Unsere Rüstungen und unsere Kleidung waren natürlich ebenfalls schmutzig, also zogen wir uns aus, um sie ebenfalls zu reinigen. Das führte zu einem riesigen Tumult unter den Hochländern. Iayapa sagte, daß sie sich deshalb so erregten, weil sie nur in der Schlacht nackt seien, sonst nie. Immer wieder deuteten sie auf uns und schrien. Dann rief jemand in schlechtem Tsuranisch, daß man uns nicht beschimpfen sollte, weil wir nicht in der Lage seien, das rasselnde Gegrunze zu verstehen, das hier als Sprache gilt.« Lujan machte eine Pause.

Mara drückte ihre Wange gegen die quietschende Weide. »Erzählt weiter.«

Lujan räusperte sich. Offensichtlich hatte er immer noch Schwierigkeiten, sein Vergnügen zu unterdrücken. »Saric nahm die Herausforderung an und rief Iayapa zu, alles zu übersetzen, ganz egal, wie unschön die Worte auch klingen würden oder wie obszön sie wären.« Der Wagen holperte über eine besonders tiefe Rille, und Lujan brach seine Erzählung ab, vermutlich, um darüberzuspringen. »Na ja, sie waren in der Tat ziemlich persönlich. Die Thuril haben uns erklärt, wie wir zu all den Kriegsnarben gekommen sind. Wenn man ihnen glauben darf, werden die Prostituierten in unserem Land darin ausgebildet, unsere besten Soldaten mit ihren Fingernägeln in die Flucht zu schlagen. Oder unsere Schwestern schlafen mit Hunden und Juga-Vögeln, und wir kratzen uns gegenseitig mit unseren Nägeln, weil jeder den besten Platz haben will, um zuzuschauen.«

Wieder brach Lujan ab, diesmal grimmig. Mara klammerte sich so fest an das Weidengeflecht, daß ihre Fingerknöchel weiß wurden. Die Beschimpfungen, die Lujan erwähnt hatte, beschämten die Ehre eines Mannes genug, um seine Rache herauszufordern, und die Lady zweifelte daran, daß ihr Kommandeur wirklich die schlimmsten Verleumdungen erzählt hatte. Vor

Sorge und Wut darüber, daß sie ihren mutigen Kriegern etwas so Entwürdigendes zumutete, meinte sie mit belegter Stimme: »Es muß schrecklich gewesen sein, das auszuhalten.«

»Nicht gar so schrecklich.« Eine Stärke wie barbarisches Eisen trat in Lujans Stimme. »Wir haben uns alle ein Beispiel an Papewaio genommen, Mylady.«

Mara schloß die Augen, als sie schmerzhaft an den tapferen Pape dachte. Ihretwillen verzichtete er auf den Tod durch sein eigenes Schwert, einen Tod, den er sich redlich verdient hatte, und trug statt dessen das schwarze Band als verurteilter Mann. Er lebte weiter mit seiner schwarzen Kopfbedeckung, die er als Symbol eines Triumphes trug, den nur seine Herrin und diejenigen, die ihn kannten, verstanden. Viele Male hatte er ihr das Leben gerettet, doch schließlich war er bei einem Angriff eines Minwanabi für sie gestorben. Mara biß sich auf die Unterlippe; das starke Schwanken und Rütteln des Wagens riß sie aus ihrer Erinnerung. Sie hoffte, daß diese Krieger, die besten ihrer Ehrengarde, nicht auch ein solches viel zu frühes Ende finden würden. Der alte Keyoke hatte ihr beigebracht, daß der Tod in einer Schlacht auf fremdem Boden nicht das beste Ende war, das einen Krieger ereilen konnte, auch wenn eine alte Sitte dies behauptete.

»Sprecht weiter«, sagte sie und unterdrückte die Tränen in ihrer Stimme. Sie sah förmlich das Schulterzucken ihres Kommandeurs. »Es gibt nichts mehr zu erzählen, Lady. Eure Krieger kamen überein, keinen Anstoß an den leeren Worten der Thuril zu nehmen. Und die Hochländer schien das zu verwundern. Vanamani schrie sofort zurück, daß wir *Eure* Ehre wären, Mylady. Wir würden kein Wort wahrnehmen, das von anderen als Euren Lippen käme – oder von denen eines Feindes. An diesem Punkt griff Saric ein und fügte hinzu, daß die Thuril keine Feinde wären, sondern Fremde, und daß ihre Worte so leer wären wie das Heulen des Windes über Stein.« Lujan sprach den letzten Satz mit trockener Ironie aus. »Die Hochländer hörten danach auf, uns zu beschimpfen. Es machte Eindruck auf sie, glaube ich, daß wir Euch treu blieben und daß wir uns auch dann nicht ködern ließen, als unsere Herrscherin, noch dazu eine Frau, außer Sichtweite und ebenfalls gefangen war. Iayapa sagte, daß viele Tsuranis so lange verspottet wurden, bis sie törichte Angriffe unternahmen und von den Hochländern, die sich in den Bergen versteckt hatten, umgebracht wurden.«

»Lujan«, sagte Mara, deren Stimme vor Dankbarkeit zitterte, obwohl sie sich Mühe gab, gelassen zu klingen, »alle Eure Männer werden für ihre besondere Tapferkeit eine Auszeichnung erhalten. Sagt es Ihnen, wenn ihr könnt.« Jeder einzelne von ihnen hatte sich fest an seine Pflicht gehalten, jenseits der Lehrsätze der tsuranischen Kultur, die jedem ordentlichen Leben Ehre verliehen. Jeder dieser Männer hatte seine persönliche Ehre in ihre Hände gelegt. Mara betrachtete ihre Handinnenflächen, die vom Festhalten an dem Weidengeflecht rot waren. Sie betete zu ihren Göttern, daß sie sich dieses Vertrauens würdig erweisen könnte und sie nicht alle in die Sklaverei verkauft würden – der absolute Tiefpunkt der Ehrlosigkeit.

Drei

Ratssitzung

Die Stunden vergingen schleppend.

Eingesperrt in den Wagen aus Weidengeflecht und ungeschützt den Windböen und der Sonne ausgesetzt, die immer wieder zwischen den Wolken über dem Hochland hervorkam, versuchte Mara geduldig zu bleiben. Aber die Unsicherheit ihrer Situation und die ausgelassenen Schreie der thurilischen Krieger zerrten an ihren Nerven. Um sich die Zeit zu vertreiben, bat sie Iayapa, die Landschaften zu beschreiben, die sie durchquerten. Er hatte nicht viel zu erzählen. Es gab keine Dörfer, nur ein paar Weiler, die an felsigen Berghängen klebten und von Gestrüpp umgeben waren, das von den Herden beinahe völlig niedergetrampelt war. Über den rotgefärbten Hängen am Horizont türmten sich höhere Berge mit felsigen Spitzen auf, teilweise von den Wolken verdeckt. Darabaldi, die Stadt, in der der Hohe Rat der Häuptlinge zusammentraf, sollte an den Ausläufern der großen Bergkette liegen. Als Mara Iayapa bat, sich nach der Dauer ihrer Reise zu erkundigen, erhielten sie als Antwort nur anzügliches Gelächter. Beinahe zur Verzweiflung gebracht, machte sie sich daran, Kamlio in den beruhigenden Meditationstechniken zu unterweisen, die sie als Novizin im Tempel gelernt hatte.

Die Götter wissen, dachte Mara, das arme Mädchen muß lernen, sich selbst Trost zu spenden, bevor unser aller Schicksal durch die Hände dieser Leute besiegelt wird.

Die Hochländer hielten nur kurz an, um Wurst, sauren Querdidrakäse und Brot zu essen und mit einem leichten, sauren Bier hinunterzuspülen, das überraschend erfrischend war. Diese Pausen wurden mit lautem Geprahle und Wetten untermalt, wenn Krieger sich im Armdrücken maßen.

Es wurde dunkel, und Nebel legte sich in kalten Schwaden über das Land. Der Esel wurde so müde, daß er es aufgab, gegen die Querdidras im gleichen Zuggurt zu treten; er blieb selbst dann ruhig, wenn die sechsbeinigen Tiere die Lippen verzogen und spuckten. Mara kuschelte sich dicht an Kamlio, damit sie sich gegenseitig wärmten. Eine Zeitlang schlief sie möglicherweise sogar.

Die Sterne hingen wie funkelnde Nadelstiche am Himmel, als sie sich bei dem lauten Gebell von vielen Hunden aufrichtete. Hirtenhunde, erklärte Iayapa, nicht die großen, die zur Jagd eingesetzt wurden. Der Rauch in der Luft und der stechende Geruch von eingesperrtem Vieh, verfaulendem Abfall und getrockneten Häuten deutete darauf hin, daß sie sich einem Dorf oder einer größeren Häuseransammlung näherten.

»Darabaldi«, antwortete jemand mit rauher Stimme, als Mara sich erkundigte. Aber als sie weiter nach Informationen darüber drängte, wann sie mit dem Rat der Häuptlinge sprechen könne, erhielt sie nur eine derbe Antwort. »Was spielt das für eine Rolle, Frau, oder willst du unbedingt wissen, welcher Mann dich kaufen wird? Fürchtest du vielleicht, daß er alt ist und seine Männlichkeit sich nicht mehr aufrichten kann?«

Diese unverschämte Äußerung beantwortete Saric mit einem thurilischen Ausdruck, den er möglicherweise bei dem morgendlichen Bad gelernt hatte. Die Hochländer fühlten sich jedoch nicht im mindesten angegriffen; sie lachten ihm zu und schienen ihm, zunächst etwas unwirsch, ein wenig Respekt zu zollen.

Laternenlicht ergoß sich über den Wagen. Mara blickte zu einem großen Torhaus hinauf, auf dem große Behälter mit Fett standen, denen ein öliger Rauch entstieg. Krieger in groben, graubraunen Plaids riefen von Zinnen aus Stein und Holz herunter, forderten die herannahende Gruppe auf, sich zu erkennen zu geben.

Antaha rief etwas zurück, erst langsam, dann mit der Geschwindigkeit eines Wasserfalls, begleitet von heftigen, teilweise derben Gesten. Die Wachen erheiterten sich und warfen Blicke in ihre Richtung; der Beweis dafür, daß der Hochländer von der Gefangennahme berichtete. Auch die Badeszene am Fluß wurde wohl nicht ausgespart, denn die Wächter stießen sich gegenseitig die Ellenbogen in die Rippen und johlten, den Blick auf Lujan und Saric gerichtet.

Dann winkten die Wachen auf den Zinnen die Hochländer und ihre tsuranischen Gefangenen weiter, und der Wagen ruckelte unter Eselsgeschrei und dem schrillen Kreischen der Querdidras vorwärts. »Nun gut«, meinte Mara zu Kamlio, »bei der Fanfare werden alle in der Stadt wissen, daß wir hier sind.«

Mehr denn je wünschte sie sich, daß das Weidengeflecht niedrig genug wäre, um ihr einen Blick hinaus zu gewähren, doch als einen Augenblick später ein prasselndes Geräusch zu hören war, änderte sie ihre Meinung wieder – es klang, als würden Steine oder getrockneter Mist gegen die Seitenteile des Karrens geworfen. Schreie in thurilischer Sprache vermischten sich mit dem Gekreische von Kindern, als diese bei dem Unfug erwischt wurden, dann hörte das Bombardement plötzlich auf. Mara richtete sich weiter auf und lugte über den Rand des Weidengeflechts. Sie sah zweistöckige Steingebäude und hölzerne Hinweisschilder in matten Farben im Wind hin und her schwingen. Die Pfosten der Galerien und Fenstersimse waren mit geschnitzten Totems versehen, und die spitzen Giebeldächer der Häuser hatten für tsuranische Augen etwas Befremdliches. Auch die Dachvorsprünge unter den verwitterten Strohdächern waren geschnitzt, eine Art Runen oder Schriftzeichen. Die Fensterläden waren geschlossen und verriegelt, außer den wenigen, hinter denen pausbäckige Frauen saßen und mit obszönen Gesten hereinbaten.

»Huren«, urteilte Kamlio in scharfer Bitterkeit. Mara konnte ihre unausgesprochene Angst sehen, daß solch eine Dachkammer ihr zukünftiges Zuhause werden könnte.

Mara biß sich auf die Lippen. Sie wußte, daß Kamlio viel eher die Frau eines Häuptlingssohnes werden würde, doch immer wieder fragte sie sich: Wenn ihr Supai plötzlich ohne Haus dastehen und von Hokanu gebeten würde, in den Dienst der Shinzawai zu treten – was würde er tun? Würde er ein freier Spion bleiben und in diese feindseligen Berge ziehen, um die thurilischen Städte nacheinander nach der Frau zu durchkämmen, die sein Herz gestohlen hatte? Mara schätzte, daß er nach Kamlio suchen würde.

Der Wagen holperte über etwas hinweg, das möglicherweise Kopfsteinpflaster war, und kam dann zum Stehen. Ein blonder Hochländer, dessen breites Grinsen Zahnlücken offenbarte, öffnete die Klappe am hinteren Teil des Wagens und forderte Mara und Kamlio auf auszusteigen. Hinter den thurilischen Kriegern und den in kleinen Grüppchen umherstehenden Schaulustigen war ein langes Haus zu sehen, das an die Stadtmauer grenzte; dem ersten, schnellen Blick nach hielt Mara es für eine kleine Festung. Die beschlagenen Holztüren waren geöffnet, aber der Eingang war mit Wolltüchern verhängt, in die Muster aus Quadraten und Linien gewebt worden waren. Bevor Mara mehr erkennen konnte, schob einer der thurilischen Krieger sie auf die Klappe zu. Auch Kamlio, Saric, Lujan und Iayapa wurden von den übrigen getrennt und folgten.

Mara staunte über die Weichheit des Gewebes, das sie im Vorbeigehen berührte. Dann war sie auch schon drinnen, die anderen dicht hinter ihr, und zwinkerte, da die rauchige Luft in dem fensterlosen Raum in den Augen brannte.

Der rötliche Schimmer einer aufgeschichteten Glut durchdrang die Düsternis; sie wurde wohl eher zum Kochen genutzt, als um den Raum zu wärmen, in dem ohnehin eine stickige Luft herrschte, eine scharfe Mischung aus Wolle, Eintopf und zusammengepferchten Menschen. Vor dem riesigen Steinherd saß eine alte Frau auf einer leicht erhöhten Bank und säuberte Querdidrawolle auf einer Karde aus Knochennägeln. Auf dem Boden vor ihr kauerte, kaum mehr als ein Schatten, ein Mann mit gekreuzten Beinen in einem Weidenstuhl. Als Maras Augen sich an das düstere Licht gewöhnt hatten, erkannte sie, daß er graue Haare hatte. Sein Mund war breit und mürrisch und wurde von einem Schnurrbart umrahmt, der weit über seinen Kiefer hinunterhing. An den Enden blitzten und rasselten bunte Perlen, als er das Kinn hob.

Iayapa flüsterte Saric rasch etwas zu, der daraufhin murmelte: »Der hier trägt den Bart eines Stammesoberhauptes. Den Talismanfiguren nach zu urteilen könnte er der Oberhäuptling höchstpersönlich sein.«

Mara unterdrückte ihre Überraschung. Sie hatte eine große, aufsehenerregende Person erwartet, keinen gewöhnlichen Mann in einem schmucklosen grünen Kilt. Die Schüssel, aus der er aß, bestand aus ungeschliffenem Holz, sein Löffel war ein mitgenommenes Werkzeug aus Corcara. Die Lady der Acoma war so erstaunt über das Fehlen von zeremoniellen Rangabzeichen, daß ihr die anderen Männer, die in einem Halbkreis saßen, fast entgangen wären, zumal ihre Unterhaltung beim Eintritt der Gruppe verstummt war und sie im Schatten saßen.

Eine Zeitlang starrten die hereinkommenden Thuril und ihre Gefangenen auf die Sitzenden, die ihrerseits zurückblickten und die Mahlzeit, an der sie kaum einen Augenblick zuvor gegessen hatten, völlig vergaßen.

Erstaunlicherweise war es die alte Frau, die mit dem Karden der Wolle aufhörte und das Schweigen brach. »Du könntest sie vielleicht fragen, was sie wollen.«

Der Mann mit dem Schnauzbart des Stammesoberhauptes drehte sich in seinem Stuhl um und deutete mit dem Löffel in ihre Richtung. Bratensaft spritzte aus der Schüssel und fiel mit einem Zischen in die Kohlen. »Halt den Mund, alte Hexe! Du mußt mir nicht sagen, was ich zu tun habe!«

Als Mara, verblüfft über das Fehlen von Anstand und einer formellen Begrüßungszeremonie, die Stirn runzelte, drehte sich das Oberhaupt der Thuril zu ihr um. Die Perlen an dem Schnurrbart wippten klappernd, als er mit einem kurzen Ruck seines Kinns auf Saric deutete, der am nächsten stand. »Was willst du, Tsurani?«

Wenn Saric wollte, konnte er ein Meister in irreführender Mimik sein. In dem schwachen Licht der Kohlen sah er aus wie eine Statue, und es war, als hätte sich der Thuril-Häuptling an leere Luft gewandt.

Mara ergriff die Gelegenheit und trat vor. »Ich bin in Euer Land gekommen, weil ich Informationen suche«, sagte sie in die Stille hinein.

Der Oberhäuptling erstarrte, als sei er geschlagen worden. Sein Blick flog zu der Lady, die vor ihm stand, wich dann zur Seite. Er starrte über ihren Kopf hinweg, so daß ihm das breite Grinsen Antahas und der anderen Krieger der Eskorte nicht entging.

»Ihr steht da und erlaubt einer gefangenen Frau, ungefragt zu sprechen?« brüllte er in einem Ton, als wäre er auf dem Schlachtfeld.

Nicht im geringsten verblüfft, obwohl seine Ohren von dem lauten Schrei noch dröhnten, drängte sich Saric vor und verbeugte sich trotz der gefesselten Hände mit größter Vollkommenheit. »Ehrenwerter Häuptling, Antaha verhält sich so, weil sie die Lady Mara von den Acoma ist, die Gute Dienerin des Kaiserreiches, verwandt mit dem Kaiser von Tsuranuanni.«

Der Häuptling strich sich über den Schnurrbart und fingerte an den Perlen herum. »Ist das so?« Die hölzernen Teller und Löffel klapperten, als seine Gefährten ihr Geschirr niederlegten.

»Wenn diese Frau tatsächlich die Gute Dienerin ist, wo sind dann ihre Banner? Ihre Armee? Ihr großes, glanzvolles Kommandozelt?« Hohn klang in der tiefen Stimme des Häuptlings. »Ich habe gesehen, wie tsuranische Adlige reisen, wenn sie in fremden Gebieten sind! Sie tragen ihren halben Besitz mit sich herum, als wären sie Händler! Ich behaupte, du lügst, Fremder. Oder warum wird sie« – er machte eine abfällige Geste in Maras Richtung – »nur von wenigen Wachen begleitet? Schließlich sind wir für euch immer noch ein feindliches Land.«

Bei dieser Bemerkung runzelte die alte Frau auf der Bank die Stirn. »Warum fragst du sie nicht selbst? Sie hat gesagt, sie sucht Informationen. Es muß sehr wichtig für sie sein.«

»Halt deine große Klappe, altes Weib!« Seine Entrüstung hatte etwas Explosives, als der Häuptling seine Hand, in der noch immer eine Brotkruste steckte, in Maras Richtung stieß; niemals würde er Mara direkt ansprechen. »Wir sind nicht die Barbaren, für die ihr Tsuranis uns haltet.«

Mara verlor die Beherrschung. »Seid Ihr das nicht?« Wie sehr wünschte sie sich, die Sprache der Thuril zu sprechen! So, wie es stand, mußte ihre eigene genügen. »Und nennt Ihr es *zivilisiert*, meine Ehrengarde in einem Viehpferch unterzubringen? In meinem Land müssen nicht einmal Sklaven so schäbig leben!«

Dem Häuptling verschlug es den Atem, und das glucksende Lachen Antahas und seiner Krieger machte ihn verlegen. Er räusperte sich. »Ihr habt mich um Informationen gebeten ...« Seine Augen wurden enger. »Feinde, mit welchem Recht kommt ihr hierher und stellt Forderungen?«

Noch bevor Mara antworten konnte, drängte Iayapa sich entschlossen zwischen sie und Saric. »Lady Mara kam nicht als unsere Feindin hierher. Auf ihren Befehl hin legten ihre Krieger die Waffen nieder, und nicht ein einziges Mal reagierten sie auf die Beleidigungen, obwohl die Dorfbewohner und Wachen in Loso sie mit allen Mitteln verunglimpften.«

»Er spricht die Wahrheit«, mischte sich Mara ein; sie war nicht bereit, sich der dummen thurilischen Sitte zu fügen, derzufolge ein Mann in der Öffentlichkeit nicht auf die Äußerung einer Frau hören durfte. Als würde sie ihren Mut bewundern, lächelte die alte Frau auf der Bank. Mara fuhr fort: »Nun zu der Information, die ich suche ...« Sie ließ den Satz unbeendet.

Der Häuptling blickte unsicher drein, und die alte Frau stieß ihn von hinten mit dem Fuß an. »Sie wartet darauf, daß du ihr sagst, wer du bist, du wollhirniger Dummkopf.«

Er drehte sich um und starrte die Frau an. Sie mußte seine Ehefrau sein, da sie keine Strafe für die Freiheit erhielt, die sie sich nahm. »Das weiß ich, Frau!« rief er. Er wandte sich rasch Mara zu und richtete sich auf, um seiner Person mehr Bedeutung zu verleihen. »Ja, es muß sich um wichtige Informationen handeln.«

»Dein Name«, spornte die alte Frau ihn ruhig an.

Er beachtete die Brotkruste in seiner Hand noch immer nicht, als er seine Fäuste schüttelte. »Halt dein Maul, Weib! Wie oft soll ich dir noch sagen, daß du in der Versammlungshalle zu schweigen hast? Belästige mich noch einmal, und ich versohle dir deinen fetten Hintern mit einer Dornenpeitsche!« Die Frau überging die Drohung und nahm das Karden wieder auf.

Der Häuptling reckte die Brust, und seine Weste enthüllte bei näherem Hinsehen Soßenflecken unterschiedlichen Alters. »Mein Name ist Hotaba. Ich bin der Häuptling der Fünf Stämme der Malapia und für diese Amtszeit der Oberhäuptling der Versammlung hier in Darabaldi.« Er deutete auf den Mann, der am weitesten entfernt von ihm saß und ebenfalls eine Skalpsträhne und einen Schnurrbart trug. »Das ist Brazado, Häuptling der Vier Stämme der Suwaka.« Dann zeigte er auf den letzten Mann, der keinen Schnurrbart hatte. »Das ist Hidoka, sein Sohn.« Sein Blick fiel auf den hinter Mara stehenden Saric, als er endete: »Mein eigener Sohn Antaha –«

Mara unterbrach ihn scharf. »Wir haben ihn bereits kennengelernt.«

Der Häuptling schlug mit den Fäusten vor Wut auf die Knie. Krumen flogen herab, als die Kruste unter der Wucht des Schlages in Stücke brach, und er legte die Stirn in finstere Falten. Mara widerstand dem Drang zurückzuweichen; sie war in ihrer Kühnheit zu weit gegangen, und möglicherweise würden die Thuril ihre Unterbrechung vergelten.

Aber die alte Frau am Herd räusperte sich laut.

Hotaba richtete kurz den Blick auf sie, dann zuckte er resignierend mit den Schultern. »Dieses vorlaute Weib, das uns ständig unterbricht, ist meine Frau Mirana.« Nach einem kurzen Schweigen fügte er hinzu: »Wenn sie nicht eine so gute Köchin und Haushälterin wäre, hätte ich sie schon vor Jahren zu Hundefutter verarbeiten lassen.«

Antaha meldete sich zu Wort. »Der Häuptling in Loso hielt es für das beste, die Gefangenen direkt zu dir zu schicken, statt auf die nächste Handelskarawane zu warten, Vater.«

Der Häuptling strich sich über den Schnauzbart, und die Perlen klapperten. »Wenig Bedarf an Wachen heutzutage, was? Wo die Tsurani so sanftmütig sind wie kleine Gachagas.« Mara kannte den Begriff und wußte, daß er wenig Schmeichelhaftes bedeutete, noch bevor Iayapa einen besorgten Blick auf Lujan und Saric warf. Aber nach dem, was sie am Morgen am Fluß erlebt hatten, machte es ihnen nichts aus, daß sie mit kornstehlenden Nagetieren verglichen wurden.

Während das Oberhaupt noch auf eine Reaktion auf seine abfällige Bemerkung wartete, mischte sich Mirana ein. »Du hast Lady Mara noch immer nicht gefragt, was sie wissen möchte.«

Hotaba sprang auf; er sah aus, als wäre er drauf und dran, einen Mord zu begehen. »Bist du endlich still, Weib! Immer wieder sprichst du in der Ratsversammlung! Ich hätte dich braten und den Aasgeiern zum Fraß vorwerfen lassen und eine junge und gehorsame, vor allem aber schweigsame Frau rauben sollen!«

Die anderen Thuril in der Langhütte schien die Drohung ebensowenig zu interessieren wie Mirana. Sie kam bei ihrer Arbeit nie aus dem Rhythmus, lediglich mit dem Fuß wippte sie in zurückgehaltener Ungeduld. Hotaba schien ihre Ruhe als eine Art Warnung zu verstehen, denn er atmete tief ein und richtete sich dann mit zusammengepreßten Zähnen an Mara: »Was wollt Ihr wissen, Tsurani?«

Mara warf einen Blick zu Lujan und Saric, die den Austausch ungerührt verfolgten. Ihr Berater zuckte ganz leicht mit den Schultern. Er konnte ihr bei diesen Verhandlungen nur schwer helfen. Nach tsuranischem Standard galten die Thuril als grob und widerspenstig, und ihre theatralischen Gefühlsausbrüche hatten für sie etwas vollkommen Ungehobeltes. Nach den vergangenen anderthalb Tagen in ihrer Gegenwart rätselten sie nur noch mehr darüber, was für sie als unverzeihlicher Verstoß galt. Eine mündliche Beleidigung jedenfalls schien diese Leute nicht zu stören; die schlimmsten Beschimpfungen nahmen sie hin wie einen Spaß. Aufrichtige Höflichkeit war wohl der sicherste Weg, beschloß Mara. »Hotaba, ich muß mit einem von Euren Magiern sprechen.«

Hotaba ließ die Luft aus seinen aufgeblasenen Backen. Das Rot wich von seinen Wangen, und zum ersten Mal schien er den zerdrückten Brei aus Brotkrumen in seiner Faust zu bemerken. »Einen Magier?«

Wenn Mara die Mimik des Fremden richtig deutete, war er verblüfft. Sie preschte vor. »Ich muß Dinge wissen, die mir nur ein Magier, der nicht Teil der Versammlung unseres Kaiserreiches ist, sagen kann. Ich bin zur Konföderation von Thuril gekommen, weil mir zugetragen wurde, daß ich in Eurer Nation Antworten erhalten werde.«

Hotabas überraschter Gesichtsausdruck verschwand, und

seine Miene bekam etwas Scharfsinniges. Er war nicht gerade begeistert von dem Thema, das sie angeschnitten hatte, erkannte Mara, als sein Blick hin und her schoß und er eingehend ihre Begleiter betrachtete. Sie neigte sich etwas zur Seite, bemüht, Kamlio zu verdecken, doch deren aufgebauschte goldene Haarfülle war selbst im Schatten unübersehbar. Es kam gar noch schlimmer, denn als Antaha die Blickrichtung seines Vaters sah, nutzte er die günstige Gelegenheit. Er schob Kamlio am Arm nach vorn.

»Vater, sieh her. Wir haben eine Trophäe von diesen Tsuranis.«

Mara unterdrückte den glühenden Zorn, der sowohl wegen des Unbehagens in ihr aufstieg, das Kamlio erlitt, als auch weil das Thema, das sie angeschnitten hatte, so brüsk beiseite gefegt worden war. Doch die Begierde in den Augen des alten Häuptlings lehrte sie, besser nicht daran Anstoß zu nehmen, wenn sie nicht seinen männlichen Stolz herausfordern wollte.

Die anderen Mitglieder des Rates ließen tiefe Pfiffe der Bewunderung ertönen. Alle starrten die Kurtisane gierig und anerkennend an, und nicht einmal Miranas säuerlicher Blick konnte das Interesse ihres Mannes dämpfen. Hotaba folgte Kamlios vollen Kurven mit den Augen eines Mannes, dem gerade eine Delikatesse serviert wird. Er leckte sich die Lippen. »Hübsch«, murmelte er zu Antaha. »Außergewöhnlich hübsch.« Er neigte seinen Kopf leicht zu seinem Sohn. »Zieh ihr die Robe aus. Wir wollen sehen, welch köstliche Frucht sie verbirgt.«

Mara richtete sich auf. »Hotaba, Ihr könnt Eurem Sohn sagen, daß weder ich noch meine Dienerin Kamlio als Trophäen zu betrachten sind. Wir sind nicht Euer Eigentum, Häuptling der Thuril! Kamlio befiehlt selbst über ihren Körper, so wie ich über ihre Dienste. Und ich schicke sie nicht zu Fremden ins Bett.«

Hotaba zuckte zusammen, als wäre er mit Gewalt aus einem Traum erwacht. Er blickte Mara abschätzend an. Dann verzog sich sein Mund zu einem bösartigen Lächeln. »Ihr seid nicht in der Position, Forderungen zu stellen, Frau.«

Mara überhörte die Äußerung. Sie tat, als ob ihre Offiziere nicht wie Sklaven gefesselt neben ihr stünden und sie nicht völlig zerzaust wäre, ganz ohne den zeremoniellen Staatsakt, der einer tsuranischen Lady von Rang eigentlich zustand, und nur an ihrer steifen Haltung ließ sich ihr Zorn erkennen.

Ihre Haltung machte einigen Eindruck. Hotabas Lächeln wurde breiter. Sogar Mirana legte die Karde wieder beiseite, als sich eine bedrohliche Stille im stickigen Raum ausbreitete. »Mylady«, verkündete das Oberhaupt in deutlichem Sarkasmus, »ich biete Euch einen Handel an: Ihr erhaltet die Informationen, die Ihr sucht, für Eure blonde Dienerin. Ein mehr als gerechter Tausch, würde ich sagen. Die Frau ist von unschätzbarem Wert, ihre Schönheit ist hier so selten, wie es bei Euch diejenigen sind, die eine ehrliche Magie verfolgen. Sicherlich werden die gesuchten Informationen die Haut einer einzigen Dienerin wert sein, wo Ihr auf Euren Besitztümern im Kaiserreich doch vielen tausend Seelen befehlen könnt?«

Mara schloß die Augen, so übel wurde ihr; sie verkniff sich den starken Wunsch, nutzlose Verwünschungen auszustoßen. Ihre Kehle war wie ausgetrocknet. Wer war sie, daß sie Kamlios Leben und Glück verspielte, selbst um des Wohls ihrer Familie willen? Doch als Herrscherin hatte sie den kaiserlichen Gesetzen nach das Recht dazu. Sie mußte sich zwingen, etwas zu sagen.

»Nein.« Es klang zumindest entschieden, auch wenn ihr Geist vor Zweifeln wirbelte. Götter, wie weit war sie in ihrer Ehre gesunken, daß sie das Leben einer schwierigen Dienerin vor das Wohl und Überleben ihres Hauses, ihres Mannes und ihrer Kinder setzte! Was war eine unglückliche Kurtisane gegenüber all ihrer Ehre, ihren Lieben und nicht zuletzt der Machtgrundlage Ichindars höchstpersönlich? Doch während sie früher einer Dienerin oder Sklavin befohlen hätte, der Forderung der Thuril nachzukommen, konnte sie heute, wo alles von diesem einen Wort abhing, dieses Opfer nicht verlangen.

In die drückende Stille hinein, da die Männer zu verblüfft waren, um zu reagieren, und Saric damit beschäftigt war, aufrichtiges Erstaunen und tiefe Bestürzung zu unterdrücken, äußerte sich Mirana. Als ob die Angelegenheiten des Haushalts von größerer Bedeutung wären als das Leben und das Schicksal selbst, verkündete sie: »Ich bin mit dem Karden fertig.«

Aber ihre Hände zitterten, als sie die Wolle und das Werkzeug in den Korb neben sich legte, bemerkte Mara. Hotaba drehte sich nur kurz zu seiner Frau um und nickte ihr einmal zu. Die alte Frau erhob sich, wickelte mehrere Fransenschals um ihre Schultern und bedeutete Mara, ihr zu folgen.

Die Lady der Acoma zögerte. Sie glaubte, darauf bestehen zu müssen, bei ihren Leuten zu bleiben, daß sie als ihre Herrscherin darüber wachen sollte, was mit ihnen geschah. Doch Mirana schüttelte sanft den Kopf, so als könnte sie Maras Gedanken erraten.

Saric erhielt hastige Ratschläge von Iayapa, und er neigte sich zu seiner Herrin. »Geht, Mylady. Diese Kultur ist nicht wie unsere, und Ihr habt Eure Sache vorgebracht. Ihr werdet der Angelegenheit, deretwegen Ihr gekommen seid, möglicherweise nur schaden, wenn Ihr bleibt, um sie näher auszuführen. Iayapa bestätigt, daß Mirana ihren Ehemann gut kennt. Er hält es für das beste, ihr zu folgen. Ich stimme ihm zu.«

Mara warf einen letzten hochmütigen Blick auf Hotaba, der ihm zeigen sollte, daß sie aus freien Stücken so handelte und nicht, weil es der Wille der Thuril war. Dann folgte sie Mirana mit aufrechter Haltung.

Als Lujan sich anschickte, ihr zu folgen, bedeutete Mara ihm zurückzubleiben. Vor diesen Barbaren war keiner sicher; und ohne Waffen konnte ein Krieger nur wenig zum Schutz seiner Herrin beitragen, ehe er von den Hochländern überwältigt würde. Mirana schien dies zu verstehen, denn sie erhob ein letztes Mal ihre Stimme.

»Bleib hier bei meinem Mann und erzähle Lügengeschichten darüber, wie leidenschaftlich du in einer Schlacht und im Bett bist, Soldat. Ich werde deine Herrin nicht lange bei mir behalten.«

Sie wandte sich an Mara: »Niemand wird Euer Dienstmädchen anrühren, bevor diese Angelegenheit nicht geklärt ist.« Dann ergriff sie mit überraschender Kraft Maras Arm und schob sie hinaus.

Die kalte Luft schnitt mit einer solchen Härte in die Gesichter der Frauen, daß ihre Haut errötete. Mirana legte ein forsches Tempo vor und drängte Mara von der Langhütte weg, damit sie keine Möglichkeit hatte, ihre Meinung zu ändern. Sie schritten eine Gasse entlang, wo, dem Duft nach zu urteilen, Bäcker ihr Tagewerk beendeten und ein kleiner Hund aus der Hand eines Mädchens mit geflochtenen Haaren Brocken entgegennahm. Die Erinnerung an ihre eigene Tochter, die vielleicht niemals groß genug werden würde, um ein eigenes Tier zu haben, ließ Mara stolpern.

Mirana stieß sie weiter. »Nicht so etwas«, sagte sie mit deutlichem Akzent auf Tsurani. »Ihr seid stark genug gewesen, Euer Herkunftsland zu verlassen, die Versammlung herauszufordern und hierherzukommen. Verfallt jetzt bloß nicht in Selbstmitleid.«

Mara riß das Kinn empor. »Was bedeutet Euch mein Schicksal?« fragte sie erschreckt.

»Sehr wenig«, sagte Mirana sachlich. Der Blick ihrer dunklen Augen heftete sich auf die Lady der Acoma, auf der Suche nach irgendeiner Reaktion. Doch Mara reagierte nicht darauf. Einen Augenblick später fügte die Frau des Häuptlings hinzu: »Sehr wenig, wenn Ihr wie die anderen Tsuranis wärt, die wir kannten. Aber Ihr seid nicht so. Hotaba hat es begriffen, als er Euch den Tausch gegen das Dienstmädchen anbot.«

Maras Kinn rückte noch etwas höher. »Es ist nicht an mir, sie anzubieten – nicht einmal für die Möglichkeit, damit meine Familie von den Gefahren zu befreien, denen sie ausgesetzt ist. Ich habe sie vor die Wahl gestellt, und sie ist aus freiem Willen bei mir. Sie ist keine Sklavin ...«

Mirana zuckte mit den Achseln, und die Fransen ihrer Schals schwangen in der kalten, scharfen Brise hin und her und verhedderten sich. »Tatsächlich könnt Ihr auch nach unserem geltenden Recht nicht über sie verhandeln. Aber die Herrschenden in Eurem Land verfügen täglich ganz nach Belieben über das Leben ihrer Bediensteten, Sklaven und Kinder und meinen, die Götter hätten ihnen das Recht dazu gegeben.«

»Das entspricht ihrem Glauben«, sagte Mara vorsichtig.

»Und auch Eurem?« Miranas Frage traf sie so hart wie der Schlag einer Querdidra-Gerte.

»Ich weiß nicht mehr, was ich glauben soll«, gestand Mara und runzelte die Stirn. »Nur noch, daß ich als Gute Dienerin des Kaiserreiches einst mein Volk über mein eigenes Fleisch und Blut stellte. Doch jetzt kann ich mein eigenes Fleisch und Blut nicht einmal mehr über irgendeinen anderen Menschen stellen. Kamlio ist bei mir, weil ich einem Mann das Versprechen gab, sie so zu beschützen, wie er es tun würde. Meine Ehre ist nicht geringer als die des Mannes, der mir ihren Schutz anvertraute. Es gibt eine Ehre, die in blindem Gehorsam gegenüber der Tradition besteht, und es gibt eine Ehre, die ... mehr ist.«

Miranas Blick wurde durchdringend. »Ihr seid anders«, sinnierte sie. »Betet zu Euren Göttern, daß dieser Unterschied genügt, um die Freiheit wiederzuerlangen. Ihr habt meine Unterstützung. Aber vergeßt nicht, die Männer in Thuril sprechen offener und sind entgegenkommender, wenn Frauen nicht anwesend sind. Unser Land ist hart und rauh, und der Mann, der sich zu weich gibt, wird die Frau nicht bei sich halten, die er geraubt hat.«

»Würde ihm ein anderer Mann die Frau stehlen?« fragte Mara überrascht.

Miranas vertrocknete Lippen verzogen sich zu einem unverfrorenen Grinsen. »Möglicherweise. Oder schlimmer noch, seine Frau könnte wegen seiner Torheiten Schnee in seine Decken stopfen und Heim und Herd verlassen.«

Trotz der Sorgen lachte Mara. »So etwas tut ihr hier?«

»O ja.« Mirana sah, daß ihr Gast fröstelte. Sie nahm einen ihrer Schals und wickelte ihn um Maras Schultern; er roch nach Rauch von dem Holz und, etwas schwächer, nach ungebleichten Fellen. »Gehen wir zusammen zu meinem Lieblingsbäcker, wo das Gebäck zu dieser Stunde frisch gebacken wird und noch warm ist. Ich werde Euch erzählen, was wir hier sonst noch tun, außer die Hahnenkämpfe und die Aufgeblasenheit unserer Männer ernst zu nehmen.«

Gegenüber der stickigen Atmosphäre im Versammlungshaus war die Luft in der Bäckerei von den Öfen sehr trocken und warm, und es hatte in dem feuchten Klima des Hochlands etwas sehr Angenehmes und Gemütliches. Mara setzte sich etwas unbeholfen auf einen Holzstuhl. Die tsuranischen Kissen waren auf den Steinböden in diesen kühlen Bergen unpraktisch. Mara rutschte auf ihrem Stuhl herum, als sie versuchte eine bequeme Position zu finden und sich auf einen Abend mit leichtem Geplauder vorbereitete. Wie die Frau des Häuptlings in Loso schien auch Mirana sich mit oberflächlichen Themen begnügen zu wollen, während der Rat der Ältesten ohne sie weiterging. »Männer sind manchmal solche Kinder, denkt Ihr nicht auch?«

Mara zwang sich zu einem höflichen Lächeln. »Demnach scheint Euer Mann ein wütendes Kind zu sein.«

Mirana lachte. Sie ließ sich auf der anderen Seite des Holztisches nieder. Rillen zerfurchten die Oberfläche an den Stellen, wo die Ladenbesitzer während einer Plauderei mit Freunden das frische Brot geschnitten hatten. Mirana streifte mehrere Schichten Schals ab, und ihr weißes Haar wurde sichtbar, gehalten von geflochtenen Wollbändern. Sie seufzte nachsichtig. »Hotaba? Er ist ein Schaumschläger, aber ich liebe ihn. Er droht mir seit fast zweiundvierzig Jahren, mich mit Schlägen zum Schweigen zu bringen, beinahe seit dem Tag, an dem er mich auf die Schultern hievte und mit mir über die Berge rannte, auf der Flucht vor meinem Vater und meinen Brüdern. Er hat mich noch nicht ein einziges Mal im Zorn angefaßt. Wir sind ein Volk großer Drohungen und Beschimpfungen, Mara. Prahlen ist hierzulande eine Kunst, und eine gutplazierte Beschimpfung bringt eher die Bewunderung des beleidigten Mannes als seine Verachtung.«

Sie hielt inne, während ein Junge in einem gewebten Wollkittel mit einem Tablett zum Tisch kam. Mirana wechselte die Sprache und bestellte heißen Apfelmost und warmes Gebäck. Dann, als sie die dunklen Ringe unter Maras Augen sah, bat sie auch um Wein. Der Junge nahm drei durchstochene Holzstücke, die als Münzen dienten, von Mirana entgegen und flitzte davon. Er schaute über die Schulter zurück, als er glaubte, daß die Frau des Häuptlings nicht zu ihm herschaute, um Maras ausländische Kleidung anzustarren.

Mirana füllte die Pause mit Geplauder, bis der Junge mit dem Essen und den Getränken zurückkam. Mara tat so, als würde sie essen. Ihre Anspannung verhinderte, daß sie Hunger verspürte, obwohl das krosse braune Brot wunderbar roch und das Getränk ganz und gar nicht der saure Wein war, von dem die tsuranischen Veteranen aus dem thurilischen Krieg berichtet hatten.

Draußen auf den Straßen breitete sich die Dunkelheit aus. Eine Gruppe junger Mädchen zog schnatternd vorbei, beaufsichtigt von jungen Männern, möglicherweise Dienern oder Brüdern, die ihnen mit qualmenden Laternen den Weg beleuchteten. Auf der anderen Seite der großen Tische schabte der Bäckerjunge die Öfen aus, und die Kohlen darunter überzogen sich mit einem grauen Film aus Asche.

Der Wein erwärmte Mara, aber ihre Hände waren feucht vor

Sorge, und sie war unruhig. Wo war Kamlio, während sie diese überflüssige Unterhaltung führte? Was geschah mit Saric, Lujan und den anderen Kriegern? Und hatte Hokanu überhaupt eine Ahnung, wohin sie gegangen war, seit sie das Anwesen der Acoma verlassen hatte, um Turakamus Tempel einen Besuch abzustatten? Ihre Abreise kam ihr jetzt wie ein Traum vor, so weit weg erschienen ihr die Angelegenheiten des Kaiserreiches an diesem Ort mit den lauten, großspurigen Männern und dem wolkenbehangenen Hochland.

»Warum wollt Ihr hier nach Magiern suchen?« fragte Mirana mit einer plötzlichen, irritierenden Direktheit.

Mara erschrak und ließ beinahe den irdenen Becher mit den letzten Tropfen fallen. Die oberflächliche Unterhaltung, spürte sie plötzlich, war nur ein Vorwand gewesen, um den rechten Augenblick abzuwarten. Sie hatte keinen Grund mehr, die Wahrheit zu verbergen. »Im Laufe der Jahre habe ich gelernt, daß die Versammlung der Magier die Kultur des Kaiserreiches fest im Griff hat. Unsere Traditionen bewahren jedoch Ungerechtigkeiten, die ich gerne ändern möchte. Obwohl die Magier den Acoma und den Anasati wegen einer Fehde strikte Zurückhaltung auferlegt haben, werden die beiden Seiten nicht gleich behandelt. Sie hinderten die Anasati nicht daran, Attentate auf Verbündete meines Hauses ausführen zu lassen; traurigerweise starb auf diese Weise der Vater meines Mannes. Das Verbot, Rache zu üben, erweist sich jetzt als Vorwand, als Entschuldigung dafür, die wahren Ziele zu verbergen. Ich strebe Veränderungen an, gegen den Wunsch der Versammlung, und deshalb sind meine Kinder und ich in Gefahr.«

»Dann entstammen diese hehren Ziele also wirklich nur dem Bedürfnis zu überleben?«

Mara blickte die alte Frau eingehend an und erkannte, daß sie einen ebenso scharfen Geist hatte wie Lady Isashani. »Vielleicht. Ich würde gerne glauben, daß ich den richtigen Weg zur Verfolgung der Interessen meiner Landsleute auch dann beschritten hätte, wenn mein eigenes Haus und meine Familie nicht in Gefahr wären –«

»Ihr habt das Kaiserreich verlassen und Euch an die Thuril gewandt«, unterbrach Mirana. »Warum?«

Mara spielte nervös mit dem fast leeren Becher. »Die Cho-ja gaben mir einige rätselhafte Andeutungen, die nach Osten deuteten. Auch ein Magier von niederem Rang, der voller Bitterkeit gegen die Versammlung war, sprach sich dafür aus, hier nach Antworten zu suchen. Ich bin nach Thuril gereist, weil mein Geschlecht sterben wird, wenn ich keine Antworten finde, und weil ich zuviel Elend im Namen der Politik und des Spiels gesehen habe – viele Menschen, die ich liebte, sind jetzt wegen unserer Gier nach Macht in den Hallen des Roten Gottes. Wenn der Versammlung gestattet wird, den Kaiser zu übergehen und das Amt des Kriegsherrn wieder einzuführen, werden Ungerechtigkeit und Mord im Namen der Ehre niemals ein Ende nehmen.«

Mirana schien darüber nachzudenken, den Blick auf den Tisch voller Krümel gerichtet, die Hände ruhig gefaltet. Schließlich kam sie zu einer Entscheidung. »Ihr werdet angehört werden.«

Mara blieb keine Zeit, darüber zu grübeln, wie Mirana den Rat der Männer wohl beeinflussen könnte. Sie sah weder, daß die Häuptlingsfrau ein Zeichen gemacht noch daß sie etwas weitergegeben hätte, und doch öffnete sich in der nächsten Sekunde die Flügeltür zur Bäckerei, und eiskalte Luft strömte herein. Drei von den Öllampen, die die leere Bäckerei erhellten, erloschen in dem Windstoß.

Ein uralter Hochländer in einem schweren Umhang trat ein. Da nur noch eine Lampe – die hinter ihm – brannte, war das Antlitz des Neuankömmlings in der hellroten Glut nur undeutlich zu erkennen. Die vielen Wollroben rochen nach Querdidra, und an den Ohren, die knapp unter der Kapuze hervorlugten, hingen runde Ohrringe aus Corcara, die bei jedem Schritt hin und her schaukelten und aufblitzten. Von dem Gesicht im Schatten der Kapuze erkannte Mara nur wenig mehr als die runzlige Haut.

»Steht auf«, flüsterte Mirana mit einigem Nachdruck. »Ihr müßt Respekt zeigen, denn das ist die Kaliane, und sie kommt, um Euch anzuhören.«

Mara wölbte bei dem unbekannten Wort die Brauen.

»Kaliane ist der traditionelle Name für die Person, die sich als die stärkste und beste in den Mysterien der Magie erwiesen hat«, erklärte Mirana, um Mara die Verwirrung zu nehmen.

Die Gestalt im Umhang kam näher, und der Mantel des Magiers blitzte auf und funkelte, so daß die mit kostbaren, seltenen Silberpailletten verzierten Bordüren sichtbar wurden. Die Muster schienen Runen oder Totems darzustellen, komplizierter noch als diejenigen an den Pfosten der Häuser. Mara verbeugte sich mit dem gleichen Respekt, den sie einem Erhabenen gezollt hätte, wenn er ihr Anwesen besuchte.

Der thurilische Magier erwiderte den Gruß nur, indem er sich mit einer verwelkten Hand die gewaltige Kapuze herunterzog. Vor Maras Augen wurde eine silberne Mähne sichtbar, wie Miranas Haare zu Zöpfen geflochten, aber in einer rituellen Weise zusammengebunden. Unter diesem Geflecht, das einer Krone glich, erschien das bejahrte Gesicht eines alten Weibes.

Eine Frau! Jeden Anstand vergessend, keuchte die Lady der Acoma: »Eure Versammlung gewährt Frauen die Teilnahme?«

Die alte Frau warf ihren Kopf unter lautem Klirren der Ohrringe zurück; sie schien bedrohlich verärgert. »In diesem Land gibt es – den Göttern sei Dank – nichts, das Eurer Versammlung ähnelt, Mara von den Acoma.«

Zwei Städterinnen erschienen an der Tür der Bäckerei, um eine letzte Besorgung zu erledigen. Beim Eintreten erspähten sie die Magierin, verbeugten sich hastig und ehrerbietig und liefen schweigend zurück auf die Straße. Ein junger Mann, der direkt hinter ihnen kam, drehte sich auf dem Absatz um und eilte davon. Die Flügeltür aus Tierhaut klappte zu, doch dem Raum schien jede Wärme entzogen zu sein.

»Verzeiht«, murmelte Mara. »Lady Kaliane, es tut mir leid, aber ich hätte nie gedacht –«

»Ich habe keinen Titel. Ihr könnt mich als Kaliane ansprechen«, blaffte das alte Weib und nahm mit rauschenden Gewändern Platz. Sie richtete die langen Ärmel und faltete die kleinen Hände; plötzlich sah sie sehr menschlich und traurig aus. »Ich weiß, daß die Versammlung des Kaiserreiches« – sie spie das Wort förmlich aus – »alle Mädchen tötet, bei denen ein solches Talent entdeckt wird. Meine Vorgängerin in diesem Amt war aus der Provinz Lash geflohen und nur knapp mit dem Leben davongekommen. Ihre drei Schwestern hatten nicht so viel Glück.«

Mara war leicht übel von der Anstrengung und dem Wein, der sich mit ihren Sorgen nicht gut vertrug. Sie biß sich auf die Lippen. »Ein Magier von niederem Rang, der die Versammlung haßte, berichtete mir so etwas. Doch tief in meinem Innern konnte ich es wohl nicht glauben.«

Die Augen der Kaliane waren tief und dunkel, als sie Mara intensiv in die Augen blickte. »Glaubt es, denn es ist wahr.«

Mara zitterte, als eine neue Furcht um die zurückgelassene Familie sie ergriff, und sie biß die Zähne zusammen, um sie am Klappern zu hindern. Obwohl die Kaliane schlank war und sich wie eine betagte Großmutter mit vielen Schichten Stoff gegen die Zugluft geschützt hatte, strahlte ihre Gegenwart eine Kraft aus, die schärfer war als jeder Frost im Gebirge. In dem Bewußtsein, daß jedes ihrer Worte aufs genaueste abgewägt werden würde, sprach Mara, ehe auch der letzte Mut sie verlassen konnte. »Man sagte mir, die Versammlung würde Euch fürchten. Warum?«

»Es stimmt«, meinte die Kaliane kurz angebunden. Sie lachte mit einem leichten Meckern, das Mara erschaudern ließ. »In Eurem Kaiserreich behandelt man die Sklaven schlecht und erzählt ihnen, es wäre der Wille der Götter. Die Lords kämpfen und töten für die Ehre, doch was erreichen sie damit? Nicht Ruhm und auch nicht die Gunst des Himmels, nein. Sie verlieren ihre Söhne, führen Krieg, stürzen sich sogar in ihre eigenen Schwerter, und das alles für nichts, Lady Mara. Sie sind betrogen worden. Ihre vielgepriesene Ehre ist nur eine Fessel, die sicherstellt, daß die Macht der Nationen sich nicht bündelt. Solange im Spiel des Rates ein Haus gegen das andere kämpft, herrscht die Versammlung ohne jede Einschränkung. Ihre Macht ist groß, aber nicht grenzenlos, und sie war auch nicht immer so stark.«

Hoffnung erfüllte Mara angesichts dieses offenen Eingeständnisses. »Dann werdet Ihr mir helfen?«

Das Gesicht der Kaliane verzog sich zu einer Maske aus unergründlichen Falten. »Euch helfen? Das muß erst noch entschieden werden. Dazu müßt Ihr mich auf eine kurze Reise begleiten.«

Furcht ergriff Mara; sie hatte Angst, Lujan, Saric und, noch schlimmer, Kamlio in den Händen der Hochländer zurückzulassen. »Wohin gehen wir?«

»Es gibt Dinge, die Ihr gesehen haben müßt. Ein Rat aus meinesgleichen muß von Euren Gründen erfahren und Eure Geschichte hören, er muß Euch befragen.« Dann, als spürte sie die Quelle von Maras Unbehagen, fügte sie eine Erklärung hinzu: »Wir werden nicht länger weg sein, als zwei Frauen für ein Gespräch benötigen, damit Eure Krieger aus Angst um Euch nicht verzweifeln und etwas Dummes anstellen.«

»Dann gebe ich mich also in Eure Hände«, sagte Mara; ihre Entschlußkraft siegte über die Unentschlossenheit in ihrem Innern. Sie war als Tsurani aufgewachsen und noch nicht derart von dem Wunsch nach Veränderung durchdrungen, daß sie den Ehrenkodex ihrer Leute völlig unberücksichtigt lassen konnte. Und doch wußte sie, daß sie keine zweite Chance erhalten würde. In einer Art Verzweiflung ergriff sie also die Möglichkeit, die die Kaliane ihr bot, ohne darauf vorbereitet zu sein, wie schnell ihrer Zustimmung Taten folgen würden. Das alte thurilische Weib griff über den schmalen Tisch hinweg nach Maras Hand, nahm sie in ihre trockenen, festen Finger und sprach ein Wort.

Mara hörte nur die erste, zischend ausgestoßene Silbe. Der Rest wurde von einem Rauschen in ihren Ohren erstickt, das wild war wie der peitschende Wind eines Seesturms. Der Boden entfernte sich immer weiter von ihren Füßen, wie auch der Stuhl, auf dem sie gesessen hatte. Die dunklen Wände der Bäckerei verschwanden ebenfalls, wurden während eines kurzen Lidschlags ersetzt von der Weite einer grauen Leere.

Die Zeit stand still. Die Luft wurde eisig und dünn. Mara hätte beinahe ihre Ahnen beschämt und aus Angst um ihr Leben erschreckt aufgeschrien, doch da endete die Leere plötzlich und hinterließ nichts weiter als eine Art Nachbild.

Dann stand sie wieder auf festem Boden, auf einem Platz, der von Cho-ja-Kugeln beleuchtet wurde. Die Kaliane hielt immer noch mit festem Griff Maras Handgelenke fest, die wie Ried im Sturm zitterten. Während tsuranische Städte auf ebenem Boden gebaut wurden, hatte man diese Gebäude in verschiedenen Lagen in den steilen Granitfels gehauen. Auf der Ebene des Tals war der Platz, auf dem Mara stand; er war von Terrassen umgeben, jede Ebene mit Türen, Fenstern und Läden an der Vorderseite. Ihre Augen weiteten sich, als sie die Säulen, Pfeiler und Bögen sah, die in atemberaubender Kunstfertigkeit vor dem Hintergrund der Nacht eine Reihe bildeten. Totempfosten stützten Galerien mit Holz- und Steingeländern; einige waren in Form von Drachen oder den großen Schlangen aus Luft und Wasser geschnitzt, die im Mythos von Thuril eine besondere Rolle spielten. Türme und Kuppeln ragten in den sternenklaren Himmel oder durchdrangen hellerleuchtete Nebelstreifen. Mara hielt vor Freude über eine Schönheit, die ihr tsuranisch geprägter Verstand kaum ermessen konnte, den Atem an. Niemals hätte sie in diesem unfruchtbaren Hochland eine solche Stadt erwartet! Die Straßen waren mit Hochländern in einfachen Kilts und Hosen bevölkert. Die meisten jungen Krieger liefen trotz der Abendkühle mit nacktem Oberkörper herum, doch ein paar trugen auch feingewebte Hemden. Die Frauen kleideten sich mit langen Röcken und weiten Hemden, die jüngeren gaben kleine Blicke auf einen schlanken Arm oder ein volles Dekolleté frei, um bewundernde Blicke von vorbeigehenden jungen Männern auf sich zu ziehen.

»Was ist das für ein Ort?« murmelte Mara, während sie tief den Geruch einatmete und wie ein Bauerntölpel bei seinem ersten Gang in die Stadt auf die Wunder um sich herum starrte.

»Dorales«, sagte die Kaliane. »Ihr seid möglicherweise die erste Tsurani, die diese Stadt sieht.« Ein wenig bedrohlich fügte sie hinzu: »Ihr könntet auch die letzte sein.«

Die merkwürdige Formulierung der Magierin ließ Mara erzittern. Sie hatte das Gefühl, als würde sie träumen, so fremd war ihr dieser Ort und so gewaltig wie eine Vision, die zu schön war, um wahr zu sein. Die schlanken Türme, die Tausende von hellerleuchteten Fenstern und Türschwellen, die merkwürdigen Totems und das Gedränge auf der Straße – das alles vermittelte das Gefühl von etwas Kostbarem, als könnte sie jeden Augenblick unfreiwillig in einen Alptraum gestoßen werden. Bewunderung und Unsicherheit hätten die Lady an diesem Platz festgehalten, hätte die Kaliane sie nicht mit der gleichen brüsken Ungeduld weggezogen, wie sie eine Mutter gegenüber einem zögernden Kind zeigt.

»Kommt! Der Kreis der Alten erwartet Euch, und es bringt keine Weisheit, sie warten zu lassen.«

Mara stolperte benommen weiter. »Ihr sagt, ich werde erwartet? Wieso?«

Doch die Kaliane hatte wenig Geduld für etwas, das in ihren

Augen überflüssige Fragen waren. Sie zog Mara hinter sich her durch die Menge, deren Aufmerksamkeit sie erregte. Zuschauer starrten sie an und zeigten auf sie, und nicht wenige spuckten verächtlich aus. Der tsuranische Stolz veranlaßte die Lady der Acoma, solche Beleidigungen als unter ihrer Würde zu ignorieren, doch sie hatte keinen Zweifel, daß diese Leute sie als unversöhnliche Feindin betrachteten. Der schreckliche Gedanke kroch langsam in ihr hoch, daß die Kaiserlichen Lords in ihrer verächtlichen Ignoranz die Thuril zu Barbaren erklärt hatten; diese Stadt mit ihren technischen Wundern bewies ohne Zweifel das Gegenteil.

Trotz der Beschämung noch neugierig, fragte Mara: »Warum hat mein Volk niemals von diesem Ort gehört?«

Die Kaliane drängte sie an einem bemalten Wagen vorbei, der von zwei mißmutigen Querdidras gezogen und von einem verhutzelten Mann geführt wurde, der einen bunten Mantel trug. Er hatte ein merkwürdiges Musikinstrument bei sich, und Vorübereilende warfen ihm Münzen zu, oder sie baten ihn fröhlich weiterzuspielen. Er beschenkte sie dafür mit farbenfrohen, beißenden Flüchen, und auf den roten Wangen bildeten sich Grübchen vom Lachen.

»Jene aus Eurem Volk, die von diesem Ort hören würden, würde die Versammlung töten, damit sie schweigen«, erwiderte die Kaliane scharf. »Die Türme, die Ihr hier seht, und all die Meißeleien am Fels sind durch Magie entstanden. Hättet Ihr Zugang zu der Stadt der Magier in Tsuranuanni, könntet Ihr ähnliche Wunder sehen. Doch in Eurem Land behalten die Erhabenen die Wunder, die sie mit ihrer Macht bewirken können, für sich.«

Mara runzelte die Stirn und schwieg. Sie dachte an Milamber und seine Weigerung, von seinen Erlebnissen als Mitglied der Versammlung zu sprechen. Nachdem sie Zeugin der fürchterlichen Kräfte geworden war, die er in der Kaiserlichen Arena freigesetzt hatte, traf sie die Schlußfolgerung, daß die Eide, die ihn an die Versammlung banden, erschreckend stark sein mußten, um einen Mann seiner Statur zum Schweigen zu bringen. Sie wußte nichts von den Charakteren der Magier, doch von Hokanu hatte sie mitbekommen, daß Fumita kein gieriger Mann war. Mächtig, ja, und durchdrungen von Geheimnissen, doch niemand, der seine Selbstbezogenheit über das allgemeine Wohl der Nationen stellen würde.

Als könnte die Kaliane mit irgendwelchen unheimlichen Mitteln Gedanken lesen, zuckte sie unter ihrer schweren Robe mit den Schultern. »Wer weiß, warum die Magier in Eurem Land so geheimnisvoll sind? Nicht alle von ihnen sind schlechte Menschen. Die meisten sind einfach nur Scholare, die lediglich die Mysterien ihrer Fähigkeiten verfolgen wollen. Vielleicht gründeten sie ihre Bruderschaft einst, um eine Bedrohung abzuwenden oder um die wilde, gefährliche Magie von abtrünnigen Magiern zu unterdrücken, die sich weigerten, sich ausbilden und kontrollieren zu lassen, oder die ihre Kräfte zum Bösen benutzten. Die Götter allein wissen das. Doch wenn es vielleicht gute und überzeugende Gründe für eine solche Handlungsweise in der Vergangenheit gab, so ist sie im Laufe der Zeit entartet. Daß Tausende von Töchtern ermordet wurden, um ihre Talente zu unterdrücken, ist nach thurilischem Gesetz unentschuldbar.«

Mara kam ein unangenehmer Gedanke. »Werde ich vor Gericht gestellt für die Ungerechtigkeiten in ganz Tsuranuanni?«

Die Kaliane nickte und sah sie mit einem Blick an, der selbst voller Furcht war. »Zum Teil, Lady Mara. Wenn Ihr unsere Hilfe gegen die Versammlung wünscht, müßt Ihr uns überzeugen. Wenn wir handeln, wird es nicht für das Überleben der Acoma sein, auch nicht für Eure persönlichen Ziele, nicht einmal, um das Kaiserreich zu einer gerechteren Nation zu machen. Für uns ist die Ehre Eurer Ahnen, selbst das Leben Eurer Kinder, so bedeutungslos wie der Staub im Wind.«

Mara wäre beinahe abrupt stehengeblieben; was war unschuldiger als das Leben ihrer kleinen Töchter und ihres Sohnes? Doch der Griff der alten Frau zerrte sie unerbittlich auf den gewölbten Bogen eines beeindruckenden mehrstöckigen Gebäudes zu. »Was bewegt dann Eure Leute, wenn nicht das Leben der Kinder?« Trotz aller Bemühungen konnte Mara ihre Bestürzung nicht verbergen.

Die Antwort der Kaliane blieb so unpersönlich wie das Plätschern der Wellen am Strand. »Wenn wir trauern, dann um den Verlust von Magiern und Magierinnen, die sterben mußten, ohne Gelegenheit erhalten zu haben, ihre Fähigkeiten auszuüben. Mit jedem und jeder einzelnen von ihnen ist unschätzbares Wissen verlorengegangen. Und wenn wir verzweifeln, dann wegen der Cho-ja, deren Beherrschung der Magie weit über die unserer eigenen Magier hinausreicht, die in Eurem Land jedoch von diesem wahren Ruhm ihrer Rasse ausgeschlossen sind.«

»Das Verbot!« Voller Aufregung vergaß Mara für einen Augenblick ihre Angst. »War es geheime Macht, was die Cho-ja-Königin meinte, als sie von dem Verbot sprach?«

Die Kaliane verschwand im Schatten, als sie unter den stark gewölbten Bogen trat, und antwortete ausweichend. »Das ist das Geheimnis, Lady Mara, das Ihr enträtseln müßt, wenn Ihr in Eurer Auseinandersetzung gegen die Erhabenen überleben wollt. Doch zuerst müßt Ihr den Ältestenkreis von Thuril von Eurer Ehrenhaftigkeit überzeugen. Wir werden hören und urteilen. Wählt Eure Worte sorgfältig, denn wenn Ihr diesen Ort erst einmal gesehen habt, seid Ihr von noch viel größerer Gefahr bedroht.«

Vor ihnen lag ein Gewirr aus Gängen, die wie Tunnels gewölbt und durch einige Reihen von Cho-ja-Kugeln erleuchtet waren. Die Böden bestanden aus Marmor. Die Kunstfertigkeit der bogenförmigen Säulen raubte Mara den Atem: Nicht einmal die Steinarbeiten im Palast des Kaisers waren bis zu einem solch schimmernden Glanz poliert. Die Leute, die sich in Vorzimmern und an den Türschwellen versammelten, trugen Kostüme mit Perlen und Kopfbedeckungen aus Federn, einige auch die schlichten Kilts von Bediensteten. Andere in weißen Roben wurden von der Kaliane als die Akolythen der Zunft bezeichnet. Alle ohne Ausnahme verbeugten sich vor ihr, als sie vorbeischritt, und Mara spürte ihre Blicke wie heiße Kohle auf ihrem Rücken. Es war Magie dabei, ein Gefühl von Macht in der Luft, das selbst Echos erdrückend erscheinen ließ. Fieberhaft wünschte Mara sich zurück nach Hause, umgeben von vertrauten Wänden und Gewohnheiten, die sie verstand.

Die Kaliane brachte sie in eine größere Halle, die in ein widerhallendes Vorzimmer führte. Tausende von Kerzen erleuchteten auf unterschiedlichen Stufen den Raum und blendeten mit ihrem grellen Licht Maras Augen. Vor ihr lag ein sogar noch gewaltigerer Raum, dessen am Rand auf Säulen stehende Galerien mit komplizierten Schnitzereien und Lochmustern verziert waren. Dutzende von bemäntelten Gestalten bevölkerten die bis sechs Stockwerke hohen Absätze. Leitern und eine Reihe von schmalen Wendeltreppen boten Zugang zu den obersten Rängen.

»Dies ist unser Archiv«, erklärte die Kaliane. »Hier beherbergen wir all unser Wissen und Kopien von allen Schriften, die mit unserer Zunft zu tun haben. Die Halle dient auch als Versammlungsraum, wenn die Magier von Thuril zusammentreten. Dies ist die engste Form einer Art Organisation. Wir haben keine Bruderschaft, wie Eure Versammlung sie ist, und wir haben auch keine formellen Beamten außer der Kaliane, die nur die Macht hat, als Sprecherin zu wirken.«

Mara wurde durch eine Lücke im Geländer der untersten Ebene geführt. Ihre Ellenbogen streiften die Wände, deren spiralförmige Muster aus Corcara-Muscheln und Ebenholz ihr Unbehagen verursachten. Die Endpfosten waren geschnitzte Totems, mit Rüsseln, Klauen und wildem Ausdruck. Die Kreaturen waren geschuppt oder hatten Flügel aus Federn, und ihre Augen hatten die räuberische Schrägstellung einer Schlange.

Die Kaliane drängte Mara über eine beängstigend große Fläche. Es gab keine Möbel, nicht einmal Muster auf dem Boden jenseits des Kreises, der in der Mitte lag. Seine Grenze schien aus goldenem Licht zu bestehen, zweifellos die Wirkung irgendeiner Beschwörung. Die Lady der Acoma war sich der vielen Stockwerke bewußt, von denen jetzt Gestalten ihre Blicke auf sie richteten, und sie fühlte sich wie ein Opfer vor einem Ritual, das ihr Schicksal endgültig besiegeln würde.

»Hier.« Die Kaliane deutete auf den magischen Kreis. »Tretet ein und bleibt dort stehen, wenn Ihr genug Mut habt, über Euch urteilen zu lassen. Doch seid gewarnt, Lady Mara, Gute Dienerin des Kaiserreiches. Lügen und Täuschungen sind unmöglich für jene, die die Linie überschritten haben.«

Mara warf ihre Haare zurück, die wegen der fehlenden Pflege einer Zofe lose auf die Schultern fielen. »Ich fürchte die Wahrheit nicht«, sagte sie kühn.

Die Kaliane lockerte ihren festen Griff. »So sei es«, sagte sie. Beinahe lag so etwas wie Mitleid in ihren Augen.

Mara ging ohne zu zögern auf die Linie zu. Sie fürchtete die Wahrheit nicht in dem Augenblick, da sie den Fuß hob, um die Grenze aus gelbem Licht zu übertreten. Doch in diesem Moment fühlte sie sich von einer Kraft durchdrungen, die ihr den Willen raubte, und als ihr Fuß den Boden auf der anderen Seite des Beschwörungsbanns berührte, war jede Spur von Selbstsicherheit von ihr gewichen.

Sie war halb auf der anderen Seite und konnte nicht zurück. Der Teil ihres Körpers, der innerhalb des Beschwörungskreises lag, war gebannt, als wäre er angekettet. Sie hatte keine andere Wahl, als auch das andere Bein zu heben und ganz einzutreten, obwohl gerade dies sie jetzt jenseits aller Gedanken ängstigte.

Die Hilflosigkeit bekam eine neue Bedeutung. Ihre Ohren

hörten keine Geräusche, ihre Augen sahen nichts als das golden schimmernde Netz der Macht. Sie war körperlich unfähig, sich zu bewegen, sich hinzusetzen oder die Arme über der Brust zu verschränken, um das Pochen ihres rasenden Herzens zu bezwingen. Die Sklaverei selbst schien wie eine Form der Freiheit gegenüber der Magie, die sie in die Schranken verwies; selbst ihre Gedanken wurden gefangengenommen. Mara kämpfte gegen ihre Verzweiflung an, selbst als jemand von ganz oben in der Galerie eine Frage herunterrief.

Die Kaliane wiederholte die Frage in tsuranischer Sprache. »Lady der Acoma, Ihr seid hergekommen und bittet um Macht. Ihr behauptet, sie zur Verteidigung zu benutzen, zur Unterstützung des allgemeinen Guten. Zeigt uns, wie Ihr zu dieser Überzeugung kommt.«

Mara wollte einatmen und zur Antwort ansetzen, doch sie konnte nicht. Ihr Körper verweigerte sich ihrem Wunsch; Magie hielt sie vom Sprechen ab. Panik machte sie wütend. Wie konnte sie ihre Ziele verteidigen, wenn der Bann sie am Sprechen hinderte? Im nächsten Augenblick begriff sie, daß auch ihre Gedanken sich ihrer Kontrolle entzogen hatten. Ihr Verstand schien sich zu überschlagen, sich wie eine Spielzeugwindmühle zur Freude von Kindern herumzudrehen. Erinnerungen strichen an ihrem inneren Auge vorbei, und sie war nicht länger in der Halle der Magier in Dorales in einem magischen Kreis. Sie saß in ihrem Arbeitszimmer im alten Herrenhaus der Acoma und stritt heftig mit Kevin, dem Barbaren.

Die Illusion seiner Gegenwart war so real, daß der winzige Teil von Maras Verstand, der noch ein eigenes Selbstbewußtsein besaß, sich nach Schutz in seinen Armen sehnte. Mit einem zunehmenden Gefühl der Beklommenheit begriff sie das wahre Ziel des Wahrheitsbanns der Thuril: Es würde ihr nicht gestattet sein, verbal auf die Fragen zu antworten.

Diese Magier würden fragen und die Antworten direkt aus

ihrem Bewußtsein holen. Sie würde keine Gelegenheit erhalten, sich zu rechtfertigen, den Ausgang jedes Ereignisses mit Erklärungen zu begründen. Diese Magier würden ihre Handlungen sehen, wie sie geschahen, und danach urteilen. Sie wurde tatsächlich vor ein Gericht gestellt, und ihre einzige Verteidigung waren die Taten, die sie in ihrem Leben begangen hatte.

Mara begriff all dies genau in dem Augenblick, bevor der Bann sie ganz ergriff, und dann *war* sie in dem Arbeitszimmer an diesem lang zurückliegenden Tag mit Kevin, sah ihn in hitziger Wut an, als er schrie: »Du stößt mich herum wie eine Schach ... wie eine Shahnfigur! Hierhin! Dorthin! Jetzt wieder hierhin, weil es dir gefällt, aber niemals ein Wort des Warum, niemals eine Sekunde der Vorwarnung! Ich habe getan, was du verlangt hast – nicht aus Liebe zu dir, sondern um das Leben meiner Landsleute zu retten.«

Dann antwortete Mara, das Gesicht rot vor Verzweiflung: »Aber ich habe dich zum Sklavenaufseher befördert und dir erlaubt, dich um deine midkemischen Kameraden zu kümmern. Du hast mit Hilfe deiner Autorität dafür sorgen können, daß es ihnen gutging. Ich sehe, daß sie außer dem üblichen Thyza-Brei Jiga-Vögel, Needra-Fleisch, frisches Obst und Gemüse gegessen haben.«

Weiter zogen die Erinnerungen an ihr vorbei, so real wie in dem Augenblick, da sie geschahen, bis zur strahlenden Leidenschaft am Ende. Schmerzlich berührt von der Orientierungslosigkeit entfaltete sich ihre Beziehung mit Kevin in einer Begegnung nach der anderen, jeder Tag bittersüß vor Freuden und Enttäuschungen und anstrengenden Lektionen. Als sie jetzt gezwungen war, einen Blick zurückzuwerfen, erkannte sie ihre eigene engstirnige Arroganz; es war ein Wunder, daß der Sklave Kevin überhaupt irgend etwas in ihrer offensichtlichen Hartherzigkeit gesehen hatte, daß er sie lieben konnte! Die Tage entrollten sich in torkelnden Sprüngen, als die Magier ihre Erinnerungen beeinflußten. Wieder ertrug sie den Schrecken, als in der Nacht der Blutigen Schwerter eine Welle von Attentätern nach der anderen aus ihrer Stadtwohnung zurückgeschlagen wurde. Wieder stand sie auf einem vom Butana-Wind umtosten Hügel und diskutierte mit Tasaio von den Minwanabi. Sie sah, wie Kaiser Ichindar den Amtsstab des Kriegsherrn brach und sie selbst den Titel der Guten Dienerin des Kaiserreiches erhielt.

Und sie sah Ayaki noch einmal sterben.

Barmherzigerweise folgte eine andere Frage, und die Szenerie änderte sich; sie befand sich in der wohlriechenden Nachmittagshitze in einem Kekali-Garten, und Arakasi hatte sich ehrerbietig vor ihr ausgestreckt und bat darum, sich das Leben nehmen zu dürfen. Wieder genoß sie zusammen mit Lord Chipino in seinem Kommandozelt während des Feldzuges gegen die Wüstensöhne von Tsubar die duftende, trockene Abendluft.

Die Zeit wirbelte vorbei, drehte sich, fuhr zurück; eine Szene überlagerte die andere. Manchmal wurde sie zurück in ihre Kindheit geschickt oder in die stillen Meditationshallen in Lashimas Tempel. Zu anderen Zeiten erlitt sie die Brutalitäten ihres ersten Ehemannes. Wieder stand sie vor seinem trauernden Vater, der sich über seinen eingewickelten Enkel beugte, der jetzt ebenfalls tot war, durch genauso verräterische Mittel.

Mit schmerzlichen Gefühlen erfuhr sie noch einmal ihre Beziehung zu Hokanu. Durch die Augen der Thuril-Magier begriff sie, daß seine seltene Wahrnehmungsfähigkeit tatsächlich von einem unerfahrenen Talent herrührte. Bei einer kleinen Änderung des Schicksals hätte er Mitglied der Versammlung werden können statt der Ehemann an ihrer Seite. Wieviel ärmer ihr Leben ohne ihn gewesen wäre, dachte sie. Ein Teil ihres Herzens quälte sich wegen der Entfremdung, die zwischen ihnen entstanden war, und zwischen den Manipulationen des Wahrheitsbanns schwor sie, das Mißverständnis, das seit Kasumas Geburt zwischen ihnen herrschte, auszuräumen.

Schließlich fand sich Mara in Hotabas Langhaus wieder, als sie sich weigerte, ihre Dienerin Kamlio herzugeben, um ihren Geschäften nachgehen zu können. Etwas durchdrang sie forschend wie eine Nadel, fand jedoch nur Aufrichtigkeit in ihrem Herzen.

Die durch den Bann aufgerollten Erinnerungen kamen langsamer, und Worte drangen hindurch, ohne daß sie wußte, wer sie gesprochen hatte. Sie waren in Thuril, und doch verstand sie ihre Bedeutung.

Die eine Stimme sagte: »Sie unterscheidet sich tatsächlich von den anderen Tsuranis: indem sie Ehre in einem Sklaven sieht, einer Dienerin das Recht auf Freiheit zugesteht, es selbst über ihre Blutsfamilie stellt.«

Die Kaliane antwortete: »Ich habe daran geglaubt, sonst hätte ich sie nicht hergebracht.«

Eine zweite Stimme folgte der ersten: »Doch geht uns das Wohlergehen der Tsuranis etwas an?«

Eine andere Stimme antwortete: »Gerecht regierte Nachbarn sind wünschenswert, und vielleicht ...«

Jetzt sprach wieder jemand anderer: »Doch es gibt eine Gelegenheit, das große Unrecht wieder zu berichtigen ...«

Noch mehr Worte schienen ineinander zu verschwimmen; jemand sprach von einem Risiko, jemand anderer von dem Reich der Cho-ja.

Maras Gehör versagte. Sie fühlte sich plötzlich schwach in den Knien. Dann schmolz der goldene Lichtring, der sie gefangengehalten hatte, und sie war einem Zusammenbruch nahe.

Die starken Hände der Kaliane fingen sie auf. »Lady, es ist vorbei.«

Schwach wie ein Baby und beschämt, als sie erkannte, daß sie während der Wirren des Banns geweint hatte, war Mara bemüht, die letzten Scherben ihrer Beherrschung wieder zusammenzukratzen. »Habe ich euch überzeugt?«

»Nein. Das werden wir im Laufe der Nacht diskutieren«, erwiderte die Kaliane. »Unsere Entscheidung wird Euch bei Morgenanbruch erreichen. Und jetzt werde ich Euch zu Mirana zurückbringen, die dafür sorgen wird, daß Ihr etwas Ruhe bekommt.«

»Ich möchte lieber hier warten«, protestierte Mara, doch sie hatte nicht genug Willenskraft, um sich ernsthaft zu widersetzen. Alle Kraft verließ sie, und kurz darauf spürte sie nichts mehr als eine Dunkelheit wie die Nacht zwischen den Sternen.

Vier

Die Entscheidung

Mara erwachte. Es war dunkel; sie atmete den Geruch brennender Buchenstämme und den muffigen Gestank von Querdidra-Wolle. Holzsparren waren über ihrem Kopf, schälten sich durch das schwache rote Licht vom Herd sanft aus den Schatten heraus. Tücher bedeckten sie. Sie hielten ihre Glieder fest, als sie sich umdrehte, verwirrt darüber, wo sie war.

Ihr Kopf schmerzte. Die Erinnerungen an die Ereignisse kehrten erst langsam, dann schneller zurück, als sie den Korb sah, den Mirana vom Langhaus und der Ratsversammlung mit ihrem thurilischen Ehemann mitgenommen hatte. Jetzt erinnerte sich Mara an den Ausflug zum Brotladen und an den traumähnlichen Besuch in Dorales mit der Kaliane. Abrupt richtete sie sich auf, erstickt von der Wärme und den Bettlaken.

»Lady?« erkundigte sich eine unsichere Frauenstimme in den Schatten.

Mara wandte sich um und blickte in Kamlios ovales Gesicht, das alarmiert und besorgt war. »Es geht mir gut, kleine Blume«, murmelte sie. Ohne nachzudenken hatte sie Lujans Spitznamen benutzt.

Dieses Mal zuckte Kamlio bei der Verniedlichung nicht zusammen. Statt dessen schob sie auch ihre Bettdecke zurück und warf sich in erbärmlicher Erniedrigung auf die sandigen Bodenbretter.

Mara fühlte sich nicht geschmeichelt, sondern beunruhigt, obwohl Bedienstete und Sklaven solche Gesten ihr Leben lang gemacht hatten. Es war üblich bei den Tsuranis, die ganze Loyalität auf den Herren oder die Herrin zu richten. Wie auch immer, nach der Erfahrung in dem goldenen Bannkreis hinterließ die Tradition ein Gefühl von Übelkeit. »Steh auf, Kamlio. Bitte.«

Das Mädchen rührte sich nicht, doch ihre Schultern bebten unter der Flut von hellen Haaren. »Lady«, sagte sie unglücklich, »warum habt Ihr mich sogar über Eure Familie gestellt? Wieso? Ich bin sicherlich nicht soviel wert, daß Ihr mich nicht bei diesen Thuril gegen die Sicherheit Eurer Kinder eintauschen könntet.«

Mara seufzte; sie beugte ihren müden Rücken und umfaßte Kamlios Handgelenke. Sie wollte sie hochziehen, doch es gelang ihr nicht, denn sie war noch schwach von dem Wahrheitsbann. »Kamlio, bitte steh auf. Meine Sorge um meine Kinder steht über allem, sicher, aber es steht mir nicht zu, über das Leben eines anderen freien Individuums zu verhandeln, nicht einmal für das Überleben meiner Familie. Du hast mir keine Treue geschworen und bist dem Hause Acoma nicht verpflichtet.«

Jetzt richtete Kamlio sich auf. Sie war in ein Nachtgewand gehüllt, das sie von den Thuril bekommen hatte und das für ihre schlanke Gestalt viel zu groß war. Sie kauerte sich ans Ende des Bettes. Ihre Augen waren so tief wie Höhlen in dem düsteren Licht. Mara erkannte, daß sie in Miranas Nähzimmer sein mußten, denn ein Webstuhl stand in der Ecke, und Haufen von Stoffen waren darum verstreut. Sie versuchte noch immer, ihre Gedanken zu ordnen, die in Mitleidenschaft gezogen worden waren, als der Wahrheitsbann sie alte Geschehnisse neu durchleben ließ. Die ehemalige Kurtisane sprach.

»Arakasi«, sagte Kamlio mit stockender und bedauernswerter Sicherheit. »Ihr habt es für ihn getan.«

Müde bis auf die Knochen, aber voller Mitgefühl schüttelte Mara den Kopf. »Ich habe nichts davon für Arakasi getan – obwohl er wieder und wieder für meine Familie Opfer gebracht hat.«

Kamlio sah nicht überzeugt aus. Mara zog das Ende einer

Decke um die Schultern und setzte sich auf ihr eigenes Bett. Sie blickte das Mädchen an. »Du bist meinem Supai zu nichts verpflichtet.« Die Lady der Acoma gestikulierte leidenschaftlich. »Ich wiederhole dies, bis du alt und taub bist, wenn es sein muß, oder bis du es mir endlich glaubst.«

Stille folgte Maras Versuch, humorvoll zu sein. Das Zischen der Kohle im Herd vermischte sich mit dem Wind, der um die Dachvorsprünge heulte. Im thurilischen Hochland wehte unaufhörlich eine Brise, nur bei der Morgendämmerung erstarb sie allmählich. Sie wußten nicht, wie spät es war, doch die Tatsache, daß in Dorales die Magier und die Kaliane immer noch über ihre Entscheidung diskutierten, zerrte an Maras Nerven. Sie konzentrierte sich auf Kamlios Sorgen, um ihre eigenen zu verdrängen.

»Arakasi«, wiederholte die Kurtisane, und ihre Stirn legte sich in Falten. »Was ist es, das er in mir sieht? Er ist sicher klug genug, um jede Frau in sein Bett zu bekommen.«

Mara dachte nach. »Ich kann dir nur eine Vermutung anbieten«, erklärte sie schließlich. »Doch ich glaube, er sieht in dir die Chance seiner Heilung. Eine Heilung, wenn du so willst, für bestimmte Enttäuschungen im Leben. Und ich glaube auch, daß er sich wünscht, dir zurückzugeben, was er seiner eigenen Familie nicht geben konnte: Glück, Sicherheit und eine Liebe, die nicht erkauft ist.«

»Ihr habt eine solche Liebe mit Hokanu gefunden«, bemerkte Kamlio. Ihr Ton klang leicht anklagend.

Mara zwang sich, sich nicht aus der Ruhe bringen zu lassen. »Teilweise. Bei Hokanu fand ich ein nahezu perfektes Verständnis. Er ist der Gefährte meiner Gedanken. In einem anderen Mann fand ich die Liebe, von der ich glaube, daß jemand wie du sie in Arakasi entdecken könnte. Was irgendeine andere Frau als Bettgenossin unseres Supai angeht, dazu werde ich mich nicht äußern – ich weiß wirklich nichts über seine Vorlieben und Leidenschaften –, doch er ist kein Mann, der seine Gefühle oder Zuneigungen leicht mitteilt. Arakasi bietet dir ein sehr seltenes Vertrauen, und er hätte es niemals getan, so zurückhaltend er gewöhnlich ist, wenn er dich dessen nicht für wert erachtet hätte.«

»Ihr klingt, als würdet Ihr ihn bewundern«, sagte Kamlio.

»Das tue ich.« Mara hielt inne, als sie diese Wahrheit erkannte. »Für einen Mann von solch außerordentlichem Verstand, der sein ganzes Leben wie ein großes Spiel aus Strategien gelebt hat, erforderte das Eingeständnis von Mitgefühl viel Mut, würde ich schätzen. Arakasi wußte immer, wo er stand, und er konnte meistens die Handlungen seiner Mitmenschen vorausberechnen. Doch jetzt treibt er verloren wie ein Bootsmann in einem unbekannten Gewässer dahin. Er muß sein Boot selbst wieder zurück in einen bekannten Hafen ziehen. Er hat seine Fähigkeiten der Selbsterkenntnis geopfert, ein Unterfangen, das für einen wie ihn wirklich fürchterlich sein muß. Aber ich habe ihn niemals vor einer Herausforderung davonlaufen sehen, selbst vor jenen nicht, die andere für unmöglich halten würden.« Mara blickte das Mädchen intensiv an. »Diese Worte sind nur ein armseliger Ersatz für die Erfahrung, den Mann selbst zu kennen.«

Kamlio verdaute diese Informationen nur langsam. Ihre kleinen Hände zupften an ihrem Gewand, schufen Knitterfalten. »Ich kann ihn nicht lieben«, gestand sie. Die grausame Wirkung der Worte wurde noch verstärkt durch die unglückselige Behandlung des Stoffes. »Und auch keinen anderen Mann, fürchte ich. Seine Hände bereiteten mir einmal Vergnügen, das ist wahr, doch Sexualität ist für mich eine leere Beschäftigung.« Ihre Augen schienen auf eine entfernte Erinnerung gerichtet zu sein. »Ich habe mich daran gewöhnt, die Stunde des Sonnenuntergangs zu hassen, wenn mein Herr zu mir kam.« Sie hielt inne und fügte dann bitter hinzu: »Es gab Zeiten, als ich mir vorkam wie ein vorgeführter Hund. Hol dieses Gewand. Reib diese Stelle. Dreh dich so.« Sie blickte Mara an. »Für eine wie mich hat es nichts mit Gefühl oder Liebe zu tun, den Körper eines Mannes zu kennen, Lady.« Sie senkte die Augen. »Ich gebe zu, der wirkliche Reiz darin, einen jüngeren Liebhaber zu nehmen, bestand in der Gefahr. Arakasi schuf mir Vergnügen, weil er dafür sein Leben riskierte.« Ihre Augen glänzten feucht. »Götter, Lady, seht Ihr nicht, was für eine verdrehte Person ich geworden bin? Es gab ganze Monate, in denen ich nur an Selbstmord dachte, nur habe ich mich zu niedrig, zu ehrlos gefühlt, um eine Klinge mit meinem Blut zu beflecken.«

Tsuranischer Stolz, dachte Mara. Sie sehnte sich danach, die Hand auszustrecken und das gequälte Mädchen zu trösten; doch für Kamlio war jede Art von körperlichem Kontakt losgelöst von ihren Gefühlen. Auch wenn ihr bloße Worte kalt erschienen, konnte Mara keinen anderen Trost bieten. »Arakasi versteht dies weit besser, als du denkst.« Sie ließ die Worte einen Augenblick wirken.

Gedankenvoll nickte Kamlio. »Es ist wahr, daß er nicht einmal versucht hat, mich zu berühren, seit er mich freigekauft hat. Seit ich von Euch weiß, daß er der Sohn einer Frau der Ried-Welt ist, begreife ich auch, warum. Doch damals war ich blind vor Wut über den Tod meiner Schwester und bemerkte es nicht.«

Mara nahm dies als Ermutigung. »Wenn du ihn nicht lieben kannst, sei seine Freundin. Er hat einen lebhaften Intellekt und einen durchdringenden Verstand.«

Kamlio schaute auf, ihre Augen glänzten von zurückgehaltenen Tränen. »Mit so wenig würde er sich zufrieden geben?«

»Versuch es.« Mara lächelte. »Liebe fordert nicht; sie abzeptiert. Ich habe mein Leben gebraucht, um das zu lernen.« Sie senkte die Stimme und fuhr fort: »Und das Geschenk zweier außerordentlicher Männer.« Sie blickte Kamlio direkt an, und ihr Ton hatte etwas Verschwörerisches. »Niemals habe ich erlebt, daß Arakasi von etwas oder irgendwem durcheinandergebracht worden wäre. Die Herausforderung deiner Freundschaft könnte ihn notwendige Bescheidenheit lehren.«

Kamlio warf ihre schönen Haare zurück, und der Gesichtsausdruck nahm etwas Schelmisches an. »Wollt Ihr damit sagen, ich könnte ihm etwas zurückgeben für die Anmaßung, wenn es mich betrifft?«

»Ich will damit sagen, daß ihr beide voneinander lernen könntet«, betonte Mara. Dann ließ sie ihren Blick durch den Raum schweifen. »Aber das hängt davon ab, ob wir lebend aus diesem Hochland zurückkehren.«

Kamlios kurze Fröhlichkeit verschwand wieder. »Sie könnten Euch zwingen, mich einzutauschen.«

Maras Beharrlichkeit kehrte mit großer Schärfe zurück. »Nein. Ich bin eine Lady und Tsurani. Ich stehe zu meinem Wort. Dein Leben gehört nicht mir, und ich darf darüber nicht verhandeln. Entweder erhalte ich meine Forderungen durch eigenen Verdienst, oder ich stelle mich dem Schicksal, das die Götter für mich auserwählt haben. Wenn es zu einer dauerhaften Gefangenschaft kommt, Kamlio, erkläre ich dir jetzt, daß ich dir meinen Segen gebe, dir das Leben mit der Klinge zu nehmen oder zu fliehen, wenn du kannst; du bist eine freie Frau. Glaube niemals wieder, daß dein Blut oder deine Wünsche weniger ehrenvoll sind als die von Lujan oder Saric oder anderen Kriegern meiner Ehrengarde.« Plötzlich überwältigt von tiefer Müdigkeit, unterdrückte Mara ein Gähnen hinter der Bettdecke. »Doch ich glaube nicht, daß es soweit kommt. Die Ereignisse des Abends geben mir Grund zu der Annahme, daß Hotabas Angebot eine Prüfung war. Meine Prüfung. Ob ich irgendwelche Zugeständnisse erreichen konnte, werden wir erst am Morgen erfahren. Schlaf jetzt, Kamlio. Jetzt können wir nur geduldig auf das Ergebnis warten.«

Die Lady und ihre Kurtisane schliefen noch, als der Tag anbrach. Stille war inzwischen eingekehrt, nachdem der Wind sich gelegt hatte. Mara lag mitten in einem Gewirr aus schwarzen Haaren, die Bettlaken fest um ihre Schultern gewickelt von unruhigen Träumen. Bei der Berührung von Miranas Hand schoß sie senkrecht in die Höhe und sog die Luft ein.

»Lady, Ihr müßt rasch aufstehen und Euch ankleiden«, drängte die Frau des Oberhäuptlings sanft. »Die Kaliane ist zurückgekehrt, um die Entscheidung zu verkünden, die in Dorales gefällt wurde.«

Mara sprang vom Feldbett auf und keuchte, als sie die kühle Luft spürte. Das Herdfeuer war während der Nacht ausgegangen. Während sie die eiskalten Gewänder anzog, entfachte Mirana erneut die Glut, damit Kamlio unter angenehmeren Umständen aufstehen konnte. Die Lücke im Fensterladen ließ etwas Grau hindurch. Wolken oder Nebel behinderten den Sonnenaufgang, und Mara spürte ihre steifen Gelenke.

Es waren silberne Haare im Kamm, als sie sich fertigmachte. Ihr Herz schlug zu schnell vor Erwartung, und ihre Gedanken kreisten immer und immer wieder um ihr Heim zu Hause, um die Kinder und Hokanu. Würde sie jemals wieder die Gelegenheit haben, ihre Ehe zu retten? Götter, betete sie, laßt mich nicht auf fremdem Boden sterben. Laßt Kamlio für Arakasi nach Hause zurückkehren.

»Beeilt Euch«, drängte Mirana leise, als wollte sie Kamlio nicht wecken. »Die Kaliane ist nicht wegen ihrer Geduld bekannt.«

Mara steckte ihre kalten Füße in die Sandalen, deren abgetragenes Leder inzwischen dünn war und ausgeleiert von der Feuchtigkeit und dem Rutschen auf dem Schiefer der Bergpfade. Eine der Fußspitzen war durchgescheuert. Wer im Kaiserreich würde sie als die Gute Dienerin erkennen, das Gesicht ungeschminkt, die Gewänder so schlicht wie die eines Töpfermädchens? Aufzustehen und aus der Tür hinauszugehen, um die Kaliane zu treffen, ohne wenigstens den Schein ihres Ranges aufrechtzuhalten, erforderte ein beschämendes Maß an Mut.

Mara bemühte sich ohne Erfolg, unverzagt zu wirken. Ihre

Hände schwitzten und zitterten, und sie war dankbar für den entsetzlichen feuchten Nebel, der die Feuchtigkeit in ihren Augen verbarg.

Die Erinnerungen, die im goldenen Kreis zurückgekehrt waren, beunruhigten sie mehr, als sie zugeben wollte. Wäre Kevin hier gewesen, er hätte eine seiner grauenhaft humorvollen Bemerkungen gemacht, selbst in einem so angespannten Augenblick wie diesem. Mara vermißte seinen respektlosen Sinn dafür, ungünstige Zeitpunkte auszuwählen, etwas, das selbst ihre Ermahnungen niemals hatten verbessern können. Lange bevor sie fertig war, fand sie sich von Mirana auf den großen Hauptplatz getrieben, wo der zerlumpte Hotaba wartete, zusammen mit einer Gestalt, die unter Schichten von Roben kauerte – eine Person, die mehr Macht ausstrahlte als der Kaiser.

Mara schluckte ihren Stolz hinunter und verneigte sich tief. »Ich erwarte die Entscheidung der Kaliane«, murmelte sie.

Alte, gekrümmte Hände zogen sie empor. »Lady, steht aufrecht. Hier gilt Ehrerbietung als Beleidigung.« Die Kaliane betrachtete die Lady der Acoma mit einem Blick, der so durchdringend war wie das kleine Stück Glas, das Jican benutzte, um fragwürdige Gildensiegel zu vergrößern, wenn er ihre Echtheit überprüfen wollte. »Lady Mara«, sagte die Zauberin, »wir haben unsere Entscheidung getroffen. Wir haben entschieden, Eure Angelegenheit folgendermaßen zu unterstützen: Ihr erhaltet die Erlaubnis zu einer Reise, zusammen mit einem aus Eurer Gesellschaft, den Ihr selbst bestimmt. Ihr werdet über die Hochpässe bis zu den Toren Chakahas geführt werden, jener Cho-ja-Stadt, in der ihre Magier und Magierinnen leben.«

Maras Augen weiteten sich. Das Verbot! dachte sie. Wenn die Cho-ja Magier ausbrüten konnten und der Vertrag mit der Versammlung ihnen verbot, Magie innerhalb der Grenzen Tsuranuannis auszuüben, würde dies die Zurückhaltung der Cho-ja-Königin erklären. Ihre Aufregung wuchs.

Die Kaliane schien dies zu spüren, denn ihre nächsten Worte waren sehr ernst. »Lady Mara, Ihr müßt wissen, daß die Sache der Tsuranis nicht die unsere ist. Die Thuril haben nur Krieg geführt, als man in unsere Länder einmarschierte. Wir halten es nicht für unsere Pflicht, uns um die Politik einer feindlichen Nation zu kümmern. Ihr werdet die Gelegenheit erhalten, von ihnen gehört zu werden, und möglicherweise gewinnt Ihr auch ihre Allianz. Doch seid gewarnt: Der Schwarm der Cho-ja wird Euch als Feindin betrachten. Leute von unserem Volk können Euch sicher bis zur Grenze des Schwarms bringen, aber keinen Schritt weiter. Wir können nicht als Eure Sprecher auftreten. Und wir können auch nicht eingreifen und Euch retten, wenn sich die Cho-ja Euch gegenüber feindselig verhalten. Versteht mich richtig: Ihr könntet für Eure guten Ziele sterben.«

Es war ein unsicherer Schritt vorwärts, räumte Mara im Bruchteil einer Sekunde ein, doch immer noch ein Schritt. Deutlich sagte sie: »Ich habe keine andere Wahl. Ich muß gehen. Ich werde Lujan, meinen Kommandeur, mitnehmen, und während seiner Abwesenheit wird mein Berater Saric die Ehrengarde befehligen.«

Etwas wie verborgene Bewunderung oder auch Mitleid flackerte in den Augen der Kaliane. »Ihr habt Mut«, gestand sie; dann seufzte sie. »Ihr wißt aber auch nicht, auf was Ihr Euch einlaßt. Aber gut. Seid versichert, daß Euren Bediensteten und Kriegern die Gastfreundschaft von Gästen zuteil werden wird, bis Euer Schicksal bekannt ist. Wenn Ihr zurückkehrt, werden sie Euch wieder übergeben werden. Wenn Ihr sterbt, werden sie Eure Überreste zurück in Eure Heimat bringen. Das sage ich, die Kaliane.«

Mara neigte den Kopf als Zeichen, daß diese Vereinbarung ihre Zustimmung fand.

»Also gut«, blaffte Mirana, die ein Stück entfernt stand, »Mann, willst du weiter hier mit offenem Mund rumstehen, aus

Enttäuschung darüber, daß du das goldhaarige Mädel nicht für unseren Sohn bekommen hast? Oder gehst du zu den Soldaten und schaffst Kommandeur Lujan herbei?«

»Halt den Mund, altes Weib! Der Friede des Morgens ist heilig, und du entweihst das Leben selbst mit deinem Gelärme.« Er straffte die Schultern und starrte sie an, bis die Kaliane ihm einen mißbilligenden Blick zuwarf. Daraufhin zog er schlurfend davon, ein komischer Botengang, da seine Frau ihn vorgeschlagen hatte.

Als er verschwunden war, raffte die Kaliane ihre Roben gegen den Nebel zusammen. Sie wandte sich an Mara: »Ihr werdet aufbrechen, sobald ihr euch mit Vorräten für die Reise versorgt habt. Ihr werdet zu Fuß gehen, da das Hochland zu rauh und unwirtlich für andere Beförderungsmittel ist.« Sie hielt inne, als dächte sie still über etwas nach. »Gittania, eine unserer Akolythen, wird Euch als Führerin über den Paß begleiten. Mögen die Götter Eure Bemühungen mit einem Lächeln betrachten, Lady Mara. Es ist keine leichte Aufgabe, der ihr Euch gestellt habt, denn die Cho-ja sind eine wilde Rasse mit einem Gedächtnis, das Verzeihen nicht so einfach zuläßt.«

Eine Stunde später, nach einer warmen Mahlzeit, waren Mara und ihr Begleiter bereit. Eine kleine Gruppe lärmender Kinder und fauler Hausmatronen, angeführt von Hotaba und seinem Rat, versammelten sich, um Abschied von ihnen zu nehmen. Sie wurden begleitet von der Akolythin Gittania, die sich als ein zierliches Mädchen mit mausgrauen Haaren herausstellte, das ganz verloren wirkte in den gewaltigen Falten der Ordensumhänge, ein knielanges, gewebtes Kleidungsstück mit blendendem rotem Muster auf weißem Grund. Sie hatte gerötete Wangen, eine spitze Nase und ein unbezähmbares Lächeln. Während die nüchternen, gedeckten Farben der Thuril-Röcke mit der Landschaft zu verschmelzen schienen, bot sich Gittanias Kleidung geradezu als Zielscheibe an.

Lujan machte schnell eine Bemerkung darüber. »Vielleicht«, so philosophierte er in einer seiner seltenen Reflexionen, »haben diese auffälligen Sachen die gleiche Funktion wie jene bunten Vögel oder Beeren, die giftig sind. Eine Warnung sozusagen, daß ihre magische Kraft denen Vergeltung bringen wird, die sie anzugreifen versuchen.«

Obwohl er leise sprach, hörte ihn die Akolythin. »Tatsächlich nicht, Krieger. Wir, die als Lehrlinge unseren Eid geschworen haben, werden anders gekennzeichnet, weil wir gesehen werden wollen. In der Zeit unserer Ausbildung sind wir verpflichtet, jedem Mann und jeder Frau zu helfen, sollten sie unsere Hilfe benötigen. Die Kleider dienen als Erkennungszeichen, damit wir schnell gefunden werden können.«

»Wie lange dauert Eure Ausbildung?« fragte Mara, die sich gegen den treibenden Nebel zusammenkauerte.

Gittania blickte sie wehmütig an. »Bei einigen bis zu fünfundzwanzig Jahre. Andere erreichen nie die Passage und müssen das Weiß und Rot ihr Leben lang tragen. Den Berichten nach brauchte der jüngste Magier siebzehn Jahre für seine Ausbildung. Er war ein Wunder. Seine Leistung blieb über tausend Jahre lang ungeschlagen.«

»Die Anforderungen an Euch und Eure Kameraden sind wirklich sehr hoch«, bemerkte Lujan. Da der Krieg der Wirkungsbereich eines jungen Mannes war, konnte er sich kaum die Geduld vorstellen, die es erfordern mußte, das halbe Leben mit dem Studium zuzubringen.

Doch Gittania schien keinen Groll wegen dieser Mühsal zu hegen. »Ein Meister besitzt große Macht – und damit auch eine ungeheure Verantwortung. In den Jahren als Akolyth lernen wir Mäßigung, Geduld und vor allem Demut, und wir erhalten Zeit, Weisheit zu entwickeln. Wenn man sich auf Geheiß einer jeden Hirtenmutter in den Bergen um kranke Babys gekümmert hat, lernt man im Laufe der Zeit, daß die kleinen Dinge so viel oder sogar noch mehr wert sind als die großen Angelegenheiten der Herrschaft und Politik.« Hier hielt das Mädchen inne und grinste frech. »Zumindest versichern mir das die Älteren. Meine Jahre zählen noch zu wenig, um die Bedeutung eines Baby-Ausschlags gegenüber all den großen Wendungen des Universums verstehen zu können.«

Mara lachte. Gittanias aufrichtige Ehrlichkeit war ein angenehmer Wechsel nach Kamlios schwierigen Stimmungen und ihrer mürrischen Verbitterung. Obwohl die Lady genug Angst vor dem Ausgang ihrer bevorstehenden Begegnung mit den Cho-ja hatte, sah sie der Reise ungeduldig entgegen, da sie währenddessen ihre mitgenommenen Nerven würde beruhigen und darüber nachdenken können, wie sie die Audienz bei einer fremden Cho-ja-Königin bewerkstelligen sollte. Gittanias munterer Humor würde sicherlich Balsam sein und die stete Anspannung lindern.

Die Kaliane hatte schweigend ihre Unterhaltung verfolgt, während Bündel mit Nahrungsmitteln und Wasserhäute auf dem Rücken einer Querdidra festgebunden wurden. »Die Cho-ja sind sehr verschlossen und wenig vertrauensselig«, gab sie ihr einen letzten Rat. »Einst war das nicht so. Ihre und unsere Meister vermischten sich frei, sie tauschten Ideen und Wissen aus. Tatsächlich stammt viel von unserer grundsätzlichen Ausbildung als Magier von der Philosophie der Cho-ja. Doch der Krieg zwischen den Cho-ja und Tsuranuanni vor Hunderten von Jahren lehrte diese Wesen, daß Menschen mit Macht verräterisch sein können. Seither sind die Schwärme zurückhaltend und Kontakte zögerlich bis überhaupt nicht vorhanden.« Sie trat zu Mara. »Ich weiß nicht, was Ihr erleben werdet, Gute Dienerin. Doch ich warne Euch ein letztes Mal: Tsuranis sind für diese Cho-ja ein Greuel. Sie vergeben nicht, was ihren Artgenossen auf der anderen Seite der Grenze widerfahren ist, und möglicherweise machen sie Euch dafür verantwortlich, als wärt Ihr diejenige gewesen, die ihnen diesen Vertrag aufgezwungen hat.«

Als Mara überrascht reagierte, wurde die Kaliane noch ernster. »Glaubt mir, Lady Mara. Cho-ja vergessen *niemals,* und für sie duldet das Gute nicht die Existenz von Unterdrückung oder Bösem. Vernünftige Menschen, so würden sie argumentieren, hätten den sogenannten Vertrag, der den tsuranischen Cho-ja ihre Magie verbietet, längst aufgelöst. Jeden Tag, der ohne einen solchen Erlaß vergeht, wird das Verbrechen neu begangen; für sie sind die vor Jahrhunderten begangenen Beleidigungen so, als wären sie in diesem Augenblick geschehen. In den Stöcken von Thuril werdet Ihr möglicherweise keine Verbündeten gegen Eure Versammlung finden, sondern nur einen raschen Tod.«

So ernüchternd die Worte auch sein mochten, Mara ließ sich nicht abschrecken. »Nicht zu gehen heißt, die Niederlage zu umarmen.« Mit einem Nicken in Lujans Richtung und einer kurzen Handbewegung zu Gittania, um ihre Bereitschaft zum Abmarsch anzudeuten, wandte sie sich dem Stadttor zu.

Mit großen Augen sah Kamlio ihre Herrin davongehen. Mara hatte ihre Bewunderung errungen. Hätte die Lady sich umgeschaut, sie hätte die Lippen der ehemaligen Kurtisane bei einem stummen Schwur gesehen: Sollte irgend jemand von der Acoma-Gruppe überleben und auf deren Güter zurückkehren, würde sie der Lady geben, was sie sich so sehnlichst wünschte: den Versuch, eine Freundschaft zu Arakasi zu entwickeln. Kamlio neigte ihren Kopf, als Mara außer Sichtweite geriet und Lujans Federbusch im Nebel verschwand. Sie schwor ihren Eid, in voller Demut darüber, daß die eigenen, unüberwindlich scheinenden Ängste nichts waren im Vergleich zu den Gefahren, denen Mara aufrecht und mit erhobenem Kinn entgegenschritt, ohne jedes Anzeichen von Sorge.

Die Reise über die Höhenpässe der Berge erwies sich als ein beschwerliches Unterfangen. Nachdem sie einen Tag hinter sich hatten, wurde das Gelände steiler: Mit Stechginster bewachsenes

Hochland türmte sich zu Felsnasen auf, das der Wind von sämtlichem Moos befreit hatte. Die Sonne schien immer von Wolken verhangen zu sein, ebenso wie die Täler, die von Nebelschwaden eingehüllt waren, die sich ihren Weg an Bächen und Strömen entlangbahnten. Der steinige Pfad bereitete Mara Schwierigkeiten, und Lujan half ihr mit seiner stützenden Hand über die mühseligeren Stellen. Ihre Sandalen wurden vom Schiefer abgewetzt, und sie hatte keine Luft übrig zum Sprechen.

Gittania schien das Gelände so wenig auszumachen wie dem Querdidra-Bock, den sie als Lasttier für ihr Versorgungsmaterial und das Schlafzeug mitgenommen hatten. Sie plauderte beinahe unaufhörlich. Von ihren Kommentaren, als sie an diesem oder jenem Tal vorbeikamen, das ein kleines Dorf oder einen Hirtenweiler beherbergte, lernte Mara viel über thurilisches Leben. Die Hochländer waren ein wildes Volk, untrennbar mit ihrer Unabhängigkeit verbunden, doch entgegen der Meinung, die die meisten Tsuranis hatten, waren sie nicht kriegerisch.

»Oh, unsere jungen Männer spielen Krieg«, räumte Gittania ein. Sie lehnte sich während einer Pause auf einen großen Hirtenstab, den sie zum Gehen benutzte. Lujan vermutete, daß sie ihn auch als Waffe einzusetzen wußte, wenn er nicht zusätzlich als Zauberstab diente. Doch diese Annahme löste sich auf, als Gittania das Holz aus Versehen zerbrach und ohne große Zeremonie einen neuen Stab von einem Mann kaufte, der Hirtenhunde trainierte. Jetzt fuhr sie mit den Fingern hoch und runter, entfernte die rauhe Rinde, die Blasen verursachen konnte. »Doch Überfälle, Kämpfe, das sind alles Dinge, die junge Männer tun, um die Fähigkeiten zu erlangen, wenn sie ihre Frauen stehlen. Ein paar prahlerische dringen in kaiserliche Gebiete ein. Die meisten kehren nicht zurück. Wenn sie gefangengenommen werden und kämpfen, haben sie den Vertrag gebrochen und sind Gesetzlose.« Ihr Gesicht verdüsterte sich, als sie das sagte.

Mara erinnerte sich an die Gefangenen, die als Sport für edle

Tsuranis in der Arena zum Tode verurteilt waren, und sie war beschämt. Hatte einer der Spielleiter dieser Grausamkeit auch nur eine Ahnung, daß diese Männer, die sie zum Zweikampf hinausschickten, lediglich Jungen waren, deren erster Fehler nichts weiter war als ein bißchen Prahlerei? Hatte irgendeiner der kaiserlichen Krieger oder Beamten sich jemals die Mühe gemacht, jene zu befragen, die auf der anderen Seite der Grenze blieben, nackt und bemalt wie für eine Schlacht? Wohl kaum, dachte sie traurig.

Gittania schien die wehmütigen Gedanken der Lady nicht zu bemerken. Sie deutete mit ihrem Stab über das buschbedeckte Tal, wo hier und da Querdidra-Herden zur Produktion von Käse und Wolle zu sehen waren. »Im Grunde sind wir eine Nation von Händlern und Hirten. Unser Boden ist zum größten Teil zu arm für Ackerbau, und unsere stärkste Industrie ist die Weberei. Das Färben ist natürlich sehr teuer, da der Farbstoff aus Euren wärmeren Ländern und aus Tsubar importiert wird.«

Gittania schalt sich für ihr weitschweifiges Gerede und drängte Mara und Lujan weiterzugehen. Sie legte ein schnelles Tempo vor. Die Tage waren kürzer im Hochland, wo die hohen Bergkronen die Sonnenuntergänge vorzogen. Der Platz, an dem sie schließlich ihr Lager aufschlugen, lag in einer Senke zwischen felsigen Hügeln. Ein Bach strömte hier aus einer Quelle, und die kurzen, vom Wind verkümmerten Bäume boten ihnen ein wenig Schutz.

»Wickelt euch gut in eure Decken ein«, drängte Gittania, als sie und Mara die Essensutensilien im eisigen Wasser spülten. »Die Nächte werden sehr kalt im Hochland. Selbst im Sommer kommt es gelegentlich zu Frost.«

Am nächsten Morgen waren die Blätter und das Gras mit einer silbrigen Schicht von Eiskristallen überzogen. Mara bewunderte die faszinierenden Muster, und sie staunte über die zerbrechliche Schönheit, als ein zufälliger Sonnenstrahl den Rand zum Glitzern brachte. So unfruchtbar dieses Land auch sein mochte, es hatte eine ganz eigene, wilde Anmut.

Der Weg wurde steiler. Immer öfter mußte Lujan Mara beim Klettern helfen, da seine mit Nägeln versehenen Kampfsandalen besseren Halt fanden als ihre, die nur mit einfachem Leder besohlt waren. Die Wolken schienen zum Greifen nahe, und die Querdidra-Herden wurden weniger, da es nur spärlich Futter gab, um sie zu ernähren. Hier bildete das Plätschern und Poltern der quellengespeisten Ströme das einzige Geräusch neben dem peitschenden und heulenden Wind.

Der Paß selbst war eine sich windende Felskante, die sich zwischen steilen Schieferflächen schlängelte, die schwarz glänzten, wo Wasser aus der Erde tropfte. Mara atmete die dünne Luft tief ein und erwähnte den fremden Geruch, der in den Windstößen zu sein schien.

»Schnee«, erklärte Gittania. Ihre Wangen waren rot von der Kälte, und ihr Lächeln schien als Gegensatz dazu noch wärmer. Sie zog ihre rot-weißen Ärmel noch weiter über die Hände. »Wenn die Wolken dünner wären, könntet ihr das Eis auf den Gipfeln sehen. Das ist kein Anblick, an den ihr Tsuranis gewöhnt seid, würde ich meinen.«

Mara schüttelte den Kopf; sie hatte nicht genügend Luft zum Sprechen. Lujan, abgehärteter als sie, sagte: »Es gibt Gletscher in der großen Bergreihe, die wir den Hohen Wall nennen. Es heißt, daß wohlhabende Lords in den nördlichen Provinzen ihre Läufer dorthin schicken, um das seltene Eis für ihre Getränke zu holen. Ich selbst habe noch niemals Wasser gesehen, das von der Kälte hart geworden ist.«

»Es ist Magie der Natur«, erklärte Gittania und ordnete eine kleine Pause an, als sie Maras Erschöpfung sah.

Sie ließen die Pässe hinter sich, und der Weg fiel ab. Auf dieser Seite der Berge war das Land weniger trostlos und mit silbergrauem Blattwerk überzogen. Wie Gittania erklärte, fiel hier mehr Regen. »Die Wolkendecke wird bald dünner werden, und dann können wir die Cho-ja-Stadt Chakaha sehen.«

Auf diesen Abhängen grasten keine Querdidra-Herden, da die Vegetation zu dornig war, doch einige wenige Familien fristeten hier ihr Dasein, indem sie Pflanzenfibern ernteten und zu Seilen flochten. »Es ist ein hartes Leben«, räumte Gittania ein. »Das Tauwerk zählt wegen seiner Stärke und Langlebigkeit zu dem Besten, das man kriegen kann, doch dieses Tal ist einen langen und anstrengenden Weg von den Märkten am Meer entfernt. Wagen können den Paß nicht überwinden, also muß die ganze Fracht auf einem Packtier transportiert werden oder auf den Rücken starker Männer.«

Es kam Mara in den Sinn, daß die leichtfüßigeren Cho-ja mit einer solchen Bürde die felsigen Pfade mit einer Leichtigkeit überwinden könnten, die von keinem Menschen je erreicht werden würde, doch sie war nicht sicher, welche Beziehung die Thuril-Schwärme zu den Menschen hatten, und so behielt sie diesen Vorschlag für sich. Und dann vergaß sie den Gedanken wieder, denn nach einer Biegung fiel der Weg steil ab, und die Wolken wurden dünner und teilten sich, um den Blick auf ein Tal freizugeben, das sich wie ein Teppich unter einem hohen, blaßgrünen tsuranischen Himmel ausbreitete.

»Oh!« brach es aus Mara heraus. Der Anblick, der sich ihr und Lujan bot, war ein noch überwältigenderes Wunder als die feine Schönheit von Dorales.

Die Berge blieben zurück, und das Dornengewächs und die felsigen Auswaschungen führten in ein üppiges, tropisches Tal hinunter. Der Wind trug den Geruch von Rebengewächsen, exotischen Blumen und fruchtbarer Erde herbei. Palmwedelbäume erhoben sich wie Fächer gen Himmel, und hinter ihnen erhoben sich die Cho-ja-Stöcke, noch viel eindrucksvoller als die von den fähigsten Juwelieren des Kaiserreiches hergestellten Filigranarbeiten aus Gold.

»Chakaha«, sagte Gittania. »Dies ist die Kristallstadt der Cho-ja.«

Als wäre sie aus Glas entstanden, erhoben sich fingergleiche Spiralen aus pastellfarbenen Kuppeln in die Höhe, glänzten und strahlten in allen Farben, wie Edelsteine in einer Krone. Bögen von unglaublicher Feinheit in Rosa, Aquamarin und Amethyst überbrückten die Lücken zwischen ihnen. Schwarzglänzende Cho-ja-Arbeiter schienen aus der Entfernung wie Obsidian-Perlen aufgereiht auf einer Schnur, während sie über die engen Stege trippelten. Mara ergötzte sich an dieser Augenweide aus zerbrechlicher, glitzernder Architektur und staunte immer mehr. Hoch oben in der Luft flogen geflügelte Cho-ja. Sie trugen nicht das Tintenschwarz, an das Mara gewöhnt war, sondern Bronze und Blau, untermalt von Streifen in rötlichem Braun. »Sie sind wunderschön!« stieß sie atemlos hervor. »Unsere Königinnen in Tsuranuanni gebären nur schwarze Cho-ja. Die einzige andere Farbe, die ich jemals sah, war die einer jungen Königin, und auch sie dunkelte im Laufe ihres Erwachsenwerdens wie die anderen.«

Gittania seufzte. »Cho-ja-Magier tragen immer leuchtende Markierungen. Ihr habt keine im Kaiserreich, weil sie dort verboten sind. Zu unserem Leid, Gute Dienerin, und zu Eurem immerwährenden Verlust. Sie sind weise in ihrer Macht.«

Mara antwortete nicht sofort, verzaubert, wie sie von Chakaha war. Hinter den Glastürmchen ragte eine Reihe blauer Berge auf, deren Spitzen weiß vor dem Hintergrund des Himmels glänzten.

»Eis!« vermutete Lujan. »Auf diesen Gipfeln ist Eis. Ah, ich wünschte, Papewaio könnte dieses Wunder sehen! Und Keyoke. Der alte Mann wird niemals glauben, was wir gesehen haben, wenn wir nach Hause zurückkehren und es ihm erzählen.«

»Falls ihr nach Hause zurückkehrt«, sagte Gittania mit ungewöhnlicher Schärfe. Sie sah Mara an und zuckte entschuldigend mit den Schultern. »Lady, ich kann nicht weiter mitkommen. Ihr müßt diesem Pfad von hier aus bis ins Tal folgen und den Weg nach Chakaha selbst suchen. Es werden Wachen dort sein. Sie werden Euch aufhalten, bevor Ihr die Kristalltore erreicht. Mögen die Götter mit Euch sein und Euch eine Audienz bei der Königin der Cho-ja gestatten.« Die Akolythin schwieg unbeholfen, während sie in die Tasche ihres Gewandes griff und einen kleinen Gegenstand herausholte. Er war rechteckig und tiefschwarz wie Obsidian. »Dies ist ein Lesestein«, erklärte sie. »Er enthält eine Aufzeichnung der Erinnerungen, die der Rat der Kaliane Euch im goldenen Wahrheitskreis entlockt hat. Er zeigt, warum wir Euch freien Weg in unserem Land gewährt haben, und gibt den Schwärmen von Chakaha einen Rat. Die Cho-ja-Magier können den Inhalt erkunden, wenn sie möchten.« Sie drückte den Gegenstand in Maras Hände, deren Finger kalt vor Anspannung waren. »Lady, ich hoffe, die Erinnerungen in diesem Stein werden Euch helfen. Die Kaliane erwähnte einige von ihnen. Sie sind ein redseliger Beweis für Eure Sache. Eure große Gefahr wird sein, den ersten Kontakt herzustellen, denn diese Cho-ja können blitzschnell töten.«

»Ich danke Euch.« Mara nahm den Stein entgegen und steckte ihn in ihre Robe. Sie war froh, daß ihr Kommandeur seine Waffen zurückerhalten hatte, denn sie mochte den Gedanken nicht, unbewaffnet in ein möglicherweise feindseliges Lager zu gehen. Sie verabschiedete sich von Gittania. »Bitte sagt auch Eurer Kaliane meinen tiefen Dank. Mit der Gnade der Götter und viel Glück werden wir uns wiedersehen.«

Mit diesen Worten nickte sie Lujan zu und ging auf das üppige Tal in der Tiefebene zu, wo die Stadt Chakaha auf sie wartete. Weder sie noch ihr gutaussehender Kommandeur warfen einen Blick zurück, wie Gittania ein wenig traurig bemerkte. Während des dreitägigen Marsches hatte sie begonnen, die Gute Dienerin zu mögen, deren Neugier soviel Anteilnahme an anderen enthielt und deren Hoffnung es war, die Zukunft Tsuranuannis in andere Bahnen zu lenken.

Der Pfad fiel steil ab, über Steine, die sich unter ihren Schritten lösten. Lujan stützte seine Lady unter dem Arm, und obwohl seine Berührung fest war, spürte Mara die Unsicherheit ihrer Lage. Jeder neue Schritt führte sie weiter ins Unbekannte.

Aufgewachsen auf den bewohnten Gebieten der Acoma-Güter und gewohnt an die Menschenscharen in den tsuranischen Städten, an die Gegenwart von Bediensteten, Sklaven und den zahlreichen Offizieren, die den Haushalt eines Menschen von edler Geburt ausmachten, konnte sie sich an keine Zeit in ihrem Leben erinnern, da sie so allein gewesen war. Ihre Meditationszelle im Tempel Lashimas war von den anderen nur durch eine dicke Mauer getrennt gewesen, und während der zurückgezogensten Besinnungsstunden am Abend zu Hause wären auf ein einziges Wort hin Bedienstete oder Krieger herbeigeeilt, um sich nach ihren Wünschen zu erkundigen.

Hier war nur der wilde, nebelverhangene Steinabhang hinter ihr und der Dschungel vor ihr, mit seiner heimischen Cho-ja-Bevölkerung, deren Kultur ganz anders war als der sichere, vertragsgebundene Handel, den sie mit den insektenähnlichen Wesen auf ihren Gütern betrieb.

Niemals in ihrem Leben hatte sie sich so klein gefühlt und die Welt ringsum so riesig empfunden. Es benötigte all ihren Willen, sich nicht einfach umzudrehen, Gittania hinterherzurufen und sie zu bitten, sie zu den Thuril-Gebieten zurückzugeleiten, die jetzt längst nicht mehr merkwürdig oder bedrohlich wirkten, sondern einfach und nachvollziehbar menschlich. Doch dort im Thuril-Dorf warteten der Rest ihrer Ehrengarde und Kamlio, und sie hingen alle von ihren Anstrengungen ab; und damit verbunden auch ihre Familie und ihre Kinder und all diejenigen, die auf ihren ausgedehnten Gütern lebten und den Shinzawai oder den Acoma gegenüber verantwortlich waren. Sie durfte sie nicht fallenlassen, mußte sie vor dem Zorn der Magier schützen, der ganz sicher folgen würde. Mara ging resolut weiter und begann eine Unterhaltung.

»Lujan, sagt mir: Als Ihr das Leben eines Grauen Kriegers führen mußtet und keine Hoffnung auf ein Leben in Ehre hattet, wie habt Ihr das geschafft?«

Lujans Helm neigte sich etwas, als er sie von der Seite ansah. In seinen Augen erkannte sie, daß auch er die riesige Weite und Leere der Landschaft um sie herum spürte und daß er Tsurani genug war, um sich bei dem Gefühl der Verlorenheit ebenfalls unsicher zu fühlen. Wie sehr wir doch einander verstehen, dachte Mara; unser beider Bemühungen, die Schwierigkeiten des Lebens zu meistern, haben sich zu einer außerordentlichen Beziehung verwoben, die besonders geschätzt werden muß.

»Lady, wenn ein Mann nichts mehr hat, was seine Kameraden und Freunde als wichtig erachten, wenn er ein Leben führt, das nach den Glaubenssätzen seiner Herkunft bedeutungslos ist, dann hat er nur noch seine Träume. Ich war dickköpfig. Ich hielt mich an meine Träume. Und eines Tages wachte ich auf und erkannte, daß mein Leben doch nicht ganz so fürchterlich war. Ich begriff, daß ich noch lachen konnte. Ich konnte noch fühlen. Ein Festmahl mit Wildbret konnte noch immer meinen Magen erfreuen, und eine Liebelei mit einer liebenswürdigen Frau versetzte noch immer mein Blut in einen Rausch und meinen Geist in Höhenflüge. Ein ehrloser Mann mag in der Zukunft leiden, wenn Turakamu seinen Geist zu sich genommen hat, und das Rad des Lebens zermalmt sein Schicksal zu Staub. Aber im täglichen Leben? Ehre hat nichts mit Freude zu tun.« Hier zuckte der Mann, der die Armeen der Acoma nun beinahe zwei Jahrzehnte geleitet hatte, unbehaglich mit den Schultern. »Lady, ich war der Anführer von Dieben, Banditen und Unglücklichen. Wir als Bande mögen nicht die große Ehre gehabt haben, die das

Tragen von Hausfarben einem Mann gibt. Doch wir lebten nicht ohne unser eigenes Kredo.«

Mara konnte sehen, daß ihr Kommandeur aus Verlegenheit schwieg. Sie war sich bewußt, daß sein Unbehagen von etwas herrührte, das zentral für ihn war, und auch, daß mehr als Neugier sie drängte, als sie ihn sanft aufforderte: »Erzählt es mir. Sicherlich habt Ihr gemerkt, daß ich Traditionen nicht um ihrer selbst willen verfolge.«

Lujan lachte leise auf. »Darin ähneln wir uns mehr, als Ihr wissen könnt, Mylady. Also gut. Die Männer, die ich führte, schworen mit mir einen Eid. Obwohl wir Geächtete waren und von den Göttern verstoßen, machte uns das nicht weniger zu Menschen. Wir bildeten etwas wie unser eigenes Haus, schworen uns gegenseitig Loyalität und fügten hinzu, daß was einem von uns geschah, von den anderen geteilt werden würde. Seht Ihr, Mara, als Ihr nun mit der Bereitschaft kamt, uns alle in ehrenvollen Dienst zu übernehmen, konnten wir nicht einzeln, sondern nur als ganze Gruppe akzeptieren. Als Pape mit Hilfe seiner raffinierten List entfernte Verwandte finden und uns in den Dienst der Acoma rufen konnte, hätten wir uns abgewendet, wenn auch nur ein Mann sich geweigert hätte.«

Mara sah ihren Kommandeur überrascht an, und der verlegene Blick in seinem wettergegerbten Gesicht brachte sie zu einer weiteren Schlußfolgerung. »Dieser Kode, von dem Ihr sprecht, er existiert immer noch.« Es war keine Frage, sondern eine Feststellung.

Lujan räusperte sich. »Ja, das tut er. Doch als wir Euch die Treue beim Natami der Acoma schworen, fügten wir einen Kode hinzu, daß unsere Wünsche, Bedürfnisse und Ehre nach Eurer folgten. Doch innerhalb Eurer loyalen Armee gibt es immer noch eine Gruppe von uns, die eine spezielle Beziehung verbindet, eine, die wir mit keinem Eurer anderen Soldaten teilen können, egal, wie ehrenvoll er auch ist. Es ist ein Zeichen der Ehre, das nur für uns gilt, so wie Papewaios schwarzes Band der Verdammung seine eigene, persönliche Auszeichnung war.«

»Bemerkenswert.« Mara schwieg, die Augen nach unten gerichtet, als würde sie einen besonders gefährlichen Schritt überwachen, doch es war jetzt weniger steinig, und der Weg aus festgetretener Erde wurde von ersten Palmwedeln und dem Grün begleitet, das am Rand des Dschungels wuchs. Die Glastürme von Chakaha waren verschwunden, als sie an Höhe verloren hatten, verfinstert von den dichten, hohen Kronen der Tropenbäume. Ihre Gefahr war nicht geringer geworden, sondern verstärkte sich noch, und doch nahm Mara einen Augenblick Abstand von ihren Sorgen, um über das nachzudenken, was ihr Kommandeur gerade enthüllt hatte: daß er ein geborener Anführer war und daß seine Loyalität selten und tief war; daß er selbst nach dem Aufstieg auf einen höheren Posten das Wort gehalten hatte, das er den ehemaligen Kumpanen und jetzigen Soldaten gegeben hatte, als er sie einst anführte. Es war beachtenswert, dachte Mara, daß dieser Mann neben ihr einen angeborenen Sinn für sich hatte und persönliche Verantwortung empfand, die tiefer reichte als bei den meisten Herrschern, die in den Nationen regierten. Und all das hatte Lujan getan, ohne viel Aufhebens davon zu machen, ohne Anerkennung, selbst ohne das Wissen seiner Lady. Bis jetzt.

Mara warf ihm von der Seite einen Blick zu, und sie sah, daß er wieder die unergründliche Maske aufgesetzt hatte, die einem an ein Haus gebundenen Krieger entsprach. Sie war froh, daß sich die Gelegenheit ergeben hatte zu erfahren, was zwischen ihnen geschehen war. Alles, was jetzt noch von den Göttern zu wünschen blieb, war die Gelegenheit sicherzustellen, daß solche besonderen Qualitäten und Fähigkeiten, wie Lujan sie enthüllt hatte, zu voller Blüte kommen konnten. Wenn sie überlebten, beschloß Mara, verdiente dieser Mann hier eine Belohnung, die weit über die gewöhnliche Anerkennung für außerordentlichen Dienst hinausging.

Dann wurden ihre Gedanken von einem Rascheln im Unterholz abgeschnitten. Der erste von drei hohen Bäumen stand vor ihnen, die Stämme uralt und dick genug, daß fünf erwachsene Menschen Schwierigkeiten gehabt hätten, ihn zu umfassen. Als ihr tiefer Schatten kühl über Mara und Lujan fiel, erhob sich ein Ring von Cho-ja-Wachen wie aus dem Nichts, reglos, glänzend schwarz und nackt bis auf die angeborenen Waffen aus poliertem Chitin.

Lujan hielt Mara abrupt fest. Seine zweite, instinktive Bewegung, sie hinter sich und aus der Gefahrenzone zu stoßen und dann das Schwert zu ziehen, gab er auf, als er sah, daß sie umzingelt waren. Diese Cho-ja trugen nicht die menschenähnliche Ausrüstung ihres Ranges wie ihre Artgenossen in den Nationen, und sie konnten sich mit unheimlicher Lautlosigkeit bewegen.

Einen Augenblick standen die zwei menschlichen Eindringlinge und die insektenähnlichen Wachen reglos da.

Mara war die erste, die die Stille durchbrach, indem sie eine Verbeugung ausführte, die ein Gesandter anwenden würde, um eine fremde Abordnung zu begrüßen. »Wir kommen in Frieden.«

Ihre Worte wurden von einem Schnappen begleitet, als alle Wachen gleichzeitig die Vorderarme in Position hoben. Einer von ihnen näherte sich einen halben Schritt, das Gesicht unlesbar. Diese Cho-ja von Chakaha gaben sich nicht die Mühe, menschliche Ausdrucksweisen nachzuahmen, und das Ergebnis verunsicherte Mara. Die fremden insektenähnlichen Wesen konnten sie beide da, wo sie standen, angreifen und abschlachten, und nicht einmal Lujans flinker Blick würde das Signal entdecken können, mit dem ihr Tod befohlen wurde.

»Wir kommen in Frieden«, wiederholte sie, dieses Mal unfähig, das Zittern in ihrer Stimme zu verbergen.

Einen langen Augenblick rührte sich niemand. Mara glaubte, über dem Brummen von Insekten im Dschungel das hohe Summen zu hören, das sie früher in der Kammer der Königin auf ihrem Besitz wahrgenommen hatte. Doch das Geräusch endete, bevor sie sicher sein konnte.

Dann sprach derjenige, der einen Schritt auf sie zugetan hatte und wohl als ihr Befehlshaber bezeichnet werden konnte. »Ihr seid vom Kaiserreich, Menschen. Frieden mit Euresgleichen ist nur ein Vorspiel zu Verrat. Ihr seid Eindringlinge. Kehrt um und geht. Und lebt.«

Mara atmete zitternd ein. »Lujan«, sagte sie in einem Ton, der überzeugend klingen sollte, »legt die Waffen nieder. Zeigt denen, die wir Freunde nennen könnten, daß wir kein Unheil wollen, indem Ihr ihnen Eure Klinge übergebt.«

Ihr Kommandeur hob den Arm, um ihrem Befehl nachzukommen, obwohl sie an seiner Anspannung erkennen konnte, daß ihm der Gedanke nicht gefiel, auch die kleinste Verteidigung, die er ihr bieten konnte, abzulegen.

Doch bevor er seinen Schwertgriff erreichte, hörte er das Schnapp-Schnapp, als die Cho-ja ihre Position verließen und ihr Gewicht zum Angriff verlagerten. Ihr Sprecher meinte: »Berühre dein Schwert, Mensch, und Ihr werdet beide sterben.«

Daraufhin riß Lujan das Kinn empor; sein Gesicht war vor Wut gerötet. »Tötet uns also«, rief er beinahe. »Doch ich behaupte, wenn Ihr es tut, obwohl es meine Absicht ist, mich zu ergeben, seid Ihr alle Feiglinge. Mit meinem Schwert oder ohne sind wir bei Eurem ersten Angriff tot.« Hier blickte er auf Mara, erwartete unausgesprochen ihre Zustimmung.

Seine Mistress nickte ihm etwas steif zu. »Legt die Waffen nieder«, wiederholte sie. »Zeigt, daß wir Freunde sind. Wenn ein Angriff folgt, ist unser Auftrag ohnehin verloren, denn die Lady der Acoma und Gute Dienerin des Kaiserreiches verhandelt nicht mit einer Rasse von Mördern.«

Langsam und bedächtig griff Lujan nach seinem Schwert. Mara sah zu; Schweiß lief an ihr herab, als seine Hand den Schwertgriff berührte und ihn dann umschloß.

Die Cho-ja rührten sich nicht. Vielleicht war das Summen der Insekten eine Art Kommunikation mit ihrer Königin, doch Mara wußte es nicht. Ihre Ohren waren benommen von der Anspannung und dem schnellen, lauten Pochen ihres Herzens.

»Ich werde mein Schwert ziehen und auf den Boden legen«, sagte Lujan mit fester Stimme. Er bewegte sich vorsichtig und schien nach außen hin zuversichtlich, doch Mara sah die Schweißtropfen, die unter dem Helm am Kinn entlangliefen, als er unendlich langsam das Schwert aus der Scheide zog, die Klinge mit der bloßen linken Hand aufnahm, damit seine Absicht, nicht zu kämpfen, nicht mißverstanden werden konnte, und legte die Waffe mit der Spitze auf sich gerichtet auf den Boden.

Mara beobachtete, wie die Cho-ja gemeinsam ihr Gewicht nach vorn verlagerten, eine Bewegung, die sie bereits zuvor gesehen hatte. In der nächsten Sekunde würden sie angreifen, trotz ihrer Bitte um Frieden. So laut sie konnte, ahmte sie die Begrüßungsgeräusche nach, die sie von der Königin des Schwarms auf ihrem Land gelernt hatte; ein armseliger menschlicher Versuch des Klickens und Schnappens, das sich den Kehlen der Cho-ja entrang.

Sofort blieben die Cho-ja wie Statuen stehen, nur einen Herzschlag vom Angriff entfernt. Doch als Lujans Schwert auf dem Boden ruhte und er sich wehrlos aufrichtete, entschärften sie ihre Haltung nicht.

Auch sagte der Anführer der Gruppe kein einziges Wort. Statt dessen gab es einen gewaltigen Windstoß, der Maras Haare in Unordnung brachte und Lujan zwang, durch wäßrige Augen hindurchzublinzeln. Durch das Dach des Dschungels ließ sich eine Cho-ja-Gestalt herab, die stromlinienförmig schmal und mit glänzenden Streifen versehen war. Sie besaß eine unirdische Schönheit, die beinahe gefährlich schien, und über den ordentlich gefalteten Gliedmaßen wurde ihr scheinbar zerbrechliches

Gewicht von kristallenen Flügeln gehalten, die den Wirbelwind verursachten.

Ein Cho-ja-Magier war gekommen!

Mara sog tief die Luft ein, um in unwillkürlicher Freude zu einer Erklärung anzusetzen, doch ihre Kehle brachte keinen Ton hervor. Die Luft um sie herum schien plötzlich zu flimmern, und die Gestalten der Cho-ja-Wachen verschwammen zu einförmigen Farben. Ihre Füße verloren den Kontakt zum Boden, und Lujan entschwand ihrem Blick. Es gab keine Bäume mehr, keinen Dschungel, keinen Himmel; nichts von alldem, was ihre Sinne entdeckten, war vertraut, nur noch ein Chaos aus wirbelndem Licht.

Sie fand ihre Stimme wieder, und panische Angst färbte ihren Schrei. »Was habt Ihr mit uns vor?«

Eine Antwort dröhnte wie aus dem Nichts, hallte in ihrem Kopf. »Feinde, die sich ergeben, werden Gefangene«, mahnte die Stimme.

Und dann versank Maras Wahrnehmung in einer großen Woge aus Dunkelheit.

Fünf

Herausforderung

Mara erwachte.

Ihre letzte Erinnerung an freien Himmel, den üppigen Dschungel und eine Patrouille aus Cho-ja-Wachen paßte nicht zu ihrer gegenwärtigen Umgebung: eine enge, sechseckige Kammer mit fensterlosen, nichtssagenden Wänden. Der Boden bestand aus poliertem Stein, und die Decke war aus einer spiegelähnlichen Substanz, die das Licht der einzigen Cho-ja-Kugel zurückwarf, die in der Mitte der Kammer hing.

Mara stützte sich auf die Ellenbogen und kniete sich hin, als sie entdeckte, daß Lujan hinter ihr stand, wach und deutlich gegen eine unruhige Anspannung ankämpfend.

»Wo sind wir?« fragte die Lady der Acoma. »Wißt Ihr es?«

Ihr Kommandeur wirbelte herum und sah sie blaß vor kaum zurückgehaltener Wut an. »Ich weiß es nicht. Das Wo wird ohnehin kaum zählen, da wir als Feinde in der Stadt Chakaha festgehalten werden.«

»Feinde?« Mara nahm Lujans Hand an und ließ sich beim Aufstehen helfen; sie bemerkte, daß seine Scheide leer war, was zum Teil seine Unruhe erklärte. »Wir wurden also mit Magie hierhergeschafft?«

Lujan strich das vom Schweiß feuchte Haar zurück und straffte dann rein aus Gewohnheit den Riemen, der den Helm festhielt. »Magie muß uns von der Lichtung hierherbefördert haben. Und nur Magie kann uns herausholen. Wenn Ihr Euch umseht, werdet Ihr nirgendwo eine Tür entdecken.«

Mara suchte schnell die Wände ab. Sie erhoben sich glatt, ohne von irgend etwas unterbrochen zu werden. Sie war ratlos, als sie sich fragte, woher die frische Luft kam, und entschied, daß die Kammer vollkommen aus einer magischen Beschwörung bestehen mußte. Die Schlußfolgerung ließ sie erzittern.

Sie hatte es nicht länger mit Menschen zu tun, mit denen sie allein durch ihre Natur etwas verband. Sie fröstelte bei düsteren Vorahnungen, denn Mara wußte, daß sie und Lujan in die unbekannten Tiefen des Schwarm-Gedächtnisses hineingezogen worden waren. Mehr als je zuvor sah sie sich der Unfaßbarkeit einer fremden Rasse gegenüber, deren »Erinnerung« und »Erfahrung« Tausende von Jahren umfaßte und deren Vernunft ein Grundgerüst war, das nur nach Maßstäben des Wohlstands und Überlebens beurteilt wurde. Schlimmer noch, anders als der Schwarm, mit dem sie im Kaiserreich Kontakt hatte, waren diese fremden Cho-ja niemals gezwungen gewesen, anders zusammen mit Menschen zu leben als nach ihren eigenen Bedingungen. Es würde nicht einmal das unvollkommene Verständnis geben, das sie mit der Königin teilte, mit der sie seit Jahren eine Art Freundschaft pflegte.

Lujan spürte die Verzweiflung seiner Lady. »Wir sind nicht ohne Hoffnung, Mylady. Dies sind zivilisierte Geschöpfe, die uns gefangenhalten. Sie müssen eine Abneigung dagegen haben, sofort zu töten, sonst wären wir noch auf dem Pfad gestorben.«

Mara seufzte und äußerte ihren anschließenden Gedanken nicht: daß wenn sie anerkannte Feinde waren, es nicht auf ihre individuellen Taten zurückzuführen war, sondern auf die Handlungen aller Tsuranis in jedem Jahr der Geschichte. Die Berichte von Verletzungen aufrichtiger Verträge durch blutigen Verrat waren zu zahlreich, um sie zu zählen, und innerhalb Maras Lebensspanne hatten die Lehrsätze des Spiels des Rates viele Male Söhne dazu gebracht, ihre Väter zu töten, Clanangehörige dazu, andere Clanmitglieder zu vernichten. Ihre eigenen Hände waren weit davon entfernt, rein zu sein.

Der rituelle Selbstmord ihres ersten Ehemannes war von ihr herbeigeführt worden; selbst wenn das Schwarm-Gedächtnis sie nur nach den Taten bemessen würde, die sie selbst begangen hatte, würden sich Widersprüche im Übermaß finden – zwischen den Schwüren, die sie in der Ehe geschworen hatte, und dem Haß, den sie im Herzen Jiros Bruder gegenüber empfunden hatte; in ihrem Verrat an Kevin, dem Barbaren, den sie geliebt und dann gegen seinen Willen fortgeschickt hatte, ungeachtet dessen, daß sie sein Kind in sich trug. Es kam ihr so vor, als sie sich auf die Lippen biß, um Tränen der Scham zurückzuhalten, als ob es nicht die Art der Cho-ja war, aus Fehlern zu lernen, denn alle Fehler ihrer Ahnen waren dem lebendigen Gedächtnis verfügbar. Sie waren eine Rasse, für die sich die Vergangenheit nicht auflöste. Vergebung galt ihnen nicht als die immer erneuerbare Quelle, die es für Menschen war – Groll konnte für Jahrtausende erhalten bleiben.

»Lujan?« Das Echo von Maras Stimme klang in dieser begrenzten Kammer hohl vor Angst. »Was immer am Ende mit uns geschieht, wir müssen einen Weg finden, gehört zu werden!«

Ihr Kommandeur wirbelte in einer Mischung aus Wut und Hoffnungslosigkeit herum. »Was kann ich noch für Euch tun, Lady, als mit meinen bloßen Fäusten gegen diese Wände zu trommeln?«

Mara hörte die Verzweiflung, die er hinter seinem Draufgängertum verbarg. Seine Not ernüchterte sie; seit sie die *Coalteca* verlassen hatten, hatte keine von Lujans Fähigkeiten als ausgebildeter, erfahrener Krieger ihm dienen können. Er hatte keine Armee zu befehligen. An dem Tag, da die Thuril sie in einen Hinterhalt gelockt hatten, hatte sie ihm verboten, sie zu verteidigen. In Loso hatte er Beleidigungen erduldet, die er lieber mit vergossenem Blut beantwortet hätte. Er war erniedrigt und gedemütigt worden, in Ketten gelegt wie ein Sklave, gegen jeden Instinkt seiner Herkunft. Tief in seinem Innern, entfernt von seinen Kriegerkameraden, mußte er diese Umstände über alle Maßen trostlos finden.

Lujan hatte Humor und Verstand – und Mut. Doch er besaß nichts von Arakasis losgelöster Faszination für das Unbekannte. Mara war ernüchtert, als sie erkannte, mit welchen Forderungen sie die Loyalität ihres Kommandeurs überfrachtete, und sie berührte seine Hand. »Seien wir geduldig, Lujan. Denn entweder ist unser Ende nahe, oder unser Ziel ist beinahe in Reichweite.«

Sie hatte ins Zentrum seiner Gedanken getroffen, und Lujan erwiderte: »Ich fühle mich so wertlos, Mylady. Ihr hättet besser daran getan, Arakasi mitzunehmen oder Saric an Eurer Seite zu lassen.«

Mara versuchte es mit Humor: »Was? Sarics endlose Fragen auszuhalten, selbst wenn die Götter höchstpersönlich um Ruhe bitten? Und Arakasi? Lujan, glaubt Ihr, daß er hätte zusehen können, wie Kamlio weggeführt wurde, ohne sich unbewaffnet auf ihre Wächter zu werfen? Natürlich nur, wenn sie ihn nicht schon auf der *Coalteca* in Stücke gerissen hätte, bevor wir überhaupt das Ufer erreichten. Nein, ich glaube nicht, daß ich dieses Mal lieber Saric oder Arakasi bei mir hätte. Die Götter verfolgen ihren eigenen Willen. Ich vertraue darauf, daß das Schicksal Euch aus einem bestimmten Grund hierherführte.«

Der letzte Satz war eine vorgetäuschte Überzeugung. In Wahrheit fühlte Mara nichts als eine Vorahnung. Dennoch erzwang ihre Bemühung die Andeutung eines Lächelns von ihrem Offizier. Er hatte aufgehört, mit den Fingern gegen seine leere Scheide zu klopfen. »Lady«, gestand er ironisch, »beten wir, daß Ihr recht habt.«

Lange Stunden vergingen, ohne daß Tageslicht ihnen hätte mitteilen können, ob der Tag bereits in die Nacht übergegangen war, und auch keine Störung, kein Geräusch unterbrach die Eintönigkeit. Lujan schritt in der winzigen Kammer auf und ab, während Mara sich hinsetzte und erfolglos zu meditieren versuchte. Friedliche Gedanken entschlüpften ihr, immer wieder unterbrochen von der Sehnsucht nach ihren Kindern und ihrem Mann. Sie ärgerte sich, war besorgt, daß sie niemals mehr die Möglichkeit haben würde, Frieden mit Hokanu zu schließen. Irrationale Befürchtungen zerrten an ihr: daß, wenn sie nicht nach Hause zurückkehren würde, er wieder heiraten und Söhne zeugen und die kleine Kasuma niemals ihr rechtmäßiges Erbe antreten würde. Daß Justin vor Erreichen des Mannesalters getötet werden und das Geschlecht der Acoma zerbrechen würde. Daß Jiro mit dem Rückhalt der Versammlung Ichindars neue Ordnung zerstören und der goldene Thron des Kaisers wieder zu einem Sitz für einen Sklaven religiöser Zeremonien werden würde. Das Amt des Kriegsherrn würde wieder eingeführt und das Spiel des Rates wieder aufgenommen werden, mit all seinen mörderischen Fehden und dem Blutvergießen. Und schließlich würden die Cho-ja des Kaiserreichs für immer an die Unterdrückung durch einen ungerechten Vertrag gebunden sein.

Mara riß die Augen auf. Ein Gedanke kam ihr, und ihr Puls beschleunigte sich. Diese Cho-ja mochten möglicherweise nicht von einer Tsurani, einer verschworenen Feindin, berührt werden – aber würden sie auch ihren Kameraden in der Gefangenschaft im Kaiserreich den Rücken kehren? Sie mußte ihnen verständlich machen, daß sie, als die einzige Gegnerin der Versammlung mit Rang und Einfluß, den Cho-ja in Tsuranuanni zum ersten Mal Hoffnung auf eine Veränderung bot.

»Wir müssen einen Weg finden, gehört zu werden!« stieß Mara hervor und begann neben Lujan herzumarschieren.

Weitere Stunden vergingen. Hunger begann sie zu quälen, zusammen mit der Dringlichkeit von körperlichen Bedürfnissen, die sie lange unterdrückt hatten.

Endlich konnte sich Lujan einer ironischen Bemerkung nicht mehr enthalten. »Sie hätten unsere Zelle wenigstens mit einer

Latrine ausstatten können. Wenn sie mir keine andere Wahl lassen, werde ich meine Herkunft beschämen und meine Blase auf dem Boden entleeren müssen.«

Doch bevor es soweit kommen konnte, blendete ein Blitz aus grellweißem Licht die Augen der Lady und ihres Offiziers. Mara blinzelte gegen die zeitweilige Blindheit und erkannte, daß die Wände, die sie festgehalten hatten, sich aufzulösen schienen. Sie hatte keinen Augenblick das Gefühl der Orientierungslosigkeit gehabt und auch kein Geräusch, nicht mal ein Flüstern gehört, und doch fand sie sich, welcher Bann sie auch befreit haben mochte, nicht mehr länger eingesperrt. Sie überlegte, ob ihr Gefängnis möglicherweise eine ausgefeilte Illusion gewesen war. Tageslicht fiel durch eine hohe, durchsichtige Kuppel in leichtem Purpur. Sie und Lujan standen in der Mitte eines gemusterten Bodens, der aus Glas und kostbaren Steinen bestand und mit atemberaubender Meisterschaft gelegt worden war. Die Mosaiken, die Mara in den Hallen von Tsuranuannis Kaiser gesehen hatte, waren dagegen so unbeholfen wie das Gekritzel eines Kindes. Sie hätte diese Schönheit weiter wortlos anstarren können, wenn nicht eine zweireihige Eskorte aus Cho-ja-Kriegern sie vorwärts getrieben hätte.

Verzweifelt warf sie einen Blick auf Lujan. Er war nicht bei ihr! Sie war von dem Boden so verzückt gewesen, und wenn er fortgeführt worden war, hatte sie nicht gesehen, wohin. Ein weiterer Stoß von ihrer Eskorte ließ sie nach vorn stolpern. Ein Cho-ja mit gelben Zeichen auf dem Rumpf führte die Krieger an. Den Werkzeugen nach zu urteilen, die in der Tasche an seinem Gürtel hingen, schien er ein Schreiber zu sein; und er folgte einer anderen Gestalt von überragender Größe dicht auf den Fersen, die etwas mit sich zog, was Mara zunächst für eine Art dünnen Mantel gehalten hatte. Sorgfältigere Beobachtung ergab jedoch, daß es Flügel waren, sorgfältig übereinandergefaltet wie die Schleppe einer Frau. Sie schleiften mit dem Hauch eines Raschelns über den polierten Boden, während sie Lichtblitze ausstießen, die in der Luft umhertanzten und erstarben. Nach dem Gefühl von Macht, das ihr eine Gänsehaut einjagte, wußte Mara, daß ein Magier in der Nähe war.

Ehrfurcht hielt ihren Mund geschlossen. Das Geschöpf war so groß! Es bestand aus schlanken, stelzenähnlichen Gliedmaßen und bewegte sich mit einer Anmut, die sie an Kevins Beschreibung der Elfen erinnerte, die auf Midkemia lebten. Doch dieses fremde Wesen barg mehr als nur Schönheit. Sein geschmeidiger, großer Kopf war von Fühlern gekrönt, die ab und zu ein Glühen verströmten. Die vorderen Gliedmaßen waren mit kostbarem Metall beringt, mit Silber, Kupfer und Eisen. Was aus der Entfernung wie Streifen ausgesehen hatte, war in Wirklichkeit viel komplizierter, ein Gewirr aus fadendünnen Linien, die eine bestimmte Bedeutung zu haben schienen, wie Tempelrunen oder ein Text außerhalb der Kenntnis menschlicher Wahrnehmung. In Mara kämpfte Neugier gegen Furcht, bis nur noch Unsicherheit über ihr Schicksal sie schweigen ließ. Auf ihr lastete die Zukunft des Kaiserreiches, und wie die vorhergegangenen Guten Diener und Dienerinnen des Kaiserreiches spürte auch sie die Verantwortung schwer auf sich ruhen.

Sie wurde einen Gang entlanggedrängt und durch eine äußere Tür hindurch, auf einen Steg von betäubender Höhe. Er führte zu einer Wölbung zwischen zwei Türmen und bot einen dramatischen Ausblick auf die Glasstadt, den Dschungel und die Zacken der Bergkette, die das Tal umgaben. Mara sah weitere Cho-ja-Magier im Flug über den Türmen der Stadt, bevor die Eskorte sie weiterdrängte. Sie wurde über den Steg geschoben, der nicht durch Geländer abgesichert war, sondern mittels einer seltsamen, beinahe klebrigen Substanz, die für sicheren Halt sorgte. Der mit Säulen versehene Eingang auf der anderen Seite öffnete sich in eine große, gewölbte Halle.

Hier hockten noch mehr Cho-ja in einem Halbkreis; sie trugen ähnliche Markierungen wie der, den sie als Schreiber eingeschätzt hatte. Für sie, die an die ungeschmückten schwarzen Kreaturen in ihrem eigenen Land gewöhnt war, hatte ihre Farbenpracht etwas Unergründliches. Sie wurde in die Mitte der Versammlung geführt, wo der große Magier sich herumdrehte und seine rubinroten Augen auf sie heftete. »Tsurani-Mensch, wer seid Ihr?«

Mara holte tief Luft und bemühte sich, mit fester Stimme zu sprechen. »Ich bin Mara, Lady der Acoma und Gute Dienerin des Kaiserreiches. Ich bin gekommen, um Euch zu bitten –«

»Tsurani-Mensch«, unterbrach der Magier sie dröhnend. »Vor Euch stehen die Richter, die Euch bereits für schuldig befunden haben. Ihr seid nicht hierhergebracht worden, um etwas zu erbitten, da Euer Schicksal bereits entschieden ist.«

Mara wurde starr, als hätte sie einen Schlag erhalten. »Für schuldig befunden! Welches Verbrechen wird mir zur Last gelegt?«

»Das Verbrechen Eurer Natur. Das zu sein, was Ihr seid. Die Handlungen Eurer Ahnen sind der Beweis.«

»Ich soll für etwas sterben, das meine Ahnen Jahrhunderte zuvor getan haben?«

Der Cho-ja-Magier überhörte die Frage. »Bevor Euer Urteil verlesen wird und zum Wohle Tsuranuannis, dem Heimatort des menschlichen Schwarms, der Euch geboren hat, gestattet es unser Brauch, daß Ihr das Recht auf ein Testament habt, damit Euer Volk nicht jener Weisheit verlustig geht, die Ihr mitzuteilen Euch entscheidet. Ihr erhaltet die Gelegenheit, bis zum Einbruch der Nacht zu sprechen. Unsere Schreiber werden aufnehmen, was Ihr sagt, und ihre Schriften werden von thurilischen Händlern Eurem Heimatschwarm übergeben werden.«

Mara betrachtete das Muster des Cho-ja-Magiers, und Wut überkam sie. Wie Lujan benötigte sie dringend die Möglichkeit, ihren körperlichen Bedürfnissen nachzukommen. Sie konnte mit einer vollen Blase nicht denken, und sie konnte nicht akzeptieren, was in der kurzen Rede des Magiers enthalten war: daß sie nur ein Mitglied ihres Schwarms war und daß ihre ständige Abwesenheit keine weiteren Konsequenzen beinhaltete als erhaltenes oder verlorenes Wissen.

Die rubinroten Tiefen im Blick des Magiers zeigten keine Gnade. Ein Streit war vergeblich, erkannte sie. Das Geschrei, das ihr eine Audienz beim Thuril-Rat verschafft hatte, würde hier gar nichts erreichen. Sie war beschämt bei dem Gefühl, daß diese Zivilisation ihre Errungenschaften im Kaiserreich als etwas einschätzte, das weniger war als die Ordnung, die ein menschliches Kleinkind im Sandkasten schuf. Sie unterdrückte den Wunsch, wütend über ihr Schicksal loszubrüllen. In den Augen dieser Geschöpfe war sie ein Kind: ein gefährliches, mordendes Kind, aber immer noch ein Kind. Also gut, sie würde sich der Neugier hingeben, die sie quälte. Vielleicht konnte sie daraus neue Einsichten und Ideen erlangen. Gedrängt von glühendem Zorn, schob Mara die Sorge um ihre Familie und ihr Land beiseite. Sie gab den Instinkten eines Kindes nach.

»Ich besitze keine großen Weisheiten«, verkündete sie mit kühner Stimme. »Statt Wissen zu geben, würde ich gerne Wissen erhalten: In dem Land meiner Geburt gibt es einen Vertrag, der die Cho-ja als Gefangene hält. In meinem Land ist es verboten, davon zu sprechen oder Wissen über den Krieg weiterzugeben, der zu seiner Entstehung führte. Wenn die Erinnerung an diese große Schlacht und die Friedensbedingungen in Chakaha bekannt sind, bitte ich um Mitteilung über diese Ereignisse. Ich möchte die Wahrheit über die Vergangenheit kennen, die mich verurteilte.«

Ein summendes Murmeln lief durch das Tribunal, ein Zischen, das zu einer Kakophonie wurde, die Maras Nerven strapazierte. Die Cho-ja-Wächter hockten hinter ihr, reglos, als wollten sie diese Position bis ans Ende der Zeit beibehalten. Der Schreiber, der bei dem Magier stand, zuckte einmal zusammen, dann verlagerte er das Gewicht, als wäre er unsicher. Der Magier selbst rührte sich nicht, bis er plötzlich seine Flügel erhob. Die seidendünnen Falten entfächerten sich mit einem leichten Zischen der Luft und schnappten dann mit einem Krachen auseinander, das die Halle schlagartig zum Schweigen brachte. Mara starrte wie eine Bäuerin, der Wunder präsentiert werden; sie bemerkte, daß die Flügel irgendwo an den Vorder- und Hintergliedmaßen befestigt waren – beinahe wie ein Spinnennetz, aber so fest wie Segel. Die Vorderglieder bestanden aus mehreren mit Gelenken versehenen Gliedmaßen und erhoben sich weit über den Kopf, bis sie beinahe das Dach des Gewölbes berührten.

Der Magier drehte sich auf den stelzenähnlichen Beinen um. Sein jetzt hitziger Blick fiel über das schweigende Tribunal und zum Schluß auf Mara. »Ihr seid ein seltsames Wesen«, sagte er.

Mara verbeugte sich, obwohl ihre Knie nachzugeben drohten. »Ja, Erhabener.«

Der Cho-ja-Magier atmete zischend die Luft aus. »Redet mich nicht mit dem Titel an, mit dem Eure Rasse die Verräter belohnt, die Mitglieder Eurer Versammlung.«

»Lord also«, entgegnete Mara. »Ich biete Euch meine bescheidene Achtung, denn auch ich muß die Unterdrückung durch die Versammlung erleiden.«

Gezwitscher erhob sich von den Versammelten, dann wurde es wieder still. Der Blick des Magiers schien durch Maras Haut hindurchzubrennen und das Innere ihrer Gedanken zu berühren. Das Gefühl von einem störenden Eingriff durchströmte sie wie eine Art Fieber oder der Schmerz beim Kontakt mit Feuer, und sie schreckte zurück und unterdrückte einen Schrei. Dann verschwand das Gefühl wieder und hinterließ nur Benommenheit. Sie bemühte sich, das Gleichgewicht zu behalten und aufrecht stehenzubleiben.

Als sich ihre Sinne wieder geklärt hatten, sprach der Magier hastig zum Tribunal. »Sie spricht die Wahrheit.« Sein Ton hatte jetzt beinahe etwas Singendes, was möglicherweise von der Überraschung herrührte. »Diese Tsurani weiß nichts von den Taten ihrer Ahnen! Wie ist das möglich?«

Mara betrachtete ihre angeschlagene Würde und antwortete für sich selbst. »Weil meine Art kein Schwarmbewußtsein besitzt, keine kollektive Erinnerung. Wir wissen nur, was wir im Laufe unseres Lebens selbst erfahren haben oder was uns von anderen beigebracht wurde. Bibliotheken bewahren unsere vergangene Geschichte, und das sind lediglich Berichte, den Verwüstungen der Zeit und den Begrenzungen ausgesetzt durch jene, die ihre Inhalte niedergeschrieben haben. Unsere Erinnerungen sind unvollständig. Wir haben kein ...« Sie intonierte das Klick-Klack, das die Königin auf ihrem Land benutzt hatte, wenn sie von dem Bewußtsein des Schwarms gesprochen hatte.

»Still, Tsurani!« Der Magier rollte seine riesigen Flügel wieder zusammen, während ein leichter Luftsog entstand und Lichtblitze wie aus dem Nichts zu kommen schienen. »Wir sind keine Kinder. Menschen haben kein Schwarmbewußtsein, das wissen wir. Das Konzept ist seltsam, es paßt nur schlecht zu unseren Gedankenprozessen. Wir verstehen, daß Ihr Büchereien und Lehrer einsetzt, um die Weisheit Eurer Nationen für nachfolgende Generationen zu erhalten.«

Mara ergriff den Augenblick, der ihr wie ein Moment der Neutralität erschien. »Jemand von Eurer Rasse erzählte mir einst, daß das Schwarmbewußtsein der Cho-ja bei der Königin ruht. Was eine Königin weiß, erfahren alle. Doch ich frage Euch, was geschieht, wenn eine Königin sterben muß, ohne eine Nachfolgerin zu haben? Was wird aus ihren Arbeitern und Männchen und all den Individuen, die die Gemeinschaft ihres Schwarms ausmachen?«

Der Magier klickte mit den Kauwerkzeugen. »Ihre Untertanen haben kein Schwarmbewußtsein«, räumte er ein. »Sollte ein

Unglück eine Königin töten, würden ihre Rirari, die gewählten Bruthelfer, die Überlebenden aus Gnade enthaupten, denn ohne Schwarmbewußtsein würden sie ziellos sein und sterben.« Der Magier erklärte dies ohne Schuldbewußtsein, denn das Konzept von Mord unterschied sich von dem eines Menschen.

»Also«, mutmaßte Mara kühn, »würden sie nicht auf Futtersuche gehen oder versuchen, sich selbst am Leben zu erhalten?«

»Das können sie nicht.« Metall blitzte auf, als der Magier eine scharfe Geste mit einem der Vordergliedmaßen machte. »Sie haben kein Ziel außer dem Schwarm. Ich bin nicht anders. Die Königin, die mich ausgebrütet hat, ist meine gesamte Führung. Ich bin ihre Augen, ihre Hände, wenn Ihr so wollt, und ihre Ohren. Ich bin ihr Instrument, selbst wenn dieses Tribunal ihr Arm oder ihr Urteil ist. Ein Teil von mir ist bewußt, und ich kann in Unabhängigkeit handeln, wenn es zum Nutzen des Schwarms ist, doch alles, was ich bin, alles, was ich weiß, bleibt beim Schwarm, wenn dieser Körper nicht mehr länger funktioniert.«

»Nun, ich erkläre hiermit, daß wir Menschen nicht so sind wie die Cho-ja. Wie auch Eure Königinnen haben wir unser eigenes Bewußtsein, unsere eigenen Ziele, unsere eigenen Überlebensmechanismen. Tötet unsere Herrscher und Lords, und wir werden mit unseren Angelegenheiten fortfahren. Laßt nur ein Kind leben, einen Mann oder eine Frau, und dieser Mensch wird bis zum Tod den eigenen Wünschen entsprechend weiterleben.«

Der Cho-ja-Magier schien verwirrt. »Wir haben seit Generationen die Überzeugung, daß der Schwarm der Tsurani krank ist, wenn er auf jedes einzelne Bewußtsein von Millionen eingehen muß. Erklärt es, wieso.«

»Das ist Individualität«, sagte Mara. »Ich habe der tsuranischen Nation nicht viel Wichtiges mitzuteilen als Einzelperson. Statt dessen wiederhole ich meine Bitte, von den Handlungen meiner Ahnen zu erfahren, die Euer Tribunal veranlaßten, mich ohne Anhörung zu verurteilen.«

Das an einen Schreiber erinnernde Wesen an der Seite des Magiers warf Mara einen Blick zu und sprach zum ersten Mal. »Es könnte bis zum Einbruch der Nacht dauern, und das bedeutet die gesamte Zeit, die Euch zur Verfügung steht.«

»Dann ist es so«, sagte Mara mit etwas festerer Stimme, seit sie zumindest in der Lage war, eine Unterhaltung mit diesen fremdartigen Cho-ja in Gang zu bringen. Von unmittelbarer Bedeutung waren jetzt die körperlichen Bedürfnisse, die ihr bisher verwehrt worden waren, und die Frage, wie lange sie sie noch unterdrücken mußte.

Doch die Cho-ja erwiesen sich als nicht gänzlich unsensibel. Der Schreiber des Magiers ergriff wieder das Wort. »Wir erfüllen Euch die Bitte und gewähren Euch alle Annehmlichkeiten, die Ihr zu Eurem Wohlergehen bis zur Stunde des Sonnenuntergangs benötigt.«

Mara neigte sich zum Dank, dann verbeugte sie sich. Als sie wieder aufstand, war der Magier verschwunden, ohne Geräusch, ohne Zeremonie, als hätte er sich in Luft aufgelöst. Der Schreiber war noch da; er dirigierte die herbeiströmenden unmarkierten Arbeiter, die den Auftrag hatten, sich um Maras Bedürfnisse zu kümmern.

Später, nachdem sie sich erfrischt und von einem üppigen Tablett mit Früchten, Brot und Käse gegessen hatte, machte Mara es sich auf schönen Kissen bequem, immer noch vor dem Tribunal. Sie erhielt die Hilfe eines Cho-ja-Redners, dessen Aufgabe es war, für sie jene Lücken in der Geschichte des Kaiserreiches zu füllen, die innerhalb seiner Grenzen zum verbotenen Wissen zählten.

Zufrieden über das Ende einiger Unbehaglichkeiten, winkte Mara dem Cho-ja zu, mit der Rede zu beginnen. Während der Nachmittag purpurrote Schatten durch mit Säulen versehene Fenster warf und der Himmel über der Kristallkuppel sich langsam dunkler färbte, nahm sie an einer Geschichte großen Kummers teil, einer Geschichte über von grauenhaften magischen Blitzen verbrannte Stöcke und Abertausende von Cho-ja, die unbarmherzig von den Riraris der hingemordeten Königinnen enthauptet wurden. Sie hörte von Greueltaten, von gestohlenen Eiern und Cho-ja-Magiern, die nutzlosen Qualen ausgesetzt wurden.

Die Cho-ja in jenen Zeiten waren auf die Realität eines Krieges mit magischen Mitteln schlecht vorbereitet. Sie benutzten Magie, um Wunder zu errichten, um die Natur mit der Schönheit intelligenter Kunstwerke anzubeten, um Glück und besseres Wetter zu bringen. In solch friedlichen Fähigkeiten hielten die insektenähnlichen Zauberer das gesammelte Wissen von Jahrhunderten, und die ältesten unter ihnen hatten Rückenpanzer, die von Millionen Beschwörungen spiralförmig gewunden und punktiert waren.

Hier wagte Mara eine Unterbrechung. »Heißt das, die Markierungen auf Euren Magiern sind Abzeichen von Erfahrungen?«

Der Redner neigte den Kopf. »In der Tat, Mylady. Im Laufe der Zeit werden sie zu so etwas. Jeder Bann, jede Beschwörung, die sie aussprechen, schreibt sich in Farben auf ihren Körpern ein, und je größer ihre Kräfte, desto komplexer sind die Muster.«

Der Redner fuhr fort zu betonen, daß die Cho-ja-Magier aus der Zeit der Goldenen Brücke keine Beschwörungen für kriegerische Gewalt besaßen. Sie konnten mit Hilfe der Magie Beschwörungen zum Schutz aussprechen, doch das war kein Widerstand gegen die aggressive Magie der Versammlung. Die Kriege der Magie waren keine Schlachten, sondern Massaker. Der Vertrag, der die Cho-ja des Kaiserreiches in die Unterwürfigkeit verbannte, war nur aus der Notwendigkeit zu überleben angenommen worden.

»Die Bedingungen sind hart«, endete der Redner mit einem Ton, der Bedauern hätte sein können. »Innerhalb Tsuranuannis dürfen keine Magier ausgebrütet werden. Den Cho-ja ist es verboten, die Markierungen zu tragen, die Alter oder Rang anzeigen; sie müssen als Erwachsene Schwarz tragen, so wie Euren tsuranischen Sklaven nur graue Kleidung zugestanden wird. Der Handel mit den Cho-ja außerhalb Eurer Grenzen ist nicht erlaubt, der Austausch von Informationen, Nachrichten oder Überlieferungen der Magie ausdrücklich verboten. Es ist unser Verdacht, wenn nicht die traurige Wahrheit, daß alle Berichte und Informationen über Cho-ja-Magie aus dem Bewußtsein der Schwärme entfernt wurden. Würden alle Tsuranis sterben und die Anordnungen der Versammlung überflüssig werden, besteht nur eine zweifelhafte Chance, daß eine im Kaiserreich ausgebrütete Königin noch ein Ei produzieren könnte, um einen Magier auszubrüten. Unsere stolzen Artgenossen sind zu Arbeitstieren gemacht und unter die Erde verbannt worden, und ihre Kunst der Beschwörungen ist für immer verloren.«

Der Himmel jenseits der Wölbung hatte sich mittlerweile bis zur Dämmerung verdunkelt. Das Tribunal, das bis jetzt in absoluter Reglosigkeit verharrt hatte, erhob sich nun, während der Redner auf ein unausgesprochenes Signal hin schwieg. Ein Cho-ja-Wächter hinter Mara stieß sie aus den Kissen, und der Schreiber das Magiers neigte seinen Kopf in einer Weise, die Bedauern ausdrückte. «Lady, Eure Zeit des Testaments ist vorüber und der Augenblick gekommen, Euch das Urteil zu verkünden. Wenn Ihr noch eine letzte Bitte habt, solltet Ihr sie jetzt äußern.«

»Eine letzte Bitte?« Der Wein und die süßen Früchte hatten Maras Wahrnehmung ein wenig benommen gemacht, und die Vertrautheit, die sie mit dem Redner während des Nachmittags verbunden hatte, machte sie kühn. »Was meint Ihr damit?«

Der Schreiber des Magiers verlagerte sein Gewicht und schwieg beharrlich. Der Größte von den Cho-ja des Tribunals beantwortete ihre Frage. »Euer Urteil, Lady Mara von Tsuranuanni. Wenn Euer Testament vorüber ist, wird offiziell verkündet, daß Ihr morgen bei Tagesanbruch hingerichtet werdet.«

»Hingerichtet!« Ein Adrenalinstoß fuhr durch Maras Körper, und Furcht ließ ihre Schultern in die Höhe schnellen. Zorn glühte in ihren Augen. Sie wischte die Regeln des Protokolls beiseite. »Was seid Ihr, wenn nicht Barbaren, daß Ihr eine Gesandte ungehört verurteilt?« Die Mitglieder des Tribunals zuckten zusammen, und der Wächter machte eine aggressive Vorwärtsbewegung, doch Mara war bereits benommen vor Angst und kümmerte sich nicht darum. »Es war eine Königin von Eurer Art, die mich herschickte, um mit Euch zu verhandeln. Sie barg die Hoffnung für jene Cho-ja, die jetzt eine gefangene Nation in den Grenzen des Kaiserreiches sind, und sie sah in mir die Chance, die Untaten der Vergangenheit zu korrigieren. Ihr richtet mich ungehört hin, obwohl ich die Gegnerin der Versammlung bin und herkam, um Euch um Hilfe gegen ihre Tyrannei zu bitten?«

Das Tribunal betrachtete sie aus identischen Paaren edelsteinharter, unbeweglicher Augen. »Lady«, rief ihr Sprecher, »teilt Eure letzte Bitte mit, sofern Ihr eine habt.«

Mara schloß die Augen. Sollten alle ihre Bemühungen hier enden, zusammen mit ihrem Leben? War sie die Gute Dienerin des Kaiserreichs geworden, die Frau eines guten Lords, Herrscherin der Acoma und Beraterin des Kaisers, nur um voller Scham auf fremdem Boden zu sterben? Sie unterdrückte ein kräftiges Zittern und unterließ es, sich mit den Händen den Angstschweiß von der Stirn zu wischen. Sie besaß nichts mehr in diesem Augenblick als die Würde ihres Volkes. An ihre Ehre glaubte sie schon längst nicht mehr, nachdem sie gehört hatte, was ihre Ahnen auf dem Schlachtfeld gegen eine friedvolle Zivilisation angerichtet hatten. Und so klang ihre Stimme merkwürdig, als sie meinte: »Hier ist meine letzte Bitte: daß Ihr dies hier an Euch nehmt.« Sie hielt den magischen Gegenstand hoch, den Gittania ihr gegeben hatte und der ihre Aussage gegenüber diesen feindseligen Cho-ja unterstützen sollte. Sie zwang sich fortzufahren: »Ich bitte Euch, diesen Bericht zu nehmen und ihn zusammen mit den Einzelheiten meiner Hinrichtung in Euer Schwarmgedächtnis aufzunehmen, damit alle von Eurer Art wissen werden, daß die Menschen nicht die einzigen sind, die Grausamkeiten begehen. Wenn mein Ehemann und meine Kinder, wenn meine Familie, die als mein Schwarm dient, mich als Vergeltung für den Vertrag der Versammlung verlieren muß, dann müssen zumindest meine innersten Absichten im Gedächtnis des Schwarms meiner Mörder überleben.«

Ein lautes Summen antwortete ihr. Mara überließ sich jetzt gefährlicher, eisiger Entschlußkraft. »Dies ist meine letzte Bitte! Ehrt sie als meinen Todeswunsch, oder mögen die Götter Eure Rasse bis ans Ende der Zeit dafür verfluchen, daß Ihr die gleichen Ungerechtigkeiten begeht, die Ihr uns vorwerft!«

»Ruhe!« Der Befehl erschütterte den Raum und hallte von der Kristallkugel mit einer Kraft wider, die ausreichte, um zu betäuben. Mara wand sich allein unter dem schieren Gewicht des Tons und brauchte einen Augenblick, um zu begreifen, daß der Befehl nicht von jemandem aus dem Tribunal erschollen war, sondern von einem Cho-ja-Magier, der sich aus dem Nichts in der Kammer materialisiert hatte. Seine Flügel waren weit ausgebreitet und die Markierungen komplex genug, um den Blick darin zu verlieren. Er stapfte auf Mara zu, mit harten, türkisfarbenen Augen, kalt wie das Eis, das die entfernten Berge bedeckte. Als er vor Mara stehenblieb, hatte seine Haltung etwas Bedrohliches.

»Gebt mir den Gegenstand«, verlangte er.

Mara reichte ihm das Objekt, fest davon überzeugt, daß sie nichts anderes hätte tun können, selbst wenn sie es gewollt hätte. Es war etwas Magisches im Ton des Cho-ja, dem sie nicht widerstehen konnte.

Der Cho-ja-Magier nahm den Gegenstand auf, beinahe ohne ihre Haut zu berühren. Dann wurde Mara von einem blendenden Blitz überrascht. Licht umhüllte sie, dicht und unerbittlich wie ein Ersticken, und als ihre Sinne sich vom Schock der Beschwörung wieder erholten, war die Kuppelhalle des Tribunals verschwunden, weggewischt, als hätte sie niemals existiert. Sie fand sich in der sechseckigen Zelle wieder, fensterlos und ohne Türen wie zuvor, doch jetzt war der Steinboden mit farbigen Kissen und zwei Schlafmatratzen in tsuranischem Stil ausgelegt. Auf der einen hockte Lujan, den Kopf in die Hände gestützt, das Gesicht voller Verzweiflung.

Bei der Ankunft seiner Lady sprang er auf und verneigte sich mit der Ehrerbietung eines Kriegers. Seine Haltung war korrekt bis ins letzte Detail, und doch lag Hoffnungslosigkeit in seinen Augen.

»Ihr habt gehört, was mit uns geschehen wird?« wollte er von Mara wissen. Seine Stimme klang so scharf wie ein Peitschenhieb.

Die Lady nickte, zu entmutigt zum Sprechen und unwillig zu glauben, daß sie diesen weiten Weg hinter sich gebracht hatte, um in Bausch und Bogen einem ungerechten Schicksal übergeben zu werden.

»Haben sie Euch nach dem letzten Wunsch gefragt, bevor sie Euer Urteil verlasen?« fragte Lujan.

Benommen nickte sie; und zwischen Hilflosigkeit und Trauer dachte sie an einen bestimmten Punkt, der ihr etwas Trost verschaffte: Die Cho-ja von Chakaha hatten ihr Urteil nicht verlesen. Irgendwie hatten der Gegenstand und die Unterbrechung durch die Rückkehr des Cho-ja-Magiers die formalen Vorgänge gestört.

Sie sperrte sich dagegen, in diese kleine Ungereimtheit Hoffnung zu legen, und so begann sie eine Unterhaltung. »Worum habt Ihr gebeten, als letzte Bitte?«

Lujan grinste sie ironisch an. Als wäre alles in Ordnung, bot er Mara seine Hand und half ihr, es sich auf den Kissen bequem zu machen. »Ich habe nicht gefragt«, räumte er ein. »Ich habe verlangt. Als das Recht eines Kriegers, wenn er vom Staat für

Verbrechen verurteilt wird, die sein Herr begangen hat, forderte ich den Tod im Zweikampf.«

Mara wölbte die Brauen; sie war zu ernüchtert, um erheitert zu sein, doch sie griff stürmisch die Bedeutung dieser Entwicklung auf. Das Recht auf Tod im Kampf war ein tsuranischer Brauch. Warum sollten die Chakaha-Cho-ja eine solche Tradition ehren? »Hat das Tribunal Euch diesen Wunsch zugestanden?«

Lujans schiefes Grinsen verriet die Antwort, bevor er etwas sagen konnte. »Zumindest erhielt ich die Gelegenheit, an etwas Chitin zu kratzen, bevor sie meinen Kopf kriegen.«

Mara unterdrückte ein unangebrachtes hysterisches Kichern. »Wen haben die Cho-ja als ihren Kämpfer ausgewählt?«

Lujan zuckte mit den Schultern. »Spielt das eine Rolle? Ihre Krieger sehen alle gleich aus, und das Schwarmbewußtsein sorgt ganz sicher dafür, daß sie alle die gleichen Fähigkeiten besitzen. Die einzige Befriedigung, die ich habe, ist, daß ich im Kampf in Stücke gerissen werde, bevor ihr Oberhaupt mir die Kehle durchschneiden kann.« Er lachte bitter. »Früher einmal hätte ich einen solchen Tod in Eurem Dienst als die Ehre eines Kriegers angesehen, und die Päane, die mich am Eingang zu Turakamus Hallen begrüßt hätten, wären die einzige Anerkennung gewesen, die ich mir gewünscht hätte.« Er schwieg, wie in tiefe Gedanken versunken.

Mara wagte, für ihn die Schlußfolgerung daraus zu ziehen. »Doch Euer Konzept von Ehre hat sich gewandelt. Jetzt erscheint der Tod eines Kriegers bedeutungslos neben den Möglichkeiten, die das Leben bietet.«

Lujan warf seiner Lady einen gequälten Blick zu. »Ich hätte es niemals so treffend sagen können, aber es stimmt. Kevin von Zun öffnete mir die Augen, was sowohl die Prinzipien wie auch die Sehnsüchte angeht, die die Lebensweise der Tsuranis niemals beantworten kann. Ich habe gesehen, wie Ihr es gewagt habt, den

Weg unserer gesamten Kultur zu ändern, was ein anderer Herrscher aus Angst, sich vor seinen Kameraden lächerlich zu machen, niemals getan hätte. Wir haben uns verändert, Lady, und das Kaiserreich steht mit uns kurz vor dem Wandel.« Er blickte sich um, als wolle er das bißchen Leben abschätzen und genießen, das ihm noch blieb. »Ich sorge mich nicht um mein eigenes Leben; wer würde mir hinterhertrauern, der nicht selbst in den Tod geht, wenn wir versagen?« Er schüttelte den Kopf. »Es ist die Enttäuschung darüber, eine Gelegenheit zu verlieren, irgendwie ... das weiterzugeben, was wir gelernt haben, damit diese Einsichten nicht mit uns untergehen.«

Mara sprach beharrlich, um ihre eigene Furcht zu verbergen. »Hokanu wird zurückbleiben und unsere Kinder, um nach uns weiterzumachen. Sie werden irgendwie selbst herausfinden, was wir erkannt haben, und einen Weg finden, etwas zu tun, ohne in diese Cho-ja-Falle zu tappen.« Sie seufzte tief und blickte ihren alten Kameraden an. »Mein größtes Bedauern ist merkwürdigerweise das einer verheirateten Frau. Es tut mir unendlich leid, daß ich nicht zurückkehren kann, um Frieden mit Hokanu zu schließen. Er war früher immer eine Seele an Einfühlungsvermögen und Vernunft: Irgend etwas Wichtiges muß sein Verhalten gegenüber Kasuma veranlaßt haben. Ich fürchte, ich habe ihn ungerecht behandelt, indem ich ihn eines Vorurteils bezichtigte, das sein Wesen eigentlich nicht zuläßt. Jetzt ist es zu spät. Ich muß sterben, ohne die Frage gestellt zu haben, die unser Verständnis wieder herstellen könnte. Ich hätte leicht noch einen Jungen bekommen können, also warum hat Hokanu so betrübt darauf reagiert, daß seine Erstgeborene eine Tochter ist?«

Ihre Augen blickten Lujan flehentlich an. »Kommandeur, Ihr seid ein Mann, der die Spiele zwischen den Geschlechtern versteht, zumindest sagt das der Küchentratsch. Die Küchenjungen erzählen unermüdlich von den Dienerinnen und Damen der Ried-Welt, die sich nach Eurer Gesellschaft sehnen.« Sie lächelte ihn ironisch an. »Tatsächlich gibt es ganze Scharen solcher Frauen, wenn man ihnen glauben soll. Wie kommt es, daß ein so kluger, weiser Mann wie Hokanu nicht erfreut ist über die Geburt einer gesunden und vollkommenen Tochter?«

Lujans Haltung wurde weicher, und Mitleid schien sich auszubreiten. »Lady, hat Hokanu es Euch niemals gesagt?«

»Was gesagt?« fragte Mara scharf. »Ich ging hart mit ihm um und war ziemlich unverblümt. Ich habe so tief geglaubt, daß sein Verhalten falsch war, daß ich ihn fortgetrieben habe. Doch jetzt bedauere ich meine Hartherzigkeit. Vielleicht lernte ich von Kamlio, besser zuzuhören. Denn ähnlich wie diese Cho-ja hier verdammte ich meinen Mann, ohne ihn jemals wirklich zu fragen, was er meinte.«

Lujan schaute sie einen Augenblick an. Dann, als hätte er eine Entscheidung getroffen, verbeugte er sich auf den Knien vor ihr. »Die Götter mögen mir vergeben«, murmelte er leise, »es ist nicht mein Recht, das Vertrauen zwischen einem Lord und seiner Frau zu zerstören. Doch morgen werden wir sterben, und ich bin immer Euer treuer Offizier gewesen. Lady Mara, ich möchte nicht, daß Ihr Euer Leben beendet, ohne das zu begreifen, was Ihr verstehen möchtet. Hokanu war von tiefer Trauer erfüllt, aber er hätte Euch niemals die Ursache mitgeteilt, selbst wenn Ihr zurückgekehrt wärt und darum gebeten hättet. Doch ich weiß, welcher Kummer ihn belastete. Ich war in dem Zimmer, als der Heiler von Hantukama Eurem Mann das erzählte, was er in seiner Güte schwor, Euch niemals mitzuteilen. Nach der Vergiftung durch den Tong, die zum Tod Eures ungeborenen Kindes führte, solltet Ihr niemals wieder ein Kind gebären können. Kasuma war Eure letzte Schwangerschaft. Hokanu behielt dieses Geheimnis für sich, weil er Euch die Hoffnung auf ein weiteres Kind erhalten wollte. Seine Tochter ist eine Freude für ihn, zweifelt nicht daran, und auch seine geweihte Erbin für die Shinzawai. Doch er weiß, und das macht ihn traurig, daß Ihr ihm niemals den Sohn schenken könnt, nach dem er sich tief in seinem Herzen sehnt.«

Mara war verblüfft. Ihre Stimme klang dünn. »Ich bin unfruchtbar? Und er wußte es?« Die ganze Bedeutung von Hokanus mutigem Entschluß prallte mit voller Wucht auf sie. Er war mutterlos aufgewachsen, und sein leiblicher Vater war durch die Versammlung der Magier von ihm genommen worden; Hokanus ganze Welt war die einer männlichen Kameradschaft gewesen, mit seinem Onkel, der sein Stiefvater wurde, und seinem Cousin, der sein Bruder war. Darin lag die Wurzel für die Sehnsucht nach einem Sohn.

Doch er war auch ein Mann mit seltenem Einfühlungsvermögen, der die Gesellschaft intellektueller Geister schätzte; während ein anderer Lord mit weniger Herz sich Kurtisanen als von den Göttern gegebenes männliches Recht genommen hätte, hatte Hokanu sie wegen ihres Verstandes geliebt. Sein Bedürfnis nach einer gleichberechtigten Partnerschaft war Realität geworden in der Heirat mit einer Frau, mit der er seine innersten Gedanken teilen konnte. Er verschmähte den Gebrauch von Konkubinen, die Gesellschaft von Frauen der Ried-Welt, die Vergnügungen, die er mit gekauften Geschöpfen wie Kamlio hätte finden können.

Jetzt verstand Mara, daß er vor einer Wahl gestanden hatte, die ihm abscheulich vorgekommen sein mußte: Entweder er nahm eine andere Frau in sein Bett, eine, die ihm nichts weiter bedeutete, als daß sie empfangen und gebären konnte, oder er verzichtete auf einen Sohn – und damit auf die Brüderlichkeit, die ihn mit seinem Stiefvater verbunden hatte, mit seinem Bruder und Justin, den er Mara zur Sicherung des Fortbestands der Acoma zurückgegeben hatte.

»Bei den Göttern ...« Mara weinte beinahe. »Wie hartherzig ich gewesen bin!«

Sofort war Lujan bei ihr und legte seinen Arm um ihre Schulter. Mara ließ sich gegen ihn sinken. »Lady«, murmelte er in ihr Ohr, »es mangelt Euch ganz sicher nicht an Einfühlungsvermögen. Hokanu versteht, weshalb Ihr so reagiert habt.«

Lujan hielt sie, wie ein Bruder es getan hätte, in anspruchsloser Kameradschaft, während sie alle Einzelheiten vor ihrem geistigen Auge vorbeiziehen ließ, bis zu dem teils schmerzhaften, teils hoffnungslosen Schluß, daß wenn sie hier starb, ihr geliebter Hokanu Kasuma als Erbin hätte und die Freiheit, eine andere Frau zu nehmen, die ihm den ersehnten Sohn gebären konnte. Mara klammerte sich an diesen Gedanken. Schließlich, um ihrem eigenen Kummer zu entgehen, sagte sie: »Was ist mit Euch, Lujan? Sicher denkt Ihr nicht ohne Bedauern daran, aus diesem Leben zu scheiden?«

Lujans Finger strichen mit einer rauhen Zärtlichkeit über ihre Schulter. »Es gibt etwas, das ich bedauere.«

Mara drehte ihren Kopf und sah, daß er das gewebte Muster der Kissen zu studieren schien. Sie drängte ihn nicht, ihr seine Geheimnisse anzuvertrauen, und nach einer Weile zuckte er ironisch mit den Schultern.

»Lady, es ist seltsam, wie das Leben uns auf unsere Torheiten aufmerksam macht. Ich habe immer die Gunstbezeugungen vieler Frauen genossen, ohne jemals den Wunsch zu haben, zu heiraten und mit einer zufrieden zu sein.« Lujan starrte geradeaus, etwas befangen, doch nicht verlegen, da der Anbruch des nächsten Tages das Ende seines Lebens, das Ende seiner Träume bedeuten würde. Die Nähe seiner Begegnung mit Turakamu verlieh ihnen beiden den Trost der Ehrlichkeit. »Immer habe ich mir gesagt, daß meine unstete Art die Folge meiner Bewunderung für Euch wäre.« Seine Augen blitzten aufrichtig bei diesen Worten. »Lady, Ihr habt viel, was ein Mann schätzen kann, und eine Stärke, gegenüber der andere Frauen ... wenn nicht ganz ohne Statur, dann doch zumindest sehr viel geringer erscheinen.« Er machte eine Handbewegung wegen der Unbeholfenheit seiner

Worte. »Lady, unsere Reise nach Thuril hat mich belehrt, daß ich mich zu gut kenne, um mich damit zu beruhigen.«

Mara wölbte die Brauen. »Lujan, Ihr seid niemals weniger gewesen als ein vorbildlicher Krieger. Keyoke überwand sein Mißtrauen gegenüber den Grauen Kriegern, um Euch vor allen anderen als Nachfolger für seinen früheren Posten als Kommandeur auszuwählen. In diesen letzten Jahren habt Ihr sicherlich einen ebenso festen Platz in seinem Herzen eingenommen wie Papewaio früher.«

»Nun, das ist der Tribut.« Lujans Lippen verzogen sich zu einem Lächeln, wurden dann härter. »Doch ich war alles andere als ehrlich mir selbst gegenüber, jetzt, da mein Geist sich der Abrechnung nähert. Heute nacht tut es mir leid, daß ich niemals eine Frau gefunden habe, mit der ich Herd und Heim teile.«

Mara betrachtete den geneigten Kopf ihres Kommandeurs. Sie begriff, daß Lujan den Wunsch hatte, sich auf eine bestimmte Weise etwas von der Seele zu reden, und meinte sanft: »Was hielt Euch davon ab, eine Familie zu gründen und Kinder aufzuziehen?«

»Ich habe meinen Herrn, den Lord der Tuscai, überlebt«, gestand er mit zugeschnürter Kehle. »Das Elend eines Grauen Kriegers ist unbeschreiblich, denn sein Leben liegt außerhalb der Gesellschaft. Ich war ein junger Mann, stark und geschickt mit den Waffen. Und doch gab es Augenblicke, in denen ich beinahe nicht überlebt hätte. Wie wäre es einem Kind oder einer Frau gegangen, wenn sie plötzlich ohne Haus dagestanden wären? Ich habe die Frauen und Kinder meiner Kameraden gesehen, die als Sklaven fortgetrieben wurden, um für immer das Grau zu tragen und einem Herrn zu gehorchen, der sich wenig um ihr Wohlergehen kümmerte.« Lujans Stimme wurde beinahe zu einem Flüstern. »Ich erkenne jetzt, daß ich Angst hatte, daß diese Kinder eines Tages meine Kinder sein würden und meine Frau von einem anderen Mann nach Belieben benutzt würde.«

Jetzt blickte Lujan seine Herrin direkt an. Es lag etwas Niederschmetterndes in seinen Augen und seiner Stimme, als er fortfuhr: »Wieviel einfacher war es da, Euch aus der Ferne zu bewundern, Lady, und Euer Leben mit meinem eigenen zu beschützen, als das Risiko eines Alptraums einzugehen, der mich selbst heute noch schweißnaß aus dem Schlaf reißt.«

Mara berührte seine angespannten Hände und streichelte sie, bis sie sich etwas lockerten. »Weder Ihr noch irgendein ungeborenes Kind von Euch wird in dieser Runde des Rads ohne Haus sein«, sagte sie weich. »Denn ich bezweifle sehr, daß wir diesem Gefängnis lebend entkommen werden.«

Jetzt lächelte Lujan, und eine fremdartige Gelassenheit lag in seiner Haltung, die Mara niemals zuvor gesehen hatte. »Es war mein Stolz, Euch zu dienen, Lady Mara. Doch wenn wir den morgigen Tag überleben, bitte ich Euch um einen Gefallen: daß Ihr mir befehlt, eine Frau zu finden und zu heiraten! Denn ich glaube, angesichts der Euch feindlich gesinnten Versammlung werden sich solche Schwierigkeiten wie diese hier allzu leicht wiederholen, und wenn ich im Dienst an Euch sterben sollte, ziehe ich es vor, dem Todesgott nicht noch einmal mit demselben Bedauern entgegenzutreten.«

Mara betrachtete ihn und lächelte ihn voll tiefer Sympathie an. »Lujan, so wie ich Euch kenne, glaube ich nicht, daß ich Euch befehlen muß, was Euer Herz Euch deutlich sagt. Doch erst einmal müssen wir sehen, daß wir den Tagesanbruch überstehen.« Sie schlang die Arme um sich, als wollte sie sich vor Kälte schützen. »Wir müssen schlafen, tapferer Lujan. Denn der morgige Tag wird kommen.«

Sechs

Der Kampf

Es war unmöglich, Schlaf zu finden.

Seit Mara mit Lujan erstaunlich persönliche Dinge ausgetauscht hatte, empfand sie nicht mehr den Drang, sich zu unterhalten. Der Kommandeur der Acoma hatte keine Anstalten gemacht zu schlafen und hockte mit gekreuzten Beinen auf seiner Matratze. Die Cho-ja hatten seine Rüstung zusammen mit dem Schwert beschlagnahmt. Jetzt, da ihm nur das wattierte Untergewand geblieben war, das seine Haut vor dem Wundscheuern bewahren sollte, wirkte er beinahe nackt und verletzlich. Schlachtwunden, die gewöhnlich durch das Gewand verdeckt waren, wurden jetzt sichtbar, und obwohl er ein ebenso gewissenhafter Offizier war wie alle anderen tsuranischen, hatte er sein letztes Bad in einer eisigen Flußströmung genommen, als er die Spötteleien der Thuril über sich ergehen lassen mußte. Seine Kleidung war grau vor Schmutz, und die Haare standen vom langen Tragen des Helms wirr und in Wirbeln vom Kopf ab. Trotz seines muskulösen Körperbaus wirkte er ohne die Rangabzeichen und den Federbusch klein.

Mara schaute ihn an, und sie war gezwungen, seine menschliche Seite zu erkennen, seine Männlichkeit, die niemals Vaterschaft kennen würde, den ungewöhnlich zärtlichen Trost, den er mit Händen spendete, die mehr an den Griff eines Schwertes gewohnt waren. Als betrachte er sein bevorstehendes Schicksal mit großer Gelassenheit, meditierte er friedvoll; er zwang mit Hilfe seiner Disziplin als Soldat seine Sorgen beiseite, um sich gegen die Anforderungen des Kampfes zu wappnen.

Trotz der Ausbildung und Übungen des Bewußtseins, die Mara im Tempel Lashimas genossen hatte, fand sie keinen solchen Trost. Dieses Mal lag keine Beruhigung in den Ritualen; wenn sie nicht Bedauern für die geliebten Menschen zu Hause empfand, die verloren waren, dann Wut über ein ungerechtes Schicksal, das sie dazu verdammte, in ihrem Versuch zu scheitern, all jene zu beschützen, die noch lebten. Sosehr sie sich auch bemühte, es gelang ihr nicht, ihre Gedanken auch nur ansatzweise zu beruhigen.

Die Schmach, ohne eine Möglichkeit, mit ihren Wächtern Kontakt aufzunehmen, eingekerkert zu sein, ärgerte sie maßlos. Der magische Raum hielt die Verurteilten wirkungsvoll von allen anderen Lebewesen fern. Wütend fragte sich Mara, ob wenigstens die Götter ein Gebet an einem solchen Ort vornehmen könnten. Und ohne Fenster, ohne Geräusche von außen, schleppten sich die Minuten mühsam dahin. Dunkelheit wäre eine gesegnete Veränderung gewesen, doch die Cho-ja-Kugel war immer da, und ihr Licht schien grell und beharrlich.

Die Morgendämmerung würde kommen, unausweichlich.

Und doch war Mara, als der Morgen dann eintraf, bei aller Qual des Wartens, unvorbereitet. Ihre Gedanken rasten im Kreis, wiederholten unaufhörlich Ereignisse und fragten, ob diese oder jene Entscheidung, wenn anders gefällt, ihnen die Allianz und Freiheit beschert hätte. Ihre nutzlosen Überlegungen verursachten ihr Kopfschmerzen. Als das blitzende magische Licht zu wirbeln begann, mit dem sich die Auflösung ihres Gefängnisses ankündigte, fühlte sich Mara müde und niedergeschlagen. Zwei Cho-ja-Wachen traten auf sie zu, um sie in ihren Gewahrsam zu nehmen. Mara besaß noch genug Geistesgegenwart, sich zu erheben und auf Lujan zuzugehen, der bereits stand und wartete.

Sie nahm seine trockenen Hände in ihre feuchten. Dann betrachtete sie sein ausdrucksloses Gesicht und sprach die rituellen

Worte: »Krieger, Ihr habt in höchster Ehre gedient. Ihr habt die Erlaubnis Eurer Herrin, den Tod zu wählen, den Ihr wünscht. Kämpft gut. Kämpft tapfer. Tretet singend in die Hallen Turakamus.«

Lujan verbeugte sich tief. Seine Höflichkeit schien die Geduld ihrer Wärter zu strapazieren, denn sie zogen ihn hoch. Auch Mara wurde gepackt und geschoben, wie ein Hirte wohl seine Needra zum Schlachthof führt. Sie verlor Lujan aus den Augen, als sich die Körper der Cho-ja-Krieger um sie schlossen. Sie gaben ihr nicht die Möglichkeit zu protestieren, sondern führten sie durch das Gewirr von Gängen, das für die Stadt Chakaha charakteristisch war.

Sie reckte ihr Kinn, obwohl Stolz jetzt keine Bedeutung mehr zu haben schien. Die Cho-ja dieses Landes ließen sich nicht durch Ehre beeindrucken oder durch Mut, und sie kümmerten sich auch nicht um menschliche Würde. Mara nahm an, daß sie schon sehr bald die Geister ihrer Ahnen begrüßen würde; doch nicht so, wie sie immer erwartet hatte. Hier und jetzt schienen sogar die größten ihrer tsuranischen Errungenschaften, selbst der glänzende Titel der Guten Dienerin des Kaiserreiches, leer und hohl. Jetzt hätte sie gern alles eingetauscht gegen einen letzten Blick auf ihre Kinder oder eine zärtliche Umarmung ihres Mannes.

Kevin hatte noch weit mehr recht gehabt, als sie immer geglaubt hatte. Ehre war nur ein glorifizierendes Wort für Leere und kein wirklicher Ersatz für das Versprechen fortdauernden Lebens. Warum hatte es bis jetzt gedauert, daß sie so völlig begriffen hatte, was den Widerstand der Versammlung verursachte? Und wenn Hilfe dabei, ihren festen Griff auf Tsuranuanni zu zerbrechen, nicht hier gefunden werden konnte und diese thurilischen Cho-ja keine Allianz mit ihnen eingehen würden – wo konnte Hokanu dann nach weiteren Quellen suchen, um die Tyrannei zu beenden, die die Magier so rigoros aufrechterhielten? Wenn es Antworten darauf gab, würden sie ein Geheimnis bleiben. Die Cho-ja-Wachen waren so gleichgültig, als wären sie aus Stein. Sie gingen rasch durch die Gänge und über zwei Stege, die wie Glas glänzten. Mara betrachtete den klaren Himmel, der niemals so grün und frisch gewesen war wie jetzt. Sie roch den Duft der fruchtbaren Erde und des Dschungelgrüns, das von dem Parfum der Tropenblumen begleitet wurde; und in der Brise nahm sie den Geruch von Eis war, der mit dem Wind von den Berggipfeln herbeigeweht wurde. Sie sog diese Freuden des Lebens tief in sich ein und auch die Schönheit, die in Chakahas filigranem Muster aus Türmen lag. Sie ging weiter, umgeben von farbigen Lichtpfeilen, die von Sonnenstrahlen verursacht wurden, die durch die Türmchen schienen, und ihr Mut sank angesichts des sinnlosen Endes, das ihnen bevorstand, des Verlustes aller Hoffnung, dem Ende aller Träume.

Viel zu schnell geleiteten die Cho-ja-Wachen sie in die lichtdurchlässige purpurfarbene Kuppel, wo das Tribunal am Tag zuvor über sie geurteilt hatte. Jetzt waren keine anderen zugegen, nicht einmal Schreiber. Nur ein spindeldürrer Cho-ja-Magier befand sich in dem Raum. Er stand in einer gewölbten Nische. Auf dem Marmorboden vor seinen Füßen war eine Linie in Scharlachrot, die einen perfekten Kreis beschrieb.

Mara erkannte seine Bedeutung. Er hatte einen Durchmesser von zwölf Schritten und ein einfaches Symbol in östlicher und westlicher Richtung, wo die beiden Krieger sich gegenüber aufstellen würden. Es war der Todeskreis, der vor unvorstellbaren Zeiten auch im Kaiserreich gezogen worden war. Hier würden zwei Krieger kämpfen, bis einer sein Leben im Laufe jener alten, rituellen Herausforderung verlor, die Lujan an Stelle einer ehrlosen Hinrichtung gewählt hatte.

Mara biß sich auf die Lippe, um eine unschickliche Besorgnis zu unterdrücken. Einst hatte sie dem rituellen Selbstmord ihres Ehemannes mit weniger Beklommenheit zugesehen. Damals hatte sie die Verschwendung eines jungen Mannes bedauert, dessen Vernachlässigung durch seine eigene Familie ihn für ihre Ausbeutung anbot. Es war der erste Augenblick gewesen, in dem sich das Spiel des Rates weniger als ein starrer Ehrenkodex entpuppte als vielmehr als die Möglichkeit zum Ausbeuten der Schwächen anderer Menschen. Jetzt schien selbst die Ehre ohne Bedeutung zu sein.

Mara sah Lujan an, der zwischen den Cho-ja-Wachen auf der anderen Seite stand. Sie kannte ihn gut genug, um in seiner Haltung lesen zu können, und sie begriff mit einem schrecklichen Stich, daß für den menschlichen Krieger, der gleich seine Waffen aufnehmen würde, um zu sterben, die Glaubenssätze, mit denen er erzogen worden war, keine Gültigkeit mehr besaßen. Er schätzte die Achtung, die er in den Hallen des Roten Gottes bekommen würde, weit geringer ein als die verlorene Möglichkeit, zu heiraten und Kinder aufzuziehen.

Für Mara war Lujans Herausforderung zum Kampf eine tragische und bedeutungslose Geste. Die Ehre, die er seinem Schatten damit gewinnen konnte, war wie das Narrengold, das die midkemischen Betrüger arglosen Kaufleuten andrehten. Und doch würde die Scharade bis zu ihrem nutzlosen Ende durchgespielt werden.

Lujan war sowohl mehr als auch weniger der Graue Krieger, den sie aus der hauslosen Vergessenheit in den Bergen gerettet hatte. Schuld wegen ihrer eigenen Verantwortung an dieser Veränderung schnürte ihr die Kehle zu. Sie konnte nur schwer atmen und noch weniger das ausdruckslose Gesicht aufrechterhalten, das einer edlen tsuranischen Lady in der Öffentlichkeit angemessen war.

Der Cho-ja-Magier winkte mit einem Vorderglied, und ein Wärter eilte mit Lujans beschlagnahmten Waffen und der schlichten, unverzierten Rüstung, die er nach Thuril mitgenommen hatte, herbei. Nicht ohne Respekt hockte sich der Cho-ja hin und legte die Sachen vor den Füßen des Kriegers nieder.

»Unser Schwarm hat kein Wissen darüber, wie dieser Schutz angelegt wird«, meinte der Cho-ja-Magier, was Mara als eine Entschuldigung dafür interpretierte, daß der Arbeiter Lujan nicht die entsprechende Höflichkeit zukommen lassen und ihm beim Anziehen helfen konnte.

Aus einem plötzlichen Impuls trat sie vor. »Ich werde meinem Kommandeur helfen.«

Ihre Worte hallten in der Kuppel wider. Doch anders als in einer Versammlung von Menschen wandte keiner der anwesenden Cho-ja seinen Kopf. Nur der Magier zuckte mit einem Vorderglied und erteilte Mara damit die Erlaubnis, zu Lujan zu gehen. Sie bückte sich und nahm einen von den Armschonern vom Boden auf, dann warf sie einen kurzen Blick in sein Gesicht. An der gewölbten Braue erkannte sie, daß ihre Geste ihn überraschte, aber insgeheim auch freute. Sie lächelte ihn verstohlen an, dann bückte sie sich leicht, um das erste Teil festzubinden. Sie sagte kein Wort. Er würde an ihrer beispiellosen Handlung erkennen, wie sehr sie ihn schätzte.

Und tatsächlich war ihr der Umgang mit einer Rüstung nicht unbekannt. Sie hatte Hokanus Schwert häufig gegürtet und davor das von Lord Buntokapi; als Kind hatte sie mit ihrem Bruder Lanokota Erwachsene gespielt, als er mit seinem Holzschwert mit Keyoke geübt hatte.

Lujan versicherte ihr mit einem Nicken, daß die Schnüre richtig saßen – fest genug, daß sie hielten, aber nicht so stark, daß sie seine Bewegungen einschränkten. Sie beendete die Prozedur mit dem schweren laminierten Schwert, das mehr als einmal Feinde vor ihrer Tür aufgehalten hatte. Als sie die letzte Schnalle des Schwertgürtels zugemacht hatte, erhob sie sich und berührte zum Abschied Lujans Hand. »Mögen die Götter Euer Schwert führen«, murmelte sie. Es war der rituelle Satz, den ein Krieger zum anderen zu sagen pflegte, wenn einer sich zu einem Kampf aufmachte und erwartete zu sterben.

Lujan strich über ihr Haar und steckte eine lose Locke wieder zurück hinter ihr Ohr. Die Vertrautheit hätte als Unverschämtheit gelten können, hätte Lujan nicht in ihrem Herzen den Platz ihres toten Bruders eingenommen. »Lady, seid nicht traurig. Hätte ich die Möglichkeit, die Entscheidungen meiner Jugend noch einmal zu fällen, ich würde alles genauso machen.« Sein Mund verzog sich zu dem Hauch seines alten, dreisten Lächelns. »Nun, möglicherweise nicht alle. Da gab es den einen oder anderen Fall einer unklugen Wette, und dann war da diese fette Madam des Bordells, die ich einst beschimpfte ...«

Der Cho-ja-Magier klopfte mit einem Hinterglied auf den Boden, und ein Geräusch wie das Krachen eines Hammers erscholl. »Der Zeitpunkt für den angekündigten Kampf steht bevor«, erklärte er, und auf ein unsichtbares Zeichen hin trat eines der Cho-ja-Wesen an den Rand des Kreises.

Dort wartete es, die scharfkantigen Vorderglieder glänzend im weichen Licht der Kuppel.

Lujan warf Mara kurz sein unbekümmertstes Lächeln zu, dann wurde er nüchtern und sein Gesicht so angespannt wie immer, wenn er auf einen Kampf wartete.

Mara fühlte sich allein und verletzlich. Unbehaglich bemerkte sie, daß die Cho-ja-Wachen aufgerückt waren, als sie vorgetreten war; sie standen jetzt hinter ihrem Rücken, als wären sie darauf vorbereitet, ihr den Rückweg zu versperren – oder irgendeine andere Verzweiflungstat zu verhindern. Ihre Knie zitterten. Es war ihr peinlich, daß selbst diese kleine Schwäche so offensichtlich war.

Sie war eine Acoma! Sie würde ihrem Schicksal nicht entfliehen, und sie würde auch Lujan nicht erniedrigen, indem sie sich vor ihrem Platz am Rand des Kreises drückte. Der Cho-ja-Magier erklärte immer noch die Prozedur; auf sein Zeichen hin würden Lujan und der Cho-ja-Krieger in den Kreis treten und den Kampf beginnen. Die Lady kämpfte gegen den überwältigenden Wunsch an, die Augen zu schließen, sie vor Lujans zwecklosem Bemühen zu bewahren – das alles war, was er als Grabschrift für sich beanspruchen konnte.

Lujan hielt sein Schwert fest. Seine Hand war sicher, und seine Muskeln bebten nicht vor Furcht. Die Nervosität schien ihn verlassen zu haben, und Mara erschien er tatsächlich zuversichtlicher als vor den Überfällen in der Vergangenheit. Dieser Kampf würde sein letzter sein, und dieses Wissen beruhigte ihn. Hier, am Rand des Kreises, in dem die Herausforderung stattfand, gab es keine Unbekannten mehr, um die er sich Sorgen machen mußte: Der Ausgang des Kampfes würde der gleiche sein, ob er gut kämpfte oder nicht, ob er gewann oder verlor. Er würde den Kreis nicht lebend verlassen. Zu wünschen, die Ereignisse hätten sich anders entwickelt, wäre nur eine Verschwendung seiner Kraft gewesen und eine Schwächung seines Mutes, den zu beweisen er geboren und erzogen worden war. Entsprechend dem Kredo der tsuranischen Krieger hatte er nie jemanden im Stich gelassen. Er hatte seiner Herrin gut und treu gedient; er hatte niemals einem Feind den Rücken gekehrt. Nach allem, was ihm beigebracht worden war zu glauben, war sein Tod durch die Klinge eine angemessene Sache, die Kulmination der Ehre, die den Göttern heiliger war als das Leben selbst.

Ruhig suchte Lujan die Schwertklinge ein letztes Mal nach Fehlern ab. Es waren keine da. Seit sie Tsuranuanni verlassen hatten, hatte er sie nur noch herausgezogen, um sie zu schärfen.

Dann fanden sämtliche Betrachtungen ein jähes Ende, als der Cho-ja-Magier sprach. »Hört mich an, Kämpfende. Sobald ihr die Linie des Kreises überschritten habt, setzt sich der Mechanismus des Schutzbanns in Gang. Noch einmal über die Linie zu treten, sei es von innen oder von außen, falls jemand versuchen sollte einzugreifen, bringt den Tod. Die Bedingungen des Kampfes entsprechen tsuranischer Tradition: Entweder der Verurteilte stirbt im Kampf innerhalb des Kreises, oder es wird ihm, wenn er sich als Sieger erweist, gestattet, die Hand seines Henkers auszuwählen. Ich, Magier der Stadt Chakaha, stehe hier als Zeuge dieser Vorgänge.«

Lujan salutierte knapp vor dem Cho-ja-Magier. Der Cho-ja-Krieger, gegen den er kämpfen sollte, gab kein Zeichen seiner Zustimmung außer einem Wechsel in seiner Haltung; aus der Ruheposition ging er jetzt in die angewinkelte Hocke, die seine Bereitschaft zum Angriff signalisierte. Tupfen aus reflektiertem Licht blitzten auf den messerscharfen Kanten seiner Vorderglieder auf, und seine Augen glänzten unmenschlich. Wenn Bedauern und Mitleid ein Teil des Schwarmbewußtseins waren, galten solche Emotionen nicht für den kämpfenden Arm seiner Gesellschaft. Der Cho-ja-Krieger hatte nur eine Aufgabe: zu kämpfen und zu töten. In tsuranischen Konflikten hatte Lujan ganze Kompanien dieser Wesen ein Schlachtfeld in einen Schlachthof verwandeln sehen, denn wenn nicht gerade kaltes Wetter herrschte, waren ihre Geschwindigkeit und ihre Reflexe denen eines menschlichen Kriegers weit überlegen. Im besten Falle, urteilte er nach der feuchten Luft, die in diesem Raum herrschte, würde er ein paarmal parieren können, ehe sein Körper aufgeschlitzt wurde. Sein Weg zu Turakamu würde schnell und beinahe schmerzlos sein.

Sein Mund verzog sich zu dem Hauch eines schiefen Lächelns. Wenn er Glück hatte, würde er noch vor Sonnenuntergang mit seinem alten Freund Papewaio in Turakamus Hallen Hwaet-Bier trinken.

»Überschreitet die Linie und beginnt auf mein Zeichen«, intonierte der Cho-ja-Magier und stampfte mit den Hintergliedmaßen auf den Boden, daß ein Geräusch wie das Schlagen eines Gongs ertönte.

Lujans Leichtfertigkeit verschwand. Er sprang in den Kreis hinein, kaum der roten Hitzeflamme hinter sich bewußt, die der Todesbann aktivierte. Der Cho-ja-Krieger kam wie erwartet mit voller Kraft auf ihn zu, und er hatte gerade erst drei Schritte vollendet, ehe sein Schwert auf das Chitin niederfuhr. Dieser Feind war nicht zuletzt deshalb besonders gefährlich, weil die Cho-ja zwei Vorderarme besaßen, mit denen sie Hiebe austeilen und parieren konnten. Er, mit dem längeren Schwert, hatte dafür die größere Reichweite; und daß Menschen sich kraft ihrer Natur aufrecht bewegten, bedeutete, daß er manchmal auch den Vorteil der Höhe hatte.

Doch Cho-ja waren hervorragend gerüstet. Nur ein Stoß mit der Schwertspitze oder der kräftigste zweihändige Schlag konnten dem Chitin überhaupt Schaden zufügen. Die Gelenke waren die einzigen Stellen, an denen ein Cho-ja verletzbar war, doch zu oft schloß ihre Geschwindigkeit eine solche Taktik aus. Lujan parierte und parierte. Seine Fußarbeit blieb leicht, um die beidseitigen Angriffe des Cho-ja abzuwehren. Er blinzelte, kreiste und wirbelte seine Klinge in der Art, die sich im Laufe der Zeit im Kampf gegen einen Cho-ja-Gegner am besten bewährt hatte. Die Klinge klatschte gegen Chitin, als er einen Test machte: Diese Wesen hatten gewöhnlich Lieblingsseiten. Das rechte Gliedmaß neigte mehr zum Verteidigen, während das linke zum Angriff ausgebildet war. Schwert und scharfkantiges Vorderglied wirbelten in einem tödlichen Tanz. Lujan spürte, daß sein Schwertgriff eine heikle Angelegenheit wurde; die Anstrengung brachte ihn zum Schwitzen. Er fluchte innerlich. Sobald die Lederriemen seines Schwertgriffs feucht geworden waren, würden sie sich lösen. Er konnte den Halt verlieren, und seine Schwertarbeit wäre beeinträchtigt. Gegen einen Cho-ja würde jedoch selbst die geringste Änderung des Winkels tödlich sein. Hinter ihren Schlägen saß eine solche Kraft, daß ein direkter Angriff auf die äußere Wölbung eines laminierten Schwertgriffs die Klinge herausbrechen konnte.

Lujan schlug einen weiteren Angriff zurück, schoß aufrecht hoch, als die verteidigende Gliedmaße des Cho-ja einen Streich ausführte, der ihm die Beine auf Kniehöhe abgetrennt hätte. Sein Sprung zurück rettete ihn vor Schaden, doch ein brennendes Gefühl an den Fersen beim Aufkommen erinnerte ihn daran, wie nah ihn sein Ausweichmanöver an die Kreislinie gebracht hatte. Er täuschte und benutzte einen Trick, den Kevin, der Barbar, ihm beigebracht hatte. Er war beinahe gefährlich überrascht, als sein Streich an dem Chitin kratzte und eine Kerbe in eines der Beingelenke schlug.

Der Cho-ja-Krieger zischte und trat klappernd zurück, die Klauen bedrohlich aufrecht haltend.

Lujan wurde von dem Gegenschlag beinahe am Nacken getroffen; so unvorbereitet war er wegen seines kleinen Erfolgs, daß er sich gefährlich gestreckt hatte. Er drehte sich reflexartig herum und bekam einen Streifschlag in die Schulter, der sich durch die Rüstung bohrte und genug Fleisch aufschlitzte, um grauenhaft zu brennen. Der Parierschlag, den er mühsam zusammenbrachte, um das verteidigende Glied abzulenken, stieß ihn beinahe auf die Knie.

Es brauchte den geschickten Sprung eines Akrobaten, um dem Versuch des Cho-ja zu entgehen, ihn in die Enge zu treiben. Er duckte sich vor dem mahlenden Wirbel des Angriffs, verzweifelt seiner Bedrohung bewußt. Er mußte Atem schöpfen, aber dieser Kampf würde ihm dafür keine Gelegenheit geben. Als sein verstärktes, laminiertes Schwert wieder gegen Chitin krachte, lenkte er mit dem Armschutz die verteidigende Klinge ab, während die Angriffswaffe auf seine Kehle zielte. Er stieß vor, damit ihn die volle Wucht in den Bogen des Hauptangriffs des Cho-ja trieb. Er traf das Gelenk des Vorderglieds an der Innenseite, die ohne Klinge war; der Cho-ja zog es ein, die scharfe Kante durch die Rückenseite seiner Rüstung abgelenkt.

Der Stoß hatte immer noch genug Kraft, um ihn herumzuwirbeln. Lujan tänzelte einen halben Schritt zurück, um sein Schwert erneut einzusetzen, während der Cho-ja-Krieger vor

Erstaunen keuchte. Lujan folgte mit einer klassischen Riposte, und sein gebogenes Schwert stieß in die Verbindungsstelle, wo eines der Mittelglieder am Rumpf befestigt war. Der Cho-ja tastete sich verwundet zurück. Sein Mittelgliedmaß hing schlaff herab und wurde nachgezogen. Verwundert, daß sein Angriff Erfolg gehabt hatte, dämmerte Lujan eine Erkenntnis: Diese Cho-ja waren unerfahren im Kampf gegen Menschen! Sie waren gut genug ausgebildet, um gegen die alten Formen der tsuranischen Schwertkampfkunst anzutreten, die sie in den vergangenen Jahrhunderten erlebt hatten. Doch der Ausschluß neuer Informationen von der anderen Seite der Grenze mußte auch jede Erfahrung mit den Erneuerungen verboten haben, die dem tsuranischen Vertrag folgten. Die Schwärme außerhalb des Kaiserreiches waren niemals mit den neuesten Feinheiten des Schwertkampfes, die durch die Kriege gegen Midkemia Einzug gehalten hatten und unter Einbeziehung der Fechtkunst der Barbaren weiterentwickelt worden waren, in Berührung gekommen. Chakahas Krieger hielten sich an die alten Techniken, und trotz ihrer überlegenen Geschwindigkeit, trotz ihres zweiklingigen Angriffsstils hatte ein tsuranischer Mensch einen Vorteil: Seine neuere Technik war nicht vorhersehbar, und Lujan hatte seine Männer in der Vergangenheit gegen Cho-ja-Krieger üben lassen.

Nachdenken während eines Kampfes macht einen Kämpfer langsam; Lujan zog sich einen Schnitt an der Wade und einen anderen am linken Unterarm hinter dem Armschutz zu. Trotz seiner Wunden begriff er, daß der Cho-ja sich etwas zurückhielt. Vielleicht zögerte er nur deshalb, weil Lujans ungewöhnliche Angriffstaktik ihn irritierte, weil einer seiner Schläge ihm leicht hätte ein Glied abschlagen können. Irgend etwas hatte ihn veranlaßt, nicht seine ganze Kraft und Fähigkeit in den Angriff hineinzulegen.

Lujan achtete besonders auf seine Beinarbeit, die bei dem midkemischen Stil eine große Rolle spielte. Er wehrte den nächsten

Streich des Cho-ja mit Leichtigkeit ab, dann versuchte er wieder auf Distanz zu gehen. Zu seiner Befriedigung machte der Cho-ja einen Schritt zurück und bewies damit, daß er die Fechttaktik der Midkemier nicht verstand.

Lujan grinste in wildem, adrenalinunterstütztem Triumph. Er hatte viele Male mit dem Midkemier Kevin mit Übungsstöcken trainiert und beherrschte die fremde Technik besser als die meisten seiner Kameraden. Obwohl sie für das gerade Schwert noch geeigneter war als für die Klinge, die seine eigene Kultur bevorzugte, gab es genügend Attacken, die ein tsuranischer Schwertkämpfer mit großer Wirkung durchführen konnte. Der Cho-ja war jetzt im Nachteil und verunsichert, und zum ersten Mal seit Lujan das Recht auf die Herausforderung für sich in Anspruch genommen hatte, genoß er die Hoffnung auf einen Sieg.

Er täuschte, griff an und spürte seinen nächsten Stoß treffen. Mit noch breiterem Grinsen betrachtete er die milchige Flüssigkeit, die den Cho-ja als Körperflüssigkeit diente. Sein Gegner fiel kurz auf das unverwundete Mittelgliedmaß, als er zum Gegenschlag ansetzte; doch die Haltung auf vier Gliedmaßen war ein sicheres Zeichen bei einem Cho-ja, daß er sich auf den Rückzug vorbereitete. Lujan sprang auf die Öffnung zu, plante einen klaren Hieb auf das Nackensegment. Es war ihm egal, daß der letzte Streich des Sterbenden ihn ins Herz treffen würde. Der Sieg würde ihm gehören und auch der erste tödliche Hieb. Er würde die altehrwürdige tsuranische Anerkennung des Todes im Kampf durch eine feindliche Klinge erhalten.

Doch noch während sein trainierter Körper antwortete und reflexartig mit dem Streich begann, der den Kampf beenden würde, wandten sich seine Gedanken ab.

Was anderes war ein solcher Tod als überflüssig?

Hatte er nichts gelernt in all den Jahren, die er Mara diente? Würde das Töten eines Cho-ja, gegen den er nichts hatte, ihrem Ziel auch nur ein bißchen dienen?

Das würde es nicht, erkannte er in einem Anfall falscher Wut. Nichts würde dadurch gewonnen werden, außer die Bestätigung der tsuranischen Art im Schwarm der Cho-ja von Chakaha.

Was ist mein Leben oder mein Tod wert? dachte Lujan, gefangen in der kurzen Sekunde vor der Bewegung. Ein siegreicher Krieger zu werden, nein, seinen Gegner aus keinem guten Grund zu töten würde keinem Lebenden dienen: nicht Mara, nicht diesem Schwarm und nicht den unterdrückten Cho-ja im Kaiserreich.

Ein Sturm wütete in seinem Inneren: Ich kann nicht allein nach dem Kode des Kriegers leben, aber ich kann auch nicht danach sterben.

Seine Hand folgte der Ketzerei seiner Gedanken: Lujan zog sein Schwert zurück.

Die Bewegung war aus der Not heraus zeitlich unvollkommen plaziert, und dafür wurde er bestraft. Er zog sich einen Hieb in die Hüfte zu, tief genug, um ihn stolpern zu lassen.

Er taumelte zurück. Sein Cho-ja-Gegner spürte seine schwindende Entschlußkraft. Er bäumte sich auf. Ein wirbelndes Vorderglied fuhr von oben herab, und Lujan konnte den Hieb kaum abwehren. Seine Stirn war bis zum Knochen aufgeschürft, und als Blut an seinem Gesicht herunterrann und sein Auge blendete, hörte er Maras unterdrückten Aufschrei.

Er taumelte rückwärts. Der Cho-ja folgte. Er spürte den heißen Boden unter seinen Fersen und Erleichterung: Er hatte die äußerste Kante des Kreises erreicht. Wenn er sie überschritt, würde er sterben.

Er würde ohnehin untergehen, doch vielleicht nicht ganz umsonst. Er konnte immer noch eine Aussage machen. Selbst als sein Gegner auf ihn zukam, um sein Leben zu beenden, verteidigte er sich wild und rief dem Cho-ja-Magier etwas zu, der sich als Schiedsrichter über ihm aufbäumte.

»Ich bin nicht hierhergekommen, um zu töten! Ihr Cho-ja von

Chakaha seid nicht die Feinde meiner Mistress, Lady Mara!« Chitin krachte gegen seine Klinge, als er, verzweifelt darum bemüht, gehört zu werden, wieder einen Schlag abwehrte. »Ich werde nicht länger gegen ein Wesen kämpfen, das sie zu ihrem Freund haben möchte.« Er verteidigte sich erneut, stürmte vor, um seinen Gegner kurzfristig zurückzutreiben, und in dieser halben Sekunde der Ruhe warf er sein Schwert angeekelt weg. Er wirbelte auf seinem gesunden Bein herum und wandte dem tödlichen Streich seinen Rücken zu.

Vor ihm glühte die scharlachrote Linie des Kreises. Er war dankbar, daß er seine Position richtig gewählt hatte: Der Cho-ja-Krieger konnte nicht vor ihn treten, ohne den Bann zu zerstören und damit zu sterben. Wenn er töten wollte, mußte er also den Stoß eines Feiglings anwenden, den eines Mörders, und ihn von hinten abschlachten.

Er holte bebend Luft, die Augen zum Cho-ja-Magier erhoben. »Stoßt dem in den Rücken, der Euer Freund und Verbündeter sein wollte, und führt Eure ungerechte Hinrichtung aus.«

Lujan hörte das Pfeifen der sich zerteilenden Luft von dem scharfen Vorderarm des Cho-ja-Kriegers. Er verschränkte die Arme und bereitete sich auf den letzten, knochenzerschmetternden Hieb vor. Das Ende stand von vornherein fest. Zu diesem Zeitpunkt konnte ein Mann mit einem Schwert den blitzschnellen Streich nicht mehr aufhalten.

Doch die Reflexe eines Cho-ja waren nicht menschlich.

Die Klinge stoppte, reglos und ohne jedes Geräusch, eine Haaresbreite von Lujans Nacken entfernt.

Der Cho-ja-Magier bäumte sich auf, die segelförmigen Flügel erhoben, als wäre er alarmiert. »Was ist das?« erklang es deutlich erstaunt. »Ihr brecht die Tradition der Tsuranis. Ihr seid ein Krieger, und doch gebt Ihr Eure Ehre auf?«

Lujan zitterte jetzt, als das Nachspiel seiner Nerven und des Adrenalinanstiegs einsetzte, doch er brachte eine entschlossene

Antwort zustande. »Was ist Tradition mehr als eine Gewohnheit?« Er zuckte steif mit den Schultern und fühlte das Brennen der Wunden. »Gewohnheiten, das kann Euch jeder Mensch sagen, können geändert werden. Und wie jeder Tsurani Euch sagen wird, liegt keine Ehre darin, einen Verbündeten zu töten.«

Blut tropfte in sein linkes Auge und behinderte seine Sicht. Er konnte nicht erkennen, ob Mara seine Geste befürwortete. Einen Augenblick später spielte es keine Rolle mehr, denn das Blut verließ in einem wilden Rauschen seinen Kopf. Sein verwundetes Knie gab nach, und er wurde bewußtlos und fiel mit einem knirschenden Krachen seiner Rüstung auf den Boden. Der rote Kreis löste sich in vielen kleinen Blitzen auf, und der große Kuppelraum verschwand.

Lujan wachte mit großen Schmerzen auf. Er keuchte und öffnete die Augen. Der Kopf eines Cho-ja war nur wenige Zentimeter von seinem eigenen entfernt. Er lag auf etwas, das sich wie eine Couch anfühlte. Spitze, klauenähnliche Fortsätze griffen nach den Wunden an seinem Unterarm und der Hüfte, und aus dem Prickeln, das sich wie eine Nadel anfühlte, schloß er, daß er von einem Cho-ja zusammengenäht wurde.

Wenn auch die medizinischen Fähigkeiten dieser Kreaturen außerordentlich waren und sie sorgfältige, gute Arbeit leisteten, hatten sie wenig Erfahrung darin, sie bei Menschen anzuwenden. Lujan entschied, daß ihr Wissen auf dem Gebiet der Anästhesie deutlich zu wünschen übrigließ. Selbst auf dem Feld hätte er Alkohol erhalten, um den Schmerz einzudämmen.

So dauerte es einen Augenblick, bis er die zweite, angenehmere Empfindung erkannte – kleine, warme Finger, die die Hand seines unverletzten Arms hielten.

Er drehte den Kopf. »Mara?«

Sie lächelte ihn an. Sie war den Tränen nahe, sah er, doch vor Freude, nicht vor Kummer. »Was ist geschehen, Mylady?«

Erst jetzt begriff er, daß sie nicht länger in dem Kuppelraum waren, auch nicht in ihrem engen Gefängnis, sondern in einem wunderschön hergerichteten Zimmer hoch oben im Turm. Ein Fenster hinter Mara gab den Blick frei auf den Himmel und Wolken, und die Lady war von Sonnenlicht umgeben. Sie drückte seine Hand in beinahe mädchenhafter Aufregung, obwohl das ganze Unternehmen auch sie hatte altern lassen. Die grauen Strähnen in ihrem dunklen Haar wurden deutlicher, und ihre Augen zeigten tiefe Falten als Folge des häufigen Aufenthalts im Freien. Und doch hatte ihr Gesicht niemals schöner ausgesehen; das Altern hatte ihr eine Tiefe und etwas Geheimnisvolles gegeben, das den spurenlosen Gesichtern der Jugend fehlte.

»Lujan, Ihr habt den Acoma größte Ehre gewonnen«, sagte sie schnell. »Durch Eure Tat im Kreis habt Ihr diesen Cho-ja von Chakaha bewiesen, daß die tsuranische Tradition nicht die alles verschlingende Lebensweise ist, für die sie sie gehalten haben. Jahrhundertelang haben sie gesehen, wie Tsuranis Lügen vorbrachten. Sie verstanden alles, was ich sagte, und mit Hilfe ihrer Magie wußten sie sogar, daß ich an meine Überzeugungen glaubte, und doch hatte ihre eigene Vergangenheit sie gelehrt, daß solche Zurschaustellungen von Friedfertigkeit nur das Vorspiel zu noch mehr Gewalt und Betrug waren.«

Sie holte erleichtert Luft. »Ihr habt uns eine Begnadigung verschafft, durch Euren Mut und Euren Einfallsreichtum. Eure Handlungen stimmten mit meinen Worten überein und überzeugten sie, daß wir uns vielleicht von unseren Ahnen unterscheiden. Der anwesende Cho-ja-Magier war erstaunt von Eurer Tat und bereit, sich den Erinnerungsstein anzusehen, den Gittania uns gegeben hat. Auf ihm waren die Berichte meines Treffens mit der Schwarmkönigin auf dem alten Acoma-Besitz, und ihre flehentliche Bitte hat sie beeindruckt.«

»Unser Todesurteil wurde widerrufen? Wir werden frei sein?« stieß Lujan atemlos hervor, als der Mediziner eine Pause machte.

»Noch besser.« Maras Augen glühten vor Stolz. »Wir erhalten sicheren Durchgang durch Thuril zu unserem Schiff, und zwei Cho-ja-Magier werden mit uns reisen, wenn wir nach Tsuranuanni zurückkehren. Die Stadt Chakaha hat beschlossen, uns zu helfen, in der Hoffnung, daß die Befreiung der tsuranischen Cho-ja vom Kaiser bewerkstelligt werden wird. Ich habe erklärt, daß ich mein Amt nutzen werde, mich für sie zu verwenden; ich bin ziemlich sicher, daß Ichindar nicht nein sagen kann, wenn ich ihm erst alles erklärt habe.«

»Götter!« rief Lujan aus. »Alles, was wir hätten erbitten können, gewähren sie uns.« Er war so aufgeregt, daß er seinen Schmerz vergaß und versuchte sich zu bewegen.

Jetzt meldete sich der Mediziner zu Wort. »Lady Mara, die Wunden dieses Kriegers sind sehr ernst. Ihr dürft ihn nicht aufregen, denn er muß einige Wochen ruhen, damit sein Bein so gut wie möglich heilen kann.« Er wandte seine schwarzen Facettenaugen Lujan zu. »Oder bevorzugt es der schätzenswerte Kommandeur zu hinken?«

Lujan spürte plötzlich Kraft durch seinen Körper strömen, und er lachte. »Ich kann geduldig warten, während mein Körper heilt. Doch nicht so geduldig, daß ich endlose Wochen im Bett liegen kann!«

Er ließ seinen Kopf auf das Kissen sinken, erwärmt durch Maras Lächeln. »Ruht Euch jetzt aus«, befahl seine Herrin. »Kümmert Euch nicht um die Verzögerung. Wir können Hokanu mit Hilfe der Thuril-Niederlassungen und übers Meer fahrender Händler benachrichtigen. Denn jetzt haben wir Zeit, Lujan. Und während Eure Wunden heilen, werde ich versuchen, unsere Gastgeber dazu zu bewegen, uns einige ihrer Wunder zu zeigen.«

Sieben

Rückkehr

Die Barke verließ das Ufer.

Mara lehnte am Geländer und sog die warme Brise tief ein. Der vertraute Geruch von feuchter Erde, frischem Seewasser, nasser Beplankung und der leichte Hauch vom Schweiß der Sklaven, die die Ruder bewegten, ließen sie erzittern. Zu Hause! In weniger als einer Stunde würde sie ihre Güter erreicht haben. Sie genoß die heiße Sonne auf ihrer Haut.

Dies war der erste Blick auf den Himmel und das Tageslicht, seit die *Coalteca* in der Nacht heimlich ausgelaufen war, nach wochenlanger Reise quer durch das Kaiserreich mittels der Cho-ja-Tunnel. Denn die Cho-ja-Magier hatten bestätigt, was sie bisher nur vermutet hatte: daß die Versammlung der Magier durch die dunkle Erde nicht hindurchspähen konnte. Was in den Cho-ja-Tunneln vor sich ging, war für sie nicht sichtbar, ein schwieriges Zugeständnis bei der Vertragsherstellung. Und so hatte sich ihre kleine Gruppe aus ausgewählten Kriegern, ihrer Dienerin Kamlio und den beiden Cho-ja aus Chakaha darangemacht, heimlich ins Kaiserreich zurückzukehren.

Sie taten dies weder mit der Erlaubnis noch Hilfe der ortsansässigen Cho-ja, damit in keiner Weise der Vertrag gebrochen würde, indem sie zwei Chakaha-Magiern Unterschlupf gewährten. Die Anwesenheit der Magier wurde mit gewissenhafter Genauigkeit verborgen, damit keiner der Cho-ja des Kaiserreiches sagen konnte, daß er sie gesehen hatte. Maras Bitte, daß alle Cho-ja die Tunnel während der Zeit ihres Durchgangs verließen, wurde ohne Fragen von den tsuranischen Cho-ja-Königinnen akzeptiert. Sie mochten einen Verdacht haben, doch sie konnten wahrheitsgemäß erklären, daß sie keine Ahnung von dem hatten, was Mara vorhatte.

Als Resultat ihrer beinahe vollkommenen Isolation fühlte sich Mara erdrückend uninformiert. Nur ein paar Schnipsel von Neuigkeiten wurden ihr von jenen Cho-ja-Arbeitern übergeben, denen sie begegnete, während sie auf die Antwort der jeweiligen Königin wartete, daß sie den Schwarm unbemerkt durchqueren durfte; die einzige wichtige Information war die gewesen, daß immer noch ein Erhabener vor dem Eingang des Tempels des Roten Gottes in Sulan-Qu wachte und darauf wartete, daß sie ihre Abgeschiedenheit aufgab.

Dies hätte zur Heiterkeit Anlaß geben können, hätte es nicht auch die große Gefahr enthüllt, in der sie schwebte. Selbst Monate später hielt die Versammlung es für nötig, ein wenn auch möglicherweise unbedeutendes Mitglied Wache stehen zu lassen; dies bedeutete, daß sie ihre nächsten Schritte gut überlegen und fehlerfrei ausführen mußte. Sie spürte tief in ihrem Innern, daß nur ihr einzigartiger Rang sie noch am Leben hielt, denn sicherlich mußten einige Mitglieder der Versammlung längst am Rande ihrer Geduld angelangt sein.

Mara hatte sich nicht getraut, unterwegs anzuhalten und mit Arakasis Netzwerk Kontakt aufzunehmen. Sie hatte ein unerbittliches Tempo vorgegeben, um das Herzstück des Kaiserreiches zu erreichen. Da sie es nicht wagte, sich zu zeigen oder den Stamm in Schwierigkeiten zu bringen, der ihr Schutz geboten hatte, gab es für sie keine Möglichkeit herauszufinden, wie Jiro die Monate während ihrer Abwesenheit verbracht hatte. Sie wußte nicht einmal, ob ihr Mann erfolgreich mit seinen kritischen Cousins und den Clan-Rivalitäten umgegangen war, deren Ziel es war, sein Erbe zu erschüttern. Mara hatte erst vor kurzem von Arbeitern auf den Docks erfahren, daß Hokanu zum Herrenhaus am See zurückgekehrt war und daß die Lady Isashani vergeblich versucht hatte, ihm eine Konkubine aufzuschwatzen, die in irgendeiner Weise darin versagt hatte, einen der vielen Bastarde ihres toten Mannes zufriedenzustellen. Hokanu hatte eine charmante Absage zurückgeschickt. Obwohl Mara in solchem Gesellschaftstratsch kein Anzeichen für eine Gefahr entdecken konnte, bat sie die fremden Magier vorsichtshalber, sich in einer unbenutzten Kammer des dem Herrenhaus am nächsten gelegenen Stockes hinter verschlossenen Türen aufzuhalten. Sie ließ zwei Krieger bei ihnen, die sich um ihre Bedürfnisse kümmern sollten, und diese waren strikt an Geheimhaltung gebunden. Sie würden nur nachts zum Essen herauskommen und ihre Pflichten weder den Acoma-Patrouillen noch den Cho-ja preisgeben. Mara gab den Soldaten ein Papier mit ihrem persönlichen Siegel als Gute Dienerin des Kaiserreiches, auf dem sie jeden anwies, diese beiden Krieger ohne Fragen passieren zu lassen. Eine solche Vorsichtsmaßnahme würde keinen Schutz vor ihren Gegnern bieten, doch es würde verhindern, daß Freunde oder Verbündete hinter ihr Geheimnis kamen.

Mara lächelte schwach. Sie hatte Hokanu so viel zu erzählen! Die Wunder, die sie während Lujans Genesungszeit in Chakaha gesehen hatte, spotteten jeder rationalen Beschreibung, von den exotischen Blumen, die die Cho-ja-Arbeiter kultivierten und die in Farbkombinationen blühten, die sie nirgendwo sonst gesehen hatte, zu den seltenen Likören aus dem Honig der Rotbienen und anderen Elixieren, Handelsgegenstände mit ihren östlichen menschlichen Nachbarn. In ihrem Gepäck hatte sie Medizin, die zum Teil aus Schimmelpilzen bestand, zum Teil von Samen oder seltenen Mineralquellen stammte – Medikamente, deren Eigenschaften ihre Heiler als Wunder bezeichnen würden. Sie hatte die Hitzeschmiede der Glasarbeiten gesehen, wo von Vasen bis zum Geschirr und Mauerwerk alles geschaffen wurde, was in klaren Farben wie Edelsteine glänzte.

Sie hatte zugeschaut, wie neue Magier ihre ersten Sprüche

probten, und sie hatte gesehen, wie sich die feinen Schnörkel auf ihren unmarkierten Rückenpanzern bildeten. Sie hatte den allerältesten Magier von allen, der in ein Gewirr von Farben gehüllt war, bei seiner Arbeit beobachtet. Er hatte ihr die Visionen der weit entfernten Vergangenheit gezeigt und eine Vision, dunstig von einem Hauch unentschlossener Wahrscheinlichkeit, die die noch ungeformte Zukunft enthüllt. Es hatte wie umspülte Farben in einem Fischteich ausgesehen, nur daß überall Flecken wie goldenes Metall aufblitzten. »Wenn das meine Zukunft ist«, hatte Mara lachend gesagt, »werde ich vielleicht als sehr reiche Frau sterben.«

Der Cho-ja-Magier hatte nichts darauf erwidert, doch für einen Augenblick hatten seine glänzend azurblauen Augen traurig ausgesehen.

Mara konnte ihre gute Laune nicht zurückhalten. Sie betrachtete eine Schar Märzvögel, die sich im Flug über die Ried-Felder erhoben, und erinnerte sich an die Modelle, die in Chakaha wie Vögel geflogen waren, und an andere lebende, ungezähmte Vögel, die sich die Zeit mit kontrapunktischem Gesang vertrieben. Sie hatte Tiere mit Fellen gesehen, deren Farben berauschender waren als exotische Seide. Die Cho-ja-Magie kannte Wege, wie aus Stein Fäden gesponnen und gewebt werden konnten und wie Wasser bearbeitet werden mußte, damit es wie ein geflochtenes Seil den Berg hinaufrann. Manchmal hatte sie sich an exotischen Speisen ergötzt, deren Gewürze so berauschend waren wie Wein. Es gab genug Handelsmöglichkeiten in Chakaha, um Jican zu überzeugen, ein Sakrileg zu begehen, und mit einer Aufregung, die beinahe an ein Schulmädchen erinnerte, sehnte sich Mara nach einer Auflösung ihres gefährlichen Dilemmas mit der Versammlung, um sich eher friedlichen Beschäftigungen widmen zu können. Ihre Probleme waren noch nicht zu Ende; doch in ihrer hervorragenden Laune konnte sie nicht anders als zu glauben, daß sich alles zu ihren Gunsten entwickeln würde.

Diese leichtfertige Aufregung war es auch, weshalb sie sich über Sarics eher nüchternen Rat, bis kurz vor ihrem Herrenhaus in den Cho-ja-Tunneln zu bleiben, hinweggesetzt hatte. Mara hatte solch großes Heimweh nach dem Anblick und den Gerüchen Tsuranuannis, daß sie ihre Gefolge in der Nähe des Seeufers nach oben schaffte und dann von ihren eigenen Acoma-Arbeitern eine Barke beschlagnahmte, um ihre Reise auf dem Wasser zu beenden.

Ein Schatten fiel auf ihre Gestalt. Aus ihren Überlegungen gerissen, blickte Mara auf. Lujan war zu ihr getreten und stellte sich neben sie. Er war mit der Begutachtung der Ehrengarde fertig, und wenn die Rüstungen auch keine Hausfarben trugen, so glänzten sie doch hell in der Sonne. Lujan hatte seinen Helm mit dem grünen Federbuch als Offizier der Acoma versehen. Er hinkte immer noch etwas, doch seine Wunde war unter der Aufsicht der Cho-ja-Ärzte gut und sauber verheilt. Im Augenblick blitzten seine Augen verschmitzt, und Mara erkannte, daß er ebenso aufgeregt war wie sie.

»Lady.« Er salutierte. »Eure Männer sind bereit zur Rückkehr.« Er zog die Mundwinkel trocken nach oben. »Denkt Ihr, wir werden die Wachen am Dock erschrecken? Wir waren jetzt so lange fort, daß sie uns für von den Toten auferstandene Geister halten werden, wenn sie unsere Rüstungen ohne die Hausfarben sehen.«

Mara lachte. »In gewisser Weise sind wir das auch.« Eine zweite Gestalt näherte sich und blieb an der anderen Seite neben ihr stehen. Sonnenlicht brachte die Robe aus Cho-ja-Seide zum Strahlen, und das komplizierte Muster von den Chakaha-Magiern mochte den Neid sämtlicher Frauen des Kaisers hervorrufen. Mara sah einen Schwall goldenes Haar unter der Kapuze, und ihr wurde warm ums Herz. »Kamlio«, sagte sie. »Du siehst außerordentlich hübsch aus.«

Tatsächlich war es das erste Mal, daß Mara und die Krieger, die sich in das Gebiet der Thuril aufgemacht hatten, das Mädchen in schönen Gewändern sahen.

Kamlio senkte in schüchternem Schweigen die Augenlider. Doch die wachsende Verlegenheit, die durch Lujans bewundernde Blicke entstand, entlockte ihr eine zögernde Erklärung. »Nach unseren Erfahrungen mit den Thuril habe ich gelernt, den Worten meiner Lady zu trauen – daß ich nicht verheiratet oder irgendeinem Mann übergeben werde, den ich nicht selbst gewählt habe.« Sie zuckte etwas befangen mit den Schultern, und die farbigen Fransen des Kleides flatterten im Wind. »Es ist nicht notwendig, mich auf Eurem Besitz in zerlumpte Kleider zu hüllen.« Sie rümpfte die Nase, vielleicht vor Verachtung, vielleicht vor Erleichterung. »Unsere Männer stehlen die Frauen nicht bei Überfällen, und ich möchte nicht, daß der Supai Arakasi, wenn er zufällig an den Docks ist, mich für undankbar wegen der Position hält, die er mir verschafft hat.«

»Oho!« Lujan lachte. »Ihr seid weit gekommen, kleine Blume, daß Ihr seinen Namen aussprecht, ohne zu spucken!«

Kamlio zog die Kapuze zurück und warf dem Kommandeur einen hitzigen Blick zu, der das Vorspiel zu einem Schlag hätte sein können. Zumindest befürchtete Lujan dies, denn er erhob die Hand in spöttischer Furcht, um die Wirkung weiblicher Wut abzuwenden.

Doch Mara schritt ein und trat zwischen ihren Offizier und die frühere Kurtisane. »Benehmt euch, alle beide. Sonst halten die Wachen am Dock euch nicht für Geister, sondern für Schurken, die eine gehörige Strafe verdienen. Bestimmt gibt es genügend schmutzige Latrinen in den Baracken, um euch beide eine Woche zu beschäftigen.«

Als Lujan auf diese Drohung nicht mit einer seiner üblichen dreisten Antworten reagierte, wölbte Mara die Brauen und sah ihn an, um zu wissen, was los war. Seine Gelassenheit war verschwunden, und sein Gesichtsausdruck war so ernst, als würde er im nächsten Augenblick in eine Schlacht ziehen, während seine Augen sich dem entfernten Ufer zuwandten. »Lady«, sagte er in einem Ton so grimmig wie Granit. »Irgend etwas stimmt da nicht.«

Mara folgte seinem Blick; ihr Puls beschleunigte sich vor plötzlicher Furcht. Auf der anderen Seite eines schmaler werdenden Wasserstreifens waren die Anlegestelle, die Seitenwände und die hohen Gesimse des Herrenhauses. Auf den ersten Blick schien alles ruhig. Eine Händlerbarke so ähnlich wie die, mit der sie ankamen, lag leicht verzogen am Poller. Abgeladene Kisten waren am Dock gestapelt und wurden von einem dünnen Buchhalter und zwei männlichen Sklaven bewacht. Halbgerüstete Rekruten strömten vom Übungsplatz herbei, als hätten sie gerade ein Training beendet. Qualm erhob sich in Kringeln aus den Küchenschornsteinen, und ein Gärtner harkte gefallene Blätter von einem Weg zwischen den Gartenflächen im Hof. »Was ist?« fragte Mara ungeduldig, doch die Antwort war offensichtlich, als die Sonne sich auf etwas Goldenem fing und aufblitzte. Die Ungewöhnlichkeit zog ihre Aufmerksamkeit auf sich, und sie sah den kaiserlichen Läufer den Weg vom großen Haus zurücklaufen.

Maras Unbehagen wuchs und wurde zur Furcht, denn solche Boten brachten selten gute Nachrichten. Längst war die süße Brise keine Annehmlichkeit mehr, genausowenig wie die Schönheit der grünen Hügel ihr Herz erbeben ließ.

»Bootsmann!« entfuhr es ihr. »Bringt uns so schnell wie möglich zum Ufer!«

Eine Kette von Anordnungen folgte auf ihren Befehl, und die Ruderer arbeiteten doppelt so schnell. Die Händlerbarke bohrte sich durchs Wasser, und Gischt spritzte unter den harten Schlägen der Ruderblätter auf. Mara unterdrückte den Drang, in offener Ungeduld auf und ab zu gehen. Sie bezahlte jetzt für ihren dreisten Impuls. Hätte sie Sarics vorsichtigeren Vorschlag ernst genommen und den Weg unter der Erde bis zum dem Herrenhaus nächstgelegenen Stockeingang fortgesetzt, wäre sie möglicherweise bereits durch einen ihr entgegengesandten Läufer im Besitz einiger Informationen. Jetzt war sie machtlos und konnte nichts tun als warten und beobachten, während jedes mögliche Unglücksszenario durch ihren Kopf geisterte. Kamlio blickte erschreckt drein, und Lujan schwitzte in fieberhafter Erwartung, solange er nicht wußte, weshalb die Truppen, deren rechtmäßiger Befehlshaber er war, ins Feld gerufen wurden. Er würde sein Schwert möglicherweise nur zu bald schwingen, dachte Mara. Der stürmischen Aktivität an den Docks nach zu urteilen war es offensichtlich, daß keine Zeit übrig war, seinen Wunden die Erholung zu gönnen, die sie brauchten.

Schon donnerte ein Trommelwirbel vom Haus herüber, der schwere mit den dunklen Tönen, der die Aufstellung einer Garnison ankündigte. »Es gibt Krieg«, mutmaßte Lujan mit seltsamem Klang in der Stimme. »Der Rhythmus ist kurz und dreigeteilt. Dieser Kode bedeutet totale Mobilmachung, und Irrilandi würde niemals so hastig handeln, wenn es nicht ernsthafte Schwierigkeiten gäbe.«

»Keyoke muß seine Entscheidung teilen«, dachte Mara laut. »Selbst als er noch kein Kriegsberater war, griff er nicht ohne Grund zu extremen Maßnahmen. Wenn Jiros Hände vermutlich noch von der Versammlung gebunden sind – was könnte dann geschehen sein? Hat möglicherweise irgendein Hitzkopf die Clanehre angerufen, oder, was noch schlimmer wäre, wird das Haus Shinzawai angegriffen?«

Lujan strich über den Schwertgriff; er fühlte sich genauso unbehaglich wie sie, so angespannt wie er war. »Wir wissen es nicht, Lady, doch ich werde das Gefühl nicht los, daß das, was wir sehen, nur der Beginn von etwas noch Schlimmerem ist.«

Mara wandte ihr Gesicht wieder vom Ufer ab und sah ihren Berater Saric an. Als sie mit zusammengepreßten Lippen schwieg, meinte er: »Soll ich den Bootsmeister durchschütteln lassen, um die Ruderer zu noch mehr Geschwindigkeit anzutreiben?«

Mit erbarmungslosem Gesicht, als wäre es aus Marmor, nickte Mara. »Tut das.«

Die Barke war geräumig angelegt, um Ladung zu verschiffen, und die Riemen waren nicht besonders geeignet für schnelles Rudern. Die Steigerung, als die Ruderersklaven sich zu Höchstleistungen antrieben, war nur unwesentlich; die Schläge schienen lediglich noch mehr Gischt aufzuwirbeln und tiefere Strudel zu erzeugen. Mara sah die Körper der Sklaven vor Schweiß triefen, noch bevor ein paar Minuten vergangen waren. Die Aktivitäten auf den Docks hatten sich inzwischen verstärkt, noch während sie hinschaute.

Die bereitstehenden Kisten wurden jetzt von dem gewaltigen Keil aus Kriegern niedergetrampelt. Die Handelsbarke war halbbeladen losgeschnitten worden, mit dem Buchhalter an Bord, der stürmisch seine Entrüstung äußerte. Er sprang schreiend zum Heck, als ein Offizier mit Federbusch das Boot vom Dock abstieß. Nur zwei braungebrannte Schauerleute waren bei ihm, um das Boot sicher zum Ankerplatz zu bringen, und seine wütenden Schreie schossen über das Wasser wie das Gekreische der Fischervögel. Wie die zusammenströmenden Krieger hatte Mara wenig Beachtung für den Buchhalter und die Barke. Die Lagerhäuser am Ufer hatten ihre großen Doppeltüren zum Wasser hin geöffnet und enthüllten die Holzgeländer und das System, wie die in trockenen Scheunen gestapelten Güter auf das Boot geschafft wurden. Sklaven tummelten sich im Innern in den Schatten. Aus der Düsternis glitten die Kriegsboote der Acoma, lange doppelrümpfige Schiffe, die an Auslegern festgezurrt und an den schlanken Seiten mit Brettern für Bogenschützen versehen worden waren. Weitere Sklaven zogen diese zur Anlegestelle, wo eine Kompanie Bogenschützen nach der anderen das Boot betrat. Sobald eines voll war, wurde es ins

Wasser gestoßen, indem sich der Ausleger senkte und wie ein Wasservogel seine großen Flügel ins Wasser tauchte. Bevor die Ausleger an ihrem Platz waren, hatten die Bogenschützen auf der schmalen Plattform entlang der Spitze des Pontons Position bezogen.

Lujan zählte mit den Fingern ab. Nachdem er ein Dutzend Boote beisammen und die Banner an Bug und Heck jedes einzelnen erkannt hatte, wußte er, welche Kompanien aufgerufen worden waren. Seine Schlußfolgerung ließ ihn frösteln. »Dies ist ein vollständiger Verteidigungseinsatz, Mistress. Es muß ein Angriff bevorstehen.«

Maras Sorge wich einem Ansturm wilder Wut. Sie hatte nicht das Meer überquert und mit den Barbaren verhandelt und in Chakaha beinahe ihr Leben gelassen, um bei ihrer Rückkehr alles in Schutt und Asche fallen zu sehen. Sie hatte Hokanu benachrichtigt, daß sie auf dem Weg zurück ins Kaiserreich war; doch eine ausführliche Erklärung wäre zu gefährlich gewesen, geradezu eine Einladung an Feinde für einen Hinterhalt, sollten die Informationen in falsche Hände fallen. Und als die Notwendigkeit, sich zu verstecken, nicht mehr gegeben war, hatte sie aus eigennützigem Vergnügen den Augenblick ihrer Wiedervereinigung hinausgezögert, in der Hoffnung, ihren Lieben daheim eine fröhliche Überraschung zu bescheren. Doch es würde bei ihrer Rückkehr keine Feier geben. Sie schob ihre Erwartung und Enttäuschung beiseite und wandte sich an Saric. »Zieht die Standarte der Acoma auf und laßt meinen persönlichen Wimpel darunter wehen. Es ist an der Zeit, daß wir uns bemerkbar machen. Beten wir, daß es wenigstens eine Wache gibt, die nicht die Rüstung anlegt und Hokanu davon in Kenntnis setzen kann, daß seine Lady zurück auf dem Boden der Acoma ist!«

Die Ehrenwache auf dem Deck der Handelsbarke jubelte bei ihren tapferen Worten, und sofort wurde am Bug das grüne Banner mit dem Shatra-Vogel gehißt. Kaum hatte es sich in der Brise entfaltet, ertönten auch schon Antwortschreie vom Ufer. Eine der winzigen Gestalten am Ufer zeigte auf sie, und dann folgten laute Schreie von der Armee, die sich versammelt hatte und damit beschäftigt war, die Boote zu besteigen. Der Lärm wurde zu jubelndem Gesang, und Mara hörte immer wieder ihren Namen, zusammen mit dem Titel, den der Kaiser ihr gegeben hatte: Gute Dienerin des Kaiserreiches! Gute Dienerin des Kaiserreiches! Sie begann beinahe zu weinen, als sie sah, wie stürmisch ihre Untertanen sich über ihre Rückkehr freuten, obwohl bereits neue Gefahren drohten.

Der Bootsmeister schrie sich derweil die Kehle mit wilden Befehlen heiser, und langsam wurde sein Gefährt in die Lücke gestakt, die sich hastig am vollbepackten Dock bildete, um Mara hereinzulassen. Eine Gestalt in einer verkratzten blauen Rüstung bahnte sich einen Weg durch die Menge. Unter dem haubenartigen Helm, an dem sie erkannte, daß er dem Lord der Shinzawai gehörte, erkannte die Lady Hokanus Gesicht, auf dem Besorgnis und Freude damit kämpften, die angemessene tsuranische Beherrschung zu durchbrechen.

Es war ein ausreichendes Zeichen für bevorstehendes Blutvergießen, daß ihr Mann seine mitgenommene, von der Sonne verblichene Schlachtrüstung trug und nicht die dekorative Zeremonienrüstung für staatliche Anlässe. Lords marschierten nur bei wichtigen Gefechten mit ihren Truppen. Doch nach fast einem halben Jahr Abwesenheit achtete Mara kaum darauf. Sie konnte sich nicht die Zeit für eine formale Begrüßung lassen, sondern rannte in dem Augenblick los, da der Landungssteg die Lücke vom Schiff zum Dock überspannte. Wie ein junges Mädchen rauschte sie vor ihren Offizieren davon und warf sich kopfüber in die Arme ihres Mannes.

Als hätte sie nicht einen Bruch der angemessenen Haltung begangen, drückte Hokanu sie fest an sich. »Die Götter seien gesegnet für deine Rückkehr«, flüsterte er in ihr Haar.

»Hokanu«, erwiderte Mara, die Wange gegen die unnachgiebige Wölbung der Brustplatte gepreßt, »wie sehr habe ich dich vermißt!« Und dann beeinträchtigten die augenblicklichen Sorgen ihr Wiedersehen, fand ihr Freudensdrang ein jähes Ende, als sie sich an die Abwesenheit ihrer Kleinen erinnerte. »Hokanu! Was ist passiert? Wo sind die Kinder?«

Hokanu drückte sie sanft ein wenig von sich weg, und seine dunklen, besorgten Augen schienen im Anblick ihres Gesichts ertrinken zu wollen. Sie war so dünn und sonnengebräunt und energiegeladen! Sein Verlangen, sich einfach nur nach ihrer Gesundheit zu erkundigen, stand ihm schmerzhaft im Gesicht. Doch die erstickte Panik hinter ihrer Frage verlangte nach einer Antwort. Die Dringlichkeit stritt mit Hokanus angeborenem Takt, und am Ende entschied er sich für Direktheit. »Justin und Kasuma sind bisher noch in Sicherheit. Sie sind im Kaiserlichen Palast, doch es gibt schlimme Neuigkeiten.« Er holte schnell Luft, um sich zu wappnen und ihr Zeit zu geben, sich vorzubereiten. »Mara, das Licht des Himmels ist ermordet worden.«

Mara fuhr zurück, als hätte sie jemand physisch aus dem Gleichgewicht gebracht, doch Hokanus flinke Hand bewahrte sie davor, nach hinten in den See zu fallen. Vor Schock wich jedes bißchen Blut aus ihrem Gesicht. Bei allen unangenehmen Dingen, die sich während ihrer Abwesenheit hätten ereignen können, nach all den Gefahren, denen sie entkommen war, um die Magier Chakahas nach Tsuranuanni zu bringen, hätte sie niemals mit dem Tod des Kaisers gerechnet. Irgendwie raffte sie genug Geistesgegenwart zusammen und fragte: »Wie?«

Hokanu schüttelte nur unglücklich den Kopf. »Die Nachricht traf gerade erst ein. Offensichtlich hat ein Omechan-Cousin gestern an einem kleinen kaiserlichen Essen teilgenommen. Er hieß Lojawa und stach Ichindar vor dreißig Zeugen mit einem vergifteten Tischmesser in die Kehle. Die Phiole mit dem Gift muß er im Saum seiner Robe versteckt haben. Innerhalb weniger Minuten erschien ein Priester, aber jede Hilfe kam zu spät.« Ruhig fuhr Hokanu fort: »Das Gift wirkte sehr rasch.«

Mara bebte, sie war vollkommen verstört. Diese Grausamkeit schien unmöglich! Daß der schlanke, würdige Mann, der auf dem Goldenen Thron gesessen hatte, den die Sorgen zu einem vergrämten Menschen gemacht hatten, beinahe zum Wahnsinn getrieben durch die Streite unter seinen vielen Frauen, niemals wieder eine Audienz in seiner großen Halle abhalten sollte! Mara spürte große Trauer. Niemals mehr würde sie ihm in seinen von Lampen erleuchteten Privatgemächern ihren Rat anbieten können oder den trockenen und sanften Verstand des Mannes genießen. Er war ein ernster Mann gewesen, der tiefen Anteil an seinen Leuten nahm und unter der vernichtenden Bürde seiner Herrschaft häufig sorglos mit seiner Gesundheit umging. Es war Maras Freude gewesen, ihn zum Lachen zu bringen, und manchmal hatten die Götter ihr einigen Erfolg beschert und seinem Sinn für Humor freien Lauf gelassen. Ichindar war für sie nie eine solche Lichtgestalt gewesen wie für die Massen, die er regierte. Denn bei all dem Pomp, den sein Amt erforderte – damit er den Nationen immer wie das Abbild eines Gottes auf Erden erschien –, war er ein Freund gewesen. Sein Verlust war überwältigend. Hätte er nicht den Mut gehabt und die Gelegenheit ergriffen, sein eigenes Glück für die Bürde absoluter Herrschaft zu opfern, wäre keiner der Träume, die Mara nach Thuril geführt hatten, jemals mehr als bloße Phantasie gewesen.

Die Lady der Acoma fühlte sich merkwürdig, zu mitgenommen, um hinter den Horizont der persönlichen Trauer zu blicken. Und doch erinnerte sie der Druck von Hokanus Fingern auf ihren Schultern daran, daß sie genau das mußte. Diese Tragödie würde schreckliche Auswirkungen haben, und wenn der vereinigte Haushalt der Acoma und Shinzawai nicht untergehen wollte, würde sie sich den neuen politischen Gegebenheiten anpassen müssen.

Sie griff zuerst den Namen auf, den Hokanu erwähnt hatte, der ihr noch vollkommen fremd war. »Lojawa?« Bestürzung durchbrach ihre tsuranische Fassade. »Ich kenne ihn nicht. Du sagst, er ist ein Omechan?« Verzweifelt erhoffte sie eine Antwort von ihrem Mann, dessen Berater in den jüngsten Ereignissen bewandert waren und wahrscheinlich einige Theorien anzubieten hatten. »Was für ein Grund könnte einen Omechan zu einer solchen Handlung getrieben haben? Von allen großen Familien, die danach streben, daß das Amt des Kriegsherrn wieder eingeführt wird, sind die Omechan am weitesten davon entfernt, selbst nach dem Weiß und Gold zu greifen. Sechs andere Häuser würden ihre Kandidaten auf den Thron bringen, bevor ein Omechan ...«

»Die Nachrichten kamen gerade erst«, wiederholte Hokanu. Er gab einem wartenden Befehlshaber ein Zeichen, die Truppen weiter in die Boote zu schaffen. Über dem Stampfen der beschlagenen Schlachtsandalen auf dem Dock wandte er sich wieder an Mara. »Incomo hatte noch keine Zeit, die Einzelheiten vernünftig zu deuten.«

»Nein, nicht das Amt des Kriegsherrn«, unterbrach Saric, zu sehr angefeuert von einer plötzlichen Einsicht, um das Protokoll einzuhalten.

Mara warf den Kopf herum, heftete ihren Blick auf ihn und flüsterte dann: »Nein. Ihr habt recht. Nicht das Amt des Kriegsherrn.« Ihr Gesicht wurde jetzt leichenblaß. »Der Goldene Thron selbst ist jetzt der Preis!«

Die gekrümmte, grauhaarige Gestalt, die sich durch die Menge hindurch bis zu Hokanus Seite den Weg bahnte, hörte dies. Incomo sah zerzaust aus, seine Augen waren rotumrändert, und er hatte noch mehr Altersfalten, als Mara in Erinnerung hatte. Die momentanen Sorgen gaben ihm etwas Nörglerisches. »Aber es gibt keinen kaiserlichen Sohn.«

Saric beeilte sich, dies zu korrigieren. »Wer immer die Hand von Ichindars ältester Tochter Jehilia erhält, wird der zweiundneunzigste Kaiser von Tsuranuanni! Ein Mädchen von kaum zwölf Jahren ist jetzt Erbin des Throns. Jeder von rund hundert kaiserlichen Cousins im Besitz einer Kriegsarmee, um die Mauern des Kaiserlichen Palastes zu stürmen, könnte versuchen, sie zu einer Heirat zu zwingen!«

»Jiro!« schrie Mara. »Dieser Streich ist brillant! Warum sonst hätte er all die Jahre heimlich Belagerungsmaschinen studieren und bauen sollen? Das ist der Plan, an dem er schon lange arbeiten muß!« Dies bedeutete, daß ihre Kinder nicht nur nicht sicher waren, sondern sich in höchster Lebensgefahr befanden, denn wenn die Anasati mit ihren Armeen in den Kaiserlichen Palast eindrangen, war jedes Kind mit einer Verbindung zum kaiserlichen Geschlecht gefährdet.

Ihr entsetztes Schweigen interpretierend, rief Saric aus: »Götter, Justin!«

Mara unterdrückte die Panik, als ihr Berater die Grausamkeit verstand. Selbst ihre größte Ehre arbeitete jetzt gegen sie: Als Gute Dienerin war sie formal in Ichindars Familie adoptiert worden. Nach Gesetz und Tradition war ihr Sohn ein legitimer Abkömmling kaiserlichen Blutes. Nicht nur waren ihre Nachkommen zu entsprechenden Privilegien berechtigt, sondern als kaiserlicher Neffe und Ichindars *nächster* männlicher Verwandter konnte Justin auch mit Fug und Recht den Thron beanspruchen.

Jiro würde nicht allein wegen der Fehde mit den Acoma erfreut darüber sein, sich Justins und Kasumas entledigen zu können, sondern mit dem Thron als Ziel würde er mit besonderer Anstrengung daran arbeiten, Justin tot zu sehen. Und auch ein anderer Kandidat für Jehilias Hand würde nicht zu Gnade neigen, wenn es um einen rivalisierenden Erben ging. Justin war noch ein Junge, und tödliche »Unfälle« konnten in den Zeiten des Krieges nur zu leicht geschehen.

Mara hielt den schrecklichen Drang zurück, die Götter für

diese furchtbare Schicksalswendung zu verfluchen. Sie würde ohnehin noch gegen die Versammlung kämpfen müssen, zählte jedoch darauf, daß deren Edikt Jiro im Zaum hielt, bis sie neutralisiert wäre; dieses tragische Attentat hatte ihre Kinder wieder in die politischen Wirren gestürzt – und mitten ins Zentrum des Konfliktes!

Hokanus Augen verrieten, daß auch er die Gefahr begriffen hatte, und ein etwas verwirrter Incomo sprach ihre größten Ängste laut aus. »Sowohl die Acoma als auch die Shinzawai wären auf einen Streich ohne Erben.«

Mara hatte sich jetzt wieder so weit unter Kontrolle, daß sie begriff, daß solch bedeutende Probleme nicht umgeben von den Truppen an den Docks besprochen werden sollten, und sie gab Hokanus Druck nach und machte sich durch die Reihen der drängenden Krieger auf den Weg zum Herrenhaus. In dunkler Vorahnung meinte sie mit leiser Stimme: »Ich sehe, daß du unsere Heimgarnison bereits mobilisiert hast. Um des Wohles unserer Kinder willen müssen wir Boten zu unseren Verbündeten und Vasallen schicken und sie auffordern, sich ebenfalls auf den Krieg vorzubereiten.«

Hokanu führte sie mit Händen über die Schwelle, die wie durch ein Wunder nicht zitterten. Er hielt nicht an, um zu erklären, daß ein solcher Ruf zu den Waffen sicherlich die Aufmerksamkeit der Versammlung auf sich ziehen würde, sondern sagte mit steinerner Stimme: »Incomo, kümmert Euch darum. Schickt unsere schnellsten Boten und solche, die loyal genug und bereit sind, bei diesem Dienst ihr Leben zu lassen.« An Mara gewandt, fügte er hinzu: »Während deiner Abwesenheit habe ich eine Kette von Boten aufgebaut, die zwischen hier und dem Shinzawai-Landsitz hin und her eilen. Arakasi half mir dabei, obwohl er das Projekt nicht guthieß. Es wurde hastig aufgebaut und erfordert viele Menschen und große Vorsichtsmaßnahmen, damit unsere Botschaften ohne Verzögerungen weitergebracht werden. Mein Cousin Devacai hat genug Schwierigkeiten gemacht, um nicht auch einer von Jiros Verbündeten sein zu können.«

Als Incomo mit seinen spindeldürren Beinen davoneilte, gab Mara mit einer Handbewegung Lujan und Saric zu verstehen, zu ihr zu kommen, um sich zu beraten. Als sie Kamlio etwas verloren hinter ihnen hertrotten sah, forderte sie das Mädchen auf, ebenfalls zu folgen.

Dann kehrten ihre Gedanken wieder zu dem Problem zurück, als Hokanu meinte: »Unsere Unterstützer werden rasch aufs Feld gebracht. Für eine Weile können wir einige unserer Truppen unter den Bannern unserer Verbündeten verbergen, doch das wird nicht lange gehen. Mögen die Götter auf unser Anliegen lächeln und Chaos und Staub in die Augen der Erhabenen streuen, um sie zu verwirren! Es wird eine Erleichterung sein, dieses Stillhalten endlich zu beenden!« Seine Augen zogen sich zusammen. »Die Anasati sind der Rache der Shinzawai zu lange ausgewichen, die ihnen für die Ermordung meines Vaters gebührt.« Dann hielt er inne und zog Mara in einer längeren Umarmung an sich, als er es in der Öffentlichkeit an den Docks hatte tun wollen. »Mein Liebling, was für eine furchtbare Rückkehr. Du bist nach Thuril gegangen, um einen furchtbaren Krieg abzuwenden, und jetzt kehrst du zurück und erfährst, daß das Spiel des Rates wieder einmal zu Blutvergießen führen wird.« Er blickte hinab in ihr Gesicht und wartete taktvoll, ohne Fragen über den Erfolg ihrer Mission zu stellen.

Mara spürte seine unausgesprochenen Fragen, verwundert darüber, daß sie ihm seine ungeschickte Haltung bei Kasumas Geburt nicht mehr länger vorzuwerfen schien. Die Tatsache, daß sie knapp dem Tod entronnen war, hatte die Prioritäten wieder zurechtgerückt. Als wären ihre beiden Häuser nicht gerade von großem Unheil bedroht, bezog sich ihre gemurmelte Antwort auf die Angelegenheit, die ihr am meisten am Herzen lag. »Ich bin über eine bestimmte Tatsache informiert worden, die du mir hättest mitteilen müssen, und zwar gleich.« Ihre Lippen verzogen sich zu einem traurigen kleinen Lächeln. »Ich weiß, daß ich keine Kinder mehr haben kann. Laß das jedoch nicht zu einem Hindernis für deinen Wunsch nach einem Sohn werden.«

Hokanu wölbte protestierend die Brauen; einmal, weil sie dies mit solcher Gelassenheit aussprach, und dann, weil sie die größere Bedeutung ihrer Reise ignoriert hatte. Doch bevor er etwas sagen konnte, fuhr Mara fort: »Hokanu, ich habe große Wunder gesehen. Doch davon können wir erst später reden, wenn wir allein sind.« Sie streichelte seine Wange und küßte ihn, und ohne die Augen von dem Antlitz abzulenken, das sie immer noch sehr mochte, erkundigte sie sich: »Hat Arakasi irgendwelche Nachrichten geschickt?«

»Ein Dutzend, seit du fort warst, doch seit gestern nichts mehr. Zumindest bis jetzt noch nicht.« Hokanus Hand schloß sich fest um ihre Taille, als fürchtete er, sie könnte sich ihm entziehen, da die Anforderungen als Herrscherin sie in Beschlag nahmen.

Mara wandte sich an Saric. »Benachrichtige Arakasi durch das Netzwerk, daß ich ihn so schnell wie möglich hier sehen möchte.«

Mara drehte sich um und sah Kamlio mit einem sowohl ängstlichen als auch entschlossenen Gesichtsausdruck dastehen. Was immer sie Mara in den entfernten Bergen Thurils über den Umgang mit dem Supai gesagt hatte, verschwand jetzt mit der Erkenntnis, daß er bald hiersein würde. Die ehemalige Kurtisane spürte Maras Blicke auf sich, und sie warf sich unterwürfig in der ehrerbietigsten Haltung einer Sklavin auf den Boden. »Lady, ich werde Euch nicht enttäuschen.«

»Dann setz Arakasi dieses Mal nicht so zu«, erwiderte die Lady. »Denn unser aller Leben hängt möglicherweise von ihm ab. Steh auf.« Kamlio gehorchte, und Mara fügte freundlicher hinzu: »Geh und mach dich etwas frisch. Die Götter wissen, wir hatten eine anstrengende Reise, und es wird in den kommenden Tagen wenig genug Zeit geben.« Als das Mädchen davoneilte, wandte sich Mara an Lujan. »Helft Irrilandi, unsere Krieger aufzustellen, und wenn sie unterwegs zum Sammelplatz sind –« Hier hielt sie inne. »Welchen Sammelplatz hast du ausgewählt, Hokanu?«

Hokanu warf ihr ein sanftes Lächeln zu, in dem die Sorge die Erheiterung überwog. »Wir sammeln uns an den Flußufern am Rand Eures Anwesens, weil wir vermuten, daß Jiro seine Hauptarmee den Gagajin hinunterbringen wird. Die Versammlung kann uns nicht vorwerfen, dem Edikt zu trotzen, solange wir uns innerhalb unserer eigenen Grenzen aufhalten. Die Truppen der Shinzawai werden mit den Clan-Farben vom Norden her auf Kentosani zumarschieren, und eine gemischte Garnison der Tuscalora- und Acoma-Streitkräfte wird auf der Straße marschieren, um sämtliche Kompanien traditioneller Verbündeter abzufangen – oder Truppen der Anasati, die den langsameren Weg über Land nehmen.«

Mara grübelte. »Jiro muß sich auf diesen Tag vorbereitet haben.«

Lujan führte ihre Gedanken fort: »Die Belagerungsmaschinen? Denkt Ihr, er hält sie in den südlichen Wäldern vor der Heiligen Stadt versteckt?«

»In den südlichen oder nördlichen«, sagte Hokanu. »Arakasi berichtet, daß der Aufenthaltsort der Anasati-Maschinenbauer ein gut gehütetes Geheimnis ist. Einige der Mitteilungen während eurer Abwesenheit berichteten vom Auseinandernehmen und Verschiffen über umständliche Routen zu unbekannten Plätzen. Er schrieb außerdem, daß sich die Saboteure, die wir zusammen mit den Plänen des Spielzeugmachers hinschickten, nur ein einziges Mal gemeldet haben. Nach unserem Kode können wir davon ausgehen, daß alles in Ordnung ist und daß sie bei den Belagerungsmaschinen sind. Doch ihre Lage ist wirksam verschleiert worden.«

»Ich hätte auch Truppen heimlich versteckt, wäre ich an Jiros Stelle«, mutmaßte Mara; dann gab sie Lujan letzte Befehle, bevor er sich aufmachte. »Ich möchte eine Beratung mit Euch und Irrilandi, bevor das letzte Boot die Docks verläßt. Wissen wir denn gar nichts über Jiros Aufstellungsplan?« Sie erkannte die negative Antwort an Hokanus Gesicht und wußte, daß sie die gleichen Gedanken hegten, daß Arakasis Befürchtungen sich möglicherweise bewahrheitet hatten und Chumakas Netzwerk dem der Acoma überlegen war. Wie sonst könnten solch gewaltige Maschinen bewegt werden, ohne daß sie jemand sah? Mara fuhr fort: »Wir können nur raten und unsere Kampagne auf alle möglichen Fälle abstimmen.«

Während der Kommandeur der Acoma salutierte und davoneilte, betrachtete Hokanu seine Frau in zärtlicher Verzweiflung. »Mein tapferer Armeekommandeur, glaubst du wirklich, wir hätten uns während deiner Abwesenheit auf die faule Haut gelegt?« Er zog sie durch den gewölbten Gang in die Schreibstube, wo Kissen für eine Besprechung auslagen und ein Sandtisch jetzt den mit den Pergamentrollen ersetzte. Dort lag aus einem Lehmklumpen geformt eine Nachahmung der Provinz Szetac, mit den Reihen von Nadeln und Markierungszeichen, die ein Stratege benutzte, um die im Feld befindlichen Kompanien anzuzeigen.

Mara warf einen Blick darauf. Ihr Körper straffte sich, und ihr Gesicht bekam etwas Entschlossenes. »Was ich sehe, ist eine Verteidigungsaufstellung.«

Ihr Blick wanderte über den Sandtisch und blieb schließlich auf Saric haften, dem einzigen Berater, der jetzt noch anwesend war. Sie endete mit einem flehentlichen Blick auf ihren Mann: »Was wir zu verhindern suchten, einen allzu mächtigen Kriegsherrn, hat uns einen noch schwierigeren Weg beschert: Es gibt keinen Hohen Rat, der das Blutsrecht Jehilias, den Thron als Kaiserin zu erklimmen, bestätigen könnte. Solange die Versammlung nicht einschreitet, ist Justin als legaler Bewerber zwischen den Fängen eines komplizierten Plans gefangen; als solcher ist er entweder eine tote Marionette oder eine scharfe Waffe, die jede abweichende Gruppe als Entschuldigung benutzen kann, um dieses Land in einen Bürgerkrieg zu stürzen. Ohne einen solchen Rat können wir keinen Regenten ernennen, der die Regierung an etwas Stabilität binden würde, bis durch eine vernünftige Lösung der Heiratsfrage ein neuer Kaiser bestimmen wird. Selbst wenn uns im Kaiserlichen Viertel viele unterstützen würden, um die Kontrolle ergreifen und den Rat wieder einberufen zu können, hätten wir eine Sackgasse, und es gäbe genug Gezänk und Mord, um die Nacht der Blutigen Schwerter wie eine Übung zwischen den Kompanien neuer Rekruten aussehen zu lassen. Die Gewalt würde anhalten, bis eines der Häuser stark genug ist, um die Unterstützung seiner Ziele erzwingen zu können.«

Saric blickte grimmig drein. »Welche Ziele, Mistress? Nach Ichindars kühnem Griff nach der absoluten Herrschaft – welcher Lord wäre da mit der Wiedereinführung des Amtes des Kriegsherrn zufrieden?«

»Ihr werdet es sehen.« Maras Worte klangen scharf. »Eine Ratifizierung wird es jedenfalls nicht geben. Selbst mit all unserer Unterstützung ist es unvorstellbar, daß ein Mädchen von zwölf Jahren regiert. Und Ichindars verwöhnte Erste Frau? Wenn Lord Kamatsu als Kaiserlicher Kanzler noch leben würde, könnten wir möglicherweise mit unserer Entschlossenheit eine Frau auf den Thron bringen, wo jetzt ein Mädchen ist. Doch wenn ich deine Bemerkung richtig verstanden habe, Hokanu, hat sich die Unterstützung des Clans der Kanazawai unter dem Druck deiner Rivalen und unzufriedenen Cousins aufgesplittert. Du besitzt das Amt, doch nicht den vereinten Clan, den dein Vater geschmiedet hatte. Möglicherweise wird Hoppara von den Xacatecas als unser Verbündeter auftauchen, doch Frasai von den Tonmargu ist noch immer Kaiserlicher Oberherr. Der Mann mag alt und schwach sein, doch er hat immer noch dieses Amt inne, und da er ein Clan-Bruder Jiros ist, bezweifle ich, daß er einen unabhängigen Weg beibehält, wenn das Chaos ausbricht. Nein, ein neuer Rat könnte das Blutvergießen jetzt nicht aufhalten. Statt dessen wird der erste Lord, der den Palast unter seine Kontrolle bringt, die Priester zwingen, Jehilia auf den Thron zu setzen, sie dann zu seiner Frau nehmen und sich selbst zum Kaiser ernennen.«

Saric schloß wie immer mit einer neuen Frage: »Ihr glaubt, daß Jiro hinter dem Attentat der Omechan auf den Kaiser steckt?«

Doch seine Worte blieben unbeachtet. Hokanu starrte voller Schrecken in die tiefen Augen seiner Frau. Er sprach mit sehr ruhiger Stimme: »Du denkst nicht über eine Verteidigung nach, Lady. Du wirst deine Truppen nicht aufrufen, sich mit den Kaiserlichen Weißen zu verbinden, um den Sturm aufzuhalten, der bald schon Kentosani erschüttern wird?«

»Nein«, gestand Mara in der eisigen Stille. »Das werde ich nicht. Wenn ich die Heilige Stadt zuerst erreiche, werde ich angreifen.«

»Justin?« In Sarics Stimme schwang Ehrfurcht mit. »Ihr möchtet Euren Sohn als Jehilias Mann auf den Thron setzen?«

Mara wirbelte wie ein in die Enge getriebenes Tier herum. »Und weshalb nicht?« Ihr ganzer Körper bebte vor Anspannung. »Er ist ein rechtmäßiger Bewerber um das göttliche Amt des Kaisers.« Dann brach es in der nachfolgenden Stille in schmerzerfülltem Flehen aus ihr heraus: »Erkennt ihr denn nicht? Erkennt ihr es denn gar nicht? Er ist noch ein kleiner Junge, und es ist die einzige Möglichkeit, sein Leben zu retten!«

Sarics Verstand war schon immer sehr beweglich gewesen. Er war der erste, der die Bedeutung ihrer Worte erkannte und hinter Maras Angst blickte. Er wandte sich ohne jede Spur seines gewöhnlichen Takts an Hokanu, dessen Gesicht vollkommen starr war. »Sie hat recht. Justin würde, solange er lebt, für jeden anderen, der das Mädchen zur Heirat zwingt, eine ständige Bedrohung darstellen. Unabhängig davon, wie stark die Armee des selbsternannten Kaisers ist, er würde gleichzeitig Feinde mit auf den Thron ziehen. Kein Gesetzespunkt würde übersehen werden, und Maras Beliebtheit als Gute Dienerin würde zwangsläufig dazu führen, Justins Verbindung zum Kaiserlichen Geschlecht zu erkennen. Abweichler würden sich in einem gemeinsamen Aufschrei auf Justin stürzen, ob wir es wollen oder nicht. Andere sind möglicherweise bereit, uns alle zu töten, um die Gelegenheit zu erhalten, den Jungen als ihre Marionette auf den Thron zu setzen.«

»Bürgerkrieg.« Mara seufzte; sie klang tief verwundet. »Wenn Jiro oder ein anderer Lord die Krone erhält, haben wir keinen Kaiser, kein verehrtes Licht des Himmels, sondern nur einen noch glorifizierteren Kriegsherrn. Es wäre eine Mischung der schlimmsten Anteile der beiden Ämter, während wir das Beste zu verbinden trachteten.«

Hokanu rührte sich plötzlich. Er umfaßte ihre Schultern, und sie ließ ihren Kopf rechtzeitig gegen seine Brust sinken, damit ihr Tränenausbruch verborgen blieb; dann streichelte er sie in trauriger Zärtlichkeit. »Lady, fürchte niemals, meine Unterstützung zu verlieren. Niemals.«

Eingehüllt von seiner Wärme, fragte Mara: »Dann mißbilligst du meinen Plan nicht?«

Hokanu strich die Haare zurück, die sich im Fieber ihrer früheren Umarmung aus der Kopfbedeckung gelöst hatten. Sein Gesicht war plötzlich voller Sorge und dunkler Vorahnung. »Ich kann nicht sagen, daß ich den Gedanken liebe, Lady meines Herzens. Doch du hast recht. Justin wird ein gerechter Herrscher sein, wenn er alt genug ist. Und bis dahin können wir als seine Wächter weiterhin die Grausamkeiten des Spiels des Rates zurückdrängen und den Nationen eine neue Stabilität aufzwingen. Die Leute müssen sich alle seinem und Jehilias Anspruch fügen, und die Götter wissen, das Mädchen verdient einen Mann, der ihrem Alter und ihren Neigungen entspricht. Es würde ihr tatsächlich sehr schlecht gehen als Marionette, verheiratet mit einem Mann, der so fanatisch von seinen Zielen getrieben wird wie Jiro.«

Dann spürte er, daß seine Frau an den Verlust Ayakis dachte und daß wegen der Bedrohung Justins ihr Bedürfnis nach Alleinsein in diesem Augenblick alle anderen Angelegenheiten überwiegen mußte. Hokanu hob seine Frau hoch, bettete sie an seiner Brust und trug sie sanft aus der Schreibstube. Als er den Gang entlang auf ihr Schlafzimmer zuging, rief er Saric über die Schulter zu: »Wenn Ihr von Thuril einige Mittel mitgebracht habt, die die Versammlung ruhigstellen, können wir nur zu den Göttern beten, daß es wirkt. Denn wenn ich nicht ganz falsch liege, werden wir Jiro von den Anasati bald auf dem Schlachtfeld gegenüberstehen.«

Als sie allein in ihren Gemächern waren, wehrte sich Mara ungeduldig gegen Hokanus Umarmung. »So viel zu tun – und so wenig Zeit.«

Hokanu ignorierte ihre Bemühungen und legte sie auf die üppigen Kissen auf ihrer Schlafmatratze, und nur seine im Kampf geschulte Geschwindigkeit ermöglichte es, daß er ihre Handgelenke umfassen konnte, als sie sich sofort bemühte, wieder aufzustehen. »Lady, wir wurden nicht unvorbereitet getroffen. Arakasi sorgte dafür, daß wir immer informiert waren. Keyoke ist ein fähigerer Stratege, als wir es sind, und Saric wird keine Zeit verstreichen lassen und sie schnellstens darüber in Kenntnis setzen, daß Justin seinen Anspruch erheben muß.« Als Mara ihren Blick in ihn bohrte, schüttelte er sie ein wenig unsanft. »Gönn dir eine Stunde! Deine Leute werden viel besser sein, wenn sie nicht immer abgelenkt werden. Laß deinen Kommandeur sich mit Irrilandi und Keyoke besprechen und seine Arbeit tun! Und dann, wenn er Zeit gehabt hat, seine Ideen zu sammeln, können wir eine Beratung abhalten und den besten Plan schmieden.«

Mara sah wieder aus, als würde sie zusammenbrechen. »Du machst dir keine Sorgen wegen der Shinzawai-Besitztümer im Norden oder der Einmischung deines Cousins Devacai?«

»Nein.« Hokanus Stimme klang fest wie ein Fels. »Ich habe Dogondi als Ersten Berater der Shinzawai geerbt, erinnerst du dich? Mein Vater vertraute ihm jahrelang, besonders, wenn er als Kaiserlicher Kanzler abwesend war. Dogondi ist so fähig, wie es nur geht, und mit unserer neuen Informationskette wird er vor Sonnenuntergang morgen abend wissen, daß du Hilfe brauchst. Incomo und er haben wie alte Spießgesellen zusammengearbeitet. Vertraue auf die Fähigkeiten deiner Offiziere, Mara. Meine eigenen Leute hast du im Sturm für dich gewonnen, und nicht einer im Blau der Shinzawai würde nicht sein Leben für dich geben. Aber nur, wenn du nicht mit deiner uninformierten Meinung ihre Arbeit störst.«

Wieder lief eine bebende Woge durch Maras Körper. »Wie habe ich das nur all diese Monate ohne dich geschafft?« wunderte sie sich. Ihre strapazierten Nerven ließen ihre Stimme dünn klingen. »Natürlich hast du recht.«

Hokanu spürte, wie sie sich entspannte. Als er glaubte, daß es anhalten würde, ließ er sie los und winkte eine Zofe herbei, die ihr die Reisekleider abnehmen sollte. Als die Frau sich an die Arbeit machte, merkte er schon bald, daß er nicht anders konnte, als ihr ebenfalls dabei zu helfen. Als er das Übergewand seiner Frau abgestreift und die Bänder des Untergewandes geöffnet hatte, glitten seine Hände über die sanfte Wärme ihrer Haut. »Eine bittere Rückkehr«, murmelte er.

»Zumindest nicht so, wie ich es mir gewünscht hätte. Ich habe dich vermißt.«

Die Zofe hätte genausogut auch unsichtbar sein können.

Hokanu lächelte. »Und ich dich.« Er tastete mit den Händen, um die Verschlüsse seiner Brustplatte zu öffnen, dann verlor er die Konzentration selbst für eine solch einfache Aufgabe, als die Zofe Maras letztes Gewand entfernte. Der Anblick seiner Lady, selbst müde und staubig von der Straße, mit Haaren, die sich von den Nadeln gelöst hatten, raubte ihm den Atem. Sie bemerkte seine Verwirrung und lächelte. Sie legte ihre Hände auf seine und half, die Lederriemen durch die Schnallen zu schieben, bis er seine Lippen auf ihre preßte und sie küßte. Danach bemerkte niemand von ihnen mehr, wie die Zofe die Aufgabe zu Ende führte und ihn auszog, sich dann vor ihnen verneigte und sich leise aus dem Raum stahl.

Später, als das Paar nach dem Liebesspiel zufrieden dalag, strich Hokanu sanft mit dem Finger über Maras Wange. Das Licht, das durch die Läden fiel, ließ die grauen Altersstrhnen in ihrem Haar silbrig erscheinen, und ihre Haut zeigte Alterserscheinungen von der härteren Sonne der südlichen Länder. Selbst als er sie zärtlich berührte, wand sie sich und murmelte erneut: »Es gibt so viel zu tun, und wir haben so wenig Zeit.«

Mara stützte sich auf einen Ellbogen; es war eine Unruhe in ihr, die nicht mehr unterdrückt werden konnte.

Hokanu lockerte seine Umarmung; er wußte, daß er sie nicht würde halten können. Ein Krieg mußte in offenem Widerstand gegen die Mißbilligung der Versammlung geführt werden, und das Leben des jungen Justin hing von den Folgen ab.

Doch als Mara aufstand und nach ihrer Zofe in die Hände klatschte, um sich die Kampfkleidung anlegen zu lassen, starrte ihr Mann mit einer schrecklichen Wehmut auf sie. Hiernach würde nichts zwischen ihnen mehr so sein wie zuvor. Entweder würde Jiro auf dem goldenen Thron sitzen, und Mara und alle, die er liebte, wären vernichtet; oder sie würden in dem Versuch umkommen, Justin zum Kaiser zu machen; oder, was vielleicht am schmerzhaftesten wäre, Lady Mara würde Herrscherin von Tsuranuanni. Doch er hatte keine Wahl; um das Wohl seiner eigenen Tochter willen mußte er die Notwendigkeit eines Krieges anerkennen und auf das legendäre Glück der Guten Dienerin vertrauen, das sie beide und ihre Kinder am Leben erhalten würde. Er stand von der Matratze auf, war mit einem Schritt neben Mara, und während sie den einen Arm hilflos dem Ankleideprozeß unterworfen hatte, nahm er ihr Gesicht in die Hände und küßte sie sanft. »Nimm dir Zeit für ein Bad. Ich werde vorgehen und mich mit Lujan und Irrilandi besprechen.«

Mara erwiderte seinen Kuß und warf ihm ein strahlendes Lächeln zu. »Kein Bad könnte mich so gut entspannen wie eines mit dir zusammen.«

Hokanu ließ sich davon ein wenig aufheitern, doch als er in seine Kleidung schlüpfte und zur Kriegsbesprechung eilte, konnte er der tieferen Erkenntnis nicht ausweichen: Egal, ob sie überleben oder in diesem gewaltigen Konflikt sterben würden, ihr Leben würde sich unweigerlich ändern. Er wurde die düstere Vorahnung nicht los, daß die kommenden Ereignisse zu einer Distanz gerade zu der Lady führen würden, die er am meisten liebte.

Acht

Die Versammlung

Chumaka lächelte.

Er rieb sich heftig die Hände, als wolle er sie aufwärmen, doch es war heiß draußen. Die Kälte, gegen die er sich schützte, kam von seiner inneren Erregung. »Endlich, endlich«, murmelte er. Er wühlte sich durch einen Stapel Papiere und Korrespondenz, um etwas zu suchen, das aussah wie eine nichtschriftliche Form von Buchungsangaben auf einem zerknitterten Blatt Papier. Doch die Angaben verbargen einen komplizierten Kode, und die heimliche Nachricht war genau jene, für die Chumaka alles getan hatte, um sie zustande zu bringen.

Er ignorierte die gewölbten Augenbrauen und den fragenden Gesichtsausdruck seines Buchhalters und eilte zu seinem Herrn.

Jiro zog es vor, den Mittag träge zu verbringen. Er gönnte sich niemals eine Siesta oder amüsierte sich, wie so viele andere Lords, während der Hitze mit lässigen Spielereien mit Konkubinen. Jiros Geschmack war mehr asketischer Natur. Er empfand das Geplapper von Frauen als Ablenkung, und zwar so sehr, daß er einst in einer Laune sämtliche Cousinen dem Tempeldienst übergeben hatte. Chumaka kicherte bei der Erinnerung. Die Mädchen konnten keine Söhne bekommen, die sich einmal zu Rivalen entwickeln mochten, und das machte die unbeherrschte Handlung zu einer weiseren Tat, als Jiro ahnte. Jiro zog instinktiv Zurückgezogenheit und Alleinsein vor. Um diese Stunde würde er in seinem Bad zu finden sein oder im Portikus, der die Bibliothek mit dem Raum der Schreiber verband, die kühle Brise genießen und lesen.

Chumaka hielt an der Kreuzung zweier Korridore an, die schlecht beleuchtet waren, da in der Hitze keine Lampen brannten, doch sie rochen schwach nach dem Wachs und Öl, das zur Pflege des Holzbodens benutzt wurde. Seine Nase juckte.

»Heute nicht das Bad«, murmelte er, denn er konnte in der Luft keinen entsprechenden Geruch entdecken, als Jiros Sklaven an ihm vorbeigingen. Sein Lord war sehr genau, wenn nicht sogar pingelig. Er mochte sein Essen gut gewürzt, um seinen Atem süß zu halten, und schätzte Parfum im Waschwasser.

Die herabhängenden Zweige der Ulo-Bäume, die den Portikus säumten, spendeten in der Sommerschwüle ein bißchen kühle, frische Luft. Jiro saß auf einer Steinbank, eine Pergamentrolle in der Hand und noch mehr willkürlich zu seinen Füßen aufgeschichtet. Ein taubstummer Sklave war bei ihm, bereit, seinem Herrn beim kleinsten Fingerschnippen zu Hilfe zu eilen. Doch Jiro hatte nur selten Bedürfnisse. Abgesehen vom gelegentlichen Wunsch nach einem kühlen Getränk saß er häufig bis zum Nachmittag da, wenn er sich mit seinem Hadonra treffen würde, um die Finanzen des Anwesens oder einen Poesievortrag zu besprechen oder in den hübschen, von seiner Urgroßmutter entworfenen Gärten umherzugehen.

Tief in seine Lektüre versunken, reagierte Jiro nicht sofort auf das schnelle Trippeln von Chumakas Sandalen auf den Terrakotta-Fliesen. Als er das Geräusch bemerkte, schaute er auf, als wäre er gestört worden, die Stirn verärgert gekräuselt, die Haltung steif vor mühsamer Beherrschung.

Sein Ausdruck veränderte sich sofort, verriet jetzt Resignation. Chumaka war von seinen Bediensteten am schwierigsten fortzuschicken, ohne daß er seinen Rang als Herrscher bemühen mußte. Irgendwie war es für Jiro erniedrigend, wenn er direkte Forderungen übermitteln mußte: Sie waren grausam, und er schätzte sich wegen seines Sinns für Feinheiten, eine Eitelkeit, die Chumaka auszunutzen gelernt hatte.

»Was ist los?« seufzte Jiro; dann hielt er inne und unterdrückte seine gelangweilte Haltung, als er begriff, daß sein Erster Berater jenes unverfrorene breite Lächeln zur Schau stellte, das er für gute Neuigkeiten bereithielt. Das Gesicht des Lords der Anasati erhellte sich ebenfalls. »Es ist Mara«, riet er. »Sie ist heimgekehrt und hat festgestellt, daß sie im Nachteil ist, hoffe ich.«

Chumaka winkte mit seinem kodierten Bericht. »In der Tat, Mylord, und noch mehr. Ich habe gerade direkt von unserem Spion unter Hokanus Boten eine Nachricht erhalten. Wir haben genaue Informationen darüber, wie sie ihre Truppen aufstellen will.« Hier wurde die Freude des Ersten Beraters etwas gedämpfter, als er sich in Erinnerung rief, wie schwer es gewesen war, die Geheimschrift zu entschlüsseln, in der Hokanus persönliche Korrespondenz abgefaßt war.

Als spürte er, daß eine Lehrstunde in solchen Feinheiten folgen würde, stürzte sich Jiro auf die nächstliegende Diskussion. »Und?«

»Und?« Chumaka wirkte einen Augenblick verwirrt, als seine Gedanken abgelenkt wurden. Doch seine Augen verloren nichts von ihrer Schärfe, und sein Verstand arbeitete beindruckend schnell. »Und Eure List funktionierte.«

Jiro stand kurz davor, die Stirn unwillig in Falten zu legen. Immer wieder schien Chumaka von ihm zu erwarten, daß er seinen vagen Anspielungen ohne weitere Erklärung folgte. »Von welcher List sprecht Ihr?«

»Welche wohl? Diejenige, die die Konstrukteure Eurer Belagerungsmaschinen und die Pläne des Puppenmachers betrifft. Lady Mara glaubt, daß wir von ihr reingelegt worden sind, indem wir ihre falschen Arbeiter anheuerten. Sie unterläßt es, sich auf einen Angriff jener Kräfte vorzubereiten, die auf den Sturm von Kentosani eingestellt sind.« Hier winkte Chumaka unwillig ab. »Oh, sie hat ihren Ehemann betört, alle Shinzawai-Truppen aus dem Norden herbeizuholen. Sie werden unsere Nordflanke angreifen, glaubt sie, während unsere Reihen in Unordnung sind und wir immer noch darum kämpfen, uns von den Verlusten zu erholen, die sie als Folge des gescheiterten ersten Sturms unserer Rammböcke und Wurfgeschütze erwartet.«

»Sie werden nicht scheitern«, vermutete Jiro, und sein Gesicht wurde weicher. »Sie werden die überalteten Befestigungsanlagen zerstören, und unsere Männer werden bereits im Innern sein.« Er lachte bellend. »Die Truppen der Shinzawai werden nur noch eintreffen, um einem neuen Kaiser huldigen zu können!«

»Und um ihren jungen Erben zu beerdigen!« fügte Chumaka etwas leiser hinzu. Dann rieb er wieder die Hände gegeneinander. »Justin ... Sollen wir sagen, daß er von heruntergefallenem Mauerwerk erschlagen worden ist – oder daß er für einen Dienerjungen gehalten wurde, der als Kriegsbeute dem Sklavenmeister übergeben wurde? Es gibt viele unangenehme Arten, wie ein Junge in den Sklavenunterkünften umkommen kann.«

Jiro preßte mißbilligend die Lippen aufeinander und zog die Augen zusammen. Er fühlte sich nicht wohl bei Praktiken, die er als brutal oder absichtlich grausam betrachtete – nachdem er während seiner Kindheit immer wieder von seinem jüngeren Bruder Buntokapi geärgert worden war, hatte er für solche Dinge nichts übrig. »Ich möchte, daß es schnell und sauber geschieht, ohne unnötige Schmerzen; ein ›fehlgeleiteter‹ Speer tut es genauso«, blaffte er. Dann wurde sein Ton nachdenklicher. »Mara. Es wäre natürlich etwas anderes, sollte die Gute Dienerin des Kaiserreiches den Truppen lebend in die Hände fallen.«

Jetzt war es an Chumaka, der Diskussion auszuweichen. Er war genug Tsurani, um dafür zu sorgen, daß Menschen gequält oder getötet wurden, wenn die Situation solche Maßnahmen erforderte, doch ihm gefiel die Idee ganz und gar nicht, der Guten Dienerin Schmerzen zuzufügen. Der Ausdruck in Jiros Augen, wann immer er über Lady Mara grübelte, verursachte dem Ersten Berater eine Gänsehaut.

»Mit Eurer Erlaubnis, Mylord, werde ich dafür sorgen, daß Euer Kommandeur Omelo die neuesten Informationen über die Aufstellung der Acoma und Shinzawai erfährt.«

Jiro machte eine gelangweilte Handbewegung, um seine Einwilligung zu zeigen, während seine Gedanken immer noch um seine Rachepläne kreisten.

Chumaka wartete gerade noch das zustimmende Zeichen ab, ehe er sich verbeugte und davonmachte; seine Stimmung besserte sich sofort wieder. Noch bevor Jiro seine Pergamentrolle erneut aufgenommen hatte und darin las, hastete der Erste Berater der Anasati, Ideen und Pläne vor sich hinmurmelnd, davon.

»Diese Minwanabi-Krieger, die nicht den Acoma die Treue geschworen haben, als Mara den Titel Gute Dienerin erhielt, könnten jetzt ...«, grübelte er. Ein niederträchtiger Glanz blitzte in seinen Augen auf. »Ja. Ja. Ich denke, die Zeit ist reif, sie von der Grenzgarnison zurückzuholen und zur zusätzlichen Verwirrung unserer Feinde einzusetzen.«

Chumaka beschleunigte seinen Schritt; er pfiff laut, als er außer Hörweite seines Herrn war. »Bei den Göttern«, unterbrach er seine Melodie mit einem Flüstern, »was wäre das Leben ohne die Politik?«

Das Kaiserreich trauerte. Nach der Verkündung von Ichindars Tod waren die Tore zum Kaiserlichen Viertel mit lautem Dröhnen geschlossen worden, und die traditionellen roten Banner der Trauer hatten sich auf den Mauern entfaltet. Die Landstraßen und der Gagajin waren jetzt voller Boten. Die seltenen Metallgongschläge in den Tempeln der Zwanzig Höheren Götter ertönten in Huldigung des Weggangs von Ichindar einundneunzigmal, je einer für jede Generation seines Geschlechts. Die Stadt trauerte der Tradition entsprechend zwanzig Tage; alle Geschäfte, die keine lebensnotwendigen Waren verkauften, hatten ihre Türen mit roten Wimpeln oder Fähnchen verschlossen.

Auf den Straßen innerhalb Kentosanis war es still; die Schreie der Nahrungsmittelverkäufer und Wasserhändler waren verstummt. Nur der Gesang der Priester für den seligen Verstorbenen erklang in der Morgenstille. Die Tradition schrieb ebenfalls vor, daß Unterhaltungen in den Straßen verboten waren, und selbst die Bettler der Stadt mußten stumm, nur mit Gesten, um Almosen betteln. Turakamu, der Rote Gott, hatte die Stimme des Himmels auf der Erde zum Schweigen gebracht, und während Ichindars einbalsamierter Körper in seinem prächtigsten Gewand inmitten eines Kreises aus flackernden Kerzen und singenden Priestern lag, schwieg die Heilige Stadt aus Respekt und Trauer..

Am einundzwanzigsten Tag dann würde das Licht des Himmels auf dem Scheiterhaufen aufgebahrt werden, und der gewählte, von den Priestern der Höheren und Geringeren Götter gesalbte Nachfolger würde den Goldenen Thron besteigen, während die Asche abkühlte.

In Erwartung dieses Tages wurden Intrigen gesponnen und Armeen zusammengezogen. Auch an der Versammlung der Magier ging die Unruhe der Menschen nicht vorbei.

Außerhalb der Stadttore warteten die Handelsbarken; sie waren entweder am Ufer verankert oder verstopften die Docks von Silmani und Sulan-Qu, während sie die Trauerphase des Kaisers befolgten. Die Preise für die Miete von Lagerraum in den Lagerhäusern schnellten in die Höhe, da die Händler nach Möglichkeiten suchten, ihre verderblichen Güter sicher unterzubringen, genau wie ihre kostbaren Wertsachen, die sie nicht unter ungenügender Bewachung auf den Booten zurücklassen wollten. Die weniger glücklichen Makler baten um Platz in privaten Kellern und auf Speichern, und die ganz Unglücklichen verloren ihre Waren in den Wirren des Krieges.

Clans versammelten sich, und die Streitkräfte der Häuser bewaffneten sich. Über den Straßen schwebte der Staub des Spätsommers, der von Tausenden von Füßen aufgewühlt wurde. Die Flüsse waren vollgestopft mit Flottillen aus Barken und Kriegsbooten, und alle mit Rudern oder Staken ausgestatteten Schiffe waren in Beschlag genommen worden, um Krieger zu transportieren. Das Nachsehen hatten die Händler, da ganze Ladungen über Bord geworfen wurden, um der menschlichen Fracht Platz zu machen; in den Städten wurden die Nahrungsmittel knapp, weil den Händlern ganze Wagenladungen an Gemüse, Obst und Fisch abgekauft wurden, ehe sie überhaupt bei den Stadtmärkten eintreffen konnten. Der Tauschhandel an der Landstraße fand nicht selten vor der Spitze eines Speers statt. Die Bauern litten. Die Reichen klagten über hohe Preise, die Kaufleute über gewaltige Einbußen; derweil hungerten die Ärmsten der Armen und durchstöberten die Straßen.

Die Herrscher, die Patrouillen hätten ausschicken können, um die Massen zu bändigen und die Ordnung wiederherzustellen, waren mit anderen Dingen beschäftigt. Sie sandten ihre Krieger aus, um diese oder jene Fraktion zu unterstützen oder die hektische Unruhe auszunutzen und jene Feinde zu überfallen, deren Heimatgarnisonen unterbesetzt waren, da sich die übrigen Krieger auf eine Feldschlacht vorbereiteten. Überfälle bedrohten die Armenviertel, während Profitmacher durch überhöhte Preise fett wurden.

Die verschiedenen Gruppierungen des Kaiserreiches bewaffneten sich und schlossen sich zu gewaltigen Kriegsheeren zusammen, und trotz der vielen Häuser, deren Truppen bei Kentosani zusammenströmten, zeichneten sich die Fahnen drei der führenden Häuser auf verdächtige Weise durch ihre Abwesenheit aus: das Grün der Acoma, das Blau der Shinzawai und das Rot und Gelb der Anasati.

In einem hohen Turm in der Stadt der Magier saß der Erhabene Shimone in einem Arbeitszimmer voller Bücher und Pergamentrollen, das beherrscht wurde von einem Samowar aus hartgebranntem Ton, einem Stück von fremder Kunstfertigkeit und fremdem Ursprung, und umfaßte mit knöchernen Fingern eine Teetasse. Er hatte seine Liebe für die midkemischen Feinheiten in ihren vielfältigen Formen entdeckt, und Diener hielten die Kohlenpfanne unter dem Samowar Tag und Nacht am Brennen. Die Kissen, auf denen der Erhabene thronte, waren so dünn wie sein asketischer Geschmack. Vor ihm stand ein niedriger dreibeiniger Tisch, in dessen Oberfläche ein Sichtkristall eingelassen war, durch das Bilder von den sich rüstenden und Aufstellung beziehenden Kriegsheeren tanzten. Es zeigte Mara und Hokanu in einer Besprechung mit ihren Beratern, gefolgt von Jiro, der heftig gestikulierend einem zögernd wirkenden Omechan-Lord etwas zu erklären versuchte.

Shimone seufzte. Seine Finger klopften einen schnellen Rhythmus gegen die Teetasse.

Doch es war Fumita, der beinahe unsichtbar in den Schatten ihm gegenüber saß, der das Offensichtliche aussprach. »Sie können niemanden zum Narren halten, am wenigsten uns. Sie alle warten, daß die andere Seite den ersten Schritt tut, um dann, wenn wir auftauchen, aus vollstem Herzen sagen zu können: ›Wir verteidigen uns ja nur.‹«

Keiner der Magier äußerte sich zu der traurigen, aber eindeutigen Schlußfolgerung: daß trotz ihrer persönlichen Billigung von Maras radikalen Ideen die vorherrschende Meinung der Versammlung gegen sie sprach. Die Acoma und die Anasati hatten die Kriegshörner erschallen lassen. Es war egal, ob Mara oder Jiro ihre Standartenbanner offiziell entrollten oder nicht, ob sie ihre Intentionen formal angekündigt und den Priester des Kriegsgottes darum gebeten hatten, das Steinsiegel des Tempels von Jastur zu zerstören – alle bis auf die Splittergruppen nahmen ihren Anfang auf eine gewisse Weise bei den Anasati oder Acoma. Die Versammlung der Magier würde unvermeidlich gezwungen sein zu handeln. In der angestrengten Stille, die zwischen Fumita und Shimone herrschte, erklang ein Summen von der anderen Tür. Ein schweres Donnern und schnelle Schritte folgten, und schon machte sich jemand am Holzriegel zu schaffen.

»Hochopepa«, sagte Shimone, die tiefen Augen scheinbar träge halbgeschlossen. Er setzte seine Tasse ab, machte eine kurze Handbewegung, und die Bilder im Kristallglas wurden trübe und verschwanden.

Fumita erhob sich. »Wenn Hocho in Eile ist, kann dies nur bedeuten, daß sich genügend von uns versammelt haben, um ein Quorum durchzuführen«, mutmaßte er. »Wir sollten ihn in die große Halle begleiten.«

Die Tür zu Shimones Privatgemächern öffnete sich quietschend, und ein rotgesichtiger Hochopepa schob sich ins Zimmer. »Ihr beeilt euch besser. Einer der Hitzköpfe unten im Rat schlug gerade vor, die Hälfte der Provinz Szetac in Schutt und Asche zu legen.«

Fumita schnalzte mit der Zunge. »Kein Unterschied zwischen den speertragenden Kriegern und den Bauernfamilien, die vor den Armeen fliehen?«

Hochopepa zog die Wangen ein, als er einatmete. »Keiner.« Er trat zurück, drängte zur Tür und winkte seinen Kameraden, ihm zu folgen. »Und um es noch schlimmer zu machen: Was du gerade sagtest, war das einzige Argument, das die Entscheidung zurückhielt. Sonst wäre irgendein Narr genau in diesem Augenblick da unten und würde alles in Sichtweite in Asche verwandeln!« Er wandte sich zur Halle, ohne darauf zu achten, ob die anderen ihm folgten.

Inzwischen war Fumita durch die Tür und dem korpulenten Magier dicht auf den Fersen. »Nun, ich denke, wir haben die Einbildungskraft, ein paar mehr Hindernisse zu erfinden und sie ein Weilchen länger aufzuhalten.« Er warf einen mahnenden Blick zurück über die Schulter auf Shimone, der sich manchmal genauso zögernd bewegte, wie er Worte benutzte. »Es geht nicht anders, mein Freund. Dieses Mal wirst du genausoviel sprechen müssen wie wir, um unserer Sache zu dienen.«

Der asketische Magier riß die Augen auf, und seine Augen glühten bei dem Affront. »Sprechen ist eine ganz andere Sache, was den Energieaufwand betrifft, als leeres Gerede.«

Als der dünne Magier seinen Blick auf den beleibten Anführer der Gruppe richtete, schien jetzt Hochopepa derjenige zu sein, der beleidigt war. Doch ehe er eine hitzige Antwort zu seiner Verteidigung fand, schob Fumita ihn weiter. »Spart eure Energie«, sagte er und verbarg ein Grinsen hinter seiner ernsten Stimme. »Unsere Phantasie sollten wir gleich besser in der Beratung nutzen. Möglicherweise zanken sie sich da unten wie midkemische Affen, und wir rauschen da rein und machen es nur noch schlimmer.«

Ohne weitere Diskussion eilten die drei den Gang entlang auf den Eingang der großen Halle zu.

Die Debatte, zu der Maras Unterstützer eilten, dauerte tagelang. Viele Male im Laufe der Geschichte des Kaiserreiches hatten Streitigkeiten die Versammlung entzweit, doch niemals zuvor hatte eine Auseinandersetzung so lange gedauert oder war so hitzig geführt worden. Windböen fuhren durch die große Halle, die den Magiern als Versammlungsraum diente. Immer mehr Mitglieder fanden sich ein. Die hohen, mehrstöckigen Galerien waren fast bis auf den letzten Platz gefüllt – etwas, das in jüngster Zeit nur bei den Debatten über Milambers Exil und die Abschaffung des Amts des Kriegsherrn geschehen war. Lediglich die Erhabenen fehlten, die bereits unter Altersschwäche litten. Die Luft wurde stickig von den vielen Anwesenden, und da eine Versammlung niemals aufgelöst wurde, ohne daß eine endgültige Entscheidung gefallen wäre, gingen die Wortgefechte tage- und nächtelang weiter und weiter.

Und wieder sickerten die Strahlen eines neuen Morgens grau durch die hohen Kuppelfenster, färbten die lackierten Bodenfliesen silbern und offenbarten in jedem Gesicht die Spuren von Müdigkeit. Das Licht schälte in trüben Farben die einzig wirkliche Bewegung heraus: In der Mitte der gewaltigen Halle schritt ein korpulenter Magier auf und ab, wild gestikulierend und redend.

Müdigkeit lag auch auf Hochopepas Gesicht. Er wedelte mit dem dicken Arm; seine Stimme war von den vielen Stunden ununterbrochenen Redens längst heiser. »Und ich flehe jeden einzelnen von euch an, zu bedenken: Große Veränderungen haben begonnen, die niemand rückgängig machen kann!« Er hob den anderen Arm und klatschte in die Hände, um seinen Gedanken zu unterstreichen, und viele der älteren Schwarzgewandeten zuckten zusammen, als sie derart aus ihrem Schlummer gerissen wurden. »Wir können nicht einfach mit den Fingern schnippen, und schon kehrt das Kaiserreich zu den alten Zeiten zurück! Die Tage des Kriegsherrn sind vorüber!«

Mißbilligende Rufe wurden laut. »Die Armeen marschieren bereits, während wir noch diskutieren!« schrie Motecha, einer der erklärten Gegner der Politik des verstorbenen Ichindar.

Der beleibte Magier in der Mitte der Halle bat mit erhobener Hand um Ruhe. Er war in der Tat dankbar für die kurze Pause; sein Hals war wund vom vielen Sprechen. »Ich weiß!« Er wartete, bis wieder Ruhe eingekehrt war, und fuhr dann fort: »Man hat uns getrotzt. So hörte ich viele von euch immer wieder sagen« – er blickte sich im Raum um, sich der Veränderung bewußt, die wie eine Welle durch die Zuhörerschaft rollte –, »immer und immer wieder.« Selbst die gesetzteren Mitglieder im Rat rutschten jetzt auf ihren Plätzen hin und her. Sie waren wie betäubt vom langen Sitzen und nicht mehr damit zufrieden, sich zurückzulehnen und nur zuzuhören. Nicht nur die Ungeduldigen versuchten, ihn mit Zwischenrufen zu unterbrechen, und nicht wenige erhoben sich streitlustig. Hochopepa gestand sich ein, daß er schließlich das Feld würde räumen müssen; er hoffte, daß Fumita oder der listige Teloro eine Strategie finden würden, um diese Diskussion noch weiter in die Länge zu ziehen.

»Wir sind keine Götter, meine Brüder«, faßte Hochopepa zusammen. »Wir sind mächtig, ja, aber wir sind immer noch Menschen. Wenn wir jetzt aus Groll oder Furcht vor dem Unbekannten unbesonnen mit Gewalt eingreifen, vergrößern wir nur die Gefahr, daß dauerhaftes Unheil über das Kaiserreich hereinbricht. Jetzt mögen die Leidenschaften heiß aufflammen, doch ich warne euch alle, daß die Folgen eurer Handlungen lang andauern werden. Und sollen wir dann, wenn die Emotionen schließlich abkühlen, bedauern müssen, daß wir etwas getan haben, was nicht mehr zu ändern ist?« Er beendete seine Rede, indem er langsam die Arme senkte und noch langsamer über den Boden schlich. Die schwere Last, die ihn niederzudrücken schien, als er auf seinen Platz sank, war nicht vorgetäuscht; er hatte das Rederecht zweieinhalb Tage erfolgreich für sich beansprucht.

Der gegenwärtige Sprecher der Versammlung kehrte auf den Bereich des Fußbodens zurück, der dem jeweiligen Inhaber des Rederechts zustand, solange er sprach; er blinzelte, als wäre er amüsiert. »Wir danken Hochopepa für seine Weisheit.«

Ein Summen erfüllte die große Halle, als verschiedene Unterhaltungen einsetzten und etliche Erhabene sich darum bemühten, als nächster das Rederecht zu erhalten. Fumita beugte sich über Shimone hinweg und flüsterte: »Gut gemacht, Hocho!«

Trocken mischte Shimone sich ein: »Vielleicht haben wir die nächsten paar Tage das Vergnügen, daß unser Kamerad etwas weniger redselig ist, wenn wir beim Wein zusammensitzen.«

Der Sprecher Hodiku verkündete: »Wir werden jetzt Motecha hören!«

Der kleine, bereits etwas ältere Erhabene mit der Hakennase, dessen zwei Cousins einst als die Schoßhündchen des Kriegsherrn bekannt gewesen waren, erhob sich von seinem Platz. Motecha schritt forsch voran; seine Robe flatterte, als er sich umdrehte. Ein Blick aus seinen scharfen, engstehenden Augen schweifte kurz über die Versammlung. »Wenn es auch interessant war, unserem Bruder Hochopepa zuzuhören, wie er in nicht gerade sparsamer Weise die Ereignisse in allen Einzelheiten wiederholte, so ändert dies doch nichts an den Tatsachen. Zwei Armeen warten in genau diesem Augenblick ungeduldig darauf, endlich mit der Schlacht zu beginnen. Immer wieder gab es Gefechte zwischen ihnen, und nur die Narren unter uns fallen auf die Heuchelei herein, ihre Hausfarben hinter den Bannern ihrer Clan-Cousins oder Verbündeten zu verstecken! Mara von den Acoma hat unserem Edikt getrotzt. Selbst während wir hier sprechen, marschieren ihre Krieger und führen einen verbotenen Kampf!«

»Warum wird nur sie genannt und nicht Jiro von den Anasati?« rief der impulsive Sevean dazwischen.

Teloro ergriff die Gelegenheit, den Einwand mit weiteren Argumenten zu untermauern. »Ihr nennt die Handlungen dieser Armeen Widerstand. Ich erinnere uns alle daran: Das Licht des Himmels ist ermordet worden! Es kann nicht bestritten werden, Motecha, daß die Umstände einen Ruf zu den Waffen erzwangen. Natürlich mußte Lord Hokanu von den Shinzawai die kaiserliche Familie verteidigen. Mara hat Ichindar immer mehr als alle anderen unterstützt. Jiro hingegen, und darauf will ich noch einmal hinweisen, baut Belagerungsmaschinen und heuert Konstrukteure an, um seine eigenen Ambitionen zu verfolgen – nicht um das Kaiserreich zu stabilisieren.«

Motecha kreuzte seine Arme; er wirkte entschlossen und unnachgiebig. »Waren es *die Umstände*, die sowohl Jiro von den Anasati als auch Mara von den Acoma und ihren Mann dazu brachten, ihre Armeen ins Feld zu führen? Keines ihrer Besitztümer war bedroht! Ist dieser Konflikt wirklich unausweichlich? Hat das vorgebliche ›Wohl des Kaiserreiches‹ Mara dazu ›gezwungen‹, ihrer Garnison auf ihrem ursprünglichen Anwesen den Befehl zu geben, die Streitkräfte der Anasati davon abzuhalten, die öffentlichen Straßen nach Sulan-Qu zu benutzen?«

»Nun kommt schon!« bellte Shimone. Er hatte eine autoritäre Stimme, wenn er sich einmal entschied, sie zu erheben, und jetzt spürte man darin gerade noch gezügelten Zorn. »Woher wißt Ihr, daß es Mara war, die diesen Angriff anzettelte, Motecha? Ich hörte von keinem Kampf, nur von einem Gefecht, das damit endete, daß sich die Schlachtreihen zurückzogen. Bezeichnen wir es schon als Bürgerkrieg, wenn nicht viel mehr geschehen ist, als daß ein paar Namen gerufen und Beleidigungen ausgetauscht wurden und gelegentlich ein paar Pfeile hin und her flogen?«

Teloro führte einen weiteren Punkt aus. »Ich möchte, daß ihr euch folgendes vor Augen haltet: Das Banner der Reihen in der Nähe von Sulan-Qu war nicht das der Acoma, sondern das von Lord Jidu von den Tuscalora. Er mag Maras Vasall sein, doch sein Land liegt direkt auf Jiros Weg. Der Lord der Tuscalora hat möglicherweise völlig legal sein Land gegen eine Invasion verteidigt.«

Motecha kniff die Augen zusammen. »Unser Kollege Tapek hat das Schlachtfeld besucht und alles genau beobachtet, Teloro. Ich habe möglicherweise Geschichte nicht so intensiv studiert wie euer Freund Hochopepa, doch ich kann ganz sicher den Unterschied zwischen einer Verteidigungsstellung und einer angreifenden Armee erkennen!«

»Und Jiros Sammlung von Belagerungsmaschinen in den Wäldern vor Kentosani – sollen die etwa zur *Verteidigung* dienen?« rief Shimone zurück, doch sein Beitrag ging im Tumult durcheinanderredender Stimmen unter.

Der Sprecher bat um Ruhe. »Kollegen! Unser Problem erfordert, daß wir uns an die Ordnung halten!«

Motecha zog seine Robe zurecht, wie ein Jiga-Hahn, der sein

Federkleid aufplustert. Er deutete mit einem Finger zu den Galerien. »Pfeile flogen zwischen den Kriegern von einem von Maras Vasallen und den unter der Tarnung des Clans Ionani verborgenen Anasati hin und her. Sollen wir hier herumsitzen und streiten, während unser Edikt ein zweites Mal mißachtet wird? Tapek berichtet, daß die Truppen Bäume gefällt haben, um ihren Bogenschützen bessere Deckung zu geben.«

Hochopepa räusperte sich und krächzte heiser. »Na schön, dann hätte Tapek doch dem Gefecht ein Ende bereiten können.« Dieser Kommentar rief Gelächter und abschätzige Bemerkungen hervor. »Oder hat die Tatsache, daß verirrte Pfeile einem Schwarzgewandeten wenig Hochachtung entgegenbringen, unseren Freund Tapek innehalten lassen?«

Bei diesen Worten sprang Tapek auf; seine Haare leuchteten flammend rot vor dem Hintergrund der schwarzen Gewänder. »Wir haben Mara schon einmal aufgefordert, sofort aufzuhören! Hat sie die Truppen so schnell vergessen, die wir als warnendes Beispiel auf dem Schlachtfeld vernichtet haben?«

»Motecha besitzt das Rederecht«, schaltete sich der Sprecher ein. »Ihr bleibt sitzen, bis Ihr offiziell an der Reihe seid, Freund Tapek.«

Der rothaarige Magier ließ sich wieder auf seinen Platz sinken und murmelte seinen jungen Freunden etwas zu, die bei ihm saßen.

Motecha nahm seinen Gedanken wieder auf. »Ich möchte noch einmal ausdrücklich darauf hinweisen, daß Jiro von den Anasati sich nicht aggressiv verhalten hat. Seine Belagerungsmaschinen mögen die Mauern Kentosanis umgeben, doch sie feuern nicht! Und sie werden es auch niemals tun, solange nur Mara davon abgehalten wird, sich mit ihren Verbündeten im Kaiserlichen Viertel zusammenzuschließen!«

»Welche Verbündeten? Wollt Ihr damit unterstellen, daß Mara Verrat begangen hat?« rief Shimone. »Es ist unzweifelhaft bewiesen, daß sie mit dem Plan der Omechan, Ichindar zu töten, nichts zu tun hatte!«

Erneut brach Unruhe in der Versammlung aus. Der Sprecher Hodiku mußte für einige Minuten die Arme erheben, bis endlich wieder Ruhe eingekehrt war. Das Gemurmel legte sich nur zögernd, und Sevean gestikulierte noch immer, als er einem Kollegen einen Gedanken erklärte. Er senkte verlegen die Stimme.

Hochopepa wischte sich den Schweiß von der Stirn. »Es scheint mir, als wäre es überflüssig gewesen, meine Stimme mit einer solch langen Rede zu erschöpfen.« Er kicherte leise. »Unsere Gegner tun alles, um sich selbst zu verwirren.«

»Aber nicht mehr lange, fürchte ich«, sagte Shimone in unheilverkündendem Ton.

Motecha fügte weitere Anschuldigungen hinzu, die deutlicher waren als die der Erhabenen, die vor ihm vom Rederecht Gebrauch gemacht hatten. »Ich behaupte, daß Mara von den Acoma die Schuldige ist! Ihre Nichtbeachtung, nein, ihre *Verachtung* der Traditionen ist nur zu gut belegt. Andere mögen darüber spekulieren, wie sie zu dem ehrenvollen Titel einer Guten Dienerin des Kaiserreiches kam. Ich jedoch vermute, daß sie und der verstorbene Kaiser ein gewisses ... Verständnis teilten. Mara will Justin, ihren Sohn, auf dem Goldenen Thron sehen, und ich unterstütze Jiros Recht, sich gegen diese schamlose Zurschaustellung der Ziele der Acoma zu verteidigen!«

»Das ist das Ende«, sagte Fumita düster. »Früher oder später mußte ja die Adoption von Maras Kindern in die kaiserliche Familie zur Sprache kommen. Es war klar, daß jemand den Jungen in den Streit hineinziehen würde.«

Es lag aufrichtige Trauer in seiner Stimme, vielleicht entfacht durch die persönliche Erinnerung an seinen eigenen Sohn, von dem er sich hatte trennen müssen, als er selbst ein Mitglied der Versammlung geworden war. Doch was immer er sonst noch hatte hinzufügen wollen, ging in einer Welle von Geschrei unter.

Etliche Magier sprangen auf, einige schienen vor Wut regelrecht zu glühen. Der Sprecher Hodiku wedelte mit seinem Stab, um den Tumult zu beschwichtigen, und als er ignoriert wurde, übergab er das Rederecht einem jungen Magier namens Akani.

Daß viele erfahrenere Magier zugunsten eines Erhabenen übergangen worden waren, der erst vor kurzem seine Lehrzeit beendet hatte, brachte die Versammlung abrupt zum Schweigen.

Akani beherrschte die Stille mit der Stimme eines machtvollen Redners. »Das sind alles Vermutungen, keine Tatsachen, für die es Beweise gibt«, faßte er knapp zusammen. »Wir wissen nichts von den Plänen Maras von den Acoma. Wir müssen zugeben, daß sie ihren erstgeborenen Sohn verloren hat. Justin ist ihr einziger Erbe. Wenn sie wirklich in ein Komplott verwickelt wäre, das zum Ziel hätte, Justin zum Kaiser zu krönen – würde sie eine solche Intrige ausgerechnet zu einem Zeitpunkt in Bewegung setzen, an dem sie sich überhaupt nicht am Hof befindet? Nur ein Narr würde den Jungen ohne den Schutz der Acoma oder Shinzawai sich selbst überlassen, während die Nachfolge geklärt wird. Justin befindet sich zusammen mit Ichindars Kindern im kaiserlichen Kindergarten, der, wie ich erinnern darf, seit dem Tod des Kaisers vor zwanzig Tagen unter Quarantäne steht! Das Leben eines Kindes könnte in einer solch kurzen Zeitspanne tausend verschiedenen Mißgeschicken zum Opfer fallen. Wenn die Truppen der Acoma marschieren, tun sie das, um ihren zukünftigen Lord zu schützen. Kollegen, ich schlage vor«, beendete Akani seinen Beitrag voller Schärfe, »daß wir uns nicht von *Spekulationen* und *Straßenklatsch* beeinflussen lassen, wenn wir unsere Entscheidungen fällen.«

Shimone wölbte die buschigen grauen Augenbrauen, als der junge Magier mit seinem vernünftigen, sachlichen Argument fortfuhr. »Gutes Argument. Der Junge denkt wie ein kaiserlicher Rechtsgelehrter.«

Hochopepa kicherte. »Akani studierte für einen solchen Posten, bevor seine magischen Fähigkeiten ihn zu einem Schwarzgewandeten machten. Was glaubst du wohl, weshalb ich von Hodiku einen Gefallen einforderte und ihn bat, Akani auszuwählen, sollte die Diskussion zu gewalttätig werden? Jiros Unterstützer, wie unser allzu direkter Tapek, dürfen nicht die Möglichkeit erhalten, uns zu übereilten Handlungen zu treiben.«

Und doch konnte nicht einmal Akani mit seinen Fähigkeiten als Rechtsgelehrter das Rederecht lange für sich beanspruchen. Die Gefühle kochten hoch, und inzwischen riefen selbst jene Erhabenen nach einer Lösung, die sich gegenüber den Streitigkeiten neutral verhalten hatten – und sei es nur, um diese lange, ermüdende Sitzung endlich zu einem Ende zu bringen.

Der Druck von allen Seiten trieb die Vorgänge unerbittlich weiter. Akani hatte seine Redekraft erschöpft, und aus Gerechtigkeit gegenüber seiner früheren Entscheidung mußte der Sprecher Hodiku jetzt das Rederecht an Tapek übergeben.

»Nun wird es ernst«, sagte Shimone leise.

Hochopepa zog die Stirn in Falten, und Fumita wurde starr wie eine Statue.

Tapek machte sich gar nicht erst die Mühe, die Zuhörerschaft zu überzeugen. »Es ist eine Tatsache, Kameraden, daß die Versammlung früher einmal als einheitliches Ganzes handelte und Mara aufforderte, Jiro nicht anzugreifen. Ich handle zum Wohle des Kaiserreichs, wenn ich sage: Mara von den Acoma hat ihr Leben verwirkt!«

Hochopepa schoß hoch, erstaunlich schnell für einen Mann mit seiner Leibesfülle. »Ich erhebe Einspruch.«

Tapek wirbelte herum und sah den beleibten Magier an. »Gab es jemals in unserer langen Geschichte einen Sterblichen, dem erlaubt wurde weiterzuleben, nachdem er sich einem unserer Edikte widersetzt hatte?«

»Ich kann mehrere aufzählen«, konterte Hochopepa, »doch ich bezweifle, daß die Angelegenheit damit erledigt wäre.« Seine

Stimme war jetzt kaum mehr als ein leises Knirschen. Er wurde ernst und ließ seine blumigen, umständlichen Phrasen beiseite. »Wir sollten nicht voreilig handeln. Wir können Mara immer noch töten, wenn wir uns dazu entschließen. Doch in diesem Augenblick gibt es wichtigere Dinge.«

»Er will eine Abstimmung erzwingen«, murmelte Fumita besorgt zu Shimone. »Das könnte das Unheil beschleunigen.«

Shimones gerunzelte Stirn schien wie erstarrt, als er antwortete: »Laß ihn ruhig. Das Unheil ist ohnehin unabwendbar.«

Hochopepa schob sich den Mittelgang entlang. Mit seiner rundlichen Figur, dem roten Gesicht und einem Lächeln, das aus tiefstem Herzen zu kommen schien, wirkte er ganz und gar nicht streitsüchtig, und solch ein Auftreten angesichts der angespannten Vorgänge gab ihm ein wenig Freiheit, wenn auch nur, weil die Erheiterung allen dabei half, die Spannung ein wenig abzubauen. Hodiku unterließ es, ihn zurechtzuweisen, als er auf Tapek zuschritt und neben ihm herging. Es sah grotesk aus, als er versuchte, mit seinen pummeligen kurzen Beinen große Schritte zu machen, um mit dem hochgewachsenen Magier mithalten zu können. Hochopepas Fett wippte unter dem Gewand auf und ab, und er schnaufte vor Anstrengung. Er überspielte seine lächerliche Erscheinung, indem er mit der dicken Hand wilde Gesten unter Tapeks Nase vollführte.

Als Tapek seinen Kopf zurückriß, um sein Kinn vor Hochopepas Fingernägeln zu retten, meinte der dicke Magier: »Ich schlage vor, wir suchen erst nach anderen Auswegen, ehe wir *die Gute Dienerin des Kaiserreiches vernichten.*« Einige Mitglieder der Versammlung zuckten bei der Nennung dieses Titels zusammen, und Hochopepa beeilte sich, seinen momentanen Vorteil zu nutzen. »Bevor wir eine Tat begehen, die niemals zuvor in der Geschichte des Kaiserreiches vorgekommen ist – *eine Person zu vernichten, die mit dem ehrenvollsten Titel bedacht wurde, den ein Mensch nur erlangen kann* –, sollten wir nachdenken.«

»Wir haben nachgedacht ...«, unterbrach ihn Tapek und blieb stehen.

Hochopepa ging weiter und rammte seinen jüngeren Kollegen aus scheinbarer Unbeholfenheit, so daß der aus dem Gleichgewicht geriet. Tapek mußte mit kleinen Schritten vorwärts stolpern, wenn er nicht hinfallen wollte. Er war nervös und sprachlos, während Hochopepa unbeirrt mit seinem Monolog fortfuhr.

»Wir sollten zuerst das Blutvergießen beenden und dann Maro und Jiro in die Heilige Stadt bestellen. Dort können wir sie festhalten, während wir über diese Angelegenheit in etwas geordneterer Weise urteilen. Stimmen wir darüber ab?«

»Der Redner beantragt eine Abstimmung!« rief der Sprecher.

»Ich bin der Redner!« wandte Tapek ein.

In diesem Augenblick trat Hochopepa dem Rothaarigen kräftig auf die Zehen. Tapek öffnete den Mund. Seine Wangen wurden erst weiß, dann glühend rot. Er fuhr wütend zu Hochopepa herum, der immer noch mit seinem ganzen Gewicht auf dem Fuß seines Kollegen stand. Während Tapek derart mit persönlichen Unannehmlichkeiten beschäftigt war, sorgte Hodiku für einen beschleunigten Ablauf der Dinge.

»Nun, es war eine lange und langweilige Sitzung«, flüsterte Hochopepa Tapek zu. »Warum setzen wir beide uns nicht hin und beruhigen uns, bevor wir uns der ernsten Aufgabe der Stimmabgabe widmen?«

Tapek knurrte, die Zähne fest zusammengebissen. Er wußte, es war mittlerweile zu spät, um das Protokoll zu unterbrechen und den Ruf nach einer offiziellen Abstimmung zurückzunehmen. Als Hochopepa Tapeks Sandale endlich wieder entlastete, hatte der beleidigte Magier keine andere Wahl mehr, als wütend vor sich hin murmelnd zu seinem Kader aus lauter Grünschnäbeln zurückzuhumpeln. Der Sprecher hob die Hand. »Vernehmt die Wahlmöglichkeiten, ja oder nein. Sollen wir dem Kampf ein

Ende bereiten und Mara und Jiro in die Heilige Stadt bestellen, wo sie sich vor der Versammlung rechtfertigen müssen?«

Jeder der Magier in der gewaltigen Halle hob eine Hand. Licht entsprang ihren ausgestreckten Fingern; das blaue stand für Zustimmung, das weiße für Enthaltung und das rote für Ablehnung. Blau überwog bei weitem, und der Sprecher schloß mit den Worten: »Die Angelegenheit ist damit erledigt. Laßt die Versammlung auseinandergehen, um etwas zu essen und zu ruhen. Wir werden zu einem späteren Zeitpunkt wieder zusammentreten, um darüber zu entscheiden, wer den beiden Parteien, Mara von den Acoma und Jiro von den Anasati, die Nachricht überbringt.«

»Hervorragend!« rief Shimone. Er schien die düsteren Blicke, die Tapek und Motecha in seine Richtung sandten, nicht zu bemerken. Die Magier um ihn herum erhoben sich mit steifen Knochen und seufzten voller Vorfreude auf eine gute Mahlzeit und Schlaf. Die Sitzung hatte sich so lange hingezogen, daß es Tage dauern würde, ehe sich die Leidenschaft für ein zweites Quorum wieder entfachen lassen würde und ein offizieller Sprecher ernannt werden könnte. Und da die Angelegenheit öffentlich von der gesamten Versammlung beschlossen worden war, gab es für Individuen wie Tapek keine Möglichkeit, ihrem eigenen Wunsch nach sofortigem Handeln nachzugeben. Shimones asketisch dünne Lippen verzogen sich in einer Weise, die ein Lächeln hätte sein können. »Ich persönlich könnte mindestens eine Woche lang schlafen.«

»Das wirst du aber nicht tun«, meinte Fumita leicht anklagend. »Du wirst dich an deine Weinflasche kuscheln und über dem Sichtkristall hocken, genau wie wir anderen auch.«

Hochopepa seufzte tief. »Wir haben gerade noch etwas abgewehrt, das vermutlich die zerstörerischste Tat in unserer langen Geschichte gewesen wäre.« Er blickte sich um, um sicherzustellen, daß keine unerwünschten Zuhörer lauschten, dann flüsterte er: »Und wir haben ein paar Tage Aufschub erhalten. Ich bete darum, daß Mara einen klugen Plan hat, den ich nur nicht erkennen kann, oder daß sie durch ihre Reise nach Thuril einen Schutz erhalten hat, den sie rasch anwenden kann. Wenn nicht, und wenn wir sie verlieren, werden wir für weitere Jahrhunderte zu den Grausamkeiten des Großen Spiels zurückkehren ...«

Fumita drückte es noch schärfer aus: »Chaos.«

Hochopepa straffte sich. »Ich spüre das Bedürfnis nach etwas Feuchtem, das meine Kehle beruhigt.«

Shimones Augen blitzten. »Ich habe einen kleinen Vorrat von dem Wein aus Kesh, den du so liebst, in meinem Zimmer.«

Hochopepa runzelte in achtungsvoller Überraschung die Stirn. »Ich wußte gar nicht, daß du mit midkemischen Händlern in Kontakt stehst!«

»Das tue ich auch nicht.« Shimone rümpfte tadelnd die Nase. »In der Nähe der Docks in der Heiligen Stadt ist ein Laden, der immer einen Vorrat hat. Mein Diener fragt nicht danach, wie der Besitzer an die Flaschen kommt, die keinen kaiserlichen Steuerstempel tragen. Und wer würde bei einem vernünftigen Preis schon eine Diskussion beginnen ...?«

Als die drei Magier sich endlich anschickten, die riesige Versammlungshalle zu verlassen, hatte sich ihre Unterhaltung längst allgemeineren Themen zugewandt – als könnten sie durch leichtere Gespräche irgendwie die gewaltige Krise abwenden, die ihr Land und ihre Kultur zu überwältigen drohte.

Neun

Die Schlacht

Das Lager brannte.

Rauch zog über das Schlachtfeld, beißend scharf vom Gestank nach verbrannten Fellen und aus Wolle gewebten Kissen und Wandbehängen, die gewöhnlich die Kommandozelte der tsuranischen Herrschenden und Offiziere schmückten. Kriegshunde knurrten und kläfften, und ein Läufer hastete los, um für einen verwundeten Offizier einen Heiler zu finden. Mara kehrte den Soldaten, die in der Asche nach Leichen und Waffen suchten, den Rücken zu. Der Überfall bei Morgengrauen war ein Erfolg gewesen. Ein weiterer von Jiros traditionalistischen Verbündeten hatte in seinem Zelt den Tod gefunden, noch während sich seine Offiziere und Krieger verwirrt von den Laken erhoben. Lujan war unübertroffen, wenn es um einen Hinterhalt oder Überraschungsangriff ging; im Gegensatz zu seinen Gegnern, die niemals die Härten eines Lebens als Grauer Krieger kennengelernt hatten, wußte er Täuschungen und Listen vorteilhaft einzusetzen. Die meisten Kämpfe wurden zwischen weniger bedeutenden Verbündeten und Vasallen der Acoma und Anasati ausgetragen; andere Auseinandersetzungen fanden zwischen Häusern statt, die noch alte Blutfehden zu begleichen hatten. Und während die Magier einen offiziellen Krieg auf einem großen Schlachtfeld rasch verurteilt hätten, waren diese kleineren Kämpfe bisher nicht bestraft worden.

Eine solche Nachsicht konnte nicht ewig währen, wie Mara wußte, als sie sich müde dem kleinen, schmucklosen Zelt zuwandte, das hastig auf einem von den Kämpfen nicht umgepflügten Fleckchen Erde aufgeschlagen worden war. Auch Lujan wußte es und warf sich mit beinahe fanatischer Energie in jedes neue Gefecht, ganz so, als könne er nicht ruhen, ehe ein weiterer Feind tot war.

Erhitzt, müde und wundgescheuert vom ungewohnten Gewicht der Rüstung trat Mara durch die Zeltklappe in die Dunkelheit ihrer privaten Gemächer. Auf ein Zeichen von ihr eilte eine Zofe herbei und begann die Riemen ihrer Schlachtsandalen zu lösen. Sie hatte das pavillongroße Kommandozelt mit den aufwendigen Annehmlichkeiten im Herrenhaus zurückgelassen und benutzte statt dessen ein einfaches Zelt, das früher Needra-Hirten als Schutz gedient hatte. Seit ihrer Reise nach Thuril hatten sich Maras Ansichten über bestimmte tsuranische Gewohnheiten geändert; außerdem konnte das grüne Kommandozelt mit seinen seidenen Bannern, Abzeichen und Troddeln den Magiern nur zu leicht ihren Aufenthaltsort verraten.

Es war heiß im Hirtenzelt. Doch es schützte vor den direkten Sonnenstrahlen und dämpfte auch ein wenig den Lärm der kommandierenden Offiziere und vor Schmerzen stöhnenden Männer. »Wasser«, forderte Mara. Sie löste mit einer schmutzigen Hand die Kinnriemen ihres Helms.

»Große Lady, laßt mich Euch helfen.« Kamlio kam um die einfache Stoffbahn herumgeeilt, die den Raum in zwei Hälften teilte. Im Gegensatz zu einer Zofe war sie dafür ausgebildet, den Bedürfnissen von Männern zu entsprechen, und die Schnallen von Rüstungen waren ihr vertraut. Fachkundig machte sie sich an die Arbeit, und als sie die polierten Platten nacheinander von Mara nahm, stöhnte diese erleichtert auf. »Gesegnet seist du«, murmelte sie und nickte der Zofe dankbar zu, die ihr einen Becher kaltes Wasser reichte. Niemals wieder würde sie einen solchen Dienst als selbstverständlich nehmen.

Kamlio löste eine weitere Schnalle und merkte, wie Mara zusammenzuckte. »Blasen, Lady?«

Mara nickte kläglich. »Überall. Als könnte meine Haut nicht schnell genug Schwielen bekommen.« Sie legte die offizielle Kleidung als Clanlady des Hadama-Clans nur selten an, doch jetzt war sie mehr denn je auf die sichtbaren Zeichen ihres Ranges und Amtes angewiesen. Sie befand sich auf dem Schlachtfeld, befehligte Truppen und herrschte über eine Allianz, wie sie in der jüngeren Geschichte noch nie dagewesen war. Ob es Truppen unter den Bannern hundert verschiedener kleiner Häuser waren oder ihre eigenen Streitkräfte, die unter der Standarte ihres Clans marschierten – zusammen zählten sie rund siebzigtausend Mann, ziemlich genau die Hälfte aller Streitkräfte des Kaiserreiches. Das Leben all dieser Menschen oblag ihrer Verantwortung.

Dieser Krieg ist zu schnell gekommen! wütete sie innerlich, während Kamlio mit den Beinschienen und der Brustplatte beschäftigt war. Armeen hatten sich versammelt, bevor sie auch nur Zeit gehabt hatte, einen einzigen Plan zu schmieden oder eine Beratung zwischen Keyoke und den Cho-ja-Magiern aus Chakaha in die Wege zu leiten. Ichindar war ermordet worden, während die für einen Sieg nötigen einzelnen Elemente bereits zum Greifen nahe gewesen waren – aber noch bevor sie hatte feststellen können, wie sie sie am sinnvollsten einsetzen konnte.

Kamlio hatte gerade Maras Brustplatte entfernt, da ertönten Schritte außerhalb des Zeltes. Als ihr der schwere verzierte Helm mit den Federn und Wangenplatten abgenommen wurde, schloß Mara müde die Augen. Sie strich die Haare zurück, die ihr in feuchten Strähnen an Stirn und Nacken klebten. »Öffne die Zeltklappe«, befahl sie ihrer Zofe. »Wenn Lujan schon wieder zurückkehrt, verheißt das nichts Gutes.«

Die Zofe schob das Needra-Fell am Eingang beiseite, während Kamlio nach Erfrischungen und Tassen suchte. Die Krieger waren seit Tagesanbruch im Feld, und welcher Offizier es auch war, der jetzt gleich Bericht erstatten würde, er mußte hungrig und durstig sein.

Ein Schatten schob sich ins Licht, umweht von einer dahintreibenden Rauchfahne. Mara zwinkerte kurz mit den brennenden Augen und erkannte den Federbusch ihres Kommandeurs, der mit der Faust über dem Herzen salutierte. Sie mußte sehr besorgt ausgesehen haben, denn sein Mund verzog sich sofort zu einem beruhigenden Lächeln; hell und lebendig blitzten die Zähne in seinem rußverschmierten Gesicht.

»Lady, die Zanwai und Sajaio sind auf der Flucht. Der Tag gehört uns. Wenn man sich über einen armseligen Streifen Ngaggi-Sumpf und die Asche einiger Zelte freuen kann und über sechs Bastarde von Kriegshunden, die sich auf alles stürzen, was sich bewegt – eines der Opfer war der Hundeführer –, dann freut Euch. Der Truppenteil, der einen geordneten Rückzug versuchte, wurde schnell aufgespürt – hauptsächlich, weil der befehlshabende Offizier wenig mehr Hirn im Kopf hatte als die Hunde der Sajaio.«

Mara betrachtete den Himmel, der grau vom vielen Rauch war. Ihre Worte klangen bitter. »Wie lange müssen wir noch hier in dieser Verteidigungsstellung hocken und die Streitmacht der Anasati im Südosten von Sulan-Qu festhalten?« Es ärgerte sie zu wissen, daß Jiro irgendwo im Norden andere Streitkräfte versteckt hatte. Jeden Tag erwartete sie die Nachricht, daß die Heilige Stadt belagert wurde. Die Armee der Shinzawai befand sich zwar unter Hokanu auf dem Marsch, doch da sie noch einige Tage von Silmani und dem Gagajin entfernt war, konnte sie nichts anderes tun, als sich auf die Pläne des Spielzeugmachers und die Maschinenbauer zu verlassen, die sie losgeschickt hatte, um Jiros Operationen zu behindern. Es blieb ihr nichts anderes übrig, als Nacht für Nacht wachzuliegen und zu beten, daß ihre sorgfältig geplante Sabotage auch funktionierte, daß tatsächlich in dem Augenblick, da Jiro mit seinen großen Maschinen versuchen würde, die Mauern zu zerstören, der Mechanismus fehlschlagen und ein Desaster angerichtet werden würde.

Die Cho-ja-Magier konnten in diesem Krieg nicht helfen. Ihre Magie mußte bis zum letzten, verzweifelten Augenblick, wenn die Versammlung schließlich handelte, ein Geheimnis bleiben – da verschiedene miteinander im Streit liegende Fraktionen auf Kentosani zumarschierten, um die Stadt einzunehmen, war ein großer Konflikt nur eine Frage der Zeit. Die rivalisierenden Armeen konnten sich nur eine begrenzte Zeit voneinander fernhalten oder lediglich kleine Gefechte austragen. Keine ließ sich von den Dutzenden von kleineren Armeen abschrecken, die um die beste Position kämpften, von der aus sie sich auf jene Knochen stürzen konnten, die die großen Häuser im Zuge ihre Zerstörung zurücklassen würden.

Mit einer knappen Handbewegung bat Mara ihren Kommandeur in ihre Unterkunft. »Wie lange noch? Jiro muß bald handeln, entweder um unsere Reihen zu durchbrechen oder um die Truppen seiner Verbündeten im Westen zur Belagerung der Heiligen Stadt zu ordnen. Wie lange können wir uns noch zurückhalten, ohne die Unterstützung für Hokanu zu gefährden? Wenn etwas schiefgeht ...« Ihre Stimme versagte; das erzwungene Warten quälte sie, und sie fühlte sich niedergeschlagen. Obwohl sie vollständig gerüstet und bereit war, hatte sie doch keine Möglichkeit, etwas zu tun. Wenn sie ihrer Hauptstreitmacht befahl, nach Kentosani zu marschieren, gab sie den Anasati-Truppen die Möglichkeit, den Fluß oder die Handelsstraßen zu erreichen oder sie von hinten anzugreifen. Doch solange die Acoma ihre Linien hielten, konnte Jiros Kommandeur nicht angreifen und nach Sulan-Qu durchbrechen, ohne die Vergeltung der Versammlung auf sich zu ziehen.

Doch es war schmerzhaft, unerschütterlich bleiben zu müssen – in dem Wissen, daß Ichindars Ermordung nur der erste Schritt eines überaus ausgeklügelten Komplotts war. Jiro hatte nicht umsonst ganze Jahre mit dem Bau von Belagerungsmaschinen verbracht oder großzügige Bestechungsgelder gezahlt und Verbündete in den Anwesen rund um das Land der Inrodaka gewonnen. Die Bedrohung für Justin würde aus dem Westen kommen, da war sie sicher, und ihre Kinder würden sterben, wenn die Feinde die Verteidigungslinien des Kaiserlichen Viertels überwinden konnten, ehe sie dort auftauchte. Die Kaiserlichen Weißen waren gute Krieger, doch wem galt jetzt, wo Ichindar tot war, ihre Loyalität? Ichindars Erste Frau besaß nicht einmal ihrer eigenen Tochter gegenüber Autorität. Der Kaiserliche Kommandeur würde das Kaiserliche Viertel verteidigen, doch ohne klare Befehlsgewalt von oben stellten seine Männer einen unbekannten Faktor dar. Sie würden kämpfen – doch würden sie es mit der gleichen Hingabe und Selbstlosigkeit tun wie ihre eigenen Krieger? Sie mußte damit rechnen, daß die Krieger schwankten, da der Lord, der den Angriff auf das Kaiserliche Viertel befahl, möglicherweise ihr nächster Kaiser sein konnte. Wieder einmal wurde sich Mara der Fehler des tsuranischen Herrschaftssystems bewußt.

»Bei den Göttern«, rief sie in einer Mischung aus Wut und Niedergeschlagenheit, »dieser Kampf wäre blutiger, aber auch direkter, wenn wir nicht die Einmischung der Versammlung fürchten müßten!«

Lujan betrachtete die Unruhe seiner Herrin mit Sorge; er kannte sich aus mit mürbe gewordenen Männern, die zu lange tatenlos auf einen bevorstehenden Kampf gewartet hatten. Seine Herrin stand kurz vor einem Nervenzusammenbruch. Die wattierte Robe, die sie unter der Rüstung trug, war klatschnaß. Sie war dickköpfig gewesen und hatte das Geschehen von einer Stelle aus verfolgt, wo sie direkter Sonnenbestrahlung ausgesetzt gewesen war. »Ihr solltet jede Gelegenheit nutzen und Euch ausruhen, Mylady«, riet er mit sanfter Stimme. Er ging mit gutem Beispiel voran und nahm den Helm ab und ließ sich dann mit gekreuzten Beinen auf das nächste Kissen sinken. »Die Schlacht kann jederzeit beginnen, und Ihr tut Euren Leuten keinen Gefallen, wenn Ihr ausgemergelt oder von der Hitze beinahe bewußtlos seid.« Er kratzte sich am Kinn, unfähig, seine eigenen Sorgen vollständig zu unterdrücken. »Obwohl allen auffällt, daß die Magier ganz offensichtlich durch Abwesenheit glänzen.«

»Ein schlechtes Zeichen«, räumte Mara ein. »Hokanu schätzt, daß sie über einem gemeinsamen Ultimatum brüten. Wenn es zu einer direkten Handlung von mir oder Jiro kommt, werden sie eingreifen, da könnt Ihr sicher sein.« Sie ließ sich von ihrer Zofe das Unterkleid abnehmen und bat um ein neues, trockenes. »Ich werde später baden, wenn der Rauch sich etwas gelegt hat und man davon ausgehen kann, daß nicht alles sofort wieder schmutzig wird.«

Lujan rieb sich den angestoßenen Ellenbogen, doch er hielt in der Bewegung inne, als Kamlio ihm Wasser reichte. Er nahm einen tiefen Schluck, die Augen auf die Karte gerichtet, die auf dem nackten Boden neben dem Tisch ausgerollt war. Die Ecken waren von Steinen beschwert, und in der Mitte lagen Kringel und Linien aus kleinen, bunten Ziegeln, die entsprechend dem neuesten Bericht die genaue Lage der einzelnen Streitkräfte anzeigten. Die zerstörerische Ungeduld, die an seiner Lady nagte, hatte auch die Männer befallen. Handeln war nötig, wußte Lujan, um ihren Mut aufrechtzuerhalten und sie vor übereifrigen, ihrer Ungeduld entspringenden Handlungen zu bewahren. Selbst ein kleines Gefecht würde reichen, um die Aufmerksamkeit und Disziplin der Truppen zu schärfen. Er betrachtete die Karte, dann zog er sein Schwert aus der Scheide, um es als Zeigestock zu benutzen. »Es ist offensichtlich, daß sich eine Gruppe von Neutralen entlang des östlichen Nebenflusses des Gagajin aufhält, zwischen der Gabelung nördlich des Großen Sumpfes und Jamar. Diese Gruppe könnte nach Westen marschieren und Jiros Flanke zusetzen, doch es ist wahrscheinlicher, daß sie abwarten und sich schließlich auf die Seite des Siegers schlagen.«

Mara antwortete, während ihre Zofe immer noch damit beschäftigt war, ihr Gesicht zu waschen und abzutrocknen, und ihr dann eine saubere Robe überstreifte. »Woran denkt Ihr? Eine Ablenkung? Wenn es uns gelänge, sie aufzuschrecken und dazu zu bringen, sich zu bewegen, könnten wir die Dinge dann genügend verwirren, um einige unserer Kompanien unbemerkt weiter nach vorn zu schieben?«

»Keyoke schlug vor, sie gefangenzunehmen, ihre Rüstungen und Banner zu stehlen und dann eine unserer Kompanien unter ihrer Flagge nach Norden zu schicken.« Lujan grinste amüsiert. »Nicht sehr ehrenhaft, Lady, doch es gibt Männer hier, die loyal genug sind, sich daran nicht zu stören.« In seinen Augen stand unverblümte Bewunderung für Maras schlanke Gestalt. »Doch es stellt sich die Frage, welche Streitkräfte wir heimlich abziehen und dazu benutzen könnten, die Gefechte anzuzetteln, ohne daß unsere Feinde es sofort bemerken würden.«

»Ich könnte das arrangieren, denke ich«, bot jemand mit samtweicher Stimme an. Ein Schatten trat aus dem Dunst an der Türschwelle. Wie immer war Arakasi lautlos eingetreten. Mara war an sein unerwartetes Erscheinen gewöhnt und fuhr nur leicht zusammen. Kamlio jedoch war völlig überrascht worden und verschüttete Wasser auf der Karte. Spielmarken wurden weggeschwemmt, und Wasser strömte bedrohlich in die Kuhle, die Kentosani darstellte. Im Zelt schien alles für einen Augenblick erstarrt zu sein, als Arakasi Kamlio zum ersten Mal seit ihrer Rückkehr aus Thuril wiedersah; seine Augen weiteten sich einen Augenblick, offenbarten flehentliche Tiefe. Dann gewann er seine Beherrschung zurück, und sein Blick glitt über die Karte. Er fuhr fort, so schnell, als wäre es ein Reflex. »Das vergossene Wasser ist ein zutreffendes Bild für die inzwischen entstehende Situation. Lady, habt Ihr meine Berichte erhalten?«

»Einige davon.« Mara berührte Kamlios Hand und drängte sie, entweder zu gehen oder sich hinzusetzen. »Laß die Zofe das Wasser aufwischen«, murmelte sie weich. Kamlio hatte niemals so sehr einem verletzlichen Ganzen geähnelt wie jetzt; und doch hatte Thuril sie verändert. Sie wirkte nicht mehr so mürrisch und steif, sondern nahm ihren ganzen Mut zusammen und setzte sich.

Arakasi holte rasch Luft, und seine Augenbrauen wölbten sich fragend. Dann, ganz seinen Aufgaben hingegeben, kniete er sich an den Tisch; die Hände ruhten ineinander verschlungen auf der Platte, als wollte er sich offen dem Risiko stellen, daß andere ihr Zucken oder Beben bemerkten. Er sah nicht müde aus, dachte Mara, sondern einfach nur mitgenommen, und er trug keine Verkleidung außer einer einfachen schwarzen Robe mit weißen Rändern. Obwohl sie seit ihrer Rückkehr aus dem Süden Kontakt gehabt hatten, war dies die erste Gelegenheit seit der Ermordung des Kaisers, bei der sie sich persönlich treffen konnten.

»Lady, es ist so, wie wir befürchteten. Die Inrodaka und ihre beiden Vasallen machen mit Jiro gemeinsame Sache; ihre Neutralitätserklärungen waren nur vorgetäuscht. Die Belagerungsmaschinen waren in den Wäldern versteckt und bewegen sich jetzt auf Kentosani zu.«

»Wo?« fragte Lujan knapp.

Arakasi spürte die Sorge des Kommandeurs. »Südwestlich der Heiligen Stadt.« Er faßte das Schlimmste zusammen: »Es sind Traditionalisten aus der Provinz Nesheka beteiligt, und die Inrodaka haben flankierende Truppen in den Norden geschickt, die vermutlich Hokanu bei seinem Marsch nach Süden zusetzen sollen. Seine Streitmacht ist größer, und er wird sich davon nicht aufhalten lassen, doch er wird Verluste hinnehmen und mit Verzögerungen rechnen müssen.«

»Verbündete aus Nesheka?« fragte Mara. »Die können wir bekämpfen.« Sie wandte sich an Lujan. »Könnte die Garnison auf meinem Landsitz bei Sulan-Qu nach Westen marschieren und sie abfangen?«

Arakasi schaltete sich mit ungewöhnlicher Nachdrücklichkeit

ein. »Die Truppen sind bereits zu nah an Kentosani. Ihr könntet nur die Nachhut beschäftigen und vielleicht dazu zwingen, ein paar Kompanien in Gefechte mit uns zu verwickeln. Das würde ihre Streitkräfte für die Belagerung etwas ausdünnen, sie aber nicht davon abbringen.«

»Und das Land Eurer Ahnen wäre ungenügend geschützt und könnte nicht wirkungsvoll verteidigt werden«, fügte Lujan hinzu. Stürmische Gedanken ließen ihn die Stirn in Falten legen. »Durch Euren Handel mit der Cho-ja-Königin haben wir zwei Kompanien von Kriegern. Sie könnten jeden Überfall einer unabhängigen Streitmacht zurückschlagen, nicht aber Jiros Armee, sollte er sich entscheiden, die Anasati in diese Richtung zu lenken.«

»Die Magier verbieten einen solchen Schritt«, entgegnete Mara. Sie beugte sich zur Seite und ließ eine Zofe durch, die die kleinen Pfützen auf der Karte aufwischte. »Mein Landsitz bei Sulan-Qu sollte eigentlich sakrosankt sein.« In quälender Unentschlossenheit trommelte sie die Fingerspitzen gegeneinander. »Unsere vordringlichste Sorge muß Kentosani gelten. Wenn Jiro auf den Goldenen Thron gelangt, ist alles verloren. Wir können seine Absichten nur mit dem Plan des Spielzeugmachers vereiteln; wenn unser Plan aufgeht, werden viele Feinde sterben, sobald die Belagerungsmaschinen eingesetzt werden. Dadurch wird sich die Anzahl ihrer Truppen spürbar verringern. Jiro hat dann möglicherweise nicht mehr genug Männer, um die Mauern zu erklimmen, bevor Hokanu eintrifft. Nein, der Besitz bei Sulan-Qu muß riskiert werden. Der unbekannte Faktor ist die Versammlung. Was werden die Magier tun, wenn wir unser Land bei Sulan-Qu verlassen und uns den Traditionalisten aus der Provinz Nesheka zuwenden?«

»Das kann niemand wissen«, räumte Arakasi ein. Als wäre er sich nicht bewußt, daß Kamlio jede seiner Bewegungen verfolgte, nahm er sich etwas von den Erfrischungen auf dem Tablett. »Aber ich schätze, daß der Lord der Anasati sich in diesem Punkt selbst überlistet hat. Er hat bestens dafür gesorgt, daß es so aussieht, als würden seine Verbündeten aus dem Norden auf eigene Veranlassung handeln. Wenn Jiro den Thron gewinnt und die Versammlung ihm danach vorwirft, allzu gezielt vorgegangen zu sein, kann er glaubhaft behaupten, nicht beteiligt gewesen zu sein; das Bild ist stimmig. Er kann sagen, daß die Allianz sich aufgrund einer weitverbreiteten Überzeugung gebildet hat und seine Forderung nach der Krone nicht von ihm stammte, sondern von Traditionalisten erhoben wurde, die ihn für den besten Kandidaten hielten.« Zwischen zwei Bissen Brot fügte der Supai hinzu: »Mistress, möglicherweise billigt die Versammlung Euren Widerstand gegen eine solche Bewegung als den Versuch, das natürliche Gleichgewicht der Kräfte zu erhalten.«

»Eine Vermutung, der der Besitz bei Sulan-Qu zum Opfer fallen könnte«, warnte Lujan. Er schob mit dem Schwert die nassen bunten Plättchen beiseite, um diesen Teil der Karte freizulegen.

Maras nächste Worte ließen ihre Erbitterung deutlich werden. »Es ist, als wären wir zwei Duellanten, denen gesagt wurde, daß bestimmte Schritte den Schiedsrichter veranlassen werden, den Angreifer niederzustrecken, ohne daß sie wissen, welche Schritte das sind.«

Arakasi legte seine Brotkruste nieder, um die Plättchen in neue Positionen zu schieben, und unter seinen Händen bildete sich ein gewaltiger Klumpen aus unterschiedlichsten Farben, der sich fächerförmig in Richtung Kentosani ausbreitete. »Jiro mag die günstigere Position für einen Angriff auf das Kaiserliche Viertel besitzen, doch wir verfügen über die größere Streitmacht und mehr Reserven.«

Mara griff seinen nicht zu Ende geführten Gedanken auf. »Wir haben die Unterstützung von Lord Hoppara von den Xacatecas, doch er ist in Kentosani eingeschlossen. Solange es keinen neuen Kaiser gibt, gestattet ihm sein Amt lediglich, im Verteidigungsfall aktiv zu werden, und Isashani kann von Ontoset aus höchstens Truppen zu ihm schicken, wenn die Ereignisse es erfordern.« Mara seufzte. »Politisch gesehen sind wir im Nachteil. Es gibt mehr Befürworter für eine Rückkehr des alten Rates als solche, die auf unserer Seite stehen. Nein, dies wird kein langer Krieg. Entweder wir gewinnen entscheidend und früh, oder Jiro wird auf noch breiterer Basis Unterstützung finden.«

Lujan fingerte an der Klinge seines Schwertes herum, als ärgerte er sich über die kleinen Kerben, die nach der Auseinandersetzung am Morgen wieder abgeschliffen werden mußten. »Ihr fürchtet Desertion und Verrat?«

»Ich fürchte sie nicht«, antwortete Mara, »aber sollten wir versagen, erwarte ich sie.« Als die Positionen auf der Karte wiederhergestellt waren, kaute sie an ihrer Lippe und kam zu einer Entscheidung. »Wir müssen die Belagerung schwächen, um jeden Preis. Das Anwesen bei Sulan-Qu muß riskiert werden. Lujan, wie sollen wir vorgehen?«

Der Kommandeur der Acoma nahm seinen schweißnassen Helm auf. »Wir können unseren Freund Lord Benshai von den Chekowara bitten, sich nach Norden auf Euren alten Besitz zuzubewegen, doch er sollte sich am westlichen Flußufer halten. Jiro soll sich ruhig fragen, ob er dort unsere Garnison verstärken will oder auf die Heilige Stadt zumarschiert.«

Mara lächelte ihn befriedigt an. »Wenn wir ihn dazu veranlassen können, auch nur einen kleinen Teil der Anasati-Truppen auszusenden, um die Chekowara zu belästigen, wird die Versammlung einen Hinweis bekommen, doch einmal in seiner Hand zu lesen.«

»Benshai wird davonlaufen wie ein aufgeschrecktes Vögelchen, sobald Jiro den Fluß überquert, um ihn abzufangen«, wandte Arakasi trocken ein. »Seine Bediensteten erzählen hinter seinem Rücken, daß Benshai im Traum wie ein Feigling spricht.«

Mara seufzte. »Wenn wir Glück haben, weiß Jiro das nicht.«

Jetzt lag Niedergeschlagenheit in Arakasis Stimme. »Jiro weiß das ganz sicher. Möglicherweise hat sein Berater Chumaka ein Ohr am Mund des fetten Lords der Chekowara und lauscht jedem einzelnen Atemzug. Meine Agenten haben Beweise, daß er in seinen Jahren als Clanlord den Clan Hadama in ziemliche Unordnung brachte. Trotz seiner kostbaren Roben und seiner ernst aussehenden Soldaten ist er vollkommen oberflächlich und ohne jede Tiefe. Nein, er kann in bester Entschlossenheit den Fluß entlangmarschieren, doch beim ersten Anzeichen eines Angriffs der Anasati wird Benshai von den Chekowara nach Süden flüchten. Jiro wird wissen, daß Euer Besitz bei Sulan-Qu unbewacht ist, da die Hälfte von Benshais Kurtisanen aus Spionen von Chumaka besteht.«

Eine unterschwellige Intensität in Arakasis Ton veranlaßte Kamlio, sich aufzurichten. Sie holte tief Luft und hätte sich beinahe an ihn gewandt, doch dann überzog plötzlich Röte ihr Gesicht. Sie blickte gequält und verlegen zu Boden.

Mara bemerkte es einen kurzen Augenblick vor Lujan. Sie berührte unauffällig unter dem Tisch das Handgelenk ihres Kommandeurs, um die Diskussion über all diese gewichtigen Tatsachen zu unterbrechen. Sie wollte, daß die Spannung zwischen dem Supai und der ehemaligen Kurtisane sich endlich in irgendeiner Handlung oder in einem Gespräch entlud.

Arakasi ergriff zuerst das Wort; er sprach so sanft wie immer, doch seine Stimme hatte einen Unterton so hart wie die stählernen Schwerter der Barbaren. »Mir gefallen die Angewohnheiten des Lords der Chekowara nicht.« Sein Ekel wurde offensichtlich, als er fortfuhr: »Junge Mädchen als Spioninnen sind eine Spezialität von Chumaka. Mara wurde beinahe einmal von einer umgebracht. Ihr Name war Teani.« Er hielt inne, die Augenbrauen fragend gewölbt. »Wenn dich meine Meinung zu diesem oder einem anderen Thema interessiert, brauchst du nur zu fragen.

Aber hör bitte damit auf, mich anzustarren, als wäre ich eine Buchrolle, ein Rätsel oder irgendein sprechendes Tier.«

Kamlio starrte auf ihre Füße; Verwirrung stand in ihrem Gesicht. »Ich halte Euch nicht für so jemanden.« Sie wirkte atemlos, als wäre sie weit gerannt. Sie wollte sich schon verbeugen und hatte den Mund geöffnet, um Mara um Erlaubnis zu bitten, gehen zu dürfen; doch der höfliche Blick Maras sagte ihr, daß ihr keine Gnade gewährt werden würde. Sie zwinkerte mit den Augen, reckte ihr Kinn in die Höhe und warf dem Supai einen verletzten Blick aus großen, geweiteten Augen zu. »Ich weiß nicht, was ich Euch fragen soll. Ich weiß nicht, was ich von Euch halten soll. Aber Ihr jagt mir eine Angst ein, die bis in mein tiefstes Inneres reicht; das ist die Wahrheit.« Ihre weichen Mandelaugen füllten sich mit Tränen. »Ich habe Angst und weiß nicht, warum.«

Für einen Augenblick blickten sich der Supai und die ehemalige Kurtisane in quälender Verwirrung an. Lujan war wie gefesselt; er hielt den Schwertgriff viel zu fest umklammert.

Nach einigen kaum auszuhaltenden Sekunden begriff Mara, daß sie diejenige war, die versuchen mußte, die Spannung zu lösen. »Kamlio, du verspürst Angst, weil du endlich erfährst, wie es ist, wenn man etwas zu verlieren hat. Geh jetzt und erfrisch dich mit kaltem Wasser.« Als wären unsichtbare Fäden durchtrennt worden, die sie bislang festgehalten hatten, verbeugte sie sich voller Dankbarkeit und Erleichterung und eilte zur anderen Seite des Vorhangs, wo sie allein war.

Als Mara den gekränkten Ausdruck in Arakasis Gesicht sah, schenkte sie ihm ein jugendliches Grinsen. »Ihr gewinnt«, flüsterte sie. »Das Mädchen hat Euch einen Blick in ihre Gefühle werfen lassen.«

Arakasi ließ seine Hände kraftlos auf die Knie fallen. Gleichermaßen angespannt und voller Hoffnung fragte er: »Glaubt Ihr wirklich?«

Lujan brach in lautes Lachen aus und schlug dem Supai kameradschaftlich auf die Schulter. »Mann, du hast mein Wort darauf. Die meisten von uns machen so etwas in ihrer Jugend durch – aber deine Jugend setzt eben etwas später ein als bei den meisten anderen. Lady Mara hat recht. Du hast das Mädel in deinem Bett, wenn du nur bereit bist, ein bißchen von der Seite in dir zu offenbaren, die Hilfe benötigt.«

Arakasi saß mit vor Verblüffung hochgezogenen Brauen da. »Was?«

»Sie muß sehen, daß Ihr sie braucht«, erklärte Mara.

Als der Supai daraufhin immer noch ein verwirrtes Gesicht machte, meinte Lujan: »Bei den Göttern, sie hat dich niemals einen Fehler machen sehen. Du hast Tong-Attentäter getötet und überlebt; du hast sie im Bett ihres Herrn geliebt, und wenn du geschwitzt hast, dann eher aus Leidenschaft als aus Furcht. Du hast sie auf eine Weise berührt, wie es nur wenige Männer können, wette ich, was bedeutet, daß du die erste lebende Person bist, die ihre Gefühle gesehen hat. Das ängstigt sie, weil es bedeutet, daß ihre Schönheit oder ihre Kenntnisse versagten oder daß du zu schlau warst, ihrer Verführung zu verfallen. Ein Mann in ihren Armen ist nicht dazu da, um an irgend etwas anderes als sein steifes Organ zu denken. Also ist sie verschreckt. Keine ihrer Fähigkeiten wird ihr etwas nützen, wenn es um dich geht. Sie hat keine Maske, um sich zu schützen. Sie steht vor einem Mann, der sie verstehen kann, aber dessen Gefühle sie nicht versteht. Die Spiele im Schlafzimmer langweilen sie, denn Zärtlichkeit einem Mann gegenüber gehört nicht zu ihren Erfahrungen. Du wirst sie führen und es ihr zeigen müssen. Doch dafür muß sie ihre Ehrfurcht vor dir verlieren. Versuch einmal, über einen Stein zu stolpern und ihr vor die Füße zu stürzen, und dann wirst du feststellen, daß sie sich sofort zu dir kauern und beginnen wird, dein aufgeschürftes Knie zu verarzten.«

Mara meldete sich zu Wort: »Für einen Flegel, der sich die

Frauen zunutze macht, seid Ihr überraschend einfühlsam, Lujan.«

Der Kommandeur grinste, während Arakasi meinte: »Ich werde darüber nachdenken.«

»Wenn du auch nur einmal nachdenkst, wenn es um Frauen geht, bist du verloren.« Lujan grinste. »Zumindest habe ich noch niemals gehört, daß sich jemand aus Gründen der Vernunft verliebt hat.«

»Lujan hat recht«, ermutigte Mara. Sie spürte instinktiv die Wahrheit. Hokanu und sie teilten ein perfektes gegenseitiges Verständnis, eine Harmonie von Körper und Geist. Doch mit dem halsstarrigen, unverfrorenen Kevin, der mit ihr gestritten und sie manchmal zum Schreien gebracht hatte, hatte sie eine Leidenschaft verbunden, die in all den Jahren niemals erloschen war. Einen Augenblick ließ die Erinnerung ihr Herz schneller schlagen – bis ein kleiner Windstoß Qualm ins Zelt trieb und sie an ihren Kampf und die vordringlichen Probleme erinnerte, die ihrer sofortigen Aufmerksamkeit bedurften. »Schickt nach unserem Kriegsberater«, sagte sie. »Wir müssen für jeden möglichen Fall einen Plan haben und uns, bis es zur Entscheidung kommt, vor allem um eins kümmern: am Leben zu bleiben.«

Einen Augenblick wurde es still im Zelt. Der Wind trug die Geräusche des bewaffneten Lagers herbei; eines Lagers, das immer mehr in die Wirren der Ereignisse geriet, die nur allzubald zu einem großen Krieg werden konnten.

Das Gewitter zog vorbei, und das Geräusch der von den Bäumen fallenden Tropfen vermischte sich mit den Rufen der Offiziere, die die Errichtung eines Lagers überwachten. Die Rüstungen der Krieger trugen keine Markierungen, und die Zelte, an denen sie arbeiteten, waren von tristem Braun. Auf den ersten flüchtigen Blick unterschied sich das Lager dieser Kompanie in nichts von den tausend anderen, die überall im Kaiserreich an wichtigen Stellen verstreut waren; nur überwachte dieses weder eine Kreuzung noch eine Brücke und auch keine Festung oder etwas anderes von Bedeutung. Etwa einen Viertagemarsch von Kentosani und einem möglichen Kampf entfernt, bereitete sich diese Truppe in den unwegsamen Wäldern auf die Nacht vor.

Die zur Schau gestellte Disziplin war beeindruckend, als Bedienstete und gewöhnliche Krieger sich daranmachten, Zeltpflöcke einzuschlagen und Firststangen zu setzen. Auf einer kleinen Anhöhe unter einer Ansammlung von tropfenden, immergrünen Bäumen schritt ein Mann aufgeregt hin und her, gefolgt von einem kleineren, geschmeidigeren in einem geölten Wollgewand.

»Wie lange muß ich noch warten?« blaffte Jiro.

Ein Diener trat vor ihn und verbeugte sich. Jiro ging um ihn herum, und der Diener, an die Launen seines Herrn gewöhnt, seit die Armeen auf dem Marsch waren, preßte sein Gesicht in die nassen Blätter auf dem Boden. »Euer Kommandozelt ist schon bald fertig, Mylord.«

Jiro wirbelte herum, die Augen mißbilligend zusammengekniffen. »Ich habe nicht mit dir gesprochen!« Während der Armselige sich als Buße für das Mißbehagen, das er seinem Herrn zugefügt hatte, der Länge nach in den Dreck warf, ließ der Lord der Anasati seinen Blick zu seinem Ersten Berater schweifen, der ihn jetzt eingeholt hatte. »Ich habe gefragt, wie lange noch?«

Chumaka wischte sich einen Wassertropfen von der Nasenspitze. Er sah selbstgefällig aus, trotz der nassen Kleidung und dem anstrengenden Tagesmarsch durch eine unwegsame Wildnis. »Geduld, Mylord. Ein falscher Schritt könnte jetzt all das zerstören, worauf wir seit Jahren hingearbeitet haben.«

»Weicht meiner Frage nicht aus«, entgegnete Jiro. Er war nicht in der Stimmung, die rhetorischen Tricks seines Ersten Beraters zu ertragen. »Ich habe Euch gefragt, wie lange noch? Wir können die Belagerungsmaschinen vor Kentosani nicht ewig unbenutzt stehenlassen. Jeder neue Tag vergrößert das Risiko; irgendwann könnte der Lord der Omechan ungeduldig werden und sie womöglich für seine eigenen Zwecke nutzen, statt auf sie aufzupassen. Und jede Verzögerung dient den Truppen der Shinzawai, deren Chance steigt, der Kaiserlichen Garde zu Hilfe zu kommen. Außerdem müssen wir damit rechnen, daß die Versammlung uns beobachtet! Sie könnte jederzeit einschreiten und einen Angriff verbieten! Im Namen der Götter, Chumaka, worauf warten wir also noch?«

Falls diese Tirade den Ersten Berater der Anasati überraschte, zeigte er es nicht. Seine ledrigen Gesichtszüge waren ausdruckslos, als Jiro weiterschritt. Erst nach etwa sechs weiteren großen Schritten bemerkte der Lord, daß sein Diener, von dem er eine Antwort gefordert hatte, nicht länger an seiner Seite war. Er unterdrückte einen Fluch. Chumaka war so raffiniert wie immer. Denn entweder würde Jiro seine innere Unruhe zugeben, wenn er zurückging, um die Antwort zu erhalten, oder er mußte seinen Ersten Berater zu sich befehlen – doch da die Entfernung zwischen ihnen schon ziemlich groß war, würde er dazu seine Stimme erheben müssen, was wiederum bedeutete, daß alle in Hörweite erführen, daß er selbst bei einer unbedeutenden Sache Schwierigkeiten hatte, sich durchzusetzen.

Jiro hätte schon allein deshalb gern gerufen, um seinem Ärger Luft machen zu können, doch da ein Kontingent der Omechan bei ihm zu Gast war, sah er sich gezwungen, nachzugeben und zu Chumaka zurückzukehren.

Er war aus anderen Gründen schon verärgert genug, daher hinterließ dieser persönliche Rückschlag keinerlei Bitterkeit. Tatsächlich bewunderte Jiro die Raffinesse seines Ersten Beraters. Ein Herrscher, der seine Unruhe und Wut zeigte, besaß keine innere Würde, und einer, der es auf die kaiserliche Krone abgesehen hatte, mußte lernen, unbedeutende Gereiztheiten beiseite zu schieben. Chumaka – immer ganz der Lehrer – dachte viel zu feinsinnig, um einen Tadel vor den Kriegern und Dienern zu riskieren, der die mangelnde Selbstbeherrschung seines Herrn hätte zutage treten lassen.

Es waren genau diese Eigenschaften, die Chumaka zum idealen Kaiserlichen Berater machten, überlegte Jiro und lächelte beinahe. Seine Stimmung hatte sich jetzt deutlich gebessert, und er betrachtete seinen Berater, dessen normalerweise ohnehin krummer Rücken in der nassen, schweren Kleidung noch runder wirkte. »Warum sollten wir Mara noch mehr Zeit geben, ihre Interessen zu verfolgen? Euer Netzwerk hat bestätigt, daß sie den Goldenen Thron für Justin beansprucht.«

Chumaka trommelte mit einem Finger gegen seine Wange, als würde er grübeln; doch an dem berechnenden Glanz in den Augen seines Ersten Beraters erkannte Jiro, daß er ihn beobachtete. »Mylord«, sagte Chumaka schließlich, »Euer Kommandozelt ist vorbereitet. Ich schlage vor, wir sprechen dort über diese Dinge, wo es angenehmer und ruhiger ist.«

Jiro lachte. »Ihr seid schlüpfriger als ein frisch gefangener Fisch, Chumaka. Also gut, sehen wir zu, daß wir trocken werden und heißen Tee bekommen. Doch danach gibt es kein Ausweichen mehr! Bei den Göttern, ich werde meine Antwort von Euch bekommen. Und nach all diesen Verzögerungen und Ausflüchten sollte sie es wert sein!«

Jetzt lächelte Chumaka. Er verneigte sich kurz und mit leichtem Selbsttadel. »Mylord, habe ich jemals darin gefehlt, meine Handlungen Euren Wünschen anzupassen?«

Jiro, dessen Laune so schnell wechselte wie die vom Wind getriebenen Wolken über ihnen, antwortete mit zusammengebissenen Zähnen: »Mara lebt noch. Bringt mir ihren Kopf, und ich werde Euch zustimmen, daß Ihr mich niemals enttäuscht habt.«

Chumaka war nicht im mindesten unbehaglich zumute bei diesen Worten, die ein anderer Mann als offene Drohung hätte auffassen können. »In der Tat, Mylord, genau das ist es, was ich anstrebe.«

»Hah!« Jiro schritt durch den düsteren Wald auf das größte Zelt zu. »Versucht nicht, mich zum Narren zu halten, alter Mann. Was Ihr anstrebt, entspringt direkt Eurer tiefen Begeisterung für Intrigen.«

Chumaka wrang den Saum seines tropfenden Gewandes aus und folgte seinem Herrn ins Kommandozelt. »Mylord, das ist gut gesagt, doch sollte ich tatsächlich etwas nur um der Sache selbst willen tun, wäre es bloße Eitelkeit. Die Götter lieben solche Fehler bei einem Menschen nicht. Daher arbeite ich für den Ruhm Eurer Sache, Mylord; das ist alles. Ich bin stets Euer loyaler Diener.«

Jiro beendete die Diskussion mit einer abwehrenden Geste. Er holte sich seine philosophischen Inspirationen lieber aus Büchern, denn denen fehlte Chumakas irritierende Neigung, alles und jeden totzureden.

Im Innern des Kommandozelts wurde noch immer an Kleinigkeiten gearbeitet. Eine Laterne war angezündet worden, und Diener waren eifrig damit beschäftigt, Kissen und Wandbehänge auszupacken. Von außen mochte Jiros Unterkunft schlicht aussehen, doch im Innern bestand er auf einer gewissen Behaglichkeit, auf schönen Seidenvorhängen und zwei Kisten mit Buchrollen. In der letzten Zeit hatte er sich mit komplizierten Gesetzesfällen beschäftigt, mit öffentlichem kaiserlichem Wirken und besonders mit der Frage, welche Zeremonien von welchen Priestern der Zwanzig Götter durchgeführt werden mußten, um die Krönung eines Kaisers in den Augen des Himmels recht erscheinen zu lassen.

Es war eine anstrengende Lektüre gewesen; das Licht der Laternen war fast zu schwach zum Lesen, aber hell genug, um Insekten anzulocken. Der Lord der Anasati schnippte mit den Fingern, und ein junger Diener eilte herbei. »Nimm mir die Rüstung ab. Achte darauf, daß alle Lederriemen eingeölt werden, damit sie nicht steif werden.« Jiro wartete reglos wie eine Statue, während der Junge die ersten Schnallen öffnete.

Obwohl sein hohes Amt auch ihm die Hilfe eines Dieners zugestand, haßte Chumaka eine derartige Anmaßung. Er schälte sich aus der Wolle und ließ sich auf seinen Platz sinken. Jiros lautlose, fähige Dienerschaft hatte ihm gerade eine dampfende Kanne Tee gebracht, als ein summendes Geräusch die Luft durchschnitt.

»Ein Erhabener kommt!« rief er warnend.

Jiro riß den letzten Teil der Rüstung ab und wirbelte herum, während sich hinter ihm sämtliche Diener unterwürfig auf den Boden warfen. Als ein Windstoß das Zelt schüttelte und die Wandbehänge an den Stützstangen flatterten, setzte Chumaka die Teekanne ab, glitt in den hinteren Teil des Zeltes und verschmolz dort mit den Schatten.

Der Magier erschien in der Mitte des ersten bereits entrollten Teppichs. Leuchtendrotes Haar quoll unter seiner Kapuze hervor, und er schien sich nichts aus den Seidenkissen zu machen, auf die er trat, als er sich dem Lord der Anasati näherte. Die Blicke seiner blassen, aber scharfen Augen schossen hin und her, bis sie schließlich auf dem Lord ruhten, der inmitten der einzelnen Teile seiner Rüstung stand und wartete.

»Mylord von den Anasati«, grüßte ihn Tapek von der Versammlung der Magier. »Ich bin als Delegierter geschickt worden, Euch aufzufordern, in der Heiligen Stadt zu erscheinen. Truppen haben Aufstellung bezogen, und um des Wohls des Kaiserreichs willen verlangt die Versammlung eine Erklärung, um den Ausbruch eines offenen Krieges zu verhindern.«

Froh darüber, daß die nassen Haare verbargen, daß er zu schwitzen begonnen hatte, hob Jiro sein Kinn und verbeugte sich mit tadelloser Ehrerbietung. »Euer Wille geschehe, Erhabener. Die Anasati werden Euer Edikt nicht brechen. Doch ich erlaube mir, auf eines hinzuweisen: Wenn ich dort hingehe – wer wird dann dafür sorgen, daß Mara von den Acoma und ihr Ehemann von den Shinzawai das Edikt einhalten, das einen bewaffneten Konflikt verbietet?«

Tapek runzelte die Stirn. »Das geht Euch nichts an, Lord Jiro! Erdreistet Euch nicht, danach zu fragen.« Obwohl der Erhabene das Anliegen der Anasati alles andere als unsympathisch fand, mißfiel ihm der Gedanke, daß irgendein Lord es wagte, auch nur dem Schein nach Einwände zu äußern. Doch als Jiro ehrerbietig den Kopf senkte, gab Tapek nach. »Lady Mara hat ebenfalls eine solche Aufforderung erhalten. Sie wird genauso in Kentosani erscheinen müssen. Wie Ihr hat sie zehn Tage Zeit, dem Befehl nachzukommen. Einen Tag nach dem Ende der Trauerzeit werdet Ihr beide mit Mitgliedern der Versammlung zusammentreffen und Euer Anliegen vortragen.«

Jiros Gedanken rasten; er unterdrückte ein zufriedenes Lächeln. Zehn Tage würden Mara selbst bei einem schnellen Marsch kaum genügen, die Heilige Stadt zu erreichen. Seine Position war näher, denn er war nicht bei der Hauptarmee im Süden, wo alle ihn vermuteten, sondern an diesem verborgenen Ort in der Nähe Kentosanis, wo er sich auf die geplante Belagerung vorbereitete. Mara würde sich unglaublich beeilen müssen, die Forderung der Versammlung einzuhalten, während er einen Spielraum von mehreren Tagen hatte, seinen Vorteil auszunutzen. Um die Richtung seiner Gedanken zu verbergen, meinte der Lord der Anasati: »Dies sind unsichere Zeiten, Erhabener. Das Reisen auf den Straßen ist für keinen Lord sicher, wo sich jeder zielstrebige Edle mit seiner Armee hier herumtreibt. Ihr habt Mara zwar jeden Angriff auf mich verboten, aber das betrifft nicht ihre Verbündeten und diejenigen, die ihr wohlgesonnen sind. Und viele Freunde des verstorbenen Kaisers haben politische Gründe, mich – den Anführer der Traditionalisten – liebend gern tot zu sehen.«

»Das ist wahr.« Tapek machte eine großherzige Geste. »Ihr habt die Erlaubnis, mit einer Ehrengarde zu reisen, damit für Eure Sicherheit gesorgt ist. Wenn Ihr die Heilige Stadt erreicht, dürft Ihr einhundert Krieger mit hineinnehmen. Da die Kaiserlichen Weißen in der Stadt noch immer für Ordnung sorgen, sollte diese Anzahl als Schutz gegen Attentäter genügen.«

Jiro verbeugte sich tief. »Euer Wille geschehe, Erhabener.« Er verharrte in der ehrerbietigen Pose, während ein summendes Geräusch Tapeks Verschwinden ankündigte. Als er sich erhob, saß Chumaka wieder auf den Kissen; zwischen einigen Schlucken Tee befreite er sie von dem Staub, den der Magier zurückgelassen hatte. Seine Haltung war unergründlich, ganz und gar nicht so, als wäre gerade hoher Besuch dagewesen; nur eine diebische Befriedigung rötete das zerfurchte Gesicht des Ersten Beraters.

»Warum seid Ihr so selbstzufrieden?« wollte Jiro wissen, während er einem Diener die trockene Robe beinahe aus der Hand riß. Der Lord trat über seine abgelegte Rüstung und ließ sich nach einem kurzen Blick, ob sein Kissen auch sauber war, mit gekreuzten Beinen seinem Berater gegenüber nieder.

Chumaka stellte seine Tasse ab und griff nach der Teekanne, um seinem Herrn seelenruhig etwas einzugießen. »Beauftragt Euren Läufer, den Erben der Omechan zu holen.« Der Erste Berater reichte dem Lord den Tee, dann rieb er sich in freudiger Erwartung die Hände. »Unser Plan entwickelt sich sehr zufriedenstellend, Mylord! Und die Versammlung hat uns dabei – ohne es zu wissen – sehr geholfen.«

Jiro nahm den Tee, als wäre er eine übelriechende Medizin. »Ihr weicht schon wieder aus«, warnte er, doch er war klug genug und schickte sofort seinen Boten mit dem Auftrag los, den Chumaka vorgeschlagen hatte.

Als der Bote gegangen war, blinzelte Jiro über den Rand seiner Tasse hinweg zu seinem Berater und trank dann einen Schluck.

»Wir werden in vier Tagen mit einhundert meiner besten Krieger innerhalb der Mauern Ketosanis sein«, sagte er. »Was sonst habt Ihr ausgebrütet?«

»Große Taten, Mylord.« Chumaka hob eine Hand und zählte die einzelnen Punkte an den Fingern ab. »Wir werden dieses Lager verlassen und nach Kentosani aufbrechen, in genauester Übereinstimmung mit dem Befehl des Erhabenen. Vorausgesetzt, daß Mara sich fügsam verhält – wovon wir ausgehen können, denn wenn sie es nicht tut, ist sie durch die Hand der Versammlung so gut wie tot, und wir haben gewonnen – also, vorausgesetzt, daß sie nicht dumm ist, wird sie sich trotzdem noch einige Tagesmärsche südlich von Kentosani befinden, wenn wir bereits innerhalb der Mauern stehen und uns heimlich auf den Überfall des Kaiserlichen Viertels vorbereiten.« Chumaka grinste und drückte den Daumen gegen den Ringfinger. »Der Kommandeur der Omechan beginnt in der Zwischenzeit auf Befehl seines Lords mit der Belagerung der Heiligen Stadt, wie wir es die ganze Zeit geplant hatten. Doch es gibt dank der freundlichen Unterstützung der Versammlung eine Verbesserung: Ihr, Mylord, seid unschuldig, was diesen Angriff betrifft, aber innerhalb der Mauern. Sollten die Magier sich über den Bruch des kaiserlichen Friedens beschweren, habt Ihr damit nichts zu tun. Schließlich kann man Euch nicht für eine von vielen Edlen unterstützte Bewegung verantwortlich machen, die Euch auf den Thron setzen will. Doch wie bedauerlich für die Kaiserlichen Wachen, daß sich die alten Mauern tatsächlich als schwach erweisen werden! Eine Bresche wird hineingeschlagen, und ein Kriegsherr nimmt die Straßen ein.«

Chumakas Augen blitzten. Mit nicht ganz so offensichtlicher Begeisterung, dafür aber einer beinahe zynisch wirkenden Vorsicht setzte Jiro seine Teetasse ab. »Unsere Verbündeten unter dem Befehl der Omechan dringen in das Kaiserliche Viertel ein«, führte Chumaka seine Pläne weiter aus. »Maras Kinder erleiden einen unglückseligen Unfall, und siehe da, die kaiserliche Trauerzeit ist beendet, und es gibt einen neuen Kaiser auf dem Goldenen Thron, wenn Lady Mara nach Kentosani kommt. Sein Name ist Jiro.«

Jetzt wurde aus Jiros unterschwelliger Verachtung offene Gereiztheit. »Erster Berater, Eure Ideen haben einige Fehler. Wenn ich sie Euch aufzeigen dürfte?«

Chumaka neigte seinen Kopf, doch seine Begeisterung war wie aufgeschüttete Kohle, die sich in jedem Augenblick zu einem Leuchtfeuer entzünden konnte. »Mara«, mutmaßte er. »Ich habe nicht an die Acoma-Hexe gedacht, die Ihr so gerne tot sehen wollt.«

»Ja, Mara!« Müde, mit seinem Berater Unterhaltungen zu führen, die manchmal so verwickelt waren wie seine Taktik beim Shah-Spiel, ließ Jiro seiner Verärgerung freien Lauf. »Was ist mit ihr?«

»Sie wird tot sein.« Chumaka ließ eine dramatische Kunstpause entstehen, während er seinen Körper etwas verlagerte, damit ein Diener hinter ihm einen anderen Teppich auf dem Boden ausbreiten konnte. Dann meinte er: »Glaubt Ihr, daß die Versammlung ruhig zusieht, wenn ihre Truppen Eure Hauptarmee bei Sulan-Qu angreifen?«

Jetzt hielt Jiro den Atem an. »Die Erhabenen werden sie für mich töten!« Er beugte sich vor, vergoß beinahe den Tee auf dem Tisch. »Aber das ist ja phantastisch! Ihr glaubt, wir können sie zu einem Angriff bringen?«

Chumaka lächelte zufrieden und goß sich eine zweite Tasse Tee ein. Seine Zähne blitzten in dem dämmrigen Licht. »Ich weiß es«, versicherte er. »Es geht um das Leben ihrer Kinder, und sie ist eine Frau. Sie wird alles riskieren, um ihre Kinder zu verteidigen, verlaßt Euch darauf. Und wenn sie nicht angreift, werden Eure Truppen im Süden ihr Lager abbrechen und um die Linien der Acoma herummarschieren, um Eure neu errichtete Herrschaft durch Kontrollen im Land außerhalb der Mauern Kentosanis zu unterstützen. Dies alles wird ihr ganz sicher auch ihr schlauer Supai erklären, denn es wird die Wahrheit sein.«

Amüsiert über die damit verbundenen Folgen, grinste jetzt auch Jiro. »Die Magier werden damit beschäftigt sein, Mara zu bestrafen, während ich mich des Goldenen Throns bemächtige. Natürlich könnten wir dabei unsere gesamte Armee verlieren, aber das ist unwichtig. Die Acoma werden ausgelöscht sein, und ich halte die höchsten Ehren im ganzen Kaiserreich in meinen Händen. Fünftausend Kaiserliche Weiße werden mir dann gehorchen, und alle Lords müssen sich meinem Willen beugen.«

Die Zeltklappe öffnete sich, und Jiros verzückte Spekulationen wurden unterbrochen. Sein Gesicht wurde sofort ausdruckslos, als er sich nach der Person umschaute, die gekommen war.

Ein junger Mann trat mit leicht gesenktem Kopf durch den Eingang; sein Schritt war forsch. Auch seine Rüstung war unmarkiert, doch seine Stupsnase und die glatten Wangen kennzeichneten ihn unverkennbar als einen Sproß der Omechan. »Ihr habt nach mir gerufen, Lord Jiro?« verlangte er in arrogantem Tonfall zu wissen.

Der Lord der Anasati erhob sich, die Wangen noch immer leicht gerötet vor Erregung. »Ja, Kadamogi. Ihr werdet so schnell wie möglich zu Eurem Vater zurückkehren und ihm mitteilen, daß die Zeit gekommen ist. In fünf Tagen von heute an wird er Kentosani mit Hilfe meiner Belagerungsmaschinen angreifen.«

Kadamogi verneigte sich. »Ich werde es ihm sagen. Dann werdet Ihr Euch an den Schwur halten, den Ihr als Gegenleistung für unsere Unterstützung geleistet habt, Mylord – wenn der Goldene Thron Euch gehört, wird Eure erste Amtshandlung als Kaiser die Wiederherstellung des Hohen Rates sein und die Ernennung eines Omechan für das Weiß und Gold des Kriegsherrn!«

Jiros Lippen verzogen sich in kaum verhohlenem Abscheu. »Ich bin nicht senil und habe das Versprechen an Euren Vater nicht vergessen.« Dann, als sich der junge Omechan leicht beleidigt straffte, fügte er besänftigend hinzu: »Wir verschwenden nur Zeit. Nehmt meine beste Sänfte und meine schnellsten Träger, um Eure Aufgabe zu erfüllen. Ich muß mich mit meinem Kommandeur beraten, um die Aufstellung meiner Ehrengarde zu arrangieren.«

»Ehrengarde?« Kadamogis grobe Gesichtszüge verdüsterten sich vor Verwirrung. »Wozu solltet Ihr eine Ehrengarde benötigen?«

In einem sprunghaften Stimmungswechsel lachte Jiro auf. »Ich marschiere ebenfalls nach Kentosani, und zwar auf Befehl der Versammlung. Die Erhabenen haben mich dorthin bestellt, um eine Erklärung für die Aufstellung meiner Truppen zu erhalten!«

Kadamogis Gesicht erhellte sich, und er zuckte mit den Achseln. »Das ist gut. Sehr gut. Und unser Plan, den Hohen Rat wieder einzusetzen, ist kaum noch aufzuhalten.«

Jetzt gestikulierte Jiro erwartungsvoll. »In der Tat. Die Belagerung wird nur kurz währen, da Hilfe von innen kommen wird, und die Verbündeten der Guten Dienerin werden von der Versammlung aufgehalten.« Schadenfreude klang in seiner Stimme mit. »Die Magier werden Mara für uns töten. Sie mag die Gute Dienerin des Kaiserreiches sein, ja, doch sie wird in den magischen Flammen sterben, geröstet wie ein Stück Fleisch!«

Kadamogis Lippen verzogen sich zu einem Lächeln. »Wir sollten ein Glas Wein auf diesen Ausgang trinken, bevor ich gehe, ja?«

»Eine gute Idee!« Jiro klatschte nach seinen Dienern in die Hände und bemerkte nur nebenbei, daß das Kissen, auf dem Chumaka gesessen hatte, inzwischen leer war. Die Teetasse auf dem Tisch war ebenfalls fort, und es gab keinen Hinweis darauf, daß der Erste Berater überhaupt dagewesen war.

Dieser Mann ist verschlagener als der Gott der Ränkespiele selbst, dachte Jiro; doch dann kam der Wein, und er bereitete sich auf einen kameradschaftlichen Abend mit dem Erben der Omechan vor.

Draußen vor dem Kommandozelt huschte im abendlichen Nieselregen ein Schatten durch die Bäume. Über dem einen Arm trug Chumaka die geölte Wollrobe, die er in der Eile nicht hatte anziehen können. Als er mit hastigen Schritten zu dem Zelt ging, in dem die Botenläufer der Anasati untergebracht waren, schien er etwas an den Fingern abzuzählen. Doch es waren keine Summen, die er ohne jede Betonung zwischen den Atemzügen ausstieß.

»Diese übriggebliebenen Krieger der Minwanabi, die Mara nicht die Treue schworen – ja, jetzt ist es an der Zeit, daß sie sich nützlich machen, denke ich. Eine Vorsichtsmaßnahme, nur für den Fall, daß Mara der Versammlung durch die Finger schlüpft. Sie ist raffiniert. Wir können nicht davon ausgehen, daß wir alle Einzelheiten ihrer Planungen kennen. Die Zeit, die sie angeblich in der Abgeschiedenheit des Tempels verbracht hat, muß noch einleuchtend erklärt werden. Wie konnte sie dort sein und dann wiederum plötzlich auf ihren eigenen Gütern …?«

Chumaka eilte weiter; er stolperte weder über Wurzeln noch stieß er gegen Bäume, obwohl es sehr dunkel und das Lager auch für ihn noch neu und fremd war. Obwohl er in Gedanken versunken schien, trat er vorsichtig über Zeltschnüre und -pflöcke, während er an der Ausführung seines Notfallplans arbeitete. »Ja, wir müssen für diese Männer Rüstungen in Acoma-Grün lackieren lassen und sie in die Ehrengarde der Lady einschleusen – natürlich werden sie sich bis zur letzten Minute verborgen halten, wenn die Lady auf der Flucht ist. Dann werden sie sich unter ihre Krieger mischen und ihre Verteidiger abschlachten. Sie können sie entweder gefangennehmen und den Schwarzen Roben übergeben, oder sie gönnen sich das Vergnügen und töten sie selbst, als Rache für den Lord der Minwanabi, dessen Geschlecht sie auslöschte. Ja ... das ist es.« Chumaka erreichte die Stelle, wo die Zelte der Boten standen. Er erschreckte eine Wache, als er aus der Düsternis trat, und erhielt beinahe einen Schwertstoß in die Brust.

»Mögen uns die Götter vor unseren eigenen Männern schützen!« rief er aus, während er einen Satz zurück machte und seine Robe hochriß, um die Klinge abzufangen. »Ich bin Chumaka, du blinder Narr! Und jetzt hole mir einen ausgeruhten und schnellen Boten, bevor ich mich entschließe, unserem Herrn von deinem Versagen zu berichten.«

Der Soldat senkte in ängstlicher Ehrerbietung den Kopf, denn es war bekannt, daß jeder, der den Ersten Berater verstimmte, in Schwierigkeiten geriet. Er verschwand im Zelt, während Chumaka im sanft fallenden Regen mit einem leichten Singsang seine Überlegungen wieder aufnahm.

Zehn

Widerstand

Der Palankin schwankte.

Mara wurde von dem Ruck wach und war von der Enge zunächst verwirrt, bis die Erinnerung einsetzte. Sie war nicht in ihrem Zelt, sondern auf der Straße, um der Aufforderung der Versammlung nachzukommen, in der Heiligen Stadt zu erscheinen. Zwei Tage reiste sie jetzt schon mit höchster Geschwindigkeit in ihrem prunkvollen, offiziellen Palankin. Die dreißig Männer, die zum Tragen der gewaltigen Sänfte nötig waren, wechselten sich in Schichten ab. Sie ließ noch nicht einmal Pausen machen, um ihre Mahlzeiten einzunehmen. Es war Nacht; sie wußte nicht genau, welche Stunde.

Eine leichte Brise bewegte die Vorhänge, und es roch nach Regen. Keyoke, der ihr gegenüber saß, beugte sich hinaus und sprach mit jemandem. Obwohl sie – gerade erst aufgewacht – noch ein wenig durcheinander war, erkannte sie an dem Tonfall ihres Kriegsberaters, daß ein Problem aufgetaucht war.

Sie setzte sich aufrecht hin. »Was ist geschehen, Keyoke?«

Der alte Mann zog seinen Kopf wieder zurück. Im Licht der Öllampe wirkte sein Gesicht wie aus Granit gemeißelt.

»Ärger«, vermutete Mara.

Keyoke antwortete mit einem kurzen Nicken. »Ein Bote von Arakasi mit schlechten Nachrichten.« Dann besann er sich und fügte eine weitere Erklärung hinzu: »Der Mann kam auf dem Rücken eines Cho-ja zu uns.«

Mara spürte, wie Ihr Herz vor Furcht pochte. »Bei den Göttern, was ist schiefgegangen?«

Der alte Kriegsveteran wußte, wie er Informationen zu übermitteln hatte. »Jiros Aufenthaltsort ist endlich bekannt. Er war nicht bei den Truppen der Anasati, wie wir vermuteten. Er ist vor uns, inzwischen nur noch etwas mehr als einen Tagesmarsch von Kentosani entfernt.«

Mara sank zurück, als ihre Hoffnungen plötzlich in sich zusammenfielen. »Damit bleiben ihm fünf Tage, um ohne Widerstand Unheil anzurichten, da der unsichere Narr Lord Frasai es für angebracht hielt, Lord Hoppara von den Xacatecas nach der Ermordung des Kaisers heimzuschicken.«

»Mistress«, unterbrach Keyoke sie besorgt, »das ist nicht alles.«

Schreckliche Bilder, in denen sie sich den Tod ihrer Kinder vorstellte, stiegen vor Maras geistigem Auge auf, doch sie zwang sich, ihre Aufmerksamkeit wieder dem vor ihr liegenden Problem zuzuwenden. Sie sah den ernsten Blick auf Keyokes Gesicht und vermutete das Schlimmste: »Jiros Belagerungsmaschinen.« Ihre Stimme klang schwach angesichts eines Desasters, das sich von Sekunde zu Sekunde auszuweiten schien.

Keyoke nickte knapp, wie er es während der Beratungen im Krieg getan hatte. »Der Angriff auf die Mauern steht kurz bevor, und Arakasi hat herausgefunden, daß unsere Bemühungen mißlungen sind, die Maschinen zu sabotieren. Die Pläne des Spielzeugmachers sind niemals ausgeführt worden. Wahrscheinlich sind die von uns geschickten Maschinenbauer gefangengenommen und getötet worden, und in Euer Netzwerk wurden falsche Berichte von ihrem Erfolg eingeschleust. Arakasi konnte nur sagen, daß der Angriff gegen Kentosanis Mauern ohne Behinderungen durchgeführt werden wird, unter den Hausfarben der Omechan. Das heißt, wenn Jiro erst einmal sicher im Kaiserlichen Viertel ist, werden seine Hände rein sein. Seine anstehende Bitte um den Goldenen Thron könnte als legitimer Versuch angesehen werden, den Frieden wiederherzustellen.«

Mara biß sich so fest auf die Lippe, daß es schmerzte. »Er ist noch nicht im Kaiserlichen Viertel?«

Keyokes Gesichtsausdruck blieb hölzern. »Noch nicht. Doch die Nachricht des Boten ist nicht ganz neu, und viel kann geschehen sein, seit er sich in südliche Richtung zu uns aufmachte.«

»Wir sind noch nicht bereit für diese Sache!« brach es aus Mara heraus. »Götter, wie könnten wir dazu bereit sein?« Ihre Stimme zitterte vor Verzweiflung. Seit ihrer Rückkehr aus Thuril schienen immer wieder katastrophale Ereignisse mit unglaublicher Geschwindigkeit über sie hereinzubrechen. Das Schicksal war grausam; es stieß sie unvorbereitet in einen Konflikt, während sie die Mittel zur Abwendung des totalen Untergangs in greifbarer Nähe hatte. Wenn es ihr nur eine kleine friedliche Zeitspanne gewähren würde, damit sie einen Plan schmieden und die Vorteile nutzen konnte, die sie durch die Gegenwart der Chakaha-Magier besaß!

»Mistress?« drängte Keyoke sanft.

Mara wurde sich bewußt, daß sie zu lange geschwiegen hatte; sie sammelte sich. »Wir sind bereits verloren, zumindest aller Wahrscheinlichkeit nach, doch ich kann nicht kampflos aufgeben. Wenn ich versage, werden meine Kinder schon bald getötet werden, und ohne sie endet das Geschlecht der Acoma mit meinem Tod.« Sie ließ ihre Stimme entschlossen klingen. »Ich möchte meine treuen Untergebenen nicht ohne Herrin einem ungnädigen Himmel überlassen, während ich mich duldsam dem Urteil *Kaiser* Jiros füge.«

»Jeder einzelne von ihnen würde lieber im Kampf für die Acoma untergehen, als ein Leben als Grauer Krieger zu wählen«, betonte Keyoke.

Mara unterdrückte ein starkes Zittern. »Dann stimmen wir darin überein, daß die Umstände ziemlich extrem sind.« Sie beugte sich vor und schlug die Vorhänge des Palankins zurück. »Lujan!« rief sie.

Der Kommandeur salutierte, und Tropfen flogen von seinem Federbusch. »Ihr wünscht, Mylady?«

»Schickt die Sänftenträger etwas zur Seite und befehlt ihnen, sich auszuruhen«, sagte Mara knapp. »Wenn sie außer Hörweite sind, laßt meine Ehrengarde in einem Ring um den Palankin Position beziehen. Ich möchte Arakasis Boten und den Cho-ja, der ihn herbrachte, sprechen und mich mit Saric, Incomo und Euch beraten. Wir müssen umgehend Entscheidungen treffen.«

Ihre Befehle wurden eilig ausgeführt, trotz der Dunkelheit und des Regens. Maras Gedanken rasten, während Keyoke umsichtig die Vorhänge des Palankins zurückband. Die Seitenteile wurden geöffnet; das Licht der Laterne erhellte den Innenraum und entriß die Gesichter ihrer Vertrauten der Dunkelheit, um so schemenhafter, je weiter sie entfernt standen. Dahinter war nur noch absolute Schwärze.

Mara betrachtete jeden einzelnen, angefangen von Keyoke, den sie seit ihrer Kindheit kannte, über Saric, der als junger Mann den Posten als Erster Berater erhalten hatte, bis zu Incomo, den sie begnadigt und so vor dem Schicksal eines Gefangenen, entweder zu sterben oder in die Sklaverei verkauft zu werden, bewahrt hatte. Sie alle hatten während ihres Dienstes bei den Acoma Wunderbares geleistet, und trotzdem war sie gezwungen, sie um mehr zu bitten. Von einigen würde sie verlangen müssen, daß sie ihr Leben hingaben. Es blieb keine Zeit, über die Situation zu jammern; es blieb auch keine Zeit für Rührseligkeiten. Jetzt war nur zweckdienliches Denken gefragt, und so verteilte sie mit ausdrucksloser Stimme Aufgaben, die vermutlich die letzten sein würden, die sie diesen Männern in diesem Leben erteilen würde. Hätte sie sich erlaubt, ihre Gefühle zu zeigen, wäre sie unweigerlich zusammengebrochen.

Zunächst wandte sie sich an den Cho-ja, der für ihr in diesen Dingen unvollkommen geschultes Auge wie ein älterer Arbeiter wirkte. »Zuerst einmal möchte ich Eurer Königin meinen tiefen

Dank aussprechen, daß sie mir Eure Dienste zur Verfügung stellt.«

Der Cho-ja-Arbeiter neigte den Kopf. »Meine Dienste wurden käuflich erworben, Lady Mara.«

»Eurer Königin gebührt meine Dankbarkeit zusätzlich zur Bezahlung. Laßt es sie wissen, wenn es Euch möglich ist.« Mara hörte das hohe Summen, das die Kommunikation unter den Cho-ja begleitete. Als das Geräusch nachließ, fragte sie: »Ist es in Ordnung, wenn ich Euch ein paar Fragen stelle, guter Arbeiter? Und darf ich Euch um einen weiteren Dienst bitten, sofern Euer Bedürfnis nach Erholung nicht übergangen wird?«

Wieder nickte der Cho-ja. »Die Nachtluft ist mild, Lady Mara. Ich habe keinen Bedarf nach Ruhe, solange es nicht kalt wird. Erklärt mir Eure Wünsche.«

Mara seufzte in kaum wahrnehmbarer Erleichterung. Ein Hindernis weniger! »Ich möchte, daß Ihr meinen Kommandeur Lujan so schnell wie möglich nach Süden zu meiner Armee in der Nähe von Sulan-Qu bringt. Er muß in äußerster Eile reisen; das Überleben der Acoma hängt davon ab.«

»Meine Dienste gehören Euch«, verkündete der Cho-ja. »Ich werde Euren Offizier gerne tragen.«

»Sollte ich diese Zeiten überleben, darf die Königin Eures Schwarms gern eine Schuld von mir einfordern«, sagte Mara in aufrichtiger Anerkennung. »Ich bitte Euch außerdem, meinem Berater Saric klare Anweisungen über den nächstgelegenen Cho-ja-Stock zu geben.« Als der Cho-ja-Arbeiter zustimmend nickte, fuhr Mara fort: »Saric, geht mit ihm. Laßt Euch erklären, wo der Stock ist, und wählt zehn flinke Soldaten aus meiner Gefolgschaft; dann sucht eine Rüstung für mich, damit ich im Dunkeln wie ein gewöhnlicher Krieger aussehe.«

Saric verneigte sich hastig und verließ den Kreis. Ein Gesicht weniger, dachte Mara und schluckte schwer. Der nächste Befehl, den sie erteilen mußte, war noch schwieriger. »Lujan!«

Ihr Kommandeur beugte sich leicht vor; seine Haare klebten in nassen Strähnen an den Schläfen, und seine Hand ruhte auf dem Schwertgriff. »Hübsche Lady, wie lautet Euer Wunsch?«

Sein Ton klang schelmisch. Mara unterdrückte eine tiefe Gefühlsregung, halb Lachen, halb Schluchzen. »Ich wünsche von Euch das Unmögliche, Soldat.« Sie zwang sich zu einem Lächeln. »Obwohl – wie die Götter wissen – Ihr es bereits vollbracht habt, damals im Todeskreis in Chakaha.«

Lujan winkte mißbilligend ab. Seine Augen schienen im schwachen Laternenlicht ebenfalls zu sehr zu glänzen. »Sprecht weiter, Lady. Zwischen uns gibt es keinen Grund zu zögern – vor allem nicht nach alldem, was in Chakaha geschehen ist.«

Mara unterdrückte ein Zittern. »Kommandeur, ich bitte Euch, meine Armee im Süden aufzusuchen. Sobald die Streitkräfte der Anasati versuchen unsere Linie zu durchbrechen und sich nach Norden, Osten oder Westen wenden, setzt Ihr sämtliche Kompanien gegen sie ein. Ihr müßt sie unbedingt davon abhalten, zu Lord Jiro in die Heilige Stadt zu stoßen. Wenn die Schwarzen Roben Euch zur Verantwortung ziehen, wehrt Euch gegen ihren Zorn auf jede erdenkliche Weise.« Sie hielt inne; nur mit äußerster Kraft gelang es ihr, die Beherrschung zu wahren. »Lujan, ich bitte Euch, das Leben der Acoma-Soldaten bis zum letzten Mann zu opfern, ehe Ihr Lord Jiros Armee gestattet, sich Kentosani auch nur einen einzigen Schritt zu nähern.«

Lujan salutierte mit der Faust über dem Herzen. »Lady Mara, Ihr habt mein feierliches Versprechen. Entweder Eure Armee wird siegen, oder ich werde einen derart harten Kampf führen, daß die Schwarzen Roben gezwungen sein werden, uns *alle* zu vernichten – die Anasati wie die Acoma.« Er nickte kurz und richtete sich auf. »Für Eure Ehre, Mylady.«

Und dann war auch er fort, verschluckt von der Nacht. Die Lady der Acoma fuhr mit den Händen über ihr Gesicht. Es fühlte sich feucht an, doch sie wußte nicht, ob vom Nebel oder vom Schweiß. Wenn Lujan dies überleben sollte und wir uns wiedersehen, schwor sich Mara im stillen, werde ich ihm eine Belohnung gewähren, wie er sie sich in seinen kühnsten Träumen nicht vorstellen kann. Doch nur, wenn Justin den Goldenen Thron erhalten würde, könnte jemand von ihnen ans Überleben denken. Und selbst wenn die Acoma siegen sollten, würde Lujan dann möglicherweise längst jenseits jeder Möglichkeit sein, belohnt zu werden: denn niemand, der der Versammlung trotzte, überlebte. Niemand. Mara reckte ihr Kinn in die Höhe und stellte die unausweichliche Frage. »Keyoke, ewig treuer Großvater meines Herzens, seht Ihr eine andere Möglichkeit?«

Er sah sie an, abgebrüht von den vielen Jahren auf dem Schlachtfeld. »Ich sehe keine, Tochter meines Herzens. Es wäre nichts gewonnen, wenn Ihr Eurem Feind das Leben Eures Sohnes überlaßt. Wenn Jiro den Goldenen Thron besteigt, zerfällt unser Leben, zerfällt die Ehre der Acoma zu Staub. Was macht es schon, wenn die Versammlung uns zuvor verbrennt?« Er lächelte mit jenem Humor, den nur Soldaten aufbringen können, die dem Tod gegenüberstehen. »Sollten wir in Ehre sterben, werden wir in die Geschichte eingehen – als das einzige Haus, das bereit war, die Versammlung herauszufordern. Ein nicht gerade geringes Verdienst.«

Mara blickte starr geradeaus. Es gab keine andere Möglichkeit. Sie mußte fortfahren, mußte den letzten Befehl erteilen. Es war der schwerste von allen. »Keyoke, Incomo.« Ihre Stimme versagte. Sie stieß die angespannten Hände in den Schoß und zwang sich, an eine Stärke zu glauben, die nur vorgetäuscht war. »Unsere Wege müssen sich hier trennen. Ihr müßt mit dem Palankin und der Ehrengarde weitergehen. Bleibt auf der Straße nach Kentosani und tut, als wäre nichts geschehen. Ein vergleichsweise kleiner Dienst, mögt Ihr denken. Doch ich bin zutiefst überzeugt, daß sich Eure Aufgabe als die wichtigste herausstellen könnte. Die Schwarzgewandeten dürfen bis zum letzten Augenblick nicht den geringsten Verdacht hegen, daß ich einen anderen Weg genommen haben könnte. Euer beider Leben ist wichtig – für mich und für den Fortbestand des Hauses Acoma. Doch keine Lady meines Ranges würde zu einem Treffen mit den Magiern in die Heilige Stadt reisen, ohne die Berater mitzunehmen, die sie am meisten schätzt und die die meiste Erfahrung haben. Eure Gegenwart ist daher unabdingbar, um den notwendigen Schein zu wahren. Das Leben von Kasuma und Justin hängt davon ab.«

»Mara-anni.« Keyoke benutzte ihren Kosenamen, wie in ihrer Kindheit. »Schüttelt Eure Furcht ab. Ich bin ein alter Mann. Die Freunde, die sich an meine Jugend erinnern könnten, sind fast alle in Turakamus Hallen, und wenn die Götter freundlich sind und mir meinen liebsten Wunsch gewähren, bitte ich darum, den Roten Gott viele Jahre vor Euch zu treffen.« Keyoke hielt inne, dann lächelte er plötzlich, als wäre ihm noch etwas eingefallen. »Mylady, Ihr solltet noch eines wissen: Ihr habt mich die wahre Bedeutung dessen gelehrt, was es heißt, ein Krieger zu sein. Jeder Mann kann im Kampf gegen Feinde sterben. Doch die wirkliche Ehre eines Mannes beweist sich anders, sie zeigt sich daran, ob er leben und lernen kann, sich selbst zu lieben. In meinem langen Leben habe ich viele Taten vollbracht. Doch erst Euer Geschenk, der Posten als Berater, zeigte mir die wahre Bedeutung meiner Verdienste.« Ein verräterischer Glanz schimmerte in Keyokes Augen, als er seine Lady um einen letzten Gefallen bat. »Mistress, mit Eurer Erlaubnis würde ich Saric gern bei der Auswahl der zehn Krieger helfen, die Euch bei Eurer eiligen Reise nach Kentosani begleiten sollen.«

Unfähig, irgend etwas zu sagen, konnte Mara nur nicken; sie verbarg die plötzlich aufsteigenden Tränen, als Keyoke seine Krücke zwischen den Kissen suchte und aufstand. Er ging davon in die Dunkelheit, aufrecht wie in seiner Jugend und mit derselben Hingabe, die sein ganzes langes Leben als Krieger geprägt hatte. Als Mara endlich den Mut fand, den Kopf zu heben, war er außer Sichtweite; doch sie hörte seine Stimme, als er sich von den wenigen Vorräten ein Schwert und einen Helm erbat.

»Verdammt«, antwortete er mit einem midkemischen Fluch, als jemand ihm vorschlug, in der würdevollen Bequemlichkeit des Palankins zu reisen. »Ich gehe bewaffnet und auf meinen Beinen, und jeder, der es wagt, mir etwas anderes einreden zu wollen, kann die Klinge mit mir kreuzen und sich ein paar Schläge einhandeln!«

Mara schniefte. Nur zwei Gesichter aus ihrem inneren Kreis blieben noch: Arakasis Bote, praktisch ein Fremder, und Incomo, dem sie nicht so nahegekommen war wie den anderen, die die Farben der Acoma schon länger trugen. Der feingliedrige, gebeugte alte Berater hatte zwei Häusern seinen Dienst geleistet und war Zeuge gewesen, wie Mara das seines ersten Herrn ausgelöscht hatte. Und doch wirkte er nicht betreten, als er die Mistress ansah, der zu dienen er geschworen hatte. Obwohl er ein vorsichtiger Mensch war, klang seine Stimme jetzt ungewöhnlich kräftig. »Lady Mara, Ihr solltet wissen, daß ich Euch lieben und achten gelernt habe. Ich verlasse Euch mit allem, was ich Euch geben kann: meinem Rat, so armselig er auch sein mag. Ich bitte Euch um das Wohl des Kaiserreiches, das wir beide verehren: Haltet an Euren Zielen fest. Ergreift den Goldenen Thron vor Jiro und seid gewiß, daß Ihr das Richtige für dieses Land und seine Menschen tut.« Er lächelte schüchtern. »Einst habe ich treu Eurem erbittertsten Feind gedient, doch in Eurem Dienst habe ich mehr Ehre und Freude erfahren, als ich mir jemals hätte träumen lassen. Als ich den Minwanabi diente, tat ich es aus Pflichtgefühl und für die Ehre meines Hauses. Wäre Tasaio von einem anderen Herrscher besiegt worden, wäre ich als Sklave gestorben; ich habe den Wert Eurer Überzeugungen daher aus erster Hand kennengelernt. Es sind gerechte Veränderungen, für die Ihr kämpft. Macht Justin zum Kaiser, und herrscht gut und weise. Ich schenke Euch meine Hingabe und ewige Dankbarkeit.«

Wie immer fühlte sich Incomo unbehaglich, wenn er Gefühle zeigte, und er erhob sich. Er verneigte sich tief, lächelte noch einmal und hastete dann davon, um Saric mit letzten Ratschlägen die Ohren vollzudröhnen, ob er sie hören wollte oder nicht.

Mara schluckte schwer. Sie betrachtete Arakasis Boten, der müde genug schien, um im Sitzen auf den Kissen einzuschlafen. »Könnt Ihr mir sagen, ob die Nachricht, die Ihr mir überbracht habt, auch an meinen Mann gesandt wurde?« fragte sie sanft. Sie haßte es, ihn aufzuschrecken.

Der Mann blinzelte und richtete sich auf. »Mistress, Lord Hokanu wird noch vor Euch davon gehört haben, denn er ist näher an Kentosani. Arakasi sandte zuerst jemanden zu Euch, doch er schickte auch andere Kuriere aus, um die Shinzawai zu benachrichtigen.«

Mara sehnte sich danach zu wissen, was Hokanu getan hatte, als er diese fürchterlichen Neuigkeiten erhalten hatte. Möglicherweise würde sie es niemals erfahren; oder sie würde leben und bedauern, es erfahren zu haben. Denn ob sie das Leben ihres Mannes verwirkt hatte oder nicht, als sie Lujan eine Anweisung gegeben hatte, die gegen den ausdrücklichen Befehl der Versammlung verstieß – tief in ihrem Innern war sie davon überzeugt, daß ihr Mann Jiro niemals erlauben würde, die schützenden Mauern Kentosanis zu erreichen. Schließlich galt es für ihn immer noch, Rache für die Ermordung seines Vaters zu nehmen, und außerdem stand das Leben seiner Erbin auf dem Spiel. Hokanu würde seiner Ehre gemäß handeln und angreifen, dachte Mara, ob mit oder ohne Gebete um Erfolg.

Sie betrachtete den erschöpften Boten und gab ihm einen Auftrag, von dem sie glaubte, daß er sein Leben am wenigsten in Gefahr brachte. »Ihr werdet diese Reisegruppe verlassen«, befahl sie mit leichter Ironie. Der Bote lauschte sofort aufmerksam. »Ihr werdet augenblicklich weggehen und mir schwören, daß Ihr keine Rast einlegt, ehe Ihr nicht den nächsten Kurier Eurer Staffel erreicht habt. Ihr müßt folgende Anweisungen an Arakasi übermitteln: Sagt ihm, er soll sein Glück suchen. Er wird wissen, wo er es findet, und wenn er Einspruch erhebt, sagt ihm, ich als seine Herrin habe es angeordnet, und seine Ehre gebietet ihm zu gehorchen.«

Der Bote war jetzt vollkommen wach und verneigte sich. Falls er die Botschaft merkwürdig fand, so zeigte er es nicht; wahrscheinlich hielt er sie für einen raffiniert verschlüsselten Kode. »Wie Ihr wünscht, Mylady.« Er stand auf und verschwand in der Dunkelheit.

Als Mara allein im Palankin saß, ließ sie die zurückgebundenen Vorhänge wieder zufallen. Die feine Seide raschelte nur leicht und gewährte ihr einen seltenen Moment der Ungestörtheit. Sie vergrub ihr Gesicht in den Händen. Die Begnadigung, die sie in Chakaha errungen hatte, schien jetzt sinnlos. Wäre sie dort gestorben, wäre das Ergebnis das gleiche gewesen und das Leben ihres Sohnes Jiros Ambitionen zum Opfer gefallen. Voller Selbstmitleid fragte sie sich, ob das Schicksal sie anders behandelt hätte, wenn sie damals, vor so vielen Jahren, Jiro nicht beleidigt hätte, als sie Buntokapi zum Ehemann erwählte.

Bestraften die Götter sie mit diesem verwickelten, grauenhaften politischen Durcheinander für ihre Eitelkeit? Für ihr egozentrisches, alles zerstörendes Verhalten, um den Namen und die Ehre ihrer Familie aufrechtzuerhalten – ein Verhalten, das seinen Anfang in dem Opfer eines Mannes fand? Sie hatte Buntokapi nur geheiratet, um ihn als Folge ihrer Pläne sterben zu sehen. Hatte er heimlich den Namen der Acoma verflucht, in dem Augenblick, da er sich in sein Schwert stürzte? Mara spürte Kälte in sich aufsteigen. Vielleicht war alles vorherbestimmt, und ihre zwei übriggebliebenen Kinder würden wie Ayaki sterben, als Shahn-Figuren geopfert im Spiel des Rates.

Maras Schultern bebten, als sie ein Schluchzen unterdrückte. Im Laufe der Jahre hatte jeder Schritt im Großen Spiel den Einsatz höher geschraubt. Jetzt würde nichts weniger als der Thron des Kaisers die Sicherheit ihrer Familie garantieren. Um ihre Kinder zu schützen, mußte sie die Geschicke des Kaiserreiches in eine neue Richtung lenken und jahrhundertealte Traditionen beiseite schieben. Sie fühlte sich zerbrechlich und verletzlich, und das Gefühl tiefer Verzweiflung wollte nicht von ihr weichen. Doch als sie gerade darüber grübelte, ob sie ihre Kinder auf dieser Seite des Rads des Lebens wiedersehen würde, wurde sie von Saric unterbrochen, der mit einer geliehenen Rüstung für sie zurückkehrte.

»Mylady?« fragte er weich. »Wir müssen uns beeilen. Der nächste Cho-ja-Stock ist eineinhalb Tagesmärsche entfernt. Wenn wir Kentosani noch früh genug erreichen wollen, dürfen wir keine Sekunde verlieren.«

Ihr Berater trug selbst eine Rüstung, wie Mara registrierte. Aufmerksam fing er ihren überraschten Blick auf, als er sich neben sie kniete, um ihr beim Anlegen der einzelnen Teile zu helfen. »Ich war einst ein Soldat«, erinnerte er sie. »Ich kann es wieder sein – ich habe immer mal wieder ein bißchen mit dem Schwert geübt. Das könnte sich als Vorteil erweisen. Eine kleine Kompanie schnell marschierender Krieger wird vielleicht weniger Aufmerksamkeit auf sich ziehen, als wenn sie von einem Mann begleitet würde, dessen Roben von seinem hohen Amt künden, denkt Ihr nicht?«

Sarics Angewohnheit, laut zu denken und das Ganze als Frage zu formulieren, lenkte ihre Gedanken von unlösbaren Problemen ab. Trotz ihrer Sorgen mußte sie antworten, und sie gestand ihm die Weisheit einer solchen Verkleidung zu.

»Mögen die Götter uns schützen, möglicherweise werden wir ein zusätzliches Schwert benötigen, bevor alles vorüber ist.« Saric widmete sich fachmännisch den Schnallen von Maras Brustplatte, während der Wasserjunge der Kompanie seine Runden machte und Wasser verteilte – ganz so wie während einer gewöhnlichen Rast.

Lujan glitt von dem Cho-ja herab; sein Körper hinterließ Spuren auf dem staubigen Rückenpanzer. Während er noch seine steifen Muskeln streckte und dehnte, wurde er von den schnellen Reaktionen der Wache vor dem Kommandozelt überrascht.

»Wo ist der Zweite Kommandeur Irrilandi?« krächzte der Kommandeur der Acoma mit ausgetrockneter Kehle. »Ich bringe Befehle von Lady Mara.«

Der diensthabende Patrouillenführer kam atemlos herbei; er hatte den Cho-ja ins Lager rasen sehen. Nach einem Blick auf den erschöpften Kommandeur bot er Lujan einen Platz auf einem Kissen im Schatten an. »Irrilandi ist mit einer Erkundungspatrouille unterwegs. Es hat unter Jiros Truppen Bewegung gegeben, hieß es. Er wollte sich selbst einen Überblick verschaffen«, faßte er zusammen.

»Schickt Euren schnellsten Läufer aus, um ihn zurückzuholen«, befahl Lujan. Diener, die von den Wachen aus dem Kommandozelt herbeigeholt worden waren, brachten kühles Wasser und Tücher. Lujan nahm das Getränk, dann winkte er sie fort, damit sie sich um den Cho-ja kümmerten, der ihn hierhergetragen hatte. Seine Stimme klang jetzt kräftiger, als er den ersten Staub fortgespült hatte. »Sorgt dafür, daß der Cho-ja erhält, was immer er benötigt.«

Die Diener verneigten sich und gingen, um sich um den Cho-ja zu scharen. Lujan rieb sich die schmerzenden Muskeln an der Hüfte; er sprach schnell, und wie ein Strudel in einer tiefen Strömung geriet das Lager rings um ihn in Bewegung.

Während Läufer davonstoben, um ein Treffen der Offiziere einzuberufen, und damit begannen, einen Heeresappell durchzuführen, rief Lujan den hochrangigsten Krieger in greifbarer Nähe zu sich und feuerte eine ganze Ladung Fragen auf ihn ab.

Die Antworten des Offiziers waren direkt, und als er mit der Schwertspitze die Aufstellung der feindlichen Truppen nachzeichnete, erkannte Lujan auch das größte Problem, das Irrilandi beschäftigte.

»Jiros Truppen haben sich versammelt, um loszumarschieren«, schloß er.

»Ihr seht das also genauso.« Die besorgten Blicke des Offiziers ruhten auf den Händen des Kommandeurs, der seinen Schwertgriff fest umklammerte. »Obwohl die Götter allein wissen, warum der Lord der Anasati einen solchen Befehl geben sollte. Sein Heer kann unsere Streitkräfte nicht angreifen, ohne den Zorn der Schwarzen Roben auf sich zu ziehen.«

Lujan schaute abrupt auf. »Ich habe Neuigkeiten. Jiro hat erste deutliche Schritte unternommen, um den Thron in Kentosani zu besteigen. Auch wenn ich verflucht noch mal nicht begreife, wie die Nachricht so schnell von seinem Aufenthaltsort im Norden zum Kommandeur der Anasati gelangen konnte, der uns hier gegenübersteht.«

Der Kundschafter wischte sich den Schweiß vom Gesicht. »Das kann ich beantworten: Er hat Vögel.«

Lujan runzelte die Stirn. »Was?«

»Vögel«, beharrte der Späher. »Eingeführt aus Midkemia. Sie sind ausgebildet, mit einer zusammengerollten Nachricht an den Beinen zu einem bestimmten Ziel zu fliegen. Sie werden Tauben genannt. Unsere Bogenschützen haben zwei von ihnen abgeschossen, doch die anderen kamen durch.«

»Waren die Nachrichten verschlüsselt?« fragte Lujan, doch dann gab er sich selbst die Antwort. »Sie ließen sich mit keiner von Arakasis Dekodierungshilfen entschlüsseln!«

Der Anführer der Späher gab mit einem Nicken zu verstehen, daß der Kode der Anasati noch immer nicht entschlüsselt worden war.

Lujan zwang seinen schmerzenden Körper, ihm zu gehorchen,

und stand auf. »Begleitet mich«, forderte er den Späher auf; dann wandte er sich an den diensthabenden Offizier. »Wenn Irrilandi eintrifft, soll er sich mit mir im Kommandozelt beim Sandtisch treffen.«

Die Düsternis im Pavillon bot keine Erleichterung; der Regen hatte aufgehört, doch jetzt schien die Sonne auf das Zelt aus Fellen und heizte die Luft so auf, daß es im Innern stickig war und dampfte. Lujan nahm den Helm ab. Er spritzte das restliche Wasser aus seinem Becher über das ohnehin schweißnasse Haar. Dann, während er sich salzige Tropfen von der Stirn wischte, trat er dicht an den Sandtisch heran. »Stimmen diese Angaben?« Er bezog sich auf die Reihen aus bunten Seidenfähnchen und Markierungssteinen, die die Truppen darstellten.

»Sie sind heute morgen auf den neuesten Stand gebracht worden«, erwiderte der Kundschafter.

Es wurde still im Kommandozelt. Von draußen drang das Geräusch der zum Appell antretenden Krieger herein; wie jeder gute Kommandeur im Kaiserreich lauschte auch Lujan ihren Aktivitäten, während sein Blick rasch und aufmerksam über den Sandtisch wanderte.

»Hier«, verkündete er, streckte seine schmutzigen Hände aus und ordnete ganze Kompanien auf einen Schlag neu an. »Die Ebene von Nashika. Dort werden wir auf ihn losgehen.«

Dem Kundschafter blieb vor Schreck der Mund offenstehen, und er wurde blaß. »Wir greifen Lord Jiro an? Kommandeur, was ist mit den Erhabenen?«

Lujan verrückte weiter die Markierungen. »Die Erhabenen können tun und lassen, was sie wollen. Doch wir haben den Befehl unserer Lady und werden angreifen. Wenn wir zögern oder sie enttäuschen, wird jeder Mann in dieser Armee ohne Haus sein – ein Grauer Krieger, von den Göttern verflucht.«

Die Zeltklappe wurde zurückgeschlagen, und in einer Staubwolke trat der Zweite Kommandeur Irrilandi ein. Der ältere

Mann warf seine Handschuhe beiseite und trat gegenüber seinem Kommandeur auf die andere Seite des Sandtisches. Er nahm sich nicht die Zeit für eine Begrüßung, sondern ließ seinen Blick über die veränderte Aufstellung der Markierungen gleiten, ohne daß ihm etwas entging. »Wir werden also angreifen«, vermutete er dann. Wie immer wurde seine etwas abgehackte Sprechweise von einem fröhlichen Tonfall belebt. »Gut. Beim ersten Tageslicht, nehme ich an?«

Lujan schaute auf; seine ganze Haltung zeigte eine Härte, die bisher nur seine Lady ein einziges Mal gesehen hatte – kurz bevor er den Todeszirkel in Chakaha betreten hatte. »Nicht beim ersten Tageslicht«, korrigierte er seinen Zweiten Kommandeur. »Heute, sofort nach Einbruch der Dunkelheit.«

Irrilandi grinste schief. »Die Dunkelheit wird uns keinen Schutz bieten. Wir können die Erhabenen nicht täuschen.«

»Nein«, stimmte Lujan zu. »Doch wir haben möglicherweise die Befriedigung, soviel Anasati-Blut wie möglich vergossen zu haben, bevor der Tag anbricht. Sollen die Erhabenen doch herausfinden, was geschehen ist, wenn sie sich aus dem Schlaf räkeln und das Ergebnis unserer nächtlichen Aktivitäten betrachten.«

Irrilandi studierte den Sandtisch. »Die Ebene von Nashika? Eine gute Wahl.«

»Irgendwelche Strategien?« fragte Lujan kurz angebunden. »Ich hätte gern Eure Meinung, bevor wir uns mit den Offizieren treffen und die Einzelheiten besprechen.«

Jetzt zuckte Irrilandi mit den Schultern. »Laßt uns einen breit angelegten Kampf anzetteln, einen mit vielen kleinen Einheiten und verschiedenen Angriffspunkten. Wir haben genügend Krieger, und die Götter wissen, wir können Dutzende von Boten mit Botschaften aufs Feld und wieder zurück schicken. Die Bogenschützen sollten nicht von einem einzelnen Punkt aus feuern; im Gegenteil, sie sollten sich überall auf dem Feld verteilen und von Dutzenden von Plätzen die Feinde beschießen.«

Lujan hielt verblüfft inne, während er den Vorschlag überdachte; dann begriff er, was sein Zweiter Kommandeur vorhatte. Er warf den Kopf zurück und lachte in heller Bewunderung. »Bei den Göttern! Das ist der beste Rat, den ich in all meinen Jahren als Kommandeur gehört habe! Verbreite soviel Verwirrung wie möglich, um Zeit zu gewinnen und möglichst viel Schaden anzurichten!«

»Wenn wir schon die Versammlung dazu zwingen wollen, uns einzuäschern, sollten wir genügend von unseren Feinden in die Hallen Turakamus mitnehmen, damit das Lied von unserem Ruhm und unserer Ehre auch laut genug erklingt.« Als Irrilandi aufblickte, war sein Gesicht so ausdruckslos, daß selbst Keyoke in seinen unzugänglichsten Zeiten dagegen geradezu lebendig gewirkt hätte. »Hoffen wir, daß es funktioniert. Und möge zumindest das Mitleid der Götter auf uns fallen.«

Der Nachmittag verging in hektischer Betriebsamkeit, überwacht vom Zweiten Kommandeur Irrilandi, während Lujan die letzte Gelegenheit wahrnahm, ein wenig zu schlafen. Obwohl Maras Befehl einem Todesurteil gleichkam, scheute keiner der Krieger davor zurück, seinen Beitrag zu leisten. Das Sterben war für einen Tsurani etwas Selbstverständliches, und dem Roten Gott im Kampf zu begegnen war der schönste Lobgesang für einen Krieger. Wenn der Name der Acoma fortbestand und an Ansehen und Macht gewann, wuchsen auch die Chancen eines Soldaten, bei der nächsten Drehung des Rads des Lebens eine höhere Position zu erklimmen.

Es lag eine gewisse Ironie darin, dachte Lujan, als er sich vor Sonnenuntergang erhob und hastig eine Mahlzeit verschlang, daß gerade jene Traditionen und Überzeugungen, die den Eifer der Krieger befeuerten, diejenigen waren, die Mara abschaffen wollte – falls Justin überlebte und das nächste Licht des Himmels wurde. Einige der Offiziere wußten davon; wenn es überhaupt eine Wirkung hatte, dann die, daß sie noch härter arbeiteten. Einer der immer wiederkehrenden Alpträume eines Kriegers war der, eines Tages zu erwachen und festzustellen, daß man noch lebte, aber von einem Feind gefangengenommen worden war. Der Tradition entsprechend wurden die Offiziere getötet, doch ein besonders grausamer Sieger mochte sie auch am Leben lassen, damit sie fortan ohne jede Hoffnung auf Begnadigung als Sklaven ihr Dasein fristen mußten. Wenn Mara also dem Tod in der Schlacht den Ruhm nahm, dann schaffte sie gleichzeitig auch die erniedrigende Sklaverei ab, die einen Menschen ungeachtet seiner Fähigkeiten oder Verdienste zermalmte.

Der Sonnenuntergang tauchte den Himmel in goldene und kupferne Farben, dann traten die Sterne hervor. Im Schutz der Dunkelheit bezogen Maras Krieger am Rand der Ebene von Nashika ihre letzten Stellungen. Der Befehl zum Angriff erfolgte vollkommen lautlos.

Es erklangen keine Hörner und auch keine Trommelwirbel, und niemand schrie stolz den Namen der Lady oder stieß einen anderen Schlachtruf der Acoma aus. Der Beginn der größten Auseinandersetzung um die Thronfolge in Tsuranuanni fand ohne jene Fanfaren statt, die gewöhnlich einen Krieg begleiteten.

Die einzige Warnung, die die Armee der Anasati erhielt, war das Stampfen Tausender von Füßen, als die Acoma-Streitkräfte angriffen. Dieses eine Mal genossen die Anasati nicht die Früchte von Chumakas überlegenem Netzwerk; auch er war zu dem naheliegenden Schluß gekommen, daß sich das Heer der Acoma auf einen Angriff im Morgengrauen vorbereiten würde.

Dann zerrissen Schwertgeklapper, Schmerzens- und Todesschreie die Nacht. Die Schlacht war hart und unbarmherzig. Bereits nach einer Stunde hatte sich der Boden in Schlamm verwandelt, rot und naß vom Blut der Gefallenen. Lujan und Irrilandi verfolgten abwechselnd das Geschehen von einem erhöhten Hügel aus, wo sie beim Licht mehrerer Laternen Markierungen auf dem Sandtisch verschoben, während Boten mit Berichten kamen und gingen. Befehle wurden erteilt und Formationen rückten vor, wurden wieder zurückgezogen und in die Enge getrieben. Boden wurde gewonnen und verloren und manchmal um den Preis unerträglich vieler Menschenleben zurückgewonnen. Auf der schmutzigen Erde unter dem Tisch sammelten sich die Markierungen, als der Kommandeur und sein Stellvertreter farbige Nadeln als Zeichen für die Verluste wegwarfen. Und die Verluste waren hoch, denn die Männer kämpften mit einer unglaublichen Wildheit; jeder von ihnen zog den Tod durch das Schwert dem Untergang in durch Magie erzeugten Flammen vor.

Abwechselnd ritten die beiden höchsten Offiziere Maras auf dem Cho-ja zu den Truppen, um ihre Moral zu stärken und, wenn notwendig, auch einmal selbst das Schwert zu ziehen und eine Formation im Kampf zu unterstützen.

Der Mond ging auf und tauchte das Schlachtfeld in kupferfarbenes Licht. Die Schlacht zerfiel jetzt in einzelne Gefechte, wo die Linien ausgedünnt waren. Die Männer schrien die Namen von Mara oder Jiro, um ihre Loyalität zu offenbaren, denn in der Dunkelheit vermischten sich die Farben der Rüstungen, und es war unmöglich, Freund und Feind voneinander zu unterscheiden. Die Schwerter färbten sich dunkel vom Blut, und die Krieger mußten darauf vertrauen, daß ihre antrainierten Fähigkeiten dem Hieb die richtige Richtung gaben; es war unmöglich, den blutverkrusteten Klingen mit dem Auge zu folgen.

Die Dämmerung brach an, gedämpft von Nebel und Staub. Die weite Ebene war mit Leichen übersät, die von den Kämpfenden zertrampelt wurden. Schwerter zerbrachen nach unzähligen Hieben und Paraden, während die von toten Kriegern in neuen Kämpfen wieder auftauchten.

Lujan stand gegen den Sandtisch gelehnt und rieb sich den Staub aus den Augen. »Sie haben mehr Leute verloren als wir, doch ich schätze, daß wir höchstens dreihundert Tote weniger zu beklagen haben als die Anasati.« Er spürte ein Brennen an seiner

Hand, konnte sich jedoch nicht mehr an den Schwerthieb erinnern, der die Haut zerfetzt hatte. Lujan konzentrierte sich angestrengt auf den Sandtisch. Wenn die Zahl der Kämpfenden auch durch die Verluste immer mehr abgenommen hatte, so waren die Vorgänge auf dem Schlachtfeld – bedingt durch die unzähligen größeren oder kleineren Gefechte und Scharmützel – in den letzten Stunden doch immer komplexer geworden.

Er wandte sich wieder Irrilandi zu. »Wenn der Cho-ja bereit ist, eine weitere Aufgabe zu übernehmen, laßt Euch von ihm zu unseren westlichen Linien bringen. Zieht eine halbe Kompanie zurück und benutzt sie dazu, den Druck auf die Truppen unter Befehlshaber Kanaziro zu mildern.« Er deutete auf die Mitte der Front, wo das blutigste Gefecht stattfand.

Irrilandi salutierte und verschwand, um mit dem Cho-ja zu sprechen, und nach ein paar Worten huschte das Geschöpf mit dem Zweiten Kommandeur auf dem Rücken davon.

Lujan lehnte müde am Sandtisch. Er fragte sich, was Mara jetzt wohl machte: ob sie die Cho-ja-Tunnel sicher erreicht hatte, und wenn nicht, ob die Schwarzgewandeten sie überwältigt hatten. Möglicherweise würde er es nie erfahren. Vielleicht hatte Justin bereits den Mantel der Acoma geerbt, ohne daß einer der Berater etwas von dieser Veränderung ahnte. Das Ende mochte bereits gekommen sein, während auf der Ebene von Nashika immer noch Männer kämpften und sinnlos starben.

Solche Gedanken waren gefährlich, das Ergebnis von übermäßiger Anstrengung und Müdigkeit; Lujan zwang sich, seine Aufmerksamkeit wieder den farbigen Markierungen auf dem Tisch zuzuwenden und auf die Worte eines anderen Spähers zu lauschen, der von einer weiteren Veränderung im Kampfgeschehen berichtete. Dieses Mal hatte Jiros Armee an Boden verloren. Doch schon in wenigen Minuten würden sie ihrerseits den Hügel wieder verlieren, wie es in dieser scheinbar unendlichen Nacht immer wieder der Fall war. Lujan erkannte am Schatten, den seine Hand warf, daß die Sonne jetzt ganz aufgegangen war und immer höher in den Himmel kletterte.

Er spürte eine Brise im Nacken, und nach einem kurzen Augenblick begriff er, daß der summende Klang in seinen Ohren keine natürliche Folge des Schlafmangels war. Er drehte sich um und sah wenige Schritte entfernt drei Männer in schwarzen Roben Gestalt annehmen.

Der jüngste trat forsch vor; das schmale Gesicht mit den hohen Wangenknochen wirkte sehr ernst. »Kommandeur«, verkündete er, »ich suche Eure Mistress.«

Lujan sank in tiefer Verbeugung zu Boden; Ehrfurcht und Angst mischten sich auf seinem Gesicht. Mit einem Räuspern befreite er seinen Hals vom Staub, dann entschied er sich für die schlichte Wahrheit. »Meine Herrin ist nicht da.«

Der Magier trat weiter vor. Lujan sah, daß seine Füße in Sandalen steckten, die vorn zugebunden waren und Sohlen aus weichem Fell hatten, ganz und gar ungeeignet für draußen. Die Erkenntnis ließ ihn innerlich erschaudern. Dieser Magier erwartete vollkommenen und sofortigen Gehorsam, ohne daß er es nötig hatte, mehr als nur ein paar Schritte zu tun.

Lujan spürte, wie sein Herz wild pochte und Schweiß auf seine Stirn trat, und er rief sich zur Vernunft. Dies hier sind mächtige Männer, aber auch nur Menschen, schärfte er sich ein. Er fuhr sich mit der Zunge über die trockenen Lippen und rief sich ein Urteil in Erinnerung, das er als Grauer Krieger gefällt hatte: Er hatte einen Mann wegen eines Verbrechens gegen das gesamte Lager zum Tode verurteilen müssen. Er selbst hatte die Hinrichtung mit seinem eigenen Schwert ausgeführt, und jetzt erinnerte er sich daran, wie schwer es gewesen war, den Verurteilten niederzustrecken. Lujan konnte nur hoffen, daß auch ein Erhabener zögerte, bevor er ein Menschenleben auslöschte.

Der Kommandeur der Acoma verhielt sich still, obwohl seine Muskeln verräterisch zitterten; der Drang, einfach aufzustehen und der Bedrohung ins Gesicht zu sehen oder der Schwäche nachzugeben und wegzulaufen, war riesengroß.

Der Magier klopfte mit einer Sandalenspitze auf den Boden. »Nicht hier?« fragte er scharf. »Im Augenblick ihres Triumphes?«

Lujan hielt sein Kinn gegen den Boden gepreßt und zuckte unbeholfen mit den Schultern. Er wußte, daß jede Sekunde, die er gewann, die Überlebenschancen seiner Herrin geringfügig verbesserte. Er sprach sehr langsam. »Der Sieg ist noch nicht unser, Erhabener.« Er hielt inne und hustete leicht. Das krächzende Geräusch verlieh seinem Bedürfnis, sich noch einmal zu räuspern, Glaubwürdigkeit. »Und es ist nicht an mir, meiner Mistress Fragen zu stellen, Erhabener. Sie allein weiß, welche Angelegenheiten ihre Anwesenheit an einem anderen Ort erfordern, und so legte sie den Befehl für diesen Kampf in meine armseligen Hände.«

»Verfluchte Rhetorik, Akani«, blaffte eine andere Stimme. Lujan bemerkte ein zweites Paar Füße vor seinem Gesicht, dieses Mal waren es mit Nägeln beschlagene Schuhe im midkemischen Stil. Der rothaarige Magier, erkannte er, war der größte der drei Delegierten und offensichtlich derjenige von ihnen, der sich am schnellsten erzürnen ließ. »Wir verschwenden Zeit, sage ich. Wir wissen, daß Mara in ihrer Sänfte nach Kentosani aufgebrochen sein muß, und ein Narr kann von diesem Hügel aus erkennen, daß hier eine Schlacht zwischen den Streitkräften der Acoma und der Anasati im Gange ist. Man hat sich uns widersetzt! Das erfordert sofortige Bestrafung.«

Der Erhabene, der als Akani angesprochen worden war, antwortete mit gelassener Stimme: »Kommt, Tapek, beruhigt Euch. Wir dürfen keine voreiligen Schlüsse ziehen. Diese Streitkräfte kämpfen gegeneinander, das ist wohl wahr, doch da niemand von uns gesehen hat, wie der Kampf begann, können wir auch nicht wissen, wer der Angreifer war.«

»Ein unwichtiger Punkt!« erklärte Tapek mit zusammengebissenen Zähnen. »Sie kämpfen, obwohl unser Edikt bewaffnete Auseinandersetzungen zwischen ihnen eindeutig verbietet!«

Nach einer kurzen Pause, während der die drei Magier Blicke tauschten, wandte sich Akani noch einmal an Lujan: »Erzählt uns, was hier los ist.«

Lujan hob den Kopf gerade genug, um über den Staub hinwegzublinzeln, der auf dem Boden schwebte. »Der Kampf ist schwer, Erhabener. Der Feind hat möglicherweise eine bessere Position, doch die Acoma haben mehr Krieger. Manchmal denke ich, wir werden siegen, doch dann zweifle ich wieder daran und bete zum Roten Gott.«

»Dieser Krieger behandelt uns wie Narren«, sagte Tapek zu Akani. »Er spricht wie ein Händler, der versucht verdorbene Ware zu verkaufen.« Er hob seine Fußspitze und stieß Lujan gegen die Schulter. »Wie fing dieser Kampf an, Krieger? Das ist es, was wir herausfinden wollen.«

»Das müßt Ihr meine Mistress fragen«, beharrte Lujan, während er ehrerbietig die Stirn gegen den Boden drückte. Er zeigte keinen offenen Trotz gegenüber den mächtigsten Männern des Kaiserreiches, doch er legte Tapeks Frage in der allgemeinsten Weise aus, die nur möglich war; Mara hatte ihm niemals die tieferen Wurzeln der Rivalität zwischen dem Haus der Acoma und dem der Anasati erläutert; so etwas fiel eher in Sarics Bereich. Lujan behielt die Haltung eines loyalen Dieners bei und betete, daß keiner der Magier die Frage anders stellen und von ihm verlangen würde zu sagen, wer den ersten Angriff befohlen hatte.

Als er wieder einen Blick nach oben riskierte, betrachtete er die Schwarzgewandeten mit der gleichen Aufmerksamkeit wie neue Rekruten: Er nahm sich die Freiheit, sie als bloße Männer einzuschätzen, und kam zu dem Schluß, daß Akani intelligent und sicherlich kein Narr war und wohl nicht dazu neigte, Mara oder den Streitkräften der Acoma Schaden zuzufügen. Der rothaarige Tapek hingegen würde, ohne groß nachzudenken, zu harten Maßnahmen greifen; er war der wirklich Gefährliche. Der dritte in der Gruppe hatte etwas von einem Zuschauer, der wie ein Makler den Austausch verfolgte, aber wenig Interesse am Ausgang hatte. Er schien nicht besonders besorgt zu sein.

Tapek stieß ihn erneut mit dem Schuh an. »Kommandeur?«

Lujan wußte, daß er sofort tot sein würde, wenn er direkt auf Tapeks Frage antwortete. Er tat so, als hätte der Druck der Situation ihm den Verstand geraubt und seine Gedanken verwirrt. Mit ehrfurchtsvoller Stimme meinte er: »Erhabener?«

Tapeks blasse Haut färbte sich rot. Er stand kurz vor einer Explosion, als Akani ihn am Arm berührte und sanft einschritt. »Kommandeur Lujan, zieht die Streitkräfte der Acoma zurück und beendet diesen Kampf.«

Lujan riß die Augen auf. »Erhabener?« wiederholte er, als würde der Befehl ihn erstaunen.

Tapek schüttelte Akanis Arm ab und brüllte: »Ihr habt es gehört! Befehlt den Acoma-Streitkräften den Rückzug und beendet diesen Kampf!«

Lujan zelebrierte eine Geste der Ehrerbietung. Er kostete seine Darstellung unterwürfiger Gehorsamkeit so sehr aus, daß sie beinahe an Lächerlichkeit grenzte, und sagte dann salbungsvoll: »Euer Wille geschehe, Erhabener. Natürlich werde ich den Rückzug anordnen.« Er hielt inne, runzelte die Stirn und fügte dann hinzu: »Würdet Ihr mir erlauben, den Rückzug in einer Weise anzuordnen, die meinen Kriegern möglichst geringe Verluste zufügt? Wenn es das Ziel ist, weiteres Blutvergießen zu vermeiden ...«

Akani machte eine abwehrende Handbewegung. »Ich möchte nicht, daß Männer unnötigerweise sterben. Ordnet den Rückzug in jeder Weise an, die Euch gefällt.«

Lujan zwang sich, nicht erleichtert aufzuseufzen, als er sich auf die Knie erhob. Er winkte einen in der Nähe wartenden Läufer herbei und gab ihm rasch einige Anweisungen: »Befehl an den Lord der Tuscalora: Er soll seine Soldaten in südlicher Richtung zurückziehen, dann dort als Unterstützung für die Nachfolgenden warten –«, er warf einen Blick auf die Erhabenen und erhielt die Andeutung eines Nickens von Akani, einen glühenden Blick von Tapek und vage Aufmerksamkeit vom Dritten in der Runde –, »um deren Rückzug zu sichern, verstehst du«, endete er schnell.

Der Bote war halb versteinert vor Furcht. Es dauerte einen Augenblick, ehe er begriff, daß er gehen konnte. Noch während er davoneilte, winkte Lujan einen anderen Läufer herbei und gab ihm eine Reihe von umständlichen Anordnungen – zu denen auch zwei Manöver an den Flanken zählten –, die in einem für das Ohr von Außenstehenden völlig unverständlichen Militärjargon gehalten waren. Als auch dieser Bote davonrannte, verbeugte sich Lujan wieder vor den Magiern. »Darf ich Euch vielleicht Erfrischungen anbieten, Erhabene?«

»Etwas Saft würde die Hitze des Tages lindern«, stimmte der bisher nur zuschauende Magier zu. »Im heißen Sonnenlicht sind diese Roben nicht sehr angenehm.«

Während Tapek unruhig von einem Bein aufs andere trat und mit dem Fuß gereizt auf den Boden trommelte, klatschte Lujan in die Hände, um die Diener herbeizurufen. Er machte eine kleine Schau daraus, den richtigen Wein auszuwählen und darüber nachzusinnen, welche ursprünglich für Soldaten gedachte Nahrungsmittelrationen sich am besten dafür eigneten, daß man sie Besuchern von solch hohem Rang anbot. Das Hin und Her drohte einige Zeit in Anspruch zu nehmen, bis Tapek fauchend dazwischenfuhr und erklärte, daß keine Kostbarkeiten erwartet würden und eine einfache Jomach-Frucht und etwas Wasser durchaus genügten, die Bedürfnisse seiner Kollegen zu befriedigen.

»Du meine Güte«, wandte Akani mit unbekümmerter Stimme ein. »Ich für meinen Teil fand den midkemischen Wein sehr vielversprechend.«

»Steht Ihr nur hier herum und trinkt mit diesem Schwachsinnigen, der sich selbst Kommandeur schimpft!« Tapek schrie jetzt beinahe. »Einige von uns haben Wichtigeres zu tun, und ich denke, es liegt ganz im Interesse des Rates, der uns als Delegierte hierhersandte, daß einer von uns die Vorgänge beobachtet und sich davon überzeugt, daß die Streitkräfte die Kämpfe auch wirklich abbrechen.«

Akani blickte den jüngeren Magier tadelnd an. »Der Kommandeur gehorchte ohne Einwand und befahl seinen Truppen sofort, sich zurückzuziehen. Zweifelt Ihr an seinem Wort, für das er mit seiner Ehre einsteht?«

»Das brauche ich nicht«, knurrte Tapek.

An dieser Stelle schaltete sich der dritte Magier ein, der in die Ferne gestarrt hatte, in die Richtung der Armeen. »Tapek hat möglicherweise recht. Ich kann mit Hilfe meines Seher-Blicks nichts erkennen, was auf ein Nachlassen der Kämpfe hindeutet.«

Zu Lujans Erstaunen winkte Akani lediglich ab. »So wie ich es verstanden habe, benötigen diese Dinge Zeit.« Er blickte den Kommandeur fest an und strich sich über das Kinn. »Ein Vasall bleibt zur Unterstützung, damit sich eine andere Kompanie zurückziehen kann ... war es nicht so, Kommandeur?«

Lujan überspielte seine Überraschung. Seine Ehrfurcht nahm etwas ab, als er begriff: Dies waren nur Menschen! Bei ihnen gab es genauso Fraktionen wie bei den miteinander wetteifernden Herrschern im Spiel des Rates. Allem Anschein nach bemühte sich der Erhabene Akani vorsichtig, Maras Sache zu unterstützen, ohne das Edikt der Versammlung erkennbar zu mißachten. Lujan unterdrückte den Drang, dem Magier Vertrauen entgegenzubringen, und sagte: »Absolut richtig, Erhabener. Der Lord der Tuscalora –«

»Oh, langweilt uns nicht mit Details!« warf Tapek ein. »Sagt uns einfach nur, warum Mara von den Acoma es wagt zu glauben, daß sie diesen Angriff befehlen und ungestraft davonkommen kann, obwohl es ihr ausdrücklich von uns verboten wurde, gegen Jiro von den Anasati zu kämpfen.«

Lujan leckte sich über die Lippen; seine Nervosität war nicht gespielt. »Ich weiß es nicht.« Die Sandkörner unter seinen Knien gruben sich allmählich ins Fleisch, und sein Rücken schmerzte von der ungewohnten Haltung. Schlimmere Qualen kamen ihm in den Sinn. Er konnte Maras Tod heraufbeschwören, wenn er die falschen Worte wählte. Bei den Göttern, er war hervorragend auf jede Art von Kampf vorbereitet, doch er besaß nicht Sarics Talent für politisches Taktieren. Er suchte mühsam nach einem Weg, die direkte Wahrheit zu vermeiden. »Ich erhielt von ihr den Befehl, die Traditionalisten daran zu hindern, nach Norden, nach Kentosani zu marschieren. Wie Ihr sagtet, ist sie unterwegs zur Heiligen Stadt, ebenfalls auf Anordnung der Versammlung.«

»Aha! Ist sie das?« Tapek kreuzte die Arme und strich befriedigt über seine Ärmel. »Jetzt werden wir die Wahrheit hören. Welchen Weg hat sie dorthin genommen? Und keine Tricks! Sagt die Wahrheit, oder Ihr werdet einen qualvollen Tod erleiden.« Bei diesen Worten streckte Tapek einen Finger aus, und eine Flamme flackerte auf und zerschnitt die Luft mit einem Fauchen. »Und jetzt antwortet!«

Lujan erhob sich zu seiner vollen Größe. Wenn er sterben oder Maras Chancen zunichte machen mußte, würde er dies als Mann und Krieger tun, aufrecht auf seinen Beinen stehend. »Euer Wille geschehe, Erhabener. Meine Mistress plante, über kleinere Straßen zu reisen, um nicht in Schwierigkeiten zu geraten.«

Jetzt schaltete sich der schweigsamste der drei Magier, Kerolo, ein. »Und wenn sie in Schwierigkeiten gerät?«

Lujan schluckte; seine Kehle war staubtrocken. Er hustete und zwang sich zum Sprechen, und es gelang ihm mit seiner ganzen

Kraft, seine Stimme bei diesem letzten Schritt stark und fest klingen zu lassen. »Dann sucht sie den nächstgelegenen Cho-ja-Stock auf.«

Die Magier Kerolo und Tapek wechselten erschrockene Blicke, während sie sich gemeinsam an ihren Transportvorrichtungen zu schaffen machten. Ein Summen erfüllte die Luft, übertönte die nachlassenden Schreie der Schlacht und das von weither kommende Geklapper der Schwerter. Dann zerteilte eine Brise den Staub, und das Paar war verschwunden. Zurück blieb Akani, der Lujan schweigend und deutlich beunruhigt musterte. Ein Augenblick verstrich. Lujan stand so reglos und korrekt da wie ein Rekrut, der den forschenden Blick eines ranghöheren Offiziers über sich ergehen lassen muß. Ein Verstehen schien zwischen den beiden Männern aufzuglimmen, so unterschiedlich ihre Positionen im Leben auch sein mochten. Akanis Blick wurde durchdringender.

»Keine Verstellung mehr. Eure Herrin hat, wenn nicht Verbündete, so doch verständnisvolle Ohren in der Versammlung, doch selbst diese werden sich offenem Widerstand entgegenstellen. Aus welchem Grund glaubt Mara auf die Hilfe der Cho-ja zählen zu können?«

Lujan verwarf jeden Versuch, den Magier zu täuschen. Dieser Erhabene würde bei weiteren Spielchen kurzen Prozeß machen. Trotzdem wählte er seine Worte sehr behutsam, aus Angst, zuviel zu verraten. »Sie und die Cho-ja-Königin auf ihrem ursprünglichen Landsitz verbindet seit langem eine Freundschaft, und Lady Mara hat im Laufe der Jahre vielfach ihr Wohlwollen erkauft, meistens zum Schutz der Acoma.«

Akani runzelte die Stirn; sein Gesichtsausdruck war zurückhaltend, wirkte dadurch jedoch noch viel beängstigender. »Die Cho-ja jenseits der Grenzen ihres Besitzes nehmen sich bereitwillig ihrer Sache an?«

Lujan drehte seine Handflächen gen Himmel, eine typische

Geste für tsuranisches Achselzucken. »Das vermag ich nicht zu sagen, Erhabener. Nur die Lady selbst weiß, welche Übereinkünfte erzielt wurden und welche nicht.«

Akanis Blick wurde stechend; er schien die Gedanken des Kommandeurs von innen nach außen zu kehren und dem blendenden Licht preiszugeben. Ein Frösteln durchlief Lujan, und er bebte. Dann war die Empfindung vorüber.

»Ihr sprecht die Wahrheit«, räumte Akani ein. »Doch seid gewarnt, daß die Versammlung dieser Sache auf den Grund gehen wird. Es könnte sich bedauerlicherweise herausstellen, daß unsere Gemeinsamkeiten in dieser Angelegenheit ein Ende finden, Kommandeur der Acoma.« Mit einem Nicken, in dem auch Respekt enthalten war, betätigte Akani seine Transportvorrichtung und verschwand in einem Schwall aufgewirbelter Luft.

Lujan hielt sich rasch am Sandtisch fest, um seine Beine vor dem Einknicken zu bewahren. Mara, dachte er verzweifelt, was wird jetzt aus ihr? Jiros Armee war durch die Gnade der Versammlung daran gehindert worden, nach Kentosani zu marschieren; doch jetzt war der wirkliche Feind erwacht. Lujan hatte schon früher gesehen, wie seine Lady das scheinbar Unmögliche zustande gebracht hatte, und er hatte unbegrenztes Vertrauen in ihre außergewöhnliche Fähigkeit, das Unvorhersehbare zu tun. Doch selbst die Gute Dienerin des Kaiserreiches würde der Versammlung nicht lange trotzen und überleben können.

Elf

Vergeltung

Die Sänfte war schwer.

Acht Träger waren nötig, um ihr Gewicht aus edelsten Harthölzern mit Einlegearbeiten aus Corcara und seltenen Eisenbeschlägen emporzustemmen. Die kostbaren, mit aufwendigen Stickereien, Säumen und Troddeln versehenen Seidenbehänge waren dazu gedacht, die Blicke von Neugierigen zu blenden, doch der Preis für den Glanz war eine Einbuße an Licht und Luft. Daher hatte Lord Jiro seinen Dienern befohlen, die Vorhänge zurückzuziehen und mit Lederbändern zu befestigen, seit die Dämmerung weit genug fortgeschritten war, um lesen zu können. Die Sänfte wirkte so zwar längst nicht so elegant wie mit geschlossenen Vorhängen, doch das störte Jiro nicht. Niemand von Bedeutung war da, der es hätte sehen können.

Auf dem in südwestlicher Richtung auf Kentosani zuführenden Waldweg gab es weder Karawanen noch andere Edle. Die Straße war leer, abgesehen von einem gelegentlichen Boten oder Flüchtlingen – einfache Leute, die den Städten zu entrinnen versuchten. Nahrungsmittel waren knapp, und die Familien in den ärmsten Vierteln gehörten zu den ersten, die Hunger litten. Die Menschen sahen mitgenommen aus; ihre Körper waren von wunden Stellen übersät, ihre Kleidung zerlumpt und schäbig. Sie wiegten jammernde Kinder in den Armen oder bewahrten Alte vor dem Stolpern, Schwache vor dem Verhungern. Jüngere Männer trugen ihre geliebten Großeltern auf dem Rücken. Die ländliche Umgebung bot geringe Möglichkeiten, Wild zu erlegen oder Nüsse und Beeren zu sammeln.

Jiro beachtete diese unglückseligen Menschen nicht weiter: Ihre Armut war der Wille der Götter. Die Soldaten an der Spitze kämpften seinem Gefolge den Weg frei, und durch die Staubwolke drang nur das Weinen der Kinder; die Flüchtlinge selbst waren kaum mehr als kriechende Schatten.

Während der rasche Marsch die Sänftenträger zum Schwitzen brachte, saß der Lord der Anasati bequem auf seinen Kissen, etliche Schriftrollen geöffnet auf den Oberschenkeln. Er hatte sich das Schwert zwischen die Beine geklemmt, und dessen Griff hinderte den Stapel daran herunterzufallen.

Neben der Sänfte schritt sein Erster Berater Chumaka, groß und schlank wie ein Jagdhund. Er war so ausdauernd wie jeder Krieger, und die Anstrengung schien ihm nichts auszumachen. Immer wieder antwortete er auf die seltenen und unregelmäßigen Fragen seines Herrn, die deutlich von den langwierigen und anstrengenden Abhandlungen über das Kaiserliche Recht in den Schriftrollen abwichen.

»Ich traue den Shinzawai nicht«, zischte Jiro ohne konkreten Anlaß. »Hokanus Bruder Kasumi kämpfte viele Jahre in der barbarischen Welt, was zu der Intrige des Blauen Rades gehörte, den Kriegsherrn zu schwächen. Und auch Hokanu selbst wurde von den ehrlosen Schlichen der Midkemier beeinflußt.«

Chumaka warf seinem Herrn einen eindringlichen Blick zu und sagte eine unangenehme Weile lang gar nichts. Jiro begriff plötzlich: Als könnte er Gedanken lesen, wußte sein Erster Berater, daß er an Tasaio von den Minwanabi dachte, der einst ein hervorragender General gewesen war. Mara war es gelungen, seine Armee mit einer unerwarteten Taktik vernichtend zu schlagen – einer Taktik, die durch den Rat eines midkemischen Sklaven zustande gekommen war. Ganz zu schweigen davon, daß das Haus Minwanabi nicht länger existierte. Doch es war nicht nötig, an bestehenden Ängsten zu rühren, damit sich ihr Funke in eine Flamme verwandelte. Gerade noch rechtzeitig vor einem Tadel ergriff Chumaka das Wort. »Mylord, Eure Männer haben alles Menschenmögliche getan, um Euren Erfolg zu gewährleisten. Die weitere Entwicklung müssen wir dem Schicksal, dem Glück und dem Willen der Götter überlassen. Ihr werdet den Goldenen Thron erklimmen oder nicht, ganz wie die Götter es wollen.«

Jiro lehnte sich in den Kissen zurück; die Rüstung zwickte etwas, und er verlagerte sein Gewicht. Er war kein eitler Mann, doch er wußte um die Macht der Ausstrahlung. Wie jeder Künstler hatte er einen ausgeprägten Geschmack, was seine Kleidung anging, und eine leichte Seidenrobe im Rot der Anasati mit gestickten Gaganjan-Blumen auf den Manschetten wäre ihm viel lieber gewesen. Doch seit Ichindars Ermordung wagte es kein Edler, ohne Rüstung auf die Straße zu gehen. Es ärgerte Jiro auch, daß Chumaka recht hatte; doch er weigerte sich zuzugeben, wie recht. Er hatte jeden Bericht gehört, alle Ratsversammlungen geleitet. Er wußte, was über die Truppenbewegungen des Feindes gesagt wurde.

Es waren gute Neuigkeiten.

Hokanu von den Shinzawai befand sich noch immer zwei Tagesmärsche nördlich von Kentosani, während der Lord der Anasati mit seinem Gefolge vermutlich bereits am späten Nachmittag durch die großen Tore hindurchschreiten würde, ganz sicher aber noch vor Sonnenuntergang. Immer wieder versuchte er sich im stillen zu beruhigen: daß er die Heilige Stadt erreichen würde, ohne von Maras Verbündeten herausgefordert zu werden; daß die Shinzawai, wenn sie einträfen, erschöpft sein würden; daß die Magier von den Acoma beleidigt worden waren, als sie die Armee der Anasati im Süden angegriffen hatten. Die Magier hatten ihre Aufmerksamkeit ganz auf Mara gerichtet und beachteten den Lord der Anasati nicht weiter, der sich ganz den Anschein gab, als gehorche er ihren Befehlen.

Jiros Hand krampfte sich um die Buchrolle in seinem Schoß. Er zuckte beim Knistern der trockenen Blätter zusammen und fluchte verärgert darüber, daß die Anspannung ihn dazu gebracht hatte, die alten Berichte zu beschädigen. Mit leichtem Stirnrunzeln glättete er das aus alten Häuten bestehende Papier, dessen Tinte bereits verblaßt war. Derweil schien Chumaka erneut seine Gedanken zu erforschen.

»Ihr habt Euch mit der Nachricht beschäftigt, die gestern abend von der Taube gebracht wurde«, stellte der Erste Berater scheinbar beiläufig fest. Jiro wußte es besser. Die scharfen Augen des Mannes richteten sich auf den Weg vor ihnen, als könnte er durch den Staub hindurchsehen, der von der ersten Kompanie der Anasati-Ehrengarde aufgewirbelt wurde. Der Erste Berater schien sich ganz aufs Marschieren zu konzentrieren, doch dann wurde er plötzlich direkt: »Maras Kommandeur hat einen Angriff begonnen. Mittlerweile wird die Versammlung gehandelt haben. Denkt daran.«

Jiros Lippen zuckten; fast hätte er gelächelt. Seine Phantasie versorgte ihn mit ausführlichen Bildern einer von magischen Flammen gerösteten Mara. Doch keine der noch so eindringlichen Vorstellungen von Maras Torturen und Qualen vermochte ihn zu beruhigen. Er mußte den vom Stahl durchbohrten Körper der Frau sehen, die ihn verschmäht hatte, er mußte die Schädel ihrer von anderen Männern gezeugten Kinder zu seinen Füßen liegen sehen, zerbrochen wie Eierschalen. Dann könnte er auf ihren Hirnen herumtrampeln und sich seines Sieges gewiß sein. Und doch: Das Glück einer Guten Dienerin war legendär, mehr als bloßer Aberglaube. Mit Maras Titel war der Segen der Götter verbunden, und den konnte niemand einfach so beiseite schieben. Mehr als einmal hatte Jiro ihre letzte Stunde kommen sehen, nur um dann ihren Triumph zu erleben.

Der Wurm der Unsicherheit nagte weiter an ihm. Unbemerkt verkrampften sich seine Hände wieder um das Pergament. Die brüchige Haut knisterte, und kleine Stückchen des seltenen Goldes lösten sich und blieben an seinen feuchten Händen haften.

»Ihr werdet Euch erst dann sicher fühlen, wenn Ihr auf dem Goldenen Thron sitzt«, faßte Chumaka knapp zusammen. »Wenn die Priester der Zwanzig Höheren Götter sich vor Euren Füßen verneigen und Euer Recht auf die Nachfolge bestätigen, wenn die Massen Euch in ehrerbietiger Pose als ihrem neuen Licht des Himmels zujubeln, dann werden Eure Nerven ihre Anspannung verlieren.«

Jiro hörte die Worte, doch er konnte nicht aufhören, die Straße zur Heiligen Stadt zu beobachten. Innerlich wiederholte er all die logischen Gründe, denen zufolge der Weg zwischen ihm und seinem endgültigen Sieg frei vor ihm lag. Die Versammlung würde ihn nicht hindern, wenn Mara erst einmal tot war. Tatsächlich mußten sie ihn unterstützen, wenn auch nur, um das Chaos abzuwenden, das seit Ichindars Ermordung durch Lojowa den Frieden im Kaiserreich bedrohte. Niemand vermutete Jiro als Drahtzieher der Tat; die Intrige war über Jahre hinweg sorgfältig geplant worden. Es war unmöglich, die Fäden zu ihm zurückzuverfolgen, nicht einmal durch Folter. Da das Amt des Kriegsherrn dem Geschlecht der Omechan versprochen war, würde es ihnen nur schaden, wenn sie die Verschwörung enthüllten. Jiros Gedanken wanderten weiter. Er bedauerte nicht übermäßig, daß die zusammen mit dem Mantel der Anasati übernommene Armee zum Untergang verdammt war, um Maras Krieger festzunageln und den Zorn der Versammlung auf sie zu lenken. Die Krieger würden ehrenvoll sterben, denn ihr Tod half ihrem Lord, sich über alle anderen im Kaiserreich zu erheben. Ihre Geister würden in den Hallen des Roten Gottes mit großem Triumph willkommen geheißen werden, da Jiros Feinde jetzt gezwungen waren, ihn als überlegen anzuerkennen.

Der Lord der Anasati schloß erwartungsvoll die Augen. Als erster würde sich Hoppara von den Xacatecas vor seinem kaiserlichen Thron verbeugen müssen. Dieser marionettenhafte Emporkömmling hatte sich von Beginn an an Maras Rockzipfel gehängt, ohne daß seine Mutter – die sich sonst überall einmischte – etwas unternommen hätte! Obwohl Isashani wegen ihrer Fähigkeit, wie ein Mann zu denken und zu handeln, gerühmt wurde, hatte sie ihren Erstgeborenen niemals ermutigt, einen eigenen Weg zu gehen, wie ein Mann es sollte. Es lag an dieser Witwe und ihrer Marionette, daß so viele Versuche, die Acoma zu demütigen, fehlgeschlagen waren! Jiro schwitzte; er erinnerte sich daran, wie oft Hoppara dem alten Frasai von den Tonmargu den Rücken gestärkt hatte – so sehr, daß der die Interessen des verstorbenen Kaisers über die seiner eigenen Clanbrüder im Clan Ionani gestellt hatte!

Jiros Wut verstärkte sich, als er die Liste an kleinen Beleidigungen durchging. Verzeihen betrachtete er als Schwäche. Er war kein Mann, der vergaß, wenn seine Pläne durchkreuzt worden waren.

Mit einem Stirnrunzeln dachte er darüber nach, welchen Feind er als nächstes demütigen würde. Wenn die Magier sich bei der Bestrafung von Maras Ungehorsamkeit großmütig zeigten, würde möglicherweise auch Hokanu überleben und könnte gezwungen werden, den Boden vor dem Goldenen Thron zu küssen.

Jiro unterdrückte ein Kichern. Die unangezweifelte Oberhoheit, die Mara und die anderen für Ichindar erarbeitet hatten, würde ihm, einem Anasati, als Erbe zufallen! Er würde diese Allmacht bestens nutzen, o ja; er würde den Hohen Rat wieder einsetzen und das Amt des Kriegsherrn, und er würde über alles, auch über die Tempel, in nie dagewesener Vorrangstellung herrschen. Seine Macht wäre gottähnlich, und es würde keine Frau im Kaiserreich geben, die sich nicht ehrerbietig vor seinem Ruhm zu Boden werfen würde. Er konnte sich jede Frau ins Bett holen, die er nur wollte – und keine würde sich weigern, ihm zu Gefallen zu sein! Daß Mara von den Acoma ihn einmal verschmäht hatte, würde endlich keine Rolle mehr spielen, denn ihr

Geschlecht wäre dann längst Rauch und Asche. Er, Jiro, zweiundneunzigmal Kaiser, würde als der Mann in Erinnerung bleiben, der eine Gute Dienerin des Kaiserreiches bezwungen und vernichtet hatte. Seine Taten würden ein Denkmal in den Augen der Götter sein: niemals dagewesen, der perfekte Plan im Spiel des Rates, denn kein Lord konnte eine größere Gegnerin herausfordern als eine, die von den Massen geliebt wurde.

Jemand rief etwas vom Wald her. Jiro wurde aus seinen Gedanken gerissen und fuhr auf. Pergamentrollen und kleine Kästchen waren um ihn verstreut. Er beachtete sie nicht, so konzentriert war er auf die unter seinen Soldaten ausgebrochene Unruhe. »Was ist los?« verlangte er knapp zu wissen, doch er mußte feststellen, daß Chumaka nicht mehr neben der Sänfte herlief.

Der Mann hatte einen unangenehmen Freiheitsdrang. Jiro kochte, als er den grauhaarigen Kopf des Ersten Beraters entdeckte. Er beugte sich zu Kommandeur Omelo.

Als Jiro das besorgte Gesicht des Offiziers sah, verflog sein Ärger. »Was ist los?« fragte er jetzt deutlich lauter.

Omelo richtete sich auf und nahm jetzt die Haltung an, die von einem Offizier erwartet wurde. Er ging zur Sänfte, Chumaka folgte ihm dicht auf den Fersen. »Einer unserer Kundschafter fand seinen Partner, der die Aufgabe übernommen hatte, unsere Flanke zu beobachten.«

Jiro runzelte die Stirn. »Der Mann hat seine Pflicht vernachlässigt?«

Omelos Gesicht zeigte keinerlei Veränderung. »Nein, Mylord. Im Gegenteil. Er ist tot. Ermordet.« Er äußerte die Neuigkeit mit knappen, aber exakten Worten. »Ein Pfeil in den Rücken.«

Chumaka brach das Protokoll: »Hat der Mann dabei gestanden, oder lief er?«

Omelo wirbelte halb herum, die Augen zusammengekniffen. Er hielt sich immer sehr genau an das Protokoll, und so wandte er sich an seinen Herrn, als hätte Jiro ihm diese Frage gestellt.

»Mylord, unser Mann wurde niedergeschossen, während er rannte. Der Kundschafter hat die Spuren untersucht.« Er salutierte rasch mit der Faust über dem Herzen und verneigte sich kurz. »Mit Erlaubnis meines Herrn – wir wären gut beraten, wenn wir die Krieger eine fester geschlossene Formation einnehmen ließen. Welche Neuigkeiten unser erschlagener Kundschafter Euch auch hatte überbringen wollen, er wurde getötet, um daran gehindert zu werden. Und der Pfeilschaft ist unmarkiert.«

»Banditen? Oder Verbündete der Acoma? Glaubt Ihr, daß wir in Gefahr sind?« fragte Jiro; dann erinnerte er sich: Eine Verzögerung, aus welchen Gründen auch immer, konnte sich als fatal erweisen. Er gewann seine Würde zurück und bedeutete seinem Kommandeur mit einer knappen Handbewegung, daß er seine Pflichten wieder aufnehmen sollte. Dann wandte er sich an seinen Ersten Berater. Chumakas Gesicht war niemals so, wie man es erwartete. Jetzt zeigte es Interesse, als stünde er vor einer wunderbaren Wendung in einem Rätsel.

»Ihr seht nicht gerade besorgt aus«, bemerkte Jiro sarkastisch.

»Nur Narren sorgen sich.« Chumaka zuckte mit den Achseln. »Ein weiser Mann strebt nach Erkenntnis. Was geschieht, geschieht, und Sorgen werden uns nicht helfen, doch möglicherweise können wir durch Vorausberechnung unser Überleben sichern.«

Durch das Gewirr, das entstand, als seine Krieger die Reihen schlossen, beobachtete Jiro die Straße. Es waren keine Flüchtlinge mehr zu sehen. Allein diese Tatsache war eine Warnung, denn sie waren furchtsam wie Vögel, die vor der Gefahr flohen. Der Weg vor ihm war jedoch leer, hell erleuchtet vom Licht der Sonne, die ihre Strahlen durch treibende Staubwolken sandte. Der undurchdringliche Wald hingegen war dunkel wie die Nacht. Weiter vorn fiel die Straße hinter einer sanften Kurve leicht ab, führte über eine Lichtung, wo Licht und Schatten ein wirres Fleckenmuster bildeten. Sonnenbesprenkelte Insekten huschten hin und her, doch kein größeres Wild war zu hören. Voller Unruhe senkte Jiro die Stimme: »Ich sehe nichts, vor dem wir uns in acht nehmen müßten.«

Dennoch zwang ihn eine unbegreifliche Unsicherheit, den Schwertgriff zu befingern. Und auch Chumaka wirkte angespannt, trotz seiner beruhigenden Worte.

Nur ein Narr machte sich keine Sorgen, dachte Jiro im stillen. Er versuchte seine Ungeduld zu bekämpfen. Es stand zu viel auf dem Spiel; sein Einsatz war hoch – vielleicht der höchste überhaupt in der ganzen Geschichte Tsuranuannis. Er konnte nicht erwarten, daß er den Kaiserlichen Thron ohne Widerstand erhielt. Er löste die feuchte Hand vom Schwertgriff und lockerte den Lederriemen um seinen Hals; daran hing eine Tasche mit Dokumenten. Auf dem Pergament standen in exakten Worten die formellen Vorschriften, die in seinen Ehevertrag mit Jehilia aufgenommen werden sollten.

Er fuhr mit der Hand über das Leder, als wäre es ein Talisman. Er durfte keinen Fehler machen, nicht einmal die geringste Kleinigkeit vergessen, sobald sich die Tore Kentosanis hinter ihm geschlossen hatten. Er hatte jede Seite in den Bibliotheken lesen lassen, und Chumaka und er hatten jeden legalen Bericht über jede existierende Dynastie studiert. Nur das Kaiserliche Siegel von Ichindars Erster Frau Tomara fehlte noch als Beweis dafür, daß Jiro sich als Bewerber um die Nachfolge eignete. Die Thronbesteigung wäre dann nur noch eine Frage der Formalität. Kein Rechtsgelehrter des Hofes oder Erster Berater irgendeines Hauses, kein legaler Kopf im ganzen Kaiserreich konnte angesichts dieser Dokumente den Anspruch der Anasati auf den Thron zurückweisen. Es mochte andere Edle geben, deren Ansprüche ebensogut waren wie Jiros, doch keiner von ihnen war besser, wenn Justin von den Acoma erst einmal tot war. Und niemand würde den Anasati ihr Recht streitig machen können.

Ein Schrei veranlaßte Jiro, seinen Blick auf den Waldrand zu richten. Seine Hand um den Schwertgriff wurde weiß, so fest umklammerte er ihn. Hatte sich da nicht gerade etwas bewegt? Jiro befreite seine Beine von den Pergamentrollen und strengte sich an, die Düsternis des dichten Waldes zu durchdringen. Ein schwaches Donnern klang durch die reglose Luft. Die Krieger bewegten sich unruhig, angespannt und kampfbereit wartend.

Einer der älteren Krieger versteifte sich. »Kommandeur«, wagte er zu äußern, »ich kenne dieses Geräusch.«

»Was ist es?« fragte Omelo.

Jiro wandte sich um und erkannte in dem Mann den Überlebenden der Ehrengarde, der mit seinem Bruder zu den Friedensverhandlungen Ichindars auf die barbarische Welt Midkemia gesandt worden war; die Vertragsverhandlungen hatten in einem Gemetzel geendet, und das Blut Tausender erstgeborener Tsuranis hatte die Erde befleckt. Halesko von den Anasati war bei der ersten Angriffswelle gefallen; nur einer seiner Ehrengarde hatte überlebt und den Weg zurück durch den Spalt geschafft, zusammen mit drei anderen Männern und dem bewußtlosen Kaiser. Als Ehre dafür, daß er das Licht des Himmels gerettet hatte, war ihm ein Platz in Jiros Leibwache gegeben worden. Er sprach jetzt drängender: »Ich hörte dieses Geräusch, als wir gegen die Barbaren kämpften, Lord.« Als das Donnern aus dem Wald immer näher kam, wurde seine Stimme lauter. »Der Feind ist beritten! Pferde! Sie reiten auf Pferden!«

Im nächsten Augenblick brach das Chaos aus dem Waldrand heraus.

Eine Reihe blaugekleideter Krieger, jeder auf einem vierbeinigen barbarischen Tier reitend, preschte direkt auf die Kompanie zu. Omelo rief bellend Befehle; er hatte die Berichte von Soldaten studiert, die es auf Midkemia mit Kavallerie zu tun gehabt hatten. Nur eine Taktik barg für Fußsoldaten etwas Hoffnung. Die Krieger, die ihren Lord begleiteten, waren die Elite der Anasati-Streitkräfte. Sie gehorchten, ohne zu zögern, verteilten sich, um nicht niedergetrampelt zu werden, während Männer ohne jede Kampferfahrung vermutlich gebannt vor Schrecken dagestanden hätten und niedergetrampelt worden wären. Jiros Träger drehten sich in fürchterlicher Angst um und wichen mit der Sänfte zurück, um möglichst viele Anasati-Krieger zwischen ihren Herrn und die heranpreschende Shinzawai-Kavallerie zu bringen.

Jiro unterdrückte seine Angst. Die Shinzawai waren nicht zwei Tage von der Heiligen Stadt entfernt, sondern hier! Die Tiere waren schnell! Und schwer! Ihre Hufe zerfurchten den Boden und ließen die Erde erbeben. Die Schritte der Sänftenträger wurden unsicher. Jiro bemerkte kaum, daß er unsanft hin und her gerüttelt wurde. Die Pferde drängten in einer Welle heran, und die Lanzen der Reiter glänzten im Sonnenlicht.

Die vordersten Reihen der Anasati stellten sich dem Angriff entgegen. Sie waren mutig, unerschütterlich, entschlossen, doch sie hatten keine Chance. Entweder wurden sie von den Lanzen aufgespießt oder wie Hwaet von den Hufen niedergemäht. Die Flinksten konnten noch rasch zur Seite springen, nur um dann unter den Schwertern der blaugerüsteten Reiter zu fallen. Nur der Veteran der Midkemia-Kriege konnte sich retten. Sein schneller Hieb zerschnitt einem Tier die Achillessehne, und es brach zusammen. Der Reiter sprang ab; er fluchte, während das Tier einen merkwürdig menschenähnlich klingenden Schrei ausstieß. Schwert traf auf Schwert, und der Sieger des Zusammenstoßes verlor sich in einer ockerfarbenen Staubwolke.

Der zweiten Reihe ging es kaum besser. Ein Mann stach einem Tier in die Brust, bevor er überrannt wurde. Die Reiter spießten die meisten Verteidiger auf, doch dann wurden ihre Lanzen nutzlos, da die noch nicht zertrampelten Körper schon zu nah waren.

Jiro spürte Schweiß an seiner Haut entlangrinnen und bleckte die Zähne in einer Reihe wilder Flüche. Er konnte hier sterben! Welch eine Verschwendung: genau wie Halesko in einem Kampf aus dem Leben zu gehen! Durch das Schwert zu sterben, wie jeder ungebildete Narr es konnte, geblendet von der Lust nach Ehre! Jiro widerstrebte ein solcher Tod. Er wollte erst Maras Erniedrigung sehen!

Er befreite sich von den Kissen und sprang aus der Sänfte, bösartig wie ein in die Enge getriebener Sarcat.

Omelo stand noch; er stieß Befehle aus. Die ursprüngliche Wucht des Angriffs verebbte; die folgenden Reihen gerieten in Unordnung, als die Pferde der Shinzawai vor den Gefallenen ausscherten. Lanzen hatten Männer in zwei Hälften geteilt. Jetzt drehten die berittenen Schwertkämpfer Pirouetten; als wären sie eins mit ihren höllischen Tieren, kämpften sie gegen Fußsoldaten, die im Staub husteten. Die Anasati-Soldaten versuchten nicht ein einziges Mal zu fliehen. Sie hielten tapfer stand und verteidigten sich von einer benachteiligten Position aus gegen Feinde, die ihre Schwerter über ihren Köpfen schwangen.

Die Schwertkampfkunst der Tsuranis war gegen Schläge von oben machtlos. Die Besten fielen, die Helme gespalten, das Blut in den trockenen Boden sickernd.

Und immer noch kamen weitere Reiter. Sie drängten der Sänfte und den eng geschlossenen Reihen von Jiros Ehrengarde entgegen. Sie, die letzten und härtesten Verteidiger Lord Jiros, schrien trotzig. Selbst die Tollkühnsten konnten sehen: Sie würden nicht genug sein.

Omelo stieß einen blasphemischen Fluch aus. Chumaka schien unauffindbar zu sein. Schwerter zischten durch die Luft; einige prallten gegen andere Klingen und wurden abgelenkt. Zu viele schlugen tief in rote Rüstungen, vergossen immer mehr kostbares rotes Blut.

Hokanus Kavallerie trampelte über die Gefallenen hinweg. Wieder fiel ein Pferd unter Krämpfen, und ein zu nahe stehender

Krieger wurde vom Huf eines um sich tretenden Pferdes erschlagen. Jiro kämpfte gegen Übelkeit an. Er hob seine Klinge. Krieg war nicht seine Stärke, doch er mußte kämpfen, oder er würde sterben.

Die Schreie der tödlich Verwundeten raubten ihm fast den Verstand. Er bereitete sich auf den ersten Schlag vor, benommen und überwältigt von der brutalen Realität des Gefechts. Nur der Familienstolz hielt ihn noch aufrecht.

Ein Reiter erreichte die letzte Verteidigungslinie und bäumte sich auf, ein schwarzer Fleck gegen den hellen Himmel. Zähne blitzten weiß in einem Gesicht, das von einem Helm mit dem Federbusch eines Lords überschattet wurde. Der Reiter war Hokanu, erkannte Jiro.

Der Lord der Anasati schaute in Augen, denen jedes Mitleid fehlte: Augen so dunkel wie die von Kamatsu, eine Erkenntnis, die ihm den Mut nahm und ihn als feigen Mörder brandmarkte.

In diesen Augen sah Jiro sein Ende.

Er parierte den ersten Schwerthieb, wie er es gelernt hatte. Es gelang ihm auch noch, ein zweites Mal zu parieren. Ein Krieger starb zu seinen Füßen; er trat über ihn und stolperte beinahe. Galle brannte in seiner Kehle. Er hatte keine Kraft mehr. Und Hokanu bedrängte ihn, sein Pferd tänzelnd wie ein Dämon, sein Schwert ein Blitz im Sonnenlicht.

Jiro taumelte zurück. Nein! Dies geschah nicht wirklich! Er, der sich immer seines Verstandes gerühmt hatte, würde von einem Schwert niedergemetzelt werden! Benommen von Furcht wirbelte er herum und rannte.

Jede Vorstellung von Schande war von ihm gewichen angesichts des Schreckens, der hinter ihm herdonnerte. Jiro keuchte mühsam. Seine Muskeln schrien vor Anstrengung, doch er bemerkte es nicht. Er mußte den Wald erreichen. Noch mochte Klugheit über die Klinge triumphieren, doch nur, wenn er die nächsten fünf Minuten überlebte. Er war der letzte Sohn seines

Vaters. Es war nicht Scham, sondern die Vernunft, um welchen Preis auch immer zu überleben, damit Mara, verflucht sei ihr Name, vor ihm sterben würde. Dann konnten die Götter mit ihm tun, was immer sie wollten.

Der Lärm der Kämpfe ließ nach, unterbrochen von dem Donnern der Hufe, die über trockenen Boden preschten. Jiros Atem kratzte in seiner Kehle, als er den Waldrand erreichte und auf einen kleinen Steinvorsprung kletterte, auf dem er sich sicher glaubte.

Der Atem des Pferdes war nicht mehr zu hören. Es war stehengeblieben; der Wald schreckte es ab. Jiro blinzelte, um besser sehen zu können. Nach der grellen Mittagssonne schien hier alles in Schatten zu verschwimmen. Keuchend warf er sich gegen einen Baumstamm.

»Dreht Euch um und kämpft!« schrie eine Stimme nur einen halben Schritt von seinen Füßen entfernt.

Jiro wirbelte herum. Hokanu war abgestiegen. Er wartete mit erhobenem Schwert, das Gesicht im Schatten verborgen wie ein Henker.

Jiro unterdrückte ein Wimmern. Er war verraten! Chumaka hatte sich geirrt, schwer geirrt, und das war nun sein Ende. Wilde Wut verscheuchte die Panik. Der Lord der Anasati erhob seine Waffe und griff an.

Hokanu schlug Jiros Klinge zur Seite, als wäre sie ein Spielzeug. Als erfahrener Krieger war er dem Lord der Anasati deutlich überlegen. Jiro spürte jedesmal einen heftigen Schlag, wenn Klinge auf Klinge traf. Der Schmerz rüttelte an seinen Nerven, ließ ihn seinen Griff um sein Schwert lockern. Seine Waffe blitzte auf, drehte sich und rutschte ihm aus der Hand. Er hörte nicht, wie sie im Unterholz aufprallte.

»Omelo!« schrie er in blanker Panik. Irgendwer, irgend jemand, zumindest *ein* Krieger seiner Ehrengarde mußte noch am Leben sein und ihn schreien hören! Er *mußte* gerettet werden!

Er versuchte, seinen Verstand zu gebrauchen. »Unehre komme über Euch, der Ihr einen unbewaffneten Feind tötet.«

Hokanu verzog den Mund, fletschte die Zähne. »So unbewaffnet wie mein Vater? Der in seinem Bett durch einen vergifteten Pfeil gestorben ist? Ich weiß, daß der Attentäter von Euch kam.« Jiro begann schon zu leugnen, doch Hokanu fuhr ihm dazwischen. »Ich habe die Berichte der Tong!« Der Lord der Shinzawai sah aus wie eine Inkarnation des Schreckens, als er die Klinge sinken ließ und sie dann in den Boden stieß. Er ließ sie los, und sie zitterte. »Ihr seid Dreck, nein – weniger als Dreck, und wagt es, mir gegenüber von Ehre zu jammern!«

Er kam näher.

Jiro duckte sich, bereit für einen Ringkampf. Gut! dachte er. Der Verstand würde also doch noch siegen! Er hatte diesen ehrbaren Narren von Shinzawai zu einem Kampf Mann gegen Mann überzeugt! Obwohl der Lord der Anasati wußte, daß er kein meisterhafter Ringer war, würde der Tod langsamer kommen als bei einem heruntersausenden Schwertstreich. Er hatte sich Zeit erkauft, und möglicherweise würde einer aus seiner Ehrengarde zu ihm eilen und ihn retten können.

Immer noch auf Verzögerung bedacht, trat Jiro einen Schritt zurück. Er war zu langsam. Hokanu war schnell wie ein Raubtier, und Rache trieb ihn an. Energische Hände griffen nach Jiros Schultern. Er hob einen Arm, um sich zu befreien, und spürte, wie sein Handgelenk gepackt und verdreht wurde. Mit erbarmungsloser Kraft wurde es zurückgezogen, weiter und weiter, bis Knochen und Sehnen protestierend knackten.

Jiro zischte. Sein Blick war verschwommen von Tränen. Der grausame Griff wurde nur noch stärker. Jiro blinzelte, um besser sehen zu können. Hokanu beugte sich über ihn; sein Helm blitzte auf, als er einen Strahl der zum Teil abgeschirmten Sonne reflektierte.

Jiro versuchte zu sprechen. Sein Mund bewegte sich, doch

kein intelligentes Wort kam über seine Lippen. Niemals in seinem verzärtelten Leben hatte er solchen Schmerz empfunden, und die Erfahrung raubte ihm den Verstand.

Hokanu riß ihn mit einer Hand hoch, als wäre er eine Marionette. Seine Augen waren irr; er sah aus wie ein Dämon, der sich nicht mit Blut zufriedengeben würde. Seine Finger waren Krallen und rissen Jiros verzierten Helm mit einem Ruck von seinem Kopf, der ihm beinahe das Genick brach.

Jiros schweißnasse Haut wurde eiskalt. Er keuchte, als er begriff.

Und Hokanu lachte mordlüstern. »Ihr dachtet, ich würde mit Euch ringen, nicht wahr? Narr! Ich legte meine Klinge weg, weil Ihr nicht die Ehre verdient, die einem Krieger zusteht; Ihr habt für die Ermordung meines Vaters gesorgt, also verdient Ihr den Tod eines Hundes.«

Jiro rang würgend nach Luft. Als er nach einer Bitte um Gnade suchte, schüttelte ihn Hokanu. Nur ein Gedanke entrang sich Jiros Kehle, in einem Flüstern, das fast einem Schluchzen gleichkam: »Er war ein alter Mann.«

»Er wurde geliebt!« Hokanus Augen blitzten. »Er war mein Vater. Und Euer Leben beschmutzt die Welt, in der er lebte.«

Hokanu zog Jiro vom Boden hoch, und die Tasche mit den Dokumenten fiel herunter. Der Lord der Shinzawai griff mit einer Hand nach dem Lederriemen. Jiro riß seinen Kopf zurück; vor Panik war sämtliche Würde von ihm gewichen. »Ihr werdet Euch doch wohl nicht mit meinem Tod beflecken, wenn ich ein so armseliges Geschöpf bin.«

»Nein? Werde ich das nicht?« Die Worte kamen wie ein Knurren, als er den Riemen festzurrte. Jiro spürte das scharfe Brennen der Garrotte um seinen Hals.

Er strampelte mit den Beinen und kratzte mit den Händen an der blauen Rüstung, bis seine Fingernägel brachen. Sein Kopf ruckte hin und her. Speichel troff von den zuckenden Lippen, und seine Augäpfel traten hervor. Die ganze Ehrlosigkeit seines Todes kam ihm in den Sinn, und er fuchtelte verzweifelt mit den Armen und trat mit den Füßen um sich, als sein Gesicht sich scharlachrot verfärbte.

Doch Hokanu war ein kampferprobter Soldat, der niemals seine Übungen vernachlässigt hatte. Er drückte Jiro mit einem Haß zu Boden, der kein Erbarmen kannte, sondern sein Blut in so sinnlose Wallung brachte wie die Flut die See. Um ihres verlorenen Kindes und seines toten Vaters willen zog Hokanu den Riemen fester, während Jiros Gesichtsfarbe erst dunkelrot wurde, dann violett, schließlich blau. Er hielt den Riemen noch immer fest, als Jiros Körper längst erschlafft war. Das Leder schnitt tief in Haut, Luftröhre und Fleisch. Keuchend und bebend zerrte Hokanu immer noch an dem Riemen, als ein Befehlshaber der Shinzawai seinen Herrn über dem gefallenen Feind fand. Es brauchte starke Hände, um ihn von der Leiche zu trennen.

Mit leeren Händen sank Hokanu auf den laubbedeckten Boden. Er bedeckte sein Gesicht mit blutigen Fingern. »Es ist vollbracht, mein Vater«, sagte er mit einer vor Gefühl heiseren Stimme. »Und durch meine Hand allein. Der Hund ist erwürgt worden.«

Der Befehlshaber wartete geduldig. Er diente schon viele Jahre und kannte seinen Herrn gut. Als er die Dokumententasche um Jiros Hals sah, entnahm er den Inhalt, denn er vermutete, daß sein Herr ihn später, wenn er wieder bei klarem Bewußtsein war, durchsehen wollte.

Nach einer Weile hörte Hokanu auf zu zittern. Er erhob sich, den Blick immer noch auf seine Hände gerichtet. Sein Gesichtsausdruck war leer. Dann, als wären seine Hände lediglich von Schmutz verdreckt und der tote Körper in der roten Rüstung, der verrenkt vor ihm dalag, nichts weiter als erlegtes Wild, drehte er sich um und schritt davon.

Der Befehlshaber folgte seinem Herrn. Er rief seinen Kameraden, die auf der Straße in kleine Gefechte verwickelt waren, zu: »Verkündet es überall! Jiro von den Anasati ist tot! Der Tag gehört uns! Shinzawai!«

Wie Feuer in einem trockenen Feld verbreitete sich die Nachricht von Jiros Tod unter den Kämpfenden. Auch Chumaka, der neben der umgeworfenen Sänfte stand, hörte es. »Der Anasati-Lord ist gefallen! Jiro ist tot!«

Für einen Augenblick betrachtete der Erste Berater der Anasati die verteilten Pergamentrollen um sich herum und dachte an das andere Dokument, das Jiro um den Hals trug. Was würde geschehen, wenn man es fand? Er seufzte. »Narr«, murmelte Chumaka. »Feige genug wegzulaufen, aber nicht, sich zu verstecken.« Dann zuckte er mit den Schultern. Omelo erhob sich, Blut tropfte aus einer Schädelwunde über die Wange. Er sah immer noch kampfbereit aus, so stolz wie immer, abgesehen davon, daß seine Augen ihren Glanz verloren hatten. Er blickte den Ersten Berater an. »Wer ist übrig?«

Chumaka betrachtete die zerschlagenen Reste von Jiros Ehrengarde, die Lebenden wie die Toten. Kaum mehr als zwanzig von den einhundert Kriegern standen noch. Eine ehrenvolle Anzahl gegen Pferde, dachte er grübelnd. Er widerstand dem starken Wunsch, sich zu setzen; er konnte nicht trauern. Er wurde nicht von Liebe getrieben. Pflicht war Pflicht, und sein Stolz war es gewesen, die Feinde der Anasati zu besiegen; das war jetzt zu Ende. Er blickte auf die herannahenden Reiter der Shinzawai, die sich wie ein Ring aus undurchdringlichem Fleisch um die überlebenden Anasati-Krieger schlossen.

Chumaka zischte zwischen den Zähnen hindurch. Dann wandte er sich an den Kommandeur, den er seit frühester Kindheit kannte. »Omelo, mein Freund, wenn ich dich auch als Soldat respektiere, so bist du doch ein Traditionalist. Wenn du dich in dein Schwert stürzen willst, schlage ich vor, daß du es jetzt tust, bevor wir entwaffnet werden. Ich dränge dich aber, es nicht zu tun. Ich selbst würde unseren Überlebenden befehlen, die Waffen niederzulegen, und hoffen, daß Mara jetzt ebensoviel Großmut zeigt wie in der Vergangenheit.« Um nicht zuviel Hoffnung durchschimmern zu lassen, wurde er beinahe unverständlich leise. »Und bete, daß sie irgendwelche Aufgaben hat, für die wir geeignet sind.«

Omelo rief Befehle, daß alle ihre Schwerter niederlegen sollten. Dann, als eine Klinge nach der anderen aus betäubten Fingern glitt und die geschlagenen Krieger mit brennenden Augen vor sich hinstarrten, sah er den rätselhaften Gesichtsausdruck Chumakas. Keiner der beiden Männer hörte den Lärm, als die Shinzawai-Krieger die Reihen der Anasati durchbrachen und die Soldaten sich formal ergaben. Omelo fuhr sich mit der Zunge über die trockenen Lippen. »Du hegst solche Hoffnungen?«

Und beide Männer wußten: Er bezog sich nicht auf Maras Ruf, Milde walten zu lassen. Die Lady, von deren Gnade ihr Leben abhing, war zum Tode verurteilt. Wenn sie durch ein Wunder der Götter den Zorn der Versammlung überstehen sollte, gab es immer noch den letzten Trupp aus verbitterten Minwanabi-Soldaten, die in den grünen Rüstungen der Acoma ausgeschickt worden waren. Sie hatten ihre Befehle von Chumaka erhalten; Befehle, die ihnen so kostbar waren wie ihr Leben und die Luft zum Atmen: mit allen Mitteln Mara zu töten und Jiros Anliegen zu vollenden.

Chumakas Blicke schossen umher, seine Augen blitzten auf wie die eines Spielers. »Sie ist die Gute Dienerin des Kaiserreiches. Mit unserer Hilfe könnte sie die Versammlung überleben.« Omelo spuckte aus und wandte sich ab. »Keine Frau besitzt ein solches Glück.« Seine Schultern krümmten sich wie die eines Needra-Bullen vor der Gehorsamkeit erzwingenden Peitsche. »Ich für meinen Teil, da hast du recht, bin ein Traditionalist. Diese neuen Dinge sind nichts für Leute wie mich. Wir alle müssen einmal sterben; besser als freier Mann denn als Sklave.« Er schaute in den Himmel über sich. »Heute ist ein guter Tag, den Roten Gott zu grüßen.«

Chumaka war nicht schnell genug, um sein Gesicht abzuwenden, bevor Omelo vorsprang und sich in sein Schwert stürzte.

Während das Blut rot aus dem Mund des alten Kämpfers strömte und der Lord der Shinzawai mit einem Aufschrei zu dem Mann eilte – dem letzten Anasati-Krieger, der fallen sollte –, kniete Chumaka nieder; jetzt endlich war auch er erschüttert. Er legte seine alte, zerfurchte Hand sanft auf Omelos Wange und lauschte den letzten Worten des Kommandeurs.

»Sorge dafür, daß meine Krieger frei und in Sicherheit sind, wenn Mara lebt. Wenn nicht, sag ihnen: Ich treffe sie ... an den Toren zu ... Turakamus Hallen.«

Donner ertönte im hellen Sonnenlicht. Die Erschütterungen dröhnten über den klaren Himmel und brachten die Bäume bis zu den Wurzeln zum Zittern. Zwei Magier erschienen, schwebten frei in der Luft wie ein Paar uralter Götter. Ihre schwarzen Roben flatterten und wehten in der Brise, als sie suchend über den Wald strichen.

Der Rothaarige benutzte seine mystischen Fähigkeiten, um noch höher aufzusteigen; er war nur mehr ein dunkler Fleck – wie ein kreisender Falke –, als er über der Landschaft schwebte und die Straße absuchte, die auf und ab, über Hügel und Lichtungen gen Norden auf Kentosani zuführte. Tapeks Magie mochte ihm den Überblick und die Sehfähigkeit eines Raubvogels verleihen; doch Schatten behinderten die Sicht, Blätter und Zweige verbargen den Boden. Er runzelte die Stirn, und sein Fluch schwebte mit ihm im Wind. Sie waren hier, und er würde sie finden.

Aus dem Augenwinkel nahm er eine Bewegung wahr. Er wirbelte herum, im Flug so leicht wie ein mythischer Luftgeist, und beobachtete. Braune Flecken, die sich bewegten: eine Herde Gatanias – sechsbeiniges Wild –, keine Pferde.

Er nahm in mürrischer Gereiztheit seinen alten Kurs wieder auf, zurück und die Straße entlang. Und da war sie: Eine umgestürzte, mit Corcara verzierte Sänfte glitzerte hellrot im Sonnenlicht. Kostbare Arbeit, die nur einem Lord von höchstem Rang zustand, und außerdem waren Vorhänge in den Farben der Anasati zu erkennen.

Tapek schwang sich im Sturzflug wie ein Raubvogel hinab.

Kerolo, der mit weniger Hartnäckigkeit auf der Suche war, bemerkte, daß sein Kamerad tiefer ging, und beeilte sich, ihn einzuholen.

Die Lippen des Rothaarigen verzogen sich in etwas wie Verachtung, als er auf eine Staubwolke weiter vorn auf der Straße deutete. »Dort. Seht Ihr?«

Kerolo betrachtete das Ergebnis der Tragödie, die auf der Straße stattgefunden hatte: Pferde, immer noch schweißnaß vom Angriff. Krieger im Blau der Shinzawai stiegen jetzt ab, hielten die zusammengedrängten Reste von Lord Jiros Ehrengarde mit ihren Schwertspitzen in Schach. Omelo lag tot innerhalb des Kreises, über seinem eigenen Schwert; neben dem gefallenen Offizier kauerte Chumaka – zum ersten Mal benommen vor Schock. Der tief gebeugte Erste Berater der Anasati hielt die Hände vors Gesicht; er war den Tränen so nahe wie seit seiner Kindheit nicht mehr.

»Der Lord ist nicht bei seinen Männern«, bemerkte Tapek mit eisiger Stimme. Währenddessen wanderten seine Augen die Straße auf und ab und zählten die Gefallenen.

»Er ist nicht bei seinen Kriegern«, sagte Kerolo weich, beinahe traurig im Vergleich zu seinem Kameraden. »Und ein starker Kommandeur wie Omelo würde sich auch nicht ohne Grund in sein Schwert stürzen.«

»Jiro ist tot, denkt Ihr?« erwiderte Tapek, und eine beinahe freudige Wildheit trat in seine unruhigen Augen. Dann versteifte er sich, als würde er auf festem Boden stehen. »Seht da. Unter den Bäumen.«

Kerolo reagierte etwas langsamer. Einen Augenblick später sah auch er, was neben der kleinen Anhöhe lag: keine zehn Schritte entfernt von Hokanus Schwert, das noch immer aufrecht in der Erde steckte.

Bevor Kerolo tief aufseufzen oder irgend etwas darüber sagen konnte, daß Rache unaufhörlich zu weiterem Blutvergießen führen mußte, zischte Tapek: »Er wurde erwürgt! Lord Jiro starb in Unehre. Wieder hat man unseren Befehlen getrotzt!«

Kerolo zuckte in tsuranischer Weise mit den Schultern, Bedauern stand in seinem milden Blick. »Wir kamen zu spät, um das Töten zu verhindern. Doch niemand wird bestreiten, daß Lord Hokanu das traditionelle Recht auf Vergeltung besaß. Es ist bekannt, wer verantwortlich für die Ermordung seines Vaters war.«

Tapek schien ihn nicht zu hören. »Das ist Maras Werk. Ihr Ehemann hing immer an ihrem Rockzipfel. Glaubt sie, wir würden ihr dieses Blutvergießen erlauben, nur weil ihre Hände rein zu sein scheinen?«

Kerolo steckte seine Finger in die gewaltig großen Manschetten; er war nicht überzeugt. »Das ist reine Spekulation, und außerdem muß die Versammlung bereits darüber entscheiden, wie sie auf den Kampf auf der Ebene von Nashika reagiert.«

»*Entscheiden?*« Tapek wölbte empört die Brauen. »Ihr könnt nicht ernsthaft daran denken, den Rat wieder einzuberufen! Unsere Debatte und unser Zögern haben das Kaiserreich ein großes Haus gekostet.«

»Es ist wohl kaum so schlimm.« Kerolos Milde hatte etwas Zerbrechliches, wie eine Schwertklinge, die zu lange auf dem Schleifstein gelegen hatte. »Es gibt Cousinen, die von den Anasati abstammen: Ein halbes Dutzend junger Frauen wurde dem

Tempel übergeben, ohne daß sie den endgültigen Schwur abgelegt haben.«

Tapek gab sich nicht zufrieden. »Was? Die Macht in die Hände einer weiteren ungeübten Frau legen? Ihr verwundert mich! Entweder ist es ein unglückseliges Mädchen, das ihr Erbe vernichten wird, ehe sie die Herrschaft auch nur ein Jahr innehatte, oder eine *weitere* Mara! Das waren vor zwanzig Jahren genau die Umstände, die zu unseren heutigen Problemen führten.«

»Die Versammlung wird einen Nachfolger für die Anasati bestimmen, sobald wir die Angelegenheit mit den Shinzawai und Acoma gelöst haben«, beharrte Kerolo. »Wir müssen in die Stadt der Magier zurückkehren. Jetzt. Diese Neuigkeiten müssen sofort mitgeteilt werden.«

Jetzt kniff Tapek die Augen zusammen. »Narr! Wir können sie jetzt schnappen, auf frischer Tat!«

Kerolo behielt den Verdacht für sich, daß es möglicherweise eine Auseinandersetzung mit den Cho-ja geben würde. Er sprach auch nicht von seiner tiefen Furcht: daß Mara bereits einen mächtigeren Verbündeten auf ihre Seite gezogen hatte, als irgendein sterblicher Kaiser es je sein würde. »Jiro ist bereits tot«, drängte er sanft. »Welchen Sinn macht unnötige Hast? Es wird keine weiteren Auseinandersetzungen geben. Welchen Grund gäbe es noch, nun, da Jiro tot ist?«

Tapek schrie jetzt beinahe. »Glaubt Ihr, daß Jiro der Grund für meinen hartnäckigen Widerstand gegen Mara war? Sie bedroht *uns*, Narr! Sie hat größere Ziele, als nur den Tod eines Rivalen.«

Unglücklich über diese Erinnerung, bemühte sich Kerolo dennoch um Ruhe. »Ich bin weder blind noch der Sklave des Protokolls. Doch ich muß darauf beharren, Bruder. Solange unser Edikt noch existiert, wird keiner der Anasati-Bewerber zur Strecke gebracht werden – noch nicht einmal, wenn Mara so blutrünstig wäre wie einige andere uns vertraute Lords. *Wir* müssen entscheiden, wer von ihnen am geeignetsten ist, den Mantel der Anasati zu tragen. Kommt, die Angelegenheit ist zu wichtig, als daß wir einseitig handeln könnten. Wir müssen erst die Wünsche unserer Brüder erfragen.«

»Sie sind Idioten oder, schlimmer noch, Komplizen!« fauchte Tapek. Er schwebte durch die Luft, drehte sich um und deutete mit dem Finger auf seinen Kameraden. »Ich werde in dieser Krise nicht untätig herumstehen! Ich muß handeln, um des Wohls des Kaiserreiches willen!«

Kerolo verbeugte sich mit ausdrucksloser Miene vor dem rituellen Satz. »Meine Aufgabe ist es, die anderen zu informieren.« Seine Hand fuhr an die Tasche, und seine Transportvorrichtung summte wie ein jammerndes, verärgertes Insekt.

»Narr!« Tapek spuckte in die leere Luft; das Wort wurde von dem Luftsog, den das Verschwinden seines Kameraden auslöste, halb eingesaugt.

Tapek schaute hinab. Unter ihm vollführten die Anasati und Shinzawai an einem wolkenlosen Nachmittag den althergebrachten, gemeinsamen Tanz von Siegern und Besiegten.

Dann, als hätten ihre Handlungen nicht mehr Bedeutung als das Leben von Insekten, überließ er sie sich selbst, griff ebenfalls nach seiner Vorrichtung und verschwand.

Zwölf

Zerstörung

Ein Peitschen erfüllte die Luft.

Tapek erschien viele Meilen südlich der Stelle, an der Jiro gestorben war, fünfzehn Meter über dem Boden. Der Magier sah verärgert aus. Die Suche nach Maras Sänfte war nicht einfach, denn die Lady der Acoma versuchte im Gegensatz zu Jiro, die Magier zu täuschen. Dies hatte auch ihr Kommandeur gestanden, als er erklärt hatte, daß sie einen Weg über kleinere Straßen nahm. Tapek strich sich eine Haarsträhne aus dem Gesicht und suchte angestrengt die Landschaft unter sich ab. Die goldene Farbe der Hwaet-Felder begann sich bereits in stumpfes Braun zu verwandeln, da die Ernte vernachlässigt wurde. Eine staubige Straße verlief parallel zu einem Flußbett, das entsprechend der Jahreszeit schon bald wieder ausgetrocknet sein würde. Nichts rührte sich außer einem Needra-Bullen, der in seinem Pferch hin und her lief. Ein Hirtenjunge lag unter einem Baum und verscheuchte Fliegen in der schwülen Hitze. Da er keinen Grund hatte, nach oben zu blicken, bemerkte er den Magier nicht, der direkt über ihm schwebte.

Für Tapek besaß der Sklavenjunge genausoviel Bedeutung wie die Fliegen. Er verschränkte die Arme und trommelte mit den Fingern auf die Ärmel seines Gewands. Nur mit Hilfe seiner Augen weiterzusuchen würde ihm keinen Erfolg bescheren; das Gebiet, in dem Mara sich aller Wahrscheinlichkeit nach aufhielt, war einfach zu groß. Das Gefühl, nicht mehr viel Zeit zu haben, nagte an ihm. Tapek war überzeugt, daß Kerolo ihm etwas Wichtiges verschwiegen hatte, als er gegangen war. Warum sonst sollte jemand mit seinen magischen Fähigkeiten den Drang verspüren, beinahe wie ein Kind zurück zur Versammlung zu eilen und ihr Bericht zu erstatten?

Was heckte Mara aus, daß sie es gewagt hatte, ihre Truppen in der Ebene von Nashika angreifen zu lassen? Tapek leckte sich grübelnd die Lippen. Diese Frau war hinterhältig. Selbst wenn sie mit Jiros Tod nichts zu tun hatte und der ganz allein Hokanus Werk war, mußte ein Stellvertreter der Versammlung sie aufsuchen – und wenn auch nur, um sie später leichter festnehmen zu können, wenn auch fette Schaumschläger wie Hochopepa ihre Anmaßung zugeben mußten. Irgendwann würde die Versammlung aufhören, nur zu reden, und zu Strafaktionen übergehen, da war sich Tapek ganz sicher. Nur so konnte die Anzweiflung ihrer absoluten Autorität beantwortet werden.

Ein Zauberspruch, der sich auf das Aufspüren der Lady richtete, würde genügen, beschloß Tapek. Da es für eine solche Beschwörung nicht nötig war, daß er in der Luft schwebte, ließ er sich langsam zu Boden sinken. Als seine Füße die Erde berührten, schnaubte der Needra-Bulle alarmiert, stellte den Schwanz auf und raste davon. Der Hirtenjunge fuhr zusammen; als er sich umständlich daranmachte aufzustehen, bemerkte er den Magier und warf sich sogleich mit einem Angstschrei in furchtsamer Unterwürfigkeit zu Boden, den Bauch fest gegen die Erde gepreßt.

Der Needra-Bulle donnerte auf den Zaun am anderen Ende des Geheges zu, drehte sich dann um und lief im Kreis. Seine Hufe zerfurchten das Gras. Doch die Gegenwart des Schwarzgewandeten ängstigte den Jungen zu sehr, und so wagte er nicht, aufzustehen und das Tier zu beruhigen.

Was nur vernünftig war, dachte Tapek; nichts anderes als Ehrfurcht sollte die Bevölkerung ihm und seinesgleichen entgegenbringen. Tapek ignorierte den Jungen und das Tier. Ganz in Gedanken versunken stand er neben dem zitternden Sklaven und murmelte eine Beschwörung.

Er führte die Handflächen leicht zusammen, um die sich darin sammelnde Macht zu bewahren, dann schloß er die Augen und entließ sie. Fühler einer unsichtbaren Kraft lösten sich von ihm und strömten suchend über die Landschaft. Sobald sie Wege oder im Hinterland liegende Durchgangsstraßen berührten, ja selbst selten benutzte Pfade, auf denen die Bauern ihre Waren von den Feldern holten, flammten die magischen Tastorgane hell auf. Sie machten kehrt und folgten den Nebenstraßen. Die unsichtbaren Fäden verfolgten selbst die kleinsten Pfade. Innerhalb weniger Minuten stand Tapek in der Mitte eines weitmaschigen Netzes aus magischen Fäden. Seine Fühler wurden eine Verlängerung seiner selbst, von einer außerordentlichen Empfindsamkeit, damit sie jede Bewegung aufspürten. Wie eine Spinne im Netz wartete Tapek. Ein Zucken an seinen Nerven lenkte seine Aufmerksamkeit auf eine dunkle Gasse, in der sich zwei Bedienstete herumtrieben. Der Magier löste diesen Faden und wandte sich anderen zu. Hier strich eine kleine Gruppe von Grauen Kriegern vorbei, auf der Jagd nach einer unbewachten Needra-Herde; Hunger trieb sie in ein Gebiet, das gewöhnlich bevölkert war und verteidigt wurde. Sie waren nicht die einzige Bande; Diebe und Räuber waren mutig geworden, seit sich im ganzen Kaiserreich Unruhen ausgebreitet hatten. Doch Tapek blieb gelassen. Diese armseligen, in der Gesetzlosigkeit lebenden Menschen interessierten ihn nicht. Er löste die Verbindung zu den Grauen Kriegern auf und suchte nach einer anderen Gruppe; eine, die vielleicht weniger räuberisch war und besser bewaffnet, doch genauso verstohlen und verdächtig. Er erkannte zwei kleine Ehrengarden von geringeren Edlen; Krieger, die mit ihrem Herrn lediglich zu einem mächtigeren Wohltäter eilten, der ihnen Schutz gewähren würde.

Seine Fühler wanden sich über bewaldetes Gebiet und brachliegendes Ackerland. Er überquerte vertrocknete Thyza-Felder; die abgestorbenen Triebe ragten wie braune Stacheln aus der geborstenen Erde; Vögel pickten nach dem welken Getreide.

Und doch waren diese Bewegungen nicht alles, was er in diesem Gebiet entdeckte. Jenseits der dürren Felder, im Schutz eines Wäldchens aus jungen Ulo-Bäumen, fand Tapek noch etwas anderes: das kurze Aufblitzen einer grünen Rüstung und eiliges Fußgetrampel. Seine Lippen zuckten. Jetzt endlich traf er auf eine größere Streitkraft von etwa einhundert Mann. Das mußten Maras Leute sein – seine Beute!

Tapek richtete all seine Konzentration auf diese Stelle, und mit Hilfe seiner Magie entstand ein Bild von einer dunkel lackierten Sänfte mit Shatra-Vögeln auf den Vorhängen, die sich langsam eine kleine Straße entlangbewegte. Die besonders kräftigen und schnellen Träger wurden von Maras Ehrengarde umgeben, deren Rüstungen in der Sonne grün aufblitzten. Sie waren kampfbereit und ebensosehr für eine Schlacht gerüstet wie für eine Zeremonie. Was sie von allen anderen Gefolgschaften unterschied, war die Gegenwart eines Beraters mit Robe und Kriegerhelm; er bemühte sich eifrig, mit seiner Krücke Schritt zu halten. Das lange Gewand verbarg nicht ganz die Tatsache, daß er sein linkes Bein verloren hatte.

Keyoke, tatsächlich, erkannte Tapek. Sein Lächeln entblößte eine Reihe weißer Zähne. Kein anderes Haus im Kaiserreich außer den Acoma behielt einen Krüppel in einem solch hohen Amt bei sich. Der alte Mann hatte sich seinen Stolz bewahrt; er ließ nicht zu, daß die Gruppe seinetwegen das Tempo verringern mußte. Und doch war seine Gegenwart ein weiteres Zeichen für Maras Schuld, entschied Tapek. Denn niemals würde die Lady den ehrwürdigen ehemaligen Kommandeur solchen Gefahren aussetzen, wie sie mit dem Marsch verbunden waren, wenn sie nicht ein großes Bedürfnis nach seiner Meinung hätte. Der Magier vollendete rasch seine Überwachung. Noch ein grauhaariger Mann war in Maras Begleitung: Incomo, ein alter Berater, den die Lady zu schätzen gelernt hatte, seit sie ihn nach der Vernichtung der Minwanabi in ihren Dienst genommen hatte.

Incomo war Neuerungen gegenüber niemals übermäßig aufgeschlossen gewesen. Von der Lady mußte also eine große Verführungskraft ausgehen, wenn sie selbst einstige Feinde dazu bringen konnte, sie bei der Umsetzung ihrer verschwörerischen Ideen zu unterstützen. Tapek spürte Zorn in sich aufflackern. Daß diese Frau wirklich glaubte, sie könnte sich außerhalb des Gesetzes stellen und der Versammlung ohne Widerstand ihre Rechte streitig machen, war gefährlich. Ihre Handlungen machten sie zu einer Bedrohung. Die Götter selbst mußten spüren, welch ein Frevel das war.

Tapek maß die Entfernung zwischen sich und der fliehenden Gefolgschaft. Seine Augen zuckten vor Anstrengung, als er das Kraftfeld zusammenbrechen ließ – nur ein einziger Fühler blieb übrig: jener, der ihn mit Maras Aufenthaltsort verband. Ein Schwindel erfaßte ihn plötzlich, als er das Gleichgewicht der Kräfte verschob und seine Macht auf diesen einen Strang richtete. Schweigend verließ er die Weide; zurück blieb ein verschreckter Hirtenjunge, der immer noch unterwürfig auf der Erde lag, ohne sich um den unruhigen Needra-Bullen zu kümmern.

Der Magier tauchte etliche Meilen entfernt im Schatten auf einem Weg wieder auf, ein kleines Stück hinter Maras Gruppe.

Seine Ankunft ging ohne großes Aufsehen vonstatten. Dennoch hatte man wohl mit seinem Erscheinen gerechnet, denn die Soldaten in den hinteren Reihen blieben rasch stehen und drehten sich um. Sie starrten ihn an, die Schwerter zwar noch in den Scheiden, aber die Hände an den Griffen – ganz so, als wäre der Schwarzgewandete nichts weiter als ein gewöhnlicher Bandit.

Der Augenblick verging, in dem seine dunkle Kleidung eigentlich als das hätte erkannt werden müssen, was sie war: Niemals konnte die Robe eines Magiers mit den Fetzen verwechselt werden, die ein herrenloser Dieb auf der Straße trug. Dennoch verneigten sich Maras Soldaten nicht und verharrten in ihrer Position. Die beiden Berater standen schweigend daneben.

Das war eine Unverschämtheit! Tapek kochte. Es gab keinen Zweifel mehr. Erzürnt, daß die Versammlung noch immer ihre Zeit mit Beratungen und Gesprächen verschwendete, zischte Tapek unwillkürlich vor Wut. Maras Gefolge zeigte eine unentschuldbare Respektlosigkeit, indem sie ihn wie jemanden behandelten, für den Kriegswaffen eine Bedrohung darstellten!

Ihre Kühnheit mußte ein Ende finden, beschloß Tapek.

Er setzte eine finstere Miene auf.

Trotz eines knappen Befehls von Keyoke stehenzubleiben, stoben die Diener und Sklaven im Herzen von Maras Gefolge davon und flohen durch die Reihen der Soldaten. Die Sänftenträger zitterten sichtlich, doch die Stimme einer Frau aus dem Inneren der Sänfte versuchte sie zu beruhigen. Dann begannen sie wie auf ein unsichtbares Signal hin zu rennen, doch so unbeholfen, daß die Sänfte schwankte und auf und ab hüpfte.

Tapek stand da wie vom Donner gerührt. Dickköpfigkeit war eine Sache: aber das hier! Daß Maras Diener es wagten, in seiner Gegenwart etwas anderes als absolute Ehrerbietung zu zeigen, war undenkbar!

Dann meldete sich der Befehlshaber von Maras Ehrengarde. »Tretet nicht näher, Erhabener.«

Tapek bebte jetzt, so wütend war er. Niemand außer einem anderen Magier hatte jemals wieder die Stimme gegen ihn erhoben, seit er ein Junge gewesen und sein Talent entdeckt worden war. Eine solche Frechheit schockierte den Magier, erzürnte ihn nach den Erfahrungen jahrelanger, nicht hinterfragter Unterwürfigkeit. Er stand kurz davor, angeekelt auf den Boden zu spucken oder die Luft mit seiner stürmischen Macht aufzupeitschen. »Meine Worte sind wie das Gesetz, und Eure Herrin hat unser Edikt mißachtet! Tretet zur Seite oder sterbt!«

Der Offizier der Acoma mochte innerlich zittern, doch seiner Stimme fehlte jegliche Fügsamkeit. »Dann werden wir bei der Verteidigung unserer Lady umkommen und dem Roten Gott als ehrenvolle Soldaten der Acoma gegenübertreten!« Er gab seinen Männern einen kurzen Befehl, und die Krieger verteilten sich, stellten sich dem Schwarzgewandeten in den Weg.

Die Sänfte entfernte sich immer weiter. Keyoke wechselte einige Worte mit dem Offizier. Tapek erkannte, daß es Sujanra war, einer der Truppenführer der Acoma. Der Offizier nickte Keyoke kurz zu, woraufhin der mit dem Heben seiner Krücke Zustimmung signalisierte. Dann drehte sich Keyoke auf dem gesunden Bein um und eilte in einer Mischung aus Hüpfen und Schwingen hinter seiner Herrin her.

Als Tapek die unvorstellbare Dreistigkeit sah, mit der die Tsuranis, die ihm eigentlich nichts als erbärmliche Unterwürfigkeit schuldeten, nutzlosen, bewaffneten Widerstand leisteten, loderte in ihm ein maßloser Zorn auf, der in einen Ausbruch roher Gewalt mündete.

Er hob die Hände. Energie sammelte sich knisternd an den Unterarmen, schwebte über seinen Handflächen – ein strahlendes Licht, viel zu grell für menschliche Augen.

Der Anblick mochte Maras Krieger geblendet haben, und dennoch zogen sie ihre Schwerter. Über dem Summen der Magie hörte Tapek das Zischen von Klingen, die aus ihren Scheiden fuhren. Seine Wut wischte jeden klaren Gedanken beiseite. Er wurde eins mit der Kraft seiner Magie und formte seinen tödlichen Zorn zu einem explosiven Ball. Die Magie in seiner Hand bündelte sich, blitzte in allen Farben des Regenbogens und schmolz wieder, wurde schließlich zu brennendem Rot.

»Seht nur, was euch die Dummheit eurer Lady beschert!« schrie Tapek, als er einen gewaltigen Energieblitz auf die Ehrengarde niederfahren ließ. Der Ball aus brennendem Licht schoß auf die Soldaten zu und dehnte sich krachend aus, daß die Erde erbebte. Die Krieger, die Tapek am nächsten standen, wurden von der magischen Energie erfaßt, und schon fraß sich der Tod brutal und flammend durch ihre Reihen. Als wäre Leben in ihr, sprang die magische Flamme von einem Mann zum anderen, verwandelte in Sekundenschnelle lebendiges Fleisch in eine Fackel. Das Feuer brachte unvorstellbare Qualen. Die Männer schrien, obwohl ihre Lungen brannten, und atmeten den Zauberspruch ein, so daß auch ihr inneres Gewebe verwüstet wurde. Wie mutig und entschlossen Maras Soldaten auch sein mochten, sie alle gingen in die Knie und krümmten sich in sinnlosen Qualen auf dem Boden. Grüne Rüstungen wurden schwarz; Blasen bildeten sich auf der Panzerung. Die Schmerzen waren grauenhaft, weit jenseits von dem, was Menschen ertragen konnten; der Magier stand reglos daneben und ertrug den Anblick der schreienden, sterbenden Männer mit steinernem Gesicht. Seine roten Haare flatterten in den Rauchwolken, und seine Nase brannte vom Gestank verbrannter Haare und Haut.

Er nahm den Zauberspruch nicht zurück. Tapek ließ die Minuten verstreichen, bis die Flammen schließlich versiegten, weil nichts mehr da war, was sie noch hätte nähren können. Es gab kein Fleisch mehr zu verbrennen. Nur Knochen waren noch übrig; verkohlte, qualmende Finger, die sich um geschwärzte Waffen krampften. Blitze tanzten in den leeren Augenhöhlen der Schädel, als wäre noch Leben darin, als könnten die Männer noch etwas fühlen, in stiller Qual aufheulen. Die Münder waren weit aufgerissen, für immer erstarrt zu einem stummen Schrei.

Tapek genoß das Gefühl der Befriedigung. Vor ihm stand jetzt nur noch der innere Kreis der Krieger, die letzten, die ihm den Zugang zur enteilenden Sänfte verwehrten, und hinter ihnen warteten die höchsten Offiziere, Truppenführer Sujanra und Berater Incomo. Unterschütterlich standen sie da und blickten dem Tod wie wahre Krieger der Acoma entgegen.

Tapek trat starr vor Ungläubigkeit einen Schritt vor. Er war so erschöpft, daß Wut und Verwunderung von ihm gewichen waren, und benommen von der Ausübung seiner Magie. Mühsam versuchte er, seine Gedanken zu sammeln. »Was ist das? Seid ihr blind? Wahnsinnig? Ihr habt gesehen, was mit euren Kameraden geschehen ist!« Er deutete auf die Asche derer, die kurze Zeit zuvor noch lebendig gewesen waren, und seine Stimme erhob sich zu einem schrillen Schrei, verstärkt durch Magie. »*Warum liegt ihr nicht auf euren Bäuchen und winselt um Gnade?*«

Keiner der Überlebenden rührte sich. Die höheren Offiziere behielten ihre grimmigen Gesichter bei und schwiegen.

Tapek machte einen weiteren Schritt. Die langsamsten der Sklaven waren während ihrer Flucht ehrerbietig zu Boden gesunken, überwältigt von dem ungemilderten Zornesausbruch des Erhabenen. Sie lagen weinend und bebend in den Gräben, etwa ein Dutzend Schritte von der Straße entfernt, die Stirn gegen den Boden gedrückt. Tapek beachtete sie nicht, ganz so, als wären sie gesichtslos, bedeutungsloser als das Gras unter seinen Füßen. Die vom Wind aufgewirbelte Asche brannte in seinen Augen, als er über die Toten hinwegschritt. Brandblasenübersäte Rüstungsstücke und Knöchel knackten unter seinen Füßen. Er kam immer näher und näher; doch Maras Gefolgschaft blieb standhaft.

Weiter unten auf der Straße hüpfte die grünlackierte Sänfte auf und ab, als die Träger mit ihrer Bürde davoneilten; die Vorhänge hingen schief. Keyoke hatte sie eingeholt, trotz der Behinderung durch die Krücke.

Tapek betrachtete ihre sinnlose Flucht voller Verachtung. Er wandte sich an die vor ihm stehenden Krieger. »Und was bringt euch eure Loyalität am Ende? Eure Herrin wird niemals überleben und entkommen.«

Die Verteidiger der Lady enthielten sich einer Antwort. Der Federbusch auf Sujanras Helm wippte hin und her, doch darin lag nichts Beruhigendes. Die Bewegung war kein Zeichen von Feigheit, sondern nur eine Folge der Windstöße. Der Wille des Truppenführers war unerschütterlich wie ein Fels und seine Entschlossenheit unverrückbar. Incomo stand wie ein Priester auf dem heiligen Boden eines Tempels; auf seinem Gesicht lag ein Ausdruck, als hätte er sein Schicksal angenommen.

Tapek musterte jeden einzelnen dieser Krieger, die seinen Zornesausbruch miterlebt hatten und sich dennoch nicht zu fürchten schienen. Es blieb nur noch eines, was sie vielleicht verletzen konnte, was möglicherweise ihre Barriere aus Solidarität und Trotz zerbrechen würde.

Wieder loderte Wut in ihm auf, und Tapek maß die Entfernung zwischen sich und der Biegung, hinter der Maras Sänfte verschwunden war. Er wählte einen vom Blitz gespaltenen Baum, und mit einer leichten Willensanstrengung beförderte ihn die Magie dorthin.

Als der Erhabene auftauchte, wirbelte Keyoke herum und blieb stehen. Er stützte sich auf die Krücke und nahm eine wachsame Haltung zwischen dem Magier und der Sänfte seiner Herrin ein.

»Befehlt den Sänftenträgern anzuhalten!« verlangte Tapek.

»Überlaßt es meiner Lady, ihren Sklaven zu befehlen, was sie will.« Keyoke zog die Krücke unter dem Arm hervor, griff mit beiden Händen zu und drehte sie herum, so daß ein Haken zum Vorschein kam. Das glatte Holz teilte sich mit einem klaren, sauberen Zischen, ein Zeichen dafür, daß eine Klinge aus einer im Innern verborgenen Scheide gezogen wurde. Keyoke hörte sich ganz und gar nicht wie ein alter Mann an, sondern wie ein General auf dem Feld, als er sagte: »Und ich werde auch nicht zur Seite treten, solange ich nicht von meiner Lady den Befehl dazu erhalte.«

Tapek wurde starr vor Erstaunen. Er blickte den Mann mit stechenden Augen an, doch Keyoke ergab sich nicht. Sein Gesicht war ledrig und wettergegerbt, zu viele harte Jahre hatten sich in zu vielen tiefen Linien eingegraben, als daß er jetzt Schwäche gezeigt hätte. Seine Augen mochten in letzter Zeit nicht mehr so scharf sein, doch in ihnen loderte das überzeugte

Wissen um den eigenen Wert. Er hatte das Schlimmste erlebt, was ein Krieger sich vorstellen konnte – zu überleben und das Gefühl der Scham zu überwinden, als Krüppel weiterzuleben. Der Tod, schien sein fester Blick zu sagen, birgt keine Geheimnisse, nur eine letzte, stille Ruhe.

»Das ist gar nicht nötig, alter Mann«, zischte der Magier. Er trat auf das Dickicht zu, in dem die Träger mit Maras Sänfte verschwunden waren.

Keyoke bewegte sich mit erstaunlicher Behendigkeit. Der Magier sah sich dem spitzen Ende eines Schwertes gegenüber, das von einem Krüppel gehalten wurde.

Die Geschwindigkeit des Angriffs verblüffte Tapek, und er sprang gerade noch rechtzeitig zur Seite. »Ihr wagt es!« rief er.

Daß irgendein menschliches Wesen es wagen konnte, Gewalt gegen ihn anzuwenden, überstieg Tapeks Vorstellungskraft. Keyoke hatte es nicht nur gewagt, sondern versuchte es ein zweites Mal. Sein Schwert sauste mit einem Zischen herab und schnitt einen Riß in den schwarzen Stoff. Tapek hüpfte zur Seite. Seine Bewegungen waren weit weniger elegant als die des einbeinigen Schwertkämpfers, als er dessen tödlichem Hieb knapp entkam. Die Klinge blitzte auf, stieß zu und zwang ihn erneut zurück. Derart bedrängt und beinahe aus dem Gleichgewicht gebracht, konnte Tapek nicht die nötige Konzentration aufbringen. Es war unmöglich, Magie heraufzubeschwören, während er sich duckte, zur Seite sprang und den Angriffen des alten Mannes auswich. »Aufhören! Sofort aufhören!« schrie der Magier. Er war nicht an körperliche Anstrengungen gewöhnt, und so war Ausweichen alles, was er tun konnte, ohne zu keuchen.

Spott lag in Keyokes Stimme, als er sagte: »Was, Ihr seid nicht einmal flinker als ich?«

Tapek, gezwungen, sich mit Hilfe der Magie außer Reichweite zu bringen, verschwand für einen Augenblick und erschien wieder. Er atmete schwer. Er war genug Tsurani, um Scham über seinen Rückzug zu empfinden, und er erstickte beinahe an unterdrückter Wut, während er sich mit soviel Würde wie möglich zu voller Größe aufrichtete. Aus einem tiefen Loch aus dunklem Zorn beschwor er Macht herbei. Magie sammelte sich in ihm und brachte die Luft zum Knistern. Blaue Energieblitze lösten sich von ihm, als stünde er im Zentrum eines Miniatur-Gewitters.

Doch immer noch zeigte Keyoke keinerlei Anzeichen von Furcht. Als er sich auf die Klinge stützte, die in der Krücke verborgen gewesen war, enthüllte seine gewöhnlich ausdruckslose Miene Verachtung. »Meine Herrin hat recht. Ihr und Euresgleichen seid nichts als Menschen, nicht weiser oder edler als andere auch.« Er sah, daß die Worte den Magier trafen, der jetzt bebend dastand, und fuhr fort: »Und deshalb ängstliche und kindische Menschen.«

Irgendwo weiter hinten, in der Reihe der Ehrengarde, kicherte ein Krieger.

Tapek brüllte in wahnsinniger Wut. Seine gesammelte, gebündelte Macht entlud sich. Seine Hand vollführte eine schneidende Bewegung, und eine schattenhafte Gestalt schwebte in der Luft. Die Erscheinung bäumte sich auf, erhob sich, war pure Schwärze wie eine Quelle mondloser Nacht. Das Schwarz stand für einen kurzen Herzschlag da und wirbelte dann auf Keyoke zu.

Reflexartig riß der alte Mann die Klinge hoch, um zu parieren. Er war immer noch so flink wie ein junger Mann und traf das Wesen. Doch dieses Mal war sein Feind körperlos, und die Waffe fuhr ungehindert durch tintige Dunkelheit. Keyoke unterließ es, sich schützend zur Seite zu werfen, selbst als der Zauberspruch seine Abwehr durchbrach. Und genau deshalb, weil er ihm keinen Widerstand entgegensetzte, wurde er mit voller Wucht in die Brust getroffen.

Eine Rüstung hätte vielleicht etwas Schutz geboten; die glänzende Seide seiner Kleidung als Berater behinderte die Schwärze jedoch kein bißchen. Der Stoff schrumpfte unter der fürchterlichen Berührung. Danach waren Keyokes Wille und Kontrolle zerbrochen. Der stolze alte Krieger, der Mara in der Kindheit auf dem Schoß gewiegt hatte, erstarrte. Seine Finger lösten sich, und die Waffe entglitt seiner Hand, als der Schatten in ihn eindrang. Seine Augen verloren ihre Entschlossenheit, weiteten sich in Qual und Schrecken.

Und doch gehörte der Sieg letztendlich dem Kämpfer. Sein müdes Herz ertrug den Schock und Schmerz nicht, den ein jüngerer Mann möglicherweise erduldet hätte; der Wille zu leben, der ihn lange Zeit aufrechtgehalten hatte, war in den letzten Jahren schwächer geworden. Keyoke schwankte, das Kinn gen Himmel gereckt, als würde er den Göttern salutieren. Dann brach er in einem letzten Aufbäumen zusammen, und sein Körper war so tot wie die Steine unter ihm, das Gesicht friedlich entspannt.

Tapeks Wut war ungemindert. Er hatte den alten Mann schreien und betteln, ihn wie ein armseliges Tier aufheulen hören wollen, damit Mara in ihrer Sänfte wußte, daß ihr geliebter Kriegsberater wie ein Hund leiden mußte. Tapek fluchte. Bedauern heizte seine Wut noch stärker an. Er hatte Mara töten wollen, bevor Keyoke sein Leben aushauchte, damit Keyoke sehen konnte, wie sie vor ihm zu Turakamu geschickt wurde – in dem Wissen, daß sein Lebenswerk vergebens war. Von blinder Wut überwältigt stürzte der Magier hinter der Sänfte her, die jetzt verlassen von den Trägern einsam im Dickicht stand. Tapek murmelte einige Beschwörungsformeln und unterstrich jeden Atemzug mit bestimmten Gesten. Seine Beschwörung brachte silbrige Scheiben hervor, die kreisend über seinen Händen schwebten. Die Kanten waren schärfer als jedes Messer, und sie hinterließen ein dissonantes Summen in der Luft. »Los!« befahl der Magier.

Die Todesscheiben wirbelten schneller davon, als mit dem

bloßen Auge zu erkennen war, und schnitten sich durch das Dickicht. Ihre Berührung saugte jedes Leben auf. Grüne Pflanzen und junge Bäume schwanden, in wenigen Sekunden zu dürren Zweigen geschrumpft. Kein Gegenstand hatte die Macht, sie aufzuhalten; kein Hindernis vermochte sie zu bremsen. Sie durchschnitten Steine, als wären es Schatten, und fetzten durch die Vorhänge der Sänfte, ohne einen Faden zu zerreißen. Als sie ins Innere drangen, klang der erstickte Schrei einer Frau über die Lichtung. Dann trat eine Stille ein, die noch nicht einmal die Singvögel störten.

Alle wilden Tiere des Waldes waren längst geflohen.

Die Krieger hinter Tapek blieben zurück. Der Angriff auf die Sänfte ihrer Herrin ließ auch in ihnen die Wut hochkochen, und ihr Anführer befahl ihnen zu kämpfen.

Tapek ließ ein irres Lachen hören, als er sich zu den Soldaten umdrehte. Die Schwerter in ihren Händen wirkten albern, und die Kampfeslust in ihren Gesichtern verlieh ihnen das Aussehen von ausgesprochenen Idioten. Der Magier verstärkte seinen Zauberspruch. Er winkte mit den Händen und schickte eine Scheibe nach der anderen wirbelnd in die Reihen hinter ihm.

Die Männer fielen. Sie schrien nicht; ihnen fehlte die Zeit, Atem zu schöpfen. In der einen Sekunde lebten und rannten sie, Acoma-Schlachtrufe auf den Lippen. In der nächsten wurden sie von den Mordscheiben des Magiers aufgeschlitzt und starben. Ihre Beine knickten ein, und sie sanken wie Puppen auf den trockenen Boden. Tapeks Zorn war noch immer nicht befriedigt. Er schleuderte seine Magie um sich, als wollte er alles und jeden in Sichtweite töten und versengen. Ein Blitz nach dem anderen verließ seine Hände, während er immer weitere Beschwörungen intonierte. Noch lange, nachdem der letzte von Maras Kriegern gestorben war, hing in der Luft das helle Summen der wirbelnden Geschosse. Wie eine zu Unrecht zertretene Blume lag Incomo in seinen Seidengewändern zwischen den toten Soldaten.

Plötzlich schwand Tapeks Kraft.

Erschöpft, benommen und gegen Schwindel ankämpfend blieb dem Magier nichts anderes übrig, als innezuhalten und Atem zu schöpfen. Er empfand keine Freude. Immer noch schwelte Groll in ihm, daß einfache Menschen sich ihm so widersetzen konnten. Er bedauerte nicht, daß sie durch seine Hand gestorben waren, nur, daß er sich hatte verleiten lassen, Mara zu schnell zu töten. In Anbetracht des Ärgers, den sie der Versammlung bereitet hatte, hätte ihr Ende schmerzhafter und langwieriger sein sollen.

Tapek zupfte sein Gewand zurecht, dann schritt er auf Zehenspitzen zwischen den Leichen hindurch auf etwas zu, das einmal ein grünes Dickicht gewesen war. Ein Haufen Sklaven und Diener kauerte wimmernd davor, die Gesichter gegen den Boden gepreßt. Die tödlichen Zaubersprüche hatten die meisten dahingerafft, und die übriggebliebenen waren dem Wahnsinn nahe. Tapek stolzierte an ihnen vorbei und über trockene Äste und schwarze Zweige auf die verwüstete Stelle zu, die Maras Sänfte umgab. Blätter und Zweige knisterten unter seinen Füßen und zerfielen zu Staub.

Nur die helle Lackierung der Sänfte war nicht getrübt; die alles Leben auslöschende Magie hatte sie verschont, und sie wirkte beinahe unwirklich im Glanz der ungehindert einfallenden Sonnenstrahlen.

Eine leblose Frau lehnte in den Kissen, die Augen voller Erstaunen weit aufgerissen. Sie trug die Kleider einer großen Lady, doch es war nicht Mara.

Tapeks Fluch tönte weit über die Spuren der Vernichtung auf der Straße.

Er hatte nichts anderes erreicht als die Hinrichtung einer Zofe in Maras Gewändern. Er war überlistet worden! Er, ein Magier der Versammlung, hatte aufgrund der Gegenwart Keyokes und einer Handvoll Offiziere und Soldaten geglaubt, daß er die Lady eingeholt hatte. Statt dessen hatte sie einen Sieg *über ihn* errungen, weil sie sein hitziges Temperament in ihren Plan einbezogen hatte. Die Soldaten hatten alle gewußt, daß sie gegen einen Erhabenen der Versammlung gewonnen hatten, bevor sie starben; genau wie der alte Mann. Keyoke hatte sich ihrer List entsprechend verhalten, und das zweifellos zu seiner vollen Genugtuung bis zu seinem Tode.

Tapek versuchte in einer Mischung aus Wut, Enttäuschung und Scham das Dickicht mit den Augen zu durchdringen. Außer der Handvoll Sklaven hatten seine Beschwörungen alles Leben zerstört. Jeder in der Gefolgschaft der Acoma, der eine ausreichend hohe Position bekleidete, um über Maras Aufenthaltsort Bescheid zu wissen, war tot, und er konnte keinerlei Befriedigung daraus ziehen, schwachsinnige Sklaven zu befragen oder zu foltern.

Tapek fühlte, daß Fluchen nur eine ungenügende Entschädigung war. Doch er konnte sich auch nicht einfach beruhigen und die Ironie von Maras Triumph hinunterschlucken. Er riß die Hand nach oben und schuf einen Wirbel aus funkelnden Farben über seinem Kopf. Schneller und schneller bündelte er die Energien, und dann, mit einer kurzen Bewegung aus dem Handgelenk, schleuderte er den tödlichen Regenbogen auf den Wald zu. Die Energie traf die Bäume und das Unterholz. Magie knisterte, und ein Schimmern explodierte in seltsam blauweißem Licht. Die versengte Luft roch nach gekochtem Metall, und jedes Leben wurde hinweggerafft. Wo die Sklaven gewesen waren, war jetzt nichts mehr, keine Knochen, kein Schatten, nur ein unheimlicher Zauber

Das Funkeln ließ nach, erlosch endgültig. Keuchend und naßgeschwitzt stand Tapek da. Sein Blick schweifte hin und her; er betrachtete das Ausmaß seiner Arbeit. Vor seinen Füßen gähnte ein Krater. Der felsige Boden lag nackt da, und mehrere Meter im Umkreis war nichts zu sehen, das hätte krabbeln oder fliegen können. Jetzt waren auch diejenigen Diener zu erkennen, die am weitesten hatten fliehen können. Sie waren nicht länger von Büschen und Bäumen geschützt, sondern wanden und krümmten sich infolge der Magie, die auf sie niedergepeitscht war. Die Gesichter waren wie schwarzes Leder, mit Blasen übersät; die Finger waren versengt. Sie waren die letzten, die noch zuckten; sie starben in langen Qualen, die selbst Schreie unmöglich machten.

»Hervorragend«, ertönte es aus der Luft.

Tapek fuhr zusammen, drehte sich um und sah Akani, der von der Versammlung der Magier herbeigeeilt war. Ein Schutzzauber umgab ihn, der in der Nachmittagssonne wie eine Seifenblase schillerte.

Viel zu verausgabt, als daß er einen Gruß hätte aussprechen können, sank Tapek kraftlos zusammen. Seine Macht war jetzt auf niedrigstem Niveau, doch er schöpfte Mut aus der Möglichkeit, Verstärkung bekommen zu haben. »Gut. Ihr werdet gebraucht. Ich bin erschöpft. Findet –«

Akani unterbrach ihn scharf und verärgert. »Ich werde nichts von alldem tun. In der Tat wurde ich geschickt, um Euch zu finden. Kerolo benachrichtigte uns; er fürchtete, daß Ihr unbesonnen handeln würdet.« Mit kalten Augen und einem Blick für Details betrachtete Akani die verwüstete Landschaft. »Ich denke, das war noch untertrieben. Ihr habt Euch zum Narren halten lassen, Tapek. Von einem Kind hätte man erwarten können, auf Spott zu reagieren, doch ein ausgebildeter Magier der Versammlung? Eure Exzesse werfen ein schlechtes Licht auf uns alle.«

Tapeks Gesicht bekam einen stürmischen Ausdruck. »Verspottet mich nicht, Akani. Mara hat eine hinterlistige Falle gestellt, um uns zu trotzen!«

»Das ist nicht nötig!« meinte der ehemalige Rechtsgelehrte und jetzige Magier verächtlich. »Ihr habt außerordentliche Arbeit in ihrem Dienste geleistet.«

»Was? Ich bin nicht ihr Verbündeter!« Tapek schwankte etwas nach vorn; er war außerordentlich gereizt darüber, daß seine Kräfte aufgebraucht waren.

Akani ließ den Schutzzauber erlöschen. Es war eine unterschwellige Beleidigung und betonte die banale Tatsache, daß sein Kamerad im Augenblick nichts anderes tun konnte, als hilflos zu fauchen. Mit einem Blick auf die letzten zuckenden Körper von Maras Bediensteten meinte Akani: »Ihr begreift doch wohl, daß Ihr in Eurem Eifer niemanden mehr übriggelassen habt, der uns etwas hätte darüber verraten können, wie Mara entkommen ist?«

Tapek reagierte ungehalten. »Dann benutzt Eure Kraft, um sie zu finden! Meine ist durch diese Angelegenheit vollkommen aufgebraucht.«

»Verschwendet, würde ich eher sagen. Und ich werde hier auch nicht weiterarbeiten.« Akani ging auf seinen Kollegen zu. »Ich wurde von der Versammlung ausgeschickt, um Euch zurückzuholen. Ihr habt ohne Ermächtigung in einer Sache gehandelt, die noch *diskutiert* wurde; dies ist ein schändlicher Bruch unseres Abkommens, und die Angelegenheit ist weit ernster, als Ihr denkt. Ihr wurdet zur Vorsicht ermahnt, und doch habt Ihr Euch von Leidenschaft beherrschen lassen. Wenn die Gute Dienerin nicht bereits tot ist, habt Ihr soeben genau die Offiziere umgebracht, die das Ausmaß ihres gegen uns gerichteten Plans hätten enthüllen können.«

Tapek runzelte die Stirn. »Plan? Gegen die Versammlung? Ihr meint, sie hat noch mehr getan, als uns einfach nur nicht gehorcht?«

Akani seufzte. Sein junges Gesicht sah müde aus. Sein früher erworbenes Wissen über die Gesetze hatte ihn gelehrt, alle Seiten einer Angelegenheit zu untersuchen. »Wir haben sie dazu getrieben«, gestand er. »Aber ja. Lady Mara hat möglicherweise im Sinn, unseren Vertrag mit den Cho-ja zu brechen.«

»Das wagt sie nicht!« explodierte Tapek; doch die Erinnerung an Keyokes unverschämt herausforderndes Verhalten war Hinweis genug. Es gab nichts, was die Acoma-Hexe – die Götter mögen sie verfluchen – nicht versuchen würde. Gar nichts.

»Die Herrscher im Kaiserreich hätten niemals erwartet, daß sie die Macht der Minwanabi überleben würde, geschweige denn sie zerstören könnte«, erklärte Akani trocken. »Wir von der Versammlung sind schon lange daran gewöhnt, mit dem Einsatz unserer besonderen Position zu kämpfen. Wir haben vergessen, uns vor Streitigkeiten zu schützen, und unsere Selbstgefälligkeit bringt uns in Gefahr.«

Dann, als er in den Augen seines Kollegen wieder Zorn aufflammen sah, fügte der ehemalige Rechtsgelehrte hinzu: »Euer Beitrag in dieser Angelegenheit ist beendet, Tapek. So hat es die Versammlung beschlossen. Und jetzt kommt mit mir.« Er nahm die Transportvorrichtung in die Hand und aktivierte sie; dann griff er nach Tapeks Schulter. Die beiden Magier verschwanden mit einem Luftstrom, der Löcher in den treibenden Qualm zu reißen schien; dann wehte frische Luft über die in ihren letzten Zuckungen liegenden Bediensteten der Acoma.

Ihre Kühnheit hatte die Lady gerettet. Tapek hatte während seiner Suche niemals daran gedacht, jenseits der Straßen im tiefen, dichten Unterholz nachzusehen. Er sah nichts weiter als Maras äußere Aufmachung als verwöhnte edle Lady und hätte sich niemals vorstellen können, wie sehr sie die Reise nach Thuril verändert hatte. Außerdem hatte Mara nicht die nördliche Richtung nach Kentosani eingeschlagen, als sie die Sänfte und den Großteil ihrer Kompanie verlassen und begonnen hatte, mit hohem Tempo durch das unwegsame Gelände zu marschieren. Statt dessen hielt ihre Gruppe auf Südwesten zu, direkt auf den nächsten Cho-ja-Tunnel.

Sie und die Krieger marschierten ohne lange Pausen zwei

Nächte hindurch. Jetzt, kurz vor Sonnenaufgang des zweiten Tages, stolperte die Lady beinahe über ihre eigenen Füße. Saric ging neben ihr und stützte sie, obwohl er kaum weniger erschöpft war.

Der immer noch wachsame Kundschafter an der Spitze der Truppe hob eine Hand. Erst als Mara mit sanftem Druck zum Anhalten gebracht wurde, erkannte sie die Bedeutung seines Zeichens.

Die Vögel in den hohen Wipfeln der Ulo-Bäume hatten zu singen aufgehört.

Sie bedeutete der Wache hinter sich, ebenfalls stehenzubleiben, und fragte: »Was ist los?«

Saric lauschte. Der Befehlshaber der Eskorte forderte seine Krieger leise auf, die Baumkronen zu erkunden.

»Besteht Gefahr, daß wir in einen Hinterhalt geraten?« flüsterte Mara.

Der Kundschafter schüttelte den Kopf. »Hier wohl kaum. Selbst Diebe würden vor Hunger sterben, wenn sie sich in diesem Waldstück auf die Lauer legen würden. Hier kommen nur selten Reisende vorbei.« Er neigte den Kopf zur Seite und bemerkte als erster das Geräusch von herannahenden bewaffneten Männern. »Eine Patrouille, denke ich, Mylady.«

»Keine von uns«, schloß Saric. Er warf Befehlshaber Azawari einen Blick zu. Der Offizier nickte, während die kleine Gruppe handverlesener Krieger die Schwerter zog. »Wie weit sind wir vom Tunneleingang entfernt?« wollte Saric von dem Kundschafter wissen.

»Mindestens noch eine Meile«, kam die Antwort. Das war zu weit, als daß die erschöpfte Kompanie hätte rennen können, auch ohne eine mögliche Gefahr von hinten.

Saric trat vor seine Lady, die in der ausgeliehenen Rüstung schwitzte. Sie hatte das zusätzliche Gewicht tapfer getragen, doch ihre Haut war wundgescheuert von der ungewohnten Bewegung beim Gehen. Trotzdem wahrte sie weiterhin tapfer den Schein und griff nach dem Schwert an ihrer Seite.

Saric drückte kurz ihre Hand; seine übliche Schwäche für Fragen ging in der Dringlichkeit der Situation unter. »Nein. Wenn wir angegriffen werden, müßt Ihr fliehen und versuchen, Euch zu verstecken. Behaltet das Schwert bei Euch, um Euch hineinstürzen zu können, solltet ihr gefangengenommen werden. Doch zu versuchen, sich hier zu wehren, wäre dumm.« Etwas freundlicher fügte er hinzu: »Ihr habt keinerlei Übung, Mistress. Der erste Hieb würde Euch zu Boden werfen.«

Mara schaute ihm ernst in die Augen. »Wenn ich rennen muß, werdet Ihr mir folgen. Nacoya hat Euch nicht für dieses Amt ausgebildet, damit Ihr in einer bewaffneten Auseinandersetzung verschwendet werdet.«

Saric brachte ein halbwegs leichtfertiges Achselzucken zustande. »Ein Schwertstoß wäre angenehmer als der Zauberspruch eines Magiers.« Er machte sich keinerlei Illusionen. Ihre kleine, schnelle Gruppe mochte bisher der Aufmerksamkeit der Versammlung entgangen sein, aber sicher nicht für immer. Doch um außerhalb der Reichweite magischer Vergeltung zu bleiben, mußte die Lady Schutz in den Tunneln der Cho-ja finden.

Mara entging das abrupte Schweigen ihres Beraters nicht; sie bemühte sich, nicht wie er an die Erhabenen zu denken. Wenn sie solche Ängste zuließ, würde sie sicherlich zusammenbrechen und weinen: um Lujan und Irrilandi, die vielleicht mitsamt ihren Armeen gestorben waren; um Keyoke, Truppenführer Sujanra und Incomo, die einzigen ihrer alten Garde. Sie hatte sie als Köder bei ihrer Sänfte gelassen, ihr Leben für eine letzte Hoffnung für Justin geopfert.

Nur die Götter wußten, wo Hokanu war. Der Gedanke, daß er ebenfalls verloren sein könnte, erschien ihr unerträglich. Am schlimmsten war jedoch jene Vorstellung, vor der Mara zurückschreckte, die sich aber immer wieder in ihre Gedanken drängte:

daß Justin tatsächlich überleben und seinen Anspruch auf den Goldenen Thron anmelden würde, doch um den Preis des Lebens aller anderen, die sie geliebt hatte.

Mara biß sich auf die Lippen. Sie stand kurz davor, mit Saric zu fliehen, und versuchte sich dazu zu zwingen, nicht zu zittern.

Die Geräusche von knackenden Zweigen und marschierenden Männern drangen näher. Die Spuren ihrer Gruppe waren leicht zu finden; sie hatten sich nicht die Mühe gemacht, ihre Fährte zu verbergen, da sie eigentlich weit genug von der Straße entfernt waren, um nicht die Aufmerksamkeit ihrer Gegner auf sich zu ziehen. Seit sie im Wald waren, war es wichtiger gewesen, daß sie rasch vorankamen.

So hatte es ihr kleiner Rat aus Offizieren zumindest beschlossen, und jetzt bezahlten sie für dieses Fehlurteil.

Befehlshaber Azawari traf eine Entscheidung. »Verteilt euch«, murmelte er zu seinen Kriegern. »Gebt ihnen nicht die Möglichkeit, eine geschlossene Reihe anzugreifen. Wir müssen Mann gegen Mann kämpfen und sie verwirren, um die Flucht unserer Lady möglichst lange zu verbergen.«

Sarics Finger schlossen sich fester um Maras Hand. »Kommt«, flüsterte er ihr ins Ohr. »Wir müssen hier weg.«

Sie widersetzte sich und blieb wie angewurzelt stehen.

Dann richtete sich der Späher, der am Ende der Gruppe ging, auf und gab einen freudigen Ruf von sich. »Sie gehören zu uns!« Er lachte in deutlicher Erleichterung und zeigte auf die immer wieder für einen kurzen Moment zwischen den Bäumen aufblitzenden grünen Rüstungen.

Männer, die bereits dabei gewesen waren auszuschwärmen, kehrten zurück und bildeten eine enge Linie. Schwerter glitten in Scheiden, und Gesichter grinsten im Schatten des tiefen Waldes. Irgend jemand klopfte einem anderen auf die Rüstung, und Worte von einer Wette waren zu hören. »Zehn zu eins, daß der alte Keyoke gewonnen hat und uns Verstärkung schickt!«

»Still!« zischte ihr Befehlshaber. »Formiert euch und seid ruhig.«

Azawaris Ernsthaftigkeit erinnerte sie: Sie schwebten noch immer in großer Gefahr. Die Neuankömmlinge konnten auch die Überbringer schlechter Nachrichten sein.

Jetzt erschienen die Krieger, die forsch durch den Wald schritten. Sie wirkten ausgeruht. Ihre Rüstungen glänzten, auch wenn sie von dem anstrengenden Marsch durch dichtes Buschwerk voller Schrammen waren. Mara kämpfte gegen das Bedürfnis an, sich hinzusetzen, sich einen Moment der Ruhe zu gönnen, während ihre zwei Streitkräfte Botschaften austauschen und sich neu formieren würden.

Nur Sarics eiserner Griff hielt sie auf den schmerzenden Füßen. »Da stimmt etwas nicht«, murmelte er. »Es sind die Rüstungen. Die Details sind falsch.«

Mara erstarrte. Wie ihr Berater musterte sie die Neuankömmlinge genauer, suchte nach bekannten Gesichtern. Die drohende Gefahr ließ ihre Nackenhaare zu Berge stehen. Die Männer waren ihr alle fremd, und das beunruhigte sie. Zu häufig kannte sie ihre Leute nicht mehr von Angesicht zu Angesicht, seit ihre Armee in den letzten Jahren zu gewaltig geworden war.

Schließlich zischte Saric, der gerade deswegen für diesen Posten ausgewählt worden war, weil er niemals ein Gesicht vergaß: »Ich kenne sie. Sie sind ehemalige Minwanabi.«

Es waren dreißig Männer, die jetzt näher rückten. Der Truppenführer an ihrer Spitze hob die Hand zum freundlichen Salut und rief Maras Befehlshaber mit seinem Namen an.

Mara, unauffällig in ihrer Verkleidung als Krieger, starrte Saric an. Ihr Gesicht war blaß geworden, selbst ihre Lippen wurden weiß. »Minwanabi!«

Saric nickte leicht. »Abtrünnige. Diese hier haben niemals auf Euren Natami geschworen. Der dunkelhaarige Mann mit der Narbe über der Wange ist unverwechselbar.«

Es war ein einziger weicher Moment des Mitleids gewesen, erinnerte sich Mara; jetzt wurde sie mit Verrat für eine Barmherzigkeit belohnt, die sie damals dazu gebracht hatte, die Feinde freizulassen. Es blieben ihr nur wenige Sekunden zum Nachdenken, denn mit vier, fünf weiteren Schritten würden die Männer bei ihren Kriegern angekommen sein – Abtrünnige, die so gefährlich waren wie Nattern.

Der Gedanke, sie könnten loyal sein, ließ wieder Zweifel in ihr aufsteigen; doch Sarics Erinnerungsvermögen war tadellos. Keyoke und Lujan schworen darauf. Sie holte leicht bebend Luft und nickte ihrem Ersten Berater kurz zu.

Saric war es, der mit lauter Stimme die Warnung rief, da Maras eigene sie hätte verraten können. »Feinde! Azawari, ruft zum Angriff!«

Der Befehlshaber schrie den Befehl über Tumult und Chaos hinweg, denn schon ließen die vorderen Reihen der Verräter die Maske fallen und machten sich zum Kampf bereit.

Mara spürte, wie ihr Arm halb aus dem Schultergelenk gerissen wurde, als Saric sie von den Reihen fort- und hinter sich herriß. »Lauf!« schrie er; selbst unter solchem Druck hatte er nicht vergessen, nach einer Täuschung, einer List zu suchen. »Lauf und benachrichtige die anderen!« rief er, als wäre sie ein jüngerer Soldat, den er als Boten fortschickte.

Die ersten Schwerter prallten gegeneinander, als die beiden Kompanien aufeinanderstießen. Die Männer fluchten und stießen Schlachtrufe der Acoma aus. Sie blinzelten brennenden Schweiß aus ihren Augen, stürzten sich in den Kampf und beteten zu ihren Göttern um die Fähigkeit, die Feinde von den Freunden unterscheiden zu können.

Denn alle trugen die grünen Rüstungen der Acoma.

Befehlshaber Azawari schrie ihnen ermutigende Worte zu, dann stürzte er zu Saric und stieß ihn beiseite. Jahrelanges Training gaben ihm die Behendigkeit eines Sarcats, und er wehrte anstelle des Beraters den Hieb ab, den der Feind bereits begonnen hatte. »Bewacht unseren Boten«, zischte er. »Ihr wißt, wohin er gehen muß!«

Saric verzog mißmutig das Gesicht. Er war Soldat gewesen, bevor er Berater geworden war; er konnte wieder einer sein. Wo wurde er mehr gebraucht? Doch die Lehren Nacoyas zwangen ihn, alle Möglichkeiten zu überdenken. Da war seine Lady und rannte erschöpft durch den Wald, in der schlechtsitzenden Rüstung immer wieder über Wurzeln stolpernd. Sie war kein Schwertkämpfer. Sie konnte nicht alleingelassen werden, ohne Schutz und ohne Rat, und Saric erkannte, wie weise Azawaris Entscheidung war.

»Reißt diesen Hunden das Herz heraus!« krächzte er heiser. »Ich werde dafür sorgen, daß unser Bote den Haupttrupp sicher erreicht. Wir sind zurück, bevor ihr Zeit hattet, sie alle zu töten!«

Dann rannte er, so schnell er konnte, davon. Natürlich gab es keinen Haupttrupp weiter vorn. Die Wachen zu ihrer Verteidigung waren alle hier, und sie waren eins zu drei in der Unterzahl. War es das, wofür seine Lady so weit gekommen war? Wofür sie die Gefahren in Thuril auf sich genommen und die Menschen geopfert hatte, die ihr am nächsten standen? Ein armseliger Verrat, zweifellos das Werk des Lords der Anasati. Eine solche Intrige konnte – nein, würde! – die ehrenvolle Gute Dienerin des Kaiserreiches nicht zu Fall bringen. Möglicherweise riskierte sie das alles, um ihre Kinder zu retten, doch Saric begriff, daß es bei dieser Jagd um mehr ging als um das Leben eines Jungen und eines Mädchens, so wertvoll sie ihm auch waren.

Er raste weiter, nicht länger zwischen seinen Wünschen hin und her gerissen, sondern von dem Wissen, wie deutlich unterlegen seine Kameraden waren, zu noch größeren Bemühungen beflügelt. Hinter ihm ertönten die scheppernden und knirschenden Geräusche von Schwertern, die gegen Rüstungen prallten.

Schreie erschollen zwischen Grunzlauten der Anstrengung. Die falschen Soldaten fraßen sich mit zerstörerischer Beharrlichkeit immer weiter in die Reihen der loyalen Acoma-Krieger. Sie waren Minwanabi auf ihrem langersehnten Rachefeldzug. Sie kümmerten sich nicht darum, wie sie fielen.

Anders Maras Männer, die sich bemühten, den Ansturm des Feindes aufzuhalten. Sie kämpften nicht nur, um die Ehre der Lady aufrechtzuhalten. Sie töteten, wenn sie konnten, bedrängten, wenn es nicht ging, und achteten sorgfältig darauf, am Leben zu bleiben, um den Kampf so lange wie möglich hinauszuzögern.

Das blieb nicht unbemerkt.

Nach wenigen Minuten erinnerte sich einer der Angreifer an den Boten, der fortgeschickt worden war, um Bericht zu erstatten. Mit lauten Rufen informierte er seinen Offizier über die ungewöhnliche Eskorte, die von einem Befehlshaber befohlen worden war, der eigentlich kein einziges Schwert entbehren konnte.

»Hah!« schrie der Offizier der Minwanabi in den gestohlenen Farben der Acoma. Seine Stimme klang heiser vor Befriedigung. »Ihr seid gar nicht die Nachhut! Eure Lady reist nicht weiter vorn in einer besser geschützten Sänfte, wie?«

Azawari wußte keine andere Antwort darauf, als die Feinde noch stürmischer in einen Schwertkampf zu verwickeln. Er ließ seine Klinge auf den Helm eines Minwanabi niedersausen und trat rasch zurück, als der Mann zusammensank. »Findet es heraus«, meinte er grimmig.

»Warum sollten wir?« Ein anderer Minwanabi grinste ihn an. »Männer!« befahl er. »Zieht euch zurück und verfolgt diesen Boten!«

Saric hörte den Ruf, als er hinter Mara herjagte. Er fluchte und schob sich durch ein Gewirr von Zweigen, die seine schmalere Herrin leichter durchgelassen hatten. Schreie barsten durch das Laubwerk hinter ihm. Die falschen Krieger rasten jetzt hinter ihm her. Kein Acoma konnte sich freimachen, um sie aufzuhalten. Das Schwert eines jeden Getreuen war bereits beschäftigt, und die Feinde waren in der Überzahl.

Saric blinzelte sich den Schweiß aus den Augen. »Lauft, lauft weiter«, drängte er Mara. Es schmerzte ihn zu sehen, wie sie stolperte. Ihr Wille mußte aus Stahl sein, daß sie überhaupt noch auf den Beinen war.

Er mußte ihr Zeit verschaffen! Schon bald würde sie sich ausruhen müssen. Wenn er den Ansturm der Verfolger etwas aufhalten konnte, würde sie vielleicht eine Spalte finden, in der sie sich verstecken konnte, zumindest bis ihre Krieger die Anzahl der Feinde ein wenig verringert hatten.

Saric rannte. Schon war er neben Mara, ergriff ihren Ellenbogen und half ihr mit einem großen Satz über einen gefallenen Baumstamm. »Lauft!« keuchte er. »Haltet erst an, wenn Ihr keine Verfolger mehr hört. Dann versteckt Euch und schleicht in der Nacht weiter.«

Sie landete auf den Füßen, sprang zur Seite und wich einem Ast aus, immer noch rennend. Es war der letzte Augenblick, da Saric auf sie aufpassen konnte. Die verfolgenden Minwanabi hatten ihn eingeholt.

Er wirbelte herum. Drei Schwerter zeigten auf ihn. Er stieß zu, und einer der Minwanabi taumelte zurück, die Brust durchbohrt, während ein Blutschwall aus seinem Mund schoß.

Saric riß sein Schwert heraus und entging mit einer raschen Drehung einem Hieb in die Seite. Er hob die blutverschmierte Klinge und stieß sie nach unten. Sie wurde gekonnt pariert, und er ließ sie einen Augenblick auf dem feindlichen Schwert ruhen, ehe er eine kleine Drehung mit dem Ellenbogen vollzog. Sein Streich durchbrach die Deckung des Feindes und tötete ihn. Der ehemalige Offizier keuchte. »Gar nicht so schlecht. Ich kann es noch.«

Der überlebende Soldat wollte sich durch einen Sprung zur

Seite aus dem Netz aus Zweigen und Ästen befreien und auf die jungenhafte Gestalt zuhalten, die er inzwischen für Lady Mara hielt. Mit einem kräftigen Satz versuchte Saric, ihn daran zu hindern. Ein brennender Schmerz an der linken Schulter zeigte ihm, daß er einen Fehler gemacht hatte. Eine andere Wache war zu ihm geeilt. Ein umgestürzter Baum hielt ihn an Ort und Stelle, und Saric wirbelte herum, sprang hoch und traf seinen Angreifer in die Kehle. Der erste Soldat hatte sich inzwischen befreit und lief schwerfällig vorbei. Saric stieß ein wenig ehrerbietiges Gebet aus. Sein Weg war klar. Er mußte weitermachen. Die Müdigkeit wurde zur Qual, als er die erschöpften Sehnen und Muskeln wieder zur Bewegung zwang. Er rannte, stöhnend vor Luftmangel. Er holte den Krieger in den falschen Farben ein und traf ihn von hinten. Der Streich wurde von der Rüstung abgehalten. Ehe er sich versah, war er in einen Kampf verwickelt, während ein anderer Feind an ihm vorbeischlüpfte, weiter hinter der fliehenden Lady her.

Saric kämpfte, geschwächt durch die Wunde an seiner Schulter. Blut rann den Arm hinab und tropfte auf den Boden. Seine Sandalen rutschten auf den feuchten Blättern. Er konnte sich kaum noch verteidigen. Die Schwäche schien in Wellen durch ihn hindurchzuströmen. Sein Feind grinste, ein schlechtes Zeichen. Schon bald würden seine Bemühungen enden. Dann rief ein Soldat seinen Namen.

Saric verzog in freudlosem Erkennen die Lippen. Azawari lebte noch. Als der Befehlshaber der Acoma auf den Berater zulief und immer mehr Minwanabi an einer Stelle zusammenströmten, um ihn daran zu hindern, Saric zu helfen, trafen sich für einen kurzen Moment die Blicke der beiden.

Sie kannten ihr Schicksal. Beide lächelten, hießen die Gewißheit willkommen, die endgültige Ablösung, die ihr sterbliches Fleisch nicht länger leugnen konnte. Saric wurde in der Seite getroffen. Der Hieb brachte ihn ins Wanken, und seiner Kehle entfuhr ein Keuchen. Der Befehlshaber der Acoma fand sich drei weiteren Gegnern gegenüber. Er tat, als würde er in hitziger Wut schreien, doch Saric erkannte kalte Absicht hinter seinen Beleidigungen. »Kommt her, Anasati-Hündchen!« Azawari tänzelte und schwang sein Schwert durch die Luft. »Erzählt euren Kindern davon, wie ihr Azawari, Befehlshaber der Guten Dienerin des Kaiserreiches, in die Hallen des Roten Gottes schicktet! Das heißt, falls ihr überlebt und Kinder habt! Und falls sie Väter akzeptieren können, die sie mit dem Tragen falscher Farben entehren. Sterbt für diese Unverschämtheit, Minwanabi-Hunde!«

Doch die Krieger ließen sich nicht zu einem Kampf verleiten; statt dessen maßen sie die Entfernung ab. Der mittlere hastete zu Azawari, während die anderen zur Seite sprangen und die Jagd nach Mara wieder aufnahmen. Azawari warf sich zur Seite. Der Krieger, der auf ihn zukam, verfehlte ihn, und der andere links von ihm schrie auf, als ein Schwert seine Rippen zerschmetterte. Der an der rechten Seite hielt unsicher inne. Azawari zögerte nicht einen Augenblick. Er sprang hinterher, kümmerte sich nicht darum, ob ein Schwert durch die Luft pfiff. Er mußte einen Hieb in die Flanke einstecken, doch er hatte den Läufer zur Strecke gebracht.

Saric sah den Helm mit dem grünen Federbusch fallen. Er blinzelte wütende Tränen zurück, sich bewußt, daß der tapfere Befehlshaber Mara kostbare Sekunden geschenkt hatte, denn der letzte des verräterischen Trios mußte in seinem Lauf innehalten und zweimal auf den Körper Azawaris einstechen, um sicher zu sein, daß der Acoma wirklich tot war.

Der Erste Berater hob seine Klinge; zu langsam, denn seine Muskeln hatten keine Kraft mehr. Sein Hieb verfehlte das Ziel. Ein Schmerz schoß durch seinen Nacken, und die Helligkeit der Welt schien plötzlich düster und in weiter Ferne. Saric taumelte und stürzte. Das letzte, was er wahrnahm, bevor Dunkelheit seine Sinne umschloß, war der Geruch von Moos und das

Geräusch von feindlichen Soldaten, die den Ort ihres blutigen Sieges verließen, um hinter einer letzten Gestalt herzurennen: Mara. Saric bemühte sich, ein Gebet für die Gute Dienerin zu sprechen, doch die Worte wollten nicht kommen. Er hatte keinen Atem mehr und auch keine Sprache. Sein letzter Gedanke, als der Tod ihn mitriß, galt Nacoya, die ihn ausgebildet hatte. Der unbezähmbare Drachen würde ihn mit schriller Stimme anschreien, wenn er sie in Turakamus Hallen traf, in der Erkenntnis, daß all ihre Bemühungen, ihn in eine höhere Position zu heben, nichts geholfen hatten und er als ehrenhafter Krieger gestorben war. Voller Eifer einem Wortwechsel mit seiner leicht reizbaren Vorgängerin entgegenschauend – sein Bewußtsein war längst noch nicht bereit, den Kampf aufzugeben –, lächelte Saric beinahe.

Dreizehn

Verfolgung

Mara rannte.

Ihre Knöchel verfingen sich im Unterholz, und ihr Atem brannte in der Kehle. Keuchend kämpfte sie sich weiter. Sie war schon lange jenseits des Punktes, an dem ihr Körper eine Pause benötigt hätte, und sie wußte, wenn sie jetzt anhielt, war sie tot. Ihre Feinde verfolgten sie unerbittlich. Als sie sich unter Ästen hindurchzwängte, erhaschte sie einen kurzen Blick auf sie: Gestalten in Grün rannten hinter ihr her.

Es lag etwas zutiefst Böses in dem Anblick von Männern, die ihre Hausfarben trugen, sie aber mit mörderischer Absicht verfolgten. Mara brach durch eine Gruppe von Kriechpflanzen, von mehr als bloßer Furcht getrieben. Die grüne Rüstung hatte immer für diejenigen gestanden, die bereit gewesen waren, für sie zu sterben, sie um jeden Preis zu beschützen. Feinde in den Farben der Acoma trieben sie an den Rand der Verzweiflung.

Wie viele hatten als Folge dieses gemeinsamen Verrates der Minwanabi und Anasati ihr Leben lassen müssen? Saric und Azawari, zwei ihrer besten jüngeren Offiziere, auf die sie große Hoffnungen für die Zukunft gesetzt hatte. Die Soldaten waren überaus fähige, starke Männer gewesen, die sie wegen ihrer Zuverlässigkeit in einer Notsituation ausgewählt hatte. Doch da alle Blicke auf die Versammlung der Magier gerichtet waren – wer von ihnen hätte da voraussehen können, daß die Falle, die so kurz vor dem Ziel zugeschnappt war, so irdisch, so profan und doch so mörderisch sein würde?

Die Cho-ja-Tunnel waren noch ein kurzes Stück entfernt.

Mara war immer eine gesunde Frau gewesen, doch sie war längst nicht mehr das Mädchen, das einst den Mantel der Acoma angelegt hatte. Die Wettläufe mit ihrem Bruder lagen dreißig Jahre zurück, und ihre Atemzüge schienen ihre Brust zu sprengen. Sie konnte nicht weiter; und doch mußte sie es.

Die Soldaten hinter ihr kamen näher. Die schwereren Rüstungen behinderten sie, und zudem hatten sie vor dem Gefecht eine längere Strecke zurückgelegt; aus diesen Gründen war der Wettlauf eine Zeitlang ziemlich ausgeglichen gewesen. Jetzt war es das nicht mehr. Maras nächster Schritt ließ sie taumeln. Ihre Feinde rückten näher. Qualvolle Minuten hörte sie nichts anderes als das Trommeln der Sandalen auf dem Boden und ihr eigenes angestrengtes Atmen.

Mara brachte vor Verzweiflung und Atemnot keinen Ton heraus. Zwei waren ihr dicht auf den Fersen, der eine nur einen Schritt hinter ihr, der andere kaum einen halben weiter entfernt, und er wurde schneller. Sie spürte schon beinahe die erhobene Klinge an ihrem Rücken. In jedem Augenblick erwartete sie den Schock des Stoßes, gefolgt von Schmerz und einem schwindelnden Sturz in die Dunkelheit.

Durch das Schwert zu sterben war eine Ehre, dachte sie. Doch sie spürte nur blanke Wut. Alles, wonach sie in ihrem Leben gestrebt hatte, würde zunichte gemacht werden durch den engstirnigen Haß und die Rachsucht eines Kriegers. Sie konnte nichts tun, lediglich ihren Körper vorwärts treiben zu einem weiteren Schritt, der immer auch der letzte sein konnte. So würde ein Gazen sterben, auf der Flucht vor den Klauen eines nach Fleisch jagenden Sarcats.

Der Boden begann anzusteigen. Mara eilte die Steigung hoch und stolperte. Sie fiel zu Boden. Ein Schwerthieb zischte schon durch die Luft, wo ihr Körper eben noch gewesen war, und ein Krieger fluchte schroff.

Sie rollte über trockene Blätter. Ihre Rüstung behinderte sie, und das Schwert an der Seite, das sie vergessen hatte wegzuwerfen, verfing sich in einer Wurzel und hielt sie fest.

Sie schaute nach oben, in ein schwindelerregendes Gewirr aus Blattgrün und hellen Flecken des Himmels. Dazwischen ein feindliches Gesicht in einem Alptraum aus freundlichen Farben. Mara sah, wie sich das Schwert hob, um sie mit einem Hieb zu töten. Sie hatte keine Luft zum Schreien, sondern konnte nur noch rückwärts kriechen und in einer sinnlosen Anstrengung zu entkommen wild um sich schlagen.

In diesem Augenblick tauchte der Krieger auf, der einen weiteren Schritt zurück gewesen war. Seine Klinge hob und senkte sich einen Hauch schneller – und das Fleisch, in das sie sich grub, war das des Feindes.

Mara schluchzte vor Erschöpfung und begriff erst, als der sterbende Mann mit einem letzten Aufbäumen über ihren Beinen zusammenbrach, daß nicht alle in den grünen Rüstungen Verräter waren. Sie blickte in ein vertrautes Gesicht. Der Mann blutete aus einer Wunde an der Wange. »Xanomu!« rief sie. »Die Götter seien gesegnet.«

Er schob die Leiche beiseite, riß seine Lady hoch und stieß sie von sich. »Geht, Mistress«, keuchte er. Seine Stimme klang schmerzverzerrt, er mußte schwer verletzt sein. »Findet die Cho-ja. Ich werde die Feinde aufhalten.«

Mara wollte ihm ein Lob aussprechen, ihm ihren Dank für seine Tapferkeit mitteilen, doch sie fand keinen Atem.

Xanomu sah, wie sie mit sich rang. »Mylady, geht! Es kommen noch andere, und nur ich bin da, um sie aufzuhalten!«

Mara wirbelte herum, halb von Tränen geblendet. Xanomus Traum, daß sie Sicherheit bei den Cho-ja finden würde, war eine falsche Hoffnung. Die insektenähnlichen Wesen würden nicht kämpfen. Sie waren an den Vertrag mit der Versammlung gebunden, und sicherlich hatten sie inzwischen von ihrer Mißachtung des Edikts der Erhabenen erfahren.

Sie rannte. Denn die Alternative war, dort abgeschlachtet zu werden, wo sie stand, als zwei massige Krieger aus dem Unterholz drangen und ihr nachjagten; nur Xanomu, der am Ende seiner Kräfte war, konnte sie aufhalten.

Der Kampf war kurz, kaum ein halbes Dutzend Schwerthiebe, dann war das gurgelnde Geräusch eines Mannes zu hören, dessen Kehle durchtrennt worden war. Xanomu war gefallen, hatte sein Leben hingegeben für ein paar weitere Schritte durch den Wald. Die Bäume wurden lichter, dachte Mara; aber vielleicht ließ auch ihre Sehkraft nach, so benommen, wie sie war.

Sie blinzelte Tränen oder Schweiß weg, und Dunkelheit türmte sich wie eine schwarze Wand vor ihr auf.

Sie streckte eine Hand aus, als wollte sie einen Sturz abmildern, und ihre Fingernägel kratzten über Chitin.

Cho-ja! Sie hatte den Hügel erreicht. Schwarze Körper schlossen sich um sie, drängten sich von allen Seiten gegen sie, so daß sie aufrecht stand. Mara keuchte, sie war eine hilflose Gefangene. Doch dies hier waren keine Krieger, sondern Arbeiter, eine enggeschlossene Gruppe aus Futtersuchern.

Sie war nicht so dumm zu glauben, sie wäre in Sicherheit. Zwischen keuchenden Atemstößen sagte sie: »Ihr ... müßt den Vertrag ... der Versammlung ... einhalten! Ihr dürft ... nicht kämpfen!«

Die Cho-ja beachteten sie nicht. Sie konnten ohnehin nicht kämpfen, da sie als Arbeiter nicht dafür gerüstet waren. Sie hatten keine Waffen und Werkzeuge bei sich. Doch als sie sich noch fester um Mara schlossen und ihre Verfolger aus dem Wald drängten, begriff sie: Die insektenähnlichen Wesen konnten nicht kämpfen, sondern nur sterben.

Der vorderste Krieger schrie seinen Kameraden etwas zu, und sie gingen zum Angriff über. Schwerter blitzten im Licht des späten Nachmittags auf, als sie einen Arbeiter niederstreckten, der mit seinen Kameraden den Weg entlangging.

Er fiel ohne Geräusch, um sich tretend und vor Schmerz hin und her rollend. Als wäre ihnen erst jetzt die Bedrohlichkeit ihrer Situation bewußt geworden, schlossen sich die übrigen Arbeiter zu einem einzigen Körper zusammen, in dessen Mitte Mara stand. Sie wurde zu dicht bedrängt von ihnen, als daß sie hätte umfallen können; aber sie konnte sich auch nicht gegen die Strömung wehren, als die Insekten-Wesen gemeinsam zu einem rasenden Sprint ansetzten. Wie Treibgut in der Strömung wurde sie mitgeschleppt. Sie konnte vor lauter Staub nichts erkennen und hörte nur das Klacken der chitinbedeckten Körper. Sie blieb mit den Füßen an einem Grasbüschel hängen und verlor eine Sandale. Dann erhob sich plötzlich der Hügel des Stocks vor ihnen, und sie verschwanden in der Dunkelheit.

Die Minwanabi in den falschen Rüstungen schrien und rasten hinter ihr her, in den Tunnel hinein.

Mara hielt sich nicht mehr mit Nachdenken auf. Sie ließ sich von den Arbeitern tragen, und blind in der Masse aus vertrauten Gerüchen und Geräuschen, bemühte sie sich nicht, die Vorgänge zu analysieren. Ihre Augen paßten sich langsam dem Licht an, und sie drehte den Kopf in Richtung des Lärms hinter ihr. Eine Zeitlang erkannte sie das merkwürdige, kratzende Ratschen von Klingen über ungeschütztes Chitin nicht.

Cho-ja-Körper pflasterten den Boden, und immer noch drängten die falschen Krieger weiter. Die Cho-ja bei Mara verringerten plötzlich das Tempo, und ein hohes Summen dröhnte in ihren Ohren.

Im nächsten Augenblick verfinsterte eine Flut dunkler Körper das letzte Licht vom Eingang. Sie wußte, daß sich jetzt Cho-ja-Arbeiter in den Fluchtweg gestellt hatten und die Verfolger Mara nur erreichen konnten, indem sie sich einen Pfad durch die lebende Barriere hackten.

Mara war zu erschöpft und zu müde, um vor Trauer oder Erleichterung zu weinen. Ihre Gedanken richteten sich auf die erschreckende Erkenntnis, daß die Krieger dieses Schwarms sich nicht einmal jetzt verteidigten, als sie angegriffen wurden; sie wollten nicht riskieren, wegen Vertragsbruch von der Versammlung bestraft zu werden. Obwohl Mara wußte, daß die Cho-ja individuelles Leben – besonders das der Arbeiter – als notfalls entbehrlich betrachteten, bedauerte sie, daß das Leben dieser Wesen geopfert werden mußte, um sie zu retten.

Das letzte schwache Sonnenlicht verschwand, als die Cho-ja um eine Ecke bogen. Mara war jetzt von totaler Finsternis umgeben. Seit ihrer Reise nach Chakaha in Thuril wußte sie, daß die Cho-ja von Natur aus Wesen waren, die bei Tageslicht lebten, und sie erkannte die Bedeutung hinter der fehlenden Beleuchtung. Die Arbeiter führten sie tiefer in den Stock hinein, vorbei an unzähligen Biegungen und Ecken. Die Minwanabi erlagen der Versuchung, ihnen zu folgen. Düsternis erwartete sie. Sie würden niemals wieder lebend aus diesem Irrgarten auftauchen. Die Cho-ja mußten sich nicht die Mühe machen, sie zu töten. Menschen, die sich in den Tunneln unter der Erde verirrt hatten, würden so lange umherwandern, bis sie tot umfielen, gestorben an Hunger und Durst.

»Überbringt Eurer Königin meinen Dank«, murmelte Mara.

Die Cho-ja-Arbeiter antworteten nicht. Möglicherweise war es der Vertrag, der sie schweigen ließ, oder die Trauer um ihre gefallenen Kameraden. Mara spürte die Berührung ihrer Körper, nicht länger drängend, sondern sanft, als würde sie von einer riesigen Faust gehalten. Erst jetzt fiel ihr auf, daß ihre persönliche Sorge um Justin sie blind gemacht hatte. Diese Cho-ja taten ihr keinen Gefallen, sondern halfen ihr möglicherweise nur deshalb, um letztendlich ihrer eigenen Sache zu dienen, da sie die Cho-ja-Magier mit dem Ziel mitgebracht hatte, die Versammlung zu besiegen.

Diese Wesen sahen in dem Überleben der Lady der Acoma ihre eigene Freiheit.

Mara begriff, daß den sklavenähnlichen Arbeitern ein Gespräch möglicherweise untersagt war. Doch es bestand die Möglichkeit, daß ihre Königin nicht durch und durch neutral handelte, sondern in verdeckter Weise auf die gleichen Ziele hinarbeitete und somit eine Verbündete von Mara war.

Die Arbeiter schritten rasch weiter. Sie machten keinerlei Anstalten, auseinanderzurücken und sie auf den Boden zu stellen. Was, wenn sie eine »Aufgabe« zu erfüllen hatten, die von vornherein mit der Richtung übereinstimmte, in die sie gehen wollte? Oder schlimmer noch, was, wenn sie gedankenlos ihre Pflichten ausübten und sie an einen Ort gebracht wurde, zu dem sie gar nicht wollte? Zeit war von großer Wichtigkeit. Das Überleben ihrer Kinder hing von raschem Handeln ab.

Mara schluckte. Ihre Beine waren müde. Selbst wenn sie gewollt hätte, sie hätte keinen einzigen weiteren Schritt ohne fremde Hilfe zustande gebracht. Doch sie konnte auch nicht eingekeilt zwischen den Rückenpanzern zwölf sich rasch bewegender fremder Wesen bleiben, deren Bestimmungsort ihr unbekannt war.

Wenn sie genügend Mut aufbrächte, könnte sie fragen, ob sie nicht reiten dürfte.

Die Unverschämtheit eines solchen Ansinnens konnte ihren Tod bedeuten – sollte sie bei dem Versuch, in ihrer engen Rüstung auf einen der sich bewegenden Cho-ja aufzusteigen, abrutschen, würden die Cho-ja sie möglicherweise weiterhin überhaupt nicht beachten und über ihren gestürzten Körper hinwegtrampeln.

Cho-ja-Arbeiter hatten keine Vorstellung von dem tsuranischen Konzept der Würde. Dennoch brachte Mara es nicht fertig, sie lediglich als Lasttiere zu betrachten, und diese Einstellung ließ sie jetzt, da ihre Kraft allmählich wiederzukehren begann, schweigen. Sie erinnerte sich an Lujans Gesichtsausdruck an jenem lang zurückliegenden Tag in Dustari, als Kevin, der midkemische Sklave, den grotesken Vorschlag gemacht hatte, ihre Armeen auf den Rücken der Cho-ja-Krieger in den siegreichen Kampf zu führen.

Tränen schossen ihr bei dieser Erinnerung in die Augen. Lujan hatte blaß ausgesehen, als er auf den breiten, schwarzen Körper gestarrt hatte, den er erklimmen sollte. Und doch hatte er es getan, war fortgeritten und hatte eine große Schlacht gewonnen.

Wer war sie, jemanden wie ihn auf der Ebene von Nashika größter Lebensgefahr auszusetzen und doch nicht die gleichen Risiken einzugehen?

Ihr Herz zog sich zusammen bei dieser Vorstellung. Doch sie war verloren, wenn sie nicht einen Weg fand, die Cho-ja zur Rebellion gegen ihre Unterdrücker zu bewegen und dazu zu bringen, sich mit den Chakaha-Magiern zu vereinigen, die in einem verborgenen Bau auf ihrem Landsitz warteten; ihr Sohn und ihre Tochter würden tot sein, gestorben durch die Hand des ersten feindseligen Anwärters auf den Goldenen Thron. Wenn es nicht Jiro war, würden andere Bewerber mit der gleichen Unbarmherzigkeit vorgehen.

Und solange sie lebte, würde ihr die Versammlung der Magier niemals verzeihen, daß sie ihre Allmacht angegriffen hatte.

Sie hatte noch eine Karte auszuspielen, einen letzten verzweifelten Plan, den sie während ihrer letzten Beratung kurz vor Kriegsausbruch ausgeheckt hatte. Deshalb mußte sie die Königin dieses Schwarms aufsuchen und eine Audienz erhalten.

Sie fühlte sich unsicher, und so mußte sie all ihren Mut zusammennehmen. Ihre Stimme zitterte, als sie schließlich sagte: »Bringt mich zu Eurer Königin.«

Die Arbeiter antworteten nicht. »Ich muß mit Eurer Herrscherin sprechen«, beharrte Mara lauter.

Die Arbeiter erwiderten noch immer nichts, doch sie hielten an – so plötzlich, daß Mara beinahe umgefallen wäre. »Ich muß

Eure Königin sehen!« Sie schrie jetzt; ein stürmisches Echo hallte durch die Gänge und Tunnel.

Licht brannte weiter unten in einem Seitengang. Mara wandte sich dorthin, und über die Rückenpanzer der gebückten Arbeiter hinweg sah sie eine Gruppe von Kriegern näher kommen. Dies waren tsuranisch erzogene Cho-ja, sie trugen Helme wie Menschen, und ein Befehlshaber ging an ihrer Spitze. Er erreichte die Kreuzung der Tunnel und richtete einen Blick aus onyx-farbenen Augen auf die unordentliche Frau inmitten der Arbeiter. »Ich bin Tax'ka. Ich bin gekommen, um Eure Bitte zu erfüllen und Euch zur Königin dieses Schwarms zu bringen.«

Maras Müdigkeit verflog in einer großen Welle der Erleichterung. Als die Arbeiter eine Gasse für sie freimachten, trat sie vor; tiefe Verzweiflung packte sie, als ihre wackligen Knie beinahe nachgaben.

Der Cho-ja-Befehlshaber kniete sich hin. »Ihr könnt reiten«, meinte er. »Unsere Königin möchte nicht warten, bis Ihr Euch von Eurer Erschöpfung erholt habt.«

Mara war zu müde, um sich über eine Bemerkung zu erzürnen, die, wäre sie von einem Menschen gekommen, als Beleidigung verstanden worden wäre. Sie kämpfte sich auf die Füße und nahm die Unterstützung eines Arbeiters an, der ihr half, auf das Mittelteil des Befehlshabers aufzusteigen. Sie fühlte sich unsicher auf dem schwarzen, glatten Panzer. Ihre schweißnassen Hände fanden keinen Halt, der irgendwie vertrauenerweckend gewesen wäre, und der Cho-ja schwieg; er schien unwillig, sich um ihr Unbehagen zu kümmern.

»Geht«, sagte sie entschlossen. »Bringt mich, so schnell es geht, zu Eurer Königin.«

Der Gang des Cho-ja war erstaunlich weich, als er sich aufmachte. Mara hielt sich jetzt ohne Sorgen fest, lehnte sich leicht nach vorn, so daß sie sich an dem Chitin-Nacken festhalten konnte. Sie hatte keine Ahnung, wie weit entfernt von diesem

Tunnel die Höhle der Königin sein mochte. Einige Stöcke waren so riesig, daß sie stundenlang auf dem Rücken eines Cho-ja reiten konnte, ohne sie ganz zu durchqueren. Die nach Gewürzen riechende Luft wehte ihr ins Gesicht. Der Schweiß auf ihrer Haut trocknete, und ihre Atemzüge wurden wieder ruhiger.

Sie hatte jetzt Zeit, andere Unannehmlichkeiten zu bemerken: Muskelkrämpfe in den erschöpften Beinen und fürchterliche Abschürfungen unter der Rüstung. Die Gänge, die der Befehlshaber und seine Gruppe jetzt entlangschritten, waren unbeleuchtet. Ohne jedes Gefühl für Orientierung blieb Mara nichts anderes übrig, als sich blind festzuhalten, während ihre Eskorte ihren Auftrag ausführte.

Es war die merkwürdigste Reise ihres Lebens. Die Dunkelheit war undurchdringlich; niemals gab es auch nur annähernd so etwas wie das Helldunkel aus Schwarz und Grau, das selbst in den stürmischsten Nächten auf der Oberfläche der Erde zu finden war. Mara konnte nur darauf warten, daß sie irgendwann wieder etwas sehen würde, während sie hin und her geschüttelt wurde. Doch immer mehr Zeit verstrich, und die Dunkelheit veränderte sich nicht; sie mußte ihre Zähne fest zusammenbeißen, um einen Schrei zu unterdrücken.

Irgendwann während der Reise erkundigte sich Tax'ka nach ihrem Wohlbefinden. Mara gab eine vage Zustimmung, obwohl sie nichts davon verspürte; der schnelle Marsch in absoluter Finsternis wurde zu einer zeitlosen Reise durch ihre Gedanken. Müdigkeit und Anspannung beherrschten ihren Geist, versorgten sie mit Bildern, wo Licht und Natur es nicht vermochten: Eingebildete Bewegungen traten an den Rand ihres Sichtfeldes und ließen ihr Herz schneller schlagen und ihre Atemzüge flacher und rascher werden. Nach einiger Zeit schloß sie die Augen, um der Dunkelheit etwas von der Bedrohlichkeit zu nehmen. Es war eine Notmaßnahme, die aber keine Sicherheit ausströmte. Immer wieder vergaß sie sich und versuchte doch wieder zu sehen, nur um ihre Bemühungen von vollständiger Schwärze beantwortet zu sehen. Der Schrecken kehrte mit doppelter Kraft zurück.

Schließlich suchte sie in lautlosen meditativen Gesängen Ruhe.

Eine nicht zu schätzende Zeitspanne später rief eine Stimme ihren Namen.

Mara öffnete die Augen. Sie blinzelte gegen das grelle Licht, denn um sie herum brannten nicht nur Cho-ja-Kugeln, sondern auch Öllampen mit gleißender Flamme.

Unbeholfen stieg sie ab.

Der Befehlshaber, der sie getragen hatte, salutierte. »Zu Befehl, Mistress. Unsere Herrscherin erwartet Euch.«

Mara blickte auf die andere Seite der Höhle. Vor ihr erhob sich eine halbvertraute Form, ein Podest aus aufgeschütteter Erde. Obendrauf lag die Cho-ja-Königin, deren gewaltige Körpermasse durch kostbare Behänge den Blicken entzogen war. Als Mara dem Blick des Wesens begegnete, das vor ihr aufragte, zitterten ihre Knie nicht nur vor Müdigkeit.

Die Cho-ja-Königin hatte Augen wie schwarzes Eis, als sie ihre menschliche Besucherin ansah, die sich gerade aus der Verbeugung erhob. Bevor Mara auch nur einen einfachen, höflichen Gruß übermitteln konnte, begann die Herrscherin bereits zu sprechen.

»Wir können Euch nicht helfen, Lady Mara. Ihr habt durch Eure Handlungen die Versammlung der Magier gegen Euch aufgebracht, und es ist uns verboten, denen zu helfen, die sie ihre Feinde nennen.«

Mara zwang sich zu einer aufrechten Haltung. Sie nahm den Helm ab und strich die feuchten Locken zurück. Mit der einen Hand den Riemen umfassend, an dem der Helm hing, nickte sie. Sie hatte jetzt keine Wahl, als den kühnsten Weg überhaupt einzuschlagen. »Lady Königin«, erklärte sie mit so fester Stimme wie möglich. »Ich bitte Euch, Eure Meinung zu ändern. Ihr müßt mir helfen. Ihr habt nicht länger die Wahl, denn die Bedingungen des Vertrags mit der Versammlung sind bereits gebrochen.«

Schlagartig wurde es vollkommen still. Die Königin richtete sich etwas auf. »Große Ahnungslosigkeit spricht aus Euch, Lady Mara.«

Sich niemals mehr der Gefahr bewußt, in der sie schwebte, schloß Mara die Augen und schluckte. Sie kämpfte gegen den irrationalen Drang zu fliehen an: Sie war tief unter der Erde, und es würde ihr nichts bringen wegzulaufen. Sie war der Gnade dieser Cho-ja ausgeliefert, und wenn sie sie nicht überzeugen konnte, ihr zu helfen, war alles verloren.

»Ich bin nicht so ahnungslos, wie Ihr denkt«, entgegnete Mara.

Die Königin verhielt sich neutral, ließ sich aber nicht wieder auf das Podest zurücksinken. »Sprecht weiter, Lady Mara.«

Mara witterte ihre Chance. »Euer Vertrag ist gebrochen worden«, wandte sie ein. »Nicht von Eurer Rasse, gute Königin. Von mir.« Das Schweigen in der Kammer war wie Taubheit, es war so vollständig, daß Maras Kehle sich vor Angst zuschnürte, als sie fortfuhr: »Ich brach den Vertrag, der nach jeder unvoreingenommenen Beurteilung ungerecht war. Ich bin in Chakaha gewesen und habe mit den Cho-ja dort gesprochen. Ich sah sie so, wie sie leben sollten: frei und über der Erde. Ich habe mir angemaßt, gute Königin, ein Urteil zu fällen, für das Wohl Eurer Rasse so sehr wie für das meiner Leute. Ich habe es gewagt, um eine Allianz zu bitten, und als ich zu den Ufern des Kaiserreiches zurückkehrte, waren zwei Cho-ja-Magier bei mir, die Euch bei Eurer Sache helfen wollen.«

Die Stille wurde bei dieser Neuigkeit beinahe noch durchdringender. Mara hatte das Gefühl, als müßte sie ihre Stimme gegen das erdrückende Gewicht unausgesprochener Mißbilligung erheben. »Diese Magier warten in einer unbenutzten Höhle in dem Stock in der Nähe meines Landsitzes. Die Versammlung wird sich nicht die Zeit nehmen herauszufinden, ob Euer Volk eine Schuld daran trifft, daß sie Unterschlupf gefunden haben. Sie werden alle Cho-ja wie Verschwörer behandeln. Deshalb ist der Vertrag bereits gebrochen, durch meine Hand, für ein besseres Kaiserreich, dessen rechtmäßigen, ihnen zustehenden Anteil die Cho-ja sich jetzt erkämpfen müssen.«

Die durchdringende Stille hielt weiter an. »Habt Ihr sonst noch etwas zu sagen?« Die Stimme der Königin klang wie klirrendes Kristallglas.

Mara verneigte sich tief, ehe sie antwortete. »Ich habe Euch alles gesagt, was Ihr hören solltet.«

Die Königin stieß zischend ihren Atem aus. Sie schwankte vor und zurück, einmal, zweimal, dann ließ sie sich auf das Podest sinken. Ihre Augen blitzten. »Lady, wir können Euch trotzdem nicht helfen.«

»Was?« Der Ausruf hatte Maras Kehle verlassen, noch bevor sie denken konnte. Sie entschuldigte ihren Fehler mit einer weiteren Verbeugung, die diesmal tief genug war, um als unterwürfig bezeichnet werden zu können. »Die Bedingungen des Vertrags sind gebrochen. Werdet Ihr die Gelegenheit nicht wahrnehmen und versuchen, Eure Freiheit wiederzuerlangen und Eure rechtmäßige Bestimmung zurückzufordern?«

Die Cho-ja-Königin schien beinahe traurig, als sie zu einer Antwort ansetzte: »Lady, das können wir nicht. Wir haben unser Wort gegeben. Der Vertragsbruch war Euer Werk, Euer Verrat. Ihr kennt uns nicht wirklich. Es ist uns gar nicht möglich, einen Eid zu brechen.«

Mara runzelte die Stirn. Dieses Gespräch verlief ganz und gar nicht so, wie sie es sich ausgemalt hatte. Nackte Angst packte sie. »Ich verstehe nicht.«

»Das Brechen von Versprechen ist eine menschliche Eigenschaft«, meinte die Königin ohne Vorwurf.

Immer noch verwirrt, bemühte Mara sich zu verstehen. »Ich weiß, daß Euer Volk niemals eine Erinnerung vergißt«, meinte sie in dem Versuch, dieser Sackgasse zu entkommen.

Die Königin erklärte die Sache näher: »Ein Wort, das wir einmal gegeben haben, können wir nicht brechen. Deshalb sind uns die Menschen all die Jahre immer wieder überlegen gewesen. Jeder Krieg endete in einem Vertrag, den wir kraft unserer Natur einzuhalten gezwungen waren. Die Menschen haben solch instinktive Regeln nicht. Sie begehen Ehrverletzungen, ohne daran zu sterben. Wir sehen dieses merkwürdige Verhalten, doch wir können nicht –«

»Sterben!« unterbrach Mara schockiert. »Ihr meint, Ihr könnt den Bruch eines Versprechens nicht überleben?«

Die Königin nickte bejahend mit dem Kopf. »Genau das. Unser Wort bindet uns, es ist unentwirrbar mit dem Schwarmbewußtsein verbunden, das selbst wiederum Gesundheit und Leben bedeutet. Für uns ist ein Versprechen so einengend wie Wände und Ketten für einen Menschen – nein, mehr noch. Wir können nicht gegen die Lehrsätze unserer Ahnen verstoßen, ohne Wahnsinn über den Schwarm zu bringen, einen todbringenden Wahnsinn, denn wir würden aufhören, Nahrung aufzunehmen und zu brüten, würden uns nicht mehr verteidigen. Für uns ist Denken identisch mit Handeln, Handeln mit Denken. Ihr habt keine Worte für ein solches Konzept.«

Mara gab der Schwäche in ihren Knien nach und ließ sich auf den nackten Boden sinken. Ihre Rüstung quietschte in der Stille. Ihre Stimme klang leise und so sanft wie selten zuvor. »Das wußte ich nicht.«

Die Königin sagte nichts, was Mara entlastet hätte. »Das ist eine übliche Antwort von Menschen, die endlich ihren Irrtum einsehen. Doch es ändert nichts. Ihr könnt nicht lösen, was Euch nicht bindet. Nur die Cho-ja oder die Versammlung können diesen alten Pakt brechen.«

Mara verfluchte sich innerlich für ihren Stolz und ihre Eitelkeit. Sie hatte geglaubt, sie wäre anders als die anderen Herrscher, sie hatte sich angemaßt, ihre Cho-ja-Freunde zu kennen, und sie hatte sich einer Greueltat schuldig gemacht, die so groß war wie jede andere, die ihr Volk in der Vergangenheit an der insektenähnlichen Rasse begangen hatte.

Der Rat in Chakaha hatte ihr vertraut; fälschlicherweise, wie es jetzt schien. Sie sank in sich zusammen bei dem Gedanken, daß die Magier, die sie dazu gebracht hatte, ins Kaiserreich zu kommen, schließlich erkennen mußten, wie falsch sie die Situation beurteilt hatte.

Wie viele Male hatte Ichindar in seinem Amt unter seinen menschlichen Dummheiten gelitten, wenn sie gerade diejenigen Menschen betrafen, die er aufgrund seines Schicksals regieren mußte? Mara fühlte sich klein vor Scham. Sie hatte danach gestrebt, ihren eigenen Sohn auf den Goldenen Thron zu setzen; um ihn zu retten, wie sie geglaubt hatte.

Wie wenig hatte sie damals an die Folgen gedacht, die damit verbunden waren, daß sie auf die Schultern eines Jungen eine Verantwortung lud, die selbst sie überwältigte.

Mara stützte den Kopf in die Hände; mehr als nur Verzweiflung lastete jetzt auf ihr. Sie dachte über die Endgültigkeit des Todes nach, den sie starrsinnig als Verschwendung betrachtet hatte; jetzt war sie sich nicht mehr so sicher. Die wesentlichen Bausteine ihrer Philosophie hatten sich so verändert, daß sie keine Handlung mehr als richtig empfand.

»Die Magier werden Vergeltung von Euch fordern«, begann Mara schließlich. Sie schaute die Königin demütig an. »Was werdet ihr tun?«

Das gewaltige insektenähnliche Wesen warf ihr einen Blick zu, den kein Mensch deuten konnte. »Einige von uns werden sterben«, erwiderte sie mit der unerbittlichen Ehrlichkeit ihres Volkes. »Dieser Schwarm wird vermutlich der erste sein, da wir Euch Einlaß und eine Audienz gewährten.«

»Könnt Ihr nicht fliehen?« Mara sehnte sich schmerzlich nach ein paar hoffnungsvollen oder ermutigenden Worten, nach einer Bestätigung, daß für diese Wesen, die ihr in all den Zeiten der Widrigkeiten und Probleme mit Freundschaft zur Seite gestanden hatten, nicht alles verloren war.

Die Königin zuckte mit einem Vorderglied, möglicherweise ein Äquivalent der Cho-ja für ein Schulterzucken. »Ich bin bereits in der am tiefsten gelegenen Kammer dieses Stocks. Es ist unmöglich, mich an einen anderen Ort zu schaffen. Sind wir Königinnen erst einmal alt genug, um Eier zu legen, verlieren wir unsere Beweglichkeit. Hier werde ich bis zum letzten Atemzug leben. Eure Erhabenen können meinen Körper zerstören, doch das Schwarmbewußtsein wird meine Erinnerungen bewahren und auch einen Bericht all dessen, was hier geschieht. Ein anderer Schwarm wird es schützen, und wenn eine neue Königin ausgebrütet ist, wird sich dieses Schwarmbewußtsein mit ihr erneuern.«

Ein schwacher Trost, dachte Mara, in alle Ewigkeit nicht vergessen zu werden. Das ungute Gefühl, das sie beschlich, behielt sie für sich: nämlich daß das Schlimmste geschehen könnte und es für das im Kaiserreich gefangene Volk der Cho-ja tatsächlich ein Ende ohne Erinnerung geben mochte. Ihre Dreistigkeit hatte möglicherweise die vollständige Auslöschung dieser Wesen heraufbeschworen. Sie dachte an das Vertrauen, das sie dem Rat in Chakaha entrungen hatte, und war den Tränen nahe.

Sie hatte keine Gelegenheit, länger über ihre Schuld nachzudenken, denn die Königin neigte ihren Kopf zur Seite, als lauschte sie auf etwas.

Ein Feuerwerk aus hohen summenden Tönen wechselte zwischen der Herrscherin und ihren Dienern hin und her. Die Kommunikation hörte schlagartig auf. Arbeiter und Krieger verschwanden, und die Königin nickte ihrem Gast zu.

»Was ist geschehen?« fragte Mara und fürchtete gleichzeitig die Antwort.

»Erhabene sind gekommen«, erwiderte die Königin. »Eine Delegation von dreißig Magiern hat den Eingang zu meinem Stock umstellt. Sie klagen uns irrtümlicherweise des Vertragsbruches an und verlangen, daß wir Euch ihnen ausliefern.«

»Ich werde zu ihnen gehen«, sagte Mara. Ihre Knie zitterten jetzt noch stärker. Sie fragte sich, ob sie ihren wunden Körper überhaupt würde aufrecht halten können. »Ich möchte Eurem Volk nicht noch weitere Schwierigkeiten bereiten.«

Die Cho-ja-Königin zuckte in einer unmißverständlichen Geste der Verneinung mit einem ihrer Vorderglieder. »Ihr seid nicht unsere Gefangene. Wir haben keinen Eid verletzt. *Ihr* habt die Magier über die Grenze hergebracht, und es gibt keinen Paragraphen in dem Vertrag, der uns verbietet, Euch eine Audienz zu gewähren. Ihr könnt gehen. Ihr könnt bleiben. Oder die Schwarzen Roben können kommen und Euch holen. Wir haben mit der Entscheidung nichts zu tun.«

Mara wölbte schockiert die Brauen. Sie hielt inne, bemüht, noch mehr Fehler in ihren Mutmaßungen zu vermeiden. Vorsichtig wählte sie ihre nächsten Worte: »Wenn ich mich entschließe, mich nicht zu ergeben, müßt Ihr wissen, daß die Versammlung dies falsch verstehen wird. Die Erhabenen werden von Eurer Mittäterschaft überzeugt sein und Vergeltung suchen.«

Die Königin schien weniger gelassen zu sein als vielmehr von einer Härte wie polierter Obsidian. »Es ist eine falsche Überzeugung, wenn es stimmt, was Ihr vermutet.«

Mara schluckte. Sie hatte das Gefühl, als würde sich jeden Augenblick der Boden unter ihren Füßen auftun. »Euer Volk könnte durch ein solches Mißverständnis zu Schaden kommen.«

Die Königin gab nicht nach. »Dann kommt es zu Schaden. Dadurch wird das Fehlurteil der Schwarzgewandeten nicht um einen Deut richtiger. Wir haben uns an die Vertragsbedingungen gehalten, wie es uns aufgetragen war. Wenn sie als Menschen aufgrund eines Irrtums handeln, liegt der Irrtum dennoch auf ihrer Seite, *ebenso wie die Folgen*.«

Mara runzelte die Stirn und überlegte, ob möglicherweise eine tiefere Bedeutung hinter den Worten der Königin lag. Die Lady der Acoma hatte schon einmal ein Verbot umgangen und nach Lösungen gesucht, die das Verbotene betrafen. Und jetzt, unfähig, die in ihr keimende Hoffnung zu unterdrücken, fragte sie sich, ob diese raffinierten Cho-ja möglicherweise gerade ein Fehlurteil *heraufbeschwören* wollten.

Als sie Atem schöpfte, um zu einer Antwort anzusetzen, ergriff sie plötzlich fürchterliche Angst. Die Luft in der Kammer wurde extrem stickig, als würde eine große Druckwelle durch die Tunnel rasen, um sie zu zermalmen. Mara preßte ihre Hände auf die Ohren, als ein fürchterlicher Schmerz sie erfaßte, und hielt vor Entsetzen den Atem an. Eine Explosion erschütterte die Erde und schleuderte sie zu Boden. Ein Schrei entfuhr ihr, während Blitze und Feuer durch die Kammer zuckten.

Über die Erschütterung der dröhnenden Luft hinweg schrie die Königin auf. Qualen und das, was vermutlich reinste Cho-ja-Wut war, schwangen in diesem Schrei mit.

»Die Magier greifen an! Unser Stock ist zerstört! Der Vertrag, der uns bindet, ist gebrochen.« Dann brach sie ab. Die Stimme der Königin versank in schmerzhafte Dissonanzen, als sie summend die letzten Gespräche mit ihrem Volk führte.

Die heiße Luft brachte Mara zum Husten. Ihre Augen tränten, und ihre Haut begann zu schmerzen. Justin, dachte sie, Kasuma: Ich habe versagt –

Ein greller Lichtblitz blendete ihre Augen, dann versank sie in einer allumfassenden Dunkelheit.

Sie schrie. Es war, als würde die Welt von innen nach außen gestülpt. Der Boden unter ihr war wie aufgelöst, die Schwerkraft aufgehoben. Gerade noch der Hitze ausgesetzt, begann ihre Haut unter einem Griff so kalt wie Eis zu schrumpfen.

Und dann war da nichts mehr, nur noch ewige, absolute Schwärze.

Vierzehn

Kentosani

Sie erwachte aus ihrer Bewußtlosigkeit.

Mara blinzelte benommen; ganz langsam kehrten ihre Sinne zurück. Sie versuchte sich zu orientieren, doch ihr Bewußtsein weigerte sich, mehr als nur das Wesentliche ihrer Situation zu erfassen. Sie schien auf Kissen zu ruhen. Wärme und weiches Licht hüllten sie ein. Sie konnte nichts erkennen, keinerlei Einzelheiten der Kammer oder ihrer nächsten Umgebung. Der flammende, qualvolle Alptraum aus Zauberei und Zerstörung schien verschwunden, so wie sich ein Alptraum nach dem Aufwachen in nichts auflöste.

»Wo bin ich?« murmelte sie.

»In Sicherheit«, sagte eine Stimme. An ihrem körperlosen Ton erkannte Mara: Ein Wunder war geschehen. Sie war dem Zorn der Versammlung in letzter Sekunde entkommen und mußte sich jetzt bei den Cho-ja-Magiern befinden. In Chakaha hatte sie deren Fähigkeit erlebt, sie mittels Magie von einem Ort zum anderen zu transportieren. Genau das hatten sie wohl auch jetzt getan, sie noch aus den Ruinen des Stockes gezogen, während die Schwarzgewandeten ihr Werk der Zerstörung vollbrachten. Es verursachte ihr seltsamerweise keinen Kummer zu wissen, daß die Cho-ja gelitten hatten. Alarmiert richtete Mara sich auf.

Ihre Sorge zerstreute sich sofort, als sie die schattenhaften Gestalten der Cho-ja-Magier erkannte, die links und rechts von ihr kauerten. Sie waren während ihrer Abwesenheit eifrig gewesen und hatten die Höhle, in der sie wohnten, mit Möbeln bestückt, die sie mit ihren Fähigkeiten hergestellt hatten. Auch der tiefe

Friede, den Mara empfand, war eine Folge ihres Einflusses. »Ihr praktiziert Eure Künste bereits, nicht wahr, Zauberwirker?«

Einer der Magier machte eine zustimmende Geste mit den Vordergliedern, wobei er sorgsam darauf bedacht war, Mara nicht aus Versehen zu verletzen. »Eure Aura war voller Furcht und Wut. Vergebt mir meine Anmaßung, wenn ich Eure Seele etwas besänftigt habe, doch die Zeit für klare Gedanken ist gekommen, nicht wahr?«

Mara schluckte. »Die Versammlung hat den Stock vernichtet. Es tut mir leid.«

Der zweite Magier schüttelte die Flügel. »Ein notwendiges Opfer«, tönte er in ausdruckslosen, knappen Worten. »Das Gedächtnis der Königin konnte unverletzt bewahrt werden, und der ungerechte Vertrag ist endlich gebrochen. Die Cho-ja-Krieger sind befreit und können im Kaiserreich marschieren. Jetzt werden sie Eure Sache unterstützen, Gute Dienerin.«

Ihre Sache! Mara fühlte bei diesen Worten Kälte in sich aufsteigen. Sie hatte ihre Kinder in Sicherheit bringen und ihr Volk von Hunger und Grausamkeit befreien wollen. Doch gerade eben war ein ganzer Cho-ja-Schwarm geopfert worden, um sie zu retten, und jetzt mußte sie zu dem Versprechen stehen, das sie dem Rat in Chakaha gegeben hatte. Die Königinnen des Kaiserreiches erwarteten von ihr, daß sie ihnen die Freiheit erkämpfte.

»Ja«, erklärte der Magier links von ihr als Antwort auf ihre Gedanken. »Das kaiserliche Siegel und die Bestätigung der Tempel unter einem Dokument, in dem die Cho-ja wieder zu vollwertigen Bürgern des Kaiserreichs erklärt werden, müßte genügen, um das ungerechte Urteil der Versammlung aufzuheben.«

Mara nahm ihre ganze Kraft zusammen. »Zuerst einmal müssen die Erhabenen vernichtet werden«, warnte sie. Die Aussicht auf eine direkte Konfrontation mit den Magiern versetzte sie in Angst und Schrecken.

Die Magier nickten in beinahe aufreizender Gelassenheit. »Die Mittel liegen vor uns. Doch die Zeit wird knapp.«

Die rasante Geschwindigkeit, mit der die Lady der Acoma von den Ereignissen überwältigt wurde, bedeutete eine eigene Last und erforderte besondere Vorsicht. Mara bekämpfte die lähmende Verzweiflung, die in ihr aufsteigen wollte. Sie hatte ihre Berater verloren. Die Götter wußten, wo Arakasi war. Sie hatte keine Ahnung von Lujans Schicksal. Die Armeen der Acoma mochten bereits Asche sein, und ihr Ehemann war möglicherweise in genau dem Augenblick von der Versammlung ausgelöscht worden, da sie zur Feindin erklärt worden war. Jiro von den Anasati war vielleicht schon in der Heiligen Stadt, ihre Kinder tot. Und selbst wenn wie durch ein Wunder das Kaiserliche Viertel noch sicher war und unter dem Schutz der Kaiserlichen Weißen stand, blieben da noch die Armeen der Anasati und Omechan vor den Mauern der Stadt.

Mara rief sich zur Ordnung. Es nützte nichts, sich jedes erdenkliche Unglück auszumalen; das schmälerte nur den Vorteil – wie klein er auch immer sein mochte –, den die Chakaha-Magier für sie errungen hatten. Hinter jeder Biegung sah sie den Tod lauern, ob sie nun handelte oder nicht. Da war es besser, die Dinge so energisch wie möglich in die Hand zu nehmen. Ob es Justin und Kasuma gutging oder nicht, ob ein Omechan oder Anasati bereits den Goldenen Thron erklommen hatte oder nicht – sie war es den Cho-ja, die sie gerettet hatten, schuldig, sich mit ihrer ganzen Kraft für sie einzusetzen.

»Ich brauche Informationen«, drängte sie und stand auf. Ihr Körper tat weh. Sie beachtete die Schmerzen jedoch nicht, sondern wandte sich an die Chakaha-Magier. »Ich werde eure Hilfe benötigen. Wenn ich erst einmal weiß, welche Geschütze gegen uns aufgefahren werden, muß ich schneller als der Wind in die Heilige Stadt gelangen.«

Die Chakaha-Magier richteten sich jetzt ebenfalls auf. Sie verneigten sich vor ihr. »Euer Wille ist uns Befehl, Lady Mara«, sagte einer. »Fragt uns, was Ihr wissen wollt. Wir werden unsere Künste benutzen und es Euch zeigen.«

In ängstlicher Erwartung der Verluste, denen sie sich jetzt würde stellen müssen, zwang Mara sich, das Kommende zu ertragen. »Mein Ehemann Hokanu«, begann sie, ohne das Zittern in ihrer Stimme ganz kontrollieren zu können. »Wo ist er?«

»Schließt die Augen«, baten die Magier.

Mara gehorchte mit einem unguten Gefühl. Energie prickelte in ihrem Körper: Magie. Sie sah mehr als Schwärze hinter ihren Lidern: Eine Art Schwindel erfaßte sie, und sie sah Hokanu über die strategische Karte der Heiligen Stadt gebeugt. Er deutete auf eine Reihe weißer Nadeln an den Wänden, den Helm in der Hand, das Gesicht besorgt. Er sah aus, als hätte er seit vielen Tagen nicht geschlafen.

Sein Anblick war mehr, als Mara ertragen konnte. »Er lebt!« schrie sie, den Tränen nahe vor Erleichterung. Ihre Freude und Dankbarkeit gegenüber den Göttern für diese glückliche Fügung wollten sie beinahe überwältigen. Dann schüttelte sie ihr Erstaunen ab und wandte sich den praktischen Dingen zu. Die Magier informierten sie, daß Hokanu und seine Truppe aus schnellen Reitern noch vor der Belagerung durch die Stadttore geritten waren. Die Fußsoldaten der Shinzawai marschierten noch immer aus dem Norden heran, doch sie würden als Hilfstruppen nicht übermäßig von Nutzen sein, wie Mara erkannte, als die Magier ihr Schwarzgewandete zeigten, die den blaugekleideten Kriegern den Zugang zur Heiligen Stadt verwehrten.

Mara war zum Feind erklärt worden, und die Schwarzen Roben verboten ihren Verbündeten, der Lady der Acoma zu helfen. Ohne ausdrücklichen Befehl, sich den Erhabenen zu widersetzen, kam die tsuranische Schulung zum Vorschein, und Hokanus Krieger gehorchten.

»Die Kaiserlichen Weißen«, grübelte Mara. »Sie werden sich verteidigen. Wer außer Hokanu könnte sie befehligen?«

Als Antwort erhielt sie einen anderen Blick, diesmal auf die Kammer, in der über die beste Taktik beraten wurde. Mara erkannte die Gestalten um den Lord der Shinzawai, dessen Träume auch die ihren waren: Arakasi war da, still wie ein Schatten, mit grimmiger Miene. Neben ihm stand Dogondi, der Erste Berater der Shinzawai, sein Gesicht unerbittlich, während er eine lebhafte Diskussion mit einem Mann führte, den Mara verblüfft als Chumaka erkannte, den Ersten Berater der Anasati.

Ohne nachzudenken, äußerte sie eine Frage: »Was tut Chumaka dort?«

Als Antwort erschienen weitere Bilder: eine Waldlichtung, auf der Hokanu an einem Lederriemen zerrte und Jiro seinen letzten Atemzug tat. Die blassen Farben und die wacklige Qualität des Bildes zeigten Mara, daß diese Ereignisse bereits geschehen waren. Mara sah Jiro in Hokanus Händen erschlaffen. Der Lord der Anasati war tot!

Und doch besagte die gegenwärtige Tätigkeit ihres Ehemannes nichts anderes, als daß Kentosani belagert wurde. »Wer befehligt den Angriff auf die Heilige Stadt?« fragte sie.

Die Szene hinter ihren Augenlidern wirbelte davon, und ein anderer Ort kam ins Blickfeld. Sie sah Armeen und hölzerne Maschinen und einen Kommandeur in den Farben der Omechan. In die äußeren Mauern waren Breschen geschlagen worden. Das Kaiserliche Viertel selbst wurde angegriffen, und die Federbüsche der Krieger auf den Mauern zeigten verschiedene Fraktionen, die zur Verteidigung angetreten waren: Kaiserliche Weiße und andere. Verwundert machte Mara das Gelb-Purpur der Xacatecas aus. »Hoppara ist in Kentosani?«

»Von seiner Mutter Isashani geschickt«, erklärte einer der Magier. »Der, den Ihr Hoppara nennt, erreichte Kentosani noch vor dem Angriff und organisierte die Verteidigung der Kaiserlichen

Weißen. Der Lord der Omechan weiß von Jiros Tod, doch er träumt davon, den Plan der Anasati jetzt für seine eigenen Zwecke zu benutzen. Ihr habt immer noch einen Feind, der Eure Kinder tot sehen möchte, um herrschen zu können.«

Mara biß sich auf die Lippen. Ihre eigenen Armeen – wenn sie der Zerstörung entkommen waren und die Magier ihnen nicht bereits jegliche Bewegung verboten hatten – waren zu weit im Süden, um gegen die das Kaiserliche Viertel bedrohende Streitmacht vorzugehen. Ihre anderen Verbündeten schienen geflohen zu sein, oder sie verbargen sich irgendwo, voller Furcht, den Zorn der Versammlung auch auf sich zu ziehen.

Ihre Bestürzung mußte offensichtlich gewesen sein. »Lady«, unterbrach einer der Magier. »Ihr seid nicht ohne Armee. Jeder Cho-ja-Krieger im Kaiserreich untersteht Eurem Befehl.«

»Wie kann das sein?« fragte Mara tonlos. »Die Königin des geopferten Schwarms erklärte, daß kein Cho-ja jemals ein Versprechen brechen könnte. Die Krieger, die ihr mir zur Seite stellen wollt, haben bereits anderen Herrschern die Treue geschworen. Euer Volk hat Verträge, die Generationen umspannen.«

Die Magier brachen in ein Summen aus, das Mara inzwischen als Lachen interpretierte. »Nicht mehr«, sagte einer. »Schließt die Augen«, befahl der zweite. »Wir zeigen es Euch.«

Wachsende Verwunderung ergriff Mara, doch sie gehorchte. Sie sah ein ausgetrocknetes Feld, auf dem die Armeen zweier minderer Edlen in einem Kampf verwickelt waren. Ein fetter junger Mann in den Farben der Ekamchi ermahnte einen seiner Befehlshaber. »Sie können das Feld aber nicht verlassen«, rief er und fuchtelte mit dem Schwert gefährlich nah vor dem Gesicht des langjährigen Beraters herum. Ein Diener sprang ängstlich zurück, als sein Herr weiterschimpfte. »Diese Cho-ja schulden mir und meinem Vater ihre Treue.«

Der Befehlshaber schüttelte den Kopf, sein Gesicht war starr. »Das bestreiten sie, Mylord.«

»Wie können sie!« Der Sohn der Ekamchi wurde rot vor Wut. »Sie waren immer so etwas wie Sklaven! Sie haben niemals einen Vertrag gebrochen!«

»Sie tun es jetzt.« Der Befehlshaber wandte sich von seinem Herrn ab und sah mit steinernem Blick zu, wie die Truppen der Cho-ja-Krieger sich aus dem Kampfgeschehen lösten und rasch vom Schlachtfeld marschierten.

»Das kann nicht sein!« schrie der Sohn der Ekamchi. Er rannte zu ihnen und stellte sich dem Cho-ja-Befehlshaber in den Weg. »Ihr seid Verräter«, klagte er. »Ihr brecht einen Eid.«

Der Cho-ja-Offizier antwortete mit einem Klicken, das seine Verachtung zeigte. »Dreitausend Centis in Metall und Edelsteinen sind der Schatzkammer Eures Vaters übergeben worden. Das war der Preis, für den er unsere Dienste gekauft hat. Alle vergangenen Abmachungen und Allianzen sind hiermit beendet, alle Bezahlungen zurückerstattet.«

Der Edle zischte, doch als der Cho-ja eine bedrohliche Haltung einnahm, mußte er nachgeben.

Mara öffnete die Augen; sie bebte vor hemmungslosem Lachen. »Welch eine Überraschung es für die meisten Herrscher sein muß zu erkennen, daß die Cho-ja nur wenig mehr, oder vielleicht weniger, als treue Söldner sind.«

»Die Menschen müssen noch viel über unser Volk lernen«, stimmten die Chakaha-Magier taktvoll zu. »Die alten Lebensweisen haben sich geändert. Selbst die Versammlung könnte unserem Volk nicht noch einmal einen solchen Vertrag auferlegen wie den, der sie Tausende von Jahren in diesem Elend festgehalten hat. Als wir den Krieg der Magier verloren, war unsere Magie noch nicht weit genug entwickelt, um Verteidigungszwecken zu dienen. Aber Ihr könnt sicher sein, daß diese Schwäche in den Ländern jenseits des Kaiserreiches beseitigt worden ist.«

Mara sah das gefährliche Glitzern in den Augen der Chakaha-Magier, und Kälte durchflutete ihren Körper. Traditionen waren zerbrochen worden, und Gefahr lag in der Luft. Wenn sie wollte, konnte sie jetzt zugreifen, die Situation nutzen und den nächsten Jahrhunderten einen sicheren Frieden bescheren. Sie kämpfte gegen eine innere Beklommenheit an. »Nachrichten müssen übermittelt und Taten in die Wege geleitet werden, um Justins Anspruch auf den Goldenen Thron zu erzwingen, bevor die Versammlung einschreiten kann. Hört, was alles getan werden muß.«

Mara wartete; sie unterdrückte ein Zittern, das ihrer Furcht entsprang. Ihre Haare waren auf dem Kopf hoch aufgetürmt, sorgfältig gelockt und geflochten und mit kostbaren Metallnadeln befestigt. Goldene Nadeln, dachte sie, und bei der Arroganz, die in der Dreistigkeit lag, sich kaiserliches Gold anzustecken, fühlte sie sich noch kleiner und unsicherer. Und doch mußte sie jetzt alles auf eine Karte setzen, wenn das Kaiserreich überleben sollte.

In ihrem Kopf dröhnten noch die Befehle und Anweisungen, die sie zwischen ihrem Bad und dem Ankleiden gegeben hatte. Sie holte tief Luft und wandte sich an den Cho-ja-Kommandeur, der neben ihr hockte. »Wo sind wir genau?«

Wie seine Artgenossen im freien Chakaha mied dieser Krieger die Abzeichen der menschlichen Kommandeure. Sein schwarzer Rückenpanzer begann bereits, schwache türkisfarbene Streifen auszubilden, vielleicht ein Schmuck, vielleicht Rangzeichen. Mara hoffte darauf, die Unterschiede einmal studieren zu können, wenn die Götter beschlossen, ihr den Sieg zu gewähren. Dann schob sie solche Spekulationen beiseite, als der Krieger nach oben deutete. »Direkt über uns liegt das Kaiserliche Vorzimmer. Diejenigen, die sich auf Euren Wunsch hin zu einer rechtmäßigen Krönung versammeln sollten, warten bereits in der Audienzhalle. Alle Vorbereitungen sind getroffen, und Eure Leute warten auf Euch.«

Mara wappnete sich. Sie winkte die Zofe fort, die sie vom Kaiserlichen Viertel zu sich gerufen hatte; sie hatte sich zwischen die Reihen der Krieger gestellt, um ein letztes Mal an Maras Kleidung zu zupfen. Das Kleid, das sie vom Speicher geholt hatten, war unmöglich ohne Falten zu tragen. Es hatte der letzten Kaiserwitwe gehört, einer größeren Frau als Mara, doch es kam dem Grün der Acoma näher als alles andere. Rasch war es in der Taille enger gemacht worden, und Nadeln verkürzten ein wenig den Saum. Mara fühlte sich in den Kleidern wie ein Nadelkissen. Der schwere Stoff scheuerte an den wunden Stellen, die sie der Rüstung verdankte, und auch Reispuder konnte nicht alle Kratzer und Schrammen verbergen. die sie sich während der Flucht durch den Wald zugezogen hatte.

Sie spürte jeden Zentimeter ihres mißhandelten Körpers unter den Lagen von Stoff. »Wenn Ihr von diesem Tunnel nach draußen gelangt, werden die Erhabenen wissen, daß etwas vor sich geht«, sagte sie.

Die Magier nickten. »Wir sind auf sie vorbereitet, so gut es uns möglich ist.«

Mara nahm ihren Mut zusammen, der jede Minute weiter zu schwinden schien. »Dann schickt Arakasi zu mir. Ich möchte mit ihm sprechen, bevor wir mit dem letzten Schritt beginnen.«

Es beunruhigte die Lady noch immer, wie schnell die Magier einen bloßen Wunsch in einen Befehl verwandelten. Sie hatte kaum zu sprechen aufgehört, als ihr Supai auftauchte, so verstimmt, wie ihn kaum jemand zuvor einmal gesehen hatte.

Arakasi erhob sich von der Stelle, an der der Zauberspruch ihn abgesetzt hatte. Anders als die kaiserlichen Zofen, die zuvor hergeschafft worden waren, um Mara beim Ankleiden zu helfen, und die angesichts dieser Art der Fortbewegung beinahe den Verstand verloren hatten, blieb der Supai ruhig. Die gewölbten Brauen wandelten sich zu einem Stirnrunzeln, das sich sofort glättete, als er sich umblickte und die Cho-ja erkannte. Dann sah er seine Mistress, die in ihrem kaiserlichen Aufzug beinahe nicht wiederzuerkennen war.

Er kniete nieder und beugte den Kopf. »Mylady.« Früher wäre seine Stimme ausdruckslos gewesen, doch jetzt bebte er vor Freude. »Ich bin froh, Euch zu sehen.«

»Erhebt Euch«, befahl Mara. Ihre Nervosität hätte sich beinahe in einem Kichern entladen. »Justin trägt noch nicht die Krone, und mir gebührt solche Ehrerbietung nicht. Es ist eine Gewohnheit, die ich gerne abschaffen würde, wenn unsere Pläne sich wie erhofft entwickeln.« Sie betrachtete ihren Supai im düsteren Licht intensiv, und beschämt darüber beugte Arakasi erneut den Kopf.

»Ihr tragt die Kleidung eines Putzarbeiters!« rief Mara aus.

Ihr Supai lächelte breit. »Wie könnte man besser die Höherrangigen belauschen, ohne unpassende Aufmerksamkeit auf sich zu ziehen, Mylady?« Er rümpfte die Nase. »Doch ich würde es vorziehen, Justins Hochzeit und Krönung in Kleidern beizuwohnen, die nicht voller Scheuersand sind.«

Dann schwiegen sie beide, denn die vordringlichen Ereignisse zwangen sie zu nüchternem Denken. »Die Priester aller Orden haben sich versammelt«, versicherte Arakasi. »Einige sind möglicherweise etwas weniger perfekt gekleidet, da sie zum Teil direkt aus ihren Betten geholt wurden. Als wir alle diese ehrenvollen Herren in der großen Audienzhalle versammelt hatten, verboten wir auch denen, die sich beklagten, zu gehen. Chumaka hat die Gesetze genauestens überprüft und ist der Überzeugung, daß Justins Anspruch angezweifelt werden könnte, wenn auch nur ein einziger der Hohen Priester fehlt. Am schwierigsten war es, die Schwesternschaft von Sibi herzuholen – nicht einmal der Hohe Priester Turakamus war bereit, Kontakt mit ihnen aufzunehmen.«

»Wie ist es Euch dann gelungen?« fragte Mara.

»Da es keine andere Möglichkeit gab, ging ich selbst in den Tempel. Ich blieb immerhin solange am Leben, um ihnen sagen zu können, warum ich tat, was nur wenige Menschen wagten.«

Arakasi lächelte bei der Erinnerung. Er war vielleicht der einzige seit vielen Jahrhunderten, der den Tempel Sibis unaufgefordert betreten hatte, und ganz sicher der einzige überhaupt, der ihn auch wieder verlassen durfte. Er fuhr fort: »Die Tempel unterstützen Euch dieses Mal, da sie ansonsten noch mehr unter die Kontrolle der Versammlung geraten. Doch die Meinungen könnten sich ändern, wenn nicht rasch das Chaos im Land beseitigt und die Ordnung wiederhergestellt wird. Wir werden keine zweite Chance erhalten. Die Erhabenen sind in großen Scharen in der Stadt vertreten. Mehr als ein Dutzend bewachen die Eingänge zum Palast, da sie überzeugt sind, daß Ihr Euch irgendwie die allgemeine Verwirrung zunutze machen werdet, um Eure Ankunft zu verbergen.«

Mara runzelte die Stirn. »Sie haben eine Stadt betreten, die von der Gefahr eines Bürgerkriegs bedroht wird, und nichts unternommen, um die Belagerung der Omechan zu brechen?«

Arakasi wirkte grimmig. »Allerdings. Mein Eindruck ist, daß sie ihren Wunsch nach Frieden zugunsten ihrer eigenen Belange aufgegeben haben.« Er blickte die Frau, die von dem Gewicht der kaiserlichen Gewänder beinahe erstickt wurde, ernst an. »Ich weiß nicht, was Ihr im Süden vollbracht habt, doch ich vermute, Mylady, daß die Schwarzgewandeten gelernt haben, sich vor Euch zu fürchten.«

»Nicht vor mir«, verbesserte Mara befangen. »Vor diesen hier.« Ihre Geste umfaßte die Cho-ja-Magier, die wie Wachen links und rechts von ihr standen.

Arakasi betrachtete die fremden Wesen, und seine Augen weiteten sich beim Glanz ihrer bunten Flügel. »Ich habe nicht gewußt, daß ihr so wunderschön sein könnt«, sagte er in ehrfürchtigem Respekt.

Die Chakaha-Magier wischten das Lob ohne Verlegenheit beiseite. Der linke wandte sich an Mara: »Gute Dienerin, Gefahr droht, während wir sprechen. Menschliche Krieger betreten die

Tunnel auf Anordnung der Erhabenen und suchen nach Eurem Versteck.«

»Wo?« Mara entsann sich noch zu gut an den Schrecken des ausgebrannten Stocks, dem sie nur knapp entkommen war. »Hat es Blutvergießen gegeben?«

»Noch nicht«, erwiderte der zweite Magier. »Die Krieger gehorchen dem Befehl der Versammlung, nicht zu kämpfen, solange kein Widerstand geleistet wird. Und die Cho-ja werden erst dann eine Auseinandersetzung beginnen, wenn sie jeder Alternative beraubt sind. Zunächst einmal verlassen sie die Stöcke, in die die Erhabenen und ihre Krieger eingedrungen sind, und lassen ihnen viele leere Galerien und Tunnel zurück, die sie in der Dunkelheit durchsuchen können. Die menschlichen Armeen machen nur geringe Fortschritte. In diesem Augenblick konzentrieren sie sich vor allem auf den Süden, ganz in der Nähe Eures alten Landsitzes. Doch die Suche wird sich schon bald ausweiten. Eure Erhabenen sind keine Narren.«

»Dann ist die Stunde gekommen«, sagte Mara und verblüffte alle Anwesenden mit einer scheinbar unerschöpflichen Kraft. »Schreiten wir also zur Tat.«

Auf dieses Wort hin gaben die Cho-ja-Magier ein Zeichen. Eine Truppe aus Arbeitern marschierte zum vorderen Teil des Tunnels und begann, einen Gang nach oben zu graben. Erde rieselte herab, gefolgt von Klumpen aus Mörtel und Ziegelsteinen. Licht durchdrang die Düsternis, gelb und klar vom gewölbten Oberlicht über dem kaiserlichen Vorzimmer.

Ein Cho-ja streckte seinen Kopf durch die Öffnung. Er summte eine kurze Nachricht, und der Magier bei Mara meinte: »Im Vorzimmer sind keine Feinde. Euer Mann und Euer Sohn warten auf Euch.« Dann hielt er inne, schien zu zögern. »Lady«, meinte er schließlich, »wir wünschen Euch Glück und Mut. Aber beeilt Euch. Unser Zauberbann kann den Angriff der Schwarzgewandeten nicht unendlich lange zurückhalten. Ihr habt nur eine kurze Zeitspanne, um all das auszuführen, was Ihr vorhabt. Dann wird ein Chaos ausbrechen und ein vernichtender Rückschlag aufgestauter Energien erfolgen. Wir möchten, daß Ihr eines wißt, auch wenn Ihr versagt oder wenn wir versagen: Es war dieser Kampf, für den wir von Chakaha hergeschickt wurden. Wir sind mehr als nur Eure Verteidiger, Gute Dienerin; wir sind die Botschafter einer neuen Ordnung.«

Mara blickte in die fremdartigen Gesichter, die mit einem Ausdruck über ihr aufragten, den kein Mensch jemals wirklich erfassen konnte. Es entging ihr nicht, daß beide ihre Schwingen zu einer kampfbereiten Haltung entrollt hatten; sie bereiteten sich darauf vor, sich der Macht der vereinten Versammlung entgegenzustellen. Ihr Mut rührte sie zu Tränen. »Ihr sollt wissen, gute Freunde, daß ich euch nicht enttäuschen werde, solange ich lebe. Wir werden triumphieren oder gemeinsam untergehen.«

Sie drehte sich um und wandte sich wieder nach vorn, damit ihr Mut nicht unter der drückenden Gefahr schwand. Aufrecht und starr in ihren goldgesäumten Gewändern trat die Gute Dienerin des Kaiserreiches auf die Öffnung zu.

Mara schritt unsicher über die zu Boden gefallene Erde und die Brocken aus Mörtel und Ziegeln. Arakasi ging unauffällig neben ihr her, und einmal warf sie ihm ein kurzes, dankbares Lächeln zu; nach dem Beisammensein mit so vielen Cho-ja war sie froh über die Gegenwart eines Menschen.

Und dann war sie draußen, geblendet vom Sonnenlicht des späten Nachmittags und von dem Glanz einer wunderbar funkelnden goldenen Rüstung.

Sie hielt den Atem an. Rote Haare quollen unter dem Helm aus Gold hervor; Justins rote Haare, wie sie voller Herzklopfen begriff. In der Rüstung des Kaisers sah er gar nicht mehr wie ein Junge aus. Mara war verblüfft bei dem Gedanken, daß dies die Stunde seiner Hochzeit war.

Ihre Beine gaben beinahe nach, als der Junge sich vor ihr verbeugte, der Sohn vor der Mutter, wie es sich gehörte. Der ganze Glanz der Goldarbeiten kam ihr falsch vor, und es war, als müßte sie sich verneigen, wie sie es einst vor Ichindar getan hatte.

Dann richtete der Junge sich wieder auf und gab einen nicht besonders würdevollen Aufschrei von sich. »Mutter!« rief er und rannte auf sie zu.

Mara vergaß ihre Kleider und breitete die Arme aus. Ihr Sohn warf sich in ihre Umarmung, größer, schwerer jetzt, schon deutlich eher ein Mann. Als er seine Arme um ihren Hals legte, merkte sie, daß sie sich nicht mehr bücken mußte, um ihn zu umarmen. Seine Schultern waren auf eine Weise breit geworden, die ihr vertraut war. Er war ganz Kevins Sohn, dachte Mara. Diese Erkenntnis gab ihr das Bewußtsein der Würde zurück.

Als ihr Sohn sich aus der Umarmung löste, betrachtete er sie mit Augen, die das Spiegelbild seines barbarischen Vaters waren. »Ich bin bereit, Gute Dienerin. Prinzessin Jehilia wartet.«

Mara brachte keinen Ton heraus. Sie hatte bereits zwei Kinder verloren, Ayaki und das Kleine, das vor der Geburt vergiftet worden war. Jetzt war ihr einziger lebender Sohn entschlossen, sein Leben ihrer Ehre zu opfern. Dieser Augenblick war mehr, als sie ertragen konnte.

Dann brach Justin in ein Grinsen von solcher Unbekümmertheit aus, daß sie wieder an vergangene Zeiten erinnert wurde und an Kevins unbezähmbaren Humor. »Wir sollten uns beeilen«, mahnte ihr Sohn. »Die Erste Frau des Kaisers hat andauernd hysterische Anfälle, und ihre ganze Schminke wird verlaufen.«

»Was ist mit Jehilia? Hat sie auch hysterische Anfälle?« neckte Mara ihn.

Justin zuckte mit den Schultern. »Sie hat eine Zeitlang nur herumgebrüllt und sich in ihr Zimmer eingeschlossen. Dann fragte sie jemand, ob sie lieber einen Omechan mit einem dicken Wanst und grauen Haaren heiraten wolle, und daraufhin öffnete sie die Tür und ließ sich von den Zofen beim Ankleiden helfen.«

Das Mädchen besaß Verstand, dachte Mara, als sie ihren Platz neben Justin einnahm und sich darauf einstellte, die große Audienzhalle zu betreten. Arakasi stand an ihrer anderen Seite, und niemand schien zu bemerken, daß er immer noch die Kleidung eines Arbeiters trug, als sich die Türen öffneten und die Musiker mit einer Fanfare die Ankunft des Bräutigams ankündigten.

Mara trat energisch vor; sie fühlte, wie ihre Hand schwitzte, mit der sie Justins hielt. Während sie durch die Reihen der Priester der Zwanzig Höheren Orden schritten, fragte sie sich, ob die Götter sie wegen ihres Hochmuts wohl bestrafen würden, wegen der puren Dreistigkeit und Arroganz, die sie veranlaßt hatten, ihren Sohn als nächstes Licht des Himmels und zweiundneunzigsten Kaiser von Tsuranuanni auf den Thron zu setzen. Doch der Abgesandte vom Tempel Jurans, des Gottes der Gerechtigkeit, blickte keineswegs mißmutig drein, und der Hohe Priester Turakamus lächelte ihr ermutigend zu. Hinter dem Priester des Roten Gottes und etwas entfernt von den anderen standen drei in Schwarz gehüllte Gestalten, die Schwestern Sibis, der Göttin des Todes. Selbst diese furchteinflößenden Frauen schienen Mara mit einem leichten Nicken Mut zuzusprechen. Der Hohe Priester von Jastur, dem Gott des Krieges, schlug seine behandschuhte Faust salutierend vor die Brust, als Mara vorbeischritt, und ein klingender Ton erfüllte bei dem Schlag gegen die kostbare eiserne Brustplatte den Raum.

Mara machte noch einen Schritt, und noch einen, und ihr Selbstvertrauen kehrte zurück. Während sie weiterging, begannen die Priester der höheren und niederen Orden um das Podest herum ihre Positionen einzunehmen, immer zwei nebeneinander, wie es ihrer Natur entsprach. Die Preisterinnen Lashimas, der Göttin der Weisheit, neben denen von Salana, der Mutter der Wahrheit, der Priester Turakamus neben den Schwestern von Sibi, während der Hohe Priester von Jastur begleitet wurde vom Hohen Priester von Baracan, dem Herrn der Schwerter.

Vorn auf dem kaiserlichen Podest wartete ein kleines, blondes Mädchen in einem glitzernden Schleier aus goldenem Stoff. Jehilia, erkannte Mara, während die Zofen die Kopfbedeckung wegzogen; das Mädchen hatte noch Sommersprossen vom zu vielen Spielen in den kaiserlichen Gärten. Sie wirkte blaß unter der Schminke und dem Puder, doch als sie die Gute Dienerin sah, grinste sie.

»Schließt die Türen und laßt die Heiratszeremonie beginnen«, verkündete der Priester Chochocans, des Guten Gottes, zur rituellen Eröffnung. Schräg hinter ihm setzte der Hohe Priester von Tomachca, dem Freund aller Kinder, zu einem stillen Gebet an. Mara betrachtete ihn einen längeren Augenblick und erinnerte sich, daß der geringere Bruder Chochocans auch als Friedensbringer bekannt war. Sie betete, daß er das auch heute sein würde.

Justin drückte ein letztes Mal Maras Hand, bevor sie ihn losließ, damit er seinen Platz an der Seite der Prinzessin einnehmen konnte. Mara ging hinüber zu Hokanu, und als die Zeremonie begann, glitt ihre Hand in seine.

Im Kaiserlichen Palast wimmelte es nur so von Menschen. Boten eilten hin und her, und Bedienstete schritten zielstrebig in höchster Eile über die verschiedenen Innenhöfe, um Aufträge auszuführen. Shimone von der Versammlung saß, auf einen Ellenbogen gestützt, am Fensterbrett und betrachtete ihren Eifer mit einem tiefsinnigen, schwer zu deutenden Blick. Sein Gesicht wirkte ernster als gewöhnlich, und er war noch schweigsamer als sonst. Er bewegte leicht den Kopf, und die ungewöhnliche Aktivität erregte Aufmerksamkeit.

Hochopepa bemerkte die Geste; er saß auf einigen Kissen vor einem niedrigen Tisch mit einem Tablett voller halb aufgegessener gezuckerter Früchte. Der beleibte Magier stimmte ihm mit einem Nicken zu und sprach so leise, daß nur Shimone ihn hören konnte. »Da geht etwas Ungewöhnliches vor. Ich habe fünf Priester entdeckt, die sich unter Kapuzengewändern versteckt hatten. Und dem Geruch nach zu urteilen wird in der Küche ein Festmahl zubereitet. Seltsam für eine Stadt, die belagert wird.«

Wie zur Bestätigung seiner Beobachtung flog ein großer Stein aus einer der Belagerungsmaschinen durch die Luft und prallte in einem Hof in der Nähe auf. Ein streunender Hund flüchtete winselnd. Hochopepa blinzelte mit zusammengekniffenen Augen durch den rissigen Laden. »Diese ganze verdammte Sache beginnt mich zu beunruhigen. Wenn noch so ein Stein hier auftaucht, gehe ich raus und ...« Er unterbrach seine Rede, als mehrere merkwürdig gekleidete Edle unter dem Fenster vorbeieilten und seine Aufmerksamkeit auf sich zogen. »Wir erwarteten, daß die Herrscher sich in der alten Ratshalle versammeln würden, doch das hier scheint mehr zu sein.«

Shimone richtete sich auf. »Es ist viel mehr. Motecha wird sich nicht mehr lange zurückhalten lassen.«

Hochopepa betrachtete die Überreste seiner kleinen Mahlzeit mit wehmütigem Bedauern. »*Ich* werde mich nicht mehr lange zurückhalten lassen«, berichtete er leicht tadelnd. »Ich denke, die Lady ist bereits hier, und wir verschwenden nur unsere Zeit mit diesen Beobachtungen.«

Shimone schwieg, doch seine Stirn kräuselte sich, und er wandte sich vom Fenster ab. Um nicht von dem größeren, schlankeren Magier zurückgelassen zu werden, hievte Hochopepa sich auf die Beine und folgte ihm aus der Kammer.

Bedienstete, mit namenlosen Aktivitäten befaßt, flohen oder warfen sich ängstlich vor ihnen auf den Boden, als sie den Gang entlangschritten. Obwohl die Palastkorridore ein Wirrwarr aus verschiedenen Konstruktionen mehrerer Jahrhunderte waren, benötigten die Schwarzgewandeten keine Hinweisschilder. Ohne sich zu verirren, schritten sie auf die rotbemalte Tür mit dem emaillierten Siegel zu und betraten das Büro des Kaiserlichen Kanzlers, ohne anzuklopfen.

Dajalo von den Keda stand in funkelnden Amtsregalien da, die roten und schwarzen Gewänder übereinander, mit golden aufblitzenden Säumen an den Manschetten und am Kragen. Seine gewaltige Kopfbedeckung saß genau richtig. Er sah gefaßt aus, wenn auch etwas blaß. Seine Mitarbeiter wirkten weniger gefaßt. Der Sekretär neben ihm zitterte halbkrank vor Furcht, während der Läufer an der Tür kauerte. Der Grund für so viel nervöse Unruhe war offensichtlich: Die Kissen, die eigentlich für Bittsteller bei Audienzen gedacht waren, wurden jetzt von einem halben Dutzend Erhabener in Beschlag genommen. Motecha schritt auf und ab. Er sah nicht sehr zufrieden aus und hob den Blick, als seine beiden Kollegen eintraten, fuhr jedoch mit der begonnenen Befragung fort. »Irgendeine Nachricht von ihr?«

Er mußte nicht näher erläutern, wen er meinte. »Nein, Erhabener.« Dajalo verbeugte sich vor den Neuankömmlingen, und geschickt wie jeder ausgebildete Höfling nutzte er die Bewegung, um sich heimlich den Schweiß von der Stirn zu wischen. Er richtete sich auf, der Formalität entsprechend starr. Wenn er sich als Kaiserlicher Kanzler in der Gegenwart so vieler Erhabenen auch unwohl fühlte, so verbarg er dies doch gut.

Hochopepa trat hinter den eindrucksvollen Tisch, hob das für den Kanzler vorgesehene Kissen vom Boden auf und trug es zur offenen Scharte unter einem der Fenster, wo eine leichte Brise die Luft erfrischte. Der Raum war den ganzen Morgen voller Menschen gewesen, und die Bediensteten hatten zuviel Angst, hereinzukommen und die Läden zu öffnen. Hochopepa setzte sich. Er nahm eine kleine, für Gäste vorgesehene Leckerei aus einer Schale und kaute. Für einen Mann mit einem runden, fröhlichen Gesicht blickte er gefährlich entschlossen drein. »Oh, sie wird hier sein, aber sicher«, murmelte er mit vollem Mund. »Der

Hohe Rat tritt in diesem Augenblick zusammen, und die Lady der Acoma würde ihn nicht verpassen wollen. Niemals hat jemand das Große Spiel so gespielt wie Mara.«

»Sehr richtig«, blaffte Motecha gereizt. »Eher würde sie sterben. Und das wird sie auch, sobald wir ihren Aufenthaltsort herausfinden.«

Shimone blickte verächtlich drein. »Wir alle müssen sterben; das ist ein Naturgesetz.«

Der Kaiserliche Kanzler verbarg sein Unbehagen hinter einer einstudierten Maske der Höflichkeit.

Motecha blickte von einem Gesicht zum anderen, doch er sagte nichts. Seine Kollegen schwiegen. Der Verdacht, daß Mara einige der bestgehüteten Geheimnisse der Versammlung enthüllt hatte, Geheimnisse, die zu kennen für Außenstehende gleichbedeutend mit dem Todesurteil war, sorgte für eine überaus gespannte Atmosphäre. Nicht einmal Hochopepa und Shimone hatten leugnen können, daß die Bereitschaft der Cho-ja, ihr Unterschlupf zu gewähren, Schlimmes vermuten ließ: daß sie möglicherweise eine Rebellion angezettelt hatte, den Bruch eines Vertrages, der seit Tausenden von Jahren existierte. So überzeugend Shimone und die anderen auch argumentiert hatten, daß die Gute Dienerin des Kaiserreiches eine ordentliche Anhörung verdiente, bevor ihr Leben als verwirkt betrachtet wurde, waren ihre Bemühungen dieses Mal doch überstimmt worden.

Die Versammlung hatte abgestimmt. Maras Hinrichtung war jetzt kein Punkt mehr, über den es noch zu diskutieren galt.

Nur wenige würden allein gegen die Gute Dienerin vorgehen, doch Tapek hatte es getan – mit schlimmen Folgen. Manche Magier fuhren jetzt schon vor bloßen Schatten zusammen, so sehr setzte ihnen die Befürchtung zu, daß ihr privilegierter Status gefährdet war. Jetzt ging es um mehr als nur den Übereifer eines Schwarzgewandeten. Hochopepa und Shimone wechselten verständnisvolle Blicke. Auf ihre Weise hatten sie Mara, die viel Gutes für das Kaiserreich erreicht hatte, bewundert.

Doch jetzt war sie zu weit gegangen. Der füllige Magier befand sich in einem inneren Konflikt: Seine Loyalität gegenüber der Versammlung und dem Eid, den er ihr geschworen hatte, als er die schwarze Robe anlegte, widersprach den verführerisch frischen Ideen, die zum großen Teil jenen ketzerischen Gedanken entsprangen, die der Barbar Milamber mit ihm geteilt hatte.

Hochopepa schätzte das Vermächtnis seiner Freundschaft mit Milamber. Im Laufe der Jahre hatte der tsuranische Erhabene seine Künste immer häufiger in den Dienst der gewöhnlichen Menschen gestellt. Jetzt, da Veränderungen bevorstanden, die selbst für sein fortschrittliches Denken zu groß waren, wünschte er sich mehr Zeit. Hochopepa wollte klar und überzeugt entscheiden können, was er für den richtigen Weg hielt: mit Motechas Gruppe an Maras sofortiger Vernichtung arbeiten oder ihrem Ruf nach Reformen folgen und das Undenkbare in Erwägung ziehen – sich dem Beschluß der Versammlung entgegenzustellen, vielleicht sogar ihr Leben zu retten.

Und dann war plötzlich Shimone mit einem raschen Schritt bei ihm am Fenster und warf Hochopepa einen eindringlichen Blick zu. Der schluckte seine Leckerei hastiger hinunter, als er vorgehabt hatte.

»Du spürst es auch, nicht wahr?« fragte der fette Magier Shimone.

»Was denn?« unterbrach Motecha. Und dann schwieg er, als auch er bemerkte, was die anderen aufgeschreckt hatte.

Ein schleichendes Frösteln durchdrang die Luft, nicht einfach nur Kühle, auch nicht das feuchte Gefühl, das durch Unsicherheit entstand. Jeder der Magier wußte, daß es unzweifelhaft das unterschwellige Prickeln von Magie war.

Shimone brachte die Sache auf den Punkt. »Jemand wirkt einen Verteidigungsbann!« verkündete er knapp.

Hochopepa stand unbeholfen auf. »Es ist kein Schwarzgewandeter, der diese Beschwörung erschafft.« Sein Zugeständnis kam zögernd, als wünschte er zutiefst, daß er etwas anderes behaupten könnte.

»Die Cho-ja!« rief Motecha. Sein Gesicht färbte sich purpurrot. »Sie hat Magier aus Chakaha mitgebracht!«

Chaos brach in dem kleinen Zimmer aus, als die anderen Erhabenen mit finsteren Mienen aufstanden. Dem Kaiserlichen Kanzler blieb nichts anderes übrig, als sich in der schmalen Lücke hinter dem Tisch außerhalb ihrer Reichweite aufzuhalten, doch niemand beachtete sein Unbehagen.

»Dafür wird Mara sterben!« fuhr Motecha fort. »Sevean, ruf sofort Unterstützung herbei.«

Selbst Hochopepa äußerte keine Einwände gegen diesen Befehl. »Beeil dich«, drängte er Shimone, und während sich der Zorn der versammelten Schwarzen Roben zu kochender Wut hochpeitschte, waren der fette Magier und sein schlanker Kamerad bereits aus der Tür.

Der Korridor war leer. Selbst die Bediensteten waren geflohen. »Mir gefällt das nicht.« Hochopepas Worte hallten unter dem gewölbten Dach. »Ich habe in der Tat den deutlichen Eindruck, daß sich der Hohe Rat zu mehr als nur einer unerlaubten Sitzung trifft.«

Shimone sagte nichts, sondern griff nach seiner Transportvorrichtung, aktivierte sie und verschwand.

»Puuhh«, rief Hochopepa gereizt. »Mich wissen zu lassen, wohin du gehst, wäre nicht unbedingt sinnloses Geschwätz gewesen!«

Shimones Stimme antwortete aus der Luft. »Willst du damit sagen, daß es eine Wahl gibt?«

Widerwillig, da sein Gürtel plötzlich zu eng geschnürt schien, stöberte Hochopepa in seiner Kleidung, bis er seine Tasche gefunden hatte. Er grabschte nach der Transportvorrichtung und aktivierte sie gerade in dem Augenblick, als er Sevean, Motecha und die anderen vom Vorzimmer des Kaiserlichen Kanzlers rufen hörte. Während er aus dem Flur verschwand, spürte Hochopepa, wie sein letzter beunruhigender Gedanke durch die Verwirrung des Transfers abgewürgt wurde: Welche Gruppe würde Maras Exekution durchführen? Er und Shimone, die nur für die Selbsterhaltung der Versammlung handelten, oder die anderen, die es, angeführt von Motecha, nach Rache dürstete?

»Sie hat uns alle zum Narren gehalten und noch viel mehr als das!« erklang Seveans Stimme, kurz nachdem Hochopepa entschwunden war.

Viel mehr, schloß der fette Magier, als er im sonnenbeschienenen Hof vor dem Vorzimmer das Kaiserlichen Audienzsaals keuchend wieder auftauchte. Mara hatte Macht mitgebracht, um absolute Macht zu bekämpfen, und jetzt konnte weit mehr als nur ein Bürgerkrieg das Kaiserreich in Stücke reißen.

Auch der Hof war menschenleer. Die blühenden Bäume an der Mauer und dem Zugang zu den breiten Stufen standen still in der Nachmittagsluft. Nicht ein einziger Vogel flog, und keinerlei Insekten schwirrten um die Blumen. Der Lärm der Armeen, die gegen die Mauern drängten, und das unaufhörliche Dröhnen der Felsbrocken von den Belagerungsmaschinen schienen weit entfernt und schwach. Wenn der Lärm unangenehm war, unternahm dennoch keiner der Erhabenen irgend etwas dagegen.

Es war gut, daß die Krieger, die das Kaiserliche Viertel verteidigten, mit den Vorgängen an der Mauer beschäftigt waren, denn so ahnten sie nichts von dem heraufziehenden Sturm, der schon bald in der Audienzhalle ausbrechen mußte.

Shimone stand in der Mitte des Platzes, den Kopf leicht zur Seite geneigt. »Hier«, sagte er. »Hier beginnt der Zauberbann.«

Nichts in der nachmittäglichen Luft sah auch nur im mindesten nach einem Zauber aus. »Du kommst da nicht durch?« neckte Hochopepa. Er blinzelte, konzentrierte sich und öffnete seine Sinne so weit wie möglich. Schließlich endeckte er einen schwachen Schimmer, der von der Hitze hätte stammen können, doch als er genau hinsah, verschwand das Phänomen. Er wühlte in seiner anderen Tasche und zog ein auffällig buntes Taschentuch heraus, um sich über die Stirn zu wischen. »Wenn das ein Bann ist, wirkt er nicht mehr kräftig.«

Shimone wandte sich mit scharfem Tadel an ihn: »Versuche ruhig, ihn zu durchdringen.«

Hochopepa breitete seine Kraft aus, dann weiteten sich plötzlich seine Augen, als in der Luft vor ihm ein farbenprächtiger Regenbogen entstand. Als ließe sie sich ohne große Mühe beiseite wischen, verschwand seine Magie entlang der Barriere, die die Cho-ja geschaffen hatten. Hochopepa blieb vor Staunen der Mund offenstehen. Dann flog ein irregeleiteter Felsbrocken von draußen mit einem pfeifenden Geräusch auf seinen Kopf zu. Er gewann seine Beherrschung zurück und wischte ihn so beiläufig weg, als wäre er eine Fliege. Die ganze Zeit hindurch konzentrierte er seine Aufmerksamkeit auf den Schutzbann der Cho-ja. »So stark, ja? Faszinierend. Ein sehr subtiles Stück. Die Art, wie es dich verführt, es zu prüfen, dann deine Energie aufsaugt und mit seiner eigenen verwebt ...« Vertieft in seine Überlegungen dauerte es lange, bis er begriff, daß die Cho-ja-Magier ihre Fähigkeiten beachtlich weiterentwickelt haben mußten, seit der Vertrag ihre Verbannung bewirkt hatte. »Das ist beunruhigend.«

»Sehr sogar.« Shimone beschloß, dies nicht weiter auszuführen, da jetzt andere Magier im Hof eintrafen. Weitere Erhabene hatten sich der Gruppe im Zimmer des Kaiserlichen Kanzlers angeschlossen Es waren jetzt schon zwei Dutzend, und immer noch kamen neue hinzu. »Jetzt gibt es keine andere Möglichkeit mehr als Gewalt«, schloß Shimone traurig.

Motecha griff die letzte Bemerkung auf. »Wir sollten diesen Palast bis auf die Grundmauern niederbrennen! Jeden Geist vernichten, der es gewagt hat, gegen uns zu rebellieren!«

Sevean trat vor. »Ich bin anderer Meinung. Diesen unheiligen Zauber zerstören, ja, das ist notwendig. Wir müssen außerdem die Cho-ja-Magier vernichten, die den Vertrag verletzt haben, und die Lady hinrichten. Doch den Kaiserlichen Palast zerstören? Das ist übertrieben. Wir mögen außerhalb des Gesetzes stehen, doch wir haben uns noch immer vor den Göttern zu verantworten. Ich bezweifle, daß der Himmel eine Handlung akzeptiert, bei der die Priester jedes einzelnen Ordens des Kaiserreiches zusammen mit Mara sterben.«

»Die Heiligen Orden könnten mit ihr im Bunde sein!« meinte einer der erst kürzlich eingetroffenen Erhabenen anklagend.

»In der Tat«, warf Shimone ein. »Oder sie könnten zu dem Dienst gezwungen worden sein. Es ist besser, wir hören uns ihre Gründe an, bevor wir ihren Heiligkeiten irgendwelche Gewalt antun.«

»Also nur der Zauberspruch«, faßte Hochopepa zusammen. Er zupfte an dem zu engen Gürtel und betupfte mit dem feuchten Taschentuch sein Gesicht. Trotz seiner entschlossenen Haltung blickten seine Augen beunruhigt drein. »Wir müssen durchbrechen, ohne das Leben der in der Audienzhalle Anwesenden zu gefährden.«

Die Magier schlossen sich schweigend zusammen, wie Aasvögel, die die Überreste eines Schlachtfelds betrachteten. Sie beruhigten Geist und Körper, und die Luft schien plötzlich unter einer tiefen, unterschwelligen Vibration zu erbeben, als sie ihre Bemühungen zusammenführten.

Der Himmel verdüsterte sich, obwohl keine Wolke zu sehen war, und der Hof verlor seine Klarheit, schien einen leichten Grünstich zu bekommen.

»Jetzt!« schrie Motecha.

Energie schoß herunter, hell wie ein Blitz, ein heißer Strahl, der den Himmel zu teilen schien. Er traf in einem Krachen violetter Funken auf, doch der Verteidigungsbann nahm die Energie auf, lenkte sie entlang seiner Oberfläche ab und absorbierte sie. Hitze stieg in einer flammenden Welle auf. Die Steinflächen der Gebäude auf der anderen Seite wurden schwarz und barsten. Bäume wurden versengt, und das Wasser in einem mit Ornamenten verzierten Springbrunnen verkochte in einer gewaltigen Dampfwolke.

Unversehrt von dem Rückschlag und geschützt von ihren eigenen Bannsprüchen, warfen sich die Magier erstaunte Blicke zu. Sie sammelten sich für einen zweiten Schlag. Ein Regenbogen aus Energie sprühte auf die Barriere herab, wurde jedoch als undurchsichtige Schwärze zurückgeschleudert.

Die Magier der Versammlung verstärkten ihre Anstrengungen. Blitze zuckten und schossen hin und her, Donner grollte. Feuer regnete vom Himmel, und dann folgten Stöße aus glühender Kraft.

»Wir müssen weitermachen!« rief Sevean. »Strengt euch an. Der Zauber muß irgendwann schwächer werden.«

Der Wind heulte, und das Feuer wütete. Beben erschütterten die Erde, und krachend öffneten sich Erdspalten. Der Verteidigungsbann, der die Audienzhalle schützte, schien sich zu verbiegen und leicht zusammenzuschrumpfen.

»Ja!« Motecha verdoppelte seine Bemühungen. Blitze strichen über die unsichtbare Oberfläche, und der von den entfesselten Gewalten erzeugte Wind heulte um die Turmspitzen des Kaiserlichen Viertels; es klang wie die gellenden Schreie freigelassener Dämonen.

Einer der über nicht so starke Kräfte gebietenden Schwarzgewandeten sank zu Boden. Der Rest stand noch, jetzt fest überzeugt, daß der Zauberbann einmal zerbrechen mußte. Keine magische Verteidigung konnte einem solch konzentrierten Angriff sehr lange widerstehen. Während ihre vereinten Kräfte herabhämmerten und sich teilten und das Krachen der Stöße selbst den Lärm der Armeen an den Belagerungsmaschinen übertönte, vertieften sich die Magier immer stärker in ihren Zauber. In ihrer gemeinsamen Wut gab es für sie nur ein einziges Ziel: Sie würden die kaiserliche Audienzhalle aufbrechen, auch um den Preis, daß es jemanden das Leben kostete – und wenn es ihr eigenes war.

Die hohen, gewölbten Oberlichter im kaiserlichen Audienzsaal verfinsterten sich, und die versammelten Edlen und Priester rutschten unruhig auf ihren Plätzen hin und her. Das einzige Licht stammte jetzt von den wild flackernden Lampen, die zu Ehren der Zwanzig Höheren Götter entzündet worden waren. Der Priester Chochocans, der auf dem Podest stand und die Hochzeitszeremonie leitete, stockte mitten im Satz.

Ein Donner ganz in der Nähe ließ die Wände erzittern. Während viele der Anwesenden bebten und mehr als ein Priester mit einem Handzeichen das Mißfallen des Himmels abzuwenden versuchte, erhob sich Justins Stimme über die ersten verwirrten Kommentare. »Fahren wir fort«, erklärte er entschlossen.

Maras Brust schwoll vor Stolz an. Der Junge würde einen guten Herrscher abgeben! Dann biß sie sich auf die Lippen; zuvor würde er die Hochzeit und seine Krönung überleben müssen.

Prinzessin Jehilia neben ihm wirkte blaß vor Furcht. Sie bemühte sich, das Kinn zu recken, wie es ihrem kaiserlichen Status entsprach; doch am liebsten hätte sie sich hinter ihrem Schleier versteckt. Justin streckte verstohlen seine Hand aus und umklammerte ihre in einem verzweifelten Versuch, gemeinsamen Trost zu finden.

Im Grunde waren sie nur Kinder.

Der Boden erzitterte unter einer weiteren Erschütterung. Der Priester Chochocans blickte sich um, als suchte er nach einem sicheren Unterschlupf.

Mara reckte die Schultern. Es durfte nicht alles verloren sein, nur weil ein schwacher Priester den Mut verlor! Sie straffte sich, bereit zum Eingreifen, auch wenn darin ein Risiko lag: Ihre Heiligkeiten würden sich möglicherweise jedem weiteren Druck verweigern. Wenn sie sie zu sehr forderte, konnten sie ihre Ziele für eigenen Ehrgeiz halten – oder schlimmer noch: Sie konnten sich mit der Macht ihres Amtes zurückziehen und erklären, daß Justins Vermählung mit Jehilia gegen den Willen des Himmels verstieß.

Die Zeit war knapp und die Situation gefährlich; sie konnte nicht erst in umständlichen Rechtfertigungen den ausführlichen Beweis dafür liefern, daß der Schlag gegen den Zauber der Cho-ja von Magiern geführt wurde, die sterbliche Menschen waren, deren Ziele dem Himmel nicht mehr entsprachen als die Handlungen von Herrschenden, die aus Neid oder Ehrgeiz oder Machthunger handelten.

Der Lärm von draußen erreichte einen neuen Höhepunkt, als ein weiterer Ansturm auf den Bann der Cho-ja-Magier stattfand. Lichtfetzen in allen Farben des Regenbogens schimmerten durch die Oberlichter und tauchten die Halle in unnatürliche Farben. Maras Unbehagen wuchs, als die Priester und Beamten mit den Füßen scharrten. Der alte Frasai von den Tonmargu zitterte regelrecht, möglicherweise stand er kurz vor einem Nervenzusammenbruch.

Unterstützung nahte schließlich aus einer unerwarteten Richtung. Der Hohe Priester des Roten Gottes drängte sich an die Spitze der um das kaiserliche Podest versammelten Abgesandten. »Bruder«, ermahnte er seinen schwankenden Kollegen, »wir alle gehören am Ende Turakamu. Würde dem Himmel mißfallen, was wir tun, wären wir schon längst vernichtet, doch mein Gott schweigt in mir. Ich bitte Euch, fahrt mit der Zeremonie fort.«

Der Hohe Priester Chochocans nickte. Er leckte sich den

Schweiß von den Lippen und holte tief Luft, bevor er mit sonorer Stimme mit den nächsten Zeilen des Rituals fortfuhr.

Mara atmete erleichtert auf. Der Hohe Priester Jurans neben ihr warf ihr einen verständnisvollen Blick zu. »Bleibt ruhig, Gute Dienerin. Ihr habt Verbündete.«

Mara nickte schwach. Sie hatte in der Tat Verbündete – weitaus mehr, als sie wußte. Der Angriff der Magier mochte sich verstärken, doch nicht alle Priester würden sich so leicht entmutigen lassen. Die politischen Wendungen und Umkehrungen im Laufe der Jahrhunderte hatten sie gelehrt, vorsichtig zu sein. Sie konnten sich denken, wie sehr die Autorität der Tempel unter den Einfluß der Versammlung geraten würde, wenn sie diese Möglichkeit nicht ergriffen, wenn Justins Eheschließung nicht den Gesetzen entsprechend stattfand und die anschließende Krönung nicht durchgeführt werden würde. Die Schwestern Sibis standen wie Gestalten aus dem Reich der Toten da, ungerührt von der Vorstellung, daß der Kaiserliche Palast über ihren Köpfen zusammenbrechen könnte.

Denn was immer und wer immer unter dem Einfluß und der Macht des Himmels stand und sich der Herrschaft der Sterblichen unterordnete, beschritt einen gefährlichen Weg – einen Weg zudem, der das Mißfallen der Götter hervorrufen konnte. Dann würden die Götter ein Unheil über die Menschheit bringen, gegen das der Zorn der aufgebrachten Versammlung wie ein Wutausbruch von Kindern wirken würde.

Justins Antwort auf die nächste rituelle Frage ertönte klar und deutlich über dem Getöse eines neuen Angriffs. Donnerschläge krachten in scheinbar unendlichem Grollen. Eine den kaiserlichen Thron schmückende Perlenkette löste sich und rollte die Stufen der Pyramide hinab. Das Kristall in den Oberlichtern zersprang klirrend, und Scherben fielen, im Lampenlicht aufblitzend, herab und zerbarsten auf dem Marmorboden.

Glücklicherweise stand niemand im Weg.

Mara schloß die Augen. Haltet durch, meine Kinder, betete sie. Hokanus Hand schloß sich fester um ihre.

Sie erwiderte ein schwaches Lächeln, das warmherziger wurde, als Jehilia dem Priester antwortete. Die Prinzessin war gehorsam und gelassen, wie es ihrer Rolle entsprach; wenn sie sich auch an ihren neuen Ehemann klammerte, so war sie doch durch und durch königlich. Ihre Haltung blieb aufrecht, als die geflochtenen Käfige mit den rituellen Hochzeitsvögeln für den Segen hochgehoben wurden. Der Hohe Priester durchtrennte die Türen aus Ried mit einem Messer.

Mara biß sich auf die Lippen und kämpfte gegen ihre Tränen an, als das Vogelpaar im Innern die Flügel aufplusterte, um die angebotene Freiheit in Augenschein zu nehmen. Fliegt, wollte sie ihnen sagen, fliegt fort, paart euch und seid glücklich.

Bei ihrer eigenen, ersten Hochzeit war das Omen der Vögel ungünstig ausgefallen. Mit all ihrer Kraft sehnte sie sich danach, daß es diesesmal anders war. Sie und Hokanu mochten ihr Leben nicht mehr nach Omen, Zeichen und Traditionen ausrichten, doch es waren ältere Priester anwesend, die es taten.

Die Vögel schwangen sich in die Höhe, als gerade ein weiterer Donnerschlag die Luft zerriß. Alarmiert flogen sie aufeinander zu und schossen gemeinsam empor, durch die Lücke im zerbrochenen Oberlicht ins Freie.

»Den Göttern sei Dank«, murmelte Hokanu. Er drückte Maras Hand, während ihr ungehindert Tränen über die Wangen liefen. Sie konnte ihre Gefühle nicht zurückhalten. Sie sah nur verschwommen, daß zwei Kaiserliche Weiße in den zeremoniellen Rüstungen der Truppenführer mit dem gold- und fellgesäumten Mantel vortraten – dem Mantel des Kaisers von Tsuranuanni. Sie legten ihn Justin um die Schultern.

So groß der Junge auch inzwischen geworden war, in diesem Kleidungsstück wirkte er verloren. Mara wischte sich über die Augen und wurde wehmütig an Ichindar erinnert, der genauso schlank gewesen war und der sich am Ende unter dem Gewicht des kaiserlichen Amtes hatte beugen müssen.

Justin hielt sich gut. Er nahm Jehilias Hand, als wäre er zur Galanterie gegenüber Damen geboren und erzogen worden, und führte sie die Stufen zum Podest empor.

»Ganz der Sohn seines Vaters, allerdings«, murmelte Hokanu voller Stolz.

Singende Akolythen folgten dem frisch verheirateten Paar zusammen mit dem Priester Jurans, der das juwelenbesetzte goldene Kissen trug, auf dem die Kaiserkrone ruhte. Der Gesang klang abgehackt, immer wieder unterbrochen und übertönt vom Tosen der unaufhörlichen Angriffe.

Die Schläge folgten jetzt viel rascher aufeinander.

Eine Säule im hinteren Teil der Halle barst mit einem peitschenähnlichen Knall. Mara fuhr zusammen. Sie zwang ihre Konzentration ganz auf die Szene, die sich auf dem Podest abspielte. Sie konnte die Zeichen bevorstehender Gefahr nicht ignorieren: Die Luft wurde immer wärmer. Das Holzgeländer, vor dem die Bittsteller niederknieten, wenn sie eine Audienz beim Licht des Himmels erhielten, löste sich bereits in einzelnen Schichten auf. Der Steinboden wurde so heiß, daß Blasen entstanden, und die Edlen traten von einem Fuß auf den anderen, als das Leder ihrer Sandalen die zunehmende Hitze nicht mehr abhalten konnte.

»Die Cho-ja-Magier stehen unter großem Druck«, murmelte Hokanu in Maras Ohr.

Wieder ertönte lautes Donnern, erbebte die Halle. Einige der Abgesandten der Tempel streckten die Hände aus und stützten ihre Kollegen, und mehr als einem der Hohen Priester auf dem Podest stand die Angst ins Gesicht geschrieben. Mit grimmiger Miene hielten sie sich aufrecht.

Der Priester Lashimas, der Göttin der Weisheit, trat vor, um Justins Schläfen mit Öl zu betupfen. Seine Kleidung saß schief, und seine Hände zitterten. Ein Teil des heiligen Öls spritzte auf den kunstvollen Saum von Justins Mantel. Jehilia stand kurz vor einem Panikausbruch, die Hand, mit der sie Justin festhielt, ganz weiß. Als nächster kam der Priester Baracans und präsentierte Justin das uralte Schwert des Kaisers, das erst bei der Krönung eines anderen Kaisers wieder gezeigt werden würde. Justin streckte die Hand aus und legte sie auf die heilige Klinge, und Mara sah voller Angst seine Finger zittern.

Sie durfte nicht daran denken, daß es mißlingen könnte! Unzufrieden mit sich selbst reckte sie ihr Kinn in die Höhe und warf einen Blick zurück. Die Cho-ja-Magier standen bei der Tür, nicht mehr länger aufrecht mit erhobenen Flügeln. Sie kauerten auf dem Boden und wehrten den Angriff der Erhabenen mit einem summenden Singsang ab, der bei jedem polternden Donnern wie eine Dissonanz klang. Die insektenähnlichen Wesen besaßen eine übermächtige Kraft, doch der Macht der vereinten Versammlung würden sie nicht ewig widerstehen können. Und egal, wie sehr sie provoziert oder bedroht werden würden, eines war klar: Chakaha beherrschte sie noch immer. Unter keinen Umständen würden sie ihre Magie für einen Angriff einsetzen.

Sobald ihr Schutzbann versagte, würde die Versammlung ihren Zorn auf die in der Audienzhalle anwesenden Personen niederfahren lassen können.

Merkwürdigerweise spürte Mara keinerlei Furcht. Sie hatte zuviel riskiert und auch zuviel verloren. Doch Gefahr und Risiko hatten keine Bedeutung mehr für sie, als wäre der Teil von ihr, der in Thuril bei der Vorstellung eines schrecklichen Todes zutiefst bestürzt gewesen war, Schritt für Schritt versiegt. In ihrer felsenfesten Zuversicht strahlte sie eine unirdische Kraft aus.

Selbst Hokanu betrachtete sie mit einem Gefühl von Ehrfurcht. Sie bemerkte es kaum. Sie trat aus der vordersten Reihe der an Justins Krönung teilnehmenden Personen zurück und sprach rasch mit Hokanu. »Sprich du an meiner Stelle die Lobesworte für unser neues Licht des Himmels, wenn die Krone an ihrem Platz ist.«

Ihr Mann zeigte sich überrascht; selbst jetzt verblüffte ihn Maras Verhalten, obwohl er glaubte, sie voll und ganz zu kennen. »Was hast du vor?« Seine Stimme täuschte Festigkeit nur vor; selbst er mußte zugeben, daß die Magier, die sie verteidigten, langsam schwächer wurden.

Mara schaute ihn fest an. »Eine List«, murmelte sie. »Was sonst bleibt uns noch?«

Er verneigte sich vor ihr. »Gute Dienerin.« Und dann starrte er verwundert hinter ihr her, als sie zum hinteren Teil der Halle schritt. Er würde sich immer an diesen Augenblick erinnern, schwor er sich, stets ihren unermüdlichen Mut selbst in dem Augenblick preisen, als die vereinte Macht der Versammlung den Verteidigungsbann der Cho-ja zerstörte und sie alle von magischer Energie heimgesucht wurden.

Mara tat nichts Außergewöhnliches. Sie erreichte die abgerundeten Türen der Halle und verneigte sich respektvoll vor den beiden Cho-ja-Magiern. Sie waren zu sehr beschäftigt, um mit mehr als einem leichten Zucken eines Vorderglieds zu antworten. Direkt am Portal hielt sie inne und berührte die Handgelenke der beiden Kaiserlichen Herolde, die rechts und links davon standen.

Sie sprach kurz mit ihnen. Hokanu stand vor einem Rätsel. Was tat sie? Sie warf einen raschen Blick in seine Richtung, begegnete seinem: Folge der Zeremonie, schien sie ihn aufzufordern.

Er zuckte leicht mit den Schultern und blickte wieder nach vorn.

Die Erde bebte. Der Gesang der Priester auf dem Podest kam aus dem Rhythmus, und doch fuhren sie hartnäckig fort. Blitze schossen durch die geschlossenen Läden. Der Verteidigungsbann war zerbrochen. Der nächste harte Schlag würde auch den letzten Schutzzauber vernichten.

Die Krönung war beinahe vollzogen. »Heil!« riefen die Priester. Sie verneigten sich, als der Boden donnernd erzitterte. »Heil!« Der Hohe Priester Chochocans hob die Krone. Verzweifelt sprach er den Segen.

Ein Blitz zuckte. Ein Stein fiel vom gewölbten Dach und prallte krachend auf den Achatboden. Die Krone entglitt den nervösen Fingern des Priesters und fiel schief auf Justins rothaarigen Kopf.

Es war vollbracht. Der Erbe der Acoma, das Kind eines Sklaven, trug die heiligen kaiserlichen Insignien von Tsuranuanni, und keine Macht außer dem Himmel selbst konnte ihm seine gesalbte Autorität wieder nehmen.

»Heil!« riefen die Priester. »Heil Justin, zweiundneunzigmal Kaiser und neues Licht des Himmels!«

Die Worte vermischten sich mit einem vernichtenden Donnerschlag, und Mara wandte sich an die Herolde. »Jetzt!«

Die Beamten in den goldglitzernden zeremoniellen Gewändern folgten der Aufforderung. Genau in dem Augenblick, als die Magier zusammenbrachen, zogen sie die Türen weit auf.

Sie verbeugten sich in vollkommener Perfektion vor dem Ansturm der Erhabenen. »Heil dem neuen Licht des Himmels«, tönten beide gemeinsam. Blaß, aber entschlossen richteten sie sich auf, und der mit der eindrucksvolleren Stimme setzte zu einer Erklärung an. »Erhabene von der Versammlung, höret! Ihr seid hiermit vor den Kaiserlichen Hof gerufen.«

Die Erhabenen in den ersten Reihen stolperten und blieben abrupt stehen.

»Gerufen?« schrie Motecha verblüfft. Ruß verschmierte sein Gewand, und sein rotes Gesicht glänzte vor Schweiß. »Von wem?«

Die Kaiserlichen Herolde waren mehr als geübt darin, angesichts von unnachgiebigen Edlen Haltung zu bewahren. Sie verneigten sich tadellos. »Vom Licht des Himmels, Erhabener.«

»Was?« Sevean quetschte sich nach vorn, seine Kollegen dicht hinter ihm.

Die Herolde behielten ihre würdevolle Haltung bei. Auf dem Podest stand neben den Hohen Priestern der kaiserliche Seneschall und rief: »Justin! Zweiundneunzigmal Kaiser!«

Motecha fauchte. Sevean blickte völlig verwundert drein. Hochopepa war ausnahmsweise einmal sprachlos, und selbst der ernste Shimone dachte nicht daran, die Angelegenheit mit Magie weiterzuverfolgen, als jeder Mann, jede Frau in der Halle sich vor dem Monarchen verneigte.

Mara stand zwischen den sich langsam erhebenden Chakaha-Magiern und unterdrückte ihren Jubel. Die Herolde hatten sich bewundernswert verhalten. Sie hatten so selbstbewußt gewirkt, daß selbst die Erhabenen noch nicht daran gedacht hatten, die absichtlich herbeigeführte Schlußfolgerung zu bezweifeln: daß die Kräfte ihrer Verbündeten noch nicht erschöpft waren und daß der Verteidigungsbann nicht zusammengebrochen, sondern bewußt fallengelassen worden war.

»Wir haben keine Kraft mehr«, murmelte der Chakaha-Magier links von Mara kaum hörbar.

Mara winkte beruhigend ab. »Das Große Spiel«, murmelte sie. »Jetzt müssen wir alle es spielen – oder sterben.«

Fünfzehn

Der Kaiser

Die Erhabenen blickten sich erstaunt um.

Kaiserliche Weiße in goldgeränderten Rüstungen flankierten den Eingang zur Audienzhalle in tadelloser Haltung. Nirgendwo waren Krieger in den Farben der Acoma oder Shinzawai zu sehen, wie die Magier erwartet hatten.

Sie hatten das Nachspiel eines Kampfes erwartet und triumphierende Krieger, die ihre Beute bewachten, bis die Verlierer ihnen die Treue geschworen hatten. So waren Streitigkeiten in der Vergangenheit gelöst worden. Doch die Gute Dienerin hatte ihren Triumph nicht mit Zwang errungen. Niemand eilte zu ihnen, warf sich den Schwarzen Roben ehrerbietig zu Füßen und bettelte um Gnade, bat darum, Maras Machtergreifung ungeschehen zu machen. Ganz im Gegenteil, bemerkten die Magier in den vorderen Reihen, war es ihre überstürzte Ankunft, die den Gesichtern der Anwesenden Unbehagen entlockte. Sie alle schienen an der Verschwörung und dem von Mara erreichten Ende beteiligt zu sein. Trommeln donnerten und erstickten Motechas Ruf um Ruhe. Er winkte vergebens mit erhobenen Händen, während Kollegen neben ihm verstimmt dreinblickten, als sich eine Fanfare aus Trompeten und Hörnern über die Stadt erhob, wie es sie seit dem Tod Ichindars nicht gegeben hatte. Die Klänge unterdrückten sogar das Poltern der Felsbrocken aus den Belagerungsmaschinen.

Nicht weit hinter den ersten Magiern beugte sich Hochopepa zu Shimone. »Die Bediensteten müssen stundenlang hier drin gewesen sein, um Vorbereitungen zu treffen.«

Obwohl seine Worte nur für seinen Freund gedacht waren, hörte Sevean sie ebenfalls. »Ihr meint, es steckt langfristige Planung dahinter?«

Shimone bedachte seinen Kollegen mit einem verächtlichen Blick. »Von allen Herrschern im Kaiserreich hat gerade Mara niemals *irgend etwas* ohne einen Plan durchgeführt.«

Die Fanfare verklang, und Ruhe kehrte ein. »Ihr seid vor den Kaiserlichen Thron gerufen«, wiederholten die Kaiserlichen Herolde, während sie zurücktraten und den Eingang freimachten. Ein langer Gang bildete sich zwischen den Edlen und Kaiserlichen Beamten. Motecha stürmte mit hochrotem Gesicht vorwärts, der Rest der Magier dicht hinter ihm. Alle starrten nach vorn. Die im vorderen Teil der Halle versammelten Persönlichkeiten boten einen beeindruckenden Anblick.

Am Fuße des Kaiserlichen Podestes standen die Hohen Priester und Priesterinnen der Zwanzig Götter des Höheren Himmels und der Zwanzig Götter des Geringeren Himmels in ihren Zeremoniengewändern. Nur bei der Krönung oder dem Tod eines Kaisers fand eine solche Zusammenkunft statt.

Hohe, geschwungene Kopfbedeckungen mit kostbar funkelnden Steinen und seltenem Metall umrahmten ihre Gesichter. Bei jedem und jeder wartete ein Paar Akolythen mit den zeremoniellen Abzeichen des Amtes. Auch diese waren mit Edelsteinen besetzt und mit Schleifen aus Seide oder Bändern aus Metall geschmückt. Nur die Schwestern Sibis waren schmucklos; ihre schwarze, schlichte Erscheinung bot einen bedrohlichen Kontrast zu der Farbenprächtigkeit der Kopfbedeckungen und schönen Gewänder. Die vollständige Gemeinschaft der Tempel war hier versammelt, und die Delegation von einhundertzwanzig Personen als Abgesandte der heiligen Orden jeder einzelnen Gottheit im Kaiserreich bot ein eindrucksvolles Bild.

Zögernd beschlich die Erhabenen ein Gefühl von Ehrfurcht. Hochopepa rückte näher zu Fumita und Shimone, als ihm bewußt wurde, wie sehr die Tempel Maras Intrigen unterstützten. Wenn auch kein einzelner Priester es mit irgendeinem Magier an Machtfülle aufnehmen konnte, so zollten doch selbst die Erhabenen den Obersten Hohen Priestern Turakamus und Jasturs einigen Respekt. Magie hatte die Audienzhalle unversehrt gelassen, trotz der gebündelten Anstrengung der Versammlung. Hochopepa war dem Willen des Himmels gegenüber nicht so respektlos, daß er die Kraft der göttlichen Gunst leugnete.

Vorsicht war jetzt geboten, entschied er.

Weihrauch wehte durch die Luft. Staub von abgesprungenem Gips und zermahlenes Glas von dem zerbrochenen Oberlicht glänzten auf dem polierten Marmorboden. Diese Hinweise auf Gewalt konnten die Magier nicht davon ablenken, noch etwas anderes wahrzunehmen, während sie auf das Podest zuschritten: zwei leere Riedkörbe mit Schleifen im kaiserlichen Weiß. Auf dem Boden vor dem Kaiserlichen Thron lag ein Schleier, erst vor kurzem von der Braut abgeworfen, entsprechend den althergebrachten Riten tsuranischer Staatshochzeiten.

Als die bestürzten Erhabenen an dem Geländer für die Bittsteller angekommen waren, schlug ein Herold dreimal mit einem bronzebeschlagenen Amtsstab auf den Boden und rief: »Justin, zweiundneunzigmal Kaiser!«

Die kaiserliche Ehrengarde in ihrer goldenen Rüstung kniete huldigend, als ein Junge in glänzenden Gewändern sich vom Thron erhob. Die versammelten Edlen sanken auf die Knie. Der Junge sah kein bißchen verängstigt aus; trotz des Gewichts seiner goldenen Rüstung und der gewaltigen, mit Topasen besetzten Krone waren seine Schultern aufrecht, und er reckte das Kinn. Auch Jehilia neben ihm, nicht mehr länger Prinzessin, sondern Kaiserin, erhob sich, den Diamantenreif, Zeichen ihres Amtes, über ihrer Kopfbedeckung als Braut. Als die Magier stehenblieben, streckte Justin die Hand nach seiner Frau aus. Sie stellte sich neben ihn.

Motecha wurde leichenblaß. Einige Magier um ihn herum verbeugten sich von der Taille an mit der Ehrerbietung, die ein Erhabener gewöhnlich einem Licht des Himmels entgegenbrachte. Shimone, Fumita und Hochopepa zählten zu den ersten, die dem Kaiser und seiner Braut gaben, was ihnen zustand, während andere Schwarzgewandete noch verblüfft überlegten.

Motecha fand seine Sprache wieder. »Was für ein Mummenschanz ist das?«

Der Hohe Priester Jurans trat mißbilligend mit steifen Schritten vor. »Wir sind gekommen, um das neue Licht des Himmels zu ehren, Erhabener.« Etwas schärfer fügte er hinzu: »Wie es die Pflicht eines jeden Menschen ist.«

Sevean begann zu schreien. »Woher nimmt sich dieser ... dieser Junge das Recht, über das Kaiserreich zu herrschen?« Er zeigte mit einem Finger auf Justin, doch seine Augen suchten Mara, die zu den Priestern geschritten war. Ihre Gewänder waren ebenso kostbar und schön wie die ihres Sohnes.

Sie machte sich nicht die Mühe zu antworten, sondern gestattete dem Hohen Priester Jurans, an ihrer Stelle zu sprechen. »Justin ist von kaiserlichem Blut, seine Adoption in Ichindars Familie wurde offiziell vollzogen, als seine Mutter zur Guten Dienerin des Kaiserreiches ernannt wurde.« Bei diesen Worten verneigte sich der Priester respektvoll vor Mara. »Er ist der auserwählte Ehemann von Jehilia – Ichindars nächste Blutsverwandte und Erbin –, und die gerade vollzogene Heirat wurde von der Kaiserlichen Gemahlin, Lady Tamara, abgesegnet. Alles ist entsprechend den Vorschriften der Menschen und den höheren Gesetzen des Himmels vonstatten gegangen. Wenn auch etwas hastig, wurde die Vermählung doch streng nach den Regeln der Tradition vollzogen.«

Einer der fanatischsten Traditionalisten, Lord Setark von den Ukudabi, bahnte sich seinen Weg im Gefolge der Erhabenen, die noch immer durch die großen, offenstehenden Türen strömten.

Er und seine Armee hatten sich in der Stadt verborgen, darauf vorbereitet, Jiro zu helfen, sollten die Omechan bei ihrem Angriff gegen die Mauern versagen. Er hatte mißmutig zugehört, als der Priester die Vorgänge des Protokolls erwähnte. »Der Hohe Rat hat diese Entscheidung niemals ratifiziert!« rief er streitsüchtig.

Die Priester und Magier blickten sich unbehaglich an. Die Spannung stieg bei Lord Setarks Ausbruch; die Linien waren abgesteckt: Justin als das neue Licht des Himmels zu akzeptieren oder zu den Waffen zurückzukehren – und damit zu einem Blutvergießen, in dessen Verlauf die stärksten Edlen die Macht ergreifen würden.

Die Mauern wurden bereits von den Omechan angegriffen, und so konnte jeder die Katastrophe voraussahen, die mit einer Entscheidung für die zweite Möglichkeit verbunden war. Und die Mehrheit der Magier zögerte noch immer, sich in die Politik einzumischen. Sie hatten mit dem Spiel des Rates nichts zu schaffen: Sie standen über ihm.

Akani trat vor; nichts rührte sich in der starren Szenerie als sein wehendes schwarzes Gewand. Er stellte sich zu Motecha und erhob seine in vielen Reden erprobte Stimme. »Eure Forderung nach einer Ratifizierung ist überflüssig, fürchte ich. Entsprechend den Aufzeichnungen wurde der Hohe Rat vom einundneunzigsten Licht des Himmels aufgelöst und trotz wiederholter Bitten *niemals wieder ins Leben gerufen.*«

Der Hohe Priester Chochocans verbeugte sich so höflich und unerschütterlich wie möglich. »Die Formen sind gewahrt worden. Die Nachfolge ist geregelt. Justin von den Acoma ist das zweiundneunzigste Licht des Himmels, und die Götter selbst sind seine Zeugen. Sein Aufstieg auf den Thron ist unerschütterlich, und die Tempel werden jeden der Ketzerei beschuldigen, der es wagt, seine Herrschaft anzuzweifeln.« Er blickte Motecha entschlossen an. »Selbst wenn es ein Erhabener sein sollte.«

Motechas Gesicht verfinsterte sich noch mehr. »Ihr wagt es!«

Eine Stimme meldete sich, deren Klang in den Ohren wie ein Schmerzensschrei tönte. »Widersetzt Euch uns nicht, Erhabene.«

Die Ängstlichen schauderten, während die Kühneren sich der verhüllten Gestalt zuwandten. Es war die älteste der Schwestern Sibis, deren Sätze aus den Tiefen ihrer tintenschwarzen Kapuze hallten. Kein Licht würde jemals ihr Antlitz enthüllen – es hieß, daß die Schwestern Sibis sich dem Tod selbst hingaben, wenn sie dem Orden ihrer Gottheit beitraten. »Wollt Ihr, daß wir die Wahnsinnigen Tänzer in der Stadt der Magier freilassen?«

Viele Edle zitterten bei der Erwähnung jener Krieger, die dem Tod dienten; ihre bloße Berührung war tödlich, wenn sie in ihrem wahnsinnigen Todestanz herumwirbelten und umhersprangen, bis sie an Erschöpfung starben.

Der Hohe Priester Jasturs schlug mit der Hand gegen seine metallene Brustplatte. »Und wollt Ihr den Kampf mit meinen Kriegerpriestern aufnehmen? Wir müssen Eure Magie nicht fürchten, Erhabener, wenn wir unseren Gott als Schild anrufen. Könnt Ihr Euch ungestraft unseren gesegneten Kriegshämmern entgegenstellen, wenn wir die Mauern Eurer Stadt zerstören?«

Motecha fühlte sich jetzt wie ein gewöhnlicher Tsurani; auch die Sicherheit seiner Autorität konnte nicht so einfach Überzeugungen verjagen, die sich seit der Kindheit tief eingegraben hatten. In dem Bemühen um Schlichtung des Streits meinte er: »Wir bezweifeln nicht die Rechtmäßigkeit von Kaiser Justin.« Gereiztheit lag in seiner Haltung, als er zur Unterstützung seinen alten Rücken in einer tiefen Verneigung beugte; eine Verneigung, die er zuvor vermieden hatte. Er richtete sich auf und deutete anklagend mit dem Finger auf die Lady, die am Fuße des Podestes stand und die bei ihren Handlungen alle Beschränkungen umgangen hatte. »Lady Mara von den Acoma«, begann er, »Ihr habt Euch so lange über die Tradition hinweggesetzt, daß unsere Ahnen angeekelt ihr Antlitz abwenden. Ihr habt Euch hinter Eurem Amt versteckt, die öffentliche Meinung mißbraucht und Verwirrung in den Reihen der Versammlung geschaffen, alles zu dem Zweck, Euch über unser Edikt gegen einen Krieg mit den Anasati hinwegzusetzen. Eure Armeen griffen auf der Ebene von Nashika an, und Lord Jiro starb durch die Hand Eures Ehemannes. Ich erkläre Euch für schuldig, und als Erhabener bin ich beauftragt, das zu tun, was die Versammlung als das Beste für das Kaiserreich entschieden hat! Wir stehen außerhalb des Gesetzes! Euer Sohn soll Kaiser sein, und möge er lang und weise herrschen, doch Euch wird nicht gestattet werden, an seiner Seite als Regentin zu herrschen!«

»Wen würdet Ihr an Maras Stelle einsetzen?« rief Shimone scharf. »Den Lord der Omechan?«

Die Bemerkung wurde ignoriert. Ungehindert von seinen Kollegen riß Motecha seinen Arm empor. Grüne Energieblitze tanzten um seine Faust, und er sang in einer schroffen Sprache, die nur die Magier kannten.

Hochopepa und Shimone fuhren bei den Äußerungen zusammen, und Akani trat rasch beiseite. »Nein!« schrie Fumita auf.

Motecha führte seine Intonation fort, fest davon überzeugt, es wäre sein Recht als Erhabener.

Lady Mara wurde blaß, doch sie zuckte weder zurück, noch floh sie. Das Licht von Motechas Beschwörung flackerte um ihr Gesicht und spiegelte sich als kleine Blitze in ihren Augen. Gefaßt murmelte sie etwas, doch es blieb unhörbar.

Motecha verzog die Lippen, als er zwischen den einzelnen Strophen verächtlich ausrief: »Gebete werden Euch nicht retten, Lady! Und auch nicht diese Priester, welche Kräfte auch immer sie eingesetzt haben mögen, um diese Halle vor unserem Zutritt zu schützen! Die Götter selbst könnten Euch retten, doch sie sind die einzige Macht, die dazu fähig ist.«

»Die Priester haben mit der Abschirmung nichts zu tun!« erwiderte Mara. »Schleudert Euren Zauber ruhig gegen mich, Motecha, doch hört meine Warnung. Eure Magie wird niemandem schaden, am allerwenigsten mir.«

Motechas Gesicht zuckte vor Wut. Die Lady hatte nicht einmal Angst! Ihr Ende würde schmerzhaft sein, schwor er sich, während er Atem für den Zauberspruch schöpfte, der Mara den Tod bringen würde. Die Vergeltung, die sie mehr als nur verdient hatte, würde sie an Ort und Stelle zu einer bloßen Hülle vertrocknen lassen.

Mara schloß die Augen, jetzt endlich zitterte sie angesichts der unmittelbar bevorstehenden Gefahr.

»Nein!« unterbrach eine Stimme mit einem ganz und gar nicht menschlichen Klang. Alle anwesenden Personen begannen zu frösteln. Links und rechts von Mara, bisher verborgen durch die ausladenden Gewänder der Priester, erhoben sich jetzt zwei Gestalten. Ihre Körper hatten Muster in den schönsten Farben, und mit einem leichten Surren breiteten sie ihre gut dreieinhalb Meter großen Schwingen aus. Der majestätische Anblick der Cho-ja-Magier ließ selbst die kostbarsten kaiserlichen Gewänder billig und geschmacklos erscheinen.

»Lady Mara darf kein Schaden zugefügt werden!« riefen die Geschöpfe einstimmig. »Sie steht unter dem Schutz der Magier von Chakaha!«

Fumita schrie auf, nur mühsam fand er, von der Erkenntnis benommen, die Sprache wieder. »Das Verbot! Tochter, was hast du getan?«

Motecha stand wie gebannt da; die Kräfte, die er herbeigerufen hatte, lösten sich knisternd in der Luft auf, da sein Zauberspruch mangels der nötigen Konzentration unvollständig blieb. Andere Magier erbleichten, als sie die Bedeutung der Geschöpfe vor ihnen erkannten.

»Lady Mara trifft keine Schuld«, flöteten die Cho-ja-Magier in harmonischem Zweiklang. »Es waren Eure eigenen Taten,

Magier, die den alten Pakt brachen, denn bis Ihr einen Stock zerstört habt, hielten sich die Königinnen im Kaiserreich an die Bedingungen der Abmachung. Nicht ein einziges Mal wurde Magie eingesetzt oder Mara unterstützt, bis Ihr den Vertrag gebrochen habt! Die Schuld liegt bei Euch, Menschen! Es waren die Fähigkeiten der Cho-ja, die diese Halle abschirmten. In den Ländern außerhalb der Grenzen des Kaiserreiches sind unsere Kräfte gewachsen und erblüht. Unseren Fähigkeiten, wenn es um Schutz und Erhalt geht, seid Ihr nicht gewachsen. Die Magier von Chakaha können Lady Mara für den Rest ihres Lebens vor Euren tödlichen Zaubersprüchen bewahren.«

Die Schwarzgewandeten zögerten. Niemals in der Geschichte hatte ein Mensch ohne die Begabung der Magie es gewagt, sich der Versammlung zu widersetzen, und niemals mit einem solch verschlagenen Plan: die Magier selbst dazu zu verführen, den Vertrag zu brechen, den ihre Vorgänger geschmiedet hatten.

Keiner der Erhabenen konnte die Fähigkeiten der Cho-ja-Magier bezweifeln; ihre Rasse war nicht fähig zu lügen. Nach ihrer Aussage besaßen sie Mittel, die zerstörerischsten Zaubersprüche abzuwehren, die die Schwarzgewandeten aussprechen konnten. Jeder Kandidat für die Versammlung hatte die alten Texte studiert; nicht einem, der die Robe als Zeichen seiner Meisterschaft erhalten hatte, entging die Bedeutung der Zeichen auf einem Cho-ja-Magier. Die Komplexität der Muster wuchs mit dem Anstieg ihres Könnens; das Paar, das sich mit Lady Mara verbündet hatte, beherrschte seine Kunst schon sehr lange und besaß eine Macht jenseits jeder Vorstellungskraft.

Dennoch schienen einige der Schwarzgewandeten nach wie vor nicht beschwichtigt. Der Hohe Priester Chochocans machte ein Schutzzeichen, als Sevean sich an die Cho-ja wandte. »Ihr seid nicht aus diesem Land! Wie könnt Ihr Euch *anmaßen*, Eure Fähigkeiten zum Schutz der Verurteilten einzusetzen!«

»Wartet.« Alle Blicke richteten sich auf Mara, als sie vortrat und kühn die Autorität in jener neuen Ordnung ergriff, von der sie immer geträumt hatte. Ihre goldgesäumte Schärpe wies sie als Kaiserliche Regentin aus, selbst wenn die Ernennung noch nicht offiziell war. »Ich möchte einen Vorschlag machen.«

Erwartungsvolle Ruhe trat ein, als alle die Lady, die die Gute Dienerin des Kaiserreiches geworden war, anblickten und darauf warteten, was sie zu sagen hatte.

Mara verbannte die eigenen Zweifel tief in ihrem Innern. Trotz ihrer Worte, die das Gegenteil nahelegten, hatten die Chakaha-Magier ihre Kraft verausgabt, als sie den Audienzsaal abgeschirmt hatten. Nach einer langen Ruhepause würden sie wieder in der Lage sein, sie so zu beschützen, wie sie die Schwarzgewandeten glauben ließen. Nicht nur ihre Magie hatte sich im Laufe der Jahrhunderte verbessert, sondern auch ihr Verständnis ihrer Feinde. Die Cho-ja hatten die Wahrheit geschickt manipuliert, indem sie etwas nahelegten, an dessen Existenz Mara keinen Grund zu zweifeln hatte: daß nämlich, wenn der Schwarm zu Hause in Chakaha Verstärkung nach Kentosani schickte, sie ihr Leben lang außerhalb der Reichweite der Versammlung stehen würde.

Doch jetzt war der äußere Schein alles, was sie hatte, um ihre Gegner zu verunsichern. Sie wagte nicht, einen wie auch immer gearteten Test zu provozieren, bei dem sich die Fähigkeiten der Cho-ja-Magier herausstellen würden. Die einzigen Waffen, die sie vor einem fürchterlichen Tod schützen konnten, waren Worte, Irreführung und die Politik des Großen Spiels. Und die Schwarzgewandeten waren keine Narren. Mara riß sich zusammen und antwortete Sevean direkt. »Die Cho-ja-Magier maßen sich gar nichts an, sondern handeln im Auftrag der Gerechtigkeit! Diese Botschafter aus Chakaha sind gekommen, um Verbesserungen gegen die von unseren Ahnen herbeigeführte Unterdrückung anzustreben.«

Motecha ballte eine Faust. »Das ist verboten! Jeder Cho-ja im Kaiserreich, der einen Aufstand unterstützt, verletzt damit seinen Eid! Der *Große Vertrag zwischen den Rassen* existiert seit Tausenden von Jahren.«

»Seit Tausenden von Jahren der Grausamkeit!« hielt Mara dagegen. »Euer kostbares Verbot! Euer grauenhafes Verbrechen gegen eine Zivilisation, die nichts weiter getan hat, als sich gegen die habgierige Eroberung ihres Landes zu wehren! Ich bin nach Thuril gereist. Ich habe gesehen, wie die Cho-ja in Chakaha leben. Wer von euch kann das ebenfalls behaupten, Magier?« Das Fehlen der Anrede »Erhabene« entging nur wenigen im Saal. Einigen Lords blieb vor Bewunderung der Mund offenstehen. Die Kaiserlichen Weißen standen starr und aufrecht in Reih und Glied, und Jehilia und Justin hielten sich an den Händen.

Die Priester behielten ihre ernsthafte Förmlichkeit bei, als Mara fortfuhr: »Ich habe die Schönheit der Städte gesehen, die sie aus Magie erschufen, den Frieden dieser großen Kultur. Ich habe gesehen, was unser gepriesenes Kaiserreich den Cho-ja gestohlen hat, und ich bin entschlossen, es ihnen zurückzugeben.«

Hochopepa räusperte sich. »Lady Mara, Ihr hattet Verbündete in der Versammlung – bis jetzt. Doch diese ... Obszönität« – er machte eine Geste zu den Cho-ja-Magiern – »wird uns alle einigen.«

»Seid ihr nicht bereits eine Einheit?« gab Mara mit peitschender Stimme sarkastisch zurück. »Ist die Vernichtung meiner Sänfte und meiner engsten Vertrauten nicht ein deutliches Zeichen, daß die Versammlung meine Hinrichtung beschlossen hat?«

Hier verlagerten einige der Erhabenen unruhig ihr Gewicht und blickten beschämt drein, da Tapeks impulsive Tat nicht gerade mit Wohlwollen aufgenommen worden war. Doch auch die Versammlung bestand aus Tsurani: daß einer von ihnen sein Amt beschämt hatte, durfte niemals öffentlich zugegeben werden.

Mara kniff die Augen zusammen. »Und was die Obszönität angeht, ist das ein falscher Angriff. Wieso?« Sie ließ ihre Hand über die geflügelten Wesen neben sich schweifen. »Weil diese sanften Geschöpfe, die keinem von euch etwas Böses wollen, obwohl ihr Volk von euch verfolgt wird, größere Künste beherrschen als ihr selbst?« Ihre Stimme wurde leiser, kaum mehr als ein drohendes, anklagendes Zischen. »Hochopepa, wie kann so etwas obszön sein – für eine Körperschaft von Männern, die Kinder mit magischen Kräften tötet, *weil sie weiblich sind*?«

Die Enthüllung verschlug einigen Schwarzgewandeten vor Schreck den Atem. Motecha wirbelte herum und deutete auf einen nahe stehenden Soldaten. »Tötet sie«, ordnete er an. »Ich befehle es Euch.«

Der Kommandeur der Kaiserlichen Weißen trat mit halbgezogenem Schwert vor Mara. »Ich werde den ersten Mann, sei er Soldat oder Magier, niedermachen, der die Gute Dienerin bedroht, und wenn ich dabei sterben sollte. Mein Leben und meine Ehre sind dem Schutz der Kaiserlichen Familie gewidmet. Bei den Göttern, ich werde meine heiligste Pflicht nicht vernachlässigen.«

Motecha schrie nicht, aber Energie strahlte in Wellen von ihm aus, als er verlangte: »Tretet beiseite!«

Der Kaiserliche Kommandeur hielt dem autoritären Blick des Magiers stand. »Das werde ich nicht tun, Erhabener.« Er machte mit der Hand ein Zeichen.

Andere weißgekleidete Krieger umringten das Podest. Ihre Rüstungen waren der Zeremonie angemessen, doch die Klingen waren scharf und blitzten im düsteren Licht auf, als sie in einer einzigen geschmeidigen Bewegung die Schwerter zogen. Akani stürzte vor und hielt den Krieger fest, der aus Angst vor Motecha gehorchen wollte. »Nein, warte.«

Motecha ging auf seinen Kollegen zu, als würde er einem Feind gegenübertreten, der seinen Tod beschlossen hatte. »Ihr widersetzt Euch dem Gesetz!«

»Ich würde es immer noch vorziehen, den Kaiserlichen Palast nicht in ein Schlachthaus zu verwandeln, wenn es Euch nicht stört.« Der junge Magier zuckte mit einem Blick auf Mara ironisch die Achseln. »Gute Dienerin, wir haben uns festgefahren.« Er deutete auf die Erhabenen hinter sich, von denen viele begierig darauf warteten, daß der Angriff auf sie freigegeben wurde – und auf die hundert Kaiserlichen Weißen und zwei Cho-ja-Zauberwirker, die möglicherweise die Fähigkeit besaßen, sie zu schützen. »Wenn wir nicht bald eine Lösung finden, werden viele sterben.« Er lächelte trocken. »Ich weiß nicht, ob wir Eure Cho-ja-Freunde beim Wort nehmen oder prüfen sollten, wessen magische Fähigkeiten größer sind.« Er warf einen Blick auf Motecha. »Doch angesichts der Schwierigkeiten beim Betreten dieser Halle habe ich eine dunkle Ahnung von dem Desaster, das daraus entstehen könnte.« Er betrachtete wieder Mara, nicht ganz ohne Warmherzigkeit. »Ich zweifle nicht daran, daß Ihr leben und die Entwicklung Eures Sohnes bis zum Erwachsenenalter begleiten wollt.« Er seufzte. »Es sind einige in der Versammlung, die ihr Leben damit verbringen würden, Euch für diese Rebellion sofort auszulöschen«, räumte er ein. »Andere bevorzugen Frieden und warten auf die Gelegenheit herauszufinden, was die Cho-ja-Kollegen zur Erweiterung unserer Künste anbieten können. Ich ermahne jeden Menschen und Magier, einen Schritt zurückzutreten und von sinnloser Zerstörung abzulassen, bis wir wirklich *alle* anderen Möglichkeiten erschöpft haben.«

Der Cho-ja-Magier links von Mara plusterte die Flügel auf; sein Kamerad tat es ihm gleich und meinte: »Dabei könnten wir helfen.« Er fügte einen Zauberspruch in seiner eigenen Sprache hinzu und gestikulierte mit den kurzen Vorderarmen. Eine unsichtbare Störung schien durch das Zimmer zu ziehen, und die Spannung zwischen den Gegnern begann nachzulassen.

Motecha bemühte sich, seine Wut zu erhalten. »Kreatur!« schrie er. »Hör auf damit ...« Doch die Worte blieben ihm im

Halse stecken. Gegen seinen Willen entspannte sich sein verzerrtes Gesicht.

»Magier, die Wut vernebelt Eure Gedanken. Laßt Frieden mein ewiges Geschenk an Euch sein«, schalt der Cho-ja-Magier sanft.

Akani betrachtete den wunderschön markierten Rückenpanzer, auf dem die lichtdurchlässigen Flügel jetzt wie ein Schleier ruhten. Seine Schultern entspannten sich. »Obwohl ich unsere Tradition verehre«, gestand er mit einem Blick auf seine Kameraden, »erkenne ich auch, was ich in diesen Botschaftern aus Chakaha spüre. Betrachtet sie genau. Sie bringen uns etwas ... Seltenes.« Er wandte sich jetzt direkt an Motecha: »Ihre Gegenwart ist kein Angriff. Wir sind Narren, wenn wir uns ohne nachzudenken an Traditionen klammern und nicht die Wunder erforschen, die sich uns bieten.«

Hochopepa drängte sich nach vorn. »Ja, ich fühle es auch.« Er seufzte. »Ich kenne beides ... Staunen und« – das Eingeständnis fiel ihm sichtlich schwer – »Scham.«

Mara brach die Stille. »Kann einer der Erhabenen leugnen, daß weder Haß noch Wut diesen Akt der Güte begründen?«

Hochopepa wartete, bis die Welle aus Ehrfurcht ihn ganz ergriffen hatte. Er lächelte. »Nein.« Dann kehrte sein Pragmatismus zurück. »Als erstes: Der Aufstieg Eures Sohnes auf den Thron des Himmels mag dem Gesetz entsprechen. Doch Eure Übertritte sind ... ohnegleichen, Gute Dienerin. Wir werden möglicherweise niemals bereit sein, Euch zu vergeben, Lady Mara.«

Gedämpftes Gemurmel war von einigen Lords zu hören, doch es wurde kein offener Widerstand laut. »Der Weg der Versammlung ist klar«, erklärte Motecha. »Wir können als Justins Regentin keine Herrscherin akzeptieren, die sich uns widersetzt hat. Dieser Vorfall ist gefährlich. Es gibt wichtige Gründe, weshalb wir außerhalb des Gesetzes stehen.« Als er Mara ruhig betrachtete, sämtliche Wut durch die Arbeit der Cho-ja besänftigt, erhielt Motecha Zustimmung von seinen Kollegen. »Ich habe Justins Krönung akzeptiert, doch das befreit Lady Mara nicht von der Verantwortung für ihren Ungehorsam. Als sie sich uns widersetzte, hat sie gegen das Gesetz verstoßen!« Ihre Blicke trafen sich. »Ihr entehrt unseren Rang und unser Erbe, wenn Ihr Euch hinter dieser fremden Magie verbergt, Lady der Acoma! Ihr müßt den Schutz der Cho-ja zurückweisen und freiwillig die angemessene Strafe auf Euch nehmen. Der Gerechtigkeit muß Genüge getan werden.«

»Das ist wahr«, sagte Mara weich. Ihre Schultern blieben gestrafft, wenn auch aus bloßer Gewohnheit. Sie hatte keinen Plan mehr, den sie hätte anwenden können; sie allein stand nah genug bei den Cho-ja-Magiern, um das feine Zittern wahrzunehmen, das von ihrer Erschöpfung herrührte. Für die Beruhigungsbeschwörung hatten sie sich einer Reserve bedient, die beinahe erschöpft war. Sie konnten ihr nicht mit versteckten Wundern dienen. Zu leise für alle anderen außer denen, die nahe bei ihr standen, meinte sie: »Ihr hab euer Bestes getan. Wir haben eine Überarbeitung des großen Vertrags erreicht, egal, was aus mir wird.«

Der Magier links von ihr strich mit einem Vorderglied sanft über ihre Hand. »Mylady«, erklang seine Stimme in ihren Gedanken, ohne daß er laut gesprochen hätte, »Eure Erinnerungen werden von unserem Volk ewig bewahrt werden.«

Mara zwang sich, das Kinn zu recken. Sie wandte sich an alle Anwesenden in der großen Audienzhalle. »Ich hatte einmal geplant, mein Leben in den Dienst des Tempels Lashimas zu stellen. Das Schicksal sah für mich jedoch den Mantel der Acoma vor. Ich werde gehört werden. Die Götter haben mehr als nur mein Haus und meine Familie in meine Obhut gelegt.« Ihre Stimme wurde lauter und drang bis in die hintersten Ecken des von einer Kuppel überwölbten Saals. »Ich habe es auf mich genommen, die Traditionen zu ändern, die unsere Gesellschaft unbeweglich und starr machten. Ich habe Grausamkeit gesehen, Ungerechtigkeit und das verschwenderische Auslöschen von wertvollem Leben. Deshalb habe ich mich selbst zur Hebamme einer Wiedergeburt bestimmt, ohne die wir als Volk sterben werden.« Niemand unterbrach sie, als sie Luft holte. »Ihr alle kennt die Feinde, die ich geschlagen habe. Einige besaßen einen scharfen Verstand, andere einen eher gewöhnlichen.«

Sie betrachtete ein Gesicht nach dem anderen und bemerkte, daß ihr Appell einige von ihnen berührte. Motecha und viele andere lauschten einfach nur ihren Worten. »Unsere Herrschenden strebten um der Ehre willen nach Macht, um besser angesehen zu werden oder sich zu unterhalten – ohne an das Leid derjenigen zu denken, die ihrer Macht unterstanden. Unsere edlen Familien und Clans spielen das Spiel des Rates um den Preis, daß unnötig viel Blut vergossen wird! Mich im Namen der Gerechtigkeit zu töten, bevor mein Sohn das Erwachsenenalter erreicht hat und ohne Führung einer Regentin herrschen kann, bedeutet, das Kaiserreich wieder der Stagnation und dem Ruin zu überantworten. Unser Kaiserreich wird fallen, wegen unserer Fehler. Das ist der Preis meines Todes, Erhabene. Das ist die Grabinschrift Eurer Gerechtigkeit für unsere Zukunft. Das ist der Preis, den unser Volk für Euer *Privileg* bezahlen muß, außerhalb des Gesetzes zu stehen!«

Es war totenstill im Audienzsaal, während die Anwesenden über die Bedeutung von Maras Worten nachdachten. Sie selbst stand aufrecht und unbeweglich da, während die Priester hinter ihr untereinander flüsterten und unruhig mit den Füßen scharrten. Der Stolz verbot Mara, sich umzudrehen. Sie sah die Besorgnis in Hokanus Gesicht. Mara wagte nicht, seiner Angst um sie zu begegnen, nicht einmal mit einem kleinen Blick. Sie wußte, wenn sie ihm in die Augen schaute, würde sie die Beherrschung verlieren und in der Öffentlichkeit in Tränen ausbrechen.

Sie stand starr wie eine Statue da, als Gute Dienerin des Kaiserreiches und Tochter der Acoma, bereit dazu, ihr Schicksal anzunehmen.

Die Magier wurden wieder unruhiger, als die Magie der Choja nachließ.

»Jetzt ist sie zu weit gegangen«, murmelte Shimone. »Kein Argument kann sie retten, denn unsere Versammlung ist nicht den Gesetzen verantwortlich. Dies darf *nicht* als Privileg mißdeutet werden. Es ist unser *Recht*!«

Fumita wandte sein Gesicht ab; Hochopepa blickte beunruhigt drein.

»Ihr werdet sterben, Lady Mara«, sagte Sevean. »Löst das Bündnis mit Euren Botschaftern aus Chakaha, sonst werden sie mit Euch untergehen. Ich behaupte, sie können Euch nicht verteidigen. Wenn wir Euch vernichten, werden die Priester wieder zu ihrem rechtmäßigen Platz in den Tempeln zurückkehren und die Politik anderen überlassen.« Er deutete auf den Hohen Priester Jasturs und die Schwestern Sibis. »Oder laßt sie uns herausfordern, wenn ihnen danach ist. Wir sind ihnen mit unseren Fähigkeiten immer noch überlegen! Unsere Macht brach den Zauberbann, der über dieser Halle lag! Vielleicht haben diese Cho-ja in den Ländern außerhalb des Kaiserreiches gelernt zu lügen! Ich behaupte, Ihr versucht uns zu täuschen, Lady Mara, und daß Ihr keine Möglichkeit besitzt, Euch zu verteidigen.«

Motecha blickte einen Augenblick verwirrt drein. Dann verhärtete sich sein Gesichtsausdruck. Er betrachtete eingehend die Chakaha-Magier und begriff, daß sie keinerlei Anstalten machten, Lady Mara zu beschützen. Wieder hob Motecha die Hände, und wieder bündelte sich seine Magie in einem wilden Ausbruch aus grünem Licht. In seine Bemühungen vertieft, stieß er einen schroffen Singsang aus.

Dieses Mal würde ihn und seine Kollegen nichts und niemand daran hindern, die Gute Dienerin zu vernichten.

Die Priester schienen beunruhigt. Viele von ihnen traten zurück, als versuchten sie, die Entfernung zur Guten Dienerin zu vergrößern. Hokanu wirkte gequält, bis sein Erster Berater Dogondi dazwischentrat und ihm den Blick auf Maras Not versperrte. »Seht nicht hin, Mylord«, murmelte er.

Oben auf dem Kaiserlichen Thron umschloß Jehilia die Hand Justins, während der Junge seine Mutter mit weiten, harten Augen anstarrte, die jede Furcht verloren hatten. »Dafür werden die Erhabenen bezahlen«, schwor der junge Kaiser mit monotoner Stimme. »Wenn sie stirbt, werde ich dafür sorgen, daß sie vernichtet werden!«

Jehilia zupfte ängstlich an seinem Ärmel. »Still! Sie werden dich hören!«

Doch die Erhabenen kümmerten sich nicht um die Kinder auf dem Thron. Sie schlossen sich zusammen und vereinigten ihre Magie mit der Motechas. Nur drei hielten sich abseits, als die Intonierung des Todesspruchs ihren Höhepunkt erreichte: Hochopepa, der sehr unglücklich aussah; Shimone, dessen Gesicht Bedauern ausstrahlte; und Fumita, der die Bande zu seiner Familie nicht ganz aufgeben und nicht an der Ermordung einer Frau teilnehmen konnte, die seine Schwiegertochter gewesen wäre.

Mara stand aufrecht auf dem Steinboden unterhalb des Podestes. Neben ihr kauerten die Magier mit eingezogenen Flügeln, hinter ihr stand der Hohe Priester Turakamus, alt und mit ledriger Gesichtshaut, doch aufrecht unter den schweren Amtsinsignien. Genau in dem Augenblick, als Motecha seine Arme emporriß, legte er seine dünne Hand auf ihre Schulter, ganz als wollte er die Frau trösten, die schon bald seinen göttlichen Herrn begrüßen würde.

Grünes Licht explodierte in einem blendenden Funkeln, und ein solcher Knall zerriß die Luft, daß viele Edlen weiter vorn zu Boden geschleudert wurden. Mara und der Priester waren verloren im Herzen des magischen Feuers, das den festen Stein rot glühen und schmelzen ließ. Eine Säule brach wie eine überhitzte Kerze zusammen, und der Steinboden verzog sich und löste sich dann in Lava auf.

»Nehmt den Preis entgegen, der Euch dafür gebührt, daß Ihr Euch denen widersetzt habt, die außerhalb des Gesetzes stehen!« schrie Motecha. Er klatschte in die Hände, und der Zauber verflog.

Das Licht verschwand. Mit brennenden, tränenden Augen blickten die Zuschauer auf einen Kreis verkohlten Fußbodens und nahmen die Hitzewellen wahr, die von der schockartigen Aufheizung herrührten und die Luft zum Flimmern brachten. Innerhalb des Kreises, wo die magischen Kräfte mit ungeheurer Gewalt gewütet hatten, stand die Lady, ganz und gar unberührt. Ihre Gewänder waren fleckenlos; nicht eine Haarlocke war verrutscht. Die beiden Magier aus Chakaha verneigten sich huldigend vor dem Priester, der jetzt zittrig zu einer Dankes- und Lobesrede auf seinen Gott ansetzte.

»Was ist denn das?« brüllte Motecha. Er zitterte vor Wut am ganzen Körper und war leichenblaß bis unter die Haarwurzeln. »Sie lebt! Wie ist das möglich?«

Der Priester Turakamus beendete seine Hymne und trat geduldig lächelnd vor. »Erhabener, Ihr mögt für Euch beanspruchen, außerhalb der Gesetze der sterblichen Menschen zu stehen. Doch Ihr seid immer noch einer höheren Ordnung des Himmels verantwortlich.«

»Was ...?« begann Mara schwach, und die Cho-ja-Magier stützten sie, als sie schwankte.

Der Priester des Roten Gottes kehrte den verblüfften Magiern den Rücken und wandte sich an Mara. »Lady Mara, Ihr habt einmal den Hohen Priester eines unserer Tempel in Sulan-Qu besucht. Er gab Euch einen Einblick in seine Fähigkeiten und erklärte, daß mein Gott niemals willkürlich handelt. Eure Politik belebt unsere Gesellschaft. Bei all Euren politischen Machenschaften habt Ihr niemals die Tempel verschmäht – Ihr wart immer eine ehrfürchtige Tochter unseres Glaubens, anders als jene, die laut ihre Loyalität für Traditionen herausschreien und geistige Rechtschaffenheit verschmähen.«

»Aber wie war das möglich?« setzte Mara erneut an, etwas stärker diesmal, als ihr verblüffter Verstand die Unmöglichkeit begriff, daß sie noch lebte.

Der Hohe Priester wurde feierlich. »Die Tempel unterstützen Euch. Unser Versprechen galt nicht nur in politischer Hinsicht. Wir waren übereingekommen, daß mein Gott, der den Tod aller Menschen in seinen Händen hält, bestimmen sollte, ob dies Euer Zeitpunkt war oder nicht. Hättet Ihr die Unterstützung des Himmels verloren, wärt Ihr jetzt tot.« Er drehte sich zu den Erhabenen; die Corcara-Knöchelchen klapperten leise. »Was sie nicht ist!«

Die kühle Stimme einer der Schwestern Sibis meldete sich: »Und wenn der kleine Bruder unserer Dunklen Lady sich entschieden hat, die Gute Dienerin nicht zu sich zu rufen, weigert sich unsere Göttin, sie in die Roten Hallen zu schicken.« Ihre düstere Robe bewegte sich, als sie begierig jede Seele im Raum begutachtete. »Es sind andere hier, die meine göttliche Herrin freudig zu sich nehmen würde.«

Selbst einige der Magier versuchten mit einem Handzeichen, das Böse abzuwehren. Unberührt, über ihr Verhalten sogar leicht amüsiert, verkündete der Hohe Priester Turakamus: »Mein Gott gewährte der Guten Dienerin seinen göttlichen Schutz. Ihr Leben ist sakrosankt, so lautet der Wille der Götter, und kein Mensch, Magier oder nicht, soll es wagen, ungestraft Hand an sie zu legen!«

Motecha akzeptierte die Niederlage vollkommen reglos; doch sein Gesichtsausdruck blieb unleserlich. »Es ist nicht an uns, das Leben der Lady zu nehmen; dies ist eindeutig bewiesen. Doch ihr Recht, als Regentin zu handeln, ist noch immer strittig. Lord

Jiro von den Anasati besaß ebenfalls einen Anspruch auf den Goldenen Thron. Er hat genau wie Mara gehandelt, um unter allen Umständen die Macht zu erlangen. Sind die Ziele der Lady nicht die gleichen, wenn sie als Justins Regentin bis zu seinem fünfundzwanzigsten Lebensjahr herrscht? Warum übergeben wir das Amt nicht einem Omechan oder Xacateca – oder einem Angehörigen aus einem niedrigeren Haus ohne Anspruch auf das Amt des Kriegsherrn, vielleicht den Netoha oder Corandaro?«

Inzwischen hatte Mara sich von ihrer Beinahe-Begegnung mit dem Tod erholt und ihre Entschlossenheit wiedergefunden. Sie beeilte sich, den Traditionalisten die Möglichkeit zu nehmen, sich auszubreiten. »Nein. Ich biete Euch eine Wahl.«

Absolute Stille herrschte unter den Priestern und Höflingen, vom hohen Podest mit dem neugekrönten Licht des Himmels über die Gruppe der Magier auf dem großen Boden davor bis zu den Doppeltüren am Eingang, wo noch immer die beiden Herolde und reglose Kaiserliche Weiße Wache hielten. Alle warteten darauf, daß Mara einen nie dagewesenen Vorschlag machte. Sie schritt die Stufen zum Podest empor und blickte auf das Meer fragender Gesichter. »Ich könnte in diesen Hallen bleiben und als Regentin meines Sohnes wirken. Seine Herrschaft würde stabil sein durch ein Bündnis von Herrschern, die verstehen, was alle einmal begreifen müssen: daß das Kaiserreich unmittelbar vor einem Wandel steht. Die Cho-ja würden bereitwillig als Verbündete vermitteln, um eine neue Ordnung einzuführen, die ein Ende der jahrhundertealten Fehler bedeutet. Ihre Krieger werden die Streitereien zwischen den Edlen unterbinden und einen Bürgerkrieg abwenden. Denn Justins erste Handlung als zweiundneunzigster Kaiser wird ihre Befreiung von all den Einschränkungen sein, die ihnen von Menschen auferlegt wurden.«

Mara hielt inne und schöpfte Atem. Doch bevor die Herrscher genügend Zeit fanden, sie niederzuschreien, fuhr sie fort.

»Ich biete Euch einen friedlichen Wandel! Als Beraterin des verstorbenen Kaisers kenne ich die Arbeitsweise der kaiserlichen Regierung. Als Gute Dienerin des Kaiserreiches verweise ich darauf, daß nur ich die Macht und das nötige Ansehen bei den Herrschenden und der Bevölkerung besitze, um Aufstände zu ersticken. Die Alternative ist klar. Die Omechan haben bereits den Kampf gegen mich eröffnet, indem sie Kentosani belagern. Schon bald werden sich Verbündete des verstorbenen Lords Jiro mit ihnen zusammentun und auch andere Herrscher, die die Traditionalisten unterstützen. Läßt sich diese Entwicklung nicht aufhalten, haben wir einen unvergleichlichen Bürgerkrieg vor uns, der das Kaiserreich, dem wir angeblich dienen, ruinieren wird.«

Hochopepa hustete trocken. »Diese Begründung wurde schon häufig in der Vergangenheit vorgetragen, Mylady. Dennoch war meist Blutvergießen die Folge.«

Mara gestikulierte in unterdrückter Wut darüber, daß ihre Ideen, wenn auch nur indirekt, mit den Motiven ihrer machthungrigen vergangenen Feinde verglichen wurden. »Blutvergießen, sagt Ihr, Magier? Wozu? Es gibt keinen Posten für einen Kriegsherrn mehr, der errungen werden könnte. Der Hohe Rat ist abgeschafft!«

Viele Lords protestierten durch unruhiges Füßescharren und Gemurmel, doch wieder übertönte Mara sie. »Unsere Lust an mörderischen, politischen internen Machtkämpfen muß aufhören! Das Spiel des Rates darf nicht länger eine Rechtfertigung für Krieg und Attentate sein. Wir müssen unser Konzept der Ehre und unsere Traditionen neu beleben, die die Unterdrückung von Grausamkeiten befürworten. Wir werden ein Volk mit Gesetz und Recht sein! Welches Verbrechen auch immer, *jeder* Mann und *jede* Frau, von hohem oder niedrigem Stand, wird sich in gleicher Weise vor der kaiserlichen Justiz rechtfertigen müssen. Von diesem neuen Kodex des Anstands sind auch die Handlungen unseres Lichts des Himmels nicht ausgenommen!«

Motecha stieß eine Faust in die Luft. »Aber wir stehen außerhalb der Gesetze!«

Mara trat die Stufen hinunter und ging auf das Geländer zu, hinter dem die Erhabenen sich versammelt hatten. Ihr Blick richtete sich starr auf Motecha und schweifte dann über seine schwarzbemäntelten Kollegen um ihn herum. »Jeder Mann und jede Frau«, beharrte sie. »Keinem Herrscher, keiner Herrscherin gebührt Applaus für einen Mord, selbst wenn die traditionellen Formen gewahrt werden. Kein Bettler, kein Sklave und kein Kind von edler Geburt wird der rechtmäßigen Strafe für Verbrechen entgehen; Ihr von der Versammlung schon gar nicht. Eure Gruppe hat nicht länger die Freiheit, grauenhafte Geheimnisse für sich zu behalten: daß kleine Mädchen und Frauen getötet werden, in denen sich die Fähigkeiten zur Magie entwickeln.«

Gemurmel machte sich jetzt breit, da diese Anschuldigung laut genug war, daß sie von allen gehört wurde, und nicht nur Schwarzgewandete waren so erzürnt, daß sie unruhig von einem Fuß auf den anderen traten. »Ja!« schrie Mara über den anschwellenden Tumult hinweg, der sich unter den Lords und Höflingen ausbreitete. »Ich spreche die Wahrheit! Die Versammlung hat unzählige Jahre gemordet, und das aus Gründen, die unsere Götter niemals gutheißen würden!«

Der Priester Lashimas schwang seinen Amtsstab und ließ die Corcara-Muscheln und Banner durch die Luft wehen, um die Aufmerksamkeit auf sich zu lenken. »Hört auf die Lady. Sie lügt nicht. Im letzten Jahr wurde eine junge Frau, die als Akolythin getestet werden sollte, direkt aus dem Tempelhof verschleppt. Sie ist weder von unserer Priesterschaft noch von ihrer Familie gesehen worden, seit der Erhabene sie geholt hat.«

Hokanu sah aus, als wäre ihm schlecht; Fumita starrte zu Boden und wich dem Blick seines Sohnes aus. Zahlreiche Edlen waren schockiert, daß Töchter, die zu den Erhabenen in die Stadt der Magier gerufen worden waren, um dort zu dienen, nicht mehr am Leben waren. Sie warfen den Schwarzen Roben verärgerte und zornige Blicke zu, während Mara ihre Rede rasch weiterführte, um die anschwellende unglückliche Stimmung in eine andere Richtung zu lenken. »Als Gemeinschaft könnt Ihr Euch weiter selbst regieren – so wie es die Herrschenden einer jeden Familie tun werden ...« Erleichterung zeigte sich auf den Gesichtern der Edlen, als ihr Recht zu herrschen bekräftigt wurde. »Innerhalb des Gesetzes!« betonte Mara. »Doch die Versammlung wird nicht länger im Besitz von Privilegien sein. Das Studium der Magie wird nicht mehr von ihnen beherrscht und bestimmt werden. Wer immer Magie ausübt, hat das Recht zur freien Ausübung seiner oder ihrer Künste. Jenen geringeren Magiern und Frauen, die magische Fähigkeiten entwickeln, steht es frei, bei der Versammlung zu lernen oder auch nicht – *ganz wie es ihnen beliebt*! Jene, die ihr Wissen auf andere Weise vertiefen wollen, mögen dies tun.«

Der Chakaha-Magier gleich neben den Erhabenen erhob ein Vorderglied. »Gerne werden wir jene unterrichen, die den weisen Umgang mit ihren Fähigkeiten suchen«, bot er mit sanfter Stimme an.

Obwohl das Angebot einige Magier besänftigt haben mochte, schauten andere nur irritiert oder verärgert drein, als Mara fortfuhr. »Ich bin in den Schuhen einer Gefangenen nach Thuril gereist, und ich habe kaiserliche Entscheidungen unter Ichindar mitgetragen. Ich allein kann mit Fug und Recht behaupten, daß jeder Mann, jede Frau und jedes Kind es verdient, beschützt zu werden. Nur wenn diese« – sie runzelte leicht die Stirn, als sie nach dem Begriff suchte, den Kevin immer mit solcher Leidenschaft benutzt hatte – »Große Freiheit sich unter uns ausgebreitet hat, werden wir alle in Sicherheit sein. Das Spiel des Rates ist unerträglich gefährlich und blutig, und ich möchte es beenden. Wahre Ehre liegt nicht in der Duldung von Mord. Wahre Macht muß auch die Schwachen schützen, die wir jahrhundertelang gedankenlos mit Füßen getreten haben.«

Motecha lehnte sich grimmig und streitlustig gegen das Geländer. Mara sah ihn voller Verachtung an. Sie wandte sich jetzt nur an ihn, obwohl ihre Worte auch in die hinterste Ecke der bevölkerten Halle drangen. »Ihr Schwarzgewandeten habt kein Recht zu zerstören, was Euch nicht gefällt. Die Götter gaben Euch nicht das Geschenk magischer Fähigkeiten, damit Ihr nach Lust und Laune anderen das Leben nehmt.«

Der Hohe Priester Jurans schlug mit seinem weißgestreiften Stab auf den Boden. »Die Gute Dienerin spricht die Wahrheit.«

Ein anderer Erhabener, der erst später mit der letzten Gruppe aus der Stadt der Magier eingetroffen war, drängte sich durch die Reihen seiner Kameraden, um Motecha beizustehen. Tapek schüttelte jegliche Hemmungen ab, die er seit seinem letzten beschämenden Auftritt entwickelt hatte. Seine Haare waren zurückgestrichen, seine Wangen glühten voller Leidenschaft. »Ihr wollt uns unserer uralten Rechte berauben!«

»Macht wird nach dem Ermessen derer ausgeübt, die sie besitzen«, erwiderte die Lady. Sie hatte keine Angst, obwohl sie nur eine Armeslänge von ihm entfernt stand. »Ihr vor allem solltet das verstehen, Magier. Eure Kollegen waren armselige Verwalter, indem sie sich in Arroganz übten und sich widerrechtlich das Urteil aneigneten, das das Vorrecht des Himmels ist. Da Euer Versuch, mich hinzurichten, durch die Macht der Götter aufgehalten – nein, zurückgenommen! – wurde, bin *ich* es heute, die die Macht besitzt.«

Die anderen Magier tauschten beunruhigte Blicke aus, doch keiner konnte etwas erwidern. Ihre Magie war hinfällig geworden, machtlos gegenüber dieser Frau, die die Erhabenen zum Scheitern verdammt hatte, ohne daß diese darauf vorbereitet gewesen wären. Sie hatten keine Prinzipien, auf die sie sich jetzt stützen konnten; nichts, das ihnen jetzt Hilfe bieten würde.

Nur Hochopepa schaute Mara noch unverwandt an. »Ihr habt von einer Wahl gesprochen?«

Wäre die Angelegenheit nicht so wichtig und wären die Anwesenden im Audienzsaal eine Spur weniger gespannt gewesen, hätte Mara möglicherweise über die Schärfe im Tonfall des fülligen Magiers gelächelt. »Ja, Erhabener, eine Wahl«, verkündete sie laut. »Jahrhundertelang hat Eure Versammlung Autorität ohne jede Verantwortung genossen. Ihr Schwarzgewandeten habt für das ›Wohl des Kaiserreiches‹ getan, was Euch gefiel, wie launisch, absonderlich oder zerstörerisch die Tat auch gewesen sein mag.« Hinter ihren Worten schwang die Erinnerung an zwei Kinder mit, die von ihrem Vater, dem Lord der Minwanabi, getötet worden waren – eine Folge der Entehrung, die die Magier ihm aufgezwungen hatten. Obwohl Tasaio ihr Feind gewesen war, hatte Mara die Ermordung seiner Erben als furchtbar empfunden, eine Tragödie, die um so weniger verzeihlich war, als sie durch die gleiche Versammlung hätte verhindert werden können, die den Vater zum Tode verurteilt hatte. Verbittert fuhr sie fort: »Da Eure Gesellschaft wenig Neigung zur Selbstdisziplin zeigte, steht sie jetzt davor, Rechenschaft abzulegen. Ihr mögt tun, was ich vorgeschlagen habe, und Euch in Eurer Stadt voller ängstlicher, mit ihrem Innern beschäftigter Männer um Eure eigenen Angelegenheiten kümmern – mögen die Götter gnädig mit Euch sein –, oder Ihr könnt den einzigen anderen Weg beschreiten, der einen ungezügelten Krieg verhindern kann.«

Hochopepas rundliches Gesicht verzog sich widerwillig, und er klopfte unbehaglich mit der Fußspitze auf den Boden. »Ich ahne, was das sein wird.«

»Tut Ihr das?« Mara zog einen verzierten Dolch unter der Schärpe ihrer Robe hervor und hielt ihn mit der Spitze gegen ihre Brust gerichtet. »Die Götter mögen erklärt haben, daß meine Zeit zu sterben noch nicht gekommen ist. Doch ich kann immer noch meinen freien Willen als Lady der Acoma geltend machen.

Wenn Ihr so entscheidet, kann ich mir das Leben nehmen, jetzt, als Sühne für die Verletzung Eures ausdrücklichen Edikts. Wenn ich das tue, wird Justin abdanken und als Lord der Acoma nach Hause zurückkehren. Jehilia, seine Frau, wird regieren, und ihr Ehemann wird nur ein Gatte sein und schwören, daß er niemals die Hand gegen Euch oder einen anderen Schwarzgewandeten erheben wird.« Mara kniff die Augen zusammen, als sie den letzten Satz aussprach. Die Klinge in ihrer Hand zitterte nicht eine Sekunde. »Doch dann müßt *Ihr* herrschen, die Versammlung der Magier.«

Hochopepa grinste tatsächlich. Shimone und Akani nickten, während Tapek nur verwirrt zu sein schien. »Lady, was sagt Ihr da?« fragte der rothaarige Magier.

»Ihr habt als einzige die Macht zu zerstören, Krieg zu führen oder zu verhindern«, erklärte Mara. »Meine Verbündeten werden keinen Widerstand leisten. Wenn Ihr es befehlt, setze ich meinem Leben vor Sonnenuntergang durch die Klinge ehrenvoll ein Ende.« Sie ließ ihren Blick durch die Halle schweifen, hielt nur bei den Edlen etwas länger inne, die sich bemühten, jedes Wort mitzubekommen, und selbst jetzt noch auf irgendeinen Fehltritt hofften, durch den sie Überlegenheit über ihre Nachbarn erlangen konnten. Ihre Klinge mochte das Ziel finden und das Spiel des Rates wieder aufgenommen werden, als hätte sie niemals gelebt; als wenn die Träume eines ermordeten Kaisers und eines barbarischen Sklaven niemals einen solchen Wandel in Gang gesetzt und beschleunigt hätten. Die Stunde der Entscheidung war gekommen. Die Priester warteten auf ihre Götter und beteten, daß das Schicksal ihnen wohlgesonnen sein mochte. Den Blick auf Motecha und Tapek gerichtet, kam Mara zum Schluß: »Oh, ihr werdet jemand anderen finden, der eine Zeitlang den Kaiser oder Kriegsherrn spielt. Der Lord der Omechan würde sich für diese Ehre überschlagen, kein Zweifel – bis ein ehrgeiziger Nachbar oder Rivale beschließt, daß es an der Zeit ist, die Nachfolge neu zu regeln. – Doch bedenkt: Die Illusion ist vorüber. Die Menschen wissen jetzt, daß man sich der Versammlung entgegenstellen kann. Die Tempel werden nicht zufrieden sein, sich wieder mit einer zweitrangigen Rolle zu begnügen. Seid versichert, daß die letzte Handlung von Kaiser Justin sein wird, die Cho-ja aus ihrer Unmündigkeit herauszuführen, damit sie ihre Magie wieder ausüben und Städte aus Glas in der Sonne errichten können. Ohne die Unterstützung von Soldaten, wie wollt Ihr Magier die Ordnung aufrechterhalten? Wie sollt Ihr das Gezänk und die Machtspiele zwischen den Herrschenden beenden, denen Traditionen die Attribute der Ehre zugewiesen haben? Das Spiel des Rates ist eine Sackgasse, doch die meisten unserer Herrscher sind zu streitsüchtig oder zu gierig, um eine neue Ordnung zu schaffen. Seid ihr Magier darauf vorbereitet, eine Rüstung anzulegen und ein Schwert aufzunehmen? Tapek? Sevean, Motecha?«

Die Verblüffung auf den Gesichtern der drei Genannten war beinahe komisch. Niemals hatten sie daran gedacht, sich die Hände im Kampf schmutzig zu machen! Und jetzt, da ihre Schwäche enthüllt war, erkannten sie, daß Magie allein keine Ehrfurcht mehr hervorrufen würde. Andere, die so kühn waren wie Mara, würden Aufstände anzetteln, und die Versammlung wäre durch die Politik und die Umstände gezwungen, sich für eine Seite zu entscheiden. Die Verwaltung des Kaiserreichs würde ihnen keine Zeit mehr lassen, sich ihren Studien zu widmen.

Für Männer, die es gewohnt waren, nach ihren eigenen, persönlichen Launen zu handeln, war diese Aussicht grauenhaft.

Motecha sah aus, als wäre ihm unbehaglich zumute. Sevean schob sich unbemerkt hinter Shimone, während Tapek seine Bestürzung hinter einem Tobsuchtsanfall versteckte. »Wir sind nicht ein Rat von Lords, die über Banales streiten! Unsere Berufung ist erhabener als die Vollstreckung von Strafen für rivalisierende Häuser!«

Hochopepa lachte jetzt tatsächlich.

Mara verneigte sich ernst. Die Klinge war noch in ihrer Hand, reglos gegen die Brust gerichtet. Ihre Augen waren hart wie Stein. »Dies sind Eure Möglichkeiten, Erhabener. Entweder Ihr regiert dieses Kaiserreich, oder Ihr hört auf, Euch in die Angelegenheiten derer einzumischen, die es tun müssen.«

Angesichts der verblüfften Reglosigkeit seiner Kollegen ließ Hochopepa seinen Arm durch die Luft schweifen. »Es ist vorbei.«

Tapek sah immer noch streitlustig aus, doch Akani trat dazwischen. »Ich stimme zu. Die Versammlung als Gemeinschaft wird nicht länger den Wunsch hegen, das Kaiserreich in der Form zu lenken, wie wir es in der Vergangenheit getan haben. Die Götter wissen, unsere Debatten haben sich schon tagelang hingezogen, um nur eine einzige Angelegenheit zu entscheiden!« Er konnte einen vielsagenden Blick zu Shimone und Hochopepa nicht unterdrücken und seufzte; dann verneigte er sich ernst vor der Guten Dienerin des Kaiserreiches. »Lady, Ihr werdet Euch nicht vor Sonnenuntergang das Leben nehmen. Die Öffentlichkeit würde zu viel Geschrei machen und vermutlich meinen Kollegen die Verantwortung dafür zuschieben. Unsere Wahl ist eindeutig: Chaos oder eine neue Ordnung. Ihr habt als erste gesehen, daß manche von uns nicht genügend Selbstbeherrschung haben und ohne zu zögern töten. Die meisten Magier sind allerdings nur schwer dazu zu bringen, auch nur einer Fliege etwas zuleide zu tun. Nein, unsere Macht über das Kaiserreich ist aus blindem Gehorsam im Laufe der Jahre entstanden. Ohne diesen sind wir ... machtlos.«

»Machtlos?« fauchte Tapek. »Ich nicht, Akani!«

Fumita hielt den rothaarigen Magier mit festem Griff zurück. »Tapek, Ihr habt Euch bereits mit einer wahnsinnigen Tat unverzeihliche Schande bereitet. Hört zur Abwechslung einmal zu! Mara handelt nicht aus eigennützigen Gründen. Das hat sie niemals getan, wenn Ihr das doch endlich erkennen würdet. Ihr werdet die Versammlung niemals davon überzeugen, einem Bürgerkrieg und Chaos zuzustimmen. Und unvergleichliches Blutvergießen würden wir haben, wenn Ihr und Eure Freunde von Heißspornen das Unvermeidliche nicht akzeptiert. Ich bitte Euch jetzt dringend, an der Wiederherstellung Eures Rufes zu arbeiten, indem Ihr an die Mauer tretet und den angreifenden Armeen befehlt, das Feuer einzustellen und die Waffen niederzulegen.«

»Ich werde mit Tapek gehen« verkündete Shimone. Er warf einen ernsten, unbarmherzigen Blick auf den jüngeren Kollegen, dann griff er nach seiner Transportvorrichtung und verschwand. Wenige Magier im Kaiserreich wagten es, Shimone zu widersprechen, wenn er erzürnt war. Doch noch immer machte Fumita keine Anstalten, Tapek freizugeben, bis dieser den Blick senkte und ihm recht gab. Erst dann konnte der Magier ebenfalls verschwinden und Shimone begleiten.

Hochopepa brachte vor den Vertretern der religiösen Orden und den Lords ein freundliches Schulterzucken zustande. »Ich habe kein Bedürfnis zu herrschen, und ich will auch nicht die mächtigsten Priester im Kaiserreich umbringen.« Diese Aussage war direkt für Motecha bestimmt, der die Unterstützung anderer Kollegen suchte, aber feststellen mußte, daß seine Gruppe sich auflöste. In Shimones Abwesenheit hatte Sevean sich neben Fumita gestellt. Auch viele andere Magier nickten der Kapitulation des fetten Magiers zustimmend zu. Sanft streckte Hochopepa die Hand aus und nahm Mara den Dolch aus den Fingern.

Dann verkündete er laut: »Ein bemerkenswerter Mann, der Magier Milamber von Midkemia, mahnte uns einmal, daß das Kaiserreich eine erstarrte Kultur wäre, die durch unser unerbittliches Festhalten an Traditionen dem Untergang geweiht wäre. Ich denke, er hatte recht« – der beleibte Magier belohnte Mara und die Chakaha-Zauberwirker mit einem bewundernden

Lächeln –, »denn warum sonst hätten die Götter diese bemerkenswerte Frau verschont?«

Er wandte sich an Mara. »Lady, wenn das Licht des Himmels es erlaubt, werden wir uns zurückziehen und uns offiziell treffen, doch Ihr könnt sicher sein, wie unsere offizielle Position lauten wird.« Dann trat er als erster der Schwarzgewandeten vor und wiederholte seine ehrerbietige Verneigung, um zu betonen, daß der Junge auf dem Podest jenseits jeden Zweifels das zweiundneunzigste Licht des Himmels war.

Die anderen Magier folgten ihm, die meisten beschämt genug, um es schweigend zu tun, wenn auch einige im Hintergrund noch leise grollten. Fumita warf diesen Abweichlern einen ernsten Blick zu, und die Chakaha-Magier sahen sie aus achatschwarzen Augen so unverwandt an, daß sie an die einzigartigen Fähigkeiten des Cho-ja-Schwarmbewußtseins erinnert wurden.

Mara spürte, wie eine Welle der Erleichterung sie angesichts der einstimmigen Kapitulation der gefährlichsten Feinde, die sie zu provozieren gewagt hatte, zum Schmunzeln brachte. Als die Schwarzen Roben die Herrschaft ihres Sohnes anerkannten, wurden ihre Knie schwach. Hokanu mit seiner warmherzigen Feinfühligkeit spürte ihr Bedürfnis, und Mara nahm seine Hilfe dankbar an, als er an ihre Seite trat und seinen Arm um ihre Taille legte.

Als die Erhabenen hinausschritten und die große Halle sich langsam leerte, trat der Lord der Keda, der Kaiserliche Kanzler, in seiner glitzernden Amtskleidung vor. Trotz seiner früheren Nervenschwäche hatte der alte Mann nichts von seiner Fähigkeit als Redner verloren. »Als Kanzler möchte ich zu den ersten Edlen zählen, die Kaiser Justin die Treue schwören.« Er kniete nieder und sprach den alten Eid, und die Spannung schien von der Menge abzufallen. Plötzlich verwandelte sich das, was beinahe zu einem Schlachtfeld geworden wäre, in einen Saal kniender Männer und Frauen, die Worte der Huldigung an einen Jungen wiederholten, der als Sohn eines Sklaven empfangen worden und vom Erbe der Acoma zum zweiundneunzigsten Kaiser Tsuranuannis aufgestiegen war.

Als die neuen Mitglieder seines Hofes sich erhoben, wand Justin sich unruhig hin und her, Sorge stand in seinem Gesicht. »Ihr habt mir alles andere erklärt, aber was tu ich jetzt?« flüsterte er laut zu seiner Mutter und dem Vater, der ihn als eigenen Sohn adoptiert hatte.

Jehilia blickte bei seinem Fehler erschrocken auf.

Nicht wenige Priester verbargen ein Kichern hinter ihren zeremoniellen Masken, während Hokanu den Kriegshelm abnahm und laut auflachte. »Sag deinem Volk: ›Laßt die Feier beginnen!‹«

Justin sprang vom Thron und verlor beinahe den goldenen Helm mit der Krone, das Zeichen Seiner Kaiserlichen Erhabenheit. Er zog seine Lady hinter sich her und sah ganz und gar nicht schicklich aus – mehr wie ein Junge, der Unfug im Kopf hatte, sobald seine Eltern nicht hinschauten. »Laßt die Feier beginnen!« rief er.

Jubel ließ die große Audienzhalle erbeben, noch viel betäubender jetzt, weil die Belagerungsmaschinen der Omechan schwiegen. Es krachten keine Steine mehr gegen das Kaiserliche Viertel. Und als die Stimmen und Rufe auf ein angenehmeres Maß geschrumpft waren, ertönten laute Gongschläge von den Tempeln der Zwanzig Götter, um die Bevölkerung auf die Straßen zu rufen, damit sie die großzügige Gabe im Namen Justins, zweiundneunzigmal Kaiser von Tsuranuanni, annehmen konnten.

Während sich die große Halle leerte und die Kaiserlichen Herolde die Neuigkeiten in der Stadt verbreiteten, begab sich der kleine, mausähnliche Jican zu den Palast-Bediensteten. Die große Gestalt des kaiserlichen Hadonra ließ ihn nur einen kurzen Augenblick innehalten. Nach einem knappen, lebhaften

Streit trat der gewaltige Beamte zurück und sagte irgend etwas, daß der kaiserliche Anstand unwiderruflich ruiniert wäre, und verschwand in seinen Gemächern. Jican nahm sich jetzt den Rest der Dienerschaft vor. Sie würden ein Fest für ihren neuen Kaiser vorbereiten, befahl Jican, und wenn es sie alle bis zum letzten Tellerjungen, bis zur letzten Putzfrau tötete. Seine Entschlossenheit wirkte ansteckend. Schon wenige Stunden danach hatten die Edlen ihre Kriegsrüstungen gegen Seidenroben eingetauscht, und Unterhalter strömten zu den Stadtbeamten, weil sie die Ehre haben wollten, mit Musik und Poesie zum Fest beizutragen. In der ganzen Stadt begannen Feierlichkeiten, als sich verbreitete, daß ein neues Licht des Himmels gewählt worden war und Lady Mara, die Gute Dienerin, das Steuer des Kaiserreichs übernommen hatte.

Sechzehn

Der Kaiserliche Rat

Die Lampen brannten.

In ihrem Licht präsentierte sich die Nacht als ein Kaleidoskop aus Formen und Farben, als die in Seide gekleideten Feiernden in den Straßen tanzten und maskierte Schauspieler fröhliche Unterhaltungen darboten. Der Klang von glänzenden Glocken und Gelächter traten jetzt an die Stellte der dumpf donnernden Belagerungsmaschinen. In einem der prunkvollen Gemächer im Kaiserlichen Palast saß Mara vor einem bemalten Fensterladen. Der Lärm der glücklichen Menschen verschaffte ihr tiefe Befriedigung, doch das leichte Lächeln auf ihren Lippen galt dem kleinen Mädchen, das fest in ihrem Schoß schlief. Die Lady strahlte eine solch tiefe Ruhe aus, daß Hokanu an der Türschwelle zögerte, sie zu stören.

Aber sie hatte schon immer seine Gegenwart spüren können. Obwohl er keinerlei Laut von sich gegeben hatte, schaute Mara auf. Sie begrüßte ihn mit einem Lächeln. »Hokanu.« Alles lag in diesem Gruß, von Zärtlichkeit über tiefe Liebe bis zu dem Schmerz ihrer Trennung, mit der sie während der vergangenen unruhigen Zeiten hatten leben müssen.

Der Lord der Shinzawai trat mit leisen Schritten zu ihr. Er trug Seide, keine Rüstung, und hatte seine mit Nägeln versehenen Kampfsandalen gegen lederbesohlte mit Stoffbändern eingetauscht. Er kniete sich neben seine Frau und streckte Kasuma die Hand hin. Die Kleine grabschte nach einem Finger, ganz und gar glücklich über seine Gegenwart, obwohl sie noch nicht ganz wach war.

»Sie ist so groß geworden!« murmelte Mara. Als sie nach Thuril aufgebrochen war, war Kasuma nicht viel mehr als ein Baby gewesen. Jetzt war sie ein Kleinkind und versuchte sich bereits an den ersten Worten. Die Lady fuhr mit dem Finger über die Brauen ihrer Tochter. »Sie wird die Stirn genauso runzeln wie du«, neckte sie ihren Mann. »Möglicherweise ein Zeichen, daß sie auch deinen Starrsinn geerbt hat.«

Hokanu kicherte. »Den wird sie auch brauchen.«

Mara fiel in sein Gelächter ein. »Bestimmt. Und sie sollte lieber dafür sorgen, daß sie eine scharfe Zunge bekommt, damit sie deinen Cousin Devacai im Zaum halten kann. Vielleicht sollten wir sie für den letzten Schliff zu Isashani von den Xacatecas schicken?«

Hokanu war schweigsam bei diesen Worten. Mara entging diese Stille, so berührt wie sie von den Erinnerungen an Nacoya war, die gereizte Amme, die sie aufgezogen und bei ihren ersten Gehübungen als Herrscherin unterstützt hatte. Dann verschwanden die Gedanken wieder, als Hokanu Kasuma hochhob und sie vorsichtig auf die Schlafmatratze legte. Er streckte die Hand nach seiner Frau aus, um mit ihr das gleiche zu tun.

»Deine Kämpfe haben dich noch nicht genügend erschöpft, wie ich sehe«, sagte Mara, als ihr Mann sich neben sie legte, und sie begann, die Bänder an seinem Gewand zu öffnen. »Den Göttern sei Dank dafür, denn ich habe dich so sehr vermißt. Ich glaube nicht, daß ich noch eine Nacht hätte wachliegen können, ohne zu wissen, ob du lebst oder tot bist, ob unsere Kinder der Politik zum Opfer fallen ...« Sie hielt inne und ließ zu, daß Hokanus sanfte Hände die unangenehmen Erinnerungen an die Gefahren wegwischten. Irgendwo in der Stadt schlug ein Tempelgong, und eine lachende Gruppe von Tänzern lief leichtfüßig unter dem Fenster vorbei. Mara machte es sich in der Armbeuge ihres Mannes bequem. »Du kommst von der Kaiserlichen Suite, nehme ich an. Wie macht sich Justin?«

Hokanu unterdrückte ein Lachen, als er seinen Mund in den warmen Haaren seiner Frau vergrub. »Der kleine Barbar«, sagte er, als er wieder sprechen konnte. »Der Junge kam zitternd zu mir, das Gesicht so rot wie sein Haar. Er wollte wissen, ob von ihm erwartet wird, daß er seine ehelichen Pflichten mit Jehilia ausübt. Heute nacht.«

Mara grinste. »Ich hätte daran denken müssen, daß er das fragen würde, bevor irgend jemand sonst Gelegenheit hatte, ihn zu informieren. Er versucht den Zofen unter den Rock zu schauen, seit er alt genug ist, um auf die Möbel zu klettern. Was hast du geantwortet?«

»Ob ich ein ernstes Gesicht machen konnte, meinst du?« fragte Hokanu. »Ich habe ihm gesagt, daß er auf dieses Privileg bis zu seiner Männlichkeitszeremonie mit fünfundzwanzig Jahren warten muß.«

Mara schubste ihren Mann neckend. »Das hast du nicht gesagt!«

Hokanu grinste. »Ich glaube nicht, daß ich jemals eine so gleichmäßige Mischung aus Bedauern und Erleichterung gesehen habe. Dann erklärte ich ihm, daß Jehilia, da sie zwei Jahre älter ist als er, möglicherweise beschließt, erst ihr Bett mit ihm zu teilen, wenn sie das entsprechende Alter erreicht hat, und da er dann erst dreiundzwanzig ist, wäre es ihre Entscheidung.«

Mara lachte jetzt aus vollem Hals. »Oh, das ist brillant! Der arme Junge denkt, er muß noch weitere elf Jahre keusch bleiben!«

Hokanu drückte einen Kuß auf Maras Stirn. »Zumindest wird er zweimal nachdenken, bevor er das Mädchen noch einmal in einen Fischteich wirft.«

»Sie ist Kaiserin.« Mara kicherte. »Sie hat jedes königliche Recht, ihn mit hineinzuziehen.«

»Und ich denke, eines Tages, vielleicht in einem Jahr oder zwei, wird das rauhe Spiel aufhören und freundlicher werden, und Justins Sorgen über eheliche Pflichten werden verschwin-

den.« Er rückte sich so zurecht, daß sein Gesicht über ihrem war, und sagte: »Wo wir gerade von ehelichen Pflichten sprechen ...«
Das Gespräch verstummte, als Hokanus Lippen ihre fanden und ihre Umarmung langsam in Leidenschaft überging.

Viel später schienen die Lampen immer noch. Weniger Leute feierten jetzt in den Straßen, doch sie waren nicht weniger fröhlich. Die Lady der Acoma und der Lord der Shinzawai lagen engumschlungen da, erschöpft von ihrem Liebesspiel. Beide hatten keine Lust zu schlafen. Zu viel ging in ihren Gedanken vor, und dies war der erste friedliche Augenblick, in dem sie über persönliche Angelegenheiten sprechen konnten.

Hokanu schnitt das Thema als erster an. »Lady, jetzt, da Justin verantwortlich dafür ist, daß das kaiserliche Geschlecht fortbesteht, bist du wieder ohne Erben für die Acoma.«

Mara wandte sich in den Armen ihres Mannes um und fuhr mit den Händen über die festen Schultern, die vom Schwerttragen immer noch muskulös waren. Sie ließ sich mit der Antwort einen Augenblick Zeit. »Ich bin zufrieden. Es gibt keinen ehrenvolleren Weg, wie ein Geschlecht enden könnte. Und möglicherweise ist Jehilia fruchtbar, oder Justin wird Söhne einer anderen Frau zeugen. Vielleicht hat er genug Kinder, daß eines von ihnen meinen Mantel tragen kann, ohne daß die kaiserliche Nachfolge gefährdet ist.«

Nach einem Moment fügte sie hinzu: »Oder ich könnte ein Kind adoptieren.«

Doch beide, Lord und Lady, wußten, daß sie dies niemals tun würde. Die Tradition verlangte, daß das Kind eine Verbindung zu der Familie haben mußte, die es adoptierte, und keine direkten Blutsverwandten hatten die Zeit überlebt, da die Minwanabi Krieg gegen die Acoma geführt hatten. Irgendeine entfernte Verwandtschaft würde sich finden lassen, zweifellos, doch das Geschlecht der Acoma war zu alt und ehrenvoll, um es auf ein Kind von fragwürdiger Herkunft zu übertragen.

Hokanu strich sanft über Maras Haare. »Das Problem ist bereits gelöst«, murmelte er.

Mara spürte, wie sich sein Körper etwas anspannte; sie wußte es! Er hatte etwas Unwiderrufliches getan, etwas, von dem er sicher sein konnte, daß sie damit nicht einverstanden sein würde. »Was hast du getan, Hokanu?« Ihre Stimme klang scharf vor Furcht, Sorge und Betroffenheit. Und dann, als er mit der Antwort zögerte, erriet sie es. »Kasuma«, brach es aus ihr heraus. »Du hast –«

Er nahm ihr das Wort aus dem Mund, führte den Satz an ihrer Stelle zu Ende, doch ohne ihre scharfe Wut. »Ich habe sie den Acoma übergeben.«

Mara schoß hoch, doch er hielt sie fest. Er stoppte ihren Wortschwall mit einem sanften Fingerdruck, schüttelte sie zärtlich, damit sie sich etwas beruhigte. »Mara! Es ist geschehen! Du kannst nicht den Eid rückgängig machen, der heute geschworen wurde. Fumita und die Priester von einem halben Dutzend Orden waren Zeugen, und der Altar des Tempels von Juran war der Ort, an dem Kasuma von ihrer Funktion als Erbin der Shinzawai freigesprochen wurde. Dann übergab ich sie mit einem Schwur den Acoma, wie es mein Recht als Vater ist. Sie wird dein Haus und dein Geschlecht weiterführen, wie es sich gehört und richtig ist. Du weißt weit besser als irgend jemand sonst, welche Anleitung ein Mädchen benötigt, um Herrscherin zu werden.«

Hokanu ließ die Hand sinken, und Mara war sprachlos – nicht vor Glück, wie Hokanu begriff, sondern vor Schmerz und Wut um seinetwillen. »Aber du selbst hast jetzt keinen Erben!« sagte sie schließlich. »Es ist zu gefährlich in diesen Zeiten, wo Devacai daran arbeitet, dir den Mantel streitig zu machen. Die Omechan und andere Ionani-Verbündete mögen nachgeben und Justin die Treue schwören, doch viele Lords werden mit ihren alten Eifersüchteleien eine neue Rebellion der Traditionalisten schüren. Du wirst noch jahrelang ihrer Bedrohung ausgesetzt sein, Hokanu.

Justin und Jehilia benötigen jeden Vorteil, den wir ihnen geben können, und das bedeutet eine sichere Nachfolge der Shinzawai!« Ihre Stimme wurde halb von Tränen erstickt, als sie fortfuhr: »Verleite unsere Feinde nicht dazu, dich als Zielscheibe für ihre Morde auszuwählen! Ich könnte es nicht ertragen, dich wie deinen Vater sterben zu sehen, niedergemacht für irgendwelche eigennützigen Ziele!«

Hokanu zog sie fest an sich. »Du hast recht, dir Sorgen zu machen«, murmelte er in ihre Haare. »Genauso wie ich recht hatte, Kasuma als Erbin der Acoma einzusetzen. Sie ist meine Tochter!« Jetzt klang Stolz in seiner Stimme; niemals hatte er das Mädchen wirklich zurückgewiesen. Mara spürte Trauer, daß sie jemals daran gezweifelt hatte.

»Ich bin ihr Vater«, wiederholte Hokanu. »Und meines Wissens gibt es immer noch Gesetze und Traditionen, die mein Recht unterstützen, diese Entscheidung zu fällen.« Er fuhr mit dem Finger über ihr Kinn. »Mylady, du bist in dieser Sache überstimmt, vielleicht zum ersten Mal in deinem Leben.«

Maras Antwort war ein gewaltiger Tränenausbruch. Kasuma als Erbin zu haben war eine Freude, doch das würde sie erst später wirklich spüren. Jetzt zerriß sie der Schmerz, der mit dem Wissen verbunden war, was Hokanu zurückgewiesen hatte, um ihr dieses hohe Geschenk und Opfer zu bringen.

Sie wußte, was er zurückhielt: daß niemals ein Shinzawai-Kind von ihr heranwachsen und eines Tages das Blau erben würde.

»Ich habe Dutzende von Cousins«, sagte er und zwang seine Stimme, leicht zu klingen. »Sie sind nicht alle so habgierig wie Devacai. Tatsächlich sind die meisten ehrenvoll und würdig. Vielleicht legen sich damit auch die Schwierigkeiten meiner Familie etwas, wenn ich unter meinen Rivalen einen Erben auswähle. Das könnte Devacais Gruppe entzweien.«

»Du wirst keine Konkubine nehmen.« Maras Stimme klang heiser.

Dem Tonfall nach war es eindeutig keine Frage. Und die eiserne Ruhe ihres Mannes wurde selbst zur Antwort, bis er meinte: »Mylady, du bist die einzige Frau, die ich mir in dieser Welt wünschen könnte. Solange du an meiner Seite bist, werde ich keine andere haben.«

Mara biß sich auf die Lippen. Sie spürte hinter der Aussage ihres Mannes die persönliche Sehnsucht, die er mit Hilfe einiger Abhärtung verleugnete. Eine ähnliche Härte trat in ihr Herz. Doch sie sagte nichts von dem inneren Entschluß, als Hokanus Arme sich um sie schlossen und seine Lippen im hellen Licht nach den ihren suchten.

Die Türen zu der großen Audienzhalle öffneten sich dröhnend, und Trompeter und Trommler ließen die Fanfare erklingen. Draußen auf dem offenen Hof schwiegen respektvoll jene Gewöhnlichen, die noch immer den Aufstieg des neuen Kaisers feierten. Zwei Kaiserliche Herolde traten an den Eingang und eröffneten im Chor die Antrittssitzung des zweiundneunzigsten Lichts des Himmels. Danach riefen sie die Namen jener auf, die vor seiner Kaiserlichen Majestät, Justin, erscheinen sollten.

Zuerst wurden die hohen Beamten und Diener herbeigerufen, die unter Ichindar Rat gehalten hatten. Sie alle strömten herein, als sie genannt wurden, gekleidet in strahlend schönen Gewändern, wenn auch ihre Gesichter verhalten oder erwartungsvoll waren. Der Lord der Keda führte die Prozession an. Er schritt durch die Reihen der versammelten Lords und verneigte sich vor dem Geländer des pyramidenähnlichen Podestes.

Justin bestätigte ihn formell weiterhin im Amt des Kaiserlichen Kanzlers. Lord Keda verneigte sich tief vor Ehrerbietung, sowohl vor dem jungen Herrscher als auch vor der Lady, die auf einem Kissen zwischen den auf fünf Ebenen verteilten Priestern saß.

Lady Mara trug noch das Rot von der Erinnerungszeremonie,

die sie am Morgen für ihre Toten abgehalten hatte. Tiefe Trauer überschattete ihr Gesicht, gaben ihr ein müdes und hohlwangiges Aussehen. Lord Keda fühlte Mitleid für sie in sich aufsteigen. Sie hatte sich gegen weitverbreitete Streitigkeiten durchgesetzt und einen unglaublichen Sieg errungen: Doch ihr Triumph hatte einen traurigen Tribut gefordert. Keyoke und ihre Berater Saric und Incomo hatten ihr Leben gelassen; viele geringere Offiziere und Krieger waren ebenfalls während der Zwietracht gefallen. Das Haus Acoma hatte nur noch eine Handvoll höherrangiger Mitglieder auf dieser Seite des Rads des Lebens. Lord Keda erbot der Lady seinen persönlichen Gruß. Nicht viele Herrscher im Kaiserreich hätten so viel riskiert oder nahezu alle geopfert, die ihnen lieb und teuer waren – im Namen des allgemeinen Wohls.

Die Herolde schmetterten einen anderen Titel, und Lord Keda verbeugte sich und verschwand. Er nahm seinen Platz unter den anderen Lords ein, während nacheinander die Minister des Hofes vorgerufen wurden. Vielen wurden die alten Posten zurückgegeben. Einige wenige wurden befördert. Andere wurden in Schande fortgeschickt, ohne daß der Grund öffentlich bekanntgegeben wurde.

Im Laufe der Zeit bemerkte Keda, daß Justin von einer schlanken, dunklen Gestalt in der Rüstung eines Kaiserlichen Weißen Ratschläge erhielt; jemand in der Position eines Leibwächters rechts von dem Jungen. Lord Keda begutachtete den Mann, dessen Gesicht sich im Schatten zu verlieren schien. Er hatte den Beamten niemals zuvor gesehen, was merkwürdig genug war. Die höherrangigen Kaiserlichen Weißen waren ihm alle vertraut, in all den langen Jahren, die er Ichindar gedient hatte. Lord Keda hätte vor Sorge seine Stimme erhoben, wenn nicht Lady Mara so wohlwollend dreingeblickt hätte.

Schließlich näherte sich die Liste der Beamten ihrem Ende. Danach folgten, ihrem Rang entsprechend, die Herrscher und schworen dem Licht des Himmels die Treue. Für einige wenige war es ein deutlich fröhlicher Moment, für andere eher ein bitterer. Doch als die letzte Familie des Kaiserreiches vor ihm niedergekniet hatte, erhob sich Justin. »Mylords, Ihr, die Ihr einst den Rat des Kaiserreiches bildetet, ich begrüße Eure Anerkennung unseres Aufstiegs« – er stolperte bei dem Wort, und der neben ihm stehende kaiserliche Offizier flüsterte ihm etwas zu – »auf den Thron des Himmels. Einige von euch waren unsere Feinde, doch sie sind es nicht länger. Von diesem Tag an gibt es eine Generalamnestie, und jeder Rebellion gegen das Kaiserreich wird vergeben. Lasset außerdem wissen« – wieder spornte der Beamte den Jungen an –, »daß alle Blutsfehden und Rivalitäten beendet sind. Wer immer die Hand gegen Nachbarn erhebt, erhebt die Hand gegen mich, ich meine uns. Das Kaiserreich.« Der Junge errötete, doch niemand lachte über seine Unbeholfenheit. Denn mit dieser Verkündigung hatte das junge Licht des Himmels erklärt, daß dieses Kaiserreich in der Tat von Gesetzen bestimmt sein würde und daß wer immer versuchen würde, das blutige Spiel des Rates neu zu entfachen, dies auf Gefahr des kaiserlichen Zorns hin tun würde.

Der Kaiser nickte seinen Herolden zu, und eine rote Haarlocke rutschte unter seinem goldenen Helm hervor. Sein sommersprossenbesprenkeltes Gesicht verzog sich zu einem Lächeln, als der Erste Herold ausrief: »Lujan, Kommandeur der Acoma! Tretet vor Euren Kaiser!«

Lujan erschien, er sah sichtlich verwirrt aus vor Überraschung und Verlegenheit. Er trug zu Ehren Maras seine beste Rüstung, doch er hatte niemals daran gedacht, formal am Hof präsentiert zu werden. Er kniete vor dem neuen Kaiser und der Herrin, der er so lange gedient hatte, nieder; beinahe schien Mara ihm wie eine Fremde mit der Tiara der Regentschaft über der roten Kopfbedeckung, dem Zeichen ihrer Trauer.

Als Mara zu ihrem Kommandeur sprach, konnten nur jene

wenigen Privilegierten etwas verstehen, die in den vordersten Reihen saßen. »Saric, Keyoke, Irrilandi und Incomo gaben alle ihr Leben für diesen Sieg, unseren größten Sieg. Ihr seid von Eurem Kaiser gerufen, Lujan, um die Belohnung für Euren jahrelangen höchst lobenswerten Dienst zu erhalten. Laßt Eure Taten und Eure Loyalität als Beispiel dienen für alle Krieger im Kaiserreich. Niemand sonst von den Lebenden besitzt Eure Standfestigkeit.«

Lujan schien immer noch verblüfft, als Lady Mara sich erhob und von ihrem offiziellen Platz herunterstieg. Sie nahm seine Hand, bat ihn, sich zu erheben, und führte ihn am Geländer entlang zu einer Stelle, wo zwei Kaiserliche Weiße ein kleines Tor öffneten. Sie salutierten kurz, als die Lady ihn auf die andere Seite zog. Kommandeur Lujan, der eine Armee gegen den ausdrücklichen Befehl der Versammlung angeführt hatte, wurde blaß vor Sorge. Er schritt vorsichtig weiter, als wäre die Luft zu kostbar zum Atmen, der Boden unter seinen Füßen zu schön poliert, um darauf zu gehen.

Kaiser Justin auf dem hohen Podest winkte ihn weiter zu sich, herauf auf eine Erhebung, von der er niemals zu träumen gewagt hatte, daß er sie jemals betreten würde.

Dann zögerte er doch, und Lady Mara mußte ihm einen verstohlenen Stoß versetzen.

Er konnte gerade noch ein Stolpern verhindern; er, der Schwertkämpfer genug war, um niemals aus dem Gleichgewicht zu geraten. Irgendwie gelang es ihm, die Stufen ohne Zwischenfall emporzusteigen. Oben angekommen verneigte er sich vor Justins Füßen, und der grüne Federbusch streifte den Teppich.

»Erhebt Euch, Lujan.« Der Junge grinste mit derselben Zuneigung wie damals, als er seinen Lehrer beim Training mit einem Holzschwert zum ersten Mal nach einem Ausfall berührt hatte.

Lujan war zu verwirrt, um zu reagieren. Schließlich gab ihm

der Kaiserliche Weiße mit dem schattenhaften Gesicht einen kleinen Tritt mit der Fußspitze und murmelte etwas, das niemand sonst hören konnte. Der Kommandeur der Acoma schoß in die Höhe, als wäre er getreten worden, und blickte in das Gesicht des Kaisers.

Justins Grinsen hatte jetzt etwas Unverschämtes. »Der Kaiser gewährt hiermit Lujan, Offizier der Acoma, das offizielle Patent zur Gründung eines eigenen Hauses. Laßt es alle wissen: Die Kinder und Bediensteten und Soldaten dieses Kriegers werden die Farben seiner eigenen Wahl tragen und auf den Natami des Hauses Lujan schwören. Der heilige Stein erwartet seinen neuen Lord und Herrn im Tempel von Chochocan. Die Patentpapiere werden Euch von der Guten Dienerin Mara übergeben.« Justins Glück war so überwältigend, daß er beinahe zu lachen drohte. »Ihr dürft Euch jetzt vor Eurem Kaiser verbeugen und ihm die Treue schwören, Lord Lujan vom Hause Lujan.«

Lujan, der niemals in seinem Leben um eine schlagfertige Antwort verlegen gewesen war, konnte nur stumm wie ein Fisch nach Luft schnappen. Er verbeugte sich und schaffte es auch irgendwie, würdevoll die Treppen wieder hinabzusteigen. Doch als er unten ankam und Lady Mara gegenüberstand, glänzten seine Augen verdächtig.

»Mylady«, sagte Lujan heiser, immer noch benommen vor Ungläubigkeit.

Mara neigte ihren Kopf. »Mylord.« Sie hielt seine Hand fest, als er bei dem Titel zurückzucken wollte, und legte drei Pergamentrollen in seine Handinnenfläche. Nur eine war mit den Bändern aus kaiserlichem Gold zusammengebunden, die anderen beiden trugen das Grün und das Shatra-Siegel der Acoma.

Mara lächelte. »Mein erster Rekrut, der kühnste Graue Krieger, der jemals den Acoma die Treue geschworen hat, und mein ältester lebender Freund: Hiermit befreie ich Euch offiziell von dem Schwur gegenüber dem Natami der Acoma, voller Glück darüber, daß Ihr jetzt Eurer eigenen Bestimmung dienen könnt. Heute erblickt ein großes Haus das Licht der Welt. Zusätzlich zum Titel des Herrschers, mit dem unser Licht des Himmels Euch bedenkt, erhaltet Ihr von den Acoma eigene Geschenke als Anerkennung.« Sie drückte kurz Lujans Hand. »Erstens erhält das Haus Lujan Anspruch auf die Gebiete, die nach dem Recht der Geburt mir gehörten. Sämtliche Ländereien und sämtlicher Viehbestand auf dem Besitz bei Sulan-Qu sind ab sofort von Euch zu verwalten und für Eure Erben zu erhalten, zusammen mit dem Heiligen Hain, der als Platz für Euren Natami geweiht werden wird.«

»Mylady«, stammelte Lujan.

Mara ging nicht auf ihn ein. »Mylord, zusammen mit diesem Besitz überlasse ich Euch den Dienst von fünfhundert Kriegern. Diese werden zuerst aus all jenen zusammengesetzt, die Euch bei den Grauen Kriegern die Treue geschworen haben. Die übrigen könnt Ihr aus all denen auswählen, die in der Garnison auf dem Besitz bei Sulan-Qu untergebracht und willens sind, Euch zu dienen.«

Jetzt hatte Lujan genügend von seiner verwegenen Haltung wiedererlangt, um zu grinsen. »Götter«, murmelte er. »Wenn das meine Männer hören! Sie wollten nichts weiter als zwei Needras zum Essen stehlen und werden jetzt Offiziere meines Hauses!« Er lachte leise in sich hinein, dann zuckte er mit den Schultern und hätte wohl auch durch lauteres Lachen das Protokoll gebrochen, wenn Mara ihn nicht davon abgehalten hätte, indem sie ihm die letzte Pergamentrolle in die Hand drückte.

»Ihr erhaltet einen Ehrenplatz im Clan Hadama, wenn Ihr es wünscht«, endete sie. »Würde Keyoke heute noch leben, er würde sagen, daß Ihr gut gelernt habt. Papewaio war immer der Sohn seines Herzens, nach meinem Bruder Lanokota. Ihr wart sein jüngster Sohn ... und letztlich auch der, auf den er am stolzesten war.«

Lujan spürte einen wehmütigen Stich über den Verlust des alten Mannes, denn er hatte ihn immer gerecht behandelt. Er war auch der erste gewesen, der sein Talent zum Befehlshaber erkannt und gewürdigt hatte. Wie zum Salut gegenüber seinem früheren Offizier berührte er mit den Rollen die Stirn und akzeptierte ihren Inhalt mit einer eleganten, schwungvollen Bewegung. »Ihr seid sehr großzügig«, murmelte er zu Mara. »Wenn jeder Needra-Dieb in diesem Kaiserreich begreift, daß er so hoch aufsteigen kann, seid Ihr die Herrscherin über das Chaos.« Dann wurde er ernst und verbeugte sich. »Tief in meinem Herzen werdet Ihr immer meine Herrin sein, Lady Mara. Laßt die Farben des Hauses Lujan Grau und Grün sein: Grau als symbolische Erinnerung an meinen Anfang und Grün für meinen Dienst bei den Acoma, der mir diesen Höhepunkt an Ehre ermöglicht hat.«

»Grau und Grün sind die Farben des Hauses Lujan!« rief der kaiserliche Herold beim Podest, damit alle Lords es hören und sich merken konnten.

Mara lächelte erfreut über diese Ehre. »Und jetzt los!« flüsterte sie ihrem galanten, ehemaligen Offizier zu. »Jetzt müßt Ihr das Versprechen halten, an das zu erinnern ich Euch in Chakaha geschworen habe. Heiratet eine gute Frau, habt Kinder mit ihr und lebt bis ins hohe Greisenalter.«

Lujan salutierte fröhlich, drehte sich auf dem Absatz um und marschierte zurück durch die Reihen seiner jetzt Gleichgestellten, während der Kaiserliche Weiße rechter Hand des Kaisers leise murmelte: »Ich wette, es dauert nur eine Stunde, bis er vom Feiern betrunken am Boden liegt.«

Justin blickte in das vertraute Gesicht Arakasis. »Ihr solltet nicht so selbstgefällig klingen. Zu gegebener Zeit kommt auch Ihr noch an die Reihe.«

Obwohl der Supai der Acoma seinem jungen Herrn einen fragenden Blick zuwarf, weigerte sich Justin, die Aussage näher auszuführen. Er schaute streng geradeaus, die jungen Schultern steif aufrecht. Nicht alle kaiserlichen Bewilligungen an diesem Tag würden so erfreulich sein wie das Lordspatent für Lujan. Er nickte seinem Herold zu, und der Name von Hokanu von den Shinzawai wurde in der Audienzhalle ausgerufen.

Jetzt tauschten mehr als nur einzelne in den Reihen der Herrscher Blicke aus, viele von ihnen voller Eifersucht. Lady Mara hatte geschworen, eine gerechte Regentin zu sein, doch jetzt, vermuteten nicht wenige, würde sie ihre Käuflichkeit offenbaren, indem sie ihrem Ehemann zu einer hohen Position oder einem hohen Amt verhalf.

Doch auch wenn das stimmte, Hokanus Gesicht, während er sich dem kaiserlichen Podest näherte, war so hart wie Fels. Er sah weder erfreut noch verärgert aus; nur entschieden ausdruckslos, als er sich vor dem Licht des Himmels verbeugte.

Seine Ehrerbietung galt Justin; doch sein Blick, als er sich erhob, war unverwandt auf Lady Mara gerichtet. Auch sie schien nicht übermäßig erfreut über die Begutachtung ihres Ehemannes. Mit formeller Steifheit und noch blasser, als sie schon zuvor gewesen war, starrte sie hölzern nach vorn, als seine Kaiserliche Majestät seine Erklärung verkündete.

»Laßt alle Anwesenden hören und Beachtung schenken: Euer Kaiser tut, was er muß, für das Wohl des Kaiserreiches. Es ist ordnungsgemäß berichtet worden, entsprechend einer Zeremonie im Tempel Jurans, daß das Kind Kasuma von ihrem Vater übergeben wurde, um Erbe des Mantels der Acoma zu werden.« Justin hielt inne, er schluckte, und mit einer Männlichkeit, die weit über sein Alter hinausreichte, zwang er seine Stimme zur Ruhe. »Dies hat unsere Aufmerksamkeit auf die Shinzawai gelenkt, jetzt ein Haus ohne Erbe. Lady Mara, die von den Priestern Hantukamas für unfruchtbar erklärt wurde, bat daher um die Scheidung.« Justin senkte die Augen und betrachtete unbehaglich seine Füße. »Als Licht des Himmels und für das Wohl des Kaiserreiches halte ich es für angebracht, ihrer Bitte nachzukommen.«

Ein Raunen ging durch die vollbesetzte Halle.

Hokanu blickte verwirrt drein, doch sein Gesichtsausdruck veränderte sich nicht. Nur seine Augen, die sich in Maras zu bohren schienen, enthüllten einen stummen Schmerzensschrei.

Justin machte ein Geräusch hinter der einen Hand, das ein unterdrücktes Schniefen hätte sein können. »Das Haus der Shinzawai ist zu groß und zu wichtig für dieses Kaiserreich, um innere Zwietracht durch einen fehlenden Erben heraufzubeschwören. Lord Hokanu erhält deshalb den Befehl seines Kaisers, eine Braut zu suchen und sich neu zu verheiraten, mit dem Ziel, gesunde Kinder zu zeugen.«

Es war Mara, die vom Podest herunterstieg, um die Scheidungspapiere mit dem kaiserlichen Siegel zu übergeben. Sie bewegte sich in einer Atmosphäre schockierten Schweigens; dann breitete sich ein Flüstern aus, denn alle sahen deutlich, daß sie den Lord liebte. Ihr Opfer stillte die armseligen Gedanken selbst der zielstrebigsten Herrscher. Sie war nicht, was sie vermutet hatten, sondern eine echte Dienerin des Kaiserreiches, die selbstlos handelte, selbst wenn die Notwendigkeit sie verwundet zurückließ.

Die frühere Lady und ihr Ehemann trafen sich unten vor dem Podest. Nackt vor der Öffentlichkeit war es ihnen nicht möglich, sich in die Arme zu fallen und zu weinen. Dafür war Mara dankbar. Nur der Stolz ihrer Ahnen hielt sie davon ab, ihre Bitte wieder rückgängig zu machen. Ihr Herz wünschte nichts von dieser grausamen Entscheidung. Sie sehnte sich danach, sich Hokanu zu Füßen zu werfen und ihn zu bitten, die Rückgabe der Papiere zu ersuchen, die Justin unter Tränen am Morgen unterzeichnet hatte.

Sie hatte nichts sagen wollen, doch die Worte brachen nur so aus ihr hervor, ohne jeden Halt. »Ich mußte es tun! Gütige Götter, ich liebe dich noch immer, doch dies war –« Sie hielt inne, hielt mühsam die Tränen zurück.

»Es mußte so sein«, erwiderte Hokanu mit kratziger Stimme, die genauso zitterte wie ihre. »Das Kaiserreich verlangt unsere ganze Kraft.«

Sein vollständiges Verständnis der Notwendigkeit ihrer Tat zerriß sie wie ein Schwerthieb, der all ihre Entschlußkraft zu zerstören schien. Mara hielt das Pergament mit den grausamen Worten und dem offiziellen Siegel, als würde es an ihrer Haut festkleben.

Sanft nahm Hokanu ihr das Dokument ab. »Du wirst immer meine Lady sein«, murmelte er. »Ich mag Söhne bei einer anderen zeugen, doch mein Herz wird immer dir gehören.« Seine Hände zitterten und ließen die goldenen Schleifen flattern und im Licht aufblitzen. Seine Augen waren hart vor innerem Abstand und Schmerz, und er rief sich den Priester Hantukamas in Erinnerung, der ihm einst vorgeworfen hatte, seine Lady zu sehr zu lieben: auf Kosten seiner selbst, hatte dieser sanfte heilige Mann getadelt. Erst jetzt verstand Hokanu das Ausmaß dieser bitteren Wahrheit. Beinahe hätte seine Sorge um Mara zugelassen, daß das Haus Shinzawai in Gefahr geriet.

Das Kaiserreich konnte sich keine Schwäche leisten, vor allem nicht, wenn sie durch eine Zuneigung des Herzens hervorgerufen wurde. Mara hatte recht, so schmerzhaft ihr Antrag in dieser Stunde des Triumphes auch war. Sie hatte die Notwendigkeit ihrer Trennung erkannt; er hatte ihre Entscheidung unwissentlich noch zwingender gemacht durch seine Starrköpfigkeit bei der Befreiung Kasumas als Shinzawai-Erbin.

Sein Weg war klar, wenn auch traurig. Er mußte sofort akzeptieren, sonst würde ihn der Mut verlassen. Für das Wohl des Kaiserreiches mußte auch er dieses Opfer bringen. Er streckte die Hand aus und tippte Mara mit einem Finger unter das Kinn, zwang sie, ihn anzusehen. »Werde nicht zu einer Fremden für mich«, murmelte er. »Deine Gesellschaft und dein Rat sind mir immer willkommen, und mein Herz wird auf ewig zuallererst dir gehören.«

Mara schluckte sprachlos. Wie immer hatte Hokanus vollkommenes Verständnis die Kraft, ihr Herz gefangenzunehmen. Sie würde seine ständige Gegenwart vermissen, seine zärtliche, besorgte Art in der Liebe. Und doch wußte auch sie: Wenn sie ihm nicht diese Entscheidung aufzwang, würde er ohne einen Sohn sterben, ohne einen Erben oder eine Erbin. Es wäre jedoch ein Verbrechen gegen die Menschheit, wenn er seinen Sanftmut und die Fähigkeit, sich für gute und barmherzige Handlungen zu entscheiden, nicht weitergeben könnte.

»Ich liebe dich«, flüsterte sie tonlos.

Doch er hatte sich bereits verbeugt und ging, mit festen Schritten, als würde er in einen Kampf ziehen.

Die zusehenden Lords erstarrten vor Ehrfurcht. Hokanus Mut demütigte sie; und Maras Schmerz beschämte jeden einzelnen von ihnen. Das Kaiserreich eröffnete eine neue Ordnung, und es schien, als würde dieses bemerkenswerte Paar, das seine Erneuerung herbeigeführt hatte, selbst das leuchtendste Beispiel von allen sein. Männer, die diesen Wechsel mit Vorbehalt begrüßt hatten, fühlten sich zur nochmaligen Prüfung veranlaßt. Sie waren soeben Zeugen des Inbegriffs der Ehre geworden. Nicht zu versuchen, die von Lady Mara und Lord Hokanu gesetzten Maßstäbe zu erreichen, hieß die Bedeutung und Beschämung neu zu erlernen.

Der Junge auf dem goldenen Thron, der gerade einem geliebten Vater entsagt hatte, bemühte sich, den schweren Kloß in seinem Hals herunterzuschlucken, Er warf einen raschen Blick auf seine Braut Jehilia und schluckte erneut. Dann straffte er seine Schultern, die plötzlich von dem Gewicht des kaiserlichen Mantels niedergedrückt zu werden schienen, und winkte seinen Herold herbei.

Als nächste wurde Lady Mara von den Acoma, Gute Dienerin des Kaiserreiches, aufgerufen.

Sie schien es zuerst nicht zu hören, so sehr waren ihre Augen auf den leeren Gang gerichtet, den Hokanu gerade erst verlassen hatte. Dann richtete auch sie sich auf und erklomm die Stufen zum Podest, um sich vor dem Licht des Himmels zu verbeugen.

Justin hatte genug von eingeübten Reden. Er konnte es nicht mehr ertragen, sich an Formen zu halten, die er einstudiert hatte. »Mutter!« rief er, und ein schelmisches Grinsen verzog seine Lippen. »Du, die jeden bisherigen Guten Diener und jede bisherige Gute Dienerin im Dienst gegenüber unserem Kaiserreich übertroffen hat ...« Justin machte eine Pause und erhielt einen Rippenstoß von Jehilia. Er warf ihr einen überraschten Blick zu und fuhr fort: »Du wirst die Regentschaft unserer Herrschaft übernehmen, bis zu unserem fünfundzwanzigsten Geburtstag.«

Höflicher Applaus erfüllte die Audienzhalle, an Stärke zunehmend, bis Jubel ausbrach, zuerst von der Ehrengarde der Acoma, dann als Antwort von den Kaiserlichen Weißen und den Kriegern der Shinzawai. Dann standen die Lords nacheinander auf und riefen Lady Mara ihre Anerkennung zu. Justin winkte, um den Anstand aufrechtzuerhalten, doch es dauerte lange, bis wieder Ordnung einkehrte. In die Welle aus zögernd unterdrückter Bewunderung sprach er hinein: »Für Euch, Lady Mara, der größten Dienerin des Kaiserreiches, halten wir es für angemessen, einen neuen Titel zu schaffen.« Justin stand auf, die Hände hoch erhoben. »Wir ernennen Lady Mara zur *Herrin des Kaiserreiches*!«

Der Lärm wurde ohrenbetäubend. Mara stand inmitten der bewundernden Blicke, verblüfft und zufrieden – und traurig.

Sie hatte niemals um Macht oder öffentliche Verherrlichung gebeten. Alles, wonach sie immer gestrebt hatte, war, den Namen ihrer Familie zu retten.

Wie seltsam es war, daß sie im Laufe ihres von den Göttern zugestandenen Lebens begonnen hatte, alle Nationen als ihre Familie zu betrachten, und daß ihr Sohn, das Kind eines barbarischen Sklaven, den höchsten Thron und den Titel Licht des Himmels erworben hatte.

Lord Kedas Neugier bezüglich des geheimnisvollen Mannes, der die Rüstung eines Kaiserlichen Weißen trug, wurde nicht vor dem Nachmittag befriedigt, als der junge Kaiser eine geschlossene Sitzung mit wenigen Auserwählten im Arbeitszimmer seiner Privatgemächer einberief.

Der Raum war kein kleines Zimmer, sondern selbst eine große Halle; die goldumrandeten Läden glänzten und waren mit alten Gemälden versehen. Justin hatte seine kaiserliche Rüstung abgelegt und für dieses Treffen eine goldumrandete Robe angezogen, die er aus der Garderobe seines Vorgängers geliehen hatte. Der Stoff hing von seiner jungen Gestalt herab, er war am Saum und an den Schultern mit seltenen Metallklammern zusammengesteckt.

Lord Keda trat ein. Er verbeugte sich vor dem niedrigen Podest, auf dem der Junge sich auf Kissen niedergelassen hatte, dann blickte er interessiert auf die anderen Versammelten.

Lady Mara trug noch das Rot der Trauer. Bei ihr war der geheimnisvolle Leibwächter, sein Haar feucht von einem kürzlichen Bad, der aufrechte, hagere Körper nicht mehr in einer weißen Rüstung verborgen. Er trug jetzt eine unauffällige Robe, die geschickt in Grün eingefaßt war. Das Gesicht des Mannes war von regloser Wachsamkeit. Geschickte Hände lagen ordentlich gefaltet in seinem Schoß. Nur die Augen verrieten seinen Intellekt, und sie beobachteten, ohne daß ihnen etwas entging. Schnell mußte der Bursche sein, entschied Lord Keda, und er schien Menschen beurteilen zu können. Dieser hier würde sich in einer Krise bewähren, wenn in diesem Augenblick auch etwas Gehetztes an ihm war, das ihm etwas Abwesendes gab.

Mara bemerkte den prüfenden Blick Lord Kedas. »Ich möchte Euch Arakasi vorstellen, ein sehr geschätztes Mitglied im Haushalt der Acoma, der unseren höchsten Respekt verdient.«

Lord Kedas Interesse verschärfte sich. Dieser unbeschreibliche Mann mit seiner beinahe unmenschlichen Beobachtungsgabe: Konnte er der berühmte Supai sein, der die Acoma auf so wunderbare Weise mit Informationen versorgt hatte?

Der Mann antwortete direkt, als besäße er die unheimliche Fähigkeit, die Gedanken Lord Kedas an seiner Mimik zu erkennen. »Ich habe meinen ehemaligen Posten aufgegeben«, gestand er. Seine Stimme klang so rauh, als würde Samt über einem Stein gerieben. »Früher war ich der Supai der Acoma. Doch ich habe entdeckt, daß es im Leben und in der Natur Geheimnisse gibt, die noch tiefgründiger sind als die von Menschen inszenierten Intrigen.«

Lord Keda dachte über diese bemerkenswerte Aussage nach, fasziniert von dem Mann, der sie geäußert hatte.

Doch der Kaiser, um den sie sich versammelt hatten, war noch zu jung für feinsinnige Nuancen. Er rutschte auf seinem goldumrandeten Kissen unruhig hin und her und klatschte nach seinem Läufer in die Hände. »Bring den Gefangenen herein.«

Zwei Kaiserliche Weiße traten ein, in ihrer Mitte ein Mann mit abgekauten Nägeln und scharfem Blick. Lord Keda erkannte Chumaka, der dem verstorbenen Lord Jiro als Erster Berater gedient hatte. Der Kaiserliche Kanzler runzelte die Stirn; er wunderte sich, weshalb er zu dieser privaten Ratssitzung gerufen worden war, da er schließlich kein richterliches Amt bekleidete. Seine Aufgabe war eher die eines Verwalters oder Ausführenden; er besaß keine Vollmachten für einen Untersuchungsausschuß, der eine Anklage auf Verrat hätte besiegeln können.

Denn ganz sicher hatte Lord Jiro hinter der Ermordung von Kaiser Ichindar gesteckt; die Omechan hatten die Belagerungsmaschinen übernommen, und Omechan-Armeen waren an Ort und Stelle gewesen, um den Plan der Anasati, den Thron an sich zu reißen, zu unterstützen. Chumaka muße darin verwickelt gewesen sein; es war sehr wahrscheinlich, daß dieser tödliche Plan sogar aus seiner Feder stammte.

Mara nahm Lord Keda das beklemmende Gefühl. »Ihr seid als Zeuge hergerufen worden«, erklärte sie ruhig, dann schaute sie geradeaus, als Chumaka dem Kaiser eine tiefe Verbeugung schenkte. Er verneigte sich auch ehrerbietig vor Mara und murmelte: »Große Lady, ich habe von Eurem Ruf gehört. Ich ergebe mich Eurer Gnade und bitte bescheiden um mein Leben.«

Lord Keda zog die Stirn zusammen. Dieser Mann war Lord Jiros Berater gewesen; er hatte sicherlich Anteil an der Ermordung von Hokanus Vater gehabt, wie auch an der Vergiftung Maras.

Daß Mara dies wußte, war deutlich in ihrem Gesicht zu lesen. Die ausdruckslose Linie um ihren Mund ließ einen unterschwelligen Schmerz ahnen: Hätte dieser Mann sich nicht eingemischt, hätte es nicht einen beinahe erfolgreichen Anschlag auf ihr Leben gegeben, könnte sie möglicherweise noch weitere Kinder bekommen. Der Ehemann, den sie fortschicken mußte, könnte noch an ihrer Seite sein.

Chumaka behielt seine unterwürfige Haltung bei; die Hände zitterten leicht. Es war keine Arroganz in ihm; seine Erniedrigung schien echt zu sein.

»Justin«, murmelte Mara mit heiserer Stimme.

Der Junge warf seiner Mutter einen Blick zu, in dem Rebellion verborgen lag.

Mara riß sich zusammen, doch es war Arakasi, der den Jungen an ihrer Stelle unterstützte.

»Majestät«, sagte er mit einer Stimme, die wie alter Rost knirschte, »es gibt Zeiten, in denen wir Groll hegen, und Zeiten, in denen wir Milde walten lassen sollten. Ich bitte Euch, entscheidet wie ein Mann, wie ein Kaiser. Urteilt weise. Dieser

Mann, der sich Eurer Gnade zu Füßen wirft, ist der brillanteste Feind, den ich jemals gekannt habe. Ihr habt bereits jeden anderen Feind im Kaiserreich begnadigt, doch dieser hier muß davon ausgenommen werden. Laßt ihn hinrichten, verbannt ihn lebenslänglich oder laßt ihn Euch die Treue schwören und übertragt ihm eine Aufgabe. Er ist viel zu gefährlich, um im Kaiserreich frei herumzulaufen.«

Justin wölbte die Brauen. Er dachte lange und angestrengt nach. »Ich kann das nicht entscheiden«, sagte er schließlich. »Mutter, dieser Mann ist für mehr Leid verantwortlich als jeder andere. Ich übergebe dir sein Leben, über das du nach Gutdünken verfügen kannst.«

Die Lady in der roten Trauerkleidung rührte sich. Sie betrachtete die dünner werdenden Haare des Mannes, der vor ihren Füßen kauerte. Es dauerte einige Zeit, bis sie sprechen konnte. »Erhebt Euch, Chumaka.«

Der Gefangene gehorchte; nichts von seiner Schlauheit schien mehr vorhanden zu sein. Er betrachtete die Lady, deren Entscheidung sein Schicksal besiegeln würde, und an der tiefen Reglosigkeit seiner Augen konnten alle im Raum sehen: Er konnte sich keinen Grund unter dem Himmel vorstellen, weshalb sie Gnade walten lassen sollte. »Wie Mylady wünscht«, murmelte er tonlos.

Maras Blick bohrte sich in ihn. »Antwortet mir bei Eurer Ehre; schwört bei Eurem Geist, der an das Rad des Lebens gebunden werden wird, wenn diese Existenz beendet ist: Warum habt ihr es getan?«

Sie erklärte nicht, für welche seiner Verbrechen er sich verantworten sollte. Möglicherweise war es zu schmerzhaft für sie, alle einzeln aufzuführen. Wahrscheinlicher jedoch war, daß die Ereignisse sie zu benommen machten, um darauf zu achten; oder sie war hinterlistig und überließ die Wahl Chumaka, damit sie anhand seiner Entscheidung tiefere Motive erahnen konnte.

Chumakas schneller Intellekt raste. Er seufzte und überließ ihr den Sieg. So allgemein wie ihre Frage kam auch seine Antwort. Und zum ersten Mal in seinem langen und unaufrichtigen Leben sprach er nichts als die Wahrheit. »Zum Teil war es Dienst gegenüber meinem Herrn. Doch hauptsächlich Liebe zum Großen Spiel, Mylady. Darin habe ich nur mir selbst gedient, nicht Jiro und auch nicht Tecuma vor ihm. Ich war dem Haus der Anasati gegenüber immer loyal, ja, aber doch auch wieder nicht; ich tat, was mein Herr mir befahl, doch die Freude an politischen Manipulationen war immer meine eigene, private Angelegenheit. Ihr wart das Beste unter der Sonne, was die Götter uns geboten hatten, und Euch zu schlagen« – er zuckte mit den Achseln – »wäre der glorreichste Triumph in der Geschichte des Großen Spiels gewesen.«

Arakasi holte tief Luft. Zu deutlich hatte er die Worte des Gegenspielers verstanden, dem es wie sonst niemandem beinahe gelungen wäre, ihn durch Täuschung und Verstand, Mord und Intrigen zu schlagen.

»Das war meine Fehleinschätzung«, murmelte er, als wären er und Chumaka allein. »Ich nahm an, Ihr würdet für die Ehre Eures Herrn handeln. Dadurch habt Ihr mich beinahe gestellt: Eure Motive waren tief im Herzen immer Eure eigenen und Jiros Ehre nur zweitrangig.«

Chumaka neigte den Kopf. »Zu gewinnen, ja, das war immer das Ziel. Die Ehre eines Herrn liegt im Sieg.« Dann wandte er sich wieder an Mara. »Niemand versteht dies besser als Ihr, Mistress. Denn der Gewinner entscheidet darüber, was Ehre ist und was nicht.« Er verfiel in Schweigen und erwartete die Verkündigung seines Urteils.

Die Herrin des Kaiserreiches verschränkte angespannt die Hände in ihrem Schoß. Schließlich sprach sie nicht für sich allein. »Würdet Ihr dem Kaiserreich dienen, Chumaka?«

Ein wildes Licht trat in die Augen des früheren Beraters der

Anasati. »Mit Freuden, Mistress. Trotz der Schwüre von Ehrerbietung und Loyalität werden viele von denen, die heute beim Bankett Euren Wein trinken, schon morgen über Euren Sturz sinnieren. Dieses neue Kaiserreich vor dem Zusammensturz zu bewahren ist die größte Herausforderung, der sich ein Mensch stellen kann.«

Maras Blick wanderte zu Arakasi. »Würdet Ihr diesem Mann Euer Netzwerk anvertrauen?«

Der Supai der Acoma zog seine Augen zusammen und antwortete beinahe ohne zu zögern: »Ja. Er könnte meine Agenten sogar noch besser führen als ich. Durch seinen Stolz auf seine Arbeit wird er sie sicherer schützen können, als ich es je vermochte, selbst bevor ich den direkten Kontakt zu meiner Arbeit verlor.«

Mara nickte. »Das dachte ich mir. Ihr hattet Euer Herz noch nicht gefunden. Das haben wir von Chumaka nicht zu befürchten. Er hat keins, es sei denn eins für seine Arbeit.«

Sie sah Chumaka an. »Ihr werdet Eurem Kaiser als Supai den Eid schwören. Als Strafe für Eure vergangenen Verbrechen gegen das Kaiserreich und als Buße werdet Ihr Eurem neuen Licht des Himmels bis zum letzten Atemzug dienen. Lord Keda ist Zeuge.« Chumaka betrachtete die bemerkenswerte Lady, deren Herz groß genug war, ihm den größten Kummer in ihrem Leben zu vergeben. Als Ungläubigkeit langsam dämmernder Freude wich, verpaßte er die Gelegenheit, ihr zu danken. Sie entließ ihn in die Obhut Lord Kedas, um seinen Treueeid zu schwören und die Worte unter das Kaiserliche Siegel zu setzen.

Als die Kaiserlichen Weißen und der Kanzler das Zimmer verlassen hatten, waren Mara und Justin allein mit Arakasi. Die Lady betrachtete den bemerkenswert talentierten Mann, der unzählige Verkleidungen angenommen hatte, vom niedrigsten Bettler in der Gosse bis zur glänzenden, goldumrandeten Rüstung eines Elitekriegers in Justins Gefolgschaft. Alles, was sie erreicht hatte, hatte sie zu einem großen Teil ihm zu verdanken. Seine vorurteilsfreie Wahrnehmungsfähigkeit und Auffassungsgabe hatten ihr mehr gedient als Treue, mehr als Pflicht oder Reichtum. »Es ist noch ein Posten unbesetzt«, sagte sie schließlich, und ihr Mund verzog sich bereits zu einem Lächeln. »Wollt Ihr den Mantel des Kaiserlichen Ersten Beraters annehmen? Ich bezweifle sehr, daß es jemand anderen mit einem ähnlich schnellen und scharfen Verstand gibt, der Justin aus Schwierigkeiten heraushalten könnte.«

Arakasi antwortete mit einem Grinsen, dessen Spontanität verblüffte. »Was hält Justin davon?«

Mara und ihr früherer Supai blickten den Jungen an, der ein niedergeschlagenes Gesicht machte.

»Er denkt, er wird bei seinen Eskapaden schlecht wegkommen«, schloß Mara mit einem Lachen. »Was die Angelegenheit also entscheidet. Nehmt Ihr an, Arakasi?«

»Ich wäre geehrt«, erwiderte er ernst. Dann zeigte sich Heiterkeit auf seinem Gesicht. »Mehr noch: Ich wäre hocherfreut.«

»Dann bereitet Euch darauf vor, morgen mit Eurer Arbeit zu beginnen«, meinte Mara. »Der heutige Tag gehört Euch, um Kamlio aufzusuchen.«

Arakasi zog eine Braue empor, und ein Ausdruck trat auf sein Gesicht, den noch niemand zuvor gesehen hatte.

»Was ist los?« fragte Mara sanft. »Hat das Mädchen Eure Werbung abgelehnt?«

Arakasis Gesicht spiegelte jetzt Erheiterung wider. »Das hat sie nicht. Tatsächlich hat sie mir erlaubt, Ihr den Hof zu machen – für eine ehemalige Kurtisane legt sie plötzlich ziemlich viel Wert auf Anstand. Ihre Stimmungen sind immer noch sehr wechselhaft, doch sie ist nicht mehr das mürrische Mädchen, das Ihr mit nach Thuril genommen habt.« Er schüttelte verwundert den Kopf. »Jetzt, da sie ihren Selbstwert erkannt hat, wird sich herausstellen müssen, ob ich eine geeignete Partie für *sie* bin.«

»Das seid Ihr«, versicherte Mara ihm. »Ich habe es gesehen.

Zweifelt nicht daran.« Dann blickte sie den Mann genauer an, dessen Denken ihr eigenes zu neuen Höhen und in großen Sprüngen zu neuen Offenbarungen geführt hatte. »Ihr möchtet um einen Wunsch bitten«, erriet sie.

Arakasi blickte ungewöhnlich verdrossen drein. »Ja, das möchte ich tatsächlich.«

»Nennt ihn«, sagte Mara. »Wenn es in meiner Macht steht, ihn Euch zu gewähren, ist er bereits Euer.«

Der Mann in der unauffälligen grünumrandeten Robe, der schon bald das Weiß und Gold des Kaiserlichen Beamten tragen würde, lächelte schüchtern. »Ich möchte darum bitten, Kamlio in den Dienst Isashanis von den Xacatecas zu übergeben«, sagte er in einem Schwall verlegener Worte.

Mara lachte frei heraus. »Brillant!« meinte sie, sobald sie sprechen konnte. »Natürlich! Niemand, weder Mann noch Frau, konnte jemals dem Charme der Witwe der Xacatecas widerstehen. Kamlio wird es gutgehen bei ihr, und Ihr erhaltet eine hervorragend ausgebildete Ehefrau.«

Arakasis Augen blitzten. »Sie wird sicherlich Fähigkeiten im Manipulieren besitzen, die meinen besten Anstrengungen gleichkommen.«

Mara winkte ab. »Ihr braucht eine Frau mit Verstand, um Euren Scharfsinn aufrechtzuerhalten«, betonte sie. »Und jetzt geht und sagt Lady Isashani, daß die schwierigste Eheschließung im ganzen Kaiserreich ein Wollknäuel ist, das sie aufzudröseln hat. Sie wird hocherfreut dieser Aufgabe nachkommen, da bin ich sicher.«

»Weshalb?« wollte Justin wissen, als Arakasi sich anmutig vorgebeugt hatte und wie immer lautlos gegangen war. »Amüsieren sich alle Frauen dabei?«

Die Herrin des Kaiserreiches seufzte und blickte liebevoll auf ihren Sohn, dessen Direktheit manchmal peinlich sein konnte wegen seiner Fähigkeit, Wahrheiten auszusprechen, die ein

Bruch der guten Sitten waren und nur zu häufig mit roten Ohren endeten. »Besuch den Harem deines Vorgängers, und du wirst es sehen«, sagte sie. Dann, als Justins Augen den unheiligen Glanz von Unfug annahmen, fügte sie hastig hinzu: »Andererseits kann dieser Teil deiner Erziehung auch warten, bis du erwachsen bist. Du bist zu sehr wie dein Vater, um in einem zarten Alter zwischen rivalisierenden Frauen frei herumzulaufen.«

»Was meinst du damit?« wollte Justin wissen.

Mara lächelte ihren Sohn ein wenig abwesend an. »Wenn du älter bist und ich nicht mehr Regentin bin, wirst du es sehen.«

Der Garten war abgeschlossen, ein grüner Hafen aus Schatten, umgeben von Blumen und Quellen. Mara wanderte auf den Wegen und suchte Frieden. Neben ihr ging Hokanu. Ab und zu unterhielten sie sich, dann hüllte Schweigen sie wieder ein. »Ich werde dich vermissen«, sagte er plötzlich.

»Und ich dich«, erwiderte Mara schnell, bevor sie ihre Stimme ganz verlor. »Mehr, als ich dir sagen kann.«

Hokanu schenkte ihr ein tapferes Lächeln, hinter dem er die Trauer fest in seinem Innern verbarg. »Du hast sicherlich die Gerüchteküche belebt und Lady Isashani eine Pause zum Nachdenken verschafft. Sie wird beschäftigt sein mit Briefeschreiben, und ich werde die Folgen ihrer Verkupplungsversuche abwehren müssen.«

Mara versuchte, über seinen Humor zu lachen. »Du bist das Beste, was sich eine Frau in einem Mann wünschen kann. Du hast mich ohne Bedingungen geliebt. Du hast mich niemals von meiner Bestimmung abgehalten.«

»Das hätte niemand gekonnt«, gestand Hokanu trocken. Unausgesprochen hinter seinen Worten war seine Wut auf die Taten von Jiros Attentäter: Wenn nicht das fürchterliche Gift des Tong gewesen wäre, würde er jetzt nicht die einzige Frau verlieren, die ihm geistig gewachsen war.

Mara pflückte eine weiße Blume und reichte sie Hokanu. Zärtlich flocht er sie in ihr Haar, wie er es früher oft getan hatte. Helle Strähnen waren jetzt in dem Schwarz, passend zu der Farbe der Blüten.

»Du hast mir eine wunderschöne Tochter als Erbin geschenkt«, sagte Mara. »Eines Tages wird sie Brüder haben, die deine Söhne sind.«

Hokanu konnte nur nicken. Nachdem er längere Zeit schweigend neben der Lady hergegangen war, meinte er: »Es liegt eine gewisse Eleganz darin, daß Kasuma dir als Herrscherin folgt.« Sein Lächeln war bittersüß. »Unsere Tochter. Mein Vater würde glücklich sein zu erfahren, daß unsere Kinder zwei große Häuser regieren werden.«

»Er ist es«, verkündete eine Stimme.

Der Lord und die Lady drehten sich überrascht um. Sehr geheimnisvoll in der schwarzen Robe, verbeugte sich Fumita vor ihnen. »Mehr als du ahnst ... mein Sohn.« Das Eingeständnis der Verwandtschaft wirkte nicht gezwungen, sondern war eine frohe Verkündung, die der veränderte Status der Versammlung jetzt möglich gemacht hatte. Das ernste Gesicht des Magiers brach in ein verblüffend strahlendes Lachen aus. »Lady Mara, versteht Euch immer als meine Tochter.« Dann wurde sein Gesichtsausdruck gelassen, und er überbrachte die offizielle Nachricht. »Ich bat darum, derjenige zu sein, der die Große Herrin über den Entschluß der Versammlung informiert. Die Entscheidung war zögerlich, doch die Magier erfüllen die Forderungen. Unser Orden wird sich vor dem neuen Gesetz verantworten, das Kaiser Justin über das Kaiserreich verhängt hat.«

Mara neigte respektvoll den Kopf. Sie erwartete schon, daß Fumita genauso schnell verschwand, wie es sonst immer seine Gewohnheit war, wenn er einen Auftrag erledigt hatte.

Doch als hätte seine Anerkennung der Verwandtschaft mit seinem Sohn gewisse Schleusentore geöffnet, blieb er dieses Mal noch.« »Mein Sohn, meine Tocher, ich möchte, daß ihr beide wißt, wie sehr ich eure mutigen Handlungen anerkenne. Ihr habt den Acoma und den Shinzawai große Ehre erwiesen. Ich wünschte nur, mein Bruder – Hokanus Stiefvater – könnte dies noch miterleben.«

Hokanus Gesicht blieb gelassen, doch Mara spürte seinen großen Stolz. Ein leichtes Lächeln stahl sich schließlich auf seine Lippen und wurde beinahe sofort von Fumita erwidert. »Ich schätze, keiner der Schößlinge aus dem Hause Shinzawai ist geschickt darin, die Traditionen aufrechtzuerhalten«, bemerkte der Magier. Dann wandte er sich an Mara: »Ihr werdet niemals ermessen können, wie schwer es für manche von uns gewesen ist, das Leben aufzugeben, das wir geführt hatten, bevor unsere Macht erkannt wurde. Es war für jene wie mich noch schlimmer, da wir bereits erwachsene Männer mit Familien waren, als sich die Kräfte offenbarten. Die Geheimnisse der Versammlung haben unsere Gefühle zerstückelt, glaube ich manchmal. Das war ein tragischer Fehler. Wir wurden gezwungen, unsere Gefühle zu verbergen, und als Konsequenz davon schienen Grausamkeiten weit entfernt von uns. Die Veränderungen werden uns neu beleben und unsere Menschlichkeit wieder erneuern. Am Ende werden wir von der Versammlung alle Grund haben, Euch zu danken und das Andenken Lady Maras zu ehren.«

Die Herrin des Kaiserreiches umarmte den Magier mit einer Vertrautheit, die sie niemals zuvor gewagt hätte. »Besucht oft den kaiserlichen Hof, Fumita. Eure Enkelin soll die Freude erleben, ihren Großvater zu kennen, wenn sie aufwächst.«

Als wäre ihm unbehaglich wegen des Gefühlsschwalls, der mit dem Geschenk der wiedervereinigten Familie verbunden war, verneigte sich Fumita ein wenig brüsk. Einen Herzschlag später war er in der Luft verschwunden, und Mara und Hokanu blieben allein zurück, um einen letzten Moment ihr Beisammensein zu genießen.

Die Springbrunnen plätscherten, und die Blumen verströmten ihren Duft in die dämmerige Abendluft. Der sich nähernde Diener wirkte wie ein Eindringling, als er sich verbeugte und verkündete: »Mylady, das Licht des Himmels erbittet die Gegenwart seines Vaters und der Herrin des Kaiserreiches bei seiner Ratsversammlung.«

»Politik«, sagte Mara mit einem Seufzer. »Ist es der Tanz oder sind wir die Herrschenden?«

»Es ist der Tanz, der uns beherrscht, was sonst.« Hokanu lächelte. »Sonst würde ich dich niemals verlassen, Lady.« Dann wandte er sich um und reichte seiner ehemaligen Frau den Arm. Mit einer Würde, die von tiefem Mut und unerschütterlichem innerem Frieden herrührte, begleitete er sie zur kaiserlichen Suite und zu ihrer neuen Rolle als Regentin und Herrin des Kaiserreiches.

Epilog

Wiedervereinigung

Der Herold schlug den Gong.

Lady Mara, Herrin des Kaiserreiches, rückte sich auf dem goldumrandeten Kissen zurecht, das dem marmornen Sitz nichts von seiner unnachgiebigen Härte nehmen konnte. Ihr Thron verströmte möglicherweise nicht denselben Glanz wie der goldüberzogene von Justin, doch er war genauso unbequem. In den zwei Jahren, die Mara Justins öffentliche Aufgaben leitete, hatte sie sich immer noch nicht daran gewöhnen können.

Ihre Gedanken schweiften ab. Die Erfahrungen auf dem Goldenen Thron versetzten Justin immer besser in die Lage, die anstehenden Entscheidungen am Tag der Bittsteller selbst zu treffen. Er besaß die Gabe seiner Mutter, das den komplexen Angelegenheiten zugrundeliegende Muster zu begreifen, und die Fähigkeit seines Vaters, das Wesentliche zu erkennen. Die meiste Zeit war Mara neben ihm eher eine Beraterin als eine Regentin; manchmal saß sie in den Sitzungen gedankenverloren daneben und verließ sich darauf, daß Justin es sie wissen lassen würde, wenn er ihre Aufmerksamkeit benötigte.

Die Sonne würde bald untergehen, wie sie an dem durch die Kuppel der großen Audienzhalle schräg einfallenden Licht erkannte. Der Tag der Bittsteller würde bald vorüber sein, und die letzten näherten sich dem Geländer vor dem Podest. Mara unterdrückte den heftigen Wunsch, sich die müden Augen zu reiben, als Justin, zweiundneunzigmal Kaiser, die traditionellen Worte sprach, mit denen er die Bittsteller willkommen hieß und ihnen das Recht zubilligte, Gehör zu finden.

»Lord Hokanu von den Shinzawai, seid versichert, daß Euch die Götter anhören, indem wir Euch anhören.« Justins Stimme zeigte bereits Spuren des Baritons, der ihn als Mann auszeichnen würde. Vor Freude über das Wiedersehen mit seinem Stiefvater hatte er nicht einmal Zeit, sich für die unfreiwillige Holprigkeit seiner Worte zu schämen. »Der Himmel blickt mit Lächeln auf Euren glückbringenden Besuch, und wir heißen Euch freudig willkommen.«

Mara wurde schlagartig aus ihrer Versunkenheit gerissen. Hokanu war hier! Ihr Herz schlug schneller, als sie ihn anblickte, um zu sehen, wie es ihm ging. Monate waren vergangen, seit ihre Wege sich das letzte Mal bei einem offiziellen Anlaß gekreuzt hatten. Der Lord der Shinzawai hatte damals den Hof verlassen, erinnerte sie sich, um sich um seine schwangere Frau zu kümmern, die seinen Erben erwartete.

Seine Erben, mußte Mara sich verbessern, als der kaiserliche Herold zwei Namen ausrief und sie die beiden Bündel in den Armen des Vaters betrachtete. Eine Amme und zwei Dienerinnen warteten in der Nähe und daneben noch jemand – ein schüchternes, hübsches Mädchen, das die Augen in Anwesenheit ihres Kaisers niederschlug.

Justin grinste; die Abneigung gegenüber dem tsuranischen Hang zu steifem Protokoll hatte er ebenfalls von seinem barbarischen Vater geerbt. Seit kurzer Zeit ahmten ihn einige der jüngeren Edlen – sehr zum Unbehagen der älteren Herrscher – nach und offenbarten ihre Vorliebe für lebhafte Mimik und lockere Redeweise – möglicherweise würde diese beliebte Mode ja eine Faszination auf unverheiratete Frauen ausüben. Justin gab seiner Mutter einen schelmischen und höchst unkaiserlichen Stoß in die Rippen. »Mutter, du mußt doch ein paar Worte für diese Situation bereit haben.«

Mara hatte keine. Sie konnte nur eine lange Minute auf den stolzen Vater hinablächeln, den Tränen nahe. Die Babys waren wunderschön, perfekt; wenn es ihr schon nicht vergönnt gewesen war, seine Erben auszutragen, dankte sie den Göttern dafür, daß die stille Elumani ihrem Ehemann mit ihrer Fruchtbarkeit seinen innigsten Wunsch erfüllt hatte. »Söhne?« brachte Mara schließlich leise hervor.

Hokanu nickte, sprachlos. In seinen Augen stand die gleiche Freude, dasselbe schmerzhafte Bedauern. Er vermißte Maras schnellen Verstand, ihre angenehme Gesellschaft. Elumani war ein sanftes und liebes Mädchen, doch er hatte sie nicht wegen ihres scharfen Geistes ausgewählt. Dafür hatte sie ihm gegeben, was Mara nicht gekonnt hatte, und das Haus der Shinzawai besaß jetzt zwei Erben zur Weiterführung seiner Blutslinie. Hokanu hatte seine Jungen; sie würden aufwachsen und ihm die Gesellschaft ersetzen, die er verloren hatte.

Der kaiserliche Herold räusperte sich. »Lord Hokanu von den Shinzawai präsentiert dem Licht des Himmels seine Erben Kamatsu und Maro.«

Justin formulierte die formellen Worte, mit denen er die Kinder anerkannte. »Mögen sie mit dem Segen der Götter aufwachsen und gedeihen, voller Freude und Stärke.«

Mara fand ihre Sprache wieder. »Ich freue mich für euch beide. Lady Elumani, ich bin sehr geschmeichelt und stolz.« Sie hielt inne, tief berührt von dem unerwarteten Geschenk, das ihr mit einem Namensvetter in Hokanus Geschlecht beschert wurde. Sie mußte sich zusammenreißen, um nicht zu weinen, als sie fortfuhr: »Ich würde mich freuen, wenn ihr mit euren Söhnen zur kaiserlichen Kinderstätte kommt, sobald sie alt genug sind. Dann können sie ihre Halbschwester Kasuma kennenlernen.«

Die kleine junge Frau mit den rotbraunen Haaren neben Hokanu verbeugte sich anmutig. Ihre Wangen erröteten bei diesem kaiserlichen Angebot. »Ich fühle mich zutiefst geehrt«, sagte sie mit einer Stimme, die so sanft klang wie die eines Singvogels. »Die Herrin des Kaiserreiches ist zu gütig.«

Viel zu schnell verbeugte sich die Gruppe der Shinzawai zum Abschied noch einmal vor dem Kaiser. Wehmütig blickte Mara der Gestalt in der blauen Rüstung nach, die mit der ganzen Anmut eines Kriegers hinausging, genauso vertraut, wie sie ihn in Erinnerung hatte. Dann wurde sie von ihren Gefühlen überwältigt. Mit einem kurzen Klicken öffnete sie ihren Fächer und hielt ihn vor das Gesicht, um ihre plötzlichen Tränen zu verbergen. Söhne für die Shinzawai. Sie waren jetzt ein erfüllter Wunsch, nicht mehr nur ein Traum für die Zukunft des Kaiserreiches. Zwillinge! Mara schüttelte verwundert den Kopf. Es schien, als würden sich die Götter in ihrer Großzügigkeit selbst übertreffen, als Ausgleich für ihr eigenes armes Kind, das noch vor der Geburt sterben mußte.

Dies war die Belohnung für ihre jetzige Einsamkeit. Hokanu zu sehen, Zeit mit ihm zu verbringen, das war nicht mehr möglich, und sie vermißte ihn. Doch es würde eine Zeit kommen, da sie sich ohne Schmerz besuchen konnten, weil tiefe Freundschaft das Wesen ihrer Ehe geprägt hatte.

Wieder erklang der Gong. Die Stimme des kaiserlichen Herolds ertönte und verkündete das Erscheinen des gerade eingetroffenen Botschafters aus dem Königreich der Inseln von der Welt Midkemia.

Mara warf einen verstohlenen Blick auf die sich nähernde Gruppe, dann hob sie hastig wieder den Fächer, als ihr Herz sich erneut zusammenzog.

Niemals konnte sie Menschen in der Kleidung der anderen Welt begegnen, ohne an den barbarischen Geliebten zu denken, der ihr Leben so dramatisch verändert hatte. Drei von ihnen waren schlank und groß, und einer schien sogar ganz leicht zu hinken. Dieser leichte Gehfehler setzte sofort alte Erinnerungen in Gang.

Sie rief sich zur Ordnung. Heute hatte sie sich schon zu oft rührselige Gedanken gestattet. Sie riß sich zusammen und bereitete sich auf den Gruß eines Mannes vor, der ein Fremder sein würde, der zwar die Sprache der Tsuranis mit dem merkwürdig nasalen Ton der Midkemier sprechen, aber trotz seiner Größe und Schlankheit nicht Kevin sein würde. Es machte keinen Unterschied, daß dieser Mann nicht das Grau eines Sklaven trug, sondern in schöne Seide und kostbaren Samt gekleidet war, ebensowenig wie die Wappen vom Königreich der Inseln an der Kleidung seiner Offiziere. Mara schaute weg; sie wollte nicht einmal durch unvollkommene Anspielungen an ihren persönlichen Verlust erinnert werden.

Der Botschafter der Inseln und seine Begleiter erreichten das Geländer. Baron Michael von Krondor, der während der Vorbereitung dieses Gesandtenaustauschs häufig hierhergekommen war, wandte sich an den Hof. »Eure Majestät, es ist mir eine Ehre, Euch den Botschafter des Königreichs der Inseln vorzustellen –« Die abrupte Stille veranlaßte Mara aufzuschauen.

Der Botschafter wollte gerade die eine Hand zum federbebuschten Hut führen und sich im Stil seines Heimatlandes verbeugen, als er mitten in der Bewegung erstarrte. Seine Hand verbarg das Gesicht. Die anwesenden Höflinge verhielten sich ebenfalls reglos, und ein paar näher stehende Kaiserliche Weiße bemühten sich, ihre Überraschung zu verbergen.

Dann lüftete der barbarische Gesandte den Hut und verbeugte sich langsam, den Blick unverwandt auf Justin gerichtet. Ein Murmeln ging währenddessen durch den Saal. Mara blickte den Botschafter wieder an, und ihr Herz machte einen großen Sprung. Der Mann, der sie an ihre große verlorene Liebe erinnert hatte, setzte gerade den fremdländischen Hut mit dem weißen Federbusch und der goldenen Kante auf. Wieder wollten ihre Augen sie verraten, und so hielt sie rasch den Fächer vors Gesicht, damit in der Stadt nicht das Gerücht die Runde machte, daß die Kaiserliche Regentin aus einem nicht nachvollziehbaren Grund in Tränen ausgebrochen wäre. Mara hörte, wie Baron

Michael die Vorstellung beendete: »... Botschafter seiner Königlichen Hoheit Lyam, König der Inseln.«

»Ihr dürft näher treten«, erlaubte das Licht des Himmels, seine Stimme ganz Knabensopran. Mara hörte, wie die Kaiserlichen Weißen zur Seite traten und das Geländer öffneten, um den Botschafter herein- und auf das Podest heraufzulassen, wo er seine Empfehlungsschreiben vorlegen konnte.

Der Midkemier betrat die erste Stufe. Sein Schritt hallte in einem Saal, in dem sich tiefes Schweigen ausgebreitet hatte. Vorsichtig schloß Mara den Fächer, als der Botschafter des Königreichs der Inseln die letzten Meter zwischen ihnen zurücklegte.

Er hielt drei Schritte vor dem Thron an und verbeugte sich erneut. Dieses Mal setzte er den Hut nicht wieder auf, und als er sich aufrichtete, sah Mara sein Gesicht.

Ein leiser Schrei entfuhr ihr. Das Profil des Mannes und das ihres Sohnes, der in seiner goldumrandeten Staatsrobe dasaß, glichen sich wie ein Ei dem anderen. Doch während die Gesichtszüge des Jungen noch glatt waren und erst seit kurzem den Beginn des Erwachsenenalters widerspiegelten, waren die des Mannes mit Falten überzogen, wie eine schöne Haut im Laufe der Jahre und nach zu viel Sonne naturgemäß altert. Das einst rote Haar war jetzt mit Weiß durchsetzt, und die Augen waren weit geöffnet und fassungslos.

Die Herrin des Kaiserreiches begriff. Jetzt mußte sie sich dem stellen, was alle Lords bereits gesehen hatten – von dem Augenblick an, da der Botschafter in die Halle getreten war. Der Hut und das höhergelegte Podest waren es gewesen, ebenso wie die kurze Anwandlung von Feigheit, als sie sich hinter dem Fächer versteckt hatte, daß sie als letzte denjenigen erkannte, der mit einer Mischung aus Verzweiflung und Verblüffung vor ihr stand.

»Kevin«, hauchte Mara tonlos.

Arakasi trat in seiner Funktion als Kaiserlicher Erster Berater vor, um die Dokumente des Botschafters entgegenzunehmen.

Mit einem ungewöhnlichen Grinsen meinte er: »Ihr habt Euch verändert.«

Langsam dämmerte es Kevin, und ebenfalls lachend antwortete er: »Ihr auch. Ohne Verkleidung habe ich Euch gar nicht erkannt.«

Ohne auch nur einen kurzen Blick auf die Dokumente zu werfen, wandte Arakasi sich um und sagte: »Eure Majestät, vor Euch steht der Botschafter des Königs der Inseln, Kevin, Baron des Königlichen Hofes.«

Justin nickte und sagte: »Ihr seid willkommen.« Doch seine Stimme zeigte, daß auch er kurz davor war, die Haltung zu verlieren. Denn vor ihm stand sein leiblicher Vater, von dem er bisher nur gehört hatte.

Maras Hand fuhr an den Mund, als wollte sie verhindern, daß sich ihr ungebetene Worte entringen konnten. Diese wenn auch noch so kleine Bewegung verschaffte Kevin eine Gänsehaut. Er wandte ihr seinen Blick zu – seine Augen waren noch viel blauer, als sie sie in Erinnerung hatte. Sein Gesicht war ihr so vertraut und hatte sich in all den Jahren nur wenig verändert. »Ich hatte erwartet, dich hier zu finden«, meinte er mit einer Stimme, die rauh klang vor zurückgehaltenen Gefühlen. Nur diejenigen oben auf dem Podest konnten seine Worte hören. »Zu wem in diesem Land könnte der Titel ›Herrin des Kaiserreiches‹ sonst passen? Doch dies hier, dein Licht des Himmels« – seine große Hand deutete auf Justin, und seine Augen wurden messerscharf –, »Lady, warum hast du mir niemals etwas davon gesagt?«

Das Paar, das einst tiefe Liebe verbunden hatte, schien allein in der riesigen Halle zu sein.

Mara schluckte. Zu deutlich erinnerte sie sich an ihren endgültigen Abschied: wie dieser Mann abgerissen und verzweifelt auf der Straße stand, als er sich gegen die Sklavenhändler zur Wehr setzte, die ihren Befehl ausführten und dafür sorgten, daß er mit Gewalt in seine Heimatwelt zurückkehrte.

Damals war sie unfähig gewesen, überhaupt irgend etwas zu sagen. Jetzt sprudelten die Worte aus ihr heraus. »Ich habe mich nicht getraut. Ein Sohn hätte dich auf dieser Seite des Spalts gehalten, und das wäre ein Verbrechen gegen alles gewesen, was du mich gelehrt hast. Niemals hättest du geheiratet, niemals für dich selbst gelebt. Justin ist in dem Wissen aufgewachsen, wer sein Vater war. Bist du wütend auf mich?«

»Justin«, wiederholte Kevin und ließ den Namen auf der Zunge zergehen. »Nach meinem Vater?« Als Mara ängstlich nickte, warf er einen glühenden Blick auf den Jungen, der aufrecht auf dem goldenen Thron saß. Dann zitterte er wieder. »Wütend?«

Mara zuckte zusammen. Er hatte schon immer dazu geneigt, in unangebrachten Momenten zu sprechen, noch dazu mit viel zu lauter Stimme.

Er sah sie an und dämpfte seine Stimme, obwohl die Betonung der Worte nicht weniger barsch war. »Ja, ich bin wütend. Ich bin beraubt worden. Ich hätte meinen Sohn gerne aufwachsen sehen.«

Mara errötete. Er hatte nichts von seiner Fähigkeit verloren, sie aus dem Gleichgewicht zu bringen. Sie vergaß die Gelassenheit der Tsuranis und verteidigte sich. »Du hättest niemals andere Kinder gehabt, wenn ich es getan hätte.«

Kevin schlug sich mit der Hand aufs Bein. Da er so weit unten am Boden hockte, erreichte seine Antwort auch jene, die direkt am Podest standen. »Lady, was soll dieses Gerede von Kindern? Ich habe keine! Ich habe niemals geheiratet. Ich habe Dienst getan am Hof meines Prinzen Arutha – zwölf Jahre habe ich mit den Grenzbaronen in Hochburg und den Wächtern des Nordens gegen Kobolde und Dunkelelfen gekämpft. Dann wurde ich wie aus dem Nichts nach Krondor berufen, und man teilte mir mit, daß ich für den neuen Posten, der durch die Bitte des Kaisers von Tsuranuanni nach einem Austausch von Botschaftern möglich wurde, ausgewählt worden war – ich bin zwar von edler Geburt, doch bei älteren Brüdern und nahezu einem Dutzend Neffen besteht keinerlei Möglichkeit auf ein Erbe. Zudem spreche ich fließend Tsuranisch. Also befahl mein König – oder besser, Prinz Arutha ernannte mich auf Befehl seines Bruders –, und plötzlich bin ich ein mit Bändern geschmückter Höfling und verbeuge mich wie ein dressierter Affe vor meinem eigenen Sohn!«

Bei diesen Worten wandte der midkemische Botschafter sich etwas um und blickte den Kaiser an. Seine Gereiztheit verschwand. »Er sieht aus wie ich, nicht wahr?« Dann grinste er und winkte Justin zu. Der Blick, den er dann wieder auf Mara richtete, war kühl, als seine Heiterkeit wieder verflog. »Ich hoffe nur, daß dein Ehemann deswegen nicht mit dem Schwert auf mich losgeht!« endete er mit jener trockenen Spöttelei, die sie entweder aufheitern oder in Rage versetzen konnte.

Die Herrin des Kaiserreiches blinzelte; sie begriff, wie wenig Kevin von dem wußte, was in den vergangenen vierzehn Jahren geschehen war. »Hokanu erzog den Jungen als Stiefvater; er wußte von Anfang an um die wahren Umstände seiner Zeugung.«

Jetzt war es Kevin, der verblüfft dreinschaute. »Habe ich den Lord der Shinzawai nicht gerade draußen gesehen, zusammen mit einer jungen Braut und zwei Babys?«

Mara nickte; sie war unfähig zu sprechen.

Doch Kevin war niemals um Worte verlegen. »Du bist nicht verheiratet?« Mara konnte nur den Kopf schütteln. »Aber du hattest einen Ehemann. Was für eine Windung tsuranischer Tradition ist das?«

»Es heißt Scheidung aufgrund von Unfruchtbarkeit. Hokanu brauchte Erben für die Stabilität von Justins Herrschaft und das Wohl des Kaiserreiches. Du hast gerade das Resultat gesehen.« Mara schüttelte die Gefühle ab, die sie zu benebeln drohten. Sie war in der Öffentlichkeit, in Sichtweite des gesamten Hofes; ihr Bild als Lady und Tsurani mußte in diesem Augenblick geradezu lächerlich sein.

Arakasi ergriff das Wort und rief: »Der Tag der Bittsteller ist beendet. Ziehen wir uns zurück und danken wir unserem Licht des Himmels.« Der Rückzug setzte sich nur langsam in Gang, da die meisen Edlen neugierig darauf waren, was für ein merkwürdiger Wortwechsel auf dem kaiserlichen Podest stattfand, und noch zögerten. Die midkemischen Edlen, die Kevin begleitet hatten, tauschten unsichere Handzeichen aus; sie wußten nicht, ob sie auf ihren Anführer warten oder ohne ihn gehen sollten.

Mara sah hundert Augenpaare auf sich gerichtet, alle gespannt darauf, wie sie als nächstes reagieren würde. Und plötzlich war es ihr egal. Sie nahm eine Haltung größter Würde und Formalität ein. »Kevin, Baron des Hofes, Botschafter des midkemischen Königs der Inseln, ich habe es versäumt, meinen Pflichten als Mutter nachzukommen. Ich präsentiere dir daher deinen leibhaftigen Sohn: Justin, zweiundneunzigmal Kaiser und Licht des Himmels von Tsuranuanni. Ich bitte bescheiden darum, daß er gerechte Aufnahme in deinen Augen findet und eine Ehre für den Stolz deiner Familie ist.«

Der kaiserliche Herold riß die Augen auf, als er das hörte, und blickte Arakasi hilfesuchend an. Doch der Kaiserliche Erste Berater zuckte nur mit den Achseln und nickte, und so erhob der Herold seine Stimme über die versammelten tsuranischen Edlen. »Kevin von Rillanon, Botschafter von König Lyam und Vater unseres Lichts des Himmels.«

Lady Mara fuhr zusammen, als lauter Jubel von den jüngeren Edlen erscholl, die schon fast bei den großen Außentüren angekommen waren. Sie strömten zurück zum Geländer und zeigten ihre Zustimmung mit wildem Füßestampfen und Händeklatschen. Mehr als alles andere überzeugte dies Mara davon, wie schnell zwei kurze Jahre veränderter Politik Wurzeln gefaßt hatten. Es gab nämlich nur eine einzige Möglichkeit, wie ein Midkemier Vater eines vierzehnjährigen tsuranischen Jungen hatte werden können: indem er das Kaiserreich zuvor als Sklave und Kriegsgefangener besucht hatte.

Es war noch nicht lange her, da hätte der Gedanke, daß der Sohn eines Sklaven Kaiser wird, eine blutige Rebellion entfacht – einen Krieg aus Beleidigungen und Ehrbezichtigungen, die nichts weiter als eine Ausrede waren, damit jeder Lord seine eigenen heimlichen Ziele verfolgen konnte, um sein Haus über seine Feinde triumphieren zu lassen.

Doch als Mara die Gesichter der Edlen studierte, sah sie hauptsächlich Verwirrung, Überraschung und ehrliche Bewunderung. Für alle bis auf ein paar Engstirnige hatten die Gesetze der Großen Freiheit bereits das Spiel des Rates ersetzt. Immer mehr edle Söhne strebten kaiserliche Pflichten an, statt den Streitkräften ihrer Familien zu dienen. Diese jungen Männer, die die Traditionen ihrer Ahnen sprengten, jubelten jetzt am lautesten.

Wieder einmal hatte Mara das Undenkbare getan. Das Volk ihres Kaiserreiches erwartete es geradezu von ihr, so sehr hatten sie sich daran gewöhnt, den verschlungenen Pfaden auf ihrem Weg zu folgen.

Und dann sprang Justin vom Thron auf, reichte das Gewand und die Kopfbedeckung seinem Diener und stürzte sich in die Arme des Vaters, den er nie kennengelernt hatte, dessen Name jedoch eine Legende geworden war, von der die Älteren im Haushalt der Acoma nur mit Ehrfurcht sprachen.

Mara blickte auf, Tränen glänzten wieder in ihren Augen, bis Kevin seinen riesigen Arm um sie legte und sie von den Kissen emporzog, um sie beide zu umarmen.

Die Lady mußte lachen. Sie hatte vergessen, wie impulsiv er war, wie überwältigend stark.

»Herrin des Kaiserreiches«, murmelte er, während noch gewaltigerer Jubel die Halle erfüllte. »Du bist eine Lady voller Überraschungen! Ich nehme an, ich werde Gelegenheit haben, ein bißchen Zeit in den kaiserlichen Gemächern zu verbringen, um meinen Sohn kennenzulernen und die alte Bekanntschaft mit seiner Mutter wieder zu erneuern?«

Mara holte tief Luft; sie roch den eigenartigen Duft von Pelz aus einer anderen Welt, von fremden Gewürzen und Samt, der auf Webstühlen in einem weit entfernten, kälteren Land auf der anderen Seite des Spalts gefertigt wurde. Eines Tages würde sie dieses Land besuchen müssen. Ihr Blut rauschte vor einer Leidenschaft, die sie schwanken ließ. »Du hast die Zeit deines ganzen Lebens, mit deinem Sohn zusammenzusein«, murmelte sie so leise zu Kevin, daß nur er es hören konnte. »Und so viele Jahre in Gegenwart seiner Mutter, wie du dir wünschst und dein König erlaubt.«

Kevin lachte. »Lyam ist froh, mich los zu sein, denke ich. Es ist an der Grenze zu ruhig für einen Unruhestifter wie mich.« Dann zog er sie fester an sich, einfach nur aus Freude darüber, sie zu halten.

In diesem Augenblick ertönten die Gongschläge der Tempel. Wohlklingende Musik erhob sich über das Kaiserliche Viertel, als die Priester der Zwanzig Großen Götter ihre Abendandachten sangen. Der Tag der Bittsteller war jetzt offiziell zu Ende.

Kevin rückte etwas ab und lächelte die Lady an, die nicht einen einzigen Tag aufgehört hatte, sein Herz zu besitzen. »Du bist Herrin über weit mehr als dieses Kaiserreich«, sagte er lachend unter dem unaufhörlichen Jubel der Lords von Tsuranuanni, als er ihr und seinem kaiserlichen Sohn die Hand reichte und sie vom Podest hinunterführte.

GOLDMANN

Der phantastische Verlag

Phantastische und galaktische Sphären, in denen Magie und Sci-Tech, Zauberer und Ungeheuer, Helden und fremde Mächte aus Vergangenheit und Zukunft regieren – das ist die Welt der Science Fiction und Fantasy bei Goldmann.

Die Schatten von Shannara 11584

Das Gesicht im Feuer 24556

Raistlins Tochter 24543

Die Star Wars Saga 23743

Goldmann · Der Taschenbuch-Verlag

GOLDMANN

Der phantastische Verlag

Raymond Feists Midkemia-Saga – eine unerreichte Fantasy von Liebe und Krieg, Freundschaft und Verrat, Magie und Erlösung.

Midkemia-Saga 1:
Der Lehrling des Magiers 24616

Midkemia-Saga 2:
Der verwaiste Thron 24617

Midkemia-Saga 3:
Die Gilde des Todes 24618

Midkemia-Saga 4:
Dunkel über Sethanon 24611

Goldmann · Der Taschenbuch-Verlag

GOLDMANN

Der phantastische Verlag

Phantastische Sphären, in denen Magie und Zauberer, Ungeheuer, Helden und fremde Mächte regieren – das ist die Welt der Fantasy bei Goldmann.

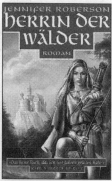

Jennifer Roberson:
Herrin der Wälder   24622

Allan Cole/Chris Bunch:
Die Fernen Königreiche   24608

Melissa Andersson: Das große
Lesebuch der Fantasy   24665

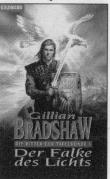

Gillian Bradshaw:
Die Ritter der Tafelrunde 1 24682

Goldmann · Der Taschenbuch-Verlag

GOLDMANN

Der phantastische Verlag

Drachenlanze – der Fantasy-Welterfolg exklusiv im Goldmann Taschenbuch!

Drachenzwielicht 24510

Drachenjäger 24511

Drachenwinter 24512

Drachenzauber 24513

Goldmann · Der Taschenbuch-Verlag

GOLDMANN

Der phantastische Verlag

*Shannara – Terry Brooks' Welterfolg
im Goldmann Taschenbuch*

Das Schwert von Shannara 23828

Der Druide von Shannara 23832

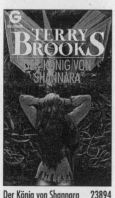

Der König von Shannara 23894

Die Talismane
von Shannara 24590

Goldmann · Der Taschenbuch-Verlag

GOLDMANN

*Das Gesamtverzeichnis aller lieferbaren Titel erhalten Sie
im Buchhandel oder direkt beim Verlag.*

Taschenbuch-Bestseller zu Taschenbuchpreisen
– Monat für Monat interessante und fesselnde Titel –

✻

Literatur deutschsprachiger und internationaler Autoren

✻

Unterhaltung, Thriller, Historische Romane
und Anthologien

✻

Aktuelle Sachbücher, Ratgeber, Handbücher
und Nachschlagewerke

✻

Esoterik, Persönliches Wachstum und
Ganzheitliches Heilen

✻

Krimis, Science-Fiction und Fantasy-Literatur

✻

Klassiker mit Anmerkungen, Autoreneditionen
und Werkausgaben

✻

Kalender, Kriminalhörspielkassetten und
Popbiographien

Die ganze Welt des Taschenbuchs

Goldmann Verlag · Neumarkter Str. 18 · 81673 München

Bitte senden Sie mir das neue kostenlose Gesamtverzeichnis

Name: _____

Straße: _____

PLZ/Ort: _____